国家社科基金重大项目"世界儿童文学百年经典"翻译出版

儿童文学荣获世界文学""的顶级成果之一

光明社科文库
GUANGMING DAILY PRESS:
A SOCIAL SCIENCE SERIES

·文学与艺术书系·

走进童年叙事的黄金时代

维多利亚时期英国儿童和青少年文学叙事研究

舒伟 等｜著

光明日报出版社

图书在版编目（CIP）数据

走进童年叙事的黄金时代：维多利亚时期英国儿童
和青少年文学叙事研究 / 郭伟等著. -- 北京：光明日
报出版社，2023.9
ISBN 978-7-5194-7470-6

Ⅰ.①走… Ⅱ.①郭… Ⅲ.①儿童文学—文学研究—
英国—近代 Ⅳ.①I561.078

中国国家版本馆 CIP 数据核字（2023）第 174988 号

走进童年叙事的黄金时代：维多利亚时期英国儿童和青少年
文学叙事研究
ZOUJIN TONGNIAN XUSHI DE HUANGJIN SHIDAI：WEIDUOLIYA SHIQI
YINGGUO ERTONG HE QINGSHAONIAN WENXUE XUSHI YANJIU

著　者：郭伟等

责任编辑：许怡　　　　责任校对：王娜　张月月

封面设计：中联华文　　　责任印制：曹诤

出版发行：光明日报出版社

地　址：北京市西城区永安路 106 号，100050

电　话：010-63169890（咨询），010-63131930（邮购）

传　真：010-63131930

网　址：http：// book.gmw.cn

E - mail：gmrbcbs@gmw.cn

法律顾问：北京市三予律师事务所韩智勇律师

印　刷：三河市华东印刷有限公司

装　订：三河市华东印刷有限公司

本书如有破损、缺页、装订错误，请与本社联系调换，电话：010-63131930

开　本：170mm×240mm

字　数：375 千字　　　　印　张：21.5

版　次：2024 年 3 月第 1 版　　印　次：2024 年 3 月第 1 次印刷

书　号：ISBN 978-7-5194-7470-6

定　价：99.00 元

前　言

　　有自觉意识的儿童文学是人类社会大文学系统中的新生事物，也是人类文明进步的重要体现之一。它产生的必要前提是现代意义的"儿童"与"童年"的发现，以及童年文学叙事的表达艺术的日臻成熟。这具体表现在时代变迁中的童年观认知的提升，以及儿童本位的童年叙事艺术在大文学系统的引导下逐渐走向自如的表达。在19世纪工业革命推动下出现的动荡与变革的社会转型期，儿童本位和艺术自觉的童年叙事异军突起，冲破了儿童图书写作领域根深蒂固的道德教诲藩篱，颠覆了长期占主导地位的恪守理性说教原则，以卓越的艺术成就开创了英国儿童文学的第一个"黄金时代"。总体上看，儿童本位和艺术自觉是维多利亚时期英国儿童和青少年文学叙事的两个关键特征，它们标志着一个全新的童年叙事文类的成熟与确立，标志着从早期的宗教童年叙事和纽伯瑞开创的多样化童书出版格局以来，一个全新的历史进程——走向契合儿童和青少年审美接受和认知特征的真正意义的儿童本位的童年叙事。

　　本书采用中国视角，以历史唯物论和唯物辩证法认识论为指导，通过新的思想资源和学术资源对19世纪英国维多利亚时期的儿童和青少年文学叙事共同体进行共时性的综合研究。本书主体内容包括时代变迁中从量变到质变的儿童观和童年观发展进程；有自觉意识的英国儿童文学发展的三个历史阶段：清教主义的宗教童年叙事、以纽伯瑞的童书出版事业为代表的多样化童书写作与出版格局、维多利亚时期走向儿童本位和艺术自觉的童年叙事——走进儿童文学的第一个黄金时代；维多利亚时期的时代语境：工业革命与社会转型期的进步、动荡、危机和变革；动荡年代的科学与宗教之争、科学与人文之争，以及这些论争对于当今儿童文学的跨学科和交叉学科研究的启示意义；从英国文学传统语境重新审视狄更斯划时代的现实主义童年叙事；通过新视野和新学术资源考察刘易斯·卡罗尔以"爱丽丝"小说为代表的幻想性童年叙事；从传统童话走向艺术升华的幻想性童年叙事的代表性作家作品考察；女性作家群体为少年儿童创作的幻想文学叙事考察；从当代女性童话心理学视域对维多利亚时代女性童话叙事的阐释；巨变时代的教育问题与维多利亚时代的校园叙事；帝国殖民扩张叙事的时代语境与维多利亚时代的少年历险叙事；19世纪维多利亚时期的儿童文学黄金时代与20世纪儿童文学的学科研究发展进程之间的内在关联，即儿童文学学科研究的历史进程考察。

　　长期以来，在有关维多利亚儿童文学黄金时代的研究中，学界对于童年文学叙事中的幻想叙事（童话小说）普遍给予了高度评价和重点关注。相比之下，这一时期的现实主义童年叙事作品的考察广度和研究深度还有很大提升空间。批评家雷蒙德·威廉斯在考察维多利亚时期的一批重要英国小说家的作品及其文化观念时，揭示了这些作家在面对巨大社会变革和动荡时在思想和情感上的反应，认为他们形成了一种"可认知共同体"，而且具有特定的"情感结构"。这为维多利亚时期异军突起的童年叙事研究提供了有益的批评借鉴。在19世纪工业革命的浪潮中，当维多利亚人面临由急剧的社会变化和深刻的信仰危机带来的新问题时；当人们长期习以为常的生活经验和文化感知经验受到强烈冲击，乃至被阻断，需要获得新的解释时，敏感的文人作家及知识分子不得不竭力建构新的情感反应和思想认识体系，以寻求应对危机与迷茫的途径。"重返童年"的时代意义及其文化思潮由此引发，随之出现了两种影响深远的童年叙事：以查尔斯·狄更斯作品为代表的现实主义童年叙事和以刘易斯·卡罗尔作品为代表的幻想性童年叙事。在社会动荡和变革的时代语境中，尤其在面对下一代的身心成长和教育问题，以及人们期待少年儿童如何从家庭步入变化与动荡的社会时，为儿童和青少年写作的众多作家通过他们各自的童年叙事完成了共同的"情感结构"中的儿童文学表达。这个儿童文学共同体阵营中具有不同的艺术追求，但表现出共同的指向，而且这个共同体预设的相同的读者对象决定了各叙事类型之间的文化逻辑和审美接受的内在关系，对巨变时代形成的情感结构也是这个文学共同体的集体意识觉察到的。本书致力于通过新的思想资源和学术资源去考察作为一个特殊历史时期的儿童和青少年文学叙事共同体的全貌，包括那些重要的组成部分，它们不同的艺术追求和相同的应对时代变化挑战的指向，它们的当代意义，以及对它们的文学和文化阐释。

　　维多利亚时期的童年叙事不仅文类多样，题材丰富，而且艺术成就斐然，影响深远。以狄更斯作品为代表的现实主义童年叙事成为英国文学传统的重要组成部分。狄更斯的童年叙事作品撕开了统治阶级标榜的社会繁荣和体面生活的面纱，使读者直面黑暗现状；揭示生活真相，容量厚重，具有遒劲的批判锋芒和细致入微、引人入胜的叙事力量，不仅对于维多利亚时期英国诸多方面的社会改革起到了很大的推动作用，而且形成了英国儿童文学创作领域影响深远的狄更斯传统。与此同时，卡罗尔的两部"爱丽丝"小说"闯进了一片寂静的海洋"，成为这一时期的幻想性童年叙事的翘楚和引领者。"爱丽丝"小说释放了长期被压抑的幻想文学的叙事能量，以洞察事物真相的童年精神的哲学底蕴和无畏胆气拓展了幻想性童年叙事的高度和深度。随着时光的流逝，它们的经典性显示出愈加勃发的生命力，衍生出各种媒介和各种艺术形式的再创作。与此同时，一大批卓越的幻想性童年叙事作品相继出现，革命性地颠覆了长期以来在英国儿童文学领域占据主导地位的坚持道德说教与理性训诫宗旨的儿童图书写作格局，构建起张扬童年自由精神的幻想儿童文学家园。维多利亚时期的儿童幻想文学异军突起，大放异彩，其中女性作家群体的童话创作构成儿童幻想文学的半壁江山。她们创作的文学童话具有多彩的艺术魅力，为维多利亚时期的童话叙事创作突破道德说教的藩篱，迎来儿童文学黄金时代做出了不容忽视的卓越贡献。随着工业革命的迅猛推进，社会转型期对各类人才的需求凸显出来，学校教育的状况日益受到各方重视。从狄更斯作品中对寄宿学校和市镇公立学校内外黑暗状况的揭露，到萨拉·菲尔丁和夏洛特·勃朗特等女作家对女子寄宿学校女生校园生活的描写，作家们对学校的状况和校园生活的敏锐观察与生动描写也引发了社会公众对学校教育状况的关注。与此同时，一方校园之地关联着众多少年儿童的学校活动、家庭生活及社会关系。从早期作品散点式地呈现各类学校的教育状况，到随后全景式地聚焦校园生活，讲述校园故事，现实主义的校园叙事在维多利亚时代取得了丰硕成果，出现了影响至深的重要文本，如托马斯·休斯的《汤姆·布朗的公学岁月》、弗雷德里克·法勒的《埃瑞克：一个发生在罗斯林公学的故事》、塔尔博特·里德的《圣·多米尼克学校的五年级》等，由此形成了维多利亚时期的少年校园叙事传统。这一时期的少年历险小说也成为很受欢迎的儿童和青少年文学叙事类型。19 世纪初，随着大英帝国的崛起，其扩张海外殖民地的行动也愈加迅猛。人们对于帝国的海外殖民行动和开拓历险热情高涨。多种类型题材的海外历险小说在维多利亚时期取得长足发展。从总体上看，维多利亚时期以狄更斯作品为代表的现实主义童年叙事、以卡罗尔作品为代表的幻想性童年叙事、女性作家群体的新童话叙事、少年校园叙事和少年历险叙事等多种文类共同构成维多利亚时代以儿童和青少年文学叙事方式表达的情感结构和文学表达类型，也在特定意义上成为这个国家向年青一代传递维多利亚时期的主流意识形态、价值标准和道德观念的一种难以替代的文化方式，共同参与了对维多利亚时代英国儿童和青少年的塑造。

　　另一方面，对维多利亚时期的儿童与青少年文学叙事共同体的研究有助于考察儿童文学的学科研究的历史进程。事实上，如果长期以来没有出现儿童本位和艺术自觉的儿童和青少年文学叙事实体，儿童文学的学科研究是无从谈起的，那将成为无源之水、无本之木。从儿童文学学科研究的历史进程看，19世纪英国儿童文学的黄金时代与20世纪儿童文学的学科研究之间存在着密切的内在关联。19世纪工业革命浪潮中异军突起的儿童和青少年叙事共同体开启了儿童本位和艺术自觉的童年叙事，这一时期的儿童文学作品成为独立于成人文学的真正儿童本位的、契合儿童审美意识与发展心理的童年文学表达。那些具有经典品质的作品构建了现代儿童文学创作的丰硕实体，推动了现当代英国儿童文学的发展，也从此成为儿童文学批评关注和研究的重要对象。这是20世纪儿童文学批评和学科研究的根本前提。事实上，进入20世纪，尤其是20世纪60年代以来，一大批文学研究学者投入由英国儿童文学黄金时代发展历程引导的现当代英语儿童文学研究，对维多利亚时代儿童文学"黄金时代"及其作品进行了深入的学术研究，开创了当代儿童文学学科研究的道路。众多学者的批评实践超越了以往师法成人文学或大文学系统的文化研究和审美研究，体现了研究者对人文学科前沿理论话语的创造性借鉴与融合。在人们的共同努力之下，儿童文学的学科研究获得了原创性的途径和方法，拓展了研究的深度和广度，使儿童文学研究突破了依附主流文学批评的束缚，也不再作为教育学科的附庸而存在，最终形成了独立、自洽的文学学科。由此可见，这两者之间形成紧密的互动关系，前者是后者存在和发展的支柱，而后者不仅阐明了前者作为独立文类的艺术品质，而且其研究成果在文学研究领域获得独立自洽的地位。从认识论视角考察儿童文学批评思想史，梳理20世纪以来英语儿童文学学科研究的发展历程，探讨儿童文学的研究对象与研究主体本身如何规约儿童文学的学科研究和批评模式，可以推动中外儿童文学的实质性交流和互鉴，为当今中国儿童文学批评的主体性建设提供有学科意义的启示，具有新时代儿童文学批评的理论认知意义和批评实践价值。

　　百年变局，人间沧桑。当今世界及人类社会正经历着从未有过的巨大改变，同时面临着各种各样的严峻挑战，乃至突如其来的全球性危机。在当下儿童文学领域，无论是人类大脑被植入芯片后发生的故事，还是各种"反面乌托邦"式的幻想作品问世，作家创作的作品更趋向于映射时代的焦虑和拷问。就幻想文学叙事的基本趋向而言，从20世纪50年代的《魔戒传奇》系列、《纳尼亚传奇》系列和 20 世纪至 21 世纪的《哈利·波特》系列，直到《饥饿游戏》《赐予者》《分歧者》《迷宫行者》及《暮光之城》（从 2005 年的《暮色》，2006 年的《新月》，2007 年的《月食》，2008 年的《破晓》，到 2020 年 8 月出版的《午夜阳光》）等一系列作品，格调更加阴暗的幻想作品反映了作家对未来的忧虑和期望——正如维多利亚动荡与变革时期的"爱丽丝"小说通过具有现代性和后现代性特征的童话叙事表达了那个时代的充满矛盾的希望和恐惧。尽管如此，有自觉意识的儿童文学的根本属性没有改变。儿童和青少年的精神成长关乎世界的未来、人类的希望。儿童文学创作和研究要思考的是，如何让今天的孩子们面对当今世界的客观现实，在认知能力、情感审美接受和道德教育等方面获得健康充实的发展，进而有能力去发现能够解决困扰人类生存和发展的各种现实问题的钥匙。作为童年和童年特质的文学表达，儿童文学神圣而崇高，守望童年又超越童年，在童趣和深刻之间，在梦幻和现实之间，在生存和理想之间，构建起认知和审美的艺术世界。这个世界可以呈现生活的本色，包括人世间的真善美丑；也可以揭示剧变时代人性深处的矛盾的对立面，包括光明与阴暗，坚强与软弱，善良与邪恶，创造性与破坏性，以及如何才能获得深层的人性本源力量，获得更丰富、更完善的人性，带着整合的情感力量和心智能力，去追寻那超越忧虑、困扰、失望的美好精神家园。

说明与致谢

天津理工大学蒲海丰博士承担了第二章"达尔文进化论与维多利亚时期的童话叙事和追寻叙事"的初稿撰写。

外语教学与研究出版社李蓉梅博士承担了第十章"维多利亚时期的少年历险叙事"的初稿撰写。

天津理工大学李墨副教授为本项目的资料收集、梳理做了许多工作。

感谢陕西师范大学人文社会科学高等研究院院长李继凯教授和李胜振副院长的热情鼓励和大力支持。借此机会，我还要特别感谢李继凯院长和李胜振副院长对外国儿童文学研究会重要学术活动的鼎力支持。两位院长克服新冠疫情带来的各种困难，确保了中外语言文化比较学会外国儿童文学研究会第二届年会暨国家社科基金重大项目"《世界儿童文学百科全书》翻译及儿童文学批评史研究"研讨会得以在陕西师范大学主会场通过在线形式顺利、圆满召开。开幕式上，李继凯院长特意用道劲飘逸的书法为大会题写了献词"童真世界"以表达对儿童文学研究事业的美好祝愿。此情此景，令人难忘。当然，还要感谢在陕师大人文社会科学高等研究院进行博士后科研工作，如今在重庆师范大学文学院任教的王欢副教授为这届年会和研讨会的胜利召开而付出的辛勤努力。

感谢北京语言大学张生珍教授的支持和推动。张生珍教授对中外儿童文学研究的深切热爱令人感动。正是在张生珍教授持之以恒的努力下，由她领衔申报的国家社科基金重大项目"《世界儿童文学百科全书》翻译及儿童文学批评史研究"获得立项，成为国内学界外国儿童文学研究及中外儿童文学比较研究领域首个国家社科基金重大项目；也正是通过她的不懈努力，外国儿童文学研究领域首个全国二级学会"外国儿童文学研究会"在中外语言文化比较学会的指导和支持下得以正式成立，其目的是促进中外语言文化和中外儿童文学的学术交流与互鉴，努力建构中国视野的世界儿童文学批评话语体系。这一切令人敬佩，而所有的辛勤努力，以及所有付出后的收获，意味着更加厚重的期望，也预示着继续前进的方向。

本书稿也成为"《世界儿童文学百科全书》翻译及儿童文学批评研究"前期成果之一。

目 录
CONTENTS

绪　论

第一节　走向儿童本位和艺术自觉的童年叙事

儿童本位和艺术自觉是英国维多利亚时期儿童和青少年文学叙事的两大关键特征，它们标志着一个全新的童年叙事文类的成熟与确立。在19世纪工业革命推动下出现的动荡与变革的社会转型期，儿童本位和艺术自觉的童年叙事异军突起，冲破了儿童图书写作领域根深蒂固的道德教诲藩篱，颠覆了长期以来占主导地位的恪守理性说教原则，以卓越的艺术成就开创了英国儿童文学的第一个"黄金时代"。

有自觉意识的儿童文学是人类大文学系统中的新生事物，也是人类文明进步的重要体现之一。它产生的必要前提是不断发展进步的童年观认知和儿童本位的童年叙事艺术逐渐走向成熟。之所以强调有自觉意识的儿童文学，是因为我们首先要将其区别于内涵和外延极为模糊的广义儿童文学。如果说人类社会只要有儿童，就会出现无论何种形式的儿童文学，那么广义的儿童文学涵盖了从古到今所有为儿童讲述、传授，而且为他们喜闻乐见的各种故事、歌谣、谜语及任何其他语言材料。广义的儿童文学虽然历史悠久，但边界极其宽泛，可谓无所不包。相比之下，有自觉意识的儿童文学的产生与成人社会的儿童观及童年观认识水平的不断提升密切相关。随着时代的进步和文明的进程，成人作家和艺术家开始有意识地依据儿童及青少年身心发展特征和审美接受特征专为他们创作各种形式的文学作品——这在过去漫长的岁月里是无法想象的，也是不可能发生的。一方面，儿童观的形成和演进，必定会受到特定时代的社会经济发展水平和思想文化发展状况，以及人们对所处的特定时代社会关系中人类自身认知发展状况的影响。这是思想认识方面的必要条件。另一方面，由印刷技术所支撑的，由作品生产、流通和大众群体的市场消费所组成的社会经济文化体制，对于18世纪以来的出版商推动儿童图书的创作、出版与传播产生重要影响。这是必要的物质条件，两者之间是密切关联，不可或缺的。在英国，与历史上的其他时期相比，19世纪维多利亚时代经历了前所未有的思想动荡和社会变革。工业革命推动了社会生产力的巨大提升，人们的生活方式和思想观念也发生了极大变化。与此同时，在工业革命导致的社会转型期，人们对"儿童"及"童年"等观念在质的意义上产生了新的认识。

本书采用中国视角，以历史唯物论和唯物辩证法认识论为指导，通过新的思想资源和学术资源对19世纪英国维多利亚时期的儿童和青少年文学叙事共同体进行共时性的综合研究。本书主体内容包括时代变迁中的从量变到质变的儿童观和童年观发展进程；有自觉意识的英国儿童文学发展的三个历史阶段：清教主义的宗教童年叙事、以纽伯瑞的童书出版事业为代表的多样化儿童文学创作与出版格局、维多利亚时期走向儿童本位和艺术自觉的童年叙事与儿童文学的第一个黄金时代；维多利亚时期的时代语境：工业革命与社会转型期的进步、动荡、危机和变革；动荡年代的科学与宗教之争、科学与人文之争，以及这些论争对于当今儿童文学的跨学科和交叉学科研究的启示意义；从英国文学传统语境重新审视狄更斯划时代的现实主义童年叙事；通过新视野和新学术资源考察刘易斯·卡罗尔以"爱丽丝"小说为代表的幻想性童年叙事；从传统童话走向艺术升华的幻想性童年叙事的代表性作家作品考察；女性作家群体为少年儿童创作的幻想文学叙事考察；从当代女性童话心理学视域对维多利亚时代女性童话叙事的阐释；巨变时代的教育问题与维多利亚时代的校园叙事；帝国殖民扩张叙事的时代语境与维多利亚时代的少年历险叙事；19世纪维多利亚时期的儿童文学黄金时代与20世纪儿童文学的学科研究发展进程之间的内在关联，即儿童文学学科研究的历史进程考察。

从总体上看，在维多利亚时期动荡与变革的时代语境中形成的儿童和青少年文学共同体具有共同的"情感结构"和殊途同归的多样化的童年叙事表达，不仅文类多样，题材丰富，而且艺术成就斐然，影响深远。以狄更斯作品为代表的现实主义童年叙事撕开了统治阶级标榜的社会繁荣和体面生活的面纱，揭露黑暗现状，直面生活真相，笔锋遒劲，容量厚重，涉及社会底层民众的生存问题、上层社会的贪腐问题、司法混乱与缺乏公平正义等社会问题、孤儿问题、少年犯罪问题、童工问题、儿童教育问题，等等。狄更斯童年叙事作品具有揭露黑暗真相的批判锋芒和细致入微、引人入胜的叙事力量，不仅对于维多利亚时期英国诸多方面的社会改革起到了很大的推动作用，而且形成了英国儿童文学创作领域影响深远的狄更斯传统。与此同时，卡罗尔的两部"爱丽丝"小说"闯进了一片寂静的海洋"，成为这一时期的幻想性童年叙事的翘楚和引领者。"爱丽丝"小说释放了长期被压抑的幻想文学的叙事能量，以洞察事物真相的童年精神的哲学底蕴和无畏胆气拓展了幻想性童年叙事的高度和深度。以"爱丽丝"小说为代表的一大批卓越的幻想性童年叙事作品相继出现，革命性地颠覆了长期以来在英国儿童文学领域占据主导地位的坚持道德说教与理性训诫宗旨的儿童图书写作格局，构建起张扬童年自由精神的幻想儿童文学家园。维多利亚时期的儿童幻想文学异军突起，大放异彩，其中女性作家群体的童话创作构成儿童幻想文学的半壁江山。女性似乎与童话文学之间存在着一种天然的密切联系。从民间童话口述传统的"鹅妈妈"和"邦奇大妈"这样家喻户晓的女性故事讲述者到 17 世纪法国女作家的童话创作运动，以及与她们的童话创作密切相关的"童话故事"这一名称的首次出现，再到维多利亚时期女性作家群体的文学童话创作的兴起，这无疑是值得研究者特别关注的重要现象。事实上，女性作家群体创作的文学童话具有多彩的艺术魅力，为维多利亚时期的童话叙事创作突破道德说教的藩篱，迎来儿童文学黄金时代，做出了不容忽视的卓越贡献。而且，维多利亚时期蔚然成风的女性童话创作得到了当代如火如荼的女性童话创作的历史性呼应。这就是从 20 世纪 70 年代开始，持续近半个世纪的女性作家掀起的童话文学创作运动，也称为"童话重写"运动，同样成果斐然，不容忽视。

随着工业革命的迅猛推进，社会转型期对各类人才的需求凸显出来，学校教育的状况日益受到各方重视。从狄更斯作品中对寄宿学校和市镇公立学校内外黑暗状况的揭露，到萨拉·菲尔丁和夏洛特·勃朗特等女作家对女子寄宿学校女生校园生活的描写，作家们对学校的状况和校园生活的敏锐观察与生动描写也引发了社会公众对学校教育状况的关注。与此同时，一方校园之地关联着众多少年儿童的家庭生活及社会关系。从早期作品散点式地呈现各类学校的教育状况，到随后全景式地聚焦校园生活，讲述校园故事，现实主义的校园叙事在维多利亚时代取得了丰硕成果，出现了影响至深的重要文本，如托马斯·休斯的《汤姆·布朗的公学岁月》、弗雷德里克·法勒的《埃瑞克：一个发生在罗斯林公学的故事》、塔尔博特·里德的《圣·多米尼克学校的五年级》等，由此形成了维多利亚时期的少年校园叙事传统。在以后的岁月里，英国儿童文学中的少年校园文学叙事还拓展出幻想性校园叙事，如《哈利·波特》系列呈现的魔法学校故事。无论是现实主义的校园叙事，还是幻想性的校园叙事，它们都是关于从年幼无知走向身体和心智成熟的成长叙事。无论是现实生活中的拉格比公学校长托马斯·阿诺德，还是霍格沃茨魔法学校的校长邓布力多，他们都应成为引导少年主人公从幼稚走向成熟的良师益友。与此同时，这一时期的少年历险小说也成为很受欢迎的儿童和青少年文学叙事类型。19世纪初，随着大英帝国的崛起，其扩张海外殖民地的行动也愈加迅猛。人们对帝国的海外殖民行动和开拓历险热情高涨。多种类型的海外历险小说在维多利亚时期取得长足发展。从《男孩自己的杂志》等青少年报纸杂志开始刊载校园故事和历险故事，到出版社将这些故事集结为图书推向市场，少年校园小说和少年历险小说作为通俗流行文学得到蓬勃发展。从总体上看，维多利亚时期以狄更斯作品为代表的现实主义童年叙事、以卡罗尔作品为代表的幻想性童年叙事、女性作家群体的新童话叙事、少年校园叙事和少年历险叙事等多种文类共同构成维多利亚时代以儿童和青少年文学叙事方式表达的情感结构和文学表达类型，也在特定意义上成为这个国家向年青一代传递维多利亚时期的主流意识形态、价值标准和道德观念的一种难以替代的文化方式，共同参与了对维多利亚时代英国儿童和青少年的塑造。

第二节　有关维多利亚时期儿童与青少年文学的研究概述

在维多利亚时代，有自觉意识的儿童文学创作取得了卓越不凡的艺术成就，成为契合儿童和青少年审美接受特征的真正意义上的儿童本位的文学类型。从这一时期重返童年的时代潮流到儿童与青少年文学叙事共同体的形成；从现实主义的童年叙事到幻想性童年叙事；从女性作家群体的儿童幻想文学叙事到写实性少年校园叙事和少年历险叙事，名篇佳作数量之多，艺术水平之高，影响尤为深远。此后，学界公认维多利亚时期出现了具有世界影响的英国儿童文学创作的第一个黄金时代，只是在时间划分上略有不同而已。

一、不断发展更新的视野：英国文学史专著的相关论述

对于维多利亚时期英国儿童和青少年文学叙事，英语学界的文学史研究和文类研究呈现出不断发展的新视野。

劳拉·F. 克瑞蒂（Laura F. Kready）的《童话研究》（*A Study of Fairy Tales*, Creative Media Partners, LLC, 1916）是较早论述维多利亚时期英国儿童文学创作，尤其是童话小说创作的论著之一，其关注的重点是这一时期形成的儿童幻想小说经典。作者梳理了作为一种艺术形式的文学童话所经历的

演进过程，并从童话的历史文化语境论述了 19 世纪出现的诸如《金河王》《玫瑰与戒指》《柳林风声》等童话小说作品对于这一时期的儿童和青少年文学创作的重要性。随着英语学界有关英国文学史的研究呈现不断发展更新的视野，学者大多将维多利亚时代的儿童文学经典之作纳入英国文学正史，作为其组成部分。

英语儿童文学史学者约翰·洛威·汤森（John Rowe Townsend）的《英语儿童文学史纲》（*Written for Children*：*An Outline of English-language Children's Literature*，London：Bodley Head Children's Books，1990. London：Bodley Head，1995）以编年史方式描述了英语儿童文学历经两个多世纪的发展历程。作者将英语儿童文学发展史分为四大板块：1840 年以前的历史；1840 年至 1915 年的"黄金时代"；两次世界大战（1915 年至 1945 年）之间的历史；1945 年至 1994 年的历史。论及的文类有"诚喻诗文""探险故事""家庭故事""校园故事""儿童韵文""图画书""动物故事""幻想故事"等。

D. C. 萨克（D. C. Thacker）和吉恩·韦布（Jean Webb）合著的《儿童文学导论：从浪漫主义到后现代主义》（*Introducing Children's Literature*：*From Romanticism to Postmodernism*，2002，London：Routledge，2002）分别在浪漫主义、现代主义和后现代主义的文学语境下，将英美儿童文学创作置于主流文学史的脉络中进行梳理和探讨。在该书第一卷"浪漫主义"部分，作者重点讨论了约翰·罗斯金的《金河王》等作品与浪漫主义历史语境的关联；在第二卷"19 世纪的文学"中，作者重点探讨了金斯利的《水孩儿》和刘易斯·卡罗尔的两部"爱丽丝"小说等作品。

安德鲁·桑德斯（Andrew Sanders）在其《牛津简明英国文学史》（修订本）（*The Short Oxford History of English Literature*，Oxford：Oxford University Press，1994，2000）第七章"维多利亚鼎盛期的文学：1830 年至 1880 年"中，对刘易斯·卡罗尔的两部"爱丽丝"小说以及爱德华·利尔的"荒诞歌谣集"等作品的艺术特征进行了专题论述。他特别指出"爱丽丝"小说始终充满反转、推测、激变和梦想等因素，与此同时，两部"爱丽丝"小说呈现出一种探索荒诞的快乐，因为荒诞就像镜子一样，提供了一种看待事物的可供选择的方式。这是对两部"爱丽丝"童话小说的"荒诞派"文学特征进行的学理性阐释。他认为这两位作家的创作标志着"一种富于智力和奇想的儿童文学的出现"，是鉴赏力变革的最显著的结果。而这种阐述代表了英国文学主流学界的价值取向，即将维多利亚时代的儿童文学经典纳入英国文学正史，作为其重要组成部分。

　　科林·曼洛夫（Colin Manlove）的《从爱丽丝到哈利·波特：英国儿童幻想文学》（*From Alice to Harry Potter*：*Children's Fantasy in England*，New Zealand：Cybereditions Corporation Christchurch，2003）考察了从 1850 年至 2001 年的英国儿童幻想文学创作历程，将其分为 6 个历史时期：（1）维多利亚时期；（2）半个世纪的田园牧歌（1900 年—1950 年）；（3）进入新世界（1950 年—1970 年）；（4）反叛与反作用（20 世纪 70 年代）；（5）直面现实（20 世纪 80 年代）；（6）对黑暗的恐惧（20 世纪 90 年代）。作者对维多利亚时期儿童幻想文学的兴起和发展进行了社会历史和文化的透视，对重要作品的文学艺术特征等命题进行了阐述，并且从表现形式、题材内容等方面揭示了喜剧性、荒诞性、社会批判性、基督教教义的、回溯过去的，以及政治寓言式的儿童幻想文学类型。

　　约翰·里凯蒂（John Richetti）主编的《哥伦比亚英国小说史》（*The Columbia History of the British Novel*，Foreign Language Teaching and Research Press，Columbia University Press，2005）是英国小说发展史研究上的权威著述，体现了 20 世纪末英语学术界在英国小说发展史研究的最新成果。其中罗伯特·波尔赫默斯（Robert Polhemus）的长文《刘易斯·卡罗尔与维多利亚小说中的儿童》（*Lewis Carroll and the Child in Victorian Fiction*）将英国幻想文学与新兴的童年书写联系起来进行考察，全面深入地阐述了小女孩爱丽丝这一人物形象具有的划时代的重要思想文化意义，以及爱丽丝作为维多利亚时代小说的儿童主人公，是如何与同时代的其他重要小说家（如查尔斯·狄更斯等）所呈现的儿童主人公和童年相关联的。这是一篇颇具深度和广度的长篇学术论文，是维多利亚时期童年叙事研究的重要成果之一。

　　菲利普·戴维斯（Philip Davis）的《维多利亚人，1830—1880：牛津英国文学史·第八卷》（*The Victorians* 1830—1880：*The Oxford English Literary History* vol. 8，Ⅷ，Oxford：Oxford University Press，2002，2007）是一部视域新颖独特的英国维多利亚文学史①，以社会思潮和文化背景为主线，深入考察了 1830 年至 1880 年这一特定历史时期英国文学的总体特征和客观成因。论著尤其对达尔文学说及其其他科学发现带来的前所未有的冲击进行了深度阐述。事实上，有关文献表明，达尔文学说不仅对维多利亚时代的英国主流文

---

　　① 外语教学与研究出版社引进该书原版在我国出版发行：Davis P. The Victorians（1830—1880）：The Oxford English Literary History vol. 8［M］. Beijing：Foreign Language Teaching and Research Press；London：Oxford University Press，2007.

学产生重要影响，更是直接影响和推动了儿童和青少年文学创作，这也是我们应当关注的重要现象。此外，作者还论述了维多利亚时代的童话文学和幻想文学（Fairy Tales and Fantasies），探讨了它们的时代意义和文学话语价值。戴维斯将童话文学和幻想文学纳入维多利亚主流文学史，这体现了一种突破，一种新的视野和认知。

查尔斯·费拉尔（Charles Ferrall）和安娜·杰克逊（Anna Jackson）合著的《少年文学与英国社会，1850—1950：青春期的年代》（*Juvenile Literature and British Society*，1850—1950：*The Age of Adolescence*，New York：Routledge，2009）梳理了19世纪50年代至20世纪50年代这百年间英国少年文学的发展状况，阐释了维多利亚时期儿童文学对传承民族文化，赋予儿童平等地位所发挥的作用。两位作者认为，维多利亚人已经构建了一个关于少年青春期的概念，这一概念的影响和争论一直延续到20世纪。在这一时期，儿童和青少年文学非常流行，尤其是讲述男孩和女孩们的历险故事和校园故事。在这些作品中，青春期表现为性意识的萌动，同时也是一个追求浪漫的理想主义时期，而这一时期会随着婚姻的到来而终结。该书作者所考察和揭示的关于青春期的观念与之前的浪漫主义文学的童年崇拜一样，对于研究儿童文学和维多利亚文化的学者，是一个重要的命题。

二、解读"黄金时代"：儿童文化和儿童文学批评论著的阐述

进入维多利亚时代，工业革命带来社会剧变，科学新发现和以达尔文进化论为代表的新思想给人们的传统观念和宗教信仰造成极大震撼。在社会转型期的变革潮流和精神危机的冲击下，众多作家转向童年叙事，童年书写成为作家们对抗社会剧变和精神危机的表达方式。众多作家怀着重返童年，追寻失落的精神家园这一心态为孩子们写作，或者就以少男少女作为自己作品的主人公，使儿童和青少年文学异军突起。于是在维多利亚时期及爱德华时期（1830—1915）形成了英国儿童文学的第一个黄金时代。这一时期的儿童和青少年文学创作在前所未有的工业革命时代语境下形成了一个具有共同读者对象、共同价值取向和相似艺术追求的文学共同体，包括以"重返童年"为特征的现实主义童年叙事、幻想性童年叙事、女性作家群体的童话叙事、少年校园叙事、少年历险叙事等。这一时期的儿童文学创作成果丰硕，数量之多，艺术水平之高，叙事文类之丰富，影响之深远，足以令世人瞩目。此后批评家和学者对这一黄金时代的解读，以及对这些作品的深入研究，揭示了这一时期的儿童与青少年文学名篇佳作的经典性。

　　哈维·达顿（F. J. Harvey Darton）的《英国儿童图书：五个世纪的社会生活史》（*Children's Books in England：Five Centuries of Social Life*，Cambridge：Cambridge University Press，1958，1932）是重要的英国儿童文学图书出版和史学研究及书目学著作，该书提供了描述性的书目，阐述内容涉及图书馆学、社会学、图文关系，以及作为艺术品的图书整体效果等相关构成因素，首次清晰地描绘了独立于成人文学大系统的儿童文学版图。这部书呈现了儿童文学的学科研究要素，奠定了后来学者进行儿童文学史学研究的基础。作者还通过翔实的史料和精练的阐释，对英国儿童图书创作、出版的整个社会历史语境及发展进程，尤其是维多利亚时期儿童幻想文学经典的出现与英国儿童文学第一个黄金时代的内在逻辑关联等命题进行了较为深入的论述。

　　汉弗莱·卡彭特（Humphrey Carpenter）的《秘密花园：儿童文学的黄金时代研究》（*Secret Gardens：A Study of the Golden Age of Children's Literature*，Boston：Houghton Mifflin Company，1985）借用女作家弗朗西丝·伯内特的儿童小说名著《秘密花园》为主标题，对19世纪中期至20世纪初年的杰出英国儿童文学作家及其创作进行了全面深入的考察，认为这些作家的文学创作活动形成了相似的涉及思想观念和主题的艺术表现模式。作者在书中还重点阐述了在这一"儿童文学黄金时代"，为什么会有如此多的作家选择将儿童小说作为自己描写社会和表达个人梦幻的文学载体。

　　彼得·亨特（Peter Hunt）主编的《插图版英语儿童文学史》（*Children's Literature：An Illustrated History*，Oxford：Oxford University Press，1995）是一部按年代和创作类型撰写的通史类学术论文集。它重点探讨了英国儿童幻想小说兴起的社会历史和文化条件等因素。书中第六章"一种艺术形式的诞生"论述了维多利亚时期至爱德华时期的代表性童话小说作家及其创作特征和艺术成就。

　　20世纪60年代以来，以佩里·诺德曼（Perry Nodelman）、杰克·齐普斯（Jack Zipes）、彼得·亨特（Peter Hunt）和约翰·斯蒂芬斯（John Stephens）等为代表的一批英语文学学者，以深厚的文学理论资源投入儿童文学研究，考察其创作和批评现象，包括维多利亚时代以来的英国儿童文学的发展历史，这一时期的童年观和家庭观与儿童文学创作的关系，以及这一时期的儿童文学叙事与社会文化之间的关系，用不同的文学批评理论和批评方法进行考察。其共同特点是将儿童文学视作整个文学活动领域的重要组成部分，在相同条件下接受相同的评判标准。所有这些学理深厚、全面深入的研究成果既揭示了维多利亚时期优秀儿童文学作品的经典品性，也捍卫和拓展了儿童文学的文学史边界和文化视野，确立了儿童文学的艺术品质和社会价值。以此为观照，通过当代文化和文学发展视野，运用新的学术资源去考察研究儿童文学的发生和发展，无疑具有重要的文化和文学认识论意义。正如杰克·齐普斯所论述的："尽管并非《哈利·波特》小说系列使儿童文学回归其在文化版图中应当拥有的地位，但它们确实巩固了儿童文学在文化版图中的地位，而且将继续使普通读者认识到，儿童文学才是最受欢迎的流行文学。儿童文学是真正的大众文学，是为所有民众创作的文学，是无论老少都在阅读的文学……①"文化和文学史研究视野有助于拓宽拓深国内儿童文学研究的文学内涵和研究层面，激发相关理论研究的潜能，促进优秀儿童文学作品的研究与创作。

从总体上看，研究者对于维多利亚时期儿童文学创作中的幻想小说（童话小说）给予了高度评价和重点关注，而相比之下对于写实性叙事作品的考察广度和研究深度还有很大的提升空间。此外，人们对于 19 世纪维多利亚时期儿童文学黄金时代形成的历史源流和文学语境，以及这一时代与 20 世纪儿童文学的学科研究之间的内在关联没有给予足够的关注。

本书在学界相关研究成果的基础上，采用当代中国学人视阈，以唯物辩证法认识论为思想武器，通过新的学术资源去综合考察这一时期的儿童和青少年文学共同体。在过去漫长的历史时期，生产力的发展在时空传播上显得相当缓慢，以至于人们终其一生也难以察觉发生的变化。英国工业革命标志着近代以来人类社会发生的生产方式的重要变革，人类第一次从农业生产转变为工业生产，而随着 19 世纪工业革命发展的进程，人类社会发生的变化与过去相比不可同日而语，面临的挑战也非同一般。作家们为应对这一变化主题而进行创作，通过文学叙事捕捉变化进程中人物的情感结构，具有重要的研究价值。维多利亚时期的儿童和青少年文学叙事经典是丰厚的文化遗产，具有双重性特点，不仅为儿童和青少年读者喜爱，而且能够满足成人读者的认知和审美需求。对这一文学共同体的系统研究能够为我们提供多方面的学术资源。本书致力于通过新的学术视野和学术资源去考察作为一个特殊历史时期的儿童和青少年文学叙事共同体的全貌，它的不同的艺术追求和相同的应对时代变化挑战的指向，它的当代意义的文学和文化阐释，以及它能够为我们的儿童文学研究者和创作者提供什么样的启示和借鉴。

---

① 杰克·齐普斯. 冲破魔法符咒：探索民间故事和童话故事的激进理论 ［M］. 舒伟，译. 合肥：安徽少年儿童出版社，2010：230.

第三节　整体考察中重点关注的几个命题

命题一：根据儿童文学相较于大文学系统的特殊性，我们对广义的儿童文学和具有自觉意识的儿童文学进行了区分。从广义的儿童文学观看问题，从古代、中世纪到现当代，凡是儿童通过各种方式接触的，以及任何他们喜闻乐见的文学素材都可以称为儿童文学。换言之，无论在什么地方，无论在什么时候，只要有儿童，就会出现为儿童讲述、传授的各种形式的"儿童文学"。历史记载表明，尽管古希腊《伊索寓言》、古希腊神话等早期文化遗产绝非为儿童创作，却因为其能言会道的动物角色和天界人间的奇幻故事这样的文学性（故事性）成为人们娱乐和教育儿童的重要材料。直至17世纪，对英国儿童图书出版事业产生重要影响的哲学家约翰·洛克在相关论述中还特意将《伊索寓言》推荐为成人为儿童讲述的内容。[①] 所以广义的儿童文学虽然历史久远，但内涵和外延极为模糊，是一个宽泛的、无所不包、难以从学理层面准确把握的大范畴。广义的儿童文学与现当代有自觉意识的儿童文学之间存在着明确的本质区别，即有自觉意识的儿童文学一方面体现了成人社会对儿童和青少年精神世界的有意识的关注、呵护和培育，是成人作家和艺术家依据儿童和青少年身心发展特征及审美接受特征，有意识地为他们创作的、有益于他们精神生命健康成长的文学艺术作品；另一方面，随着时代的发展，为儿童和青少年创作各类作品的作家和艺术家已经具备成熟的，或日臻完善的文学表达艺术。

命题二：坚持唯物辩证法认识论指导下的考察。唯物辩证法的一个重要特征就是抓住事物的主要矛盾，坚持"事物的性质主要是由该事物的主要矛盾的主要方面决定的"这一哲学原则。根据这一原则，我们需要紧紧把握有自觉意识的儿童文学的发展进程这一关键脉络，以此区别于无所不包，但过于庞杂、难以把握的广义儿童文学。维多利亚时期的儿童文学体现了有自觉意识的追求审美和认知价值的童年叙事的文学表达，这就是事物的根本性质。

---

① 1693年，约翰·洛克（John Locke）在《教育漫话》（*Some Thoughts Concerning Education* [M]. Oxford：Oxford University Press，1963.）中论述了如何通过三种独特的方法来培育儿童的心智：发展健康的体魄，形成良好的性格，选择适宜的教育课程。在培养读书识字的方式上，洛克认为儿童的阅读应当具有愉悦性，他推荐的儿童读物包括宗教性的素材和《伊索寓言》等。

与此同时，根据唯物辩证法认识论，有自觉意识的儿童文学的发展是社会物质生产力发展到一定阶段，人们的认知能力得到相对提高之后才得以实现的，而且与时代变迁中的儿童观或童年观有着密切关联。在不同时代，人们的思维方式及认知能力往往受到特定时代的条件限制和自身认知水平的制约，要随着时代的进步，随着自身生存条件的改善和观察能力的提高而改变、发展，儿童观的演变亦是如此。从清教主义的"原罪论"儿童观、洛克和卢梭的"童年纯洁"与"崇尚天性"的儿童教育观、浪漫主义文学思潮的"童心崇拜观，"直到工业革命时代随着新思想的冲击而出现的"尊重童年，张扬想象"的童年观，维多利亚时代的儿童观无疑经历了一个质的嬗变。

命题三：在这一认识基础上，本书梳理了有自觉意识的英国儿童文学发展进程的基本脉络，即它所经历的三个重要发展阶段。第一，清教主义主导的以"布道说教，救赎灵魂"为宗旨的，以儿童读者为接受对象的宗教训诫性童年叙事。其主要特征是，书中发生的事情基本是按照预先设定的、不能背离的宗教理念或条件进行的；事件进程的走向也是确定的、不能变化的。当然，清教主义者关注儿童的读书识字教育，是出于让儿童接受基督教教义的需要。他们认为儿童读物能够影响儿童的人生，尤其是通往天国的人生。尽管如此，正是在清教主义者注重儿童教育理念的推动下，儿童图书成为独立的出版类型，主要包括宗教训诫类图书及一些实用性、知识性图书。第二，之后的第二个历史阶段的标志是约翰·纽伯瑞于1744年大规模出版题材多样的儿童读物，这一行动使儿童图书从此成为英国图书出版行业的一个不可或缺的组成部分。纽伯瑞出版包含教育性和娱乐性的儿童读物，形成了具有较强故事性的图文叙事。其主要特征是，这些儿童图书一改清教主义儿童宗教叙事的固化模式，讲述儿童主人公在特定生活环境中对面临的问题采取自主行动，做出自己的选择。从预设的宗教信仰模式转变为主人公的主动选择和行动，这无疑是一个至关重要的分水岭。第三，维多利亚时代走向"重返童年，珍视想象"的儿童和青少年文学叙事，成为真正意义上的儿童本位和艺术自觉的童年叙事。这一阶段产生了大批具有卓越艺术品质的儿童文学作品，文类多样，题材丰富，艺术手法娴熟，从现实主义的童年叙事到幻想性童年叙事（儿童本位的幻想小说）、女性童话叙事、少年校园叙事和少年历险叙事等，形成了一个具有共同读者对象、共同价值取向和相似艺术追求的儿童文学共同体。作为契合儿童审美意识与发展心理的童年文学表达，这一黄金时代的许多作品成为经典，具有独特的双重性，既能满足少年读者审美和认知的阅读需求，又能吸引成年读者，使他们从中找到重返童年这一人类精神家园的心理和情感诉求。此外，这些作品对于现当代英国儿童文学的发展具有至关重要的推动意义，也从此成为当代儿童文学批评和研究的重要对象。

命题四：长期以来，学界对于维多利亚时期儿童文学创作中的幻想叙事（童话小说）给予了高度评价和重点关注，相比之下，对于这一时期的现实主义童年叙事作品的考察广度和研究深度还有很大的提升空间。为此，以新的视野重新审视查尔斯·狄更斯的现实主义童年叙事具有重要的当代意义和批评实践价值，不仅可以拓展儿童文学研究的重要疆界和学术内涵，而且能够进一步拓展新时代狄更斯研究的学术空间。这成为本书作者的考察重点之一。狄更斯的文学创作不仅是维多利亚这一巨变时代的社会动荡、变革症候的晴雨表和重要写照，而且是前所未有的对于现实主义童年叙事的全方位、有深度的开拓，在儿童文学史上具有重要开创意义，并由此形成了儿童文学创作领域影响深远的狄更斯传统。本书作者对狄更斯的童年叙事作品进行了细读，并在学界前期研究的基础上阐述了狄更斯现实主义童年叙事的诗学特征：一体两端的社会"诗性正义"情怀，以及作家心目中实现这一"诗性正义"情怀的理想途径。与此同时，本书从新的视角审视了刘易斯·卡罗尔的幻想性童年叙事，尤其通过解读来自作者创作的长篇小说《西尔维与布鲁诺》的启示，致力于通过新的学术资源对卡罗尔的幻想性童年叙事的艺术内涵和诗学特征，尤其是幻想性童年叙事的现实主义批判特征进行深度阐释，包括与儿童幻想叙事经典的形成有密切关联的文学话语的成人世界与文学话语的儿童世界；通过维多利亚时期名目繁多的轻罪重罚现象，尤其是死刑罪的司法审判现象，探讨了"爱丽丝"小说的幻想性怪诞叙事与社会现实之间紧密的内在关联，以及作品对社会丑恶怪象的讽刺和批判；此外，作者对"爱丽丝"小说的当代各种跨媒介叙事与跨越百年的影像改编现象进行了考察。

命题五：在借鉴批评家雷蒙德·威廉斯的"可认知共同体"和"情感结构"等重要批评话语的同时，本书以唯物辩证法为指导，根据"事物的性质主要是由该事物的主要矛盾的主要方面决定的"这一重要原则，紧紧把握具有自觉意识的儿童文学的发展进程这一关键脉络，在特定时代的社会文化语境下，集中考察维多利亚时期的儿童和青少年文学共同体的各个重要组成部分，以及其文学表达的艺术审美特征和社会认知价值。威廉斯在考察维多利亚时期的一批重要英国小说家的作品及文化观念时，揭示了这些作家在面对巨大社会变革和动荡时在思想和情感上的反应，认为他们形成了一种"可认知共同体"，而且具有特定的"情感结构"。这为维多利亚时期异军突起的童年叙事研究提供了有益的批评借鉴。在19世纪工业革命的浪潮中，当人们面临由急剧的社会变化和深刻的信仰危机带来的新问题时；当人们长期习以为常的生活经验和文化感知经验受到强烈冲击，乃至被阻断，需要获得新的解释时，敏感的文人作家及知识分子不得不竭力建构新的情感反应和思想认识体系，以寻求应对危机与迷茫的途径。"重返童年"的时代意义及其文化思潮由此引发，随之出现了两种影响深远的童年叙事：以查尔斯·狄更斯作品为代表的现实主义童年叙事和以刘易斯·卡罗尔作品为代表的幻想性童年叙事。在相同的社会动荡和变革的语境下，尤其在面对下一代的身心成长和教育问题，以及人们期待少年儿童如何进入变化与动荡的社会时，为儿童和青少年写作的众多作家通过他们各自的文学叙事完成了共同的"情感结构"的儿童文学表达。这个文学共同体具有不同的艺术追求，但具有共同的指向，而且这个共同体预设的相同的读者对象决定了各叙事类型之间的文化逻辑和审美接受的内在关系，对巨变时代形成的情感结构也是这个文学共同体的集体意识觉察到的。

命题六：在对维多利亚时期的儿童与青少年文学叙事共同体进行系统考察的基础上，本书探讨了儿童文学学科研究的历史进程，即19世纪英国儿童文学的黄金时代与20世纪儿童文学的学科研究之间的内在关联。这一时期的儿童文学共同体成为真正儿童本位的、契合儿童审美意识与发展心理的童年文学表达。那些具有经典品质的作品构建了有自己意识的现代儿童文学创作的丰硕实体，推动了现当代英国儿童文学的发展，也从此成为儿童文学批评关注和研究的重要对象。进入20世纪，尤其是20世纪60年代以来，一大批文学研究学者投入由英国儿童文学黄金时代发展历程引导的现当代英语儿童文学研究，对维多利亚时代儿童文学"黄金时代"及其作品进行了深入的学术研究，开创了当代儿童文学学科研究的道路。他们的研究采用了多种人文学科视角，运用了不同的理论范式和文本解读方式，超越了以往师法成人文学或大文学系统的文化研究和审美研究，体现了研究者对人文学科前沿理论话语的创造性借鉴与融合。在这些学者的共同努力下，儿童文学的学科研究获得了原创性的途径和方法，拓展了研究的深度和广度，成果丰硕，引发关注，使儿童文学研究突破了依附主流文学批评的束缚，也不再作为教育学科的附庸而存在，最终形成了独立、自洽的文学学科。此外，本书还从中国视野阐述了有关发展儿童文学学科研究、比较儿童文学研究，以及儿童文学的跨学科研究等命题。

第一章

进步·危机·变革：进入维多利亚时代的英国

第一节 莎士比亚与英国民族的文化认同感的构建

英国，全称为"大不列颠及北爱尔兰联合王国"（United Kingdom of Great Britain and Northern Ireland），位于大西洋的不列颠群岛上，由英格兰、苏格兰、威尔士和北爱尔兰四个行政区域组成。从地理位置看，不列颠群岛在东南方向隔北海、多佛海峡和英吉利海峡与欧洲大陆相望；其东面濒北海，与比利时、荷兰、德国、丹麦和挪威等国相望；其西面邻靠爱尔兰岛；同时横隔大西洋与美国和加拿大遥遥相望。在不列颠群岛，从北穿过大西洋可达冰岛，南面从多佛港沿英吉利海峡海底隧道行驶 33 千米就可抵达法国的加莱。英国的国土面积包括大不列颠岛、爱尔兰岛东北部以及周边上千个小型岛屿，总面积 24.5 万平方千米。其中英格兰位于南部平原，全境面积为 13 万余平方千米，占大不列颠岛的大部分。威尔士位于西南部山地，面积为 2 万余平方千米，境内多山、地势崎岖。苏格兰位于北部山地，苏格兰及周围的许多小岛总面积共为 7.8 万平方千米。北爱尔兰面积为 1.4 万平方千米，隔爱尔兰海与大不列颠岛相望。作为一个岛国，英国海岸崎岖多变，总长度达 1.1 万千米。从英国的最北端到最南端直线距离不到 1000 千米，加上海岸曲折，英国任何城镇距海不超过 120 千米。虽然国土面积不大，但英国的地形地貌多姿多样，富有变化。东南多为平原丘陵，西北部则分布着山地和高原。英国面积较大的湖泊主要分布在湖区，即英国 18 世纪末至 19 世纪初的湖畔派诗人们生活和创作过的地方，以及传说有水怪出没的尼斯湖地区。英国最大的湖泊是位于北爱尔兰的内伊湖。英国最长的河流是塞文河，起源于威尔士，全长 354 千米。英国的主要语言为英语、威尔士语、盖尔语（苏格兰及北爱尔兰地区），宗教主要有英国国教、天主教。就英国的国名而言，"不列颠"在凯尔特语中是"杂色多彩"的意思。

从历史看，英语语言和英国文化的形成与发展既有凯尔特人和朱特人的语言文化因素，也有罗马人的语言文化（拉丁语）因素，更有盎格鲁-撒克逊人的语言文化（古英语）因素，以及丹麦人、诺曼人的语言文化（法语）因素。从民族成分看，英格兰人以日耳曼人的血统为主，而苏格兰、北爱尔兰和威尔士则拥有更多的凯尔特人血统。英国国旗俗称"米字旗"，因上面有三个叠在一起看似"米"字的具有象征意义的十字，这象征语言反映了英国民族的宗教文化和民族融合的历史进程。1606 年英格兰与苏格兰合并时国旗上采用了象征英格兰保护神圣·乔治（St. Gorge）的十字架，以及象征苏格兰保护神圣·安得鲁斯（St. Andrews）的斜十字架（蓝色背景下两个白色的斜十字），1801 年爱尔兰被并入英国时又加上了象征爱尔兰保护神的圣·帕特里克（St. Patrick）的斜十字架。英国的国徽就是英国国王的王徽。其盾徽上端为头盔、帝国王冠和狮子。盾面上有两组狮子，其中三只金狮代表英格兰，红狮代表苏格兰，竖琴代表爱尔兰。两侧是象征英格兰的狮子和象征苏格兰的独角兽。盾徽周边用法文写着"恶有恶报"。盾徽下端悬挂着嘉德勋章，饰带上写着"天有上帝，我有权利"。饶有趣味的是，作家刘易斯·卡罗尔在《爱丽丝镜中世界奇遇记》中有一章就名为"狮子与独角兽"，使两种动物成为童趣化的文学形象。而创刊于 1977 年的一份重要的当代儿童文学研究学术刊物的刊名就是《狮子与独角兽》（*The Lion and the Unicorn*），由此表达了对永恒经典的敬意和推崇。英国的国花是玫瑰，其次是月季花和蔷薇花。由于英国由四个民族地区组成，所以各个地区又有自己本民族的"国花"：英格兰为五瓣玫瑰，苏格兰为蓟花，北爱尔兰为三叶苜蓿，威尔士为黄水仙。说起英国，自然要涉及不列颠王国主体民众的民族性。简单地说，不列颠群岛的早期历史所演绎的基本是外族入侵、征服与反征服纷争厮杀的历程，从罗马人、日耳曼人、盎格鲁-撒克逊人到丹麦人，踏上这片岛屿的征服者与被征服者轮番登场，都想成为这里的主人。1066 年发生的诺曼征服加速了不列颠岛国社会的封建化。征服者威廉开始建立起强大的中央政府，其基本政体得到后继者的拥护和传承。由于组建了政府统领的军事力量，不列颠群岛能够充分有效地抵御外族的入侵。自 1066 年诺曼征服到 16 世纪末，外族入侵不列颠群岛的历史已然终结。与此同时，英格兰、爱尔兰、威尔士、苏格兰也基本被整合到同一面旗帜下，大英帝国通往 19 世纪的强盛和扩张之路即将开启。

就英国民族的文化认同感而言，莎士比亚做出了重要的贡献，成为英国文学和文化发展史上一个绕不开的形象。19 世纪的英国历史学家托马斯·卡莱尔（Thomas Carlyle，1795—1881）在《论英雄和英雄崇拜》（On Heroes and Hero Worship and the Heroic in History，1841）一书中这样论及莎士比亚对英国人的重要性：如果要我们在莎士比亚和印度帝国之间做出抉择，我们会发自内心地回答，宁要莎士比亚，不要印度帝国。不管有没有印度，我们都绝不能没有莎士比亚。印度帝国早晚有一天会离开我们，但莎士比亚永远是我们的。在特定意义上，莎士比亚的文学创作对于英国民族语言的发展和文化认同具有重要的推动作用。也可以这么说，莎士比亚的文学世界为人们敞开了一扇了解英国历史和民族文化特性的窗口。生活在伊丽莎白时代的杰出诗人、剧作家莎士比亚（William Shakespeare，1564—1616）根据英格兰历史写出了一系列历史戏剧，这些剧作集中体现了作者对于英国民族历史的敏感性，唤起了民众对于自己民族的过去及其民族特性的体悟和认知，从而极大地推动了英格兰民族精神和民族国家共同体意识的形成。莎士比亚创作的 10 部历史剧以艺术形式呈现了有代表性的诸多英格兰国王的活动，围绕王位继承权这一核心主题，以生动细致的形象和叙事再现了这些国王在政治风云中的人生经历，同时挖掘了英国国君和国体的历史命运的前因后果。从 1199 年登上国王宝座的约翰王（1166—1216）到 1547 年去世的亨利八世（1491—1547），莎士比亚的目光扫视了近三个半世纪的英国历史，将期间发生的重大事件以舞台故事的形式栩栩如生地展现在观众眼前。其中两个相互关联的四部曲集中地展现了从 1377 年继位的理查二世（1367—1400）到 1485 年覆灭的理查三世（1452—1485）的百年英国史。这两个四部曲几乎全景般呈现了跨越 60 多年的兰开斯特王朝（House of Lancaster），从 1399 年篡位登基的亨利四世（1367—1413）到亨利五世（1397—1422），直到亨利六世的终局。时至今日，当代英国最具影响力，且演出水平最高的职业剧团之一就是皇家莎士比亚剧团。它在莎剧演出上的历史及权威性，也是举世公认的。莎士比亚的历史剧呈现了他对不列颠岛国的国家政治事务的透彻洞察；通过对分裂、篡权、废黜、流放及对外战争和国内战争等现象的深刻描写，莎士比亚唤起了民众的警醒，呼应了广大民众期盼开明君主为社会带来稳定与繁荣的强烈愿望。莎士比亚的历史剧可以促使人们去思考政治与民生、战争与和平，以及什么才是稳妥的君主政府，什么才是民心所向。在特定意义上，这些不朽的剧作影响深远，使英国人从 17 世纪末逐渐形成了这样的信念：莎士比亚是无可替代的英格兰民族诗人。从总体看，莎士比亚的历史剧内容丰富，内涵深刻，主题博大，涉及从 13 世纪初的约翰王到 15 世纪末的理查三世这一时期的历史，其中包括英法之间的百年战争（1337—1453）和英国国内的玫瑰战争（1455—1485），前者持续时间长达 116 年，获得胜利的法国完成了民族统一，为其日后在欧洲大陆扩张打下基础；英国几乎丧失所有的法国领地，但也强烈地唤醒了英格兰的民族主义意识。玫瑰战争的结果是终结了法国金雀花王朝在英格兰的统治，开启了新的威尔士都铎王朝的统治。从《亨利六世》上中下篇和《理查三世》的第一系列，《理查二世》、《亨利四世》上下篇和《亨利五世》，还有《约翰王》和《亨利八世》，莎士比亚都通过起伏跌宕、引人入胜的戏剧方式呈现了诗人对英国都铎王朝纷争历史的诗性诠释，以卓越的文学性和思想性深刻地影响了社会公众的反思和革新意识。

莎士比亚的戏剧博大精深，富有极大包容性和艺术弹性，可抵达人物内心深处，又触及社会生活与阶级活动的重要方面，从俗世坊间民生到时代政治风云变幻，可谓雅俗共赏，那个时代的伦敦观众，从名流显贵到下层市民无不为这些戏剧所吸引，驻足观看。而时至今日，这些剧本、剧场和演出状况等与这一时期历史语境的关联仍然受到相关学界历史学家的关注和研究。事实上，在这近三百年的时间里，英国作为一个民族国家已经初步形成，莎士比亚的历史剧无疑激励了英国民众的爱国之心，加强了岛国的共同体意识。莎士比亚一生共创作 38 部戏剧，包括 16 部喜剧、10 部历史剧和 12 部悲剧，其中《两个贵亲》和《亨利八世》据专家考证是莎士比亚和年轻剧作家约翰·弗莱彻（John Fletcher, 1579—1625）合写的。就艺术表达而言，人们发现莎士比亚是一个具有广泛包容性的诗人、剧作家，他无视各种有形和无形的限制，跨越社会和阶级界限，跨越思想和文化界限，兼收博采，将各种思想观念融为一体。莎士比亚的戏剧在新旧时代交替的社会文化语境中追求雅俗共赏，既能满足英国精英文化的精神需求，如他们所关注的宗教改革的状况，反映特定历史时期天主教与新教之间的矛盾冲突、上层领域的政治斗争，王权更替、国家疆土之争，等等，又汲取了中世纪大众文化的民间文学成分，包括民间歌谣、口头文学的流行因素，如古堡中的鬼魂传说、女巫和幻象等超自然因素、对彼岸世界的认识，等等。从总体看，无论悲剧还是喜剧，莎士比亚创作的戏剧博大精深，无不扎根现实人生，在直面现实的同时超越平凡，趋向崇高。此外，作为拥有深刻思想、最丰富英语词汇量和多样化修辞手段的作家，莎士比亚被公认为最伟大、最具表现力的英语诗人和剧作家，他的诗作和剧作极大地丰富了英语的文学表现力量，对于英语文学语言和语言文化的发展做出了不可磨灭的贡献。

第二节　争夺海上霸权和海外殖民地

在与欧洲的法国经历了漫长的英法百年战争之后，英国意识到与欧洲大陆强国法兰西在大陆进行争夺厮杀实难取胜，于是转而向海外扩张，将夺取海外殖民地作为自己的战略目标。1588 年，在伊丽莎白女王统治下，英格兰皇家海军及以德雷克船长为代表的英国海盗力量在英吉利海峡与西班牙强大的"无敌舰队"展开了一场决定性的旷世海战。结果英格兰海上力量以少胜多，击溃了整个"无敌舰队"，从而挫败了欧洲的海上霸主西班牙。此后，西班牙开始走下坡路。作为当时最强的殖民帝国，航海强国西班牙已经占有广袤的殖民地，同时成为欧洲历史上第一个"日不落帝国"。"无敌舰队"败于英国之后，西班牙从此江河日下，走向衰微。英国随后又击败了另一海上强国荷兰，一跃成为新的海上霸主，开始走上殖民扩张之路。总体上，英国对欧洲采取的是"大陆均势"政策，同时极力通过确立海上霸权来进行殖民扩张，通过掠夺殖民地财富开启资本原始积累。英国也就此踏上了建立世界规模的殖民帝国之路，一个内聚力逐渐增强的民族联合体开始形成。

除了帝国的扩张需求，英国国内的宗教信仰之争也是推动其海外移民的重要因素之一。大批清教徒因受到宗教迫害而漂洋过海，去北美洲寻求庇护所。自英国开启海外扩张之路以来，先后有数以千万计的人们离开英伦诸岛，踏上前往新大陆的远航之旅，形成了人类历史上极大规模的移民活动。进入北美洲和大洋洲之后，这些白人为征服当地土著部落的原住民，无所不用其极，甚至采用野蛮屠杀等手段来达到盘踞该地区的目的，以至于到 1700 年，生活在英国北美殖民地内的印第安土著居民人口已经锐减一半。最终的结果是，来自英国的殖民者占领了北美洲，而被英国流放的罪犯们和他们的后代则占领了澳大利亚和新西兰。在"尚未开化"的非洲，英国殖民者掳走了超过 300 万非洲人，将他们带上驶往海外的海船，贩卖为奴，许多非洲人就惨死在海运途中。与此同时，打着向"欠发达"的非洲送去福音的旗号，大批传教士进入非洲，去实施所谓基督教化的活动，成为英国人征服和殖民非洲的帮手。正如致力于废除种族隔离政策，并于 1984 年获得诺贝尔和平奖的南非大主教图图（Desmond Mpilo Tutu）所说："白人传教士刚到非洲时，他们手里有《圣经》，我们（黑人）手里有土地。传教士说：'让我们祈祷吧！'于是我们闭目祈祷。可是等到我们睁开眼睛时，发现情况颠倒过来了：我们手里有了《圣经》，他们手里有了土地。"这对于英国殖民者的掠夺行径是最形象的说明。

　　此外，英国为追求自身利益还大肆进行危害中华民族的鸦片走私贸易，乃至发动罪恶的鸦片战争，迫使清朝政府签订不平等条约，加深了对中国的政治控制和经济掠夺。19世纪三四十年代，英国工业快速发展，工业产量急剧上升，为扩大产品销路，寻找新的资源及产品生产空间，英国人迫不及待地盯上了清朝政府统治下的广袤土地。尽管通过掠夺美洲和印度次大陆的资源，英国获得了大量的世界性原始资本积累，但由于北美殖民地的独立，以及与法国之间进行的战争耗资巨大，英国政府也背负了约8亿英镑的沉重债务，由此引发了18世纪末和19世纪初持续出现的金融危机。危机导致国家经济全面紧缩，这又造成了遍布城乡的众多工厂的倒闭，而大量的失业者又造成了严重的社会危机和诸如19世纪30年代末爆发的宪章运动这样的政治危机。与此同时，为了平衡每年与中国之间出现的庞大贸易差额，英国要花费大量的白银。这是因为英国出口到中国的棉布、呢绒、毛织品、铅、锌等工业制品并非中国市场特别需要的商品，而中国出口的茶叶、瓷器和丝绸等商品则大受英国民众的欢迎，在英国市场极受青睐。长此以往，英国不但不能从经济等方面撼动中国，而且要承受长期的足以导致大英帝国财政破产的对华贸易逆差。这无疑成为英国政府发动对华鸦片战争的深层次经济动因。从1840年到1860年，英国政府主导的大规模鸦片走私和随之爆发的两次鸦片战争，迫使清政府签订了赔款割地的《南京条约》。至19世纪60年代，英国已操纵了中国大约全部进口货物总量的4/5和出口货物总量的3/5。而随着大量白银流向不列颠群岛，英国从根本上扭转了自己的贸易逆差，摆脱了严重的金融危机，同时工厂吸纳了大量的游民和失业者，国内激烈的社会动荡得以平息，这为英国1850年后进入持续半个世纪的工业大发展"黄金时代"提供了可能。然而这是被英国乃至西方史学界和文学史学界所刻意隐讳或完全回避的重要事实。如此重大的历史事件在维多利亚时代的英国文学家及后来的史家笔下（如F. R. 利维斯1948年出版的《伟大的传统》和艾德蒙·威尔逊2003年出版的英国文学史《维多利亚人》等）都没有任何记载，这实际上是对维多利亚时期英国政府为追求自身利益而进行危害其他民族、国家之罪恶、丑陋事实的刻意回避或有意识的淡忘。① 作为一种客观现实的历史背景回顾，后人对于英国维多利亚时期的这一历史事实是不应当隐讳或者回避的。

---

　　① 程巍. 鸦片走私与英国的"黄金时代"［N］. 中华读书报，2011-11-02.

与其他欧洲国家相比，大英帝国通过各种手段攫取了更多的海外殖民地，基本控制了世界四分之一的土地和三分之一的人口。正如时任英国首相帕默斯顿（Henry John Temple Lord Palmerston，1784—1865）所宣称的："北美和俄罗斯的平原是我们的谷仓；芝加哥和敖德萨是我们的矿区；加拿大和北欧半岛为我们种树；澳大利亚为我们牧羊；还有阿根廷为我们养牛；秘鲁送上白银，南非进贡黄金；印度人和中国人为我们种茶，地中海是我们的果园；至于我们的棉花种植园，正在从美国南部向地球一切温暖的地方扩展。"[①] 需要指出的是，罪恶的鸦片战争就是这位当时担任外交大臣的帕默斯顿所发动的。通过对海外殖民地巨大的人力资源和物质资源进行疯狂掠夺，英国不断积累起自身的财富，使国力得到快速增长，为即将到来的工业革命提供了必要的保障。

第三节　工业革命

至于国内社会政治方面，经过一系列宗教观念与体制以及政治体制的变迁之后，英国已经形成以国教安立甘宗为基础的政治与社会体系。1688 年发生的光荣革命（Glorious Revolution）是由英国资产阶级和新贵族发动的推翻詹姆士二世，防止天主教复辟的非暴力政变。1689 年英国议会通过了限制王权的《权利法案》，奠定了国王成为虚君，统而不治的宪政基础，国家权力逐渐由君主转移到议会。控制了议会的英国资产阶级巩固和扩大了自己的政治权力。18 世纪以来，英国的君主立宪政体格局体现了重要的政治体制的稳定性，成功地避免了发生类似法国大革命那样的剧烈动荡。此外，在首相皮特的领导下，英国成功地抵抗了发生激进革命的法国。这也为 18 世纪英国工业革命的发生和发展奠定了必要的社会政治基础。

一般认为，英国实质性的工业革命始于 1760 年，是由纺织业引导的工业化发展进程。那时的毛织品和棉织品已经成为英国的特产，一是这些产品容易适应机器生产，二是北美南方种植园的蓄奴制能够满足英国纺织业对棉花原料的需求量。18 世纪 30 年代，约翰·凯发明了使产量翻倍的飞梭织机，18 世纪 70 年代，詹姆斯·哈格里夫斯发明了多纺锤的手动詹妮纺纱机，理查德·阿克赖特发明了水动纺纱机。能量逐渐提升的纺织机得到规模化应用，

---

① 保罗·肯尼迪. 大国的兴衰 [M]. 北京：国际文化出版公司，2006：189.

催生了一座座大厂房的建立。托利党首相罗伯特·皮尔爵士的父亲就是靠着经营棉布印花厂起家的，他的棉布厂在鼎盛时雇用了 1.5 万名印染工。事实上，运用机器生产的纺织业犹如一场革命带动了其他行业，从新兴的棉纺织业的技术革新开始，这场革命延伸到精纺毛纱业，以及亚麻和毛织品业，这些行业的发展反过来又推动了机器制造业的发展和改进。典型的例子是，詹姆斯·瓦特发明的分离式冷凝器蒸汽机和旋转轴蒸汽机分别于 1774 年和 1781 年获得专利。通过发明促进产业，产业发展又推动新的发明，各工业部门相继发生连锁反应，从轻工业拓展到重工业，最后形成一个机器生产的完整体系。在以蒸汽机为代表的新的生产力的推动下，工业革命让英国占据了发展的先机。而在这之前的两个多世纪里，持续的海外扩张和殖民贸易，带动了对商品的需求，英国政府制定了重商主义的产业政策，通过国家力量创造市场，一方面使国内贸易没有障碍，畅通无阻，另一方面积极鼓励通过对外贸易获取财富。政府帮助本国的制造业去扶持、开创世界市场，并且通过帝国殖民、奴隶贩卖等形式培养出大批商人，让他们到全球殖民地去活动，从而形成了全球纺织品市场和棉花原材料供应链。商贸和货物流通提供了工业化最重要的推动力，创造了商业运输的巨大需求。

与此同时，为保障这一发展的持续，以及阻止更激进变革的势头，英国在政治、社会、文化、科技等方面进行了相应的变革。首先，英国国内在提供法治环境方面也出现了许多变革，如通过建立一系列现代经济和政治制度，为自由市场提供特定的制度保障，包括保障人身自由、私有财产和契约自由等。在特定的时代语境中，"自由贸易"（Free Trade）或"自由放任主义"（Laissez-Faire）并不仅仅是指取消贸易保护关税，它们所代表的是政治、经济和社会组织方面的一整套基本原理。法律和法治则被看作一种持续性的解释框架，是全体共有的基本制度。1832 年，议员托马斯·麦考利提出，要进行政治改革以保护法治不受滥用权力的侵害："被法律压垮的人除了诉诸强力没有别的希望。"这一思想得到民众认可，抵消了社会转型期引发的危机性严重后果，化解了一些突出的社会矛盾和冲突。1832 年通过的议会选举法修正案扩大了选举权，调整了议会代表结构，将公民权扩大到所有年收入在 10 英镑以上的男性户主和年收入 50 镑的乡村土地租赁者，使这一时期的政治改革达到高潮。1835 年，市政改革法将地方政府选举扩大到所有纳税人。针对新问题的法律法规的渐进式演变为其他方面的社会政治变革提供了范例。"自由贸易"或"自由放任主义"作为维多利亚时代的基本概念，代表的是政治、社会和经济组织等领域的一整套基本原理。按照这样的原理，无论是消费者还是生产者，都应当拥有充分的自由，在经济活动中根据自己的所能往前走。这种观念与开始流行的社会进化论产生互动。达尔文以《物种起源》（1859）为武库提出的进化论代表并超越了英国所有同类思想，这种进化的观念适用于个人的、地区的乃至国家的层面，与工业革命以来的"进步"概念并行传播，逐渐渗透到维多利亚时代的思想观念和社会生活的方方面面。许多文学作品呈现的就是维多利亚中期社会中自由精神的释放。

英国工业革命之前，经济繁荣的城镇主要集中在南部，尤其是东益格利亚，以及伦敦及伦敦周边地区。相比之下，北部和西部的城镇在经济发展方面显得无足轻重。工业革命以来，原本发达的英国农业地区的重要性逐渐为迅速成长的分工专业的工业城镇所取代，这是英国工业革命社会转型期出现的一个重要特征。位于英格兰西北部的曼彻斯特（Manchester）就是一个典型的例子。作为英格兰北部首府，曼彻斯特成为工业革命以来一座迅速崛起的工业城市，甚至享有"工业革命故乡"之誉。这座城市在 1830 年建成了世界上第一条铁路。曼彻斯特可以说创造了工业革命时代的城市奇迹，首创了现代工厂制度，开发利用了大量人力物力资源作为英国最大的棉纺织和纺织机械制造中心，并由此建立了纺织、纺织机械、印染、化工、电子等工业，还成为英国第二大新闻业中心。当地设有曼彻斯特大学、索尔福德大学理工学院等高等院校。曼彻斯特的城堡区是自罗马人公元前 79 年入侵以来英国人四百年间生存繁衍的家园。18 世纪中叶，城堡区变成了工业革命的中心地带。1761 年布里奇沃特运河开通后，当地工业发展步伐加快。曼彻斯特生产的机器和棉纺产品被运往海外市场，而原煤则被运进城市供应工厂。运河的修建使曼彻斯特成为一个国际重要港口和贸易中心。城市的繁荣和发展造就了许多富商，他们修建了宫殿式的仓储地，作为他们成功的象征。就文化影响而言，曼彻斯特还成为历史上各种运动诸如文学艺术、政治教育等运动的先锋。与此同时，这座崛起的工业城市还是许多著名英国作家的故乡，如狄更斯、盖斯凯尔夫人、豪沃德·斯普林等。伊丽莎白·盖斯凯尔（1810—1865）的两部小说《玛丽·巴顿》（1848）和《北方与南方》（1854—1855）正是 19世纪 40 年代以来曼彻斯特城市变迁之时代特征的艺术写照。这两部小说也被称为"曼彻斯特人的生活故事"，它们以曼彻斯特为背景地展开叙述，揭示了这座城市的变迁，包括工业发展及其引发的冲突、罢工、工厂生产状况、强迫失业、逐渐强化的阶级意识、宪章派运动，以及城市迅猛工业化后带来的人类社会的各种新问题、新矛盾，尤其是新的阶级矛盾、劳工问题和生活质量的两极分化。一方面是巨大的工业经济和商业成功，另一方面是曼彻斯特的贫民窟现象和乡村贫民的生存困境。

第四节　维多利亚时代

在英国历史上，维多利亚时代是一个发生了巨变的时代，这个岛国迅速由农业社会进入工业社会这一转型期；同时这也是各种新发现、新理论和新学说引发激烈碰撞和争议的时代。可以这么说，这是一个由工业革命带来的社会生产力快速发展、进步的时代，同时又是一个出现重大精神危机的时代；一个充满科学自信心和经济自信心的时代，又是一个充满社会悲观主义和宗教迷茫的时代；总体上是一个深刻认识到进步的不可避免性和对当代社会震荡感到忧虑的时代。用狄更斯作品的话语来说，这是最美好的时代，又是最糟糕的时代：是智慧的年代，又是愚昧的年代；是信仰的时代，又是怀疑的时代。事实上，与过去相比，工业革命以来出现的空前的物质繁荣引发了英国人关于进步的理念和信仰的讨论，人们尤其对飞速发展的"铁路时代"产生热烈反响。就时间流动的标识而言，农业时代牧歌般悠扬的教堂钟声让位于工业时代精确安排的列车时刻表，铁路的开通和运营使客运和货运的时间大幅缩短，人们乘坐交通工具进行陆地旅行的速度从过去每小时 12 英里（19312.128 米）迅速提高到每小时 50 英里（80467.2 米），由此带来的变化显而易见。正如理查德・阿尔蒂克（Richard D. Altick）所阐述的："铁路使'速度'这一概念渗入了全民意识。在这个方面，铁路所起的作用超过了维多利亚时期的其他任何科技发明。"[①] 在维多利亚时代的侦探小说作家柯南・道尔（Arthur Conan Doyle, 1859—1930）的笔下，大侦探福尔摩斯经常从伦敦乘坐火车赶往某一案发地去勘查现场，查证线索。有一次福尔摩斯与华生医生一道乘火车前往南部德文郡达特穆尔某地途中，他望着车窗外闪过的铁路线边的电线杆，再看看手表，不禁感叹道："现在我们每小时的车速是五十三英里半。"（《银色白额马》）当然，伴随着巨大进步而来的是无法回避的动荡和危机，科技进步的另一面是精神异化和精神贫困的产生。"机械的时代"不仅使人类的物质世界日益受到机器的主宰，而且使人类的精神世界和思维方式受到机器的役使。19 世纪 30 年代，各种"实用知识学会"和"统计学

---

① RICHARD D. Altick, Victorian People and Ideas ［M］. New York and London：W. W. Norton and Company, 1973：96.

会"纷纷出现，如"曼彻斯特统计学会"（the Manchester Statistical Society）和"伦敦统计学会"（the London Statistical Society）等。于是人们用统计数字来衡量国家进步的方法成为一门学科，名曰"统计学"。这无疑是一种技术进步，但从社会人文关怀的视野看，当崇尚物质理性、崇尚数据和数字成为一种风气，开始主导人们的精神世界和头脑心智时，生活就被"数字化"，被异化了。整个社会的情感结构（Social Structures of Feeling）必然受到深刻影响，敏感的知识分子和文人作家难免对"进步"速度产生疑虑，对自信的"进步"话语产生反感，以及对"进步"带来的沉重代价产生严重担忧。与此同时，让许多知识分子和作家深感忧虑的是，工业革命以来出现的机器时代将摧毁人类的创造力和健全的尊严。

　　注重"事实"在本质上是一种功利主义的取向，这是维多利亚中期出现的显著趋向。当然，这种取向对于社会经济的发展无疑是有益的，具有积极的进步意义。但注重"事实"被当作一项准则用于儿童教育时所产生的负面影响引发了有识之士的关注。而且当恪守理性教诲，以灌输事实、信息或者道德训导为宗旨的儿童图书创作成为一种主要倾向时，人们更加忧心忡忡。19世纪30年代，就在工业革命给英国社会带来巨大变迁之际，女作家凯瑟琳·辛克莱（Catherine Sinclaire，1800—1864）在她创作的《假日之家》（*Holiday House*，1839）的序言中就发出了这样的告诫：

> 在这个奇妙的发明的时代，年轻人的心灵世界似乎面临着沦为机器的危险，人们竭尽一切所能用众所周知的常识和现成的观念去塞满儿童的记忆，使之变得像板球一样；没有留下任何空间去萌发自然情感的活力、自然天资的闪光，以及自然激情的燃烧。这正是多年前瓦尔特·司各特爵士对作者本人提出的警示：在未来的一代人中，可能再也不会出现大诗人、睿智之士或者雄辩家了，因为任何想象力的启发都受到人为的阻碍，为小读者写作的图书通常都不过是各种事实的枯燥记述而已，既没有对于心灵的激荡和吸引，也没有对于幻想的激励。

　　狄更斯在小说《艰难时世》中对这种功利性"事实主义"及其后果进行了独到而辛辣的嘲讽。在作者笔下，工业市镇焦煤镇的纺织厂厂主、银行家庞得贝和兰开夏郡的制造业主、商人、国会议员汤玛斯·葛雷梗（Mr Gradgrind）就是那些注重实利，以功利主义为生活唯一准则的代表人物。葛雷梗根据"事实哲学"办了一所子弟学校，要求教师以"事实"来教育学生，要无情地将一切幻想从孩子们头脑中清除干净，以便播下功利主义的种子。

在维多利亚时代，工业革命取得了极为重要且非常丰硕的物质成果，同时产生了最深刻的社会影响。一方面是迅猛的社会进步，另一方面是社会动荡和精神危机。一方面，工业革命浪潮所催生的科技进步带来了经济繁荣和巨大变化，带来了中产阶级生活质量的提升。另一方面是下层民众的生活处境，包括矿井和工厂里干活的工人、农场的雇工、伦敦大街小巷的流浪儿。一方面是重大社会变革，另一方面是社会结构中贫富差距日益扩大，形成了"两个民族"的相互对立。自19世纪80年代以来，有工作的群体，尤其是工人群体，生活水平可能有所提高，但人口比例中仍然有相当大的一部分群体过着贫穷的生活，甚至挣扎在贫困线上。维多利亚人不得不承认，在他们的四周存在着破败、荒凉和苦难。正如马修·阿诺德在《文化与无政府状态》（1869）中描述的，伦敦东区存在着"数量巨大的、穷困悲苦的、难以控制的劳苦大众"。而对童工的剥削更是英国历史上"最可耻的事情之一"。威廉·布莱克（William Blake，1757—1827）在他的诗作中呈现了那些受苦受难的孩子形象，尤其是扫烟囱的男孩，他们虽然是上帝的天真无邪的小羊羔，却是挣扎在社会最底层可怜的牺牲品。诗人告诉人们，"在伦敦的街道上，在泰晤士河边，每个过往的行人，脸上都堆满了衰弱和痛苦的表情。有多少扫烟囱孩子的喊叫，震惊了一座座被熏黑的教堂"。这是以诗歌形式呈现的儿童形象，也是狄更斯的磨难—成长题材童年叙事的先声。工业革命时期，英国扫烟囱孩子的数量达到了顶峰，维多利亚时期进一步见证了扫烟囱男孩悲惨的血泪史。由于只有儿童才能进入狭窄而蜿蜒的烟囱烟道，他们成为清扫烟囱的主力军。这样的童工生涯必然会对孩子们的身体健康和生命安全带来严重危害。由于整天蜷缩在狭小的烟道里，他们普遍发育不良，关节极易受损，骨骼往往变得畸形，加之烟囱里烟尘弥漫，导致他们的肺部产生病变。查尔斯·狄更斯在他的小说中令人难忘地描写了英国中下层社会种种触目惊心的贫困与混乱情景，而且揭示了众多少年儿童作为拜金主义社会的牺牲品所承受的精神和物质生活的苦难。在社会剧变的转型期，在精神迷茫和信仰危机的背景下，人们的童年意识，尤其是中产阶级的童年观得到强化，而普遍的怀旧和感伤情绪则在文人知识分子中催生了"重返童年"的思潮，推动了这一时期文学创作领域多种童年叙事的兴起，包括以卡罗尔的《爱丽丝奇境漫游记》为代表的幻想性童年叙事，以及以狄更斯作品为代表的现实主义童年叙事，这两种童年叙事殊途同归，都是作家们致力于捕捉社会剧变过程中人生童年阶段的情感结构，然后通过自己的文学方式表达出来。

在工业革命的潮流中，在社会转型期的巨变背景下，维多利亚时代出现了形成鲜明对比的两个世界，一个是阔绰繁荣、华丽光鲜的体面世界，与之如影相随的是矫揉造作的浮华气息；另一个是屈辱凄凉的悲惨世界，充斥着贫穷、肮脏、罪恶、死亡、包括少年犯罪在内的各种犯罪、出卖肉体的娼妓、司法贪腐现象、为逐利而不择手段，等等，尽显人类堕落的处境和行为，以及那些遭受摧残凌辱的下层社会的儿童群体，诸如处境艰难的童工和孤儿的世界。维多利亚时代繁荣和进步表象下潜藏着种种黑暗真相，尤其是下层社会的困苦民生乃至孤儿现象与严重的少年犯罪现象。根据维多利亚时代纪实性作家亨利·梅休（Henry Mayhew，1812—1887）所著《伦敦劳工与伦敦贫民》（*London Labour and the London Poor*，1851）对伦敦社会进行实地调查，通过实地采访方式，以亲眼所见、亲耳所闻的记述呈现那些社会问题及其民生实况，同时将访谈内容和有关统计数据结合起来，这样前所未有的纪实性新闻报道与狄更斯的作品形成呼应。根据梅休的统计，工业革命以来，英国工人队伍中只有三分之一的人能找到工作。工人群体失业率高，其他无业者的生存状况更加恶劣，社会犯罪率自然居高不下。偷盗行为更是一个普遍现象，正如狄更斯《雾都孤儿》中机灵鬼扒手道奇对奥利弗所说："你不去偷，别人也会去的。这是毫无疑问的！"根据希瑟·肖恩（Heather Shore）的统计，在19世纪初的25年里，米德尔塞克斯郡记录在案的私人财物盗窃案件中，有四分之三是由25岁以下的人所犯下的，而其中绝大多数是青少年或者儿童所为。①

　　然而在维多利亚时代，准确地说，在维多利亚时代后期的法律改革之前，哪怕轻微的偷窃罪都是要判处死刑的，而且当众公开执行。这是英国政府实施的轻罪重罚的政策所致。在伊丽莎白时代，信奉新教的统治者对于天主教徒的惩罚是很严厉的，或投入监狱，或实施绞刑、剖腹挖心、斩首和凌迟等。罪犯通常被公开处以绞刑或斩首。在法庭旁的尖桩上就挂着被刀具割下的人头。穿过伦敦的街巷，时常会看到秃鹰啄着暴尸者头颅上的眼珠这样的血腥恐怖画面。而在维多利亚时代，由于统治阶级大肆颁布死刑法令，死刑罪名之繁多，历史上可谓登峰造极，这既是一种威慑，也是英国统治阶级保护自身既得利益和控制社会的一种手段。自1688年"光荣革命"之后，国家权力逐渐由君主转移到议会，崛起的英国资产阶级开始控制议会和政府。政治权力得到扩大的资产阶级在议会启动了相关立法进程，制定了更多惩罚犯罪的

---

① SHORE H, DODGERS A. Youth and Crime in Early Nineteenth–Century［M］. London：Royal Historical Society，1999：59.

法律条文，以便更有效地加强对私有财产的保护。18 世纪英国新增的大量死刑罪名，大多是针对侵犯财产的犯罪行为的。1723 年在辉格党首相罗伯特·沃尔波尔（Robert Walpole）推动下通过的《沃尔瑟姆·布莱克法案》（*Waltham Black Act*）在原有的众多死刑罪的基础上新增设了 50 项死刑罪。至 1815 年，英国法律中列入的死刑罪已高达 200 多项，从砍树、偷鸡、毁路、盗猎、到偷面包、扒窃以及伪造出生证、结婚证或是受洗证书，甚至在商店偷窃价值 5 先令及以上的物品这样的情节轻微的违法行为，都会被处以极刑。①因此，1688 年至 1815 年这段时间，在英国法律史上通常被称作"血腥法典"（The Bloody Code）时期。维多利亚时代，在 1868 年《死刑修正法案》（*The Capital Punishment Amendment Act*）通过之前，死刑都是公开执行的，公众可以观看整个行刑过程。于是围观死刑犯处决成为社会上一种追逐热闹的消遣，社会各个阶层的人为寻求刺激都会争先恐后地前往行刑场地围观。这也成为小偷扒手们趁机进行扒窃的大好时机，由此形成了由处决偷窃犯等死刑犯引发偷窃行为的具有特别反讽意味的现象。

当然，维多利亚时期的社会问题和犯罪现象的根源在于阶级分化、贫富悬殊所导致的社会矛盾和社会问题。对于各种社会问题导致的犯罪与惩罚问题，尤其是"血腥法典"的冷酷不公，以及维多利亚时期的法律和司法审判改革等问题，包括法官和律师缺乏专业训练，素质低下，或者滋生徇私舞弊等各种陋习乱象，都在查尔斯·狄更斯的现实主义童年叙事作品，以及刘易斯·卡罗尔的幻想性童话叙事中得到不同艺术方式的揭露和批判。狄更斯对于维多利亚时代的社会矛盾引发的社会问题，尤其是底层社会的困苦生存状况有亲身体验。他的作品以直面现实的方式对犯罪与惩罚、法律与公正等公众话题进行呈现和批判。狄更斯在少年时代经历过颠沛流离，尤其经历过在鞋油作坊做童工的屈辱和苦楚，对于底层社会的生存状况有亲身体验。当年由于父亲被关进债务人监狱，狄更斯一家人失去生活来源，不得不迁到监狱陪同居住。为了挣点钱补贴家用，少年狄更斯在外打工，夜晚就寄宿在他人家中。从 15 岁起，狄更斯先后进入两家律师事务所当学徒和办事员。后来他被民事律师公会录用，成为民事诉讼法庭的审案记录员。再后来，他在议会做见习记者期间给一名律师担任助手，更多地接触和了解到社会各阶层人们的生活状况、思想情感，也熟悉了法庭的运作方式，以及国会议员们的法律

---

① POTTER H. Hanging in Judgment. Religion and the Death Penalty in England from the Bloody Code to Abolition [M]. London：SCM Press, 1993：4-6.

观念、有关法律制定的程序。这一时期的经历使他进一步了解了伦敦社会的各种矛盾纠纷和世态人情，以及司法诉讼程序等。所以狄更斯能够从现实批判的角度直面社会真相，包括贫富悬殊的社会矛盾，观察社会犯罪现象与法律惩罚的效果等。这些都体现在他的童年叙事作品之中。

出生于知识分子牧师家庭的刘易斯·卡罗尔家境相对优渥，从小衣食无忧，而且接受了良好的教育，他的人生境遇使他从不同的视野观察自己所处的时代，并且以自己的方式做出了反应。需要看到，尽管刘易斯·卡罗尔的"爱丽丝"小说是幻想性童年叙事，但它们绝不是虚幻的、远离现实世界纷争和社会矛盾的世外乌托邦。作者对现实世界有着深切感受和认知，这一认知无须回避社会现实问题，而且可以通过以实写虚、以实写幻的幻想叙事揭示相关的"真实性"。事实上，"爱丽丝"的奇境世界和镜中世界是与现实世界密切关联的，作者的幻想性怪诞叙事是对于所处时代的现实生活的更高艺术层面的呈现和批判。如果把维多利亚时期的时代语境和现实社会状况联系起来，考察"爱丽丝"小说的深层叙事走向，我们会发现，"爱丽丝"的童话幻想建立在坚实的现实根基之上，并且揭示、批判了现实世界令人不安的真相。《爱丽丝奇境漫游记》有许多暴力杀戮情节，尽管都是未遂的，却折射了作者所处时代的社会现实，尤其是罪与罚的社会问题及其法律改革问题。同时，"爱丽丝"小说以绝妙的童话叙事艺术呈现了政治和社会话题，包括党派活动、司法制度、审判程序以及教育问题等。"爱丽丝"小说的"颠覆性因素"还表现在以梦幻（噩梦）的境遇或者带有后现代主义色彩的错位来颠覆维多利亚时代人们对于理性、道德或者现实秩序的自信。总体上看，"爱丽丝"小说中那看似疯狂的幻想叙事具有洞穿真相的批判性原动力和吸引读者的艺术生命力。

第五节　巨变年代的科学与宗教之争、科学与人文之争

在这个特殊的年代，社会转型期发生的巨大变化迅速改变着人们习以为常的生活方式。与此同时，社会上公开发表的达尔文进化论以及其他自然科学的新发现极大地冲击着人们的传统宗教信仰，引发了相关领域的科学与宗教之争、科学与人文之争，以及科学与想象力之争。这些论战也影响和塑造了这一时期的儿童和青少年文学叙事共同体。19世纪60年代，达尔文"进化论"的坚定捍卫者，生物学家托马斯·赫胥黎（Thomas Henry Huxley,

1825—1895）与牛津教区主教塞缪尔·威尔伯福斯（Samuel Wilberforce，1805—1873）之间发生了一场著名论战，标志着新兴科学与传统宗教之间的对立、冲突。与此同时，生物学家赫胥黎与诗人评论家马修·阿诺德（Matthew Arnold，1822—1888）之间也发生了一场影响深远的"科学与文化"之争。1860 年 6 月 30 日，英国科学促进会（British Association for the Advancement of Science）在新建成的牛津大学自然博物馆召开年会。科学家赫胥黎与威尔伯福斯主教就达尔文的进化论这一议题展开了一场激烈的辩论。作为著名的宗教界雄辩家，威尔伯福斯竭尽所能，以尖刻反讽的方式抨击达尔文进化论和赫胥黎的言行；而作为达尔文学说的坚定支持者，赫胥黎发表了慷慨激昂的演说，对威尔伯福斯主教提出的观点进行反击。对于这场辩论的结果，是非曲直自有公论，但客观地看，这场辩论经过媒体报道后产生了较大影响，对于公众了解进化论无疑起了一定的推动作用。此后在 1880 年，赫胥黎做了一个题为《科学与文化》的演讲，对马修·阿诺德关于文化的概念提出批评，认为其相关观念是基于纯文学的取向，没有将科学的内容包括进去。对此，阿诺德于 1882 年在剑桥大学做了题为《文学与科学》的演讲作为回应。这一来一往将"科学与文学"之争推向更大的范围。这两篇演讲实质上体现了英国科学界、宗教界和人文知识分子、作家等关于现代科学主义与古典宗教和古典人文知识的出于不同视角的不同看法，是维多利亚时代科学与文学之争的一个缩影。就阿诺德而言，他心目中的文学是一个宏大的概念，是可以激发一切想象力的作品。而想象力之所以重要，是因为它有助于人们超越平庸的常识去获得真知，而以诗歌为代表的文学具有这种通达真理的作用。用爱因斯坦的话说："想象力比知识更重要，因为知识是有限的，而想象力概括着世界上的一切，推动着进步，并且是知识进化的源泉。"①

这两场论争颇具代表性和时代性，是反映维多利亚时期社会巨变与思想争鸣症候的晴雨表。事实上，维多利亚时代的科学与宗教之间形成了一种复杂的关系，两者相互对立又相互指涉，如宗教包含着朴素的科学因素，而科学秉承的是追求客观真理的执着信仰。由此引发的是人们对于科学知识的本质问题、宗教信仰的精神向度等问题的叩问；而对于当今人文学科的研究者，这又涉及科学求索中的想象力、宗教叙事的想象力与文学创作的想象力等关系的探讨。在维多利亚时代，自然科学相较于过去取得令人震惊的长足的进展。在生产力快速发展、社会巨变和精神迷茫与危机的背景下，一方面，怀

---

① 爱因斯坦. 爱因斯坦文集：第一卷［M］. 北京：商务印书馆，1977：284.

旧和感伤情绪催生了"重返童年"的思潮，推动了这一时期多种童年叙事的兴起；另一方面，知识分子及文人对于知识的本质问题产生了极大关注，自然要探求和反思人类智力思维活动所产生的或可能产生的正面和负面影响。从最初的乌托邦（Utopia）到后来的恶托邦（Dystopia）、异托邦（Heterotopia）、技托邦（Technotopia），等等，作家们用文学形式构想出人类社会各种科技发展的前景与后果。这一时期的科学家们试图把握物质世界变化的规律，社会学家也得以借助自然科学的知识视角来审视人类社会的变化，而文学家则致力于捕捉社会巨变过程中人们的情感结构，以及作为个体的不同社会阶层、地位的人们的心理反应。在工业革命的推动下，人类的科学知识体系得到迅猛发展。自然科学在 19 世纪完成了重要整合，形成了数学、物理、化学、生物学等六大学科。与此同时，现代科学意识还引发了维多利亚时期知识分子对社会变化规律的探求，以及对人类自身特性的探求，继而推动了社会学、人类学、心理学、政治经济学等人文学科的诞生。恰如恩格斯所言："正如达尔文发现了有机界的发展规律，马克思发现了人类历史的发展规律，即历来为繁多芜杂的意识形态所掩盖着的一个简单事实：人们首先必须吃、喝、住、穿，然后才能从事政治、科学、艺术、宗教等等，所以，直接的物质生活资料的生产构成一个民族或一个时代的一定的经济发展基础，人们的国家制度、法的观点、艺术以至宗教观念，就是从这个基础上发展起来的，因而也必须由这个基础来解释……"①

与此同时，从宗教人士和科学家到经济学家、社会学家、教育家、思想家、哲学家、文论家、小说家、诗人，等等，人们通过论争和对话发表各自的见解，体现了维多利亚时期独特的精神特质：碰撞论争与开放接纳。这也不可避免地引发了科学发现与文学想象的碰撞。1846 年，英国天文学家亚当斯根据牛顿引力学说，预言了海王星的存在。1859 年，生物学家达尔文发表《物种起源》，引起极大震动。在随后的十几年中，支持达尔文学说的证据相继被发现。在弗洛伊德时代，由于神经科学尚处于不发达的状态，弗氏的许多理论假设受到学界的质疑。而随着相关科学的发展进步，人们发现弗洛伊德当年提出的理论相继得到了现代科学实验的证实，正如 2004 年马克·索姆斯（Mark Solms）在 2004 年 5 月出版的杂志《科学美国人》（*Scientific American*）上发表的文章《弗洛伊德归来》（*Freud Returns*）所阐述的。20 世

---

① 恩格斯. 在马克思墓前的讲话〔M〕//马克思恩格斯选集：第三卷. 北京：人民出版社，1995.

纪也在特定意义上被称为心理学的世纪，因为人们获得了一种全新的认识自己内心世界的方式。弗洛伊德对潜意识的研究不仅开拓了心理学研究的新疆界，拓展了人们认识精神世界的视野，而且促使人们正视人性中的非理性因素，关注那难以用实验数据加以量化的心灵世界。1915 年，爱因斯坦根据广义相对论提出引力波（Gravitational Wave）的存在，2016 年，科学家的发现印证了这一预言：天文台利用激光干涉引力波探测器首次探测到了引力波现象。这证实了维多利亚时代的物理学家约翰·丁达尔（John Tyndall，1820—1893）所强调的想象力在真理探索中具有极其重要的作用。他在《物质与力》的科学论文中提出，科学的目的在于"揭示日常事物的神奇和奥妙之处"①。对维多利亚时代宗教与科学、科学与文学之间存在的复杂关系现象的探究，有助于我们理解维多利亚人的思想困惑和精神追求，有助于理解他们为何要追寻知识的完整性，以及维多利亚时代的作家为何能创作出卓越的文学作品。

维多利亚时期的科学发展语境对于文人知识分子和作家群体的强大吸引力是不言而喻的。他们似乎都清楚地意识到他们生活在一个全新的时代。工业革命以来，科技的迅猛发展推动了社会生产力的发展，并由此改变着人类的生活环境。工业革命带来的变化对于维多利亚时代的民众产生了重要影响。众多科学发现不仅深深地震撼了大众，也深刻地拓展了众多知识分子和文人作家的认知视野。人们普遍对各种自然科学产生了浓厚兴趣，有些人甚至出现了对自然科学的狂热。达尔文惊世骇俗的进化论更加推动了人们对生物学等自然科学产生兴趣。正如劳伦斯·塔莱纳奇（Laurence Talairach）指出的，进入 19 世纪以后，越来越多的博物馆和自然博物馆在英国建立起来，在许多向公众开放的场馆展出的物品表明了知识在整个 19 世纪的传播，就像这些知识所体现的大英帝国的力量和霸权。这些知识展出的主要受众是少年儿童 ②。塔莱纳奇还提出，自然史对于动植物分类的强调——尤其是在 1859 年查尔斯·达尔文的《物种起源》发表以来——提供了一个认识世界、探索世界，以及在这个世界中行动的方式。浪漫主义诗人雪莱（Percy Bysshe Shelley，1792—1822）在牛津大学读书时就拥有一台用于观测实验的显微镜，而且他还在伊顿公学上学时阅读了大量的自然科学的书籍。他的夫人玛丽·雪莱（1797—1851）对于那个时代的科学知识也是非常关注的，而且对当时兴起的

---

① 高晓玲. 维多利亚文人的知识共同体 ［N］. 光明日报，2015-09-26.

② TALAIRACH L. Animals. Museum Culture and Children's Literature in Nineteenth - Century Britain：Curious Beasties ［M］. London：Palgrave Macmillan，2021：14.

科学实验活动也有着浓厚的兴趣。她创作的《弗兰肯斯坦》(*Frankenstein*，1818) 向人们表明，生命是如何通过实验室的电流被注入那些僵死的躯体的。达尔文进化论通过观察和推测得出的论断及其观点是令人惊奇或振聋发聩的，它们在维多利亚时代已经成为科幻小说的主题之一。对于儿童与青少年文学叙事的创作者，以进化论为代表的新发现和新学说同样富有极大吸引力，为作家们提供了观察世间万象的视角和想象未知世界的原动力，尤其使作家们的思想变得丰富多彩。刘易斯·卡罗尔就对达尔文的学说深感兴趣，女孩爱丽丝从兔子洞往下坠落时的所思所虑就反映了维多利亚时代人们对于地心引力的推测，卡罗尔本人还曾设想过利用地球重力作为能量来驱动火车行驶。查尔斯·金斯利早年在赫尔斯顿学校学习期间就对自然科学，特别是植物学和地理学产生了浓厚的兴趣，这也预示着他在日后将成为学识渊博的历史学家、博物学家、社会学家和小说家的人生道路，同时也预示着他笔下的扫烟囱男孩汤姆在陆地世界无法容身时，纵身跳进水下世界后发生的蜕变。令人惊异的是，维多利亚时代的许多年轻女性也对自然科学产生浓厚兴趣，她们尤其被有关各种昆虫、贝壳、植物、化石以及菌类等的研究成果所吸引，对于它们的命名、分类、搜集、展出，以及相关的绘画都深感兴趣。《彼得兔》的作者贝特丽克丝·波特从小就对当时的许多自然科学的科目产生兴趣，她还参与了在伦敦的史前洞穴里研究化石的活动。她对自然界生长的真菌很感兴趣，还准确地画出了它们的标本图，多年之后，仍有真菌学家通过参考波特的标本图来识别真菌。波特的动物童话绘本那么生动，如此精确，这与她的科学观察习惯和能力有着极大的关联。从总体看，科学知识的丰富在很大程度上影响和推动了维多利亚时期的儿童与青少年文学叙事的创作。

维多利亚时代有关科学与宗教之争、科学与人文之争可以为当今相关领域的研究者提供有益的关于文学批评研究的跨学科和交叉学科研究的重要启示。正是这样的论争促使人们去思考科学发展与思想信仰和人文学科本质之间的关系。文学是通过艺术手法表现具体的人类主人公（文学作品中的人物）在个人层面、群体层面和社会层面的生存状况及其他活动的，这些主人公由于身份、职业、地位及处境的不同，他们的各种活动必然涉及社会生活的方方面面，包括经济、政治、军事、科技、法律等不同领域。文学作品表现人类活动和社会生活的包容性决定了文学创作和研究与科学、人文历史、哲学、伦理学，以及与其他学科的融通研究、交叉研究的必要性和可能性。由此，就创作而言，文学与科学的联通指向科幻文学叙事；就研究而言，文学与伦理学的融通指向文学伦理学；文学与经济学的融通指向文学经济学；文学与法律的融通指向文学法律学；文学与心理学的融通指向文学心理学；文学与政治的融通指向文学政治学；文学与地理学的融通指向文学地理学；等等。

　　科学知识和文学想象力两者之间并非水火不容。人类的想象力在很大程度上依托于自身的认知水平，而这种智力认知能力也是人类所独具的，使人类得以随着时代的发展而不断提高和拓展自己的经验视野，获得新的发现。工业革命以来，现代科学认知对人类想象力的推动和启发是前所未有的，在特定意义上，正是科学与文学的碰撞推动了现代科幻小说的兴起。尽管包含科幻因素的文学叙事历史悠久，但工业革命以来产生巨变的时代语境及其对科幻叙事产生的前所未有的推动力，是与任何其他因素不可同日而语的。1818 年，英国女作家玛丽·雪莱发表了被称为第一部现代意义上的科幻小说《弗兰肯斯坦》。1895 年，H. G. 威尔斯发表了《时间机器》，随后以一系列科幻作品开创了英国科幻小说创作的第一个高峰期。只有当人们明白了科学认知具有足以改变现在和未来的力量，认识到宇宙是按照自然规律运行的，而不是按照上帝或魔鬼的意志运行的，现代科幻小说才可能出现。事实上，科幻小说受到最广泛欢迎的时期正是科技迅猛发展的时期。回顾人类社会历史，社会生产力的发展就是科技的累积发展，并由此改变着人类的生活环境。从诞生于充满探索与求知的英国工业革命时代的《弗兰肯斯坦》，到后来的那些对于未来的科学和科技发展的可能结果做出各种正面或者负面的预见（包括它们对人类社会和人类生活产生的影响）的当代科幻小说，日新月异的科学理论和科技发展为科幻小说的创作提供了无限的可能性。正如奥尔德斯·赫胥黎（Aldous Huxley, 1894—1963）在《文学与科学》中阐述的："那些根子扎在当代生活事实里的科幻小说家，即使是二流作家，他们的幻想跟过去对乌托邦和千禧年的想象一比较，也是无比的丰富、大胆和神奇。"[①] 现代宇宙学的大爆炸理论、广义相对论的时空观、量子物理学的微观世界、人工智能和虚拟现实技术的未来前景，等等，都具有令人震撼的知识图景，同时具有令人无限遐想的诗意。科学和科学幻想的世界并不排斥文学的审美，而科幻文学叙事必须使来自科学认知的想象或推演得到形象化的文学艺术表达。

　　工业革命时期，众多科学发现深刻地拓展了包括刘易斯·卡罗尔在内的知识分子的认知视野，爱丽丝从兔子洞往下坠落时的所思所虑就反映了维多利亚时代人们对于地心引力的推测（卡罗尔本人还曾设想过利用地球重力作

---

① 布赖恩·奥尔迪斯，戴维·温格罗夫. 亿万年大狂欢：西方科幻小说史 [M]. 舒伟，孙法理，孙丹丁，译. 合肥：安徽文艺出版社，2011：555.

为能量来驱动火车行驶）。作为维多利亚时期幻想性童年叙事经典，卡罗尔的两部"爱丽丝"小说问世以来，人们先后从文学、心理学、哲学、数学、语言学、符号学、历史、医学、影视、戏剧、动画、科幻小说、超现实主义、现代主义和后现代主义文化等视野去审视和探讨它们，各种理论阐述与发现层出不穷。数学家马丁·加德纳（Martin Gardner，1905—2010）这样论及"爱丽丝"小说的阐释性："与荷马史诗、圣经以及所有其他伟大的幻想作品一样，两部'爱丽丝'小说能够让人们进行任何类型的象征性阐释——政治的，形而上的，或者弗洛伊德式的。"① 这也是文学跨学科和交叉学科研究的案例之一。

根据现代认知科学对人类想象力的研究成果，知识越丰富，想象力就越深远。没有人能够幻想出一个与人类的经验世界毫无联系的世界。理解了各种事物之间的因果关系，人们的想象力并不会受到破坏，反而能够插上知识的翅膀尽情翱翔。这正是学者型作家 J. R. R. 托尔金（J. R. R. Tolkien，1892—1973）向人们表达的："幻想是自然的人类活动。它绝不会破坏甚或贬损理智；它也不会使人们追求科学真理的渴望变得迟钝，使发现科学真理的洞察变得模糊。相反，理智越敏锐清晰，就越能获得更好的幻想。"②

---

① GARDNER M. The Annotated Alice：Alice's Adventures in Wonderland and Through the Looking-Glass by Lewis Carroll ［M］. New York：W. W. Norton & Company inc，2000.
② TOLKIEN J. R. R. The Tolkien Reader ［M］. New York：Ballantine，1966：74—75.

第二章

达尔文进化论与维多利亚时期的儿童和青少年文学叙事

第一节　有关进化的科学叙事：从查尔斯·达尔文追溯到伊拉斯马斯·达尔文

　　1831 年，22 岁的查尔斯·达尔文（Charles Robert Darwin，1809—1882）搭乘"小猎犬"号军舰，经历了长达五年的海洋和沿海岛屿的科考航行。在途经之地的考察活动中，地质学家查尔斯·赖尔（Charles Lyell，1797—1875）的《地质学原理》（*Elements of Geology*，1830）为达尔文提供了很多针对性的有关地质研究的指导。经过在南美大陆的考察，尤其是对加拉帕戈斯群岛的考察，达尔文收集了大量动植物标本，发现许多生物为了适应生存环境而发生了演化，变成了同种但不同类的新生物。在整个考察过程中，达尔文致力在自己熟悉的自然神学的框架中理解生物的结构、适应性、分布和彼此之间的关系。考察回来后，达尔文经过相当长时间的犹豫，最终摒弃了物种不变的宗教信念，提出了"物种逐渐变化"这一物竞天择的自然生存法则的假设。1859 年，50 岁的达尔文发表了划时代的巨著《物种起源》，成为进化论的奠基人。作为 19 世纪的三大科学发现之一，达尔文进化论的影响巨大而深远。一方面它推动了人们对世界物种起源的重新认识，另一方面它那惊世骇俗的观念也引发了维多利亚时代的信仰危机，尤其引发了人们有关科学与宗教的争论与冲突。"自然选择、优胜劣汰、适者生存"是达尔文进化论思想的核心观点，这一理论论证了物种演变、环境资源和生物数量三者之间的关系，阐释了生物多样性的外在动力和内在原因，直接冲击了基督教的上帝创世论和物种不变的观念。1859 年达尔文进化论的公开发表翻开了现代思想史的重要篇章之一，同时也引发了科学界及大众对科学发展、宗教信仰和社会问题的思考。达尔文认为自然界的物种在自然力的作用下经历了持续不断的变化，而这种变化是生物遗传变异、生存斗争和自然选择的结果。这一理论通过缜密的分析推理提出了生物的时空演替和万物共祖的理论，挑战了长期以来有关上帝造人和物种恒定不变的基督教信条。尽管达尔文并非生物进化观点的最初提出者，而且他受到拉马克生物进化学说、马尔萨斯人口论和孟德尔遗传理论的影响，但他通过弥合现有理论的不足，构建起一个连贯的理论体系。当代学者约翰·格里宾（John Gribbin）这样阐述达尔文学说的认识意义："19世纪的科学有很多戏剧性的发展，不过，从认识人类在宇宙的地位这一角度看，毫无疑问，其中最重要的（或许是整个科学界最重要的观点）当属自然选择学说，因其首次为进化的事实提供了科学的解释。而'达尔文'这个名字也永远地与自然选择的思想联系在一起。"①而迈克尔·佩齐（Michael Page）则认为，"达尔文进化论是现代世界思想史的分水岭，也是现代科学叙事的分水岭"②。

　　事实上，达尔文进化论思想的来源是多样的，除了受到拉马克、马尔萨斯和孟德尔等人思想的影响外，人们还应当把这一影响追溯到他的祖父伊拉斯马斯·达尔文的相关思想与活动。作为英国启蒙时期的重要人物，伊拉斯马斯·达尔文（Erasmus Darwin，1731—1802）是个多才多艺的医生，同时又是一个发明家和一个科学题材的诗歌写作者。在思想观念上，他深受法国哲学家狄德罗和大百科全书派思想的影响，身体力行地担负起"把想象置于科学旗帜下"的使命，他的相关研究被认为是在英国18世纪末最先开启的"科学与想象文学的对话"③。伊拉斯马斯的成就涉及生物学、医学、物理、哲学和文学等诸多领域，是当时跨学科研究，特别是文学与科学跨学科研究的先驱人物之一。作为一名医生，伊拉斯马斯撰写的两卷本巨著《动物生理学》（Zoonomia，1794，1796）阐述了特定的生物因素如何在与自然生活环境的紧密联系下，控制着生命在所有变化形式中产生的多样性。他甚至对宇宙的起源进行过推论，大致涉及有关"大爆炸"的理论。他创造的三部具有新古典主义风格的科学长诗《植物的爱》（The Loves of the Plants）、《植被经济》（The Economy of Vegetation）和《自然的殿堂》（The Temple of Nature），把当

---

① JOHN G. The Scientists：A History of Science Told Through the Lives of Its Greatest Inventors ［M］. New York：Random House，2004：319.

② PAGE M R. The Literary Imagination from Erasmus Darwin to H. G. Wells ［M］. BurLington：Ashgate Publishing Ltd. 2012.

③ PAGE M R. The Literary Imagination from Erasmus Darwin to H. G. Wells ［M］. BurLington：Ashgate Publishing Ltd. 2012.

时的科学发现、人们的世界观和科学家的成就作为其创作的主题，同时还融入了进化论的设想。他通过长篇诗作阐述的有关进化论的观念和发现，对于他那个时代的重要作家、诗人产生了很大影响。浪漫主义诗人柯勒律治（Samuel Coleridge）把他称作"欧洲具有最独特见解的文学人物"。此外，伊拉斯马斯的进化论思想也成为玛丽·雪莱创作的被公认为世界上第一部科幻小说《弗兰肯斯坦》的思辨生物学思想的源泉。用柯勒律治的话来说："达尔文先生或许是欧洲最博学的智者、最有思想创见的哲人。除了宗教外，他对其他所有学科都有自己独到的思想。他的成就遍及多个领域，从医学理论到机械发明，从进步的社会政治观点到诗歌和进化哲学，如此广泛的涉猎是前所未有的。"①迈克尔·佩齐认为达尔文是 19 世纪探寻文学、科学和进化论思想之间相互联系的起点。②

弗朗西斯·克林根德（Francis Klingender）论述了伊拉斯马斯·达尔文的科学题材的文学诗篇的思想史意义："达尔文的教育诗篇对 18 世纪最后十年的思想史具有重要意义。他在其中向受过教育的读者传播对于科学的热情和人类事物可完善性的认识，也鼓舞了月亮学会的成员。"③伊拉斯马斯把科学与文学结合起来的文学诗歌创作也提高了公众对科学知识的兴趣，促进了当时的科学普及。随着 19 世纪初英国中产阶级的崛起，自然科学知识也成为少年儿童教育的重要组成部分。比较典型的科普类作品有莎拉·特里默（Mrs. Sarah Trimmer，1741—1810）的《自然知识简介，及以适应儿童理解能力的方式解读圣经》（*Introduction to the Knowledge of Nature，and Reading the Holy Scripture，Adapted to the Capacities of Children*，1780），普里西拉·韦克菲尔德（Priscilla Wakefield）的《家庭娱乐；或阐明自然和科学主题的对话》（*Domestic Recreation；or，Dialogues Illustrative of Natural and Scientific Subjects*，1805），以及简·马塞特（Jane Marcet）的《自然哲学对话》（*Conversations on Natural Philosophy*，1819）和科普女作家简·劳登（Jane Webb Loudon，1807—1858）的《年轻博物学家的旅程；或艾格妮丝·默顿和她妈妈一同出游》（*The Young Naturalist's Journey；or，The Travels of Agnes Merton and her*

① PAGE M R. The Literary Imagination from Erasmus Darwin to H. G. Wells ［M］. Burlington：Ashgate Publishing Ltd. 2012：17.

② PAGE M R. The Literary Imagination from Erasmus Darwin to H. G. Wells ［M］. Burlington：Ashgate Publishing Ltd. 2012：17.

③ PAGE M R. The Literary Imagination from Erasmus Darwin to H. G. Wells ［M］. Burlington：Ashgate Publishing Ltd. 2012：19.

Mam，1840）等。这些科普叙事作品受到英国福音传统的影响，它们针对儿童读者，用文学语言对科学现象进行描述和解释，其中也有不少道德教育和宗教思想等内容。随着人们对科学和自然知识的兴趣日益增长，在英国出现持续不断的科普热潮，由最初的"蕨类植物热"到"海洋生物热"，再到 19 世纪中期的"化石热"。其中代表性的作品有查尔斯·金斯利（Charles Kingsley）的《格劳克斯，或海岸的奇迹》（*Glaucus，or the Wonders of the Shore*，1855）、《如何夫人与为何女士；或儿童地球知识的第一课》（*Madam How and Lady Why；or，First Lessons in Earth Lore for Children*，1869）和简·劳登的《英国的野生花类》（*British Wild Flowers*，1846）和《为女士写的植物学》（*Her Botany for Ladies*）等。1851 年在伦敦水晶宫举办的"国际工艺品博览会"上，蒸汽机、汽轮船、起重机，以及其他众多的英国创造发明，作为工业革命的重要成果展现在无数参观者面前，每天都能吸引数万人前来观看，使这一博览会成为当时工业和科技发展的"朝圣地"。从社会文化视野看，科学也是一种共同的文化话语。科学不但通过技术的力量改变了维多利亚人的生活方式，推动了交通、电力、通信、医疗和工业生产等的发展，同时也成为中产阶级文化娱乐的一部分。伦敦博览会举办的古生动物化石展，特别是恐龙化石展极大引发了公众对自然史的兴趣，也掀起了一阵"化石热"。而 1859 年查尔斯·达尔文《物种起源》一书的出版不但引发了科学和宗教领域的争论，也引起了人们对人与猿之间，尤其是人与大猩猩之间的关系的兴趣。

第二节　进化论与童话叙事

塞思·勒若这样论及达尔文进化论与维多利亚时期的幻想文学的关系："达尔文对维多利亚幻想文学的影响在于事实与虚构、科学观察与隐喻的需要及准确的尺度与感官印象之间存在的张力。"[1]与宗教和神话叙事不同，达尔文进化论用科学方式解释了创造和生长的问题，"在隐喻和范式间自由转换，滋养了远超自身生物学领域的众多学科"，"在我们的文化中已经变得像信仰时代的神话"。[2]正如美国著名科学家，《接触未来》（*Contact*）的作者卡尔·

---

① LERER S，Children's Literature：A Reader's History from Aesop to Harry Potter ［M］. The University of Chicago Press，2008：179.

② GILLIAN B. Darwin's Plots：Evolutionary Narrative in Darwin，George Eliot And Nineteenth-century Fiction ［M］. Cambridge University Press，2004：13.

萨根（Carl Sagan, 1934—1996）所说："我们的祖先渴望理解这个世界，但却没找到恰当的方法。于是他们设想了一个以神作为主导的狭隘、离奇且整洁的世界……人类在那个宇宙虽不是中心地位，但因与自然界紧密联系，所以有着重要的地位。如今，人类已经找到了一种理解宇宙的有力而优雅的方法，这种方法叫作科学。"①具有讽刺意味的是，虽然当时的科学界和宗教界对于新出现的科学发现和科学观念有着种种分歧，但二者却在童话文学中成为"友好的伙伴"，因为许多作者认为这种童话叙事文体可以提升青少年的道德水平，让他们仔细思考"世界的神圣本质"。工业革命和科学技术用经验事实解释世界，为青少年提供了除了宗教之外的另一种审视这个世界的视角和认识真理的方法。②英国科普作家约翰·布拉夫（John Cargill Brough, 1834—1872）在 19 世纪中期发表的《科学的童话》（The Fairy Tale of Science）一书中以童话叙述的方式阐释科学，向儿童和青少年读者介绍 19 世纪科学的最新进展。在每一章的开头，作者用一个著名的神话或童话故事引出一个科学主题的讲述，使少年儿童感到趣味盎然。与此同时，作者会采用同样引人入胜的来自现实生活的事实和真实例子，形成一种"科学童话"的讲述方式。作者表明，自己写作此书的目的是"试图剥去不同学科晦涩枯燥的科学术语，给它们穿上更加美丽的童话外衣"③。从另一方面看，人们惊讶地发现，或者说不得不承认，科学技术的发展正在不知不觉中把过去的幻想变成现实，犹如人们通过对自然法则的理解来揭示出周围的隐形世界，从而创造出了另一种奇境。作家文人和知识分子纷纷表达了对维多利亚时期科学发展的感叹，由于童话在这一时期的特殊文化功能，不少人认为科学就像魔法一样，把原本出现在童话中的幻境和想象变成了现实，例如传统童话中神奇的魔镜变成了人们手中的望远镜，穿上就能一步跨越七里地的七里靴变成了时速达到 50 多英里（80467.2 米）的蒸汽火车，能即刻召唤人的阿拉丁的神奇戒指也被新出现的电报所取代。英国剑桥大学科学史教授詹姆斯·西科德（James A. Secord）认为，进入 18 世纪中期的英国，人们普遍产生了一种对自然哲学的兴趣，这种兴趣甚至成为人们家庭中的活动。西科德捕捉到了这一重要的时代变化，在《科学视界：开启维多利亚时代的读物》（Visions of Science:

---

① PAGE M R. The Literary Imagination from Erasmus Darwin to H. G. Wells [M]. Burlington: Ashgate Publishing Ltd. 2012: 25.

② JOSEPH G. The Great Fairy Science: the Marriage of Natural History and Fantasy in Victorian Children's Literature [D]. University of Missouri-Columbia, 2009: 1.

③ CARGILL B J. The Fairy Tales of Science [M]. London: Griffith and Farran, 1859.

Books and Readers at the Dawn of the Victorian Age, Oxford University, 2014）一书中，他梳理了这一时期的诸多相关书籍和读物，尤其考察了 12 部颇具影响力的"大众科学"著作，包括查尔斯·赖尔的《地质学原理》、玛丽·萨默维尔的《物理科学之间的联系》，以及托马斯·卡莱尔的讽刺作品《旧衣新裁》等。

"仙境"和"科学"或"自然"这类词语的不寻常的并列出现在许多 19 世纪中后期的儿童自然科学书籍中，如 C. M. 塔克（C. M. Tucker）1866 年出版的《一知半解仙子，或知识的精髓》（*Fairy Know-a-Bit, or a Nutshell of Knowledge*），阿拉贝拉·巴克利（Arabella Buckley）的《科学的仙境》（*The Fairyland of Science*, 1878），X. B. 圣丁（X. B. Saintine）的《科学的童话，三姐妹的冒险，动物、植物和矿物》（*The Fairy Tale of Science, the Adventures of Three Sisters, Animalia, Vegetalia, and Mineralia*, 1886），H. W. S. 沃斯-贝尼森（H. W. S. Worsley-Benison）的《自然的仙境：漫步在林地、草地、溪流和海岸》（*Nature's Fairy-land: Rambles by Woodland, Meadow, Stream and Shore*, 1888），以及牧师戈登·麦克弗森（Gordon McPherson）1891 年出版的《科学的仙境故事》（*The Fairyland Tales of Science*）等。这些作品以童话人物为叙述者或以拟人化的形式把自然科学知识生动活泼地讲述给儿童读者，起到了很好的传播科学知识的作用。

玛格丽特·盖蒂（Margaret Gatty）的《来自大自然的寓言》（*Parables from Nature*）和查尔斯·金斯利（Charles Kingsley）的《水孩子》（*The Water Babies*）这两部作品都以儿童文学叙事的方式出现，加入了质疑与探索达尔文进化论的竞技场。盖蒂是虔诚的自然神学的信徒，对达尔文的进化论极为敌视，自然坚决否认自然选择理论。她认为达尔文的《物种起源》是对圣经提出的挑战，这与她本人的宗教信仰有不可调和的矛盾。于是，在《来自大自然的寓言》一书中，盖蒂用童话故事的方式戏仿了达尔文《物种起源》一书的内容和语言，借此批判进化论的科学性。故事以叙述者的梦境作为开始，描写一群乌鸦如何争论人的起源和人的优越性问题。乌鸦们以随着时间的推移，逐渐的变化把乌鸦变成了劣等的人这一假设作为前提，认为人的能力比乌鸦差得太多。故事大部分篇幅都在描写乌鸦们提出的各种荒唐观点。在故事最后，叙述者也表明了自己的观点，认为乌鸦们是"不完美的生命希望探索更高的本性"的 ①，讨论的都是"傲慢的废话"②，同时也希望读者能忠于自己的信仰而不是相信科学。盖蒂用儿童文学作为一种社会可接受的媒介，挑战她在达尔文进化论中看到的物质主义，并呼吁读者相信宗教信仰，继续接受自然的存在形式作为上帝的证据。

与盖蒂反对达尔文进化论的方式不同，金斯利则借用童话的形式，把 19 世纪宗教与科学的冲突置于幻想文本的语境之下，通过描写小主人公在水中的成长进化、道德成长和重生，把现实世界的进化原则和精神存在联系在一起，阐明了进化论可以作为信仰支撑的观点。故事的叙述围绕着扫烟囱的小男孩汤姆从残酷的现实世界进入虚幻的水中世界后发生的变化展开，包括主人公经历的一系列由人到兽及由兽到人的身体变形叙事。变形的问题涉及退化与进化的过程，也与成长的主题密切相关。主人公成为水孩子的变化代表了人类的胚胎形态，也用想象的方式揭示了所有生物都要经历的成长过程，特别是展示了达尔文关于胚胎是不同生物之间隐形联系的看法。虽然《水孩子》是金斯利为了满足自己小儿子格伦维尔读故事的愿望而即兴创作的童话作品，但其中却被作者赋予了科学意涵和宗教意涵。金斯利在给莫里斯（F. D. Maurice）的信中谈了自己创作这部童话的目的时说："我想用各种奇特的方式来让孩子和大人们明白在一切物质属性背后都有奇妙而神圣的因素存在，没有人能无所不知。这样他们才会认识我们的救世主基督，知道事情的对与错。我之所以把这样一个寓言故事用看似荒唐的情节表现出来，只是想让这些对一切都将信将疑的一代尝到苦头，从而相信上帝的存在。"③金斯利没有把自然科学的观念和宗教看成是全然的对立，而是看到了二者之间潜在的可为己所用的联系，试图把科学变成宗教信仰的附庸，成为上帝存在的证明。

① MARGARET G. Parables from Nature：Third Series. 1861 ［M］. London：Bell and Sons, 1899：33.

② MARGARET G. Parables from Nature：Third Series. 1861 ［M］. London：Bell and Sons, 1899：27.

③ FRANCES K. Charles Kingsley：His Letters and Memories of His Life. Vol. Ⅱ ［M］. New York：C. Kegan Paul, 1878.

第三节 进化论与追寻叙事

进化论的研究成果是达尔文在跟随英国海军"小猎犬号"进行为期五年的环球航行和科学实践后得出的。1831 年 12 月 27 日达尔文从英国朴次茅斯出发踏上了为期 5 年的科学考察之旅。考察船穿越大西洋到达巴西的巴伊亚，然后沿着南美海岸到达里约热内卢，接着经过福克兰岛、火地岛，绕过合恩角，从秘鲁的圣地亚哥经太平洋的加拉帕戈斯群岛到达大西洋的塔希提岛和新西兰，然后横渡印度洋到马达加斯加岛，经非洲好望角驶向大西洋，最终于 1836 年 10 月 2 日回到英国。在环球航行期间，达尔文对当地进行了细致的生物、生态和地质考察和研究，完成了 368 页动物学笔记、1383 页地质学笔记、770 页日记、1529 个保存标本和 3907 个风干标本。这次旅行证明了已经酝酿 50 年之久的进化论猜想，不但是科学之旅，也是发现与冒险之旅。

达尔文是现代理性胜利的缩影，是科学技术时代的英雄。从特定意义看，进化论本质上是追寻叙事，达尔文为了探求生物进化的规律进行的考证与发现已经成为现代科学研究的典范。[①]达尔文的进化论不但扩展了人们的科学知识，也改变了人们对于自我的理解和社会的体验。"不但过去从原来基督教教义所说的六千年左右延长到几百万年甚至几十亿年，而且未来也从即将到来的基督教启示录延伸到与人类无关的遥远的未来。"[②] 进化论对时间和变化的关注让它与叙事过程和问题有着天然紧密的联系 [③]。只有当人们开始想象未来与现在的差异时，进化论的观点才能站得住脚。

作为英国维多利亚时代杰出的女性作家，伊迪斯·内斯比特（Edith Nesbit）创造了众多为现代儿童文学作品所模仿和运用的模式与原型。其中的时间冒险是内斯比特童话叙事的一个重要主题，故事中的主人公通常是一群与父母短期分离的孩子，或是来自单亲家庭的孩子，有批评家把这些孩子称为内斯比特的"集体主人公"。孩子们在平凡的，甚至有些不如意的现实生活

---

① PAGE M R. The Literary Imagination from Erasmus Darwin to H. G. Wells ［M］. Burlington：Ashgate Publishing Ltd. 2012：2.

② PAGE M R. The Literary Imagination from Erasmus Darwin to H. G. Wells ［M］. Burlington：Ashgate Publishing Ltd. 2012：8.

③ GILLIAN B. Darwin's Plots：Evolutionary Narrative in Darwin，George Eliot and Nineteenth-century Fiction ［M］. Cambridge University Press，2004：5.

中遭遇了魔法等神奇事物而进入各不相同的，但同样充满意想不到危险的奇境，最终孩子们通过自己的勇气与智慧克服了一切困难，重返现实生活。内斯比特以时间冒险为主题的童话以富有想象力的叙事拓宽了现代文学童话的创作道路。作者在叙事方面采用了"狂欢化时空压缩与延宕"这一处理时间的艺术：当前的一分钟等于"过去"的几十年乃至上百年……她的《寻宝少年》系列冒险故事开创了英国家庭冒险喜剧故事的先河，而童话《亚顿城堡的魔法》则率先在儿童文学作品中引入了时间冒险的主题。此外，《五个孩子》系列童话不仅在儿童文学创作领域创造性地开拓了以五个青少年作为主要人物的"集体主人公"的人物叙事类型，拓展了现代童话叙事的表现空间。在内斯比特的童话世界，现实生活中的少年主人公往往在不经意间进入奇幻的冒险历程，打破了日常生活的平静和平庸，同时面临着一次又一次的危机。在冒险历程结束后，他们回归现实生活，但神奇的经历却深深地烙印在他们的内心深处，使他们得到心灵的成长。在童话中，"内斯比特所展示的是现实与幻想可以如此紧密结合，如此有生趣，如此有意义，以至于其他的作家也注意到了她的成功，并沿着这个方向继续前行，最终混合幻想成了儿童幻想文学的重要范式。"①这种独树一帜的儿童文学创作手法不但奠定了内斯比特在儿童文学史上的重要地位，也对当代幻想文学创作产生了极大的影响。英国文学评论家马科斯·科洛奇（Marcus Crouch）称之为"内斯比特传统"（the Nesbit Tradition），甚至认为"在当今的儿童文学领域，没有哪个儿童文学作家未曾受惠于这位了不起的女作家"②。美国作家爱德华·伊格（Edward Eager）是内斯比特作品的另一个忠实追随者。他曾公开承认内斯比特对他的影响，认为"要是没有她（内斯比特）的影响，就不会有自己的作品"③。伊格对内斯比特如此崇敬，以至于在他的作品中总会通过人物的叙述和评论提到内斯比特和她的童话，因为他认为自己对此义不容辞，这样才能让读者认识到"我们共同的大师——内斯比特"④。英国儿童文学家艾伦·加纳（Alan Garner）、P. L. 特拉弗斯（P. L. Travers）、菲利帕·皮尔斯（Philippa

---

① GATES P S, STEFFEL S B, MOLSON F J. Fantasy Literature for Children and Young Adults [M]. Scarecrow Press, 2003：50.

② MARCUS C. The Nesbit Tradition：The Children's Novel in England 1945－1970［M］. London：Ernest Benn Limited, 1972：16

③ CHASTON J D. Polistopolis and Torquilstone：Nesbit, Eager, and the Question of Imitation [J]. The Lion and the Unicorn, 1993, 17（6）：73-82

④ CHASTON J D. Polistopolis and Torquilstone：Nesbit, Eager, and the Question of Imitation [J]. The Lion and the Unicorn, 1993, 17（6）：73-82.

Pearce)、海伦·克雷斯维尔（Helen Cresswell）、K. M. 佩顿（K. M. Peyton）、黛安娜·韦恩·琼斯（Diana Wynne Jones）、里昂·加菲尔德（Leon Garfield）、L. M. 波士顿（L. M. Boston）、赫伯特·考夫曼（Herbert Kaufmann）、罗塞尔·霍本（Russell Hoban）和科幻作家迈克尔·摩考克（Michael Moorcock）都曾受到内斯比特的影响。

第三章

时代变迁中的儿童观和童年观

第一节 "儿童"和"童年"的新发现：
进入维多利亚时代

在人类社会，无论是有意识还是无意识的，成人群体总体上对于儿童及其童年人生阶段的看法和态度构成了特定意义上的儿童观。其中，有自觉意识的儿童观的形成和演进必定受到特定时代的社会经济发展水平和思想文化状况，以及人们对处于特定时代社会关系中人类自身的认知发展状况的影响。根据马克思主义的基本观点，人类社会存在和发展的基础是物质资料的生产，人们只有在首先满足了衣食住行的需求之后，才能从事科学、艺术、宗教和政治等方面的活动。在漫长的人类文明发展进程中，有自觉意识的儿童观，尤其是有自觉意识的童年观一定是社会生产力发展到相当程度之后得以形成的。事实上，近现代儿童观正是在社会经济发展的基础上逐渐形成和演变的，在这一进程的背后存在深刻的历史、社会和文化方面的原因，主要涉及有关儿童、童年、家庭的认识，以及随着社会发展而出现的家庭教育和学校教育等观念的产生和不同观念的碰撞。19世纪维多利亚时代的"儿童观"就是生活在这一特定历史时期的人们在工业革命社会转型期的语境下对"儿童"及"童年"等观念的总体反映和新的理解。与英国历史上的其他时期相比，维多利亚时代的儿童观无疑经历了质的变化。从清教主义的"原罪论"儿童观、洛克和卢梭的"童年纯洁"与"崇尚天性"这样的儿童教育观、浪漫主义文学思潮的"童心崇拜"等观念，到工业革命时代"重返童年"思潮的出现，不同认识层面的儿童观导致了不同的儿童文学图书创作理念和童书出版实践，并且在全新的时代背景下发生激烈碰撞，最终引发了一场儿童文学革命。19

世纪英国儿童文学第一个黄金时代就是这场革命的产物。作为研究者，我们需要重点关注的是同一现象相辅相成的两个方面：（1）维多利亚时代具有新意识的儿童观得以形成的历史成因；（2）有自觉意识的儿童文学发生、发展的历史进程，包括承袭与蜕变。

随着社会生产力的逐步提高，近现代社会开启了成人发现"儿童"和"童年"的过程。法国学者菲利浦·阿利埃斯（Philippe Ariès，1914—1984）首次从社会史视阈考察欧洲的儿童史和家庭史，为人们提供了一种从社会历史角度认识童年的理性范式。在《童年的世纪：旧制度下的儿童和家庭生活》（L'Enfant et la vie Familiale sous l'Ancien Regime，1960）一书中，作者从"儿童观念"切入，考察和梳理了西方社会在近代化过程中有关儿童、家庭和学校等观念的产生和变迁历程，同时探讨了在这一过程中出现的家庭生活和学校教育性质的改变。阿利埃斯认为，在近代社会之前的中世纪，人们没有形成"童年"观念，处于"儿童"阶段的孩子没有被社会赋予任何具体形象和存在特征，他们不过是从婴儿走向成人这一生命过程中的"小东西"而已。阿利埃斯是这样表述的，中世纪的人们完全无视童年的存在，也不明白童年的特殊意义，更没有因为这种特殊意义而把儿童与成人区分开来："我们以中世纪社会为研究的出发点，在那个社会，儿童观念并不存在。儿童观念与对儿童的爱护不能混为一谈：儿童观念是一种对儿童特殊性的意识，这种特殊性可以将儿童与成人做出基本的区分。这种意识在中世纪并不存在。"① 换言之，在进入近现代社会之前的漫长岁月里，儿童基本被视为"缩小的成人""预备劳动力""还未长大的人"，完全是成人眼中的"他者"，童年期特殊的生理状态和精神需求长期以来遭受成人社会的忽视，更遑论得到关注和研究了。就儿童观念史的研究而言，《儿童的世纪》为人们提供了一种无法回避的视角和认识范式。事实上，从历史上的儿童形象以及教育观念的变化，人们可以梳理儿童观的发展演变过程。是否重视儿童权益的保护也成为衡量一个社会文明程度的重要标准。随着时代的发展和理性认知水平的不断提升，成人能够运用自己更加成熟的智慧去"发现"儿童、"发现"童年、"发现"童心，使之成为成人反思自己行为和观念的重要镜鉴。

如前所述，无论在什么时代，只要有儿童，成人群体就会产生如何对待他们，以及如何养育他们这样的现实问题。由此延伸出来的就是所谓的儿童

---

① 菲力浦·阿利埃斯. 儿童的世纪：旧制度下的儿童和家庭生活 [M]. 沈坚，朱晓罕，译. 北京：北京大学出版社，2013：192.

观和童年观，乃至儿童教育观。西方社会早期的儿童观主要表现为"预成论"和"原罪论"儿童观。"预成论"认为儿童是尚未长大的预备的成人。"原罪论"认为所有人自呱呱坠地便带有宗教意义的罪孽。作为基督教教育哲学的奠基人，奥勒留·奥古斯丁（Aurelis Augustinus, 354—430）的教育思想对欧洲中世纪教育产生了较大影响，形成了中世纪基督教教育的理论基础。奥古斯丁从基督教观念出发研究真善美，通过柏拉图哲学和《圣经》等探讨善恶问题。最简要地看，奥古斯丁认为在上帝面前，没有人是纯洁无瑕的，即使刚出生的婴儿也不例外。儿童所表现出来的纯洁不过是肢体稚弱而表现出来的假象，而非本心纯洁。对儿童的学习要采取惩罚手段，这成为中世纪人们恐吓和鞭打儿童的理论根源。他还提出，为了获得未来天堂的幸福，人们应该无条件敬畏上帝，实行禁欲；对于儿童，应当从幼年起就抑制他们嬉笑欢闹、游戏娱乐的愿望，并采取严厉措施来加以遏制。在奥古斯丁之后，欧洲宗教改革家、基督教新教加尔文宗创始人约翰·加尔文（John Calvin, 1509—1564）也坚持同样的"原罪论"儿童观，认为儿童是带着罪孽来到这个世界的。与这种"性恶论"的儿童观相对应的就是广泛的"预成论"（预备的成人）儿童观，后者认为儿童与成人的区别仅在于儿童的身体还没有长大而已，同时他们的知识还十分稀少，需要灌输。

16 世纪以来，随着新教主义以及英国社会中产阶级的兴起，人们对儿童特殊精神状态的漠视有所改观。不少人出于基督教的理念开始关注儿童心理，其出发点主要建立在基督教原罪观念之上：儿童不仅是还没有长大的小人，更被看作心理不稳定，而且具有邪恶冲动的、需要被救赎的个体，尤其儿童的灵魂应当得到救赎。清教徒（Puritan）一词源于拉丁文的"Purus"，出现于 16 世纪 60 年代，在英国是指那些要求清除英国天主教内旧有仪式的改革派人群。清教徒信奉加尔文主义，将《圣经》（尤其是 1560 年的英译本《圣经》）奉为唯一最高权威。清教主义者大多看重家庭生活，关注子女后代，尤其关注孩子们的精神和道德教化。正是在清教主义者注重儿童教育的理念之下，儿童图书成为独立的出版类型，主要包括宗教训诫类图书以及实用性、知识性图书。出于让儿童接受基督教教义的需要，人们开始关注儿童的读书识字教育。他们认为儿童读物能够影响儿童的人生，尤其是获得救赎，实现通往天国的虔诚人生。

17 世纪以来，随着社会的发展，儿童观念经历了重要转变。在包括伦理道德研究者和教育家在内的有识之士的共同努力下，人们逐渐形成了一种新的儿童观念：儿童不应被单纯看作成人溺爱的"小东西"，而是具有独立存在个体和特性的"小天使"，他们不仅具有普通的人性，而且还具备一定程度的"神性"。从"小东西"到"小天使"这一形象的转变体现了欧洲文艺复兴与启蒙运动以来社会经济和思想文化发展状况所产生的影响。与此同时，随着社会生活环境的变化，人们在面对新的疑难时也产生了对时代的焦虑与对环境的担忧，对于儿童有了新的认识和期待，从而将人类的儿童期看成想象中的乌托邦。

另一方面，在清教主义观念盛行的年代，约翰·洛克和卢梭等哲学家、思想家提出的有关儿童和儿童教育的思想观念，对于人们突破根深蒂固的清教主义观念，拓宽人们认识儿童和教育儿童的思路，起到了重要作用。约翰·洛克（John Locke，1632—1704）出生于英国南部的索莫塞特郡，大学就读于牛津大学的基督教学院，后来长期在牛津大学担任专门教职，从事教学和研究，对于教育实践和理论形成了自己的独到见解。作为培根之后的英国经验主义哲学的创始人，洛克对于政治学、心理学、伦理学、教育学和医学等学科也颇有研究，并且卓有建树。作为一部哲学著作，《论人类的理智问题》内容丰富，涉及哲学、心理学、教育学、神学、伦理学、语言学等诸多领域。在书中，洛克对长期流行的所谓"天赋观念"（innate ideas）提出了质疑，认为人类知识起源于感性世界的经验。他大胆提出，人的心灵在生命之初是空白的，犹如一张白纸，没有任何形象、任何观念。心灵只能通过经验获得"理念和知识材料"。在17世纪欧洲和英国的社会历史背景下，洛克提出人类的观念意识来自实践应当是难能可贵的，也是需要相当大的勇气的。洛克的观点开始撼动包括清教主义"原罪论"在内的传统的儿童观和对于儿童教养与教育的固有方式。洛克强调了儿童早期岁月的重要性，并且提出，人的心智的形成需要通过将观念与经验联系起来。他认为婴孩的心智犹如一块空白的书写板（Tabula Rasa），并非充满着与生俱来的善恶思想，它像白纸一般是空无一字的，因此各种各样的观念和习惯都可以铭刻在这张"书写板"上。这一观点具有重要的时代意义，它不仅肯定了童年的重要性，而且有助于推动人们摆脱清教主义原罪论的桎梏，解放儿童的心灵。洛克1693年发表的《对于教育的一些看法》主要涉及儿童的道德和人格教育，对于英国18世纪教育理论的发展产生很大的影响。洛克在书中论述了如何通过三种独特的方法来培育儿童的心智：发展健康的体魄，形成良好的性格，选择适宜的教育课程。在培养方式上，洛克认为儿童的阅读应当具有愉悦性，而且儿童的学习过程可以是愉快的。洛克推荐的儿童读物包括宗教性的材料和《伊索寓言》等。他还提出，学习外语可以成为强健头脑的一种方式。作为17世纪的著名学者，洛克提出的观点具有划时代的进步意义，给当时人们习以为常的清教主义传统观念带来很大的冲击，也引发了人们对儿童教育问题的关注和思考。浪漫主义诗人华兹华斯和柯勒律治也深受洛克的影响，他们由此而倡导的关于童年和想象力的观念对于摆脱清教主义、追寻童心童趣的英国儿童文学的发生和发展产生了深远影响。18 世纪后期，在洛克和卢梭关于童年特征的观念提出后，为儿童创作的文学作品才可能在英国成为一种独立的商业行为。

回顾历史，在漫长的中世纪直至 18 世纪之前，由于受到各种物质条件的限制，有自觉意识的儿童观，即把童年看作人生中有别于成年的一个特殊阶段，并由此出发去探讨童年时期的心理和生理发展特征的观念尚未形成。即使可能出现类似的某些看法，这样的理念也不为人们所关注，也没有产生什么实质影响。一方面，不同时代人们的思维方式及认知能力往往受到特定时代语境下自身条件的制约，要随着时代的进步，随着自身生存条件的改善和观察能力的提高而发生转变。另一方面，有自觉意识的儿童观和童年观的形成受到社会生产力发展程度的制约。在人类社会漫长的发展岁月里，儿童之所以被看作预备劳动力，就是因为整体社会生产力不发达，劳动力自然成为社会群体最为看重、最具需求的人力资源。试想一下，在成人群体中，大多数人都忙于谋生，自顾不暇，鲜有空闲时间去思考其他问题时，对于儿童群体的精神需求和心理发展特征自然无暇关注了。成人社会甚至期待儿童早日成为劳动力，而不是成人的负担。以英国为例，即使进入近现代社会以后，童工的使用仍是很普遍的现象。儿童到了 7 岁就可以被雇用干活，而且 7 岁也是法定的罚罪年龄。以生活在维多利亚时代的狄更斯为例，由于父亲无法偿还欠债而被关进债务人监狱，12 岁的狄更斯被送到鞋油作坊干活，受了许多磨难，而这个年龄的儿童被送去干活被认为再正常不过。随着时代的变迁，尤其是工业革命带来巨大变化，18 世纪中后期以来，物质生产得到快速发展，食物供应获得较好保障；同时随着医学的进步和医疗卫生条件的改善，儿童的生存率大为提高。从 1750 年以来，英国的人口保持快速增长的势头，增长率比欧洲平均值高出 50%。①伴随着人口急剧增长，社会发生巨大变化，大工业城市相继出现，工厂制度也随之兴起。在 1780 年以后的 50 年间，英国的煤产量增长 200% 以上，商业收入增长 100%，进口增长 300% 以上。自 1825

① 克里斯托韦·哈维，科林·马修. 19 世纪英国：危机与变革［M］. 韩敏中，译. 北京：外语教学与研究出版社，2007：183.

年从斯托克顿至达灵顿的火车开通之后，1830 年从利物浦至曼彻斯特的火车也开通了。英国发生巨大变化，一跃而成为高度工业化的国家，获得"世界工厂"的称号。

正是在社会生产力获得极大发展这一物质基础上，在社会文明有所进步的条件下，维多利亚时代人们对于童年的看法开始发生嬗变，有自觉意识的童年观得以形成。有关童年的柔弱、纯真和道德的圣洁性得到认同，社会公众对儿童群体和童年问题的关注度得到很大提升，具有进步意义的儿童观在社会生活层面得到实质性的体现，并且在法律层面产生了实际影响。19 世纪初，就在工业革命使英国经济得到快速发展之际，人们认识到，即使是下层社会劳动群体的子女也应当接受一定的教育，才能成为合格的劳动力。英国上层统治阶级对于公众要求国家干预教育的呼声做出回应。在此背景下，英国国会在 1833 年通过了时任财政部部长阿尔索普提出的教育补助金法案，这是英国教育的一个重要转折点，长期以来作为宗教教派活动或民间活动的教育开始向国家化方向发展。就在同一年，议会通过的工厂法开始限制童工的雇用。此后，1842 年通过的《矿业法案》（The Mines Acts）废止了煤矿井下作业雇用 10 岁以下的儿童，而 1944 年通过的《工厂法案》（The Factory Acts）规定，8 岁到 13 岁之间的儿童每天做工的时间降低到 6.5 小时，并且建立了核查机制，以保证这些禁令得到实施。

在维多利亚时代，多子女的家庭是比较常见的，中产阶级家庭尤其如此。一般情况下，多子多女体现了人丁兴旺，通常被看作完善家庭的标志。到 19 世纪中期，英国家庭的平均人口为 4.7 人，至 19 世纪末，这个数字达到 6.2 人，而且 1/6 的家庭有 10 个以上的子女。据推算，从 1851 年到 1881 年，英国 15 岁以下儿童的数量已经超过了成人的人口数量。维多利亚时代的英国成为名副其实的儿童王国。可以看到，随着社会经济的发展，整个社会开始更多关注儿童和家庭生活。中产阶级尤其重视家庭，认为家庭是私人领域，应该与公共领域严格分开。一方面，人们应当对儿童给予特别的照顾，另一方面，孩子们的陪伴被认为是成年人的福祉，而女人是"家庭天使"，让家庭变得温馨舒适。事实上，中产阶级开始形成明显的童年意识，将童年看作一段需要认真对待的特殊的人生阶段，或换言之，在中产阶级家庭中，儿童开始拥有真正意义上的童年。重要的是，有关童年观念得到更加理性的关注和确认。人们对于儿童的品行和文化培育更加重视。例如，利物浦的牧师约翰·瑞尔（John Charles Ryle）在 1846 年出版的著述中提出了颇具代表性的观念，即对儿童进行适宜的教育教化观念："善良、优雅、容忍、坚毅、有耐心、有同情心；愿意倾听孩子气的烦恼、随时分享孩童般的欢乐，这些就是能够最顺利地引导孩子的要素，如果你希望找到进入孩子内心的方式，这些就是你必须遵守的条件。"他还提出，儿童就像地里的幼苗，需要细心地浇灌，而且要经常浇灌，但每次都是细致入微地浇灌①。与此同时，南肯辛顿博物馆的创始人之一亨利·科尔（Henry Cole，1808—1882）编辑出版了《费利克斯·萨默利家庭文库》丛书（*Felix Summerly's Home Treasury*，1841—1849），针对的读者群体就是维多利亚时期子女众多的英国家庭。而他编书的初衷就是为自己的众多子女提供读物："我有为数众多的幼年儿女，他们的需求促使我去出版儿童读物。"②这套丛书汇编了许多民间童话和幻想故事，如《巨人杀手杰克》《杰克与豆茎》《睡美人》《小红帽》《灰姑娘》《美女和野兽》《迪克·威廷顿》，以及改写的《圣经故事》，等等。一般而言，这一时期的家庭对子女的关注日益增加，无论社会还是家庭在教育投资和感情投入方面也相应增强，这在客观上为英国儿童文学的发展奠定了物质和思想基础。这是儿童观和有自觉意识的英国儿童文学发展的社会物质语境。有自觉意识的童年观在形成后还会随着时代的发展和人们相关认知水平的提高而得到更加理性的细化，包括幼年、童年和青少年的边界划分，以及少年儿童的心理发展和审美接受特征的认知。事实上，不同认识层面的儿童观和童年观必然导致不同的儿童文学图书创作理念和童书出版实践。19世纪英国儿童文学的第一个黄金时代就是在追求浪漫想象的童年叙事与恪守理性教诲的说教文学之间的激烈碰撞中，在"重返童年，书写童年"思潮中出现的。正如哈维·达顿（F. J. Harvey Darton，1878—1936）在《英国儿童图书：五个世纪的社会生活史》中指出的，在英国，"儿童图书一直是一个战场——是教诲与娱乐、限制与自由、缺乏自信的道德主义与发自本能的快乐追求之间的碰撞"。③下面我们将探讨特定历史时期的思想文化语境中发展变化的儿童观及其碰撞所导致的儿童图书创作实践。

---

① Train Up a Child the Way that He Should Go, 1846, Thoughts for Parents [M]. London: William Hunt and Co, 1846.

② DARTON F. J. H. Children's Books in England: Five Centuries of Social Life [M]. Cambridge: Cambridge University Press, 1958.

③ DARTON F. J. H. Children's Books in England: Five Centuries of Social Life [M]. Cambridge: Cambridge University Press, 1958.

第二节　从"儿童圣歌"走向"孩子的诗园"：
从童诗看时代变迁中的童年精神嬗变①

　　进入基督教时代以后，人们出于基督教的理念开始关注儿童心理，出发点自然建立在基督教原罪观念之上：儿童不仅是还没有长大的成人，更被看作具有邪恶冲动的、需要被救赎的个体，尤其儿童的灵魂应当得到救赎。清教徒信奉加尔文主义，将《圣经》（尤其是1560年的英译本《圣经》）奉为唯一最高权威，那些为儿童读书识字编写的读物往往采用《圣经》的内容。基督教的天国想象对于此后的英国儿童诗歌和儿童文学产生了深刻影响。"圣经和十字架"成为此时出现的奉行宗教恫吓主义观念的儿童读物的标志。在相当长的时期，挽歌式的诗歌作品成为儿童读物的主流。17世纪后半叶，英国王政复辟之后，清教徒们把自己看作是英国社会中受压制的孩子，同时把这种受迫害的感觉转化为吐露心迹的文学叙述。班扬的诗歌及《天路历程》和布莱克的《天真之歌》《经验之歌》等诗作就是在这样的时代背景中产生的，是在纯真的一念童心和受到压迫的满腔义愤相互作用下迸发出的心声，也是比较接近现代儿童文学的读物。英国的儿童文学及儿童诗歌正是这样，在工业革命和社会变革的浪潮推动下，从清教主义的宗教式文学表达走向真正意义上的儿童本位的童年表达，并由此见证了维多利亚时期英国儿童文学的第一个黄金时代。

　　这一演变历程可以通过三首诗作形象地呈现出来。第一首是约翰·班扬的《蜜蜂》诗，第二首是艾萨克·沃兹的"小蜜蜂"诗，第三首是刘易斯·卡罗尔在对沃兹"小蜜蜂"诗进行戏仿而作的《小鳄鱼》。由此可以明晰地发现从清教主义儿童文学到现当代英国儿童文学的主旨差异及其艺术表达特征。

一、从约翰·班扬的《蜜蜂》到艾萨克·沃兹的"小蜜蜂"

　　约翰·班扬（John Bunyan，1628—1688）家境贫寒，父亲是一个补锅匠，也是一个虔诚的浸礼教徒。班扬自学成才，其全部思想和文化知识几乎都来

---

　　① 本部分内容曾发表于《新中国儿童文学70年（1949—2019）》，题为"从艾萨克·沃兹到刘易斯·卡罗尔：时代变迁中的英国维多利亚时期的童诗和童趣及其汉译"。

自《圣经》和《祈祷书》，以及结婚时妻子带过来的两本宗教书籍《普通人进入天堂之路》和《如何践行虔诚之道》。他的《天路历程》就是一部通俗文学化的经文布道，而且吸收了当时民间流行的世俗浪漫传奇因素和讲述手法，拓展了始于中世纪的寓言传统。尽管这是一部为成人写的宗教寓言，但它在艺术手法和表现形式上却与英国儿童文学产生了密切的关联。在特定意义上，《天路历程》的宗教寓言开端预示着《爱丽丝奇境漫游记》的童趣化开端。下面是班扬的诗作《蜜蜂》：

蜜蜂

蜜蜂飞出去，蜂蜜带回家。

有人想吃蜜，发现有毒刺。

你若真想吃，又怕被蜂蜇，

下手杀死它，切莫有迟疑。

蜜蜂虽然小，罪恶之象征。

蜂蜜虽然甜，一蜇奔黄泉。

不贪恶之蜜，性命方无虞。

人生最要紧，贪欲要克制。

班扬在诗中用蜜蜂喻指具有诱惑力的"原罪"。清教主义者往往对于原罪和惩罚深信不疑，非常害怕身后遭受地狱烈焰的煎烤，所以生前虔诚地期待灵魂的救赎。尽管蜂蜜很甜蜜，但蜜蜂却是罪恶的象征，为获得救赎，最要紧的就是克制欲念，杀死蜜蜂。总体上，这首诗的清教主义色彩是很浓厚的。

下面是艾萨克·沃兹的"小蜜蜂"一诗，该诗的原标题是《不能懒惰和淘气》(*Against Idleness and Mischief*, 1715)：

不能懒惰和淘气

你看小蜜蜂，整天多忙碌，

光阴不虚度，花丛采蜂蜜。

灵巧筑蜂巢，利落涂蜂蜡，

采来甜花蕊，辛勤酿好蜜。

我也忙起来，勤动手和脑。

魔鬼要捣乱，专找小懒汉。

在艾萨克·沃兹的诗中，清教思想有所淡化，童趣有所体现，但说教的意味非常明显。作者用儿歌的形式宣扬道德教诲，其主题非常明确，就是要孩子们向小蜜蜂学习，不浪费时间，不虚度光阴。只有辛勤忙碌，才能像小蜜蜂一样，获得甜蜜的回报。而游手好闲，无所事事，就会被魔鬼撒旦看中，去干傻事、坏事。

就文学童趣而言，宗教赞美诗作家艾萨克·沃兹（Isaac Watts, 1674—1748）的《儿童道德圣歌》（*Divine and Moral Songs for Children*，1715）堪称清教主义时期比较贴近儿童心理，为孩子们乐于接受的文学读物。沃兹在伦敦的教堂里做过执事，共写了 600 多首赞美诗，其中一些诗作成为英语语言文学中深受欢迎的诗歌。他的宗教赞美诗包括《哦主啊，我们永远的保障》（*O God, Our Help in Ages Past*）和《普世欢欣》（*Joy to the World*）等。在首次印行于 1715 年的《儿童道德圣歌》歌谣中，所有篇目都是作者认为适宜让儿童记忆和诵读的宗教训示或教诲。在沃兹生前，《儿童圣歌》发行了 20 个版次，成为当时最流行的儿童读物。它不仅受到儿童读者的欢迎，而且对许多后来的英美作家产生了影响——从英国本土的刘易斯·卡罗尔到美国的富兰克林和艾米丽·狄金森等人都受到过他的影响。此外，沃兹还为儿童撰写了《英语读写的艺术》（1721）、《逻辑》（1725）、《改进我们的心智》（1741）等图书。《儿童圣歌》具有鲜明的特征，它让人们领略了让儿童读书识字的必要性，而且这些歌谣所传递的主要是道德教诲，表现的是清教主义的挽歌式情感，体现了具有一定童趣意味的清教主义的想象力。从总体上看，《儿童圣歌》沿着《天路历程》所开拓的清教主义文学寓言之路往前迈出了一大步，是介于班扬的宗教寓言和卡罗尔的幻想叙事之间的儿童文学读物。

二、从沃兹的"小蜜蜂"到卡罗尔的《小鳄鱼》及其他诗作

维多利亚时期见证了英国儿童文学领域的两极碰撞——一极是长期占主导地位的遵循"理性"原则的说教文学创作，另一极是张扬"娱乐"精神的幻想性文学创作。一方面，浪漫主义诗歌运动有关童年崇拜和童年概念的诗意表达冲击了长期占据主导地位的加尔文主义压制儿童本性的原罪论宗教观。另一方面，工业革命时期那些由新思想和新观念引发的震荡和冲击动摇了维多利亚时代的宗教信仰基座。工业革命时期，人类前所未有地提高了社会生产力，在改变和征服自然环境的过程中形成了强烈的人与大自然之间的异化关系。而异己的力量和异化现象又成为探索新的未知世界、探寻新的幻想奇境的某种启示。在刘易斯·卡罗尔的"爱丽丝"小说中，作者通过小女孩爱丽丝天真直率的视角，对包括沃兹儿童诗歌在内的流行的儿歌、童谣等进行了匠心独具、妙趣连连的戏仿改写。例如爱丽丝在进入镜中屋后看到了一首

反写的怪诗"杰布沃克",爱丽丝本能地感到这首怪诗讲了一个了不起的故事,但究竟是什么故事她并不清楚。诗中那些作者自创的怪词让人感到既怪僻又熟悉,在音、意、相诸方面都富于荒诞之美。下面是卡罗尔对沃兹的"小蜜蜂"诗的戏仿,它出现在《爱丽丝奇境漫游记》中,成为小女孩爱丽丝背诵的《小鳄鱼》:

小鳄鱼

你看小鳄鱼,尾巴多神气,

如何加把力,使它更亮丽。

尼罗河水清,把它来浇洗,

鳞甲一片片,金光亮闪闪。

笑得多开心,两爪多麻利。

温柔一笑中,大嘴已张开:

欢迎小鱼儿,快快快请进。

沃兹诗中整日辛勤忙碌的小蜜蜂变成了潜入水中一动不动,张口待鱼的小鳄鱼,这一动一静的两种动物形象形成了鲜明的反差。"小鳄鱼"体现的是儿童诗的游戏精神、幽默精神,是张扬的童心,是内心深处的愿望满足性。小鳄鱼本质上就是一个顽童,他在生机盎然的大自然中游刃有余,显得神气十足,笑容可掬,是一个张开大口,"请君入内"的快活游戏者和捕食者。这看似信手拈来,然涉笔成趣,妙意顿生,令人称奇。卡罗尔以讽刺性的弱肉强食现象与尼罗河的勃勃生机营造了一种童话世界的喜剧性荒诞氛围。

如果说这小鳄鱼是一个顽童,那么卡罗尔戏仿罗伯特·骚塞(Robert Southey,1774—1843)的宗教训喻诗《老人的快慰,以及他如何得以安享晚年》(1799)而创作的荒诞诗《威廉老爸,你老了》则塑造了一个老顽童形象。骚塞的诗用一老一少、一问一答的形式写成,目的自然是告诫儿童心向上帝,虔诚做人。在诗中,年轻人询问老人为何不悲叹老境将至,反而心旷神怡?老人回答说,自己年轻时就明白时光飞逝、日月如梭的道理,而且他总是"心向上帝",所以虔诚地服从命运的安排,无怨无悔,自然乐在其中。在《爱丽丝奇境漫游记》第5章中,当毛毛虫听说爱丽丝在背诵那首《忙碌的小蜜蜂》时背走了样,便让她背诵《威廉老爸,你老了》,只见爱丽丝双手交叉,一本正经地背了起来:

年轻人开口问话了:

"威廉老爸,你老了,

须眉头发全白了。
还要时时练倒立，
这把年纪合适吗？"

"在我青春年少时，"
威廉老爸回儿子，
"就怕倒立伤脑袋；
如今铁定没头脑，
随时倒立真痛快。"

"你已年高岁数大，"
年轻人说，"刚才已经说过了，
而且胖得不成样；
为何还能后滚翻——
一下翻进屋里来？"

"在我青春年少时，"
老贤人说话时直把白发来摇晃，
"我四肢柔韧关节灵，
靠的就是这油膏——一盒才花一先令①，
卖你两盒要不要？"

"你已年高岁数大，"年轻人说，
"牙床松动口无力，
只咬肥油不碰硬；
怎能啃尽一整鹅，
连骨带肉一扫光，
敢问用的哪一招？"

---

① 在《爱丽丝地下游记》原稿中，这诗中一盒油膏的价格是 5 先令。GARDNER M. The
Annotated Alice：Alice's Adventures in Wonderland and Through the Looking-Glass by Lewis
Carroll［M］. London：Penguin Books, 1965：70.

"在我青春年少时，"老爸说，

"法律条文来研习。

每案必定穷追究，

与妻争辩不松口。

练得双颌肌肉紧，

直到今天还管用。"

"你已年高岁数大，"年轻人说，

"肯定老眼已昏花，

何以能在鼻尖上，把一条鳗鱼竖起来——

请问为何如此棒？"

"有问必答不过三，到此为止少废话，"

老爸如此把话答，

"休要逞能太放肆，喋喋不休让人烦！

快快识相躲一旁，不然一脚踢下楼。"①

清教主义的儿童诗歌以传递道德教育和宗教训诫为主要特征，其消极因素在于压抑和泯灭了童心世界的游戏精神和人类幻想的狂欢精神。卡罗尔的荒诞诗是对那些宣扬宗教思想及理性原则的说教诗和教喻诗的革命性颠覆，看似荒诞不经，实则妙趣横生，意味无穷。"在我青春年少时，上帝时刻在心中"，这是骚塞诗中的老者形象。而在卡罗尔的诗中，我们看到的是一个荒唐滑稽但充满生活情趣的老顽童：他头发花白，肚子滚圆，浑身上下胖得不成样，但见如此胖人又是苦练倒立，又是用后滚翻动作翻进屋里，而且饭量极大，居然一下连骨带肉吃掉一只整鹅，还能在鼻子尖上竖起一条鳗鱼，上帝何在？自然规律何在？正所谓"四时可爱唯春日，一事能狂便少年"（王国维，《晓步》），卡罗尔在戏仿诗中刻画的这个荒唐滑稽的老顽童张扬了契合儿童天性的狂欢精神和游戏精神，使童心世界的荒诞美学呈现出最大的吸引力。

爱德华·利尔（Edward Lear，1812—1888）的《荒诞诗集》（1846）是

---

① GARDNER M. The Annotated Alice：Alice's Adventures in Wonderland and Through the Looking-Glass by Lewis Carroll. The Definitive Edition ［M］. New York：W. W. Norton & Company inc，2000：49-52.

推动维多利亚时代儿童本位诗歌发展的另一部重要作品。利尔出生在英国伦敦海格特一个丹麦人后裔的家庭，也是一个多子女的大家庭，家中共有21个孩子，他排行第20。爱德华4岁时，作为股票经纪人的父亲经营失利，家业衰落，陷入困境。爱德华被送到比他年长21岁的姐姐安娜那里，由姐姐抚养。安娜除了教他读书识字，还时常给他读经典童话，读现代诗歌，并且带他到户外去描画自然界的景物，培养了他对绘画的兴趣。后来，为了养活自己，爱德华·利尔卖画挣钱，1832年他得到德比伯爵的资助，专事绘编珍禽画册。为了娱乐伯爵的孙儿孙女，利尔信笔写诗作画，打趣取笑，结果汇集成了一本趣味盎然的《荒诞诗集》(Book of Nonsense)。每首诗短小精干，仅有五行，有自己的格律形式，其中一、二、五行押韵，用抑抑扬格三音步，三、四行用抑抑扬格二音步，读起来富有节奏感，朗朗上口。由于短小，这些诗容量有限，也不刻意追求知识性，但总以超越常识的极度夸张，呈现出一幅幅异想天开的现实画面或场景，令人捧腹大笑，如大胡子老头的胡须又浓又长，结果猫头鹰、母鸡、鹡鸰，甚至云雀都在那里筑巢安家；一个老头儿的鼻梁太长，可以让一大群鸟儿停在上面；一个老头的腿太长，可以一步从土耳其跨到法兰西；等等。试看利尔笔下的长腿老头：

> 有个老头住在科布伦茨，
> 他的两腿实在太长太长；
> 他只迈出了一大步，
> 就从土耳其跨到了法兰西，
> 这个老头就住在科布伦茨。

利尔的荒诞诗也有描写女士的：

> 有位特洛伊女士真年轻
> 却让几只大苍蝇搅得太烦心；
> 使劲用手去拍，
> 再用水泵去冲，
> 幸存的都被她带回了特洛伊。

再看这位女士如何让全城百姓都痴迷沉醉：

> 泰尔城有位女士真年轻，
>
> 她用扫帚清扫里拉琴；
>
> 每扫一下，琴声悠扬动听，
>
> 这乐声让她陶醉万分，
>
> 也让泰尔百姓痴迷静听。

利尔一生以绘画为职业，但他留给后人影响最大的作品却是这本荒诞诗集。作者用上百幅漫画配上荒诞打油诗，极其夸张地描绘了作者生活和旅行中遇到的滑稽可笑的人和事，无论行文还是图画都极度幽默夸张，给无数的幼童和成人带来欢笑，竟然使得世人纷纷效仿，使这种五行诗体一时风靡英国。这成为英国儿童文学幻想文学兴起的前奏。

从总体上看，维多利亚时代的儿童诗歌创作开辟了童趣化和内心愿望的满足性这一影响深远的道路，史蒂文森和格雷厄姆的诗作是两个重要代表。罗伯特·路易斯·史蒂文森（Robert Louis Stevenson，1850—1894）的儿童诗集《一个孩子的诗园》（*A Child's Garden of Verses*，1885）是维多利亚时代儿童本位诗歌的又一代表作，如今已成为英语儿童诗歌的经典之作。这部诗集共收入诗作64首，涉及童年生活与幻想世界，乃至人生的方方面面，从夏天躺在床上的遐想，到冬天漫步在山野上看那洁白丰厚的积雪引起的联想；从幼年的歌唱和漫游，到年老了坐在椅子里看下一代孩子们做着游戏；在童年的想象中，一切都是变幻的，充满神奇意味的，可以演绎出五光十色的多彩世界。夜色朦胧之中，卧室里的床会变成一条航船，载着勇敢的小水手驶向广阔无垠的未知世界；生病的时候躺在床上，被子就变成了士兵们迈步行进的山林，床单就变成了浩瀚的海洋，威武的舰队破浪行驶……诗人怀着一颗未泯的童心，心驰神往地"漫游"在童年的现实和梦境之间，怀着童年的诗意穿越人生和世界：

> 我真想起身，抬腿就走，去那儿：上面是异国的蓝天，下面是鹦鹉岛，横躺在海面，孤独的鲁滨孙们在建造木船，……；去那儿：一座座东方的城镇，城里装饰着清真寺和塔尖……；去那儿：长城环抱着中国，另一边，是城市，一片嘈杂，钟声、鼓声和人声喧哗；去那儿：火焰般炎热的森林，……到处是椰子果，大猿猴，……；去那儿：看鳄鱼披一身鳞甲，还有那红色的火烈鸟，……；去那儿：在一片荒凉的沙地，直立着一座古城的残迹……；我要到那儿去，只等我长大，就带着骆驼队向那里进发；去那儿，在幽暗尘封的饭厅，点燃起火炬，给周围照明；

从墙上挂着的多少幅画图，看英雄，战斗，节日的欢愉；……。①

《一个孩子的诗园》以小见大，意境优美，将儿童诗的欢快明朗与宗教诗的教诲融合起来，体现了英国儿童诗歌的视觉化和韵律感等审美因素。诗人以"闲花落地听无声"的微妙触角捕捉孩子的情绪和感觉，捕捉他们的向往和期待，惟妙惟肖地再现了童年的时光，化平常为神奇。

肯尼斯·格雷厄姆（Kenneth Grahame，1859—1932）的动物体童话小说《柳林风声》富于诗意的散文性、叙事性和抒情性，一方面深受少年儿童喜爱，另一方面又能够满足成人读者的认知和审美需求。小说在讲述故事的同时呈现了田园牧歌式的阿卡迪亚，那随风飘逝的古老英格兰（也是一去不复返的童年）；它引发的是无尽的怀旧和乡愁。小说抒情与写意相结合的散文书写充满诗意，使成人读者透过柳林河畔的四季风光和春去秋来、物换星移的时光流逝而缅怀童年，感悟人生。和"爱丽丝"小说一样，穿插其中的诗歌是一大特色。

下面是一段诗意化的散文叙事：

> 当回首那逝去的夏天时，那真是多姿多彩的篇章啊！那数不清的插图是多么绚丽夺目啊！在河岸风光剧之露天舞台上，盛装游行正在徐徐进行着，展示出一幅又一幅前后庄严跟进的景观画面。最先登场的是紫红的珍珠菜，沿着明镜般的河面边缘抖动一头闪亮的秀发，那镜面映射出的脸蛋也报以笑靥。随之羞涩亮相的是娇柔，文静的柳兰，它们仿佛扬起了一片桃红的晚霞。然后紫红与雪白相间的紫草悄然露面，跻身于群芳之间。终于，在某个清晨时分，那由于缺乏信心而姗姗来迟的野蔷薇也步履轻盈地登上了舞台。于是人们知道，六月终于来临了——就像弦乐以庄重的音符宣告了这一消息，当然这些音符已经转换为法国加伏特乡村舞曲。此刻，人们还要翘首等待一个登台演出的成员，那就是水泽仙子们所慕求的牧羊少年，闺中名媛们凭窗盼望的骑士英雄，那位用亲吻唤醒沉睡的夏天，使她恢复生机和爱情的青年王子。待到身穿琥珀色短衫的绣线菊——仪态万方，馨香扑鼻——踏着优美的舞步加入行进的队列时，好戏即将上演了。②

---

① 罗伯特·斯蒂文森. 一个孩子的诗园 [M]. 屠岸，方谷绣，译. 北京：人民文学出版社，1984.

② 肯尼斯·格雷厄姆. 柳林风声 [M]. 舒伟，译. 南宁：接力出版社，2012：35-36.

　　下面是《柳林风声》中出现的第一篇歌谣，具有诗人气质的河鼠（这也是作者本人诗人气质的投射）在河里戏弄鸭群，表达了河鼠对河畔生活的满足和热爱，同时也描绘了一幅鸭群愉快生活，温馨祥和的画面。

鸭儿小曲

　　静静的回水湾啊，高高的芦苇草；鸭儿们在戏水啊，鸭尾往上翘。

　　公鸭母鸭都翘尾啊，黄黄的脚掌荡悠悠。黄黄的鸭嘴看不见了，水中觅食忙不休。

　　柔软的水草绿油油啊，鱼儿在草间尽情游；美味的食物水中藏啊，保鲜、丰盛又清幽。

　　各取所需人人乐啊，逍遥又自在！鸭头入水鸭尾翘啊，戏水之乐开心怀！

　　头上的天空蓝幽幽啊，雨燕翻飞声啾啾；你我戏水水花溅啊，尾巴齐齐翘一溜！①

　　值得注意的是，从刘易斯·卡罗尔到 J.R.R·托尔金，在散文叙事中穿插诗歌之作已经成为英国儿童和青少年文学叙事的一个传统，卡罗尔和格雷厄姆是其中的先行者和佼佼者。

---

① 肯尼斯·格雷厄姆. 柳林风声［M］. 舒伟，译. 南宁：接力出版社，2012：16.

第四章

走进黄金时代的不平路：从宗教童年叙事走向儿童本位和艺术自觉的童年叙事

在人类社会，秉持自觉意识的儿童文学的发生和发展是近现代世界文学大系统的一件大事，也是人类文明进步的重要体现之一。从本质看，成人社会对儿童和青少年精神世界的有意识的关注、呵护和培育构成了儿童文学创作和研究的最高目标和最重要价值取向。强调有自觉意识的儿童文学旨在区别于历史久远，但内涵和外延较为模糊的广义儿童文学。事实上，在人类社会，只要有儿童，就会出现为儿童讲述、传授的各种形式的"儿童文学"。历史记载，尽管古希腊《伊索寓言》、古希腊神话等早期文化遗产绝非为儿童创作，却因为其能言会道的动物角色和天界人间的奇幻故事这样的文学性（故事性）成为娱乐和教育儿童的重要材料。直至17世纪，对英国儿童图书出版事业产生重要影响的哲学家约翰·洛克在相关论述中还特意将《伊索寓言》推荐为成人为儿童讲述的内容。以此为参照，有自觉意识的儿童文学是成人作家和艺术家依据儿童及青少年身心发展特征和心理接受特征专为他们创作的文学作品，用当代学界相关领域的话语来描述，"儿童文学是以18岁以下未成年人为本位，具有契合其审美意识与发展心理的艺术特征，有益于儿童精神生命健康成长的文学"①。当然，这一认识不是凭空产生的，而是伴随着社会文明发展，伴随着人们对儿童心智发展和审美接受认知的逐渐深化而形成的。在英国，有自觉意识的英国儿童文学经历了三个发展阶段：从清教主义"布道说教，救赎灵魂"的宗教童年叙事，到纽伯瑞致力出版追求教育性和故事性的题材多样的儿童读物，直至走向维多利亚时代"重返童年，珍视想象"的儿童文学的第一个黄金时代。

① ZIPES J，PAUL L，et al. The Norton Anthology of Children's Literature：The Traditions in English ［M］. New York：W. W. Norton & Company，2005.

第一节　圣经与十字架下的童年：
清教主义的宗教童年叙事

首先，英国早期的具有群体自觉意识的儿童文学肇始于清教主义。众所周知，在进入近现代社会之前的漫长岁月里，成人眼中的儿童不过是"还未长大的人"，被简单视为"缩小的成人"或"预备劳动力"。作为成人心目中的"他者"，儿童的精神世界和精神需求长期以来自然受到成人社会的忽视，更遑论得到关注和研究了。进入基督教时代以后，尤其 16 世纪以来，随着新教主义以及英国社会里中产阶级的兴起，人们对童年特殊精神状态的漠视状况有所改观。不少人出于基督教理念开始关注儿童心理，出发点主要建立在基督教原罪观念之上：儿童不仅是还没有长大的成人，更是内心潜藏邪恶冲动的、需要被救赎的群体——儿童那摇摆不定的灵魂应当得到救赎。从历史语义看，"清教徒"（Puritan）一语源自拉丁文"Purus"，出现在 16 世纪 60年代，在英国一般是指那些对教会现状不满，要求清除英国天主教内旧有仪式的改革派人群。清教徒大多信奉加尔文主义，将圣经（尤其是 1560 年的英译本圣经）奉为唯一最高权威。与其他社会群体相比，清教主义者更在意家庭生活，更关注子女后代的精神状况，尤其关注孩子们特定的宗教精神和道德教育。正是在清教主义者注重儿童教育理念的推动下，儿童图书成为独立的出版类型，主要包括实用性、知识性图书以及宗教训诫类图书。出于让儿童接受基督教教义的需要，人们开始关注儿童的读书识字教育。他们认为儿童读物能够影响儿童的人生，尤其是实现获得救赎通往天国的虔诚人生。

应当看到，从早期的挽歌式宗教读物到约翰·班扬的《天路历程》这样的作品出现，基督教的天国叙述和天国想象对于日后逐渐萌生自觉意识的英国儿童文学产生了深刻影响。清教主义者认为通过阅读可以使儿童幼小无助、摇摆不定的灵魂得到拯救，从而进入天国，而不会堕入地狱。于是乎"圣经和十字架"成为那些奉行宗教恫吓主义观念的儿童读物的形象标志。难怪在相当长的时期，挽歌式的诗歌作品和宗教训诫故事成为儿童读物的主流。此外，用于儿童读书识字的读物往往要采用圣经的内容。如伊利沙·柯勒斯（Elisha Coles）编写的拉丁语法书《无论情愿不情愿，拉丁都能学好的》（Elisha Coles, ed, *Nolens Volens*：*or You Shall Make Latin Whether You will or No*. London. 1675）就按照字母顺序逐一呈现圣经的重要用语。在这一时期，詹姆斯·简威（James Janeway，1636—1674）创作的《儿童的楷模：几位孩童皈依天主的神圣典范人生以及欣然赴死的事迹录》（*A Token for Children*，*being an exact Account of the Conversion*，*Holy and Exemplary Lives*，*and Joyful Deaths of Several Young Children*，1671，London，Electronic data. Farmington Hills，Mich.：Thomson Gale，2003.）成为清教主义儿童文学的代表作。作品的主人公是几个矢志追求"灵魂圣洁"的儿童，作者讲述这些主人公如何通过诚心诚意的祷告来净化灵魂，继而在随之产生的狂喜中奔赴天国（即满足心愿后的夭逝），以此呈现作者心目中的儿童楷模获得最崇高命运的过程。在作者描述的数十个孩童中，有一个名叫约翰·哈维，生于1654年，12年后去世。小哈维智力超群，在语言方面很有天赋，用现在的话来说是个神童。他很小就开始读书，读的全是有关圣经的教理问答类图书。他阅读的热情变得越来越狂热，时常站在窗前专注地阅读圣经及其他被成人认定的好书，将此视为一个崇高的使命。与此同时，哈维的身体健康却每况愈下，视力更是受到极大影响。6岁时，哈维患了眼病，但他不听医生的劝阻，仍然我行我素，继续阅读。哈维12岁时，全家迁居伦敦，遭遇了1665年那场肆虐全城的可怕瘟疫。在这场大瘟疫中，有超过10万伦敦居民死于非命，其中最悲惨的受害者群体为儿童和孕妇。哈维家中的亲人先后染病去世，但即便如此，哈维仍矢志不渝地阅读"圣人弥撒"等书籍，而且还动笔写下了好几篇"神圣沉思录"。最后，12岁的哈维也染上疫病，就在撒手人寰之前，他还恳求母亲在他身边放上班克斯特斯先生写的教理图书。男孩哈维的"楷模"特征就是狂热地阅读经书与传道，心无旁骛，至死不渝。很明显，作者的写作目的是以文学描写的方式警诫、恫吓小读者，使他们心甘情愿地效仿这些同龄的人生楷模，去接受这样的理念：如此才能体现对父母的爱心，才能保持圣洁的灵魂，才能免受地狱之火的煎熬，才能升上天堂。另一方面，17世纪后半叶，英国王政复辟之后，一些激进的清教徒把自己看作英国社会中遭受压制无处申述的弱势孩子，同时将这种遭受迫害的感觉和愤懑之情转化为吐露心迹的文学叙述。其中约翰·班扬的诗歌及寓言体小说《天路历程》和威廉·布莱克的《天真之歌》《经验之歌》等诗作就是在这样的时代背景中产生的，是在守望稚真之一念童心和受到压迫的满腔义愤的共同作用下迸发出的心声。由于这些诗篇和文学寓言包含童心般的情感及义愤，以及鲜明生动、夸张别致的意象，这样的文学表达也成为比较接近现代儿童文学的读物而受到儿童的亲近。

　　在清教主义阶段，儿童图书创作的一个重要特征是，书中发生的事情基本是按照预先设定的，不能背离的宗教理念或条件进行的；事件进程的走向也是确定的、不能变化的。当然，清教主义者关注儿童的读书识字教育，是出于让儿童接受基督教教义的需要。他们认为儿童读物能够影响儿童的人生，尤其是实现获得救赎通往天国的人生。尽管如此，正是在清教主义者注重儿童教育理念的推动下，儿童图书成为独立的出版类型，主要包括宗教训诫类图书及一些实用性、知识性图书。从早期的挽歌式宗教读物到约翰·班扬的《天路历程》这样的作品出现，基督教的天国叙事和天国想象对于日后逐渐萌生儿童本位意识的英国儿童文学创作产生了深刻影响。

第二节　童年的多样性："征服者纽伯瑞"的历史贡献

17 世纪后期以来，包括英国清教主义思潮在内，英国中产阶级社会对于所有张扬幻想，顺应儿童天性的文学叙事（如传统童话、民间故事与传说等）采取的都是坚决禁忌与彻底压制的态度，目的是防止幼童陷入狂野的胡思乱想。此后从 18 世纪 50 年代到 19 世纪 60 年代，坚持布道说教、道德训诫及奉行理性至上的儿童图书在英国始终是占压倒性优势的存在。而正是在清教主义观念盛行的年代，约翰·洛克等哲学家发出了不同的声音，对于冲破根深蒂固的清教主义观念，拓宽人们认识儿童和教育儿童的思路起到了振聋发聩、令人警醒的作用。洛克发表的《论人类的理解问题》（*Essay Concerning Human Understanding*，1689）、《关于教育的思考》（*Some Thoughts Concerning Education*，1693）、《基督教之理》（*The Reasonableness of Christianity*，1695）等重要著作，成为阐述激进启蒙思想的政治哲学和教育学著述。这些著述论题丰富，涉及社会政治、宗教、哲学、心理学、教育学、神学、伦理学、文学、语言学等诸多领域，呈现了作者追寻知识和真相的历程，表达了与众不同的思想观念。重要的是，洛克对长期流行的所谓"天赋观念"（innate ideas）提出了质疑，认为人类知识起源于感性世界的经验，而非其他。在 17 世纪欧洲和英国的历史背景下，洛克提出人类的观念意识来自实践而非"天赋"是难能可贵的，也是需要相当大勇气的。洛克强调了儿童早期岁月的重要性，并且提出，人的心智的形成需要通过将观念与经验联系起来加以实现。洛克的观点无疑撼动了人们传统的儿童观和对于儿童教养与教育的固有方式，有助于推动人们摆脱清教主义原罪论的桎梏，解放儿童的心灵。与此同时，洛克对儿童的道德及人格教育的论述对于英国 18 世纪教育理论的发展产生了很大影响。洛克论述了如何通过三种独特的方法来培育儿童的心智：发展健康的体魄，形成良好的性格，选择适宜的教育课程。事实上，洛克的儿童教育观念对英国儿童图书出版业的开拓者和标志性人物、出版家约翰·纽伯瑞（John Newbery，1713—1767）产生了重要影响，后者在 1744 年首次出版的儿童图书《精美口袋小书》的序言中极力赞扬了洛克。正是在 1744 年，原本经营成人图书和杂志出版的纽伯瑞决定开拓儿童读物市场，开始出版题材和内容丰富多样的儿童读物，成为儿童图书出版史上具有重要意义的大事件。由于纽伯瑞使儿童图书从此成为图书出版行业的一个不可或缺的组成部分，人们把纽伯瑞大规模出版发行儿童图书的 1744 年视为真正意义上的英国儿童文学的开端。1922 年美国国家图书馆协会专门设立了以他的名字命名的年度最佳英语儿童文学作品奖："纽伯瑞"奖。出版家哈维·达顿在《英国儿童图书：五个世纪的社会生活史》（*Children's Books in England：Five Centuries of Social Life*，Cambridge：Cambridge University Press，1958）中对纽伯瑞的行为给予高度评价，将 1744 年比作英国历史上"征服者威廉"入主英伦本土的 1066 年，并把纽伯瑞称作"征服者纽伯瑞"①。这是对约翰·纽伯瑞童书出版历史性贡献的充分肯定。就中世纪和清教主义语境下的儿童图书写作倾向而言，书中发生的事情基本是按照预先设定、不能背离的宗教理念或条件进行的，事件进程的走向也是确定的、不能变化的，而洛克所倡导的叙述是描写儿童在特定生活环境中对面临的问题采取行动，做出自己的选择。这是一个至关重要的区别，甚至就是一个分水岭。纽伯瑞出版于 1765 年的《一双秀鞋》（*Little Goody Two-Shoes*）就是按照洛克的观念，讲述一个家境贫穷的小女孩如何克服各种困难，通过读书识字，成为一个教师，最终改变了自己的命运，成为18 世纪英国现实社会的"灰姑娘"故事。

约翰·纽伯瑞在生前出版了 20 多种儿童图书，包括《少年绅士和小姐淑女的博物馆》（*A Museum for Young Gentlemen and Ladies*）、《小人国》杂志（The Lilliputian Magazine，主要登载故事、诗歌、谜语和对话聊天式的议论，等内容）、《精美口袋小书》（*Little Pretty Pocket Book*，开本较小，易于放进口袋，所以称为口袋小书；书中配有插图，并且为增加吸引力采用色彩鲜艳的裱花纸进行装订）等系列，以及《科学常识》（*The Circle of the Sciences*），等，这些图书、读物大多追求文字生动、插图精美，比较注重知识价值以及阅读

---

① DARTON F. J. H. Children's Books in England：Five Centuries of Social Life［M］. Cambridge：Cambridge University Press，1958：7.

趣味，同时也穿插一些纽伯瑞所经营的特许广告，如"疗效奇特"的退烧药粉等，这在当时不失为一种成功的商业手段。从 1744 年至 1815 年，约翰·纽伯瑞及其继承者共出版了 400 多种为儿童及青少年读者创作和改编的读物。纽伯瑞童书中的原创故事改变了儿童宗教叙事中的固化模式，通过对儿童人物在特定生活环境中自主的、选择性的活动进行生动细致的描写，使这类图书在特定意义上成为有针对性的、能满足儿童独特精神需求的文学读物。当然，尽管在少年主人公命运模式的叙述上出现了重大突破，纽伯瑞及其继承者的出版理念和出版的大部分图书的内容还停留在理性常识的范畴，还恪守道德与宗教训导等教育主题。

进入 19 世纪，儿童图书写作领域出现的争议是"为什么目的而写""怎么写"和"写什么"，随之在儿童文学领域形成了两种相互对立的创作倾向。问题在于，应当遵循"理性"和"事实"原则为儿童提供相应的读物，还是应当尊重童心，顺应儿童天性，为他们提供具有"幻想"精神的读物。对于 19 世纪英国儿童图书出版商，这代表着两种价值取向，即人们应当致力于"教诲"儿童还是"娱乐"儿童。从今人的眼光看，这两种倾向是可以整合起来的，但作为时代的产物，这两种对立和冲突的倾向反映了特定时代的不同认识和观念。在当时的时代语境下，这一分歧的关键在于，儿童文学提供给儿童的，应当是那些能够真正吸引他们的东西（尤其让他们喜闻乐见的"奇思异想"的产物），还是那些成人社会所认为的儿童应当接受的东西，即按照成人的想法和要求为儿童提供纯粹的事实和训导（理性教育和道德训示）。这一特定时代的命题从本质上折射了人们有关儿童认知发展及审美接受特征，以及儿童文学本体特征和艺术追求的认识问题。

第三节 童年叙事的黄金时代：有自觉意识的
儿童与青少年文学共同体的形成①

1837 年亚历山德娜·维多利亚成为英国女王，英国由此进入工业革命引领的维多利亚时代。有自觉意识的英国儿童文学创作在工业革命和社会变革的浪潮推动下，从发端于清教主义的宗教训导式文学表达走向真正意义的儿

---

① 本部分内容曾以"社会转型期的童年叙事经典：论维多利亚时期英国儿童和青少年文学叙事共同体"为题，发表于《社会科学研究》，2017 年 2 期。

童本位的童年精神的文学表达，并由此迎来了英国儿童文学的第一个黄金时代。工业革命一方面极大地推动了社会生产力的发展；另一方面引发了巨大的社会变化和激烈的社会动荡，以及由于传统思想信仰遭遇前所未有的冲击而导致维多利亚人产生了深深的迷茫、失落乃至各种精神信仰危机。以达尔文进化论为代表的新思想产生了强烈的震荡和冲击，不仅动摇了传统宗教信仰的基座，而且撼动了英国清教主义思潮和中产阶级社会自 17 世纪后期以来对张扬幻想和游戏精神的文学表达的禁忌与压制。与此同时，社会巨变激发了精神迷茫下的重返童年的时代思潮，推动了有自觉意识的儿童文学的长足发展。当维多利亚人面临由急剧的社会变化和深刻的信仰危机带来的新问题，当长期习以为常的生活经验和文化感知经验受到猛烈冲击乃至被阻断，人们需要获得新的解释时，敏感的文人作家及知识分子不得不竭力建构新的情感反应和思想认识体系，以寻求应对危机与迷茫的途径。"重返童年"的时代意义由此引发，并且前所未有地凸现出来，在文坛上出现了两种童年叙事走向：以查尔斯·狄更斯作品为代表的现实主义的重返童年和以刘易斯·卡罗尔作品为代表的幻想性童年历险。无论是狄更斯浪漫现实主义的"磨难—成长"式童年书写，还是卡罗尔超越现实的"奇境历险"式童年书写，它们都是殊途同归的，是对于在剧变、动荡年代里逝去的以"教堂钟声"为象征的温馨的"古老英格兰"精神家园的追寻，以及对于动荡不安的物化世界的抵御和反抗。1744 年，出版家约翰·纽伯瑞在伦敦大规模出版发行儿童图书，冲破了长期以来由清教主义思潮主导的儿童图书写作的清规戒律，迈出了走向儿童本位的图书写作与出版的重要一步。而在工业革命和儿童文学革命的双重时代语境中，有自觉意识的、卓越的儿童文学作品的出现迎来了一个具有重要时代意义的儿童文学的黄金时代。这些作品文类多样，题材丰富，主要包括以狄更斯作品为代表的现实主义童年叙事、以卡罗尔的"爱丽丝"小说为代表的幻想性童年叙事、儿童本位的童话小说、女性童话叙事、少年校园叙事和少年历险叙事等，形成了维多利亚时期的儿童与青少年文学共同体。

　　这一时期的童年叙事代表性作品有：F. E. 佩吉特（F. E. Paget）的《卡兹科普弗斯一家的希望》（*The Hope of the Katzekopfs*, 1844）；约翰·罗斯金（John Ruskin）的《金河王》（*The King of the Golden River*, 1851）；萨克雷（W. M. Thackeray）的《玫瑰与戒指》（*The Rose and the Ring*, 1855）；查尔斯·金斯利（Charles Kingsley）的《水孩儿》（*Water Babies*, 1863）；刘易斯·卡罗尔（Lewis Carroll）的《爱丽丝奇境漫游记》（*Alice in Wonderland*, 1865）和《爱丽丝镜中世界奇遇记》（*Alice's Adventures in the Glass*, 1871）；

乔治·麦克唐纳（Gorge Macdonald）的《乘着北风遨游》（*At the Back of North Wind*，1871）、《公主与妖怪》（*The Princess and Goblin*，1872）、《公主与科迪》（*The Princess and Curdie*，1883）；奥斯卡·王尔德（Oscar Wilde）的童话集《快乐王子及其他故事》（*The Happy Prince and Other Tales*，1888，包括《快乐王子》《夜莺和玫瑰》《自私的巨人》《忠诚的朋友》和《神奇的火箭》）；《石榴之家》（*A House of Pomegranates*，1891，包括《少年国王》《小公主的生日》《渔夫和他的灵魂》和《星孩儿》）；鲁迪亚德·吉卜林（J. Rudyard Kipling）的《林莽传奇》（*Jungle Books*，1894—1895）、《原来如此的故事》（*Just–So Stories*，1902）；J. M. 巴里（James Matthew Barrie）的《彼得·潘》（*Peter Pan*，1904）；肯尼斯·格雷厄姆（Kenneth Grahame）的《黄金时代》（*The Golden Age*，1895）、《梦里春秋》（*Dream Days*，1898）、《柳林风声》（*Wind in the Willows*，1908），等等；以及查尔斯·狄更斯的《雾都孤儿》（*Oliver Twist*，1838）、《老古玩店》（*The Old Curiosity Shop*，1841）、《董贝父子》（*Dombey and Son*，1846—1848）、《大卫·科波菲尔》（*David Copperfield*，1849—1850）、《小杜丽》（*Little Dorrit*，1855—1857）、《远大前程》（*Great Expectations*，1860—1861）等；这一时期的少年校园叙事的代表性作品包括托马斯·休斯（Tomas Hughes）的《汤姆·布朗的公学岁月》（*Tom Browns School Days*，1857）；弗雷德里克·法勒（Frederic William Farrar）的《埃瑞克，或逐渐沉沦：一个发生在罗斯林公学的故事》（*Eric，or，Little by Little：A Tale of Roslyn School*，1858）；塔尔博特·里德（Talbot Baines Reed）的《圣·多米尼克学校的五年级》（*The Fifth Form at St Dominic's*，1887）；鲁迪亚德·吉卜林（J. Rudyard Kipling）的《史多基和他的伙伴们》（Stalky & Co.，1899）；等等。少年历险叙事代表性作品包括阿格尼斯·斯特里克兰（Agnes Stricland）的《相互竞争的克鲁索》（The Rival Crusoes or the Shipwrck，1826）；芭芭拉·霍夫兰夫人（Mrs Barbara Hofland）的《少年鲁滨孙》（*The Young Crusoe*，1829）；安尼·弗雷泽·泰特勒（Anne Fraser Tytler）的《莱拉，或岛屿》（*Leila or the Island*，1833）；弗雷德里克·马里亚特（Frederick Marryat）的《马斯特曼·雷迪》（*Masterman Ready*，1841）；托马斯·里德（Thomas Mayne Reid）的《勇敢的女猎手》（*The Wild Huntress*，1860）；威廉·金斯顿（William Henry Giles Kingston）的《捕鲸手彼得》（*Peter the Whaler*，1851）、《"欢乐号"的巡航》（*The Cruise of the Frolic*，1860）、《三个海军见习生》（*The Three Midshipmen*，1873）、《三个海军上尉》（*The Three Lieutenants*，1876）、《三个海军中校》（*The Three Commanders*，1876）、《三个

海军上将》（*The Three Admirals*，1878）等；R. M. 巴兰坦（R. M. Ballantyne）的《雪花和阳光：年轻的皮毛商人》（*Snowflakes and Sunbeams；or，the Young Fur Traders*，1856）、《马丁·拉特勒》（*Martin Rattler*，1858）、《珊瑚岛》（*The Coral Island：a Tale of the Pacific Ocean*，1858）；乔治·亨蒂（George A. Henty）的《在遥远的南美大草原：年轻的移民们》（*Out on the Pampas：The Young Settlers*，1870）、《年轻的号手：半岛战争的故事》（*The Young Buglers，A Tale of the Peninsular War*，1880）；罗伯特·史蒂文森（Robert Louis Stevenson）的《金银岛》（*Treasure Island*，1883）；亨利·哈格德（Henry Rider Haggard）的《所罗门王的宝藏》（*King Solomon's Mines*，1885）；等等。而这一时期的女性作家群体的创作也取得了令人瞩目的成就，代表性作品包括：萨拉·柯尔律治（Sara Coleridge）的《凡塔斯米翁》（*Phantasmion*，1837）；凯瑟琳·辛克莱（Catherine Sinclaire）的《假日之家》（*Holiday House*，1839）；弗朗西斯·布朗（Frances Browne）的《奶奶的神奇椅子》（*Granny's Wonderful Chair，Collection of Short Stories for Children*，1856）；克里斯蒂娜·罗塞蒂（Christina G. Rossetti）的童话叙事诗《妖精集市及其他诗歌》（*Goblin Market and Other Poems*，1862）和《王子的历程及其他诗歌》（*The Prince's Progress and Other Poems*，1866）；安妮·伊莎贝拉·里奇（Anne Isabella Ritchie）的《五个老朋友与一个青年王子》（*Five Old Friends and A Young Prince*，1868）和《蓝胡子的钥匙和其他故事》（*Bluebeard's Keys and Other Stories*，1874）；吉恩·英格罗（Jean Ingelow）的《仙女莫普莎》（*Mopsa the Fairy*，1869）；马洛克·克雷克（Mulock Craik）的《地精布朗尼历险记》（*The Adventures of a Brownie*，1872）和《瘸腿小王子》（*The Little Lame Prince*，1876）；玛丽·莫尔斯沃斯（Mary Louisa Molesworth）的《罗罗瓦的棕色公牛》（*The Brown Bull of Norrowa*，1877）、《布谷鸟之钟》（*The Cuckoo Clock*，1877）和《挂毯之屋》（*The Tapestry Room*，1879）；贝特丽克丝·波特（Beatrix Potter）的《彼得兔》（*Peter Rabbit*，1902）；伊迪丝·内斯比特（Edith Nesbit）的《龙的故事》（*The Book of Dragons*，1899）、《五个孩子与沙精》（*Five Children and It*，1902）、《凤凰与魔毯》（*Phoenix and Carpet*，1904）、《护符的故事》（*The Story of the Amulet*，1906）、《魔法城堡》（*Enchanted Castle*，1907）；等等。

我们既要考察这一时期儿童文学发展进程中具有代表性的重要作家、作品，也要关注这一时期的社会文化状况、思想动态，把握那些影响儿童文学创作的重要因素，从而全面、系统地考察维多利亚时期的儿童与青少年儿童叙事共同体。批评家雷蒙德·威廉斯（Raymond Henry Williams，1921—1988）在《文化与社会》（*Culture and Society*：1780—1950，1958）中提出的有关"可认知共同体"（the knowable community）和"情感结构"（the structure of feelings）等命题为本课题研究提供了有益的批评借鉴。威廉斯对1780年至1950年年间英国40多位著名思想家、文学家的作品及其文化观念进行了系统考察，认为自18世纪下半叶以来，英国作家形成了文学和文化的"可认知共同体"及"情感结构"。其中，通过对维多利亚时期的一批英国小说家的作品进行的新视阈的解读，威廉斯揭示了这些作家在面对巨大社会变革和动荡时在思想和情感上的反映，形成了特定的"情感结构"。以此为鉴，在同样的社会变革语境下，尤其在面对下一代的身心成长和教育问题，以及期待少年儿童如何进入变化与动荡的社会时，为儿童和青少年写作的众多作家通过他们各自的文学叙事完成了共同的"情感结构"的儿童文学表达。这些叙事类型虽然经历了不同的历史演变（如童话叙事属于同源异流的幻想文学，英国少年历险小说可直接追溯到18世纪的《鲁滨孙漂流记》传统），但它们都在维多利亚社会转型期这一特定文化历史语境中通过各自的文学表达，对共同的挑战做出回应，形成了可辨识的儿童和青少年文学叙事共同体，共存互补，不可或缺。这个文学共同体具有不同的艺术追求，但具有共同的指向，其预设的共同读者对象决定了各叙事类型之间的文化逻辑和审美心理的内在关系，对剧变时代的殊途同归的情感结构是这个文学共同体的集体意识觉察到的。此外，在维多利亚时代，社会剧变迅速改变着人们习以为常的生活方式。与此同时，达尔文学说及其他自然科学的新发现极大地冲击着人们的传统宗教信仰，引发了相关领域的科学与宗教之争、科学与人文之争以及科学与想象力之争，如托马斯·赫胥黎与牛津教区主教塞缪尔·威尔伯福斯之间的著名论战，赫胥黎与马修·阿诺德之间的"科学与文学"之争。这两场论争颇具代表性和时代性，是反映维多利亚时期社会剧变与思想争鸣症候的晴雨表。这些争论也影响和塑造了这一时期的儿童和青少年文学叙事共同体。

从总体上看，这一时期形成的儿童和青少年文学共同体成就斐然，令人叹为观止。以狄更斯作品为代表的现实主义童年叙事撕开了统治阶级标榜的繁荣和体面的面纱，揭露黑暗现状，直面社会真相，笔锋遒劲，容量厚重，涉及社会底层民众的生存问题、孤儿问题、少年犯罪问题、童工问题、儿童教育问题，等等，不仅形成了影响深远的英国儿童文学创作的狄更斯传统，而且对于维多利亚时期诸多方面的社会改革起到了很大的推动作用。与此同时，卡罗尔的两部"爱丽丝"小说"闯进了一片寂静的海洋，"成为这一时期的幻想性童年叙事的引领者。"爱丽丝"小说释放了长期被压抑的能量，以张扬童年精神的底蕴拓展了幻想性童年叙事的高度和深度。以卡罗尔作品为代表的幻想性童年叙事作品，革命性地颠覆了长期以来在英国儿童文学领域占据主导地位的坚持道德说教与理性训诫宗旨的儿童图书写作格局，构建起张扬童年自由精神的幻想儿童文学家园。维多利亚时期的儿童幻想文学异军突起，大放异彩，而女性童话创作蔚然成风，构成儿童幻想文学的半壁江山。女性似乎与童话文学之间存在着一种天然的密切联系。从民间童话口述传统的"鹅妈妈"和"邦奇大妈"这样家喻户晓的女性故事讲述者到 17 世纪法国女作家的童话创作运动，以及与她们的童话创作密切相关的"童话故事"这一名称的首次出现，直到维多利亚时期女性作家群体的文学童话创作的兴起，这无疑是值得研究者特别关注的重要现象。随着工业革命的迅猛推进，维多利亚时代的学校教育也日益受到各方重视。从狄更斯作品中对寄宿学校和市镇公立学校内外黑暗状况的揭露，到萨拉·菲尔丁和夏洛特·勃朗特等女作家对女子寄宿学校的描写，作家们对学校的状况和校园生活的细致描写也引发了社会公众对学校教育状况的关注。与此同时，一方校园之地关联着无数少年儿童的家庭生活及社会关系。从散点式地呈现各类学校的教育状况，到全景式地聚焦校园生活，现实主义校园叙事在维多利亚时代取得了丰硕成果，出现了影响至深的重要文本。另一方面，这一时期的少年历险小说也成为很受欢迎的儿童和青少年文学叙事。19 世纪初，随着大英帝国的崛起，其扩张海外殖民地的行动也愈加迅猛。人们对帝国的海外殖民行动和开拓历险热情高涨。海外历险小说在维多利亚时期取得长足发展，其中《男孩自己的杂志》等青少年报刊开始刊载历险故事，推动了少年历险小说的创作，而这些历险小说作品和其他叙事类型一样，共同构成这一时期以儿童和青少年文学叙事方式构成和表达的情感结构，也自然成为这个国家向年青一代传递维多利亚时期的主流意识形态、价值标准和道德观念的一种不可或缺的文化方式，共同参与了对维多利亚时代英国儿童和青少年的塑造。

值得注意的是，众多杰出的成人文学作家进行"跨界"写作，童年叙事方兴未艾，名家名作影响深远。这无疑构建起现代世界儿童文学史上第一座美丽的大花园。如果说，清教主义者开启了有意识地为儿童写作的宗教训导文学，按照预先设定的宗教理念或条件展开事件，那么约翰·纽伯瑞就从以"布道说教"为中心的儿童图书阶段向前迈出了一大步。通过为儿童读者大规模地出版各种读物，纽伯瑞践行了洛克所倡导的进步的儿童教育观念，一个重大变化就体现在对于儿童人物在特定生活环境中的选择性活动的描写，使其在特定意义上成为针对性地满足儿童独特精神需求的文学读物。当然，纽伯瑞及其继承者的出版理念和大部分图书内容还停留在理性常识的范畴，还恪守道德与宗教训导等教育主题。在工业革命及社会巨变的浪潮中，维多利亚时代异军突起的儿童文学共同体成为真正儿童本位的、契合儿童审美意识与发展心理的童年文学表达。这些具有经典艺术品质的作品构建了现代儿童文学创作的丰硕实体，许多作品具有独特的双重性，既能满足少年读者审美和认知的阅读需求，又能吸引成年读者的目光，使他们流连忘返，从中发现重返童年这一人类精神家园的哲理和情感诉求。这些作品对于现当代英国儿童文学的发展具有至关重要的推动意义，也从此成为儿童文学批评史关注和研究的重要对象。

第五章

童年旷乎襟怀，鸿笔再写童年：重新审视狄更斯划时代的现实主义童年叙事

第一节 从乔叟、莎士比亚到狄更斯：
英国文学传统语境中的现实主义童年叙事

只要论及英国文学传统，人们自然会想到乔叟和莎士比亚这样的诗人、剧作家，以及狄更斯这样的小说家。作为英国文坛不同历史时期的代表性作家，他们的作品体现了英语语言在英语文学语篇中的优化表达，神形兼备，影响深远，具有独特的社会文化认知意义和文学艺术审美价值，从而成为英国文学的经典之作，在英国文学史版图上占有重要地位。就英国文学发展史而言，乔叟（Geoffrey Chaucer，1340—1400）被称为"英国诗歌之父"，是因为他对于英国文学的开创性贡献。在中世纪的英国，自 1066 年征服者威廉（William the Conqueror，1027—1087）入主伦敦以来，法语在数百年时间里成为英国本土官方语言。而文学创作领域则出现了拉丁语、法语和英语三语并存的状况：僧院文学使用拉丁语，骑士文学往往使用法语，唯有那些难登大雅之堂的民间歌谣、民间故事等使用英语。乔叟通过他的《坎特伯雷故事》和《禽鸟议会》等英语作品为英国本土文学开辟了一条可以登堂入室的大道，同时奠定了他在英国文学史上的开创性历史地位。在乔叟之前，中世纪文学的叙事手法往往讲述主人公在捧读一本书，随后沉睡入梦，在神异的引导下进入奇异幻境，其中会有神奇的树木禽鸟，寓言主旨大多在于阐明伦理主题等抽象概念。乔叟的英语文学叙事推进了这种寓言叙事，他的世俗化故事、幽默与伤感，以及引喻和戏剧化对话的运用等因素对于英国 19 世纪的童话叙事具有借鉴意义。刘易斯·卡罗尔的"爱丽丝"故事在特定意义上是对于这种寓言叙事的童趣化拓展。进入伊丽莎白时代，莎士比亚（William Shake-speare，1564—1616）以他杰出的剧作和诗作谱写出英国文艺复兴时期的高亢

乐章。莎士比亚一生共创作 38 部戏剧，包括 16 部喜剧、10 部历史剧和 12 部悲剧，其中《两个贵亲》和《亨利八世》据专家考证是莎士比亚与约翰·弗莱彻合写的。莎士比亚创作的历史剧系列体现了作者对于英国民族历史的敏感性，唤起了民众对于自己民族的过去及其民族特性的体悟和认知。从总体看，无论悲剧、喜剧还是历史剧，莎士比亚的剧作博大精深，气势恢宏，呈现的剧情无不依据历史和现实的真实，扎根广泛的社会生活，在直面现实的同时超越平凡，趋向崇高。此外，作为拥有最丰富英语词汇量的作家，莎士比亚被公认为最伟大、最具表现力的英语作家之一，对于英语文学和语言文化的发展做出了不可磨灭的贡献。

随着时间的前行，19 世纪维多利亚时代见证了工业革命以来英国发生的社会巨变，狄更斯（Charles Dickens，1812—1870）的文学创作不仅是这个巨变时代的重要写照，而且他通过跨界写作前所未有地开创了全方面、有深度的现实主义童年叙事，在儿童文学史上具有重要开拓意义，并由此形成了儿童文学创作领域影响深远的狄更斯传统。20 世纪以来的狄更斯学术史研究表明，在经历了某一时期出现的对作家毁誉参半的评价和批评之后，学界已经形成普遍共识，即狄更斯的作品是英国文学传统的重要组成部分，是当之无愧的英国文学经典之一。事实上，狄更斯创造了一个宏大的，足以比肩乔叟和莎士比亚作品的文学世界。研究者认为，狄更斯是世界文学史上少有的将经典与通俗、娱乐与教化结合起来的伟大作家之一。他的文学创作是浪漫与写实的融合，现实与幻想的融合，其中有辛辣尖锐的现实主义批判，也有想象性的虚构和戏剧性的夸张。且不论那些恢宏厚重的长篇小说，仅以中篇小说《圣诞颂歌》（A Christmas Carol in Prose, Being A Ghost Story of Christmas，1843）为例，作者对守财奴斯克鲁齐（Ebenezer Scrooge）的刻画，既写实性地揭示其视钱财如命根，以至于对待至亲、合伙人等冷酷无情，狠毒刻薄，达到无以复加的地步，同时通过幻想叙事呈现鬼魂人物的出场。作者以实写虚，虚实相间，生动翔实地讲述已故的马利的鬼魂之身在圣诞之夜前来探望斯克鲁齐，给予严厉警告。随后"昔日圣诞幽灵""今日圣诞幽灵"和"来日圣诞幽灵"轮番登场，带着他进行巡游，让他亲眼见证了自己昔日的堕落，目睹了如今平常人的快乐，预见了他未来将遭受的悲惨结局。无论场景在人间还是阴界，都呈现了细节真实细腻的伦敦生活画面，如守财奴斯克鲁齐破旧寒冷的公寓，与他外甥家热闹的节日聚会形成鲜明对比，这种虚实结合的叙事以富于想象力的方式表现对现实生活的邪恶与丑陋的鞭挞；同时也表达了作者对于理想的人生的追求和探寻：哪怕被金钱扭曲了心态，只要唤醒人们心底的善良和美德，就能够促使像斯克鲁齐这样的被金钱蒙蔽双眼，完全丧失良心的吝啬鬼、守财奴幡然醒悟，痛改前非，也只有这样才能重新找到失去的美好精神家园。从总体看，狄更斯的浪漫现实主义叙事的特征体现在细节生动翔实的写实性描述，以及恰到好处的戏剧性夸张与渲染，情节的发展往往伴随着富于传奇色彩的巧合，而他笔下的人物既是真实可信的，又是奇特的，甚至有些变形的。可以说，狄更斯的创作拓展了英语的文学表达能力，他的文字表述简洁有力，生动细致，不经意间，化为神奇的笔触，仿佛拥有无与伦比的力量，为读者呈现了鲜明难忘的现实生活画面，同时传递出对于陷入困境的普通人，尤其是遭受磨难的少年儿童的感人至深的崇高温情。

历史上，维多利亚时代是一个变革与危机交替发生的动荡年代，一个经济迅猛发展与社会剧烈震荡的时代。这一时期见证了英国自18世纪60年代工业革命以来产生的最重要物质成果和最深远社会影响：一个全新的工业社会在进步、动荡和迷茫中逐渐形成。狄更斯的现实主义小说创作对于这个时代具有重要的文学史意义和社会文化认知价值。首先，狄更斯直面现实并愤然撕开了这个转型期社会看似体面光鲜的面纱，揭露了这个时代的各种社会弊病和不良状况，被评论家及公众视为社会改革家。正如马克思所论述的，以狄更斯、萨克雷等为代表的"现代英国的一批杰出的小说家他们在自己卓越的、描写生动的书籍中向世界揭示的政治和社会真理，比一切职业政客、政论家和道德家加在一起所揭示的还要多。他们对资产阶级的各个阶层，从'最高尚的'食利者和认为从事任何工作都是庸俗不堪的资本家到小商贩和律师事务所的小职员，都进行了剖析"①。与此同时，狄更斯的作品也被称为"英国状况小说"（The Condition-of-England Novels），这一话语强调的是狄更斯作为维多利亚时代的社会改革者所发挥的积极作用。他的作品一方面呈现了英国工业化和城市化浪潮下普通民众，尤其是下层社会人们的生存困境和挣扎，另一方面是对社会阴暗面的揭露，包括社会政治腐败，官僚制度和机构的冗繁，法庭的延宕，司法的不公。其中对司法不公的揭露推动了公众舆论走向改革立法。在《荒凉山庄》中，通过描写英国的大法官庭，即衡平法院审理的一桩耗日旷久、一拖再拖的案子，狄更斯对英国司法的不公和延宕所表达的强烈抨击跃然纸上。而《小杜丽》中出现的"弯弯绕绕事务部"，占着位置却不干任何实事的政府部门官员，荒诞的庄迪斯诉庄迪斯案，等等，都是辛辣的揭露和批判；这同时也反映了狄更斯意识深处对于社会秩序中法

---

① 马克思恩格斯全集：第10卷 [M]. 北京：人民出版社，1962：686.

治缺失之后果的深切担忧，乃至对混乱不公可能引发暴力革命的深刻忧虑。此外，狄更斯还无情地揭露了新兴资产阶级的自私贪婪、唯利是图；为富不仁者的虚伪和冷酷无情，以及维多利亚时代陈旧落后的儿童教育观念、孤儿现象、贫民习艺所之类的场所对童工的压榨和摧残，等等。

　　21世纪以来，国内狄更斯研究主要集中在以下几个领域：时代语境等宏观层面的综合研究；有关政治意识、宗教思想、法律思想、教育思想、伦理道德思想等方面的思想研究；作品中的人物研究；小说的叙事艺术研究；比较研究；翻译传播研究和学术史研究；等等。其中，在艺术特色研究中有涉及狄更斯作品的童话色彩的研究，以及狄更斯在塑造女性形象时往往把她们描写为天使或者恶魔的两极分化手法，形成了一种童话模式。至于新世纪重写儿童文学史这一重要命题，我们需要重新认识狄更斯对19世纪有自觉意识的儿童文学发展的推动作用。在工业革命的时代语境中，狄更斯的童年叙事与社会转型期出现的英国儿童文学的黄金时代存在着重要关联，正是以狄更斯作品为代表的现实主义童年叙事，与以卡罗尔作品为代表的幻想性童年叙事共同构成了这一黄金时代的两大支柱。这对于人们重新认识这一黄金时代与儿童本位意识的儿童文学发展之间的关联，乃至对于儿童文学的学科研究等具有重要的学术史意义。狄更斯把关注的目光投向英国城镇中下阶层民众的现实生活时，尤其关注底层社会形形色色的童年人生，前所未有地以宏大容量和强劲力度在主题和小说艺术表达等诸多方面开拓了浪漫现实主义的童年叙事。可以说，狄更斯是英国文学史上第一个以多部长篇小说的厚重容量，多角度、全方位书写社会转型期不同童年人生的重要作家，并由此在儿童文学创作领域形成了影响深远的狄更斯传统。罗伯特·波尔赫默斯（Robert. M. Polhemus）在阐述卡罗尔的小女孩"爱丽丝"成为19世纪小说的主人公所揭示的重要意义时，高度评价了狄更斯书写童年人生的时代意义，并这样阐述狄更斯的童年叙事的重要性：

　　"正是查尔斯·狄更斯，而不是任何其他作家，使儿童成为信念、性爱和道德关注的重要主题；作为一个小说家，狄更斯所做的贡献没有什么比他对于儿童的描写更具影响力了。为了认识和揭示生活的故事，理解和想象孩子们发生了什么事情是必要的——对于奥利弗·退斯特（Oliver Twist）①、斯迈

---

① 小说《奥利弗·退斯特》（或译为《雾都孤儿》，*Oliver Twist*）中的主人公。

克（Smike）①、小耐尔（Little Nell）②、小蒂姆（Tiny Tim）③、保尔·董贝和弗洛伦斯·董贝（Paul and Florence Dombey）④、大卫·科波菲尔（David Copperfield）⑤、埃丝特·萨莫森（Esther Summerson）⑥、乔（Jo the Sweep）⑦、艾米·杜丽特（Emy Dorrit）⑧、皮普（Pip）⑨，以及狄更斯小说中的其他男孩和女孩们发出的大合唱。从他自身童年受到伤害的经历，狄更斯将儿童的浪漫形象铭刻在无数人的想象之中，促使人们去感受和认同于遭受伤害和压榨的孩子们，认同于人生早年岁月的心理状况。"⑩ 可以这么说，狄更斯的现实主义童年叙事与他同时代的卡罗尔的幻想性童年叙事殊途同归，是维多利亚时期关注童年的情感结构的文学表达，共同构成维多利亚时期儿童文学黄金时代最具代表性的两类童年叙事。卡罗尔笔下的小女孩主人公的幻想性"奇境漫游"体现了社会转型期新童话叙事的颠覆性、重构性、包容性和哲理性等特征，虽是奇境异域的漫游，却又映照社会现实和人生境遇，令人回味无穷。狄更斯的"磨难—成长"童年叙事以诸多长篇小说的容量，全方位地大力书写现实生活中的童年人生，呈现众多少年主人公的磨难—成长历程，其情其景，栩栩如生，历历在目，令人难以忘怀。有趣的是，这两位维多利亚时代的作者还有一个共同之处——跨界写作：作为牛津大学的数学教师，卡罗尔跨越数学教育职业写童年的奇境漫游，通过以实写幻、以幻映真的童话叙事，将成人世界的经验和智慧与儿童世界的童趣和天真融合起来，造就了历久弥新的"爱丽丝"童话小说的经典性；而狄更斯听从内心的召唤，在为大众读者写作的同时，全方位、多层次地呈现伦敦城区中下层社会的童年人生，尽管主人公艰难困苦，坎坷多多，却也保留着充满温情的希望之光，开拓了浪漫现实主义的童年叙事，形成了影响深远的狄更斯传统。狄更斯的

---

① 小说《尼古拉斯·尼克尔贝》中的人物，约克郡一座寄宿学校的学生，饱受校长斯奎尔斯一家人的欺凌和虐待。

② 小说《老古玩店》中的主人公，一个纯洁无瑕的少女，与外祖父相依为命。

③ 中篇小说《圣诞颂歌》中的人物，鲍勃·克拉特契特的小儿子。

④ 狄更斯小说《董贝父子》中大资本家董贝的儿女。

⑤ 狄更斯小说《大卫·科波菲尔》中的主人公。

⑥ 狄更斯小说《荒凉山庄》中男爵夫人的私生女。

⑦ 狄更斯小说《荒凉山庄》中的人物，负责打扫卫生等杂务。

⑧ 狄更斯小说《小杜丽》中杜丽先生的小女儿。

⑨ 狄更斯小说《远大前程》中的主人公。

⑩ POLHEMUS R M. Lewis Carroll and the Child in Victorian Fiction［M］//JOHN R. The Columbia History of the British Novel. Beijing：Language Teaching and Research Press；New York：Columbia University Press，2005.

浪漫现实主义小说叙事特征主要包括故事的情节巧合性、事件发展进程的戏剧性，以及故事结局的理想化，这体现了作家本人的人道主义观念和乐观主义的愿望满足性。他笔下的批判锋芒揭露了资本主义温情面纱之下的冷酷真相，取得了令人震撼的效果，同时以"感同身受的想象力"（Sympathetic Imagination）发掘出主要人物丰富深邃的情感世界和心理活动空间。

第二节 跨越童年的欢欣与创伤：狄更斯生平和创作述略

1812 年 2 月 7 日，查尔斯·狄更斯（Charles John Huffam Dickens, 1812—1870）出生在英格兰南部位于海港城市朴次茅斯市郊的兰德波特。这是维多利亚时代一个比较典型的大家庭，家中有 8 个子女，查尔斯在其中排行老二，上面还有一个比他大 2 岁的姐姐范妮。与英国科幻小说作家 H. G·威尔斯的身世颇为相似，狄更斯也来自一个寒微之家，祖父母都是受雇于克鲁勋爵府邸的佣人，不过祖母后来被提升为管家。父亲约翰·狄更斯是海军某军需办事处的小职员，由于工作频繁调动，一家人的住所也随之搬迁。小狄更斯 5 岁时，全家随父亲迁往英格兰东南部肯特郡的港口城镇查塔姆，这一时期全家生活稳定，衣食无忧。狄更斯在这里度过了一段愉快惬意的童年时光，无论是在乡间漫游，还是去探索罗切斯特的古老城堡，这样的经历为他留下了难以忘怀的温馨记忆。事实上，在查塔姆和附近的罗切斯特度过的无忧无虑的日子给小狄更斯留下的美好印象一直潜藏心底，并将延伸到他日后的文学创作之中。也许这就是为什么他在自己的第一部长篇小说《匹克威克外传》（1836）中就将主人公一行人进行旅行的目的地设置在罗切斯特，而且他的最后一部小说的背景地也设置在罗切斯特。在特定意义上，《匹克威克外传》可以看作重返童年或缅怀童年的记事，艺术地呈现了作者童年时代的生活场景，在那个年代，人们一般乘坐驿车外出旅行。而在十年后发表的《董贝父子》（1848）里，呈现在读者面前的是发生极大变化的场景，此时人们都乘坐时速达 50 英里（80467.2 米）的火车到外地旅行。列车时刻表仿佛替代了教堂里报时的钟声，成为影响很大的，直接关涉人们的出行及旅行安排的因素。而且这一出行方式深刻地改变了英国社会的现状，以及普通人的生活状况。此外还应提到另一个事实：1870 年 6 月 9 日，已经成为大作家的查尔斯·狄更斯就在罗切斯特附近的盖茨山庄与世长辞，结束了自己在不平凡的年代里不平凡的一生。值得关注的是，狄更斯在查塔姆度过的这一段愉快的童年时光，与他后来被迫做童工遭受屈辱的悲催经历形成鲜明的反差，也由此构成了作家狄更斯童年记忆的两种重要底色，成为其浪漫现实主义童年叙事的内在动因：历尽磨难与坎坷的成长和不失浪漫温馨的希望和美好的未来。查尔斯·狄更斯10岁时，全家随父亲迁往伦敦。不久由于父亲花钱无度，债台高筑，家境日趋窘迫，狄更斯被送到一家鞋油作坊做童工，那里不仅劳作环境脏乱差，阴冷潮湿，而且还要遭受作坊主不人道的役使，这段日子令这个敏感多思的孩子备感屈辱，从此给他留下了刻骨铭心、终生难忘的惨痛记忆。对于狄更斯，在查塔姆经历的美好的童年时光体现着无忧无虑的美好生活，体现了自然和人性的美与善；这与他在伦敦鞋油作坊做童工的惨痛经历形成强烈反差，那段时期他亲身经历了社会底层生活的苦与悲，感受了贪婪人性的丑与恶，更使他无比痛恨社会的黑暗与不公。这两种动因形成一种合力，愈发促使他向往和追求人类社会的幸福与光明，愈发使他企盼和热爱人性的善良和美好，这也构成了他日后文学创作中的浪漫现实主义童年叙事的底色和基调。

　　相比而言，查尔斯的母亲受过较为良好的教育，对于幼年查尔斯的读书识字给予很大帮助。查尔斯自身天资聪颖，喜欢阅读，读遍了家中藏有的所有文学名著，包括笛福、菲尔丁、哥德斯密斯、约翰逊博士和斯摩莱特等英国作家的作品，以及《堂吉诃德》《吉尔·布拉斯》和《天方夜谭》等外国名著，所以狄更斯从小就积累了丰富的文学知识，这为他日后的写作打下了必要的文学功底。查尔斯10岁时，全家随父亲迁往伦敦，此时这个家庭已有6个儿女，养家糊口的压力大为增加，结果查尔斯就此辍学了，这使得在学校成绩优异的他备感失望。更由于父亲养家无方，而且嗜酒贪杯，喜好与同事交际应酬，花费颇多，致使这个多子女家庭的经济状况日趋窘迫，终至入不敷出，难以为继，除了将家中较为值钱的物品送往当铺，还得靠举债度日。狄更斯父亲的挥霍无度的行为和轻率冲动，任性而为的性情，是他为人处世的一大特征，这些特征后来都不同程度地投射在狄更斯的半自传体小说《大卫·科波菲尔》中出现的具有矛盾性格、爱夸夸其谈的麦考伯先生身上。就在这个家庭陷入极度拮据的困境之际，作为家中长子，刚过12岁生日的查尔斯被送到一家鞋油作坊当童工，每天工作10个小时，工钱是一个礼拜6先令。劳作和屈辱成为这段经历留下的记忆，这噩梦般的童年经历对敏感多思、早熟早慧的查尔斯产生了刻骨铭心、一生都难以磨灭的影响，也使他产生了对所有受苦受难的人们的深切理解和同情。在后来全身心投身文学写作之后，狄更斯用饱含深情的笔触把个人的辛酸童年经历升华为"苦难—成长"型童年叙事，表达了对所有弱小穷困者的深切悲悯，对一切欺凌和压迫弱者的施暴者的强烈愤慨，唤起了人们对童年的关注，对社会责任的反思。由于欠下大量无法偿还的债务，约翰·狄更斯被关进马夏尔西债务人监狱，一家人失去生活来源，万般无奈之下，不得不迁到监狱陪同居住——这就是所谓的"狱中家庭"。小狄更斯由于在外打工，夜晚只能寄宿在他人家中。这一时期的经历不仅使他穿行在伦敦的街区巷道，感受普通人的现实生活境况，也使他走进了监狱之内，面对面地看到那些由于贫困潦倒、走投无路而被投入监狱的不幸之人，知晓了他们的凄惨遭遇；日后他将此种经历，包括"监狱家庭"的悲惨状况写进了他的《小杜丽》及《大卫·科波菲尔》等小说中。祖母去世后，仍被羁押狱中的约翰·狄更斯得到一笔遗产，同时狄更斯的伯父也伸出援手替约翰·狄更斯还债，终于还清了所欠债务，作为一家之主的约翰·狄更斯获释出狱。不过查尔斯并没有因此得到解脱，仍然在家长要求下继续做了一个时期的童工。从15岁起，狄更斯先后进入两家律师事务所当学徒和办事员。在此期间，只断断续续上过几年学的查尔斯·狄更斯为弥补自身教育的缺憾，办了一张大英博物馆的借书证，利用业余时间读书自学，以提高阅读能力和文化水平。后来他学会了速记，被民事律师公会录用，当上了民事诉讼法庭的审案记录员。在民事诉讼法庭工作的这段经历使他接触到形形色色的民事纠纷，进一步了解了伦敦社会的各种矛盾纠纷和世态人情，以及司法诉讼程序等。20岁时，狄更斯担任了《议会镜报》和《太阳报》的通讯员，成为报社派驻议会的记者，专事采访和报道下议院活动的工作。这份工作让他走遍伦敦的大街小巷，接触各种人物，对社会的方方面面有了更多的了解，尤其接触到各种各样的黑暗之处，这样的社会阅历无疑为他日后的创作提供了丰富素材。凭着刻苦自学和艰辛努力，狄更斯逐渐在文坛崭露头角，于1834年开始以"博兹"为笔名在多家报刊发表描写伦敦街头巷尾日常生活的随笔和特写散文，受到读者欢迎。不久，《纪事晨报》聘请他为专业记者。1936年《博兹特写集》（Sketches by Boz）结集出版，收入56篇随笔和特写，成为狄更斯出版的第一部作品，也是他登上文坛的标志。该书揭示了作家勇于直面人生、大力鞭挞社会不公的胆气，以及体察入微和讽刺夸张的艺术特征，这也预示了狄更斯作为杰出而敏锐的现实主义作家的创作基调。作者在书中呈现了伦敦社会下层民众的众生相，从学校、教堂、驿站、剧场、酒馆、当铺等社会场所，到法庭和监狱等政府机构，各种人物无不鲜明地呈现在他所描绘的画面之中，这自然得益于狄更斯长期对社会生活的敏锐观察和大量素材的积累，以及在思考、提炼的基础上进行绘声绘色的文学表达的能力。重要的是，狄更斯总是怀着满腔同情描写下层民众困苦窘迫的生存状况，对社会中存在的各种压迫和各种不人道的行为进行严厉谴责。

关于狄更斯的创作还有一个值得关注之处。狄更斯和丹麦作家安徒生一样，是一个戏剧爱好者，很早就对戏剧表演表现出浓厚的兴趣。尽管由于某些自身原因没能从事戏剧工作，但他始终保持着对于戏剧艺术的热爱，这无疑对他的文学创作产生了重要影响，比如戏剧性手法的运用无疑为他的作品增添了艺术表现力。这种戏剧性手法及效果在特定意义上相当于电影的蒙太奇手法的运用。在《大卫·科波菲尔》中，诸多场景描写恰如电影镜头移动拍摄所呈现的画面，一幕一幕逐次展现，给读者留下深刻记忆。此外，借此手法，作者得以生动地，甚至活灵活现地描述书中特定人物的言谈举止、外在形态，包括相貌、说话时的表达习惯或嗜好、别样的举手投足等身体语言和行为方式，艺术地呈现了各种职业、身份和地位的人物的个性特征及心理取向。在叙述过程中，作者往往进行夸张拓展，并使同一描述在小说的不同时段、不同场地多次呈现，形成妙趣横生的呼应和对照。正如评论家指出的，狄更斯在早期创作的《匹克威克外传》中就运用了此种手法来刻画骗子金格尔这一反面角色的人物形象，尤其从著名演员马修斯那里借用了"不连贯的独白"这一言语特征来描述此人，将一个油腔滑调、狡诈无耻的骗子鲜明、形象地呈现在读者眼前。

在发表《博兹特写集》的同一年，狄更斯受到有眼光的出版商的关注，得以通过连载形式发表长篇小说《匹克威克外传》（ *The Pickwick Papers* ），随即引起轰动，众多读者争相阅读。狄更斯正式辞去《纪事晨报》的记者职务，从此踏上专业文学创作的道路。由于按月分期发表的需要，狄更斯在写作《匹克威克外传》时采用了设置悬念，留待下期分解的写作手法，以吸引读者的阅读需求。这部长篇小说描写主人公匹克威克先生和他俱乐部的三位成员乘坐驿车前往英国各地漫游考察的故事，随着这群人所到之处，展现在读者面前的是形形色色的英国城乡民众生活和文化习俗的生动画卷。各色人物包括政客、官吏、军人、乡绅、教士、医生、商人、律师、编辑、诗人、名媛、侍女、车夫、跟班、寡妇、老处女、戏子、骗子等，刻画得惟妙惟肖，十分传神。匹克威克先生体现了狄更斯心中惩恶扬善的人道主义和乐观主义精神。他天真淳朴、热心助人，同时善恶分明、疾恶如仇，在经历了一系列事情、变故和变化之后，匹克威克也获得历练，得到成长，从一个不谙世事的老天真，转化为一个既守望道德信念，又豁达无羁、乐善好施的人士。当然，这一叙事结构也预示着狄更斯后来的童年叙事的主人公将经受的磨难和成长历程。小说中表现出的匹克威克先生仆人山姆之间的关系体现了狄更斯所主张的民主精神，以及对于下层劳动人民所具有的正直和忠诚、勇敢和机智等品质特征的赞扬。每当绅士先生们遇事惊慌失措之际，山姆总会挺身而出，出奇制胜，化险为夷。在英国现当代文学传统中，匹克威克先生和仆人山姆的组合形象在 20 世纪 50 年代 J. R. R·托尔金的史诗性作品《魔戒传奇》系列中得到意味深长的回响：霍比特人弗罗多·巴金斯的仆人也叫山姆，他对弗罗多忠心耿耿，不离不弃，在赶往魔都完成销毁魔戒的追寻之旅中共同经历艰难险阻。而且托尔金在《魔戒传奇》的后半部选择从山姆那普通平凡之人的视角叙述故事，而且随着前往"魔都"的旅程变得越来越艰难，来自下层阶级的山姆担负起越来越大的作用。托尔金本人曾多次披露，山姆的原型是他在第一次世界大战从军期间认识的那些来自工人阶级家庭的士兵，他觉得这些士兵才是这场欧洲大战中的真正英雄。正如托尔金将心中的信念通过《霍比特人》和《魔戒传奇》表达为至关重要的主题："如果没有高度和高贵，简单和低俗就一无是处；而如果没有简单和平凡，高贵和英雄就毫无意义。"① 由此可见，在英国现当代文学世界中，狄更斯笔下的匹克威克先生与仆人山姆的组合形象，和托尔金笔下的弗罗多先生与仆人山姆的组合形象，形成了不同时空，却异曲同工的绝妙呼应。

　　1837 年，狄更斯应邀担任文学期刊《本特莱杂志》的主编，并在这份刊物上连载他创作的长篇小说《奥利弗·退斯特》（国内多意译为《雾都孤儿》），由此开启了作家"苦难—成长"题材的童年叙事，并持续创作出一系列童年人生的宏大画卷。《奥利弗·退斯特》讲述孤儿奥利弗的坎坷身世及起伏跌宕的人生遭遇。小男孩奥利弗身世不明，从小在孤儿院长大，稍大后被送往贫民习艺所，随后经历了备受欺凌、痛苦不堪的学徒生涯，最后在忍无可忍的情形下只身出走，逃往伦敦。经过长途跋涉，一路艰辛，饥寒交迫的奥利弗来到伦敦，却被街头的小贼盯上，误入贼窝，被迫与凶狠歹毒的盗贼和凶徒为伍，历尽无数辛酸，最后在善良人的帮助下，孤儿奥利弗的身世得以澄清，被一位老绅士，孤儿亡父的老友布朗劳先生收养，终于过上幸福、安宁的生活。善良之人终获好报，十恶不赦的盗贼凶徒则落入法网。小说生动地揭露了贫民习艺所对少年儿童的无情摧残，以及伦敦街巷深处存在的阴暗场所，及其折射出的种种社会问题。幼童奥利弗终日劳作，食不果腹，只

---

① 莱斯莉·艾伦·琼斯. 谱写"魔戒"传奇的人：托尔金评传［M］. 舒伟，译. 北京：外语教学与研究出版社，2019：346.

因为在喝完少得可怜的稀粥之后请求再添一点，竟然被当局视为犯上作乱的坏孩子，要严加惩罚。作家严厉谴责了发生在济贫院、习艺所、小店铺等场所的社会罪恶，为受苦受难的少年儿童发声呐喊，怒鸣不平。同时，作家对于盗贼团伙的生活状况和偷窃行为等进行了生动逼真的描写，其震撼效果给众多读者留下难忘的印象。当然，细节的夸张描写也是狄更斯的小说艺术特征之一，例如孤苦孩子奥利弗在济贫院里的一声哀求"先生，请给我添一点粥吧"震撼了无数读者，让他们情不自禁地流下眼泪，这也成为英国文学作品中令读者感到印象最为深刻的场景之一。

狄更斯是个非常勤奋的作家，一生创作了大量作品，包括 15 部长篇小说，20 余部中篇小说，数百篇短篇小说，1 部特写集，2 部长篇游记，1 部《写给孩子们的英国史》，以及大量演说词、书信、散文、政论、诗作等。1870 年 6 月 9 日，狄更斯因突发脑溢血在罗切斯特附近的盖茨山庄与世长辞，留下了尚未完成的最后一部作品《爱德温·德鲁德之谜》。他的遗体被安葬在伦敦西敏寺著名的诗人角，与"英国诗歌之父"乔叟、诗人弥尔顿、布朗宁、丁尼生、拜伦等英国文学家长眠一处。他的大理石墓碑上镌刻着以下文字："他是贫穷、受苦与被压迫人民的同情者；他的去世令世界失去了一位伟大的英国作家。"狄更斯在 58 年的人生历程中创作的文学作品成为留给世人的厚重、恒久的文化遗产，不会因时光的流逝而失去光彩或者泯灭。狄更斯的小说创作体现了英国现实主义文学传统的新发展，作者善于通过铺陈、夸张、巧合、悬念及戏剧化手法述说故事，书中人物栩栩如生，呼之欲出，或感人至深，或恨之入骨；发生的故事或发人深思，或催人感伤；感伤之余往往流露出幽默旨趣，磨难之后又透露出希望之光，极富阅读和欣赏之审美价值。

如果说，狄更斯创作的具有强大艺术穿透力的现实主义文学作品，以及他撰写的大量有关公共卫生与健康环境、医疗机构和医院发展、社会改革、贫困救济、儿童和妇女问题等诸多方面的时政文章有助于推动民众形成对维多利亚时代的诸多社会现象和事物的最初想象，例如圣诞、伦敦、童年、英国社会、普通家庭、工业社会形态，等等；那么狄更斯对于维多利亚时代的底层社会的童年生存状况的揭示，对于童年人生的浪漫现实主义书写，以及儿童文学创作领域中狄更斯传统的形成等，这些相关命题对于推动有自觉意识的儿童文学的发展具有何种重要的文化和文学意义，仍然有待今天的人们去认识和研究。

事实上，狄更斯还为自己心心念念的少年儿童创作了数量不菲的童话及幻想文学作品，包括《有魔力的鱼骨头》《圣诞树》《圣诞欢歌》《一份真正的爱情》《一把诡异的椅子》《幽灵邮车》《七个可怜的旅行人》《被妖精偷走的掘墓人》《格鲁格兹维西男爵》《马格比的小堂倌》《老绅士》等。此外，值得关注的还有狄更斯撰写的《写给孩子们的英国史》(*A Child's History of England*)，该书最初连载于狄更斯创办并主编的《家常话》(*Household Words*) 杂志上（1851 年 1 月至 1853 年 12 月）。这部儿童版英国史以书的形式出版后分为三卷：①从远古时代到约翰王之死的英国历史；②从亨利三世到理查三世的英国历史；③从亨利七世到 1688 年 "光荣革命"。作者以风趣幽默、自然流畅的文笔讲述了从公元 872 年撒克逊国王到 1689 年 "光荣革命" 导致詹姆斯二世下台这一历史时期，围绕英伦岛国诸多统治者发生的历史故事，人物包括阿尔弗雷德大帝、狮心王、"征服者" 威廉、无地王、长腿之王、血腥玛丽、伊丽莎白一世等英国历代君王。换言之，这是从早期发生在不列颠岛国的入侵与征服，直至工业革命前的英国历史，历经盎格鲁-撒克逊王朝、诺曼王朝、金雀花王朝、都铎王朝、斯图亚特王朝，主体内容为英格兰历史，其中也涵盖了部分有关苏格兰、爱尔兰和法兰西的重大历史事件，例如英法两国矛盾冲突背景下的英法百年战争，最后以一章篇幅记述了从早期至维多利亚女王加冕时截止的大事摘要，作为尾声。通过讲述历代君王政治和个人命运的沉浮、重大历史事件的发生、国家社会的动荡与变迁，作者也表达了一种哲思，透露了一种看待历史发展演进的独特心境，目的是促使读者去思考人生的真谛。狄更斯还特意为少年读者写了献词："我亲爱的孩子们，希望在它的帮助下，你们能够日濡月染地怀着兴趣去阅读更厚重、更精彩的英国历史书籍。"(My own dear children, whom I hope it may help, bye and bye, to read with interest larger and better books on the same subject.) 作为享誉世界的大作家，狄更斯为儿童写作历史读物，讲述从公元前 50 年到 1689 年工业革命前夕的英国历史，这无疑是难能可贵的，体现了工业革命时代有识之士对于少年儿童心智发展的关注。事实上，正是 19 世纪以来，在英国开始出现少儿版希腊神话著述、少儿版莎士比亚戏剧故事等作品。其中威廉·葛德温 (William Godwin) 创作了《万神殿》(*The Pantheon, or, Ancient History of the Gods of Greece and Rome*)，为孩子们叙述希腊罗马神话故事；散文家查尔斯·兰姆 (Charles Lamb) 写了《尤利西斯历险记》(*The Adventures of Ulysses*)；此外，兰姆姐弟为少年儿童读者改写的 "莎士比亚戏剧故事" (*Tales from Shakespeare*) 更是广为人知，作为一种改编类型成为儿童文学的组成部分。如果说，莎士比亚创作的历史剧系列体现了作者对于英国民族历史、政治斗争、社会变革的敏感性和洞察力，唤起了民众对于自己民族的历史及其民族特性的意识和认知，那么狄更斯的儿童版英国史则把关注的目光转向少年儿童读者，希望激发孩子们对于历史的兴趣，去认识英国民族的历史，提升人文历史修养，体现了作者对于儿童教育的重视。

第三节　《雾都孤儿》的多面童年人生：撕开繁荣和体面的面纱，洞烛社会乱象和人性的复杂

作为维多利亚时代最具影响力的现实主义小说家，狄更斯对儿童文学做出的重要贡献在于首次把18世纪英国浪漫主义诗人所大力讴歌的儿童形象转化为19世纪现实主义长篇小说书写的少年主人公，将浪漫主义诗篇中理想化的童年意象提升为全方位的现实主义童年叙事。与浪漫主义诗歌对童心和童年的讴歌相比，狄更斯的童年人生叙事更具广度和深度，更具大容量的文学叙事力量，以及社会评判价值和时代认知意义。若用现代心理学的话语来表述，人的生命历程是一种奇异的特权。古希腊剧作家索福克勒斯（公元前496—406）这样写道："天下奇事何其多，再奇也没有什么比人更奇妙。"①莎士比亚用七个阶段来概括人生之路：从呱呱坠地的婴儿、哭哭啼啼的孩童、情窦懵懂的青少年，到大腹便便的中年成功人士和趿着拖鞋的龙钟老叟，而终结这一奇特人生旅程的最后阶段乃是孩提时代的再现。（莎士比亚《皆大欢喜》，第二幕第七场）而细究起来，人生的初始阶段对于一个人的成长具有不容忽视的奇异作用，而且长期以来没有得到足够的重视。生活在19世纪动荡和变革年代的狄更斯，通过那些浓墨重彩描绘的感人至深、令人难忘的童年人生故事，通过容量和弹性极大的小说叙事艺术去呈现特定历史时期的童年世界的生存形态及充满艰辛和磨难的人生历程。在呈现维多利亚时期底层社会童年生态的同时，也多层面、多方位地衔接了人生的其他阶段。

在狄更斯之前，英国小说家们讲述自己作品主人公的故事时，童年只是一个简短的开端，一般在开篇章节，或者至多用若干章篇幅对其出生和童年经历加以描述，实则作为背景进行交代，而不会将童年故事贯穿于整部小说。狄更斯的开拓在于用整部小说的容量完整呈现少年主人公的童年人生，尤其揭示了儿童作为动荡年代的功利主义和拜金主义社会的牺牲品所承受的精神

---

① Sophocles Antigon［M］//X. J. KENNEDY, DANA GIOIA. Literature. New York：Harper Collins College Publishers，1995.

和物质生活的双重苦难，进而开创了独树一帜、深沉博大的浪漫现实主义童年叙事。对于 19 世纪以来的英国儿童文学，狄更斯做出的最大贡献就是他对于童年人生多方位、多层次、有深度的书写，以及对于"磨难—成长"童年题材的大力开拓。在这方面，狄更斯的影响是无与伦比的。

中国读者耳熟能详的长篇小说《雾都孤儿》（*Oliver Twist*，1837—1839）是狄更斯的第一部童年叙事之作，作者用一整部长篇小说的容量来讲述主人公奥利弗的坎坷童年人生故事，在呈现令世人震惊的维多利亚时代暗黑现实的同时，开拓了洞烛人性的童年叙事疆界。这部小说的书名取自主人公的名字"奥利弗·退斯特，"原书完整书名为"*The Adventures of Oliver Twist*：*or The Parish Boy's Progress*"。在工业革命的浪潮中，在社会转型期的巨变背景下，维多利亚时代出现了形成鲜明对比的两个世界，一个是阔绰繁荣、华丽光鲜的体面世界，与之如影相随的是矫揉造作的浮华气息，另一个是屈辱凄凉的悲惨世界，充斥着贫穷、肮脏、罪恶、死亡、各种罪犯、娼妓等人类堕落的处境和行为，以及那些遭受摧残凌辱的下层社会的儿童群体，诸如处境艰难的童工和孤儿的世界。狄更斯充满关注的目光没有投向体面的中上层社会，尤其那些有财产、有产业的，或者再不济也衣食无忧，而且有宽敞房子居住，有闲暇时日去娱游、去思考人生问题的绅士淑女的情感世界，而是将目光对准底层社会的众生喧哗，包括孤儿院、习艺所、街头流浪儿群体，以及由盗窃头目控制的扒手团伙，乃至那些各有各的不幸人生的少年儿童。用国内常见的书名《雾都孤儿》来概括这部小说的特点还是比较贴切的。狄更斯大部分小说的背景地都是自己非常熟悉的 19 世纪工业革命时期"烟雾弥漫"的伦敦，那时大量煤炭的燃烧导致城市上空烟雾弥漫，加上伦敦地区属于海洋性气候，空气湿润，尤多雨雾，这双重因素导致严重空气污染，城区上空时常浓雾压顶，经久不散，伦敦也因此被称为"雾都"。而解读狄更斯这部少年小说的另一个关键词就是"孤儿"，这是反映伦敦繁荣表象下真实的底层民众世情悲苦的社会现象。

少年主人公奥利弗·退斯特出生在距离伦敦上百英里（160934.4 米）的一个小城镇的济贫院里。奥利弗的母亲怀着身孕，挺过了难以忍受的艰难苦楚才走到了这家济贫院。孩子降生后不久，来历不明的母亲就去世了，而孩子的父亲是谁更是无人知晓，于是世界上多了一个身世不明的孤儿。这个新生命的到来没有给济贫院管事的人们带来丝毫喜悦，相反，他们认为必须尽快摆脱这个麻烦的"包袱"。可怜的幼儿被送到另一家规模较小的寄养所，那边住着二三十个孤儿，而且这些孩子居然还是违反了英国政府颁布的"济贫法"的"小犯人"。这些孤儿能够寄住在这里完全是因为监管人能够领取孤儿们的人头费，再进行克扣，中饱私囊。可想而知，孤儿们遭受虐待是家常便饭，死于非命更是屡见不鲜。好在奥利弗求生欲非常顽强，不仅在接生现场遭遇冷漠对待时挺了过来，而且在新的恶劣处境中生存下来。奥利弗稍大后被送往贫民习艺所，经受了食不果腹、备受欺凌、痛苦不堪的童工劳作生涯。有一次，那些终日受到饥饿折磨的孩子推举奥利弗去恳求再添一点儿稀粥，试探一下有何反应，不料奥利弗一张口竟然给自己引来一场大祸。怒不可遏的管事认为奥利弗犯下"亵渎神灵的大逆不道的"罪行，不仅用马杓狠狠击打他，还把他关进漆黑的小屋。随后经过理事会的决议，奥利弗被赶出贫民习艺所，成为一家棺材店的小学徒。在这里，奥利弗不仅受到百般恐吓，而且店里所有人都对他肆意欺凌打压，其中一个大学徒还口出恶语，狠毒咒骂奥利弗的亡母。忍无可忍的奥利弗奋起反抗，挥拳猛打比自己高大许多的恶徒，打得他鬼哭狼嚎。这一反抗招致老板娘等恶人的野蛮毒打，还被关进一个煤窖。奥利弗的反抗精神变得越发强烈，天亮后只身出走，逃往伦敦。经过几天几夜艰难困苦的长途跋涉，饥寒交迫、衣衫褴褛的奥利弗终于抵达伦敦。但身无分文的他被街头的扒手盯上，被领到伦敦的菲尔德巷，陷入盗贼老头目费金的贼窟。误入新火坑的奥利弗被迫与凶狠狡诈的盗贼和凶徒为伍。虽然几度巧遇好心人而脱离盗贼团伙，但每次都被盗贼头目派人抓了回来。几番波折之后，在窃贼团伙内良心未泯的女子南茜的帮助下，承受了无数苦楚磨难的奥利弗最终逃离贼窟，其身世也得以澄清和确认，不仅被一位老绅士、自己亡父的老友布朗洛先生收养，而且还继承了父亲留给他的遗产，过上美好安宁的生活。而在这之前，南茜姑娘因为帮助奥利弗逃离苦海而付出了生命的代价，十恶不赦的盗贼老头目费金和穷凶极恶的年轻歹徒赛克斯则恶有恶报，得到应有的下场。

不同于小说中的那些沦为窃贼的众多孤儿，奥利弗是作为一个闯入者进入这个暗黑世界的。他的亲生父亲属于有产阶级的一员，一旦孤儿的血缘身份得到确认，便会得到安定生活的保障。与此同时，奥利弗起伏跌宕、历尽磨难、苦尽甘来的童年人生故事，寄托着狄更斯对于社会上无数孤苦无告的少年儿童的深切同情和关爱，也表达了作家对于所有被欺凌和侮辱的善良弱者的崇高温情。重要的是，奥利弗不仅是下层社会悲惨世界的闯入者，更是一个见证者、亲历者。通过奥利弗的亲身经历，狄更斯以不容置疑的叙事力量引领读者直面维多利亚时代繁荣和进步表象下的黑暗真相，尤其是下层社会的民生世情，乃至孤儿现象与少年犯罪现象。对于大多数维多利亚人，《雾都孤儿》呈现的悲惨世界令人震惊，无论是济贫院里的苦难，还是贫民习艺所的苦熬，绝对的贫困对于这些人群的道德产生了极大的腐蚀效应；无论是维多利亚时代城区贫民窟的堕落生活，还是对于扒手、妓女、杀人犯、入室抢劫者这样的人物的描写，以及发生在伦敦那些环境恶劣、狭小、肮脏的偏僻街道里面的形形色色的恐怖暴力和犯罪现象，等等，狄更斯现实主义文学叙事的力量让维多利亚时代的人们直面被他们有意无意忽略的，或者视而不见的另一个世界。狄更斯描写的是自己敏锐观察到的真实存在于 19 世纪伦敦的少儿犯罪现象，生动形象地呈现了由团伙头目老费金带着一帮手法娴熟的少年惯偷如何在伦敦大街小巷从事各种偷窃活动，乃至入室盗窃等勾当。奥利弗小小年纪便受尽折磨，不得不独自逃亡伦敦，但才出虎口，又陷贼窟，这是作为孤儿的小主人公流落社会底层时无法避免的人生命运。根据维多利亚时代纪实性作家亨利·梅休（Henry Mayhew，1812—1887）的统计，工业革命以来，英国工人队伍中只有三分之一的人能找到工作。工人群体失业率高，其他无业者的生存状况更加恶劣，社会犯罪率自然居高不下。偷盗行为更是一个普遍现象，正如机灵鬼扒手道奇对奥利弗所说："你不去偷，别人也会去的。这是毫无疑问的！"根据希瑟·肖恩（Heather Shore）的统计，在 19 世纪初的 25 年里，米德尔塞克斯郡记录在案的私人财物盗窃案件中，有四分之三是由 25 岁以下的人所犯下的，而其中绝大多数是青少年或者儿童所为。①值得注意的是，肖恩这本书的书名就采用了《雾都孤儿》中的"神偷"少年"机灵鬼道奇"的名字，作为 19 世纪初叶的那些少年扒手的代名词。

在维多利亚时代，法律为保护所谓神圣的私有财产，盗窃犯是可以被送上绞刑架的。而这个时代还是一个可以在公众场合处决犯人的时代。从 18 世纪 20 年代实行《沃尔瑟姆·布莱克法案》以来，至 1815 年，英国法律中颁布的死刑罪已高达 200 多项，从砍树、偷鸡、盗猎、到偷面包、扒窃等情节轻微的违法行为，都会被处以极刑。因此，从 17 世纪末至 19 世纪 20 年代的这段时间通常被称作"血腥法典"（The Bloody Code）时期。从孩提时代起，狄更斯就曾多次去围观这样的当众实施的绞刑，心里既感到莫名的兴奋，又感到强烈的恐惧，恍惚中感觉绞刑架的阴影笼罩在整个城市的上空。这也导致了他对于各种可能的犯罪活动的威胁产生了梦魇般的恐惧感：不仅担心自己可能成为他人罪行的牺牲品，甚至他自己也可能产生行凶作恶的冲动。这

---

① SHORE H, DODGERS A. Youth and Crime in Early Nineteenth-Century [M]. London: Royal Historical Society, 1999: 59.

些忧虑也在特定意义上投射到奥利弗身上。事实上，对于由头目组织的盗窃团伙，其成员一旦失手被抓，那么等待他们的很可能就是冷冰冰的绞刑架。在《雾都孤儿》中，被称为"机灵鬼"的少年盗贼道奇是一个"溜门撬锁的好手"（cracksman）。至于奥利弗，犯罪团伙打算将他训练成一个手法娴熟的少年盗窃犯，不仅让他跟着团伙成员上街当扒手，而且带着他去入户劫财，还美其名曰要让他一显"身手"。因为奥利弗身材瘦小，他们便强迫奥利弗充当所谓的"小蛇人"（Little Snakesman），让他通过室外污水井潜入住宅室内，为外面的同伙打开房门；之所以被称为"小蛇人"，是因为潜入者在潜行过程中必须像蛇一样扭动身体，向前蠕动，以穿过非常狭窄的通道。如果奥利弗不能逃离贼窟，那么这条路迟早会通向监狱和绞刑架，而他的姓名"退斯特"的英文"Twist"一词就含有"扭转，缠绕绞紧"之义。当然，根据当年的记载，16岁以下的少年被判处死刑后，可以获得从轻处罚，如流放海外服苦役。截至19世纪30年代，英国每年被流放的犯人约有5000名，其中有些甚至年仅10岁，全部被从海上运到澳大利亚的流放区，服苦役7年至14年，部分犯人要终身服役。如果有犯人像《远大前程》里的流放犯马格威奇那样潜逃回国，是要被处以绞刑的。少儿犯被关进监狱后会服刑很长时间，而且通常是与那些冷酷残暴的成年犯关押在一起。

狄更斯揭露维多利亚时期社会黑暗现状的童年叙事作品产生了很大的社会影响力，也在一定程度上唤起了中产阶级有识之士的社会良心和责任感。马修·怀特博士（Dr. Matthew White）根据维多利亚时代的记述和当时流行的各种读物，揭示和印证了有关《雾都孤儿》揭示的许多基本事实。随着贫困、贫民和少年犯罪等问题逐渐浮出水面，成为英国社会的公开议题，许多学者、记者、社会改良人士等开始关注并致力于调查和分析造成贫困这一社会结构性问题，其中包括19世纪40年代以来由记者詹姆斯·格林伍德（James Greenwood）和亨利·梅休等人进行的社会调查。亨利·梅休所著《伦敦劳工与伦敦贫民》（London Labour and the London Poor，1851）就是这一调查的结果。作者通过实地采访方式，以亲眼所见、亲耳所闻的记述呈现那些社会问题及其民生实况，这样前所未有的纪实性新闻报道与狄更斯的作品形成前后呼应。梅休用了大量时间和精力深入伦敦大街小巷，深入社会底层人们的不同劳作场所和生活场所，进行面对面的实时实地采访，然后记述成文，同时将访谈内容和有关统计数据结合起来，形成呼应。这些报告尽量还原每一位受访者的口头讲述，包括被采访者表述所用的语法和拼写形式。采访对象包括码头工人和工厂工人、街头艺人、河岸拾荒者、乞丐、妓女和扒手，等等。

梅休原本打算对伦敦所有的贫民群体都进行报道，但由于工作量太大而不得不放弃。这些调查报告最初连载于伦敦《纪事晨报》（*Morning Chronicle*），随后结集成册出版。这部报告全书共 4 卷，篇幅约 200 万字，由于报道的全面性和真实性，这份调查成为各类社会改革家援引的重要资料。

试看《雾都孤儿》用文学语言描述的位于伦敦南部的贫民区："一条摇摇晃晃的木板走廊，透过木板上的窟窿看得见下面的淤泥；从被打破的和补过的窗子……房间又小又脏，通风极差，所以空气充满恶臭，即使用于藏垢纳污也未免太不卫生；……墙壁污秽不堪，屋基腐朽下沉。"① 对比一下亨利·梅休在其纪实报告中对贫民窟的现场记述，在客观报道意义上与狄更斯的文学表述形成呼应："房屋前是一条大阴沟，沟里盖着一层油腻腻的垃圾……阴沟两边是一堆堆难以言说的秽物……空气和墓地里一个味道。"②这样恶劣的生活环境对居住者健康的影响可想而知，霍乱等传染病更是屡见不鲜。在《荒凉山庄》里，无家可归的流浪儿乔靠扫街为生，孤苦伶仃，最后死于此类热病。狄更斯在作品中对孤儿乔的悲惨命运发出愤怒的呐喊："死了，陛下。死了，王公贵卿。……死了，生来就带着上帝那种慈悲心肠的男女们。在我们周围，每天都有这样死去的人。"③

《雾都孤儿》主人公奥利弗的命运体现了狄更斯浪漫现实主义的童年叙事理念。奥利弗可视作沦落伦敦都市的"灰姑娘"，经受磨难后获得新生。作为绅士阶级的后代，奥利弗不幸流落在下层社会，无论在怎样恶劣的环境下，无论经受什么样的磨难，始终保持善良之心，坚守正直之底线，延续了传统童话中向善的小人物的行为方式。在济贫院、习艺所和棺材店，在一次次遭受凌辱、毒打的生存环境中，奥利弗没有屈服，反而萌发了强烈的反抗精神，直到愤而出走，逃往伦敦。在陷入贼窟之后，他没有沉沦，没有向这个黑暗的犯罪团伙低头，而是坚持本心，坚持入污泥而不染，勇于抗争，坚决不与窃贼同流合污。当然，这对于一个无依无靠的孤儿是无比艰难的考验。在被窃贼挟持行窃的过程中，奥利弗有两次被好心人搭救，这为他的黑暗生涯投下一束光明，让他亲身体验了另一种值得向往的生活方式，也更加坚定了他保持向善拒恶之底线的决心。在逃离苦海之后，他恢复了自己的真实身份，

---

① 狄更斯. 奥利弗·退斯特 [M]. 荣如德，译. 上海：上海译文出版社，1998：458.

② MAYHEW H. Home is home，be it never so homely [M]. London：John W. Parker and Son，1852：276-277.

③ 狄更斯. 荒凉山庄 [M]. 黄邦杰，陈少衡，张自谋，译. 上海：上海译文出版社，1979.

而且以德报怨，毫不犹豫地同意布朗洛先生的提议，将自己获得的遗产分一半给设计陷害自己的同父异母的哥哥蒙克斯。于是历尽磨难而不改善良之心的奥利弗，与心地歹毒的纨绔子弟蒙克斯形成了泾渭分明的两种人生和人性。从小到大，蒙克斯的物质生活是有保障的，但他游手好闲，沉迷恶习，成为这个社会的拜金主义和享乐主义的牺牲品，更严重的是，蒙克斯没有向善之心，在强烈的妒忌之心和扭曲心态的驱使下干出伤天害理的恶行。为了独吞父亲的全部遗产，蒙克斯不惜通过卑鄙手段来构陷和摧残自己的同父异母弟弟，包括出钱收买盗窃团伙头目，让其使奥利弗堕落为无可救药的少年犯，陷入万劫不复的处境。最后真相大白，奥利弗脱离苦海，迎来新生活。而蒙克斯仍无悔改之意，还在内心诅咒奥利弗。尽管奥利弗将自己继承的遗产分了一半给蒙克斯，但他劣性不改，又将其挥霍殆尽，继续作恶，终致锒铛入狱，死在狱中。蒙克斯的畸形心态也揭示了当时英国社会的道德沦丧。而从更广泛的意义看，奥利弗在少年犯罪团伙的经历是对于"维多利亚盛世"那繁荣与体面光圈之外的腐朽黑暗的无情揭露和抨击。

少年扒手杰克·道奇被称为"机灵鬼扒手"（Artful Dodger），国内也有译为"神偷道奇"的。这个少年平常身穿一件几乎拖到脚跟的成人外套，袖口翻到肘窝，一双手露出袖外，随时准备出手扒窃，是狄更斯重点描写的少年窃贼，已经成为维多利亚时代少年扒手的代表性人物。"dodge"一词的本意是"躲闪"，或者"用欺骗的方式去躲避"，狄更斯的取名是有深意的，通过文学形式呈现的少年扒手道奇从此成为影响深远的少年犯代名词。当代有关维多利亚时代儿童文学及少年犯罪现象研究的著作往往会采用少年道奇名字的复数名词作为书名，如玛拉·古芭的《机灵鬼扒手道奇们：重新审视儿童文学的黄金时代》（Marah Gubar, *Artful Dodgers: Reconceiving the Golden Age of Children's Literature*），希瑟·肖的《机灵鬼扒手道奇们：十九世纪初叶的青少年犯罪》（Heather Shore, *Artful Dodgers. Youth and Crime in Early Nineteenth-Century*）。在《雾都孤儿》中，正是这个"狂放不羁，叛逆放纵"的少年扒手最先发现了"两腿渗血，满身风尘"的奥利弗，此时奥利弗已经连续跋涉了七天之久，一路风餐露宿，饥寒交迫。经过一番打量，道奇提出要把奥利弗推荐给伦敦的一位老先生，他可以给奥利弗一份"符合心意"的工作，随即把他带到了团伙藏身的贼窟。虽然道奇的年龄与奥利弗一般大小，但个头还要矮小一些，模样非常邋遢，却偏要做出一副装腔作势的大人派头。事实上，这个少年孤儿已是一个手段老辣的"资深"窃贼了。他是老奸巨猾的窃贼头目费金训练出来的得意扒手，这一形象浓缩了维多利亚时代众多少年扒手的童年生存状态，他们抽烟酗酒，打架斗殴；在街头尾随行人，熟练地扒窃手绢、钱包及其他财物，乃至踩点潜伏，入室盗窃……在成人头目的驱使下，无所不为，无所顾忌，只为弄到钱财。"机灵鬼"道奇后来东窗事发，被警察抓住，遭送到澳大利亚服苦役去了。

在这个窃贼团伙中，青年女子南茜具有在那个时代的社会大环境和个人生活环境中形成的复杂人格。自小在贼窟中长大的南茜无疑受到团伙头目费金等人的强力控制，不得不从事各种非法活动。她还冒充奥利弗的姐姐，与其他同伙在大街上绑架了之前已脱离贼窟的奥利弗。但另一方面，她内心深处仍然保留着尚未泯灭的善良人性。当费金与赛克斯往死里毒打企图再次逃离贼窟的奥利弗时，南茜不顾一切地扑上去进行阻拦，用近乎疯狂的行为护住了奥利弗。而后她偷听到蒙克斯陷害奥利弗的阴谋，得知他不仅收买了教区执事邦布尔夫妇，销毁了能证明奥利弗身份的唯一证据，而且还要费金迫使奥利弗成为堕落的少年犯。为救助奥利弗，南茜决定挺身而出，采取行动。她冒着生命危险跑出贼窟，将至关重要的实情告知相关人士。不过南茜在与相关人士的秘密接触中，一再要求对方做出保证，恳请他们不要伤害到一个男人，这个男人就是团伙中的赛克斯，她的情人。这是发自她内心的愿望，是她在这个暗黑世界中保持的无怨无悔的纯真情感之一，尽管这份真情不会得到凶悍无情的赛克斯的理解和回报。在随后的日子里，南茜遭到费金派出的密探跟踪，致使她帮助奥利弗的秘密举动遭到暴露，结果被狂暴的赛克斯殴打致死。南茜和赛克斯这对情人是团伙里的两个年轻人。从赛克斯身上可以预见像"机灵鬼扒手"道奇这样的孤儿长大后的模样。只因得知南茜帮助了奥利弗，赛克斯就毫不留情地将她残杀，可谓人性的彻底沦丧，同时也揭露了黑暗社会里常见的血腥暴力。而南茜之死惊动了警方，费金等人也遭到灭顶之灾。费金被警察逮捕，随即被判处绞刑，在著名的新门监狱（Newgate）死囚牢房里度过了人生的最后一个夜晚。赛克斯则在疯狂的逃窜途中失足坠落，被一根绳索勒死。

在特定意义上，赛克斯和费金的人生状况就是"机灵鬼扒手"道奇这样的生活在伦敦各处贼窟的孤儿们未来的青年和老年阶段的写照。老费金（Fagin）是一个干干瘪瘪的犹太老头，长着一双贼亮的黑眼睛，披着一头蓬松散乱的红发。作为这个窃贼团伙的头目，费金称得上一生都在行窃犯险的老惯犯。他既是一个教唆犯，组织一大帮孤儿行窃，也是一个贪婪的守财奴。如今在英语词典里，"Fagin"已经成为"教唆犯"的代名词，尤其是教唆儿童犯罪者。在贼窟里，费金与少年扒手之间进行的游戏往往围绕扒窃训练展开，比如由老费金装成一个在街道行走的老绅士，煞有介事地边走边打量橱窗里陈列的商品，少年扒手们尾随其后，想方设法从他身上偷窃东西。作为守财奴，老费金时不时取出藏在地板下暗道里的一个小匣子，对里面的东西进行一番观赏，须知匣子里装着他一生盗窃生涯中积攒下来的全部财物，如金表、指环、手镯等。这一场景也折射了老费金复杂的内心世界。这个阴险狡诈的老盗贼的人生是无耻肮脏的一生，既是令人痛恨的一生，也是令人痛惜的一生，正所谓可恨之人也有可怜之处，他的人生同样映射了那个时代深重的社会弊病。当然，也有论者指出应当看到老费金的另一面，即他对那些流浪儿的生活起居的照管，甚至还能让他们在童年的时光中发出一些欢声笑语，尽管是误入歧途的孩子们的声音。

古希腊文论家亚里士多德根据希腊剧作家索福克勒斯和欧里庇得斯的创作特征，论及文学创作中的两种不同取向："如果有人指责诗人所描写的事物不符实际，也许他可以这样反驳：'这些事物是按照它们应当有的样子描写的'，正像索福克勒斯所说，他按照人应当有的样子来描写，欧里庇得斯则按照人本来的样子来描写。"① 在这里，"应当有的样子"和"本来的样子"是文艺作品表现生活的两种方式，体现为直接呈现现实生活与超越现实生活这两种不同的取向，虽取向不同，但殊途同归，目的都是揭示现实生活的本真。《雾都孤儿》的写作体现了狄更斯的创作理念，即按照实际存在着的样子来描写这样一个依靠非法方式谋生的孤儿群体，包括教唆他们犯罪的成人，呈现他们的全部缺点和不幸；写出他们不堪的生存状况；表现他们在贫民窟的生活，以及如何在阴暗无光的人生道路上惴惴不安地潜行，许多人最终难逃被令人恐惧的绞刑架了结生命的命运。狄更斯以真实感人的艺术力量将伦敦暗黑世界的本来面目呈现在世人面前，同时通过始终不渝地坚守善良底线的奥利弗那起伏跌宕、苦尽甘来的童年人生，为这个世界投下浪漫主义的理想光芒。狄更斯为读者呈现的是一个悲惨世界，但在叙述中通过夸张、巧合、悬念和戏剧化手法的运用，作品在传递震撼和感伤之余又流露出幽默旨趣，体现了狄更斯浪漫现实主义的叙事特色。这就是作家心中"应当有的样子"。

狄更斯呈现的伦敦孤儿现象真实地揭露了维多利亚时期严重的社会弊病，同时演绎着世间的悲惨童年生态。通过以奥利弗、"机灵鬼"道奇等为代表的众多孤儿的行为方式和命运故事，作品深刻揭示了在资本主义异化的社会重压下，人性中的善良、契爱、仁慈与邪恶、欺诈、妒忌和仇恨等心理倾向的

---

① 亚里士多德. 诗学 ［M］. 北京：人民文学出版社，1982：93-94.

共存与冲突。借用现代心理学家的话语，人生是一种奇异的特权，它既是丰富多彩的，也是错综复杂的。人性更是复杂多样的，一方面，每个人都具有追随本能欲望的满足而产生堕落或作恶的倾向，另一方面，每个人的人性也具有向善、升华的潜能。狄更斯的童年叙事表明，优秀儿童文学作品要为少年读者提供照亮人生道路的光明，既要尽可能用艺术的方式揭示现实世界的复杂真相，以及人性堕落的可能性，更要指引通往人性升华的道路。从童年起，只要恪守向善的本心，敬畏生命，坚守人性的良知底线，哪怕再弱小的人物也能获得内心的安宁。事实上，不同的内心执念会推动不同的人生行为，导致不同的命运走向。误入贼窟的奥利弗与那些被成人歹徒驱使而以行窃为生的孤儿既有相似性，更有反差性，形成强烈对比和映衬，表明不同的人生态度和行为方式，可以通向不同的人生命运之路。这种对比和映衬可以让儿童和青少年读者在潜意识中获取道德认知，从而在人生道路上做出应有的选择。

第四节 《老古玩店》：少女耐尔的悲剧性童年人生

在《雾都孤儿》中，小男孩奥利弗为反抗残暴的压迫和凌辱而义无反顾地一路跋涉，逃往伦敦，去经历更多更具时代烙印的磨难与反抗的人生之路；在《老古玩店》中，一个小资产者家庭的小女孩耐尔（Little Nell）和外祖父为了挣脱身边恶势力编织的罗网，为了免遭毒手而逃离伦敦，踏上流亡之路。如果说，小女孩爱丽丝的奇境漫游和镜中世界的历险成为别开生面的幻想性童年叙事，那么少女耐尔的人生旅程揭示了现实主义童年叙事的又一种沉重真相。

小耐尔的外祖父图伦特在伦敦城里的一个小胡同开了一家"老古玩店"，收集和售卖各种古旧之物和珍奇之物，只为能给外孙女未来的生活积攒一些物质保障。13 岁的少女耐尔美丽善良，正是如花的年龄，充满青春气息，与外祖父操持的收纳破旧古物的"老古玩店"形成强烈的反差。当她迈着欢快轻盈的步子在积满灰尘的"宝物"之间走过时，仿佛给周围的一切带来勃勃生机。然而小耐尔并没有过上应有的幸福生活。小耐尔的父母已经去世，母亲生前更是饱受不幸婚姻的折磨。小耐尔还有个哥哥，但他却是一个品行恶劣、游手好闲的市井无赖，就像《雾都孤儿》里奥利弗的异母哥哥蒙克斯一样，为获得钱财无所不为，无恶不作。他妒忌自己的妹妹，认为她会得到外祖父的全部遗产，所以图谋着如何下黑手抢夺财产。在功利主义和拜金主义的商业大潮中，图伦特老人的古玩店门可罗雀，异常冷清，靠正常经营根本无法挣钱。为了外孙女的未来生计，为了避免外孙女重蹈其母亲悲惨命运的覆辙，老人私下参与了赌博活动，希望以此挣些钱，却不料欠下大额赌债，不得已只能向放高利贷的丹尼尔·奎尔普借钱，正好中了他的圈套。这个奎尔普是维多利亚时代贪得无厌的暴发户的代表，"经营五花八门，业务也难以统计"，从收租、放贷、经营码头、拆卖旧船，到商业投机，无所不为。他不仅盘算着通过给图伦特老人放高利贷，然后以逼债的方式占有他的老古玩店及全部财产，而且还图谋霸占美丽的小耐尔。与此同时，心肠歹毒的哥哥为了夺走图伦特的财产，图谋让他的狐朋狗友娶耐尔为妻，以便通过威逼和恫吓弱小的耐尔来达到自己的目的。耐尔年龄虽小，却是一个聪明懂事的少女。虽然不像《雾都孤儿》的主人公奥利弗那样置身于社会最底层，但她的生存环境同样恶劣，要时刻面对生活中险恶的旋涡和暗礁；当然，她和奥利弗一样不会逆来顺受，生活的磨难同样锻炼了她顽强的性格，面对残暴的压迫也会奋起反抗。在许多方面她比外祖父表现得更有主见，遇到大事总会拿定主意。正如外祖父所感慨的："事实上，在许多方面我是孩子，她才是成人。"她在紧要关头断然阻止了外祖父参与的赌博中的一个危险行为，坚决要求外祖父与她连夜逃离伦敦，逃离已经向祖孙俩伸出的魔爪。

小耐尔和外祖父逃离伦敦之后，经历了颠沛流离的流浪生活。为防备恶人奎尔普的追踪，祖孙俩只能逃往偏僻荒凉的乡村地区，夜里就在野外的荒村小店借宿。通过祖孙俩的眼光，狄更斯带着读者巡视了维多利亚时期伦敦周围的乡村和城镇。一路上，他们遇到过流浪艺人，也曾与从事蜡像巡回展览的女士一道同行。在遭遇的各种人中，有好心的人，给他们提供帮助的人，也有一些坏人，为了得到赏钱要把祖孙俩抓起来的人，还有引诱老人去赌博的居心不良的人，更有逼着老人去偷钱赌博的歹人……在伦敦之外的乡村，出现了危及祖孙俩生存的黑暗势力，祖孙俩不得不再次踏上逃亡之路。在一个雾霾笼罩的城市，祖孙俩见到了过去在伦敦生活时从未见过的场景，那些用粗糙木板等覆盖着的怪异机器，就像受苦受难的动物一般翻转滚动；烟火弥漫，人们机械地劳作着，了无生气；在炙热的烟火熏烤下，劳作者满脸通红，神情痛苦不堪；所到之处，地上尽是煤灰、烟尘和泥泞，枯萎的树叶和粗糙的花朵都被空中的烟尘和煤灰染成黑色……这就是所谓工业进步给人们带来的环境改变。在如此阴沉的地方，呼吸着令人窒息的空气，祖孙俩心生恐惧，赶紧逃离此地，继续逃亡，寻找生路。与此同时，歹毒的奎尔普还没有放弃对这祖孙俩的穷追猛打，还在一路追踪。而另一位神秘的人物雅各布先生，也致力通过小耐尔的好友、古玩店的小伙计吉特寻找这祖孙俩的下落，准备给他们提供帮助。在经历了太多的磨难之后，一位好心的教士收留了他们，给他们找到了一个栖身之处。然而小耐尔由于在这些颠沛流离的日子里耗尽了体力和精力，染上了重病，身体状况日渐恶化。当古玩店的小伙计终于带着雅各布先生找到这祖孙俩时，小耐尔已不幸离开了人世。不久后，希望破灭、心力交瘁的外祖父也追随外孙女去了另一个没有痛苦的世界。

狄更斯的《老古玩店》对维多利亚时期英国现实生活的描写是批判性的，尤其以大量的篇幅揭露暴发户奎尔普和他的帮凶律师桑普森·布拉斯兄妹等人如何唯利是图，干出恶毒凶残、灭绝人性的勾当。对他们恶行的无情揭露也是作者对当时司法界腐败现象及司法弊端的强烈抨击。例如，奎尔普与布拉斯兄妹沆瀣一气，通过栽赃来陷害小耐尔的忠实伙伴吉特，指控吉特偷了5镑钱。由于男孩吉特没见过大世面，在法庭上说话的声音较小，同时身体有些颤抖，结果法官们竟然据此判定吉特有罪。如前所述，狄更斯充分运用了小说的叙事弹性和容量，通过栩栩如生的细节描述将社会动荡时期的童年故事推向一个新的阶段。例如，狄更斯对女孩与外祖父之间的情感世界，以及女孩内心感受的叙述是非常细腻动人的。在伦敦，外祖父把这个家庭遭遇的所有不幸都归咎于"命运不济"。他要跟不公的命运作一番拼搏，但他找错了拼搏的方式，试图通过赌博致富，自然一败涂地。在流亡途中，年老体弱的外祖父时常出现精神恍惚、理智不清的状况，有一次受到一群赌徒的诱惑，便苦苦哀求小耐尔，要把她手里掌握的祖孙俩的最后一点积蓄拿去参与赌局，为的是能让外孙女过上有保障的舒适安稳的生活。小耐尔的极力劝说也没能阻止外祖父的疯狂行为。输钱之后，外祖父完全丧失了理智，拼命追问小耐尔身上还有没有钱，让他再试一把。小耐尔在逃离伦敦之前在衣服里缝了一块金币，是准备最紧要时刻救急用的，她在心中发誓，不到万不得已绝不会动用这块金币。此时，除了那枚藏起来的金币，祖孙俩已经身无分文了，这意味着他们夜里不能住店，只能在野外露宿。在此情形下，小耐尔悄悄地取出金币，从旅店老板那里兑换了一把先令，这才得以进店住宿。半夜时分，一个神秘人影闪进小耐尔的房间，取走了剩下的那些钱币，随即朝外祖父住的房间走去。小耐尔担心外祖父的安危，随即起身走过去，从门缝往里一看，正好看见神情恍惚的外祖父坐在桌前，平常那个与她相依为命、和蔼可亲的人儿完全变了样，双眼通红，贪婪地数着手里的钱币！这让小耐尔感到前所未有的痛苦，因为她最亲近的外祖父，她唯一的依靠，为了孤注一掷地挣钱，心态完全扭曲了，这给了她幼小的心灵沉重一击。一个美丽纯洁的少女不幸夭折了，她与外祖父相依为命，相互扶持，与不公命运进行抗争的故事使无数读者牵肠挂肚，她的悲惨结局使无数读者流下热泪。狄更斯以"感同身受的想象力"呈现了少女耐尔丰富深邃的情感世界和她在恶势力压迫下的悲惨结局。

第五节　一体两端的"诗性正义"情怀：反向而行，殊途同归的《大卫·科波菲尔》和《远大前程》

有学者提出，狄更斯毕生追求的目标是通过小说建立"诗性正义"。① 该语境的话语"诗性正义"取自努斯鲍姆的著述《诗性正义：文学想象与公共生活》。通过审视狄更斯童年叙事作品的内涵和艺术特征，我们可以进一步将狄更斯的创作追求概括为一体两端的"诗性正义"情怀。实现社会生活的"诗性正义"是作家毕生追求的精神家园和终极目标，这情怀的一端是对于生活在社会最底层的芸芸众生及陷于困境的不幸人们的崇高温情，对于作为社会弱势群体的儿童，尤其是那些失去父母关爱，被社会所遗弃的孤儿们的无限同情，也包括对那些沦为小偷扒手的可恨又可怜的孤儿们的极大关注；而情怀的另一端是对于有良知、有知识的中产阶级绅士阶层的推崇、赞赏和维护。追求人生的远大前程，实现人生的理想期望，狄更斯的中产阶级绅士梦想在《大卫·科波菲尔》和《远大前程》这两部以第一人称叙事视野呈现的长篇小说中得到集中体现，成为其"诗性正义"情怀最具代表性的艺术表达。两部作品的主人公从童年人生的不同方向出发，反向而行，殊途同归，形成呼应与映衬。

《大卫·科波菲尔》主人公大卫的奋斗历程和情感经历是一种坚守自我、不懈追寻的升华，在经历无数坎坷和波折之后，他通过写作实现了儿时的梦想，成为19世纪中产阶级青年知识分子的代表人物。《远大前程》的主人公皮普，作为受姐姐、姐夫抚养的孤儿，原本淳朴向善，但在卷入特定的复杂环境之后，钟情于不同社会阶层的少女，受到阶级地位反差的刺激，开始羡慕上流社会的生活方式，企望改变原有生存状况，获得上层社会及所爱之人的认同和接纳，结果在诱惑之下丧失了纯朴本性，变得势利而自私。在享受

---

① 张德明. 狄更斯的绅士情结［J］. 浙江工商大学学报，2012（5）：65-68.

一个时期的浮华都市生活之后，皮普经历命运的逆转，历尽沧桑和磨难，犹如大梦初醒，才真切感悟到乡村铁匠姐夫的善良与关爱，开始重新思考人生的意义和人间的真情，人到中年开启新的追求。

一、《大卫·科波菲尔》：坚守自我，不懈追寻

《大卫·科波菲尔》通过第一人称叙事视角，讲述主人公呱呱落地后经历的童年坎坷生活，酸甜苦辣，五味俱全；从寄宿学校的生活，到童工生涯，从愤然出逃，到重新求学深造，最后终于成为一个作家，同时也在经历了生活、奋斗和婚姻的悲欢离合的各种况味之后找到了爱情和心灵的归宿。这部作品在很大程度上取材于作者亲历的真实人生，可以看作一部狄更斯吐露心曲的童年叙事之作。大卫·科波菲尔是个遗腹子，在父亲去世6个月之后降临人间。他呱呱坠地的时辰是在一个星期五的夜里12点，那天正好遇上他的姨婆贝西小姐（婚前叫贝西·特洛特乌德小姐，是大卫父亲的姨妈）前来探视他的母亲。这位贝西姨婆是家族中的一个大人物，本来很宠爱大卫的父亲，但由于非常不满意大卫父亲的这门亲事，两人之间产生争执。贝西姨婆认为这桩婚事不般配，大卫父亲属于中产阶级，而对方是个孤儿，出身低微，只能靠给别人家当女教师获得收入，而且年龄太小，还不满20岁，与男方之间的年龄相差了一半。这样一来，贝西姨婆就与大卫父亲闹得不愉快，关系也就疏远了。这位姨婆有过一段不幸的婚姻，丈夫比她年轻好几岁，特别不靠谱，婚后还对妻子实施过家暴。两人感情不和，只能分居，最后这小男人拿着妻子给他的一笔钱去了印度。所以姨婆对于男人怀有敌意（在后来的《远大前程》里，那位在新婚之夜被未婚夫抛弃的郝薇香女士将这种敌意发展为强烈而持久的恶毒报复）。难怪姨婆讨厌男孩，喜欢女孩。她武断地宣称大卫的母亲会生个女孩，表示愿意做她的教母，并当场给孩子取名"贝西·特洛特乌德·科波菲尔"。姨婆根据自己的婚姻经历，认为要让这个女婴确保一生中不出差错，尤其对待爱情要慎之又慎，还当仁不让地提出由她担起责任，让孩子接受良好教养，受到良好监护。然而当接生的医生告诉她，生下来的是个男婴，大失所望的姨婆一把抓起自己的帽子，头也不回地走了。不过姨婆心地善良，后来在大卫成为孤儿后接纳了他，送他上学深造。出生后，大卫是在母亲的陪伴和保姆皮果提的照料下长大的。通过皮果提，大卫认识了皮果提的哥哥，一个正直善良的渔民，住在雅茅斯海边一座用破船改成的小屋里，那里还生活着他收养的一对孤儿，美丽的女孩艾米丽是他的外甥女，憨厚的少年汉姆是他的侄子。不久，单纯软弱、不谙世事的母亲改嫁给居心

叵测的摩德斯通。婚后此人露出贪婪卑鄙的真面目，他把同样心狠手辣的姐姐接到家里，从大卫母亲手里接管了家庭的钥匙，也掌管了财政大权。他们不仅虐待大卫，还把他打发到一个寄宿学校，在那里大卫遭到野蛮对待，身心健康受到极大摧残。不过他在学校认识了一个比他高几个年级的同学斯蒂尔福斯，这个富家子弟在学校享有特权，而他需要像大卫这样的崇拜者。

在摩德斯通姐弟两人的冷酷摧残下，大卫母亲郁郁而终。大卫成了一个真正意义上的孤儿。母亲去世后，继父摩德斯通迫不及待地把不满 10 岁的大卫送去当洗刷酒瓶的童工，使他过着劳累不堪，而且饱受饥饿折磨的屈辱生活。在如此恶劣的环境里做童工，大卫想成为学者的人生理想根本无法实现。在打工期间，大卫寄宿在小职员麦考伯先生家里。尽管一生穷困潦倒，麦考伯先生却自命不凡，喜欢夸夸其谈，而且成天盘算着如何发财致富，但总是一无所成，不仅两手空空，而且负债累累，致使众多债主上门逼债，结果害得一家人被关进债务监狱。显然，这个麦考伯先生背后的影子就是狄更斯的父亲。不甘沦落的大卫决心逃出困境，寻求新的生机。他逃离伦敦，徒步跋涉，历尽艰辛，终于找到了住在乡村的姨婆贝西小姐。姨婆同情大卫的不幸遭遇，从摩德斯通手里夺回了大卫的监护权，随即张罗让大卫上个好学校，接受良好的教育。在姨婆的朋友威克菲尔律师的帮助下，大卫进入斯特朗博士的学校学习，通过勤奋刻苦的努力，他很快就赶上了其他同学，并且成为一个优秀学生。求学期间，大卫晚上寄宿在威克菲尔律师的家中，与律师的女儿安妮丝结下深厚友谊。同时他也认识了威克菲尔律师雇用的一个名叫希普的书记员，大卫非常讨厌希普阴阳怪气、曲意逢迎的丑态，但他还不知道，这个卑鄙小人的内心隐藏着图财害人的恶毒阴谋。毕业后，大卫回到伦敦，在斯布罗律师事务所做实习生，与律师的女儿朵拉相识相爱。后来，他得知威克菲尔律师落入了希普精心设置的陷阱，被逼得走投无路；而且他还得知贝西姨婆也濒临破产。好在天无绝人之路，大卫遇见了他当童工时的房东麦考伯，而麦考伯眼下正在给希普干活，知晓希普实施阴谋诡计的实情。经过一番激烈的内心斗争之后，麦考伯终于和盘托出希普陷害威克菲尔律师，并且使坏导致贝西小姐破产的恶毒阴谋，从而挫败了希普的毒计，使之认罪伏法。大卫外出旅行时邂逅了在寄宿学校结识的斯蒂尔福斯。两人到雅茅斯看望皮果提一家，殊不知此行却引发事端，斯蒂尔福斯诱拐了已和汉姆订婚的艾米丽，带着她私奔而去。这给汉姆和斯蒂尔福斯的悲剧性结局埋下伏笔。大卫和朵拉的婚后生活并不如意，两人缺乏思想的沟通。经过不懈的努力，大卫终于成了一名作家，但妻子朵拉却因患病去世了。为缓解痛苦心情，大卫到国外旅行。几年后大卫返回故乡，蓦然回首，发现多年的好友安妮丝一直爱着他。于是在经历了这么多年的人生起伏、喜怒哀乐之后，两人终成眷属。皮果提先生和汉姆四处奔波，终于找到了被斯蒂尔福斯遗弃后浪迹伦敦的艾米丽，他们决定带她去澳大利亚，开始新的生活。就在启程前夕，一场可怕的暴风雨来临了，一艘从西班牙驶来的客轮在雅茅斯海岸附近遇险沉没，有一个人死命抓住沉船的桅杆，在做最后的垂死挣扎。见此情景，汉姆将生死置之度外，毅然下海救人，不幸被滔天巨浪吞没。人们将汉姆的尸体打捞上来，而沉船上那位溺亡旅客的尸体也被浪花卷到岸边。大卫被人领到了海边，近前一看，此人不是别人，就是他的同学斯蒂尔福斯！此情此景，让大卫百感交集，思绪回到童年，脑海里出现了儿时的他和艾米丽、汉姆一起嬉笑追逐，在海边寻找贝壳的场景；而就在皮果提先生那条由旧船改造的木船之家被这场暴风摧毁后变成碎片落下的故地，就在遭到斯蒂尔福斯致命伤害的这个温馨之家的残存之处，大卫看见溺亡的斯蒂尔福斯静谧地躺在那里，头枕着胳膊，正像大卫当年在寄宿学校里时常看见的模样。大卫还想起他和斯蒂尔福斯的最后一次相聚，想起后者对他说的话："要记得我最好的时候。"似乎已有预感。斯蒂尔福斯保护过大卫，还邀请大卫到他家里做客，同时正是他做出了伤害皮果提一家的伤天害理的坏事，而此时的他一动不动地躺着，似乎又回到天真无邪的童年状态。这一夜的暴风雨显得如此惊天动地，如此惊心动魄，而暴风雨中发生的一切同样惊心动魄，在主人公心中激起的情感风暴同样惊心动魄。大自然的暴风雨和主人公内心矛盾情感的暴风雨交织在一起，揭示了狄更斯对美好童年的守望和对人性的理想归宿的期望。

大卫·科波菲尔的成长故事在特定意义上是狄更斯以文学艺术方式对自己的童年人生和奋斗历程的回顾与总结，体现了作家的人生哲学、道德理想以及艺术表达的追求。作家用很大的篇幅描写主人公从呱呱坠地到寄宿学校的生活，童年和少年经历的欢欣、辛酸和磨难。作为一部用第一人称叙述的童年人生历程的长篇小说，《大卫·科波菲尔》恰与《远大前程》形成呼应。

二、《远大前程》：命运逆转，大梦初醒

《远大前程》于 1860 年 12 月至于 1861 年 8 月连载于周刊《一年四季》上。和《大卫·科波菲尔》一样，《远大前程》也是由第一人称叙事视野展开的，但韵味显得更加深沉忧郁，人们在阅读中能够感受到一种复调叙事的声音，既有主人公皮普人到中年和老年后回顾如烟往事的沧桑声音，也有少年和青年皮普的具有现场感的栩栩如生的娓娓讲述。皮普出生在乡村家庭，从小父母双亡，成为孤儿，是由比他大二十几岁的姐姐及姐夫抚养的。姐姐性情凶悍，脾气暴躁，无论对自己丈夫还是弟弟都是如此。好在姐夫乔心地善良，性情憨厚，对待皮普比亲弟弟还亲。作为一个乡村铁匠，姐夫乔关心爱护皮普，并且让皮普跟着他学习铁匠活路，以便让他拥有谋生的一技之长。在皮普的生活中，如果不是阴差阳错地遇见了两个人物，那他就会踏踏实实，一如既往地做乔的徒弟，三口人会过着虽然较为清贫，但衣食无虞的平淡生活。而这两人的出现打破了皮普的内心平静，让他经历了起伏跌宕的人生命运。这两个人一个是逃亡的苦役犯马格威奇，一个是新婚之夜被抛弃后怀恨在心的老处女郝薇香。尽管时不时遭到年长姐姐的唠叨和训斥，但天真纯朴的皮普在乡间度过了波澜不惊的岁月，就在他 7 岁那年圣诞节前夕，皮普在父母长眠之墓地的那片荒野上突然遭遇一个藏身暗处，衣衫褴褛的神秘之人，他就是越狱逃犯马格威奇。在逃犯凶神恶煞的威逼之下，怀有恻隐之心的皮普跑回家里，偷偷拿了一些食物和一把用于撬开镣铐的工具，交给饥饿的马格威奇。逃脱牢狱之灾的马格威奇日后成为资助皮普到伦敦接受上流社会教育的神秘出资人。

这件事发生后不久，皮普受到郝薇香小姐，一位深居简出的老处女的邀请，定期到她居住的萨蒂斯宅邸陪她玩耍。在那里，穷小子皮普见到了容貌美丽，但冷漠高傲的少女艾丝黛拉。这位郝薇香小姐出身于上层阶级，财大气粗，傲慢自大，却不料爱上了一个不该爱的男人，与之订下婚约。事实上，整个订婚实则是一场阴谋，是未婚夫和郝薇香的弟弟暗中策划的一场骗取其财产的阴谋。在新婚之夜的八点四十分，郝薇香小姐收到一封来自新郎的语气冰冷的诀别信件，方知已被新郎抛弃。从此以后，郝薇香小姐就让家中全部的钟表指针都停止在这一时刻，庭室的所有窗帘都紧紧拉上，不再让一丝阳光照射进来。惨遭抛弃的郝薇香小姐受到沉重的精神打击，从此陷入痛苦和痛恨的旋涡无法自拔。多年来，她一直披着婚礼之夜的婚纱，而整个婚房都被厚实的窗帘遮蔽得暗无天日，里面的摆设一如婚礼当夜的原状。与此同时，她的心中也萌发了向男人复仇的决心。为此，她收养了艾丝黛拉。皮普对艾丝黛拉一见倾心，却不知这是郝薇香小姐设计的利用艾丝黛拉向男人复仇的计谋。她要让皮普爱上艾丝黛拉，但却不能得到她，让他遭受精神折磨。后来她还故意让艾丝黛拉嫁给了一个品行恶劣的乡绅。自从进入郝薇香小姐的宅邸之后，皮普的内心世界起了巨大的波澜。一个乡巴佬孩子开始产生对上流社会的羡慕和渴求。他不禁为自己的卑微出身，为家中的亲人感到羞愧。不久后，皮普突然接到好消息，有一位不愿透露姓名的富人提供了一大笔钱，资助皮普到伦敦接受绅士教育，学习绅士礼仪、绅士的衣食住行、上流社会的生活方式。童年时，他要靠体力劳动过活，如今却拥有优厚的生活津贴。离开乡间的皮普开始在伦敦的新生活，人生的远大前程似乎在向他招手了。受到上层社会不良风气的影响，皮普不知不觉变得势利起来。为了追求更高的社会地位，皮普开始从一个纯朴善良的少年变成虚荣自私的人，一方面热衷于追求奢靡虚荣的生活方式，期望得到有地位有身份的上等人的认同，一方面对乡村的亲人产生强烈的疏离感，尤其对长期以来关心他、爱护他的姐夫乔的态度发生极大变化，不仅傲慢自大，而且从心里看不起乔了。皮普一直以为是郝薇香小姐通过匿名方式在资助他，要让他进入上流社会。然而，真正的"恩人"，逃犯马格威奇不合时宜的现身让他明白了事情的真相，明白自己成为上等人的期望彻底破灭了。他的精神遭受巨大冲击，不仅欠了一大笔债，而且生了一场大病，恰恰是乔在他最痛苦无望的时刻前来陪伴他，给他精神慰藉，还帮他还清了债务，让他能够重新面对现实。皮普如同大梦初醒，痛定思痛，迷途知返，跟随患难之交乔返回乡间，重新拾起铁匠手艺。在找回自我之后，皮普通过写作自传来疗治心灵的创伤，锲而不舍，有所成就，实现了自己跻身绅士阶层的梦想。皮普误入迷途的根本原因是未能抵御特殊环境的诱惑，皮普与大卫的童年人生及其走向遥相呼应，又形成映衬，两者反向而行，继而在起伏跌宕的人生进程中殊途同归，体现了狄更斯一体两端的"诗性正义"情怀和艺术追求。《远大前程》可视为《大卫·科波菲尔》的另一面，乐观色调明显减少，主人公误入歧途的命运逆转更加沧桑，而他迷途知返的艰难转变更具现实意义和警世价值。

第六节　追寻"诗性正义"情怀的理想途径：
塑造有道德良知、有知识素养的绅士阶层

查尔斯·狄更斯的文学创作是维多利亚时代社会转型期动荡与巨变的重要写照。尽管他的读者对象是成人群体，作为英国文学史上第一个将少年儿童作为其长篇小说主人公，以多部长篇小说的厚重容量，多角度、全方位书写社会转型期不同主人公的童年人生的重要作家，狄更斯前所未有地开创了多方位、有深度和广度的现实主义童年叙事，在儿童文学发展史上具有重要开拓意义，并由此形成了影响深远的狄更斯传统。从时代语境看，狄更斯的现实主义童年叙事，与同时代的刘易斯·卡罗尔的幻想性童年叙事殊途同归，

共同构成维多利亚时期儿童文学黄金时代最具代表性的童年叙事，集中体现了维多利亚时期敏感的作家、知识分子捕捉社会转型期民众情感结构的童年文学表达。凯瑟琳·蒂罗森指出，狄更斯开创了这样一个传统，即"把儿童置于为成人所写的小说的中心"①。作为一个小说家，狄更斯的现实主义童年叙事作品，对于人生早年岁月的文学呈现，对于童年的生存状况和心理状况的浪漫现实主义描写是他对于英国文学的最具影响力的贡献。狄更斯凸显了童年的痛苦和欢欣，哪怕在成人看来是多么微不足道的欢乐，多么不起眼的烦恼和痛苦，对于幼小的心灵也具有重要的意义，更何况那些以孤儿群体为代表的众多少年儿童，在维多利亚时代工业革命的进程中承受了难以想象的艰难困苦。在宏大的叙事画卷后面，是作家对于特定生存环境中的儿童和少年主人公的心理状态的微妙生动的描写，无论是快乐的还是悲伤的情感，那么纯真，那么高尚，那么动人，以及那些介于快乐和悲伤之间的别样情感也透露出童年人生的敏感多思，狄更斯的童年叙事也抵达了文学创作的更高层次的境界。饥肠辘辘的奥利弗的一声"能给我添一点粥吗"；纯洁少女耐尔心力交瘁，溘然长逝；男孩保罗在寄宿学校不堪重压，不幸夭折；让无数读者为之潸然泪下，其社会反响之大，令人惊叹。对于有自觉意识的儿童文学创作，狄更斯的现实主义童年叙事无疑具有重要的开拓意义。

狄更斯的童年叙事作品艺术地体现了一体两端的"诗性正义"情怀。一方面，狄更斯是当之无愧的遭受压迫的社会底层民众的代言人，也是他们渴望改变生存状况的潜意识意愿和他们强烈心声的表达者。他为穷人的困境大声呼喊，对他们的不幸命运表达了无限的同情。狄更斯满怀深情地呈现那些处于社会底层的人们艰难谋生，哀而不绝的人生历程，以"感同身受的想象力"，发掘出人物丰富深邃的心理空间，给读者留下深刻印象。而对于这些底层小人物的对立面，作家描写的大资本家、大商人等反派人物也跃然纸上，成为典型形象。狄更斯一方面以满腔情感发掘社会各行各业及中下阶层小人物身上的美德，另一方面以夸张的笔法描写了诸多中上阶层及统治阶级的异化的人物。在描写英国中下层社会种种触目惊心的贫困与混乱情景的同时，狄更斯尤其揭示了儿童作为拜金主义社会的牺牲品所承受的精神和物质生活的双重苦难。他以生动感人的艺术形象激发读者的愤慨、同情和热爱，在鞭挞自私、贪婪、残暴、压榨的同时，以理想主义和浪漫主义的笔触挖掘人性

---

① TILLOTSON K. Novels of the Eighteen - Forties ［M］. London：Oxford University Press，1961：143.

中的真、善、美，将历尽坎坷与磨难的儿童形象铭刻在无数读者的头脑之中，促使人们去感受和认识以各种形式遭受伤害和磨难的孩子们，去追溯童年的心理状况。

与此同时，狄更斯对于有道德良知的绅士阶层的推崇揭示了作家心中实现诗性正义的一个理想途径。对于普通英国民众，作为中产阶级的绅士阶层是令人期待和渴求的社会地位。正如笛福在《鲁滨孙漂流记》中所表述的："这是世界上最好的阶层，这种中间地位……既不必像下层大众从事艰苦的体力劳动而生活依旧无着，也不像那些上层人物因骄奢淫逸、野心勃勃和想到倾轧而弄得心力交瘁。"① 这个中产阶层介于上层社会和底层社会之间，有经济保障，无衣食之虞，处于比较自由的状态之中。而拥有知识和教养使他们具备令人羡慕的绅士精神和绅士风度。从匹克威克到大卫·科波菲尔和皮普等少年主人公，狄更斯所推崇的是既具备知识教养，又具有道德良知的绅士，例如他们要像匹克威克那样既疾恶如仇，追求公平正义，又慷慨大度，富有同情心和包容心，即使对欺侮自己的人也要宽容以待。而且，狄更斯用文学艺术形式表明，人们可以通过自身的不懈努力，通过个人奋斗去实现自己的中产阶级绅士梦想，就像大卫从小就想成为一个学者，历经磨难矢志不渝，后来通过刻苦学习、刻苦写作成为作家。皮普的经历则表明在成为绅士的人生道路上培养道德良知的重要性。皮普在童年的认知是满足于成为姐夫乔一样的乡村铁匠，但在受到诱惑后心态畸变，在各种不良因素的影响下，逐渐由一个纯朴善良的少年蜕变为一心想成为上等人的虚伪势利的年轻人。在命运逆转之后，他痛定思痛，迷途知返，最终在历尽沧桑之后通过写作自传而开始新的生活。

从狄更斯一体两端的"诗性正义"情怀延伸出来的是有关年青一代的教育问题，尤其是儿童教育的相关问题。在狄更斯看来，教育所追求的最终目标是培养有知识、有良知的绅士群体。在他心中，匹克威克就是他心目中理想的绅士类型之一，表现为正直善良，追求公平正义，疾恶如仇，关键时刻能够助人脱难；同时又心怀仁爱之心和怜悯之情，待人宽厚包容，为人真诚率直，谈吐幽默风趣，等等。狄更斯的文学创作所追求的终极目标就是唤醒良知，揭露真相，推动进步。而他的童年叙事更是生动形象地揭示了有关的教育问题，具体表现在以文学形式表达的童年观和儿童观问题的探索与思考。

---

① 笛福. 鲁滨孙漂流记 [M]. 郭建中，译. 南京：译林出版社，2006：4.

第七节 《董贝父子》和《艰难时世》：
童年的重要性与童年时期的教育问题

一、《董贝父子》："金钱至上"的拔苗助长式教育

有关人生童年期的教育问题，《董贝父子》和《艰难时事》（1854）为我们呈现了值得思考的教育状况及其折射出的维多利亚时代不同儿童观的碰撞与演进。从艺术表现方式看，这两部作品在如何教育下一代方面恰好形成呼应。在《董贝父子》中，大资本家董贝在伦敦的金融和商业中心开了一家公司经商。他有一对儿女，儿子保罗和女儿弗洛伦丝，弗洛伦丝是姐姐，比弟弟大6岁；董贝生养儿子的目的是确保自己的公司有继承人，儿子刚出生不一会儿，董贝就热切称呼他为"年轻的绅士"。难怪他根本不把女儿弗洛伦丝放在心上，全部心思和感情都倾注在作为继承人的儿子保罗身上。女儿不能成为继承人，所以对董贝公司没有任何价值，相当于"不能投资的一块劣币"。然而董贝费尽心力地"投资"儿子保罗，结果却适得其反，徒劳无益。为了让保罗通过接受"绅士教育"而迅速长大成人，董贝先生解雇了孩子的奶娘，将年仅6岁体弱多病的保罗送进由布林伯博士开办的一所寄宿学校。这所学校以灌输所谓理性知识而著称，学生被要求死记硬背古代典籍，甚至做梦都必须说希腊文或者拉丁文。狄更斯将这样的学校形容为催熟果实的"大暖房"：

> 布林伯博士的学校是一个大暖房，里面有一架不停运行的催熟果苗的机器，所有的男孩儿都提前"开花结果"，但不到三个星期就会枯萎凋谢。①

事实上，孩子们接受这样的教育就意味着被剥夺了童年，被剥夺了想象和游戏的权利。可怜的小保罗不堪忍受这种拔苗助长式的教育，精神受到严重摧残，结果不幸夭折，董贝培育继承人的努力以失败而告终。为了公司有自己的继承人，董贝先生娶了第二任妻子，年轻美貌的寡妇伊迪丝。然而两

---

① DICKENS C. Dombey and Son［M］. Hertfordshire：Wordsworth Editions Limited，1995：128.

人的婚姻实则是一桩带功利性质的买卖，婚后夫妻感情不和，最终导致伊迪丝与人私奔，成为公司的一大丑闻。发生在伊迪丝身上的情形同样表明了成长过程中被剥夺童年的后果。她的母亲就像《远大前程》中的郝薇香收养艾丝黛拉来达到特殊的目的一样，对她进行功利性的培养，结果剥夺了她应有的童年，使她过早进入算计和交换的成人社会。正如伊迪丝在受到母亲指责时愤怒的反击：

> 儿童？我什么时候是个儿童？你什么时候给过我童年了？在我认识自己以前，……在明白我所学的每个新花招背后的卑鄙龌龊的用心之前，我就已经是一个女人了……一个整天琢磨着怎样为男人设置陷阱的女人。……当其他孩子还在玩耍时，我就学会了弄虚作假。虽然我结婚时还是青春年少，但我在算计男人方面已经老谋深算……①

被剥夺童年而过早成熟的伊迪丝同时也被剥夺了获得幸福婚姻的必要心理条件。她的上一段婚姻就是为了获得遗产而出嫁的，此后与董贝先生的婚姻仍然以两败俱伤而告终。在儿子保罗夭折，二婚妻子伊迪丝弃他而去之后，董贝先生的精神遭受重大打击，公司也因为种种原因倒闭了。董贝从功利主义角度考虑公司的继承人问题，居然把儿子保罗从呱呱坠地到成为公司继承人的时期都看作是令人难熬的无用时期，他要赶紧打发掉这中间的时光，结果适得其反，亲手造成了悲剧。在此之后，董贝的功利主义婚姻以失败告终，这给予失去人性的他又一次沉重打击。最后接纳他的，正是被他赶出家门的女儿弗洛伦丝。女儿用自己的真挚之爱给父亲安慰和力量，使处于崩溃状态的董贝恢复了自己的人性。这一回归的历程与莎士比亚《李尔王》的结局颇为相似，董贝先生苦心经营的"董贝父子"之间的继承人谋划，最终演变为董贝父女之间重建情感纽带的心灵归宿。

二、《艰难时世》："事实加数字"的功利主义教育

小说《艰难时世》（*Hard Times*，1854）聚焦英国某工业市镇的社会和现实生活，同时直接描写了英国宪章运动背景下的劳资冲突。即使在这样重大题材的作品中，我们也会看到狄更斯对童年教育问题的关注和呈现。在小说中，焦煤镇的纺织厂厂主、银行家庞得贝和退休商人、国会议员汤玛斯·葛

---

① DICKENS C. Dombey and Son ［M］. Hertfordshire：Wordsworth Editions Limited，1995：348-349.

雷梗就是维多利亚时代那些注重实利，以功利主义为生活唯一准则的代表人物。他们用经济学中的数字与公式来衡量世间的一切，藐视人类的思想和情感，并将这种观念转化到所有社会和企业的活动之中，包括学校教育、家庭教育和工厂管理，等等。在家里，葛雷梗用功利主义的"事实原则"来实施自己两个子女的教育，不允许他们阅读诗歌和童话故事，不能接触自然景物，不准与别的孩子一起玩耍。他们要死记硬背各种枯燥乏味的数字和所谓纯理性的知识，然而如此精心设计的功利主义教育却事与愿违，两个孩子到头来硬生生地成为现实生活中彻头彻尾的失败者。葛雷梗的小儿子汤姆长大后沦为盗窃银行钱款的罪犯，他不仅以"事实"哲学为自己的自私堕落辩护，而且还卑鄙地诬陷他人。女儿路易莎婚后极其苦闷，以至于精神崩溃，闹出家庭丑闻，这都表明这样的"事实加数字"的功利主义教育扭曲了他们的人格发展，种下恶果。作为父亲的葛雷梗从功利主义考虑，迫使女儿嫁给比她大30岁的庞得贝，尽管路易莎对他毫无感情，但葛雷梗看中的是对方很有钱。这个银行家庞得贝的人格也是扭曲的。他逢人便吹嘘自己是"自学成才"的企业家，说自己是从小被母亲抛弃的流浪儿，通过个人奋斗才成为本地首屈一指的大富豪。然而事实真相具有极大的讽刺意味。庞得贝的母亲在孩子8岁时就失去了丈夫，独自一人含辛茹苦把他拉扯大，还送他去学手艺，这才使他在日后能够成为工厂主。谁知发迹之后的庞得贝却嫌弃母亲，以每年30英镑的养老费换取母亲不再与他来往。难怪路易莎与这位庞得贝先生之间毫无感情，纯属功利考虑的婚姻走向失败。路易莎婚后爱上他人，决意离开庞得贝。面对父亲，她直言不讳地道出自己的选择，并且指出事情的根源就出在童年的教育，父亲的做法扼杀了她童年时一切美好的东西，还让她嫁给一个十分厌恶的老男人。如今她铁了心要离开庞得贝先生："你的哲学和教育都不能挽救我了。"这无可挽回的结局让葛雷梗感到震惊，难以接受；然而在事实面前，这位只认可"事实"的功利主义者不得不承认自己事实上的失败，包括对女儿婚事的做法，以及对子女采取的教育方式的失败，不得不承认诗歌和小说具有启发心智、培育健康情感的重要作用。

为了将自己信奉的纯理性"事实哲学"灌输到下一代的脑子里，葛雷梗还在焦煤镇开办了一所寄宿学校，要求教师在教育学生方面以纯"事实"统领一切，杜绝任何幻想，尤其要杜绝文学、诗歌、散文等等虚幻不实的东西，总之，除了所谓事实，一切都应连根拔掉。于是出现了如此荒谬的提议：不能用画了马匹的图纸贴在墙壁上，因为现实中马不会跑上墙；不能在碗碟上画蝴蝶和鸟儿，因为现实中的蝴蝶不可能停留在碗碟上。根据这样的"事实哲学"，教师要无情地将一切幻想从孩子们头脑中清除干净，以便播下只讲事实的功利主义种子，"除此之外，什么都不要培植，一切都该连根拔掉。"①葛雷梗甚至要成立一个"事实委员会"，将功利主义的"事实"哲学和观念推广到其他领域。当然，狄更斯在《艰难时世》中用小说人物命运结局的"事实"揭示了这种貌似进步的世界观所导致的严重危害，对那些崇尚数字和所谓"事实"的功利主义者予以辛辣的嘲讽和猛烈的抨击。作家深刻地批判了那种摒弃幻想，将生活简化为数字与"事实"的功利主义行径。事实上，如果按照葛雷梗所代表的物质至上主义和经验主义的"实用"标准来治理社会，不仅会导致人类幻想的压抑和灭绝，而且会给人类社会带来灾难性的后果。

《董贝父子》中被剥夺了童年的主人公及其他人物的命运故事，《艰难时世》中资本家和有财势者主导的摒弃童年时期幻想，以及摒弃文学、诗歌、散文，只崇尚数字和所谓"事实"的功利主义教育行为及其导致的后果，无疑折射了时代语境中不同儿童观和儿童教育观的碰撞。与英国历史上的其他时期相比，维多利亚时代的儿童观无疑经历了质的变化。从清教主义的"原罪论"儿童观，洛克和卢梭的"童年纯洁"与"崇尚天性"这样的儿童教育观，浪漫主义文学思潮的"童心崇拜"，到工业革命时代"重返童年"思潮的出现，以及两种观念的激烈碰撞：应当遵循"理性"和"事实"原则灌输相应的知识，还是应当尊重童心，顺应儿童天性，为他们提供具有"幻想"精神和游戏精神的养料。时代见证了不同认识层面的儿童观。作为人类个体生命中一段特殊的初始阶段，童年本身具有与成年迥然不同的特殊性，尤其体现在生理发育程度及心智与精神活动的差异等方面。对童年的特殊生命状态和特殊精神世界的认识体现了人类社会的进步。在人生的幼年期，儿童的内心感受和体验缺乏逻辑秩序和理性秩序，因此不宜过早让儿童进入现实，像成人一样理解现实。要求孩子过早懂事往往是以压制童年的幻想为代价的，这对于孩子不啻是一种残忍。

在童年期教育方面，拔苗助长，提前开花结果的做法是违背儿童心理发展规律的。正如卢梭（Jean-Jacques Rousseau，1712—1778）在 18 世纪所洞察到的，教育要"归于自然"，服从自然的永恒法则，尊重并促进儿童身心的自然发展："大自然希望儿童成人以前就要像儿童的样子。如果我们打乱这个次序就会造成一些早熟的果实，长得既不丰满也不甜美，而且很快就会腐

---

① 狄更斯.艰难时世［M］.全增嘏，胡文淑，译.上海：上海译文出版社，1998：3.

烂……儿童有自己独特的看法、想法和感情，如果想用我们的看法、想法和感情去替代，那简直是最愚蠢的事情……"①

在工业革命突飞猛进的维多利亚时代，英国从农业文明进入了异化与物化的工业文明时期，社会剧变，思想动荡。许多维多利亚时代的作家产生了深重的担忧，担忧异化的机器时代将摧毁人类的创造力和健全的尊严。艺术批评家约翰·罗斯金（John Ruskin，1819—1900）则觉察到工业化的结果不仅会导致使人沦为机器的异化现象，而且将造成各种社会问题，以及对大自然的污染和破坏。女作家凯瑟琳·辛克莱（Catherine Sinclaire，1800—1864）在她的《假日之家》（*Holiday House*，1839）的序言中发出了这样的警示：

> 在这个奇妙的发明的时代，年轻人的心灵世界似乎面临着沦为机器的危险，人们竭尽一切所能用众所周知的常识和现成的观念去塞满儿童的记忆，使之变得像板球一样；没有留下任何空间去萌发自然情感的活力，自然天资的闪光，以及自然激情的燃烧。这正是多年前瓦尔特·司各特爵士对作者本人提出的警示：在未来的一代人中，可能再也不会出现大诗人、睿智之士或者雄辩家了，因为任何想象力的启发都受到人为的阻碍，为小读者写作的图书通常都不过是各种事实的枯燥记述而已，既没有对于心灵的激荡和吸引，也没有对于幻想的激励。

狄更斯的现实主义童年叙事表明，即使在工业革命时代，对童年的漠视和幻想的排斥就是对人类美好天性的弃绝。狄更斯通过自己的多部长篇小说，以诗性正义的情怀，以通达的睿智多方位、有深度地重新"发现"儿童、"发现"童年，前所未有地呈现了维多利亚社会的儿童真相。他用深厚的文学表达力刻画的儿童群像，用敏锐的笔触讲述的那些起伏跌宕的命运故事，定格为世人无法回避的历史画卷，也为成人社会提供了反思自己行为和观念的重要镜鉴。从时代语境看，当急剧的社会变化和深刻的信仰危机成为维多利亚人面临的新环境和新问题，当过去的经验被阻断、隔绝，原有的认知系统无法做出解释时，维多利亚时代敏感的知识分子和优秀文人不得不致力于建构新的认识体系，并开始寻求应对危机与迷茫的途径。而"重返童年"的时代意义前所未有地凸现出来。狄更斯的现实主义童年叙事正是在维多利亚时期重返童年的时代思潮中应运而生，令人瞩目，与刘易斯·卡罗尔的幻想性"奇境漫游"童年叙事共同成为英国儿童文学第一个黄金时代的代表性作品。

①　卢梭. 爱弥儿［M］. 李平沤，译. 北京：商务印书馆，1994：91.

第六章

爱丽丝"闯进了一片寂静的海洋"：刘易斯·卡罗尔的幻想性童年叙事

第一节 "爱丽丝"小说的时代意义

如果说查尔斯·狄更斯是维多利亚时代现实主义童年叙事的开拓者，那么刘易斯·卡罗尔就是这个时代的幻想性童年叙事的引领者。正是以卡罗尔的两部"爱丽丝"小说为代表的幻想性童年叙事之作"闯进了一片寂静的海洋"，革命性地颠覆了从18世纪中期以来一直在英国儿童文学领域占据主导地位的恪守"事实"，坚持道德说教与理性训诫宗旨的儿童图书写作格局，构建起张扬童年精神的幻想儿童文学家园，为英国儿童文学第一个黄金时代的到来起到了举足轻重的推动作用。

在"爱丽丝"小说发表并风靡英伦之后，刘易斯·卡罗尔在后来发表的长篇小说《西尔维与布鲁诺》（*Sylvie and Bruno*，1889—1893）的序言中披露了自己创作《爱丽丝奇境漫游记》的出发点和心路历程：

> 对所有文学创作而言，最困难的莫过于写出新颖独特的东西。我不知道《爱丽丝奇境漫游记》是不是一个新颖独特的故事——至少我在写作时没有刻意模仿——但我确实知道，自从这本书发表之后，差不多出现了十几本相同模式的故事书。当初我自信是"闯入这片寂静海洋的第一人"，而如今我曾小心翼翼摸索行走的小径已经成为众人昂首阔步的大道，道旁的花草早已被碾作尘泥，如果我再尝试用同样的风格去写作，必将陷入窘境。因此，在写作《西尔维和布鲁诺》时我决意另辟蹊径，我不知道这样做将在多大程度上获得成功。但无论成功，还是失败，这就是我竭尽全力去做的。写作这本书，既不是为了获利，也不是为了虚名，而是希望为我深爱的孩子们提供一些适宜这段天真快乐时光的思

111

绪——天真快乐正是童年的人生呀；同时也希望，能够为孩子们以及已经长大的其他人揭示一些不至于与现实脱节的关于人生的更严肃脉动的思考。①

上文中"闯入这片寂静海洋的第一人"化用了英国浪漫主义诗人柯尔律治（Samuel Taylor Coleridge，1772—1834）叙事诗《古舟子咏》（*The Rime of the Ancient Mariner*）第二章的诗句：

> 和风吹拂，白浪飞舞，
> 船儿轻快地破浪前行；
> 我们是抵达的第一批来客，
> 闯进了这一片寂静的海洋。

诗中老水手所在的航船在海上航行时突遇风暴，被飓风刮到四周布满白雪坚冰的南极附近，处境艰难。就在航船危在旦夕之际，一只信天翁突然飞临航船，船员们不禁欢呼雀跃，纷纷投食相喂。不久南风吹起，坚冰破裂，航道开通，他们的航船得以摆脱困境，向赤道驶去。然而几天之后，老水手却不知为何鬼迷心窍，出手将信天翁射死。此后航船继续航行，船上的水手们作为第一批域外来客，驶入了一片人迹绝无、浩瀚无垠的寂静的海洋。海阔天空，风平浪静，然而在这风平浪静的海上，等待他们的是一系列即将到来的不平静的滔天的巨浪和磨难。在卡罗尔的话语中，"寂静的海洋"无疑喻指长期以来由清教主义观念主导的以宗教训育和理性说教为宗旨的儿童读物写作格局。就在两部"爱丽丝"小说发表后，在这片"寂静的海洋"里出现了百舸争流的局面，预示着从19世纪中期出现的"爱丽丝"小说走向当代的"哈利·波特"系列小说这样的幻想儿童文学主潮的形成，并由此成为英国儿童文学最重要的支柱之一。"爱丽丝"小说在维多利亚时代众多文人和知识分子中引发了"重返童年"的共鸣，其文学艺术魅力也产生了深远影响。此后，吉恩·英格罗（Jean Ingelow）创作了《仙女莫普莎》（*Mopsa the Fairy*，1869）讲述小男孩杰克的离奇故事。杰克在一个树洞里发现了一群仙女，随后他骑在一只信天翁的背上，跟随她们去往魔法仙境，经历了"爱丽丝"式的奇遇。克里斯蒂娜·罗塞蒂（Christina Rossetti，1830—1894）不仅创作了童话叙事诗《妖精集市》，而且写了小说《异口同声》（*Speaking Likeness*，

---

① The Complete Illustrated Lewis Carroll [M]. Hertfordshire: Wordsworth Editions, 2006: 247.

1874),讲述少女弗洛娜参加一个波澜横生的生日舞会,她夺路而逃,却跑进了一个幻想世界,在那里她发现那些自私孩子的所有令人厌恶的特点都以"异口同声"的方式被人格化了。玛丽·莫尔斯沃思(Mrs Molesworth)的《布谷鸟之钟》(*The Cuckoo Clock*,1877)讲述孤独的女孩格瑞泽尔达遇到一只会说话的布谷鸟,结果在它的带领下进行了几次历险。G. E. 法罗(G. E. Farrow)的《沃利帕布的奇异王国》(*Wallypub of Why*,1895)讲述女孩格莉被她的布娃娃带到一个叫作"为什么"的地方,那里发生的事情是奇异而颠倒的,不合常理的。沃利帕布本是那里的国王,但他却被自己的臣民所管辖,还要称呼他们为"陛下"。艾丽斯·科克伦(Alice Corkran)的《雪域之梯》(*Down the Snow Stairs*,1887)讲述自私的女孩基蒂被一个雪人带到魔法世界,在那里她的不良行为得到矫正。她重返现实世界后决心痛改前非,善待自己家中瘸腿的兄弟。E. F. 本森(E. F. Benson)的《戴维·布莱兹和蓝色之门》讲述小男孩戴维·布莱兹偶然间在自己的枕头下面发现了一扇门,出于好奇,他穿过了这扇门,发现自己居然置身于一个异域他乡,那里生活着奇异的生物。此外还有查尔斯·E. 卡瑞尔(Charles E. Carryl)、爱丽斯·科克伦(Alice Corkran)、爱德华·阿博特·帕里(Adward Abbott Parry)等人的模仿之作。评论家汉弗莱·卡彭特和玛丽·普里查德在《牛津儿童文学百科全书》中指出,这些仿效之作都没有达到《爱丽丝奇境漫游记》的艺术高度,因为"爱丽丝"故事昭示的是幻想文学的"无限的可能性",是难以仿效企及的。①

要理解这"寂静的海洋"的时代语境,有必要简短回顾一下英国儿童图书写作的历史。在英国,有意识地为少年儿童创作文学作品这一群体行为,或者说,具有群体自觉意识的儿童文学写作,主要肇始于清教主义。詹姆斯·简威的作品成为以"圣经和十字架"为象征的清教主义儿童文学的代表作,典型代表是《儿童的楷模:几位孩童皈依天主的神圣典范人生以及欣然赴死的事迹录》。清教主义者认为通过阅读可以使儿童幼小无助、摇摆不定的灵魂得到拯救,从而进入天国,而不会堕入地狱。18世纪40年代,约翰·纽伯瑞大规模出版发行儿童图书的事业超越了以"布道说教"为中心的清教主义儿童图书阶段,成为文化意义上的英国儿童文学的开端。17世纪后期以来,英国清教主义对于幻想文学和童话文学采取的是坚决禁止与彻底压制的态度。

---

① CARPENTER H, PRICHARDM. The Oxford Company to Children's Literature [M]. Oxford: Oxford University Press, 1991: 181.

进入 18 世纪以后，直到 19 世纪 60 年代，坚持道德训诫、理性说教及奉行理性至上的儿童图书写作在英国一直是占压倒优势的存在。这与英国社会的儿童观及普遍流行的思想理念有很大关系。保守的中产阶级人士与以往坚持清教主义观念的人们一样，竭力排斥"异想天开"的童话故事，包括那些轻松幽默的廉价小书，对于所有张扬幻想，顺应儿童天性的文学叙事（如传统童话、民间故事与传说等）采取的都是禁止与压制的态度，目的是防止幼童陷入狂野的胡思乱想。这就是儿童文学创作领域的"一片寂静的海洋"格局。当然，说卡罗尔是闯入这片寂静之海的第一人还不太准确。事实上，在《爱丽丝奇境漫游记》问世之前，已经出现了 F. E. 佩吉特的《卡兹科普弗斯一家的希望》、约翰·罗斯金的《金河王》、萨克雷的《玫瑰与戒指》、查尔斯·金斯利的《水孩儿》等儿童幻想文学作品。

《爱丽丝奇境漫游记》之所以重要，是因为它释放了被长期压抑的能量，以张扬童年精神的底蕴拓展了幻想性童年叙事艺术的高度和深度。从即兴发挥的口述童话故事，经过文字加工升华为书面文本，一经发表即风靡英伦，这标志着英国儿童图书写作领域前所未有的"想象力的一大胜利"，标志着幻想性儿童文学彻底颠覆了压制儿童天性、漠视童心童趣的"严肃文学""劝善文学"或"说教文学"一统天下的格局。与此同时，通过爱丽丝在荒谬怪诞的地下世界和镜中世界所进行的反抗威权、摆脱精神危机、重新寻找自我的行为，作者将传统童话的深层结构（乌托邦精神和对理想世界的追求）及其隐性的象征表达转化为直接的现代和后现代思想理念的自由表达。这些表达包括具有深邃心理意义的梦幻叙事、各种逻辑颠倒的奥妙和玄机、悬疑重重的迷宫、文字游戏、黑色幽默、精神分析因素与意识流话语的运用，以及将传统童话主人公面临的"生存的困境"转化为"存在的悖论"。小女孩爱丽丝在地下世界演绎的童年的反抗，体现了反教条、反权威的童年精神和蕴含其中的人生哲理，包括那些"似非而是"和"似是而非"的荒诞因素，这无论对儿童还是成人都具有独特的吸引力。《大英百科全书·儿童文学》高度评价了"爱丽丝"小说的想象力，认为爱丽丝的奇境历险叙事"将荒诞文学的艺术提升到最高水准"。可以这么说，《爱丽丝奇境漫游记》引领着维多利亚时代幻想儿童文学创作的风气。卡罗尔的想象力在与小女孩的交往中得到激发和释放，同时他也在很大程度上从工业革命的变化中汲取了能量，并且通过具有现代性和后现代性特征的童话叙事表达了那个时代的充满矛盾的希望和恐惧。从总体上看，烂漫的童真之美和杂糅的哲思之趣构成了"爱丽丝"小说奇特的双重性，也造就了蕴含在深层结构中的阐释不尽的现代性和后现代性文学因素，使之成为耐人寻味、历久弥新的经典之作。

第二节　从查尔斯·道奇森到刘易斯·卡罗尔：
闯入"寂静之海"的奇境旅程

在成为人们熟知的《爱丽丝奇境漫游记》的作者刘易斯·卡罗尔之前，查尔斯·路特威奇·道奇森是牛津大学基督堂学院的数学教师。作为笔名，"刘易斯·卡罗尔"（Lewis Carroll）是从其本名查尔斯·路特威奇·道奇森（Charles Lutwidge Dodgson）演绎而来。"Lewis"来自"Lutwidge"的拉丁语"Ludovicus"，再转化为英语即成；"Carroll"则来自"Charles"的拉丁语"Carolus"。在发表两部"爱丽丝"小说之后，他的身份变得复杂多样了：牛津大学学者、教堂助祭、大学数学与逻辑学讲师、专业领域学术著述的作者、有天赋的摄影师、充满想象力的天才作家、一个腼腆的学究式的未婚男人，等等。与查尔斯·狄更斯相比，查尔斯·道奇森无疑出生在一个经济条件比较优渥的家庭，在童年及成长的人生道路上没有经历狄更斯那样的坎坷和磨砺。1832年1月27日，查尔斯·道奇森（1832—1898）出生于英国柴郡达尔斯伯里（Daresbury）的一个知识分子牧师的家庭。这是维多利亚时代比较常见的一个子女众多的中产阶级家庭。在11个子女中，查尔斯·道奇森排行老三，上有2个姐姐，下有5个妹妹和3个弟弟。父亲老查尔斯·道奇森早年毕业于牛津大学，而且曾在他儿子后来考取的牛津大学基督堂学院念过书，在古典文化和数学方面成绩突出，毕业后还在该学院担任了一段时间的教职。他后来在位于柴郡达尔斯伯里的一个教区担任教长。老查尔斯虽然是虔诚正统的牧师，但秉性中不乏强烈的幽默感，这尤其体现在他写给儿子的书信当中。父亲对于小查尔斯的影响应当是深远的。在小查尔斯11岁那年，全家搬到位于约克郡的克罗夫特居住。小查尔斯虽然有口吃的习惯（家中还有几个姐妹也是如此），而且右耳因病失聪，不太愿意与外人接触，但他在达尔斯伯里和克罗夫特度过的童年时代还算是快乐而充满阳光的。在私立学校上学期间，由于身体原因，他在体育运动方面显得比较笨拙，加上口吃的毛病，所以受到过别人的嘲笑，这是一种感觉并不快活的经历。但小查尔斯天赋聪颖，又勤奋好学，学习成绩十分优异，获得校长的高度评价。小查尔斯自幼聪慧，兴趣广泛，而且多才多艺，理所当然地成为家中的"孩子王"，为姐妹和弟弟们讲述故事自然是他的拿手好戏，此外在家中设计和组织游戏活动，包括变魔术、演出木偶剧等，也都非他莫属。他尤其在文字写作方面表现出特别的兴趣和爱好。从 1846 年至 1850 年，查尔斯在位于沃里克郡拉格比镇的拉格比公学（Rugby School）读书，著名的教育家托马斯·阿诺德博士（Dr. Thomas Arnold，1795—1842）曾于 1828 年至 1842 年连续 14 年担任该校校长，使之成为一所名校。随后查尔斯考入牛津大学基督堂学院（Christ Church）读书。在大学念书期间，他以全班数学第一的成绩毕业（数学成绩一等优，古典文学二等优），并由此获得一份奖学金，成为数学专业的研究生和助教，随后留在基督堂学院任教，成为一名数学教师，年薪 300 多镑，从此就一直工作和生活在牛津大学。

值得提及的是，在成为闻名的作家"卡罗尔"之前，教师道奇森对于摄影有着特别的爱好。出于对工业革命以来出现的照相机及其拍摄技术的浓厚兴趣，道奇森在 1856 年留校任教的第二年购买了整套拍照和冲洗器材，并且熟练地掌握了拍照和冲洗技术。那时胶棉湿版法刚问世 5 年，是最先进的摄影术，把曝光时间从几十秒缩短到几秒。在成为一个技术娴熟的业余摄影师后，他为不少同时代的文学界名家和社会名流等拍摄了照片，如桂冠诗人丁尼生，诗人罗塞蒂及其家人，作家萨克雷、罗斯金、麦克唐纳，以及索尔兹伯里爵士、利奥波德王子（维多利亚女王的幼子，曾就读于基督堂学院，还与爱丽丝有过一段恋情）及其家人，等等。他曾有多幅摄影作品在 1858 年伦敦摄影协会举办的第五届摄影展中展出，而且发表过几篇有关摄影的文章。有评论家认为，卡罗尔之所以对摄影如此痴迷，是因为这是一种对于现实的人际关系的替代（至少就成人社会而言）；认为这可以使他成为一个旁观者而不用置身其中。而另一个重要原因则是这使他能够通过一种令人敬重的方式去结识小女孩。①事实上，少女题材的摄影是卡罗尔最青睐的活动。他交往的少女一般在 6 岁到 14 岁之间，是介于童年和成年之间的年龄阶段，而最令他倾心的是 7 岁左右的少女（在《爱丽丝奇境漫游记》中，主人公爱丽丝正好是 7 岁），他会利用一切机会去拍摄相遇的少女，或许只有在这个年龄的少女面前，有口吃习惯的卡罗尔才会感到放松，没有任何心理障碍，在拍摄的过程中，卡罗尔还要给女孩们讲故事，神采飞扬，全神贯注，完成整个拍摄既是感情的投入，也是感情的释放；换言之，拍摄妙龄少女让他得以驻守逝水年华的美丽童贞。当然，卡罗尔就因这一摄影爱好而结识了基督堂学院的院

---

① CARPENTER HUMPHREY. Secret Gardens：A Study of the Golden Age of Children's Literature［M］. Boston：Houghton Mifflin Company，1985：51.

长亨利·利德尔家中的几个小姑娘,从此开启了他与利德尔小姐妹的友情之旅,其中排行老二的爱丽丝那年仅为 4 岁。

就创作过程而言,"爱丽丝"故事一方面体现了它在前期形成阶段的口传童话故事的民间文化因素(现场性、亲密性、互动性),另一方面体现了其在后期阶段经过有卓越才思的作者进行文字加工后的艺术升华,这两者的结合在特定意义上体现的是历久弥新的童话本体精神与现代小说艺术相结合的产物。作者满怀热情,为自己热爱的孩子们讲述故事,现场有生动感人、善解人意的声音,有手舞足蹈的肢体语言,还有触景生情的即兴创作与发挥,随后是具有成人睿智的人生经验的作者的艺术加工和升华。重要的是,卡罗尔讲述的都是充满好奇的孩子们心中向往的、希望听到的故事。结识了利德尔三姐妹之后,卡罗尔时常与她们一道进行郊游,或者泛舟美丽的泰晤士河上。那一年,卡罗尔 30 岁,爱丽丝 10 岁。按照卡罗尔本人的说法,《爱丽丝奇境漫游记》的诞生是"无法抗拒的命运的呼唤"。在那些令人愉快的郊游中,卡罗尔为利德尔姐妹讲了许许多多的故事,"它们就像夏天的小昆虫一样,喧闹一场,又悄然消亡。这一个又一个故事陪伴着一个又一个金色的午后,直到有一天,我的一个小听众请求我把故事给她写下来"。事后卡罗尔这样回顾道:"多少次我们一同在静静的河水中划船游玩——三个小姑娘和我——我为她们即兴讲述了多少个童话故事……头上是湛蓝的晴空,船下是明镜般的河水,小舟轻轻地荡漾在水中,翻动的划桨上闪动着晶莹剔透的水珠,三个小女孩急迫的眼神,渴望那来自童话奇境的故事。"①应爱丽丝的要求,卡罗尔将自己口头讲述的故事用笔记述下来,然后打印成手稿,再配上自己画的插图,取名为《爱丽丝地下历险记》(*Alice's Adventures Underground*),并在 1864 年将它作为圣诞节礼物送给爱丽丝。这一年,卡罗尔接受了作家麦克唐纳的提议,决定出版这部小说书稿,为此他对手稿进行了扩充(如增加了"小猪与胡椒"一章中关于公爵夫人厨房的场景,以及"癫狂的茶会"一章中疯帽匠的癫狂茶会行为)、修订和润色。与此同时,这部书稿的书名也由《爱丽丝地下游记》改为《爱丽丝奇境漫游记》(*Alice's Adventures in Wonderland*),最终于 1865 年正式出版。七年以后,《爱丽丝镜中世界奇遇记》(*Through the Looking-Glass, and What Alice Found There*)出版。随着时光的流逝,这两部

---

① GARDNER M. The Annotated Alice: Alice's Adventures in Wonderland and Through the Looking-Glass by Lewis Carroll [M]. New York: W. W. Norton & Company inc., 2000: 7-8.

"爱丽丝"小说以丰富的哲思和文化内涵征服了越来越多的文学批评和文化研究领域的学者，同时以独特的艺术魅力征服了不同时代、不同地域、不同年龄的读者。

2010年3月，由导演蒂姆·伯顿（Tim Burton）执导的IMAX 3D真人动画结合版电影大片《爱丽丝梦游仙境》与公众见面，引发了国内观众对两部"爱丽丝"小说的关注。2016年由詹姆斯·博宾（James Bobin）执导的3DIMAX版《爱丽丝奇境历险记2：镜中奇遇记》再次与国内观众见面。然而对于这两部影片的片名翻译，"梦游仙境"很值得商榷。"仙境"是具有中国文化意涵的词语，而"爱丽丝"地下奇境和镜中世界的基调是怪异荒诞，针砭现实世态，具有西方后现代主义特征。考虑到原著的基本内涵和中西文化对"Wonderland"的认识差异，《爱丽丝奇境历险记》或《爱丽丝奇境漫游记》要比《爱丽丝梦游仙境》更接近原著意涵。1862年7月，卡罗尔根据为利德尔三姐妹口头讲述的故事完成的手稿就题为《爱丽丝地下历险记》。研究者注意到这两部童话小说蕴含的"陷入沉沦和困境的世界"这一主题，它们还呈现了后来体现在许多20世纪的文学大师笔下的现代主义和后现代主义因素，尤其是与弗兰茨·卡夫卡作品相似的噩梦般的困境，在一种由悬疑重重和荒诞无解等因素构成的梦幻迷宫中出现的存在主义和黑色幽默因素，如何遭遇荒诞的敌对力量，那些异己和异化的强大力量。而从精神分析学的视阈看，跳进兔子洞就进入地下世界，这个地下世界既是地球的重要组成部分，又是神秘莫测的未知世界，象征着进入难以理解和应对的无意识领域。伯顿的影片还特意告诉观众，当爱丽丝还是一个小女孩的时候，她曾经掉进过同一个兔子洞，并且把"地下世界"（Underland）误听成了"奇境世界"（Wonderland）。由此可见，与具有中国文化语境特色的"梦游仙境"相比，"奇境历险"更接近原著的书名及其内涵。

第三节　怪诞叙事与社会现实：
"爱丽丝"小说中的"罪"与"罚"

以实写幻、虚实相间的怪诞叙事是"爱丽丝"小说幻想性童年叙事的艺术特征。爱丽丝进入的这个地下奇境虽然异乎寻常，超越了正常逻辑的现实存在，但它绝不是一个虚幻的、远离现实的、没有世间纷争和社会矛盾的世外乌托邦。这是一个亦真亦幻、幻极而真的奇境世界，这个幻想世界与现实世界的万象是密切关联的,作者关于奇境世界的怪诞叙事本质上是对于作者所处时代的现实生活的更高艺术层面的呈现和批判。如果把维多利亚的时代语境和现实社会状况联系起来,由此考察"爱丽丝"小说的深层叙事走向,我们会发现,"爱丽丝"的童话幻想建立在坚实的现实根基之上,并且揭示、批判了现实世界的那些令人不安的乱象。"爱丽丝"小说的幻想性童年叙事契合了德国浪漫主义作家 E. T. A. 霍夫曼(E. T. A. Hoffmann, 1776—1822)在文学创作中表达的思想:如果人们想借助通天梯攀上更高的境界,梯子的底座一定要牢牢固定在生活之中,以便每个人都可以顺着梯子爬上去。①这在特定意义上指向童话幻想叙事的现实主义诗学:优秀的童话幻想无论用何种方式表现幻象,都必须构建在坚实的现实根基之上,去追寻幻象后面的真相。"爱丽丝"小说正是通过超越现实情境的怪诞叙事达到了幻想文学的艺术高度,而且是在坚实的现实生活底座上实现的,包括作者对现实世界的深切感受和认知,这一认知无须回避社会现实问题,而是通过以实写虚、以实写幻的叙事揭示相关的"真实性",涉及政治和社会价值秩序等话题,包括党派活动、司法制度、审判程序以及教育问题等,其中尤其对统治阶级为保护自身既得利益而滥施死刑的司法行为进行了反讽和批判,不仅使读者获得同样深切的感知,而且能获得独特的阅读审美体验。

炎炎夏日,在河岸边昏昏欲睡的爱丽丝突然看到一只穿着马甲的大白兔急匆匆地从她前面走过,便好奇地追了上去,随后不假思索地跟着大白兔跳进了兔子洞。爱丽丝就这样坠入地下奇境,发现自己来到一个怪异的,无法理喻的荒诞世界,不由得大声叹道:"越来越奇了怪了,奇了怪了!"——当然,就连爱丽丝的这句话都似乎受到某种怪异的影响,有些变异了,不符合"奇异的"这一形容词正常的比较级用法。这里的一切都是怪异的、那身穿马甲、自言自语、匆匆赶路的大白兔在后面的荒唐庭审中担任国王法庭吹喇叭的传令官;大白兔口中凶残的公爵夫人是个性情怪异、忽冷忽热、媚上欺下的女人,而公爵夫人的厨娘是个脾气火暴,动不动就狂扔东西的怪人;爱丽丝在泪水池遇到了会说话的老鼠、鸭子、渡渡鸟、鹦鹉、小鹰及各种各样窘态十足的小动物,更怪异的是,爱丽丝好像与这些禽鸟动物从小就认识似的,相互交谈,毫无障碍,十分熟络;还有躺在蘑菇顶端抽着水烟袋,傲慢自负的毛毛虫、把爱丽丝当作毒蛇的鸽子妈妈,忽隐忽现,全身消失后还可以在空气中留下猫脸的笑容,而且还能够为爱丽丝指点迷津的柴郡猫;还有疯帽

---

① HOFFMANN E. T. A. Die Serapions-Brüder [M]. München:Winkler, 1963:599.

匠和三月兔所把持的颠三倒四、永不停歇的茶会；红心王后主持的混乱不堪、近乎疯狂的门球比赛；貌似多情而实则矫情做作的假海龟为爱丽丝讲述荒诞不经的身世和海中求学故事；当然，还有红心杰克受到莫名其妙的偷窃指控，接受了最不讲法理和法律规则的法庭审判……地下奇境出现的一切似真似幻，荒唐怪诞，却又具有某种特殊的吸引力：一方面，爱丽丝疑虑重重，寻路而行，试图在地下奇境世界找回迷失的自我，寻找恢复正常生活的归路；另一方面，读者跟随爱丽丝的脚步踏上心灵世界的精神旅程，所到之处，似曾相识，既陌生，又熟悉，令人击节称赏，也令人百般回味。首先，在地下世界所有的怪异之中，最让爱丽丝感到震惊和不可思议的当属红心王后的杀头嗜好。

在地下奇境，爱丽丝遭遇的诸多重要人物都是以扑克牌标记的形态出现的，其中红心王后和国王及其属下臣民，包括几个园丁和红桃杰克等，都带有明显的童话人物性格，这些人物的所作所为体现了现实与梦境融合的现代童话叙事的艺术特征。红心王后脾气暴戾，动辄喝令砍头，任何人只要冒犯了她，或者违逆了她的意志，或者不合她的心意，她就会毫不犹豫地下令将其砍头：Off with his/her/their heads! 而且王后随时随地都可能判处他人斩首死刑（在英语中，死刑即 Capital Punishment，这 Capital 源自拉丁文的 Head）。从文学渊源看，王后的标志性喝令"Off with someone's head"可追溯自莎士比亚戏剧《理查三世》中那位理查王口中发出的著名话语："Off with his head!"（《理查三世》第三幕）在《爱丽丝奇境漫游记》中，滥施斩首极刑成为红心王后的主要标志行为，生活在这里的居民无不笼罩在莫名其妙的恐惧之中。这比较突出地表现在第八章"王后的门球场"中。爱丽丝在一处花园看见三位园丁正忙碌着把一棵白玫瑰树上的白色花朵涂成红色，感到十分疑惑。原来，这里本应种一棵红玫瑰树，但园丁们却误种了一棵白玫瑰树，如果被王后发现，园丁们都要被王后杀头——所以园丁们得赶紧把白玫瑰花涂成红色。谁料想，怕什么就来什么，红心王后和国王在群臣和士兵的簇拥下突然气势汹汹地朝花园走来，吓得几个园丁当即脸朝下趴在地上。王后向爱丽丝发问，趴在玫瑰树下的是什么人，爱丽丝忧心园丁们的安危，拒绝回答："我怎么知道呢？这不关我的事。"王后顿时气得满脸通红，尖声喝道：'把她的脑袋砍掉！砍掉——！'"不过爱丽丝的一声怒喝"胡说八道！"让王后安静下来。王后令士兵将几个趴在地上的园丁翻过来，随即盯着面前那株玫瑰上下细看，发现端倪后，随即喝令将几个园丁的头砍掉，并留下几个士兵执行斩首之刑。王后一转身，爱丽丝赶紧将几个园丁藏在一个大花盆里。士兵们找不到园丁，只好禀报王后:"回陛下,那些头都不见了",王后便误以为自己发出的杀头令得到了执行。这是爱丽丝亲身经历的恐怖场景。在此之前,她已从侧面获知了相同的信息。在第四章"兔子派来了小比尔"中,白兔急着赶路,却不料弄丢了随身带着的扇子和羊皮手套,不禁喃喃自语道:"公爵夫人一定会把我杀掉的!"在第六章"小猪和胡椒"中,爱丽丝在一幢房子的厨房里见到了性格怪异的公爵夫人,公爵夫人一说到斧头(axes)这个词语,便不假思索地喝道:"把她的头砍掉!而在"疯狂的茶会"上,帽匠告诉爱丽丝,他在红心王后举办的音乐会上演唱"一闪一闪小蝙蝠,不知你在抓什么"那首歌时,王后突然怪罪他打乱了节拍,喝令:"砍掉他的脑袋!"后来,在前往门球比赛场地的路上,爱丽丝在行走的人群中遇到了白兔先生,被告知,有身份有地位的公爵夫人被判了杀头死刑,原因是她打了王后一个耳光。

我们接着看王后所热衷的门球比赛是如何进行的。作为英国人的一种传统游戏项目,门球比赛通常在户外草坪上进行,参与者挥动手中的长柄木槌去击打木球,使之穿越一系列球门。在"爱丽丝"故事中,王后举办的门球比赛发生在一个古怪的门球场,场地里到处都是田坎和垄沟,而不是通常的平旷的草坪,似乎发生了梦境中的地面变形。更怪异的是比赛中参与者所使用的门球棒、门球和拱门都是由活物担当:活生生的火烈鸟充当门球棒,活生生的刺猬充当门球,而活生生的士兵们只要弯下身子,手脚撑地,就成了门球要穿越的拱门。由于刺猬、火烈鸟和士兵们在场地里随意走动,比赛秩序自然一片混乱。一开始,爱丽丝无法控制她手中的火烈鸟,每当她把火烈鸟夹在胳膊下面,把它的脖子弄直,准备用它的头去击打作为门球的刺猬时,火烈鸟总是扭动脖子,用一种异样的神情望着爱丽丝,使她忍俊不禁。等到爱丽丝好不容易把火烈鸟的头按了回去,准备击打面前卷成一团的刺猬时,却发现刺猬已爬行到远处。而那些作为球门的士兵不停地走来走去,让人无所适从。此外,所有参与比赛的人都不遵守任何规则,为了争夺刺猬而吵得不可开交。王后自然怒不可遏,不停地跺脚,几乎每分钟都要大声吼叫,不是下令砍掉这个的头,就是下令砍掉那个的头。这让爱丽丝感到极度恐慌,只能告诫自己小心谨慎,生怕一旦与王后发生正面冲撞或争执,自己也要被王后下令砍头。而所有被王后判处斩首的,都要交由士兵扣押起来,等待执行,结果充当拱门的士兵越来越少,直到最后一个拱门也消失了,于是比赛场地空荡荡的只剩下国王、王后和爱丽丝三人,其他所有参与者都被王后判了斩首死刑扣押起来。爱丽丝感到王后的门球比赛真是一场可怕的游戏,但令她诧异的是,王后如此频繁地痛下斩首令,居然还有人能在这一地区活着。

当爱丽丝和国王、王后等一起离开门球比赛场地时，她听到国王小声说："你们全都被赦免了。"这让爱丽丝悬着的心好受了一些，因为有那么多的人被王后判处了杀头极刑。总体看，这一方面是童话奇境的黑色幽默，另一方面也是社会现实投射在童话幻想中的真实印记。就这一颠覆性幻想情节而言，与国王的赦免许诺相呼应的是，鹰面狮身怪兽对王后的暴虐行为给予了"真好笑"的评价："那完全是她的胡思乱想罢了，他们从来没有杀死过一个人。"这是对可怕噩梦的一种释怀，好似梦中人心头猛然一惊，魂悸魄动，惊觉原来是噩梦一场，并不是真的！但另一方面，这可怕的噩梦并非虚幻不实的梦游，而是维多利亚时代社会现实的真实写照。

在英国历史上，经历 1688 年"光荣革命"之后，国家权力逐渐由君主转移到议会。崛起的英国资产阶级开始控制议会和政府。政治权力得到扩大的资产阶级在议会启动了相关立法进程，制定了更多惩罚犯罪的法律条文，以便更有效地加强对私有财产的保护。18 世纪新增的大量死刑罪名，大多是针对侵犯财产的犯罪行为的。1723 年在辉格党首相罗伯特·沃尔波尔推动下通过的《沃尔瑟姆·布莱克法案》在原有的众多死刑罪的基础上新增设了 50 项死刑罪。至 1815 年，英国法律中列入的死刑罪已高达 200 多项，从砍树、偷鸡、毁路、盗猎，到偷面包、扒窃，伪造出生证、结婚证或是受洗证书，甚至在商店偷窃价值 5 先令及以上的物品这样的情节轻微的违法行为，都会被处以极刑。①因此，1688 年至 1815 年这段时间通常被称作"血腥法典"时期。当然，维多利亚时期的社会问题和犯罪问题的根源在于阶级分化、贫富悬殊所导致的社会矛盾。对于各种社会问题导致的犯罪与惩罚问题，尤其是"血腥法典"的冷酷不公以及维多利亚时期的法律和司法审判改革等问题，包括法官和律师缺乏专业训练，素质低下，或者滋生徇私舞弊等各种陋习乱象，"爱丽丝"小说以荒诞叙事的方式给予了戏剧化的揭露和尖锐辛辣的反讽。前面我们审视了"爱丽丝"小说中涉及暴力攻击、滥施杀戮酷刑的现象。下面我们审视一下"爱丽丝"小说有关司法审判的描写。首先是小说第三章"团队热身赛和一个长长的故事"所呈现的由小老鼠自述的被逼着上法庭打官司的经历，然后是小说的最后两章"是谁偷了水果馅饼"和"爱丽丝出庭作证"，它们完全围绕着一桩所谓盗窃案的司法审判展开。

小说第三章"团队赛跑和一个长长的故事"，在别出心裁的团队赛跑结束

---

① POTTER H. Hanging in Judgment：Religion and the Death Penalty in England from the Bloody Code to Abolition［M］. London：SCM Press，1993：4-6.

并且举行了别致的颁奖仪式后,有学问的老鼠对爱丽丝和其他在场的小动物们讲述了一个关于他自己的"苦不堪言"身世的"长长的故事",其实就是一个法庭审判案例。一条暴怒的老狗喝令小老鼠跟他一起上法庭:"我要控告你。快走,不许你矢口抵赖。我们必须在法庭上进行审判。"而他之所以要审判在屋里偶遇的小老鼠,是因为他今天早上无所事事,闲极无聊。老鼠对此提出抗议,说这样的庭审"既没有陪审团,也没有法官,完全是浪费口舌精力"。狡诈的老狗不由分说地吼道:"我就是法官,我就是陪审团。我要审理整个案子,然后判处你死刑。"这个案例的恐怖之处在于,恶狗一身包揽三职,从原告、法官到陪审团,一手垄断,完全不给老鼠为自己辩护、获得生存的机会。老狗欲加之罪何患无辞,可以随心所欲地,而且"合法"地通过法庭判处他人死刑,夺人性命。这难道不是英国"血腥法典"时期死刑泛滥、草菅人命的社会现实的童话艺术写照吗?

如果说这只是老鼠自己口述的经历,那么由国王和王后把持的对红桃杰克的审判就是一场公开的司法审判案例审理的全过程。作者通过"是谁偷了水果馅饼"和"爱丽丝出庭作证"这两章的篇幅全景式地呈现了对一件凭想象指控的盗窃案的司法审判。这场审判的起因是王后无端怀疑红桃杰克偷走了她在夏日某一天做的水果馅饼,这无疑是非常荒谬可笑的。然而审判就如此郑重其事地开启了,原告自然是王后,主持审判的法官由国王亲自担任,这应当是一场最高等级规格的审判了。只见红心王后和国王在王座上正襟危坐,旁边围着一大群人,包括各种小动物和所有扑克牌的纸牌人物,其中自然有 12 个鸟类和兽类组成的陪审团。被告红桃杰克戴着镣铐,由两个士兵押着。大白兔担任传令官,一手拿着喇叭准备发号施令,一手拿着一卷羊皮纸,上面记录有起诉书及各种法律程序。平常在王后面前唯唯诺诺的国王,将王冠戴在自己的一头假发上,用意十分明显:他既是法官,也是国王——这与前面描述的老狗强行审判小老鼠,一身兼任原告、法官和陪审团形成异曲同工的呼应,具有强烈的讽刺意味。更不堪的是,这位头戴假发和王冠的国王大法官显然是个完全不懂法律的大草包,对正常审判程序一无所知,难免在法庭上大出洋相,这也反讽了维多利亚时代司法审判系统从业人员质量的低下。大白兔刚宣读完控告红心杰克偷窃水果馅饼的起诉书,国王就对陪审团发话了:"考虑一下怎么判决吧。"大白兔连忙告知,判决之前还有好多程序要走。于是法庭传唤证人,第一位出庭作证的是手拿茶杯和黄油面包的疯帽匠,似乎刚刚被人从茶会上带过来。盛气凌人的国王对着帽匠大声喝道:"把证据说出来,不许紧张,否则把你当场处死。"帽匠被莫名其妙地逼供了好一会儿，而且帽匠在提供证词期间被不断地打断和曲解。最后国王告诉帽匠，说如果他没有别的话说，可以退下去了，帽匠连鞋都来不及穿上，一溜烟地往外跑去，然而王后却对一位手下说："一到外面就杀他的头！"第二个被传唤的证人是公爵夫人的厨娘，她脾气火暴，手里拿着胡椒盒，让周围的人打起了喷嚏。国王要求证人把证词说出来，却遭到厨娘的怒怼："我就不。"国王竟然一时感到手足无措。在一阵混乱之中，厨娘消失得无影无踪。国王如释重负，悄声对王后说："下一个证人由你来询问好了，我头疼死了。"而下一个证人就是作为旁观者的爱丽丝。大白兔的一声呼叫让爱丽丝大吃一惊，身高已逐渐恢复正常的小女孩猛然站起来，身上的裙摆把周围的陪审团成员扫得人仰马翻，四脚朝天。一片混乱之后，国王问了几个莫名其妙的问题。庭审已经过去了很长时间，任何实质性的问题都没有涉及。当国王发现爱丽丝的身高形成优势，眼看对自己和王后构成了威胁，当场颁布了一条法律条文："第四十二条法律规定，凡是身高超过一英里的人都要退出法庭"。爱丽丝驳斥道，这绝不是一条正式的法律，是瞎编出来的。国王却说这是法典上最古老的法律，于是爱丽丝反驳道："这样说来，那就应当是第一条了。"国王无言以对，脸色变得惨白，用颤抖的声音对陪审团说，"考虑你们的裁决吧"。这时大白兔禀报发现了新的证据，随即递上一张刚从地上捡到的写有什么诗句的纸张。于是这篇莫名其妙、语焉不详的话语被想当然地确定为被告人的罪证——既然不敢签名，说明心中有鬼，一定是要干什么坏事，犯罪情节更加恶劣。王后当即喝令："这证明了他的罪行，砍掉他的……"这荒谬的行为遭到爱丽丝的痛斥："这根本不能证明他有罪，你们连这些诗句讲的是什么都不知道呢！"于是国王只好让传令官大白兔将纸上的诗句念出来。整篇诗句当庭念出后，国王什么也不明白，却说这是目前为止最重要的证词，"所以，让陪审团考虑裁决吧。"（这句话国王当天、当庭说了至少 20 遍）王后却说，"应当先判决，后裁决。"爱丽丝不禁呵斥道："胡说八道！太荒唐了，哪有先判决，后裁决的事啊！"王后气得脸色发青，声嘶力竭地喊道："把她的头砍下来！"已经恢复正常身高的爱丽丝奋起反抗，怒喝一声："谁怕你呀，你们不过是纸牌罢了！"从而终结了这场荒诞而恐怖的法庭审判。

长期以来，英国政府实行轻罪重罚的政策，而且罪名繁多，这既是一种威慑，也是英国统治阶级保护自身既得利益和控制社会的一种手段。一方面，按照"血腥法典"列出的死刑之罪，被判处死刑的犯人数量极大。另一方面，现实中真正被处决的罪犯却并没有这么多，原因在于，统治阶级为显示其刀下留人的宽容，以及施展其怜悯体恤民众的恩惠，在判处大量死刑之后，又对罪犯实行赦免。这正是"爱丽丝"小说中,国王说出的关于赦免所有在门球比赛中被王后判处杀头极刑的人员的安抚话语。王后举办的门球比赛不得不凄惨收场,因为绝大多数参与者都被判处斩首死刑,交由士兵看押,等待执行。当爱丽丝与国王、王后等所剩无几的人物离开比赛场地时,听到国王小声地说:"你们全都被赦免了。"这让爱丽丝松了一口气。再看这一时期的英国,在司法实践中,有关死刑的法律条款可以被人为地加以诠释,使之无法得到公正和全面的执行。在实际的法庭庭审过程中,乃至在执行判决的过程中,多种因素的干预和影响都可能使案件的最后执行结果充满不确定性。那些有钱有势的人犯了罪,可以利用各种手段来逃避诉讼,当然还有人利用所谓"神职人员特权"来逃避惩罚。种种乱象引起社会公众及许多知识分子与作家的不满和抨击。有学者从历史法律学的视野全面探讨"爱丽丝"小说与英国维多利亚时期的死刑改革历程的时代关联,认为与狄更斯、萨克雷等小说家批评残酷死刑的方式不同,卡罗尔透过儿童的眼光揭示了英国法律制度的荒谬。①

在伊丽莎白时代,信奉新教的统治者对于天主教徒的惩罚是很严厉的,或投入监狱,或实施绞刑、剖腹挖心、斩首和凌迟等。罪犯通常被公开处以绞刑或斩首。维多利亚时代,在1868年《死刑修正法案》通过之前,死刑都是公开执行的,公众可以观看整个行刑过程。于是围观罪犯处决成为一种热闹的消遣,社会各个阶层的人都会争先恐后地前往刑场围观。这也是小偷扒手们趁机进行扒窃的大好时机,由此形成了具有特别反讽意味的现象。从18世纪末到维多利亚中期,英国各界反对死刑的呼声逐渐高涨,包括查尔斯·狄更斯、亨利·菲尔丁等著名作家在内的文人知识分子也纷纷发表意见,呼吁废除残酷而荒谬的轻罪重罚、草菅人命的死刑。统治阶级在各种压力下对英国的法律制度进行了改革,一开始是减少死刑之罪,随后开始限制对死刑的滥用。这些都在"爱丽丝"小说里得到映衬和反讽。

爱丽丝敢于运用理性逻辑和法律常识来驳斥昏庸无能的国王,并挺身反抗专断暴虐的王后(在第二部"爱丽丝"小说中,爱丽丝在喧哗混乱的宴会上怒掀餐桌台布,以制止"害群之马"的狂闹),这首先得益于小女孩的基本认知和判断能力,以及对法律常识和法庭审判程序的了解,这使她有底气和胆量来质疑和颠覆装腔作势的权威和压制性的荒谬强权。"爱丽丝"小说的作

---

① 徐曦.《艾丽斯漫游奇境》与英国维多利亚时期的死刑改革 [J]. 澳门理工学报(人文社会科学版),2019(2):169-179.

者刘易斯·卡罗尔是牛津大学基督堂学院的数学和逻辑学教师，他兴趣爱好十分广泛，自幼爱好写作，养成了良好的文学表达能力。在担任教职后，他热衷于掌握和运用摄影等新起的现代技术。尽管在工业革命浪潮席卷的时代，他基本生活在自己的精神世界，不愿与成人交往，而是醉心于儿童与少女的世界，但他对于时代的变化和新思想、新发现非常关注。在那个时代，众多石破天惊的科学发现及引发的社会变革深刻地拓展了他的认知视野。从想象的奇异生物到想象的奇异语言，工业革命时期有关进化与变异的视野无疑为作者的想象力增添了强劲的动力。卡罗尔的想象力在与小女孩的交往中得到激发和释放，同时他也在很大程度上从工业革命的变化中汲取了能量，并且通过具有现代性和后现代性特征的幻想性童年叙事表达了对这个时代充满矛盾的希望和恐惧。当然，作为牛津大学的数学教师，卡罗尔不仅熟悉自己的专业领域，如几何学、线性代数和数学逻辑，而且对于法医学的勘验和法律学的推理，乃至司法审判的程序等都有浓厚的兴趣。他不仅广泛阅读法律著作，还前往法庭旁观案件的审理。这些都为"爱丽丝"小说的相关叙事提供了现实基础。在小说第五章"毛毛虫的忠告"里，躺在蘑菇顶上的毛毛虫要求爱丽丝背诵《威廉老爸，你老了》这首诗，其中有这样的对话：

> "你已年高岁数大，"年轻人说，
> "牙床松动口无力，
> 只咬肥油不碰硬；
> 怎能啃尽一整鹅，
> 连骨带肉一扫光，
> 敢问用的哪一招？"

> "在我青春年少时，"老爸说，
> "法律条文来研习。
> 每案必定穷追究，
> 与妻争辩不松口。
> 练得双颌肌肉紧，
> 直到今天还管用。"

年事已高的威廉老爸牙床已经松动，但饭量极大，而且双颌肌肉强健有力，居然一顿饭连骨带肉吃掉一只整鹅，这究竟是如何做到的？原来威廉老爸在年轻时研读法律条文，对每个案件都穷追猛究。甚至为此与妻子激烈争辩，无论曲直，绝不松口，因此才练得如此功夫，这夸张变形的反讽，令人称奇,不知这位威廉老爸是否是律师,但他年轻时对法律条文的重视可见一斑。当然,这是爱丽丝口中背诵的,卡罗尔戏仿罗伯特·骚塞的宗教训喻诗《老人的快慰,以及他如何得以安享晚年》而创作的荒诞诗《威廉老爸,你老了》。而爱丽丝本人到达法庭后,马上显示出自己的见识。作者写道,"爱丽丝从来没有去过法庭,不过关于法庭上的那些事情,她曾经在书本里读到过,她很开心地发现,这里的一切自己几乎都能够叫得出名来。"看到国王戴上假发,就知道他是法官,而那 12 个小动物(小鸟和小兽)从人数看自然就是陪审团成员,尽管他们的表现相当糟糕,没有丝毫专业素质。而且爱丽丝对于庭审的规则和程序都有所了解,所以才能够不畏强权,据理力争,指出国王的荒谬和无知,并且怒斥王后的无理和残暴。由此可见,在"爱丽丝"小说幻想奇境中出现的怪诞情节并非虚无之乡的缥缈叙事,而是与现实生活有着非常密切的互动关系,幻想之中无不透露出卓越的现实批判锋芒。

第四节 奇境探幽:多维解读"爱丽丝"小说的深层意涵①

卡罗尔的两部"爱丽丝"小说可谓开一代风气的现代童话叙事经典。如果说狄更斯的现实主义童年叙事将维多利亚时代艰难生存在社会底层的穷苦孩子作为自己的主人公呈现在世人面前,撕开了繁荣与体面的虚假面纱,揭示了被掩盖的社会真相,为无数被压迫者、被欺凌者,尤其是遭受磨难的那些少年儿童鸣不平,向民众发出了直面社会问题和寻求社会变革的强烈呼声,那么卡罗尔则通过幻想性童年叙事表达了这个巨变时代的情感结构的另一面。小女孩爱丽丝在地下奇境世界和镜中世界所遭遇的一切似梦非梦,似真似幻,发生的事情既陌生又熟悉,而在稀奇古怪的遭遇后面,又呈现了令人难以言状的可怕又可笑的怪诞恐惧感,这正是这个剧变时代的精神危机和复杂思想情感的映射与写照。"爱丽丝"小说中那看似疯狂的幻想叙事具有洞穿真相的批判性原动力和吸引读者的艺术生命力。两部"爱丽丝"小说自问世以来一直受到世人、批评家和研究者的关注。在相关研究领域,人们先后从文学、心理学、哲学、数学、语言学、符号学、历史、医学、影视、戏剧、动画、科幻小说、超现实主义、现代主义和后现代主义文化等文化、文学和各种跨

---

① 本节部分内容以《走进"阐释奇境":从历史语境解读两部"爱丽丝"小说的深层意涵》为题发表于《社会科学研究》,2014 年 2 期。

学科的视野去审视和探讨它们，各种理论阐述与发现层出不穷。尽管如此，这两部小说至今仍然是一个言说不尽的"文学奇境"和"阐释奇境"。与此同时，两部"爱丽丝"小说也成为历久弥新的文学艺术创作的灵感之源，致使随后的岁月里出现了众多后世作家以模仿、改写、续写、重写以及影像叙事等形式进行的再创作。有趣的是，为两部"爱丽丝"小说做详细注解的学者马丁·加德纳也是一位数学家，他这样论及"爱丽丝"小说的阐释性："与荷马史诗、圣经以及所有其他伟大的幻想作品一样，两部'爱丽丝'小说能够让人们进行任何类型的象征性阐释——政治的，形而上的，或者弗洛伊德式的。"①

　　维多利亚时代的童话小说家乔治·麦克唐纳对于童话奇境的阐释从另一个方面揭示了"爱丽丝"小说的成功之处。他认为，童话奇境从本质上看，是一个充满想象力的国度，但这个国度必须与更广大的、真实的世界的道德和伦理法则相契合：

> 　　一旦从它的自然和物理法则的联系中解放出来，它潜在的各种意义将超越字面故事的单一性：童话奇境将成为一个隐喻性、多义性的国度，在这个奇妙的国度，"艺术越真实，它所意味的东西就越多"。②

　　"爱丽丝"小说无疑具有童话奇境的无限丰富的隐喻性和多义性，是传统童话与现代小说艺术融合后的升华，能够唤醒麦克唐纳所说的那些"潜藏在不可理喻之领域的力量"。

　　而对于两部"爱丽丝"小说引发的评价和研究，我们要再次引用罗伯特·波尔赫默斯（Robert. M. Polhemus）有关"爱丽丝"小说形成的"阐释的奇境"这一研究成果，以及他所列举的各种关于"爱丽丝"作品和作者的说法，这些说法表明了"爱丽丝"小说的影响及其引发的争议甚至激烈抨击：爱丽丝故事的作者是维多利亚女王；爱丽丝是一个阳具崇拜者；一个帝国主义者；一个存在主义的女主人公；一个令人扫兴的人；一个性挑逗者；或者说她象征着任何人在置身于一个横暴荒诞的世界时应当产生的反应；有人声称爱丽丝的眼泪池象征着羊膜水，而团队热身赛戏仿了达尔文主义，这个赛

---

① GARDNER M. The Annotated Alice: Alice's Adventures in Wonderland and Through the Looking-Glass by Lewis Carroll [M]. New York: W. W. Norton & Company inc. , 2000.

② MICHAEL M. The Fairy Tales of George MacDonald and the Evolution of a genre [M] // MCGILLIS R. For the childlike: George MacDonald's fantasies for children. London: Children's Literature Association; Metuchen, N. J. : Scarecrow Press, 1992: 33.

跑嘲讽了维多利亚时代关于白种人的理论；认为两部"爱丽丝"小说可能隐含着"牛津运动"的历史；它们以寓言的形式戏说了犹太人的历史；"小猪与胡椒"一章是对于儿童大小便训练的描写；白方王后象征着约翰·亨利·纽曼（John Henry Newman），双胞胎兄弟特威多迪和特威多德姆（Tweedledee and Tweedledum）则代表伯克利主教（Bishop Berkeley）；还有人认为这些故事对于儿童是危险的读物，它们不过是荒诞的文字游戏，与现实世界毫不相干；还有什么卡罗尔是一个隐蔽的同性恋，一个无神论者，一个精神分裂者，一个恋童癖、一个虔诚的基督徒、一个好人，等等。而波尔赫默斯本人认为"爱丽丝"小说涉及现代生活中权威的危机，读者被卷入其中去解决这个危机。卡罗尔的故事激发了主观性才智的阐释及形形色色的观点，这是因为卡罗尔的开放性的文本拒绝封闭的意义：它们始终都是没有终极答案的，是对话性的。①上述概括和阐述无不指向"爱丽丝"小说与现实生活的关联，指向其深远的影响力，指向其多样性和开放性特征，而这正是两部"爱丽丝"小说得以超越作者时代的原因所在。

一、"洛丽塔情结"

众所周知，两部"爱丽丝"小说的小女孩主人公原型就是牛津大学基督堂学院院长利德尔的二女儿利德尔·爱丽丝，正是这个深受卡罗尔喜爱的小女孩促使作者创作出了这两部经典之作。当年 30 岁的卡罗尔与当年 10 岁的爱丽丝可谓忘年之交，而被写进《爱丽丝奇境漫游记》的爱丽丝是 7 岁，7 岁的少女正是卡罗尔心向往之的精神圣地。作为牛津大学基督堂学院的数学教师，同时担任教堂助祭的圣职，卡罗尔终生未婚，但他一生中又对小女孩怀有特别喜爱和向往的情感，特别是 7 岁左右的少女，以至于被人极端地称为"恋童癖"。1856 年 4 月，24 岁的青年教师卡罗尔第一次见到 4 岁的小女孩爱丽丝；而在多年后的 1863 年 6 月，爱丽丝的母亲断然拒绝了卡罗尔的到访，并且把他写给爱丽丝的信件付之一炬，全部销毁。与此同时，卡罗尔这一年 6 月 27 日至 29 日的日记在后人的手中完全消失，恐遭销毁，这些事情无不让人产生联想。传闻中卡罗尔曾向爱丽丝求婚，但只是传言而已，并无任何明证。在维多利亚时代，女孩的合法结婚年龄为 12 岁。1863 年的爱丽丝已

① POLHEMUS R M. Lewis Carroll and the Child in Victorian Fiction ［M］// RICHETTI J. The Columbia History of the British Novel. Beijing：Foreign Language Teaching and Research Press，2005：602-603.

满 11 岁，若真有卡罗尔求婚之事，也是可以理解的。富有意味的是，有研究者在《爱丽丝奇境漫游记》第三章"团队热身赛和一个长长的故事"中发现了玄机，认为热身赛后的颁奖仪式乃是卡罗尔向爱丽丝"求婚"的"合照"场景。在小说中，每个热身赛的参与者都得到一颗糖果作为奖品，而爱丽丝得到的奖品是渡渡鸟为她颁发的一枚顶针。这位研究者提出，如果把这枚顶针看作一枚戒指，那么这场景就是一场童趣化的婚礼。"鸭子的真身是牧师，站在中间证婚人的位置，卡罗尔（渡渡鸟）和爱丽丝刚好站在婚礼中新郎、新娘的位置；女方家人是'鹦鹉'和'小鹰'，男方家人则是'各式各样的奇怪动物'。热身赛是之前的仪式，颁发顶针之后还有糖果招待，还有讲故事这样的余兴节目，所以整个场面的安排和程序都很像完整的婚礼。"[①] 我们知道，渡渡鸟（Dodo）就是卡罗尔的化身，它独出心裁地安排大伙进行"团队热身赛"并且在赛后郑重其事地主持颁奖仪式。卡罗尔素有口吃的习惯，"道奇森"（Dodgson）的发音常常被拖长了念成 Dodo-Dodgson，所以他自嘲地化身为"渡渡鸟"；利德尔姐妹中的大姐洛瑞娜（Lorina）自然变成了小鹦鹉（Lory），小妹伊迪丝则变成了小鹰（Fagiet）；卡罗尔的朋友，牛津大学的研究生罗宾逊·达克沃斯（Robinson Duckworth，后来成为西敏寺大教堂的教士）自然化身为鸭子（Duck）。以上关于卡罗尔求婚与童趣化婚礼的演绎不失为一种开放性的解读，指向卡罗尔内心深处的"洛丽塔"情结。

从时代语境看，随着维多利亚社会的儿童观和童年观的演变，19 世纪后半叶以来牛津地区兴起的"少女崇拜"（a cult of little girls）逐渐成为一种风气，卡罗尔和罗斯金等文人学者就是其中的典型。艺术批评家约翰·罗斯金被称为维多利亚时代的圣人，其童话小说《金河王》是 1842 年前后，应 9 岁的小女孩尤菲米娅的要求而创作的，后来他俩结为夫妇。不过由于罗斯金本身的原因，这场婚姻有名无实，六年后婚姻宣告解体，尤菲米娅改嫁前拉斐尔派画家约翰·米莱。细究起来，罗斯金对尤菲米娅的爱情更像柏拉图式的精神之恋。事实上，"少女崇拜"的风气在这一时期的牛津地区，即知识分子和文人比较集中的地方尤其明显。就这一时期的幻想性童年叙事创作动因而言，"少女崇拜"无疑是重要因素之一，正如评论家所指出的，在维多利亚时代，文学作品反映出作家们将小女孩的美貌和童贞理想化的一种倾向。[②]

---

① 刘易斯·卡罗尔. 挖开兔子洞：深入解读爱丽丝漫游奇境 [M]. 张华，译. 吉林：吉林出版集团有限责任公司，2013：75，79.

② GARDNER M. The Annotated Alice：Alice's Adventures in Wonderland and Through the Looking-Glass by Lewis Carroll [M]. New York：W. W. Norton & Company inc. , 2000.

究其根本,卡罗尔的"洛丽塔"情结通过呈现爱丽丝在奇境世界和镜中世界的经历得到精神层面的升华。由此去审视"爱丽丝"小说的创作,可以说,爱丽丝与卡罗尔的关系就恰如少女贝特丽丝与意大利作家但丁(Dante Alighieri,1265-1321)创作《神曲》的关联。集真善美于一身的少女贝特丽丝在特定意义上成为激发但丁创作这部杰作之激情的女神缪斯。同样,小女孩爱丽丝在特定意义上成为卡罗尔构建"地下奇境"和"镜中世界"的引导者,成为激发卡罗尔心灵激情的女神缪斯。正是这种发自内心肺腑的深情推动卡罗尔创作出两部杰出的童话小说。与此同时,现实生活中的小女孩爱丽丝通过卡罗尔的童话叙事成为永恒童年的象征。恰如作者在其童话小说的扉页题诗中所言,两部"爱丽丝"小说是作者奉献给儿童,奉献给人类童年的"爱的礼物"。在卡罗尔有生之年,这个有些口吃,不善于或不喜欢在成人社会进行交际的知识分子就像丹麦童话作家安徒生一样,在孩子们面前就充满了自信和喜悦。与天真可爱的小女孩的交往和友谊早已成为卡罗尔生命中最重要的精神力量。这种力量推动着卡罗尔通过讲述故事来获得情感抚慰与满足。他的两部"爱丽丝"小说可视为睿智的、敏感的知识分子的思想意识与天真烂漫的童年和童心的交流,是带有缺憾的人生向童年的最美好回归,同时也是一种情感补偿。通过讲述爱丽丝漫游地下奇境和镜中世界的童话故事,卡罗尔将流逝的童年和难忘的情感化作永恒的奇境漫游,去追寻一个能够忘却人生缺憾,能够达成情感升华的精神家园。卡罗尔之所以写出两部难以被超越的童话小说,一个重要原因在于作者的创作动机发自内心的深情,或曰心灵的激情。卡罗尔对于儿童,尤其是小女孩怀有特殊的情怀,与她们的交往和友谊成为他生命中最重要的组成部分,正如他本人所说,她们是"我生命中的四分之三"[1]。卡罗尔对于小女孩的热爱在爱丽丝身上得到最集中的体现,这种热爱是对于许许多多天真烂漫的小女孩的纯真玉容的珍视,而她们对卡罗尔故事天才的崇拜也使他得到人生最大的宽慰与满足。童年是美好的,又是易逝的,对逝水流年的惋惜转化为内心的激情,卡罗尔与小女孩的对话是安徒生式的成人意识与童心的交流,是人生最美好的回归,通过讲述爱丽丝漫游奇境世界和镜中世界的童话故事,作者将人生所有的遗憾和感伤化为一曲咏叹"夏日般童真岁月"的绝唱。

---

[1] POLHEMUS R M. Lewis Carroll and the Child in Victorian Fiction [M] // RICHETTI J. The Columbia History of the British Novel. Beijing: Foreign Language Teaching and Research Press, 2005: 583.

值得注意的是，卡罗尔在两部"爱丽丝"小说之后发表的长篇小说《西尔维和布鲁诺》的序言中特意谈及今后的写作计划，尤其要为 10 岁至 16 岁之间的女孩子编撰一本适宜的莎士比亚读本。他认为，那些 10 岁以下的小女孩大多还无法直接阅读和鉴赏这位最伟大的英语诗人的作品，而那些已经度过了少女时代的青年女子已经可以阅读任何版本的莎士比亚了。那么处于这两个年龄段之间的女孩子就会因为没有适宜的版本而无法走进莎士比亚的世界，从而非常遗憾地失去了领略英国伟大诗歌作品的乐趣，所以卡罗尔认为这是一项极为重要的工作。尽管他没有实现这一目标，但他关注女孩的审美心智发展，关注特定年龄女孩接受优秀文学作品熏陶的心意令人敬佩。

二、数学研究与奇境的构建

作为牛津大学基督堂学院的一位数学教师，卡罗尔的专业领域包括几何学、线性代数和数学逻辑，他在这一领域发表过一些专著表明他在数学专业方面的学术建树，尤其证明了 N 个未知数 M 个方程的方程组相容的充要条件是系数矩阵和增广矩阵的秩相同。在小女孩爱丽丝进入的幻想世界里，人们也会发现数学的认知和审美魅力，作者将数学知识运用于文学创作，将趣题及智力游戏等与语言的文字游戏结合起来，使之为幻想儿童文学的奇境世界增添了无尽的趣味。卡罗尔以数学和逻辑学的专业知识背景，严密地架构出违反现实逻辑的幻想世界，生发出别致的趣味。数学家在"爱丽丝"小说中发现了欧几里得几何学等因素：控制论创始人诺伯特·维纳（Norbert Wiener）在《控制论》（Cybernetics）等著作中多次引用爱丽丝的奇遇，将其与有规律的客观世界进行对比。而据研究者统计，爱丽丝的身高在进入兔子洞下面的地下世界后发生了 12 次变化，每次变化都是按照特定的比例，以英国女孩 7 岁时正常身高为 129 厘米为参照，在不同地点根据不同情境和情节设置的。爱丽丝身高的第一次变化发生在地下世界的大厅里，大厅内所有的门都紧锁着，无法出去。爱丽丝找到一把小小的金钥匙，打开了一个小门洞的门，又喝了一个小瓶子里的东西，缩小为 25 厘米，即缩小了五分之一的身高。第二次变化是爱丽丝吃了瓶子里的蛋糕，身体长到 274 厘米，是正常身高的一倍多，结果她哭出的眼泪居然汇成了一个池子。第三次变化发生在第二章"眼泪池"中，爱丽丝拿着大白兔慌乱中扔下的扇子和手套，不知不觉身高缩小到 12.5 厘米，结果一不小心滑落进眼泪池里，在池中游动时遇到不少飞禽走兽，包括老鼠、鸭子、渡渡鸟、鹦鹉、小鹰，还有几种奇怪的动物。由于身高缩小，爱丽丝可以与这些动物交往、对话。第五次变化发生在第四章"兔子派来了小比尔"里,身体长高的爱丽丝被困在兔子屋里,无法动弹,在屋外围攻她的动物们扔进来许多小石子,落在地上竟然变成了小蛋糕,爱丽丝吃掉小蛋糕,身体马上缩小为 7.5 厘米,结果不仅逃出了兔子屋,还遇到了在一棵大蘑菇上躺着抽水烟的毛毛虫,可以与他交流对话。离开毛毛虫后,爱丽丝根据毛毛虫的暗示,吃了左边的蘑菇,产生了身体局部的变形,脖子越变越长,高过了树梢,结果被树上的鸽子误认为来偷吃鸽子蛋的大蛇。还好,她手里拿着摘下的蘑菇,试着咬了几口,终于变回原来的身高 120 厘米,然后离开这片树林。第九次变化发生在第六章"小猪和胡椒"中,爱丽丝在一片空旷之地看到一座高度仅为 120 厘米的房子,由于担心吓着里面的人,她通过吃蘑菇缩小为 22.5 厘米,然后进入那个等同于现实生活中儿童的游戏屋的公爵夫人的厨房,见到了神秘的柴郡猫、恶狠狠的公爵夫人、怪异的厨娘,还有一个变成小猪的婴儿,亲眼看到一场怪诞的吵闹,里面仿佛在上演几个儿童假扮成人角色的游戏。第十一次变化发生在第九章"假海龟述说身世"和第十章"龙虾四对舞"中,爱丽丝身高缩小为 30 厘米,可以与假海龟和鹰面狮身怪兽自如地相遇交谈。第十二次变化发生在国王和王后把持的审判庭上,爱丽丝逐渐恢复正常身高,为 120 厘米。正在此时,庭审传令官大白兔突然高声呼叫出庭证人名字:"爱丽丝"!毫无心理准备的爱丽丝下意识的一声:"到!"慌乱中忘记了自己差不多已恢复原来的身高,这样猛然站起身,把那些鸟类、兽类陪审员弄得人仰马翻,引发审判庭的一片喧嚣与混乱。

三、"爱丽丝梦游奇境综合征":童话叙事与医学诊断的跨学科对话

幼年时期的卡罗尔与同龄人相比,身体状况并不算良好,童年时因发高烧而使一只耳朵失聪;可能由于遗传因素而患有口吃。中年之后,他的身体显得僵硬和笨拙,行走活动时肢体显得有些不对称。这也可能使他更注重内在的脑力活动,而非外在的体力活动。此外,卡罗尔还患有偶发偏头痛的怪毛病。这也在他的"爱丽丝"小说创作中折射出来,并且引发了童话叙事与医学诊断的跨界对话。

在当代医学界,"爱丽丝梦游奇境综合征"(Alice in Wonderland Syndrome,简称 AIWS)就得名于《爱丽丝奇境漫游记》。它在医学临床诊断上用于描述一种少见的引发偏头痛的先兆症状。1952 年,C. W. 李普曼首次描述了这种"爱丽丝梦游奇境综合征"的临床症状,但没有给出命名。不久,J. 托德(J. Todd)发现这些症状与出现在《爱丽丝奇境漫游记》中的某些情节非常相似,于是在发表于 1955 年的《加拿大医学会会刊》上的论文中将其命名为

"爱丽丝梦游奇境综合征"。在医学诊断上，"爱丽丝梦游奇境综合征"多发于儿童时期，患者的主要症状是时空和身体感觉产生错乱，出现神经学意义上的某种高度迷惑性现象，从而严重影响其视觉感知。用通俗的话语说就是产生幻觉，即感觉和视觉的变形扭曲，最通常的就是感觉外部事物的大小尺寸发生改变，恰如爱丽丝在童话奇境中随着自己身体的缩小和扩大，发现自己所在的外部场所、所遇见的动物等产生了巨变。在2011年5月出版的《第七届国际脑血管病高峰论坛论文集》中，有一篇题为"以'爱丽丝梦游奇境'综合征起病的儿童偏头痛一例"的文章。作者这样描述患儿的症状：一名13岁男孩因发作性视物异常6年、头痛1年就诊。患儿7岁开始出现发作性症状，产生教室及家里屋顶低的错觉而蹲在地上。在这个案例中，男孩由于产生了教室及家里屋顶变低的错觉而不得不蹲在地上，这与小女孩爱丽丝跑进大白兔的屋子后发生的情形很相似。她喝了一个玻璃瓶中的饮料而导致身体由小变大，一直到她的头顶住了天花板。她不得不弯下身子，以免把自己的脖子折断了。此时喝进肚里的液体还在发挥效力，爱丽丝的身体还在不停地长高，她不得不跪在地板上。又过了一会儿，连跪在地上都不行了，她只能躺在地上，用一只胳膊肘顶着门，另一只胳膊则弯着抱住脑袋。就这样，爱丽丝被紧紧地困在了这间屋子里，动弹不得——她认为自己永远也没有机会离开这间屋子了。而在之前，爱丽丝由于手里拿着大白兔的小扇子而导致身体缩小。而那些平常身体比爱丽丝小很多的鸟兽，如鸭子、渡渡鸟、鹦鹉、小鹰、小鸟、螃蟹等，都变得同爱丽丝一般大小。于是爱丽丝与这些身体大小相同的鸟兽们一见如故，成为一起行动、游戏的伙伴。童话叙事的情节成为神经医学诊断的专业术语，这无疑是童话文学与医学科学的跨学科对话。

四、文学和文化阐释的奇境

罗伯特·波尔赫默斯在《刘易斯·卡罗尔与维多利亚小说中的儿童》一文中高度评价了卡罗尔"爱丽丝"小说的时代意义。他将卡罗尔的梦幻叙事及幻想文学与童年联系起来，阐述了小女孩爱丽丝作为维多利亚时代小说中的儿童主人公所具有的文化意义，表明儿童成为小说作品之主人公的重要性，而且阐述了卡罗尔笔下的小女孩主人公是如何与其他重要的小说大家所创作的儿童和童年相关联的。他还指出，这种关联也揭示了儿童文学创作的一种分野：在狄更斯、夏洛特·勃朗特和乔治·艾略特的小说中，儿童或者被描写为反思社会道德状况和其他人物及他们的世界之价值的代理人（如《雾都孤儿》《织工马南》等）；或者最明显的是，儿童被描写为表明一个人物的童年与他/她以后的生活与意识之间的发展和逻辑关系的代理人(如《远大前程》《简·爱》等)。而刘易斯·卡罗尔的"爱丽丝"故事则完全背离了传统的道德说教与理性训诫的主题。① 随着时间的流逝,批评家和学者都从爱丽丝故事中发现了丰富的文学意义和耐人寻味的哲理思想,于是它们经常被作为例证为当代各种文学理论所引征、阐释。

此外,批评家注意到了两部"爱丽丝"小说所体现的西方现代主义和后现代主义文学和文化因素。在这一研究领域,我们再次引用罗伯特·波尔赫默斯所做的阐释。他明确提出,人们可以把创造"爱丽丝"文本的卡罗尔称为一个"无意识流动的大师"。正是他的这两部小说"指明了通往现代主义和后现代主义的道路"。波尔赫默斯列举的受到卡罗尔影响的具有现代主义和后现代主义文学和艺术特征的作家和艺术家包括詹姆士·乔伊斯、弗洛伊德、奥斯卡·王尔德、亨利·詹姆斯、弗吉里亚·伍尔夫、卡夫卡、普鲁斯特、安东尼·阿尔托、纳博科夫、贝克特、伊夫林·沃、拉康、博尔赫斯、巴赫金、加西亚·马尔克斯,以及许多"20世纪流行文化的人物和氛围"。②

在"爱丽丝"小说中,从想象的奇异生物到想象的奇异语言,工业革命时期有关进化与变异的视野无疑为作者的想象力增添了强劲的动力。在当时众多石破天惊的科学发现及引发的社会变革深刻地拓展了包括卡罗尔在内的知识分子的认知视野。与之前的历史时期相比,维多利亚时代显得更加开放多元,其现代性一方面体现在质疑精神、达尔文主义、地质学的发现;另一方面表现在主题公园、游乐场、过山车、购物中心、电影兴起、罪案小说(如福尔摩斯探案故事)、新闻猎奇等社会生活的方方面面。当然,诸如地质物理学新发现、达尔文进化论、万有引力等新兴的科学理论以及铁路运输、快速火车等新技术的广泛应用,都产生了极大的社会影响。例如,维多利亚时代出现了有关"重力火车"(gravity train)的话题,根据人们计算,如果地球是正球形的,并且不考虑空气摩擦力和地球自转偏向力,穿越地球的单程时间为40多分钟。刘易斯·卡罗尔本人对于利用地球重力作为能量来驱动火车行驶表现出极大兴趣。爱丽丝跳进兔子洞后往前走了一段路,接着便垂直

---

① POLHEMUS R M. Lewis Carroll and the Child in Victorian Fiction [M] // RICHETTI J. The Columbia History of the British Novel. Beijing: Foreign Language Teaching and Research Press, 2005: 582, 584.

② POLHEMUS R M. Lewis Carroll and the Child in Victorian Fiction [M] // RICHETTI J. The Columbia History of the British Novel. Beijing: Foreign Language Teaching and Research Press, 2005: 581-582.

往下坠落，犹如重力火车进入隧道。而后爱丽丝下落速度放缓，犹如重力加速度越接近地心变得越小。与此同时，爱丽丝从兔子洞往下坠落时的所思所虑也反映了维多利亚时代人们对于地心引力的推测。此外，爱丽丝在地下世界经历了多次身体变大和缩小的过程，这被认为反映了那个时代出现的令人震惊的"宇宙膨胀论"和"宇宙消隐论"。

　　如果说，在新的科学思想前所未有地冲击和动摇传统宗教思想之际，在工业革命的技术和成果导致社会功利性物质主义盛行这样一种双重精神危机的状态下，童话故事对于维多利亚人应对精神危机具有重要的精神价值和意义，那么卡罗尔的两部"爱丽丝"小说通过童话叙事书写童年，通过小女孩爱丽丝在奇境世界和镜中世界的经历革命性地拓展了传统童话叙事的"童年的反抗"这一主题。作者将维多利亚时代的一个小女孩作为自己小说的主人公，这首先就具有革命性的时代意义。一方面，与地下世界和镜中世界的荒谬力量相比，这个维多利亚时代的小女孩代表着理性和常识；另一方面，她又具有丰富的联想和想象力，而且保持着绝假存真的童心，体现出容不得任何歪理的批判精神，所以她敢于质疑地下世界和镜中世界的荒诞逻辑和规则。一开始，爱丽丝对于身处其中的荒谬世界的种种遭遇感到非常震惊和困惑，但她没有退缩，而是鼓起勇气，夺路前行，执意要抵达那个难以企及的美丽花园。在跳进兔子洞，继而坠入地下世界之后，爱丽丝置身于一个灯火通明，但又无路可去的大厅里，而当她用桌上拿到的一把小钥匙打开一扇小门后，看到一个如同老鼠洞大小的通道，顺着通道望去，看到一座美丽的花园，那是她从未见过的如此可爱，又如此难以抵达的美丽花园，鲜花盛开的花坛，清爽凉快的喷泉，她多么希望能够走出这封闭的大厅，走到那令人神往的美丽花园。与此同时，爱丽丝在追寻这座花园的历程中对一路上的所见所闻及亲身经历进行了判断和反思，也表达了她发自内心的愤慨——这种愤慨的表露就是象征意义上的童年的反抗。最后，在国王和王后把持的法庭上，无辜的红桃杰克受到荒谬的指控和审判，爱丽丝本人尚未意识到自己居然作为一个证人出现在这一法庭上。正当爱丽丝关注着事情的进展时，国王当场颁布了所谓的"第四十二条法律"：凡是身高超过一英里的人都要离开法庭，这显然是针对在法庭上身体不断长高的女孩爱丽丝的，因为此时的爱丽丝对主持审判的国王构成了现实威胁。国王还宣称这条法律是"法典上最古老的法律"，于是爱丽丝当场批驳道："那就应当是第一条啊！"一句话说得国王脸色苍白，难以应答。小女孩爱丽丝不仅敢于运用理性逻辑来驳斥荒谬的国王，并且敢于挺身反抗专断暴虐的王后，当王后宣称"先判决，后裁决"时，爱丽丝大声喝道:"胡说八道,怎么能先判决,后裁决呢!"王后一听气得脸色发紫,顿时一群扑克牌上的国王、王后和大臣、陪审团成员等气急败坏地向爱丽丝扑来,爱丽丝猛然伸出双手将他们推开……而在第二部"爱丽丝"小说《爱丽丝镜中世界奇遇记》中,忍无可忍的爱丽丝在嚣张的王后面前,以及在众声喧哗的宴会上伸手怒掀餐桌台布,以制止"害群之马"的狂闹,这既是象征意义上的童年的反抗,也是作者通过童话叙事的方式表达自己对于维多利亚时代的精神危机的反抗,以及对于这个时代产生的荒诞的敌对性异化力量进行的抗争。事实上,通过走进卡罗尔的两部"爱丽丝"小说的童话世界,我们可以更好地理解儿童文学史和图书史学者哈维·达顿在《英国儿童图书:五个世纪的社会生活史》中所描述的英国儿童文学的历史场景,更好地理解刘易斯·卡罗尔的"爱丽丝"小说所体现的时代意义,所蕴含的深层思想结构、情感结构和言说不尽的丰富的文学、文化与哲理因素,以及现代和后现代思想理念,包括"生存的困境"和"存在的悖论":在英国,儿童图书一直是一个战场——是教喻与娱乐、限制与自由、缺乏自信的道德主义与发自本能的快乐追求之间的冲突。[1]

从总体上看,两部"爱丽丝"小说不仅是对维多利亚时期的儿童宗教叙事及恪守理性原则的说教性儿童图书创作倾向的激进反叛与颠覆,也是对包括欧洲经典童话(法国贝洛童话、德国格林童话、丹麦安徒生童话等)在内的所有传统童话叙事的突破和超越。这种突破和超越使作者在工业革命时代的社会转型期,在精神危机和重返童年的时代思潮中,为文学童话的创作开创了全新的叙事路径,为童话叙事成为蕴含现代性和后现代性思想因素和文学艺术特征的叙事文类做出了卓越的贡献。

第五节 "爱丽丝"小说的当代跨媒介
叙事与百年影像改编

一、跨媒介叙事对"爱丽丝"小说的阐释和再创作

在某种程度上,由于"爱丽丝"小说言说不尽的文学和文化内涵,它们

---

① DARTON F. J. H. Children's Books in England: Five Centuries of Social Life [M]. Cambridge: Cambridge University Press, 1958.

对于成人的吸引力远大于对孩子们的吸引力。随着时光的流逝，"爱丽丝"小说的经典性愈加勃发出推动创造的生命力，衍生出各种媒介、各种艺术形式的再创作，在特定意义上拓展了对经典名著的阐释维度和深度。事实上，自1865 年问世以来，"爱丽丝"小说构建的童年奇境已经成为一种大众文化现象。与之相关的衍生产物涉及绘画、音乐、戏剧、服饰、电影、电视剧、广播剧和游戏等诸多领域。在全球化语境和经典故事的全产业链开发的趋势下，"爱丽丝"小说作为经典的童年叙事在多种媒介平台经历了跨媒介叙事的再创作。随着时代的发展，不同的解读者和创作者通过不同的媒介、不同的叙事文本和叙述形式对"爱丽丝"故事进行再解读、再阐释和再叙事，根据个人和时代的需求建构和完善自己心目中与时俱进的"永恒的爱丽丝童年奇境"。例如，在根据"爱丽丝"故事创编的游戏项目中，传统的纸质文本的阅读者摇身一变，成为进入视觉音响多媒介世界的互动参与者，置身于栩栩如生的故事发生的世界之中，参与并构成叙事，与游戏内元素进行交互，扩大了参与新文本构成的话语权力。

其中，由 Cortopia Studios 推出的交互剧情式游戏节目《跳进兔子洞》(*Down The Rabbit Hole*) 就是根据《爱丽丝奇境漫游记》制作的 VR 冒险类游戏，参与者在游戏中通过解谜的方式引导小女孩爱丽丝找到丢失的宠物，推动向前剧情发展。这是具有益智性质的 VR 冒险游戏，设计精美，情节引人入胜，同时充分利用 VR 互动与沉浸特点，将原著中的诸多场景栩栩如生地呈现出来，恰如亲临现场，并且通过互动，推动故事进程，在不断地解开隐谜的过程中展开饶有趣味的智力活动，在与故事的各色人物的交流互动中获得更深层次的沉浸感，在探索中推动剧情发展。该款游戏的设计者注意到原著作者刘易斯·卡罗尔作为一个数学家，其在数学研究中建立的探究思维赋予该作的富于智力的吸引力也是该游戏解谜剧情引人入胜的关键因素之一。

法国多媒体出版公司 Anuman 是一个致力于数字发行的国际视频游戏和移动应用开发商，它运用多年积累的专业知识开发出益智解谜游戏《爱丽丝漫游奇境记》。游戏的剧情根据原著主线展开。小女孩爱丽丝在备感无聊之际突然发现了一只急匆匆路过的大白兔，只见它身穿绅士外套，神秘兮兮地快步行走。在好奇心的驱使下，爱丽丝迈开双腿跟在兔子后面，想看看兔子究竟要到哪里去。走到兔子洞穴时，她发现自己进入了一个神秘的世界，怪异而且不合日常生活的逻辑。参与者在游戏中要帮助爱丽丝穿越陌生的世界，然后返回家里。该游戏配置包括，处理器：英特尔奔腾 2.2 GHz 或等效的 AMD 4；显示卡：256 MB 的显存—NVIDIA 公司的 GeForce 6200 或 ATI Radeon 9600；

内存：Windows XP 需要 1GB 内存/Windows Vista 或 Windows 7 需要 2GB 内存；操作系统：Microsoft Windows XP/Windows Vista/Windows 7；声卡：DirectX 9.0 兼容声卡；Direct X：9.0 版本；安装：CD - ROM 光驱。

国内的"麻辣马"游戏工作室（Spicy Horse）创作的动作冒险游戏《爱丽丝疯狂回归》（Alice：Madness Returns，2011）。该项目具有当代新媒体依托经典名著来设计、制作游戏项目的特点，即对原著采取了自由度更大的变动。制作者避开了"忠实原则"，根据"不冲突原则"和"最小误差原则"进行内容扩充，使之具有更丰富的现代游戏性，从而拓展了"爱丽丝奇境历险"的叙事空间。该游戏设定的剧情是爱丽丝从镜中世界返回现实世界后遭遇了严峻事件，需要她重现找回自我。一场突发大火使这个家庭蒙受重大生命和财产损失。失去记忆的爱丽丝受到邪恶医生的蒙骗，认为是自己的过失酿成大祸，深怀负罪之感，在现实世界和奇境世界中不断遭受精神折磨。爱丽丝在与各种敌人搏斗拼杀的过程中逐渐找回失去的记忆，最后彻底击败制造祸端的罪魁祸首。这款游戏完全颠覆了传统，天真可爱的爱丽丝在参与者互动的过程中可以进入手拿着厨刀疯狂挥舞的"暴走状态"，呈现了爱丽丝在暗黑的"哥特式世界"中的惊艳的暴力美学；也可以追求无伤害状态下的通关程序，尽量升级装备，力争保持满血状态，这样爱丽丝就像一位飒爽英姿、身经百战的女勇士。参与者在互动过程中与爱丽丝共同经历冒险行动，一起揭开故事背后隐藏的恶势力的黑暗阴谋。

二、跨越时空的追寻：爱丽丝从对抗荒诞乱象到追寻罪案真相

日本推理小说家早坂沓（Hayasaka Yabusaka）创作的《爱丽丝罪恶奇境》将"爱丽丝"小说原著改写为惊险悬疑推理小说，既是与经典的对话，也是对当代侦探推理小说创作的拓展。这部作品发表以来，引发不少青年读者，尤其是侦探推理小说迷的关注和热评。作者以人们熟悉的"爱丽丝"经典童话为基本人物和情节构架，将读者导入当代社会现实，采用包括人工智能、虚拟现实等在内的当代前沿科技元素，建构了一个引人入胜，欲罢不能的运用人类智力与缜密推理相结合的"爱丽丝"侦探推理历险故事。这在特定意义上是契合"爱丽丝"小说原著的文学化哲学探究和追寻真相这一精神气质的。事实上，由于"爱丽丝"小说丰富的深层心理和文化意涵，它们对于成人读者和批评家的吸引力远大于儿童读者。在早坂沓的作品中，原著爱丽丝对于怪异世界种种荒诞乱象的质疑和反抗被转化为对于现实世界凶杀犯罪引发的悬疑案件的追踪和破解。爱丽丝的父亲是一名卓有声望的名侦探，他最爱说的一句话是："人不能一直活在谎言的世界里。你必须知道真相！"爱丽丝一直渴望成为一个像父亲一样出色的侦探。爱丽丝 10 岁生日这天，父亲外出侦办案件，但送给她一个礼物，放在屋外林中的一间小木屋里。父亲深知爱丽丝心中的愿望，在她生日这天为她设置了一道超级谜题，期待爱丽丝去破解。爱丽丝在林中小屋里发现了一个大白兔模样的神秘人物，说自己是科学家，有一台 VR 虚拟现实机器，可以让爱丽丝进入以《爱丽丝奇境漫游记》为活动背景的虚拟世界，去破解那里发生的扑朔迷离、不可思议的凶案。于是过 10 岁生日的爱丽丝进入罪案悬疑奇境，踏上一场致命的破案历险的旅程：她必须在 24 小时内，破解 5 道致命的悬疑之谜。

爱丽丝进入隐藏着罪恶的奇境后，遭遇的第一个危机是身陷密室，无法脱身。在原著中，爱丽丝无法走出地下庭室，所有的门都被锁上了。她用一张小桌上发现的小小的金钥匙打开一扇小门后，看到一条老鼠洞大小的通道，通向一座美丽的花园。当然，爱丽丝无论如何也不能从这么小的通道出去的。她在桌上发现了一个小瓶子，上面系着一个标签，写着：请喝我（DRINK ME），爱丽丝喝了瓶中的液体，身体大小发生了变化。在早坂吝的故事中，爱丽丝同样被困在密室中，打开房门的唯一一把钥匙放在另一间密室中，中间只有一条鼠洞大小的通道相连。爱丽丝在密室中面对的悬疑难题是："请破解我的问题"（SOLVE ME），爱丽丝凭着找到的饼干果汁逃离险境，化险为夷。

爱丽丝要破解的第二个悬疑事件是公爵府中发生的小猪婴儿被人绑架疑案。在"爱丽丝"原著中，爱丽丝走进林中空地的一座房子，在一间满是烟气的大厨房里见到公爵夫人，她坐在一张三脚凳上，怀抱一个婴孩，那个孩子不是在打喷嚏，就是在嗷嗷叫唤，原来是个小猪模样的婴儿。公爵夫人是个性情怪异、忽冷忽热、虚伪做作、媚上欺下的女人，有时表现出歇斯底里的状态。她说要去参加王后的比赛，然后一把将婴儿扔给爱丽丝。在早坂吝的故事中，小猪婴儿在公爵夫人家受到精心呵护，但突然遭到绑架，下落不明。身陷迷局的爱丽丝也具有卷入绑架案的嫌疑，形势危急。要破解这一绑架迷案，首先要追寻公爵府邸中隐藏至深的残酷秘密。

爱丽丝面临的第三个严峻考验是破解疯帽匠命丧茶室的悬疑凶案。在"爱丽丝"原著里，疯帽匠和三月兔在一棵大树下面放了一张桌子，围着桌子上的茶杯不停地举办茶会。他们与爱丽丝的对话总是颠三倒四、莫名其妙，似乎又暗藏玄机。疯帽匠一见面没说几句话就问了爱丽丝一个谜语般的问题："为什么乌鸦像一张写字台？"这个问题正是早坂吝小说这一章的标题。在早坂咨的故事里,疯帽匠在封闭的茶室内毫无征兆地被人谋杀,但他咽气之前在地板上留下两个英文单词。爱丽丝发现了地板上的神秘留言,这究竟是一场意外呢,还是一个精心策划的谋杀诡计,她必须运用智慧和勇气去破解这起看似毫无头绪的凶杀案。

爱丽丝面临的第四个考验是破解童谣人物矮胖墩的坠亡悬疑。在"爱丽丝"小说原著中,矮胖墩原型来自童谣《矮胖墩,坐墙头》(*Humpty Dumpty*)①,他是个鸡蛋形状的矮胖子,坐在一堵狭窄的墙上,是国际象棋棋盘第六格的主人。这矮胖墩憨头憨脑,没有腰围,爱慕虚荣,傲慢自负,尤其喜欢天马行空般的想当然地为词语赋予任何意思。在早坂咨的《爱丽丝罪恶奇境》中,矮胖子居然在爱丽丝亲眼见证下,诡异坠落,消失得无影无踪。这究竟是一场意外坠落事故呢,还是另有蹊跷,是一场瞒天过海的险恶的蓄意谋杀?坐在高墙上的矮胖墩坠落之后能否破蛋重圆,希望极为渺茫。爱丽丝必须破解这一悬疑案情。

整部小说情节发展的高潮在故事的第五部分,即素以砍头癖著称的红心王后被人斩首谋杀一案的破解。在"爱丽丝"小说原著中,红心王后骄横跋扈,暴戾乖张,对待臣民尤为残暴,无论谁有意无意冒犯了她,或者不合其心意,她就会喝令砍掉谁的脑袋。整个地下奇境的人都处于她的残暴统治之下。从心理分析学角度看,王后象征着某种无法控制的"伊底"冲动欲求,一种追求盲目发泄而没有目标指向的暴怒。在早坂咨的《爱丽丝罪恶奇境》中,动辄下令将人斩首的王后却在守备森严的红心城堡内惨遭谋杀,被人斩首,爱丽丝如何才能在王宫城堡里找出犯下这一大案的真凶,从而揭示真相,全身而退。而要破解这一凶险诡异的悬疑谜题,需要将其与发生在前面四部分的悬疑案情联系起来,综合考察,发现相关线索之间的内在关联,而出现在第一个悬疑谜题中有关变大变小的提示尤为重要,成为破解第五个悬疑凶案的关键。经过爱丽丝的不懈努力,案情最终真相大白,呈现在读者面前的却是一场惊天大反转,令人震惊,又不得不击节称赏。

总体上看,早坂咨的《爱丽丝罪恶奇境》将两部"爱丽丝"小说原著中的几个经典人物及故事元素作为自己的悬疑构架,进行侦破推理叙事,形成了相互独立,又相互衔接、呼应,层层递进的五个短篇故事。作者对经典童话进行富于创造性的改写,融入当代前沿科技,同时将科技与智慧结合起来,

---

① 童谣《矮胖墩》(Humpty Dumpty):矮胖墩,坐墙头,栽了一个大跟斗。所有国王的兵,所有国王的马,破蛋重圆没办法。

演绎出一部引人入胜的当代悬疑侦破小说，从密室逃脱、神秘绑架、死亡留言、离奇坠亡，到密室斩首，故事进程柳暗花明，悬疑重重，同时相互衔接，丝丝入扣，起伏跌宕，最终水落石出，惊天反转，成为一部值得关注的，向经典童话致敬，并与之对话的当代惊险推理小说。就经典传承而言，这样的创造性改写可以跨越文类边界，使读者获得超越时空的认知和审美体验。

三、"爱丽丝"小说的百年影像叙事①

当然，就在学者、批评家和作家对"爱丽丝"小说进行持续不断的研究、发掘和重新述说的同时，影视界的导演对它们展开了持续的重叙、改编和不断更新的影像叙事。从 1903 年英国导演塞西尔·赫普沃思（Cecil Hepworth）首次以无声黑白影片的形式将《爱丽丝》搬上影视屏幕，到 2016 年由詹姆斯·博宾导演的 3D IMAX 版《爱丽丝奇境历险记 2：镜中奇遇记》的面世，两部"爱丽丝"小说经历了百年影像改编，成为一个大众文化现象。究其根本，首先是两部"爱丽丝"小说自身蕴含的思想和文学品性所造就的卓越经典性；其次是人们对这两部作品的持续研究和重新叙述成为其保持经典性和影响力的重要外部条件。其中，迪士尼影业公司对两部"爱丽丝"小说的改编无疑是影响最为广泛的文化现象。作为永恒的童年叙事经典，两部"爱丽丝"小说在童趣和深刻之间，在梦幻和现实之间，在无奈和理想之间，在荒诞情节和逻辑真实之间，取得了依托童年又超越童年的艺术效果，能够满足不同时代的精神需求和审美需求，成为一个言说不尽的当代阐释奇境和一个永不枯竭的再创作的源头奇境。

（一）20 世纪以来关于"爱丽丝"小说的影像改编统计

随着现代科技日新月异的进步，当今世界早已进入了"图像时代"。以电影为代表的当代影像叙事通过集音响、色彩、景观和图像于一体的综合视觉模态叙事，造就了影响巨大的大众文化传播样式。尽管如此，历史传承下来的优秀纸质文学经典并没有就此消隐，而是为当代影像叙事提供了难以替代的多彩多样的题材以及深邃博大的思想和艺术营养。在这一时代语境下，我们聚焦迪士尼影业公司的"爱丽丝"故事的动画影视改编，对 20 世纪以来两部"爱丽丝"童话小说的百年影像改编（1903—2016）进行文学和文化意义上的审视。众多批评家和学者的阐释、发现揭示了两部"爱丽丝"小说具有

---

① 本部分内容曾发表于《景德镇学院学报》2017 年 4 期，题为"徜徉在永恒的童年奇境：童年叙事经典'爱丽丝'小说的百年影像改编"。

的丰富文学、文化意义和哲理思想,科学思维及科幻因素,现代主义和后现代主义文学因素,等等,使人们得以更好地认识和鉴赏它们的思想和艺术魅力。与此同时,两部"爱丽丝"小说也成为人们进行改编创作和重新叙述的用之不竭的一个资源。众多作家、艺术家通过模仿、改写、续写、重写等形式对它们进行着持续的文学阐释和影视再现。20世纪以来,随着现代影视技术的发展,对"爱丽丝"小说的影像改编也走过了从默片、有声、黑白、彩色到数码3D大片等阶段的百年历程。仅限以"爱丽丝"(少数以"奇境")为片名的影像改编包括:① *Alice in Wonderland*(1903,默片,导演 C. Hepworth);② *Alice's Adventures in Wonderland*(1910,喜剧默片);③ *Alice in Wonderland*(1915,默片);④ *Alice in Wonderland*(1931,第一部有声影片);⑤ *Alice in Wonderland*(1933,影片);⑥ *Alice in Wonderland*(1937,电视片);⑦ *Alice*(1946,英国 BBC 电视片);⑧ *Alice in Wonderland*(1949,影片);⑨ *Alice in Wonderland*(1951,迪士尼动画片;在这之前迪士尼已推出了近 60 部黑白无声的动画短片);⑩ *Alice in Wonderland*(1951,英、法、美合拍真人实景与木偶混合版影片);⑪ *Alice in Wonderland in Paris*(1966,动画片);⑫ *Alice in Wonderland*(1966,动画片,Hanna-Barbera 出品);⑬ *Alice in Wonderland*(1966,电视影片);⑭ *Alice's Adventures in Wonderland*(1972,歌舞片);⑮ *Alice in Wonderland*(1976,成人歌舞喜剧片);⑯ *Alice*(1981,影片);⑰ *Alice in Wonderland*(1981,动画片,乌克兰);⑱ *Alice v Zazerkal*(1981,动画片);⑲ *Alice at the Palace*(1981,影片);⑳ *Alice in Wonderland*(1983,影片);㉑ *Fushigi no Kuni no Alice*(1983,动画片);㉒ *Alice in Wonderland*(1985,CBS 电视影集);㉓ *Alice in Wonderland*(1985,电视片,导演 Shigeo Koshi);㉔ *Alice in Wonderland*(1986,BBC 电视影集);㉕ *Alice Through the Looking Glass*(1987,电视片);㉖ *Alice*(1988,影片);㉗ *Alice in Wonderland*(1988,动画片,澳大利亚);㉘ *Adventures in Wonderland*(1991—1995,迪士尼电视系列片);㉙ *Sugar & Spice:Alice in Wonderland*(1991,动画片);㉚ *Alice in Wonderland*(1995,动画片);㉛ *Alice Through the Looking Glass*(1998,电视片);㉜ *Alice Underground*(1999,影片);㉝ *Alice in Wonderland*(1999,NBC,导演 Nick Willing);㉞ *Alice in Wonderland*(2003,Hallmark Entertainment);㉟ *Abby in Wonderland*(2008,芝麻街 DVD 影片);㊱ *Alice*(2009,电视片,英国科幻有线频道播出);㊲ *Alice in Wonderland*(2010,3D 彩色影片,导演 Tim Burton);㊳ *Alice in Murderland*(2010,影片,导演 D. Devine);㊴ *Once Upon a Time in Wonderland*(2013,电视系列片,美

国 ABC Studios）；等等。

另据马丁·加德纳的不完全统计，从 1950 年至 1999 年，出现了 10 部"爱丽丝"电视（系列）片，以及两部专题教育片：①《好奇的爱丽丝》（1972，彩色片），由华盛顿特区的 Design Center Inc. 为国家心理健康研究院摄制，是为初中生拍摄的预防毒品教程的组成部分。影片中，由真人饰演的爱丽丝走进动画角色当中：毛毛虫抽着大麻，疯帽匠吸食迷幻剂，睡鼠服用巴比妥类药物，三月兔给自己注射苯丙胺，而大白兔则是吸食毒品的领头人。只有柴郡猫独善其身，象征着爱丽丝的良知。②《爱丽丝漫游奇境：如何鉴别差异》（1978，迪士尼制作，影片向观众讲解有关鉴别差异的道理：花园里那些会说话的花儿就因为爱丽丝与它们不一样而很不友善地对待她），改编自"爱丽丝"小说的教育片尤其值得人们关注。

（二）迪士尼影业对"爱丽丝"小说的影像改编历程

20 世纪以来，"爱丽丝"小说的影像改编已进入了文化、文学、教育和娱乐等广阔领域。其中，迪士尼影业公司（The Walt Disney Company）对"爱丽丝"小说的影视改编无疑是当代受众最广，传播和影响最深远的大众文化现象。我们可以将其历程划分为三个主要阶段。

第一个阶段：20 世纪 20 年代，迪士尼影业的开山之作。迪士尼影业的创始人沃尔特·迪士尼（Walt E. Disney，1901—1966）对维多利亚时代刘易斯·卡罗尔创作的"爱丽丝"故事一直喜爱有加。1923 年 7 月，沃尔特·迪士尼给纽约动画片发行商玛格丽特·温克勒女士写信介绍《爱丽丝奇境漫游记》，对方被打动，于是双方签订了 6 部系列影片的合同。当然，温克勒女士也提出一个条件，主角爱丽丝须由她指定的一位 6 岁的小姑娘弗吉尼亚·戴维斯扮演。此后，沃尔特成立迪士尼兄弟工作室，全力投入制作。沃尔特在制片过程中充分发挥了他天才的想象力和非凡的创造力，完成了迪士尼影业的第一部作品。这是真人与卡通版的《爱丽丝》动画系列。当然，由于早期影视技术条件的限制，只能是黑白短片。但影片生动有趣，在当时给人耳目一新的感觉。第一部动画片一开始呈现的是小姑娘爱丽丝与历史老师在一起的情形。爱丽丝心不在焉地听着老师讲历史课，似懂非懂；在阅读方面，她只在乎配有图片的书，对那些尽是文字的图书没有丝毫兴趣。影片还呈现了爱丽丝与花园中的群花一起歌唱的金色的下午。而从奇怪的陪审法庭逃出来之后，爱丽丝又受到红心皇后及她的扑克牌卫队的疯狂追逐。爱丽丝跳进疯帽匠的茶杯之后在茶水中游泳，之后又遇到了怪异的毛毛虫，遭到毛毛虫那一句著名的逼问："你是谁?"毛毛虫唱了一曲以元音为歌词的荒诞歌曲后，爱丽丝向他行了一个屈膝礼,然后对他简要地介绍了自己是谁。第二年 5 月,前 6 部动画片制作完成,在美国上映后,深受好评。随着时间的前行,迪士尼又相继拍出了一些彩色的卡通片,以及长篇剧情动画片。通过真人实景与动画相结合的方式,迪士尼富有创意地将幻想性"爱丽丝"故事生动地呈现出来。这一时期的爱丽丝系列影片制作耗时 3.5 年,共拍出了 57 部。从总体上看,这些早期动画都是用手绘的方式一幅幅画出来的,虽然故事情节简单,却体现了迪士尼本人的制作理念:"创造仅存在于想象中事物的形象,但是它又比现实世界更加真实。"此外,沃尔特·迪士尼的"爱丽丝"作品呈现了 20 世纪 20 年代在纯洁单一的道德观念引导下营造出的迪士尼梦幻世界。

第二个阶段:20 世纪 50 年代见证了 1951 版经典之作的诞生。迪士尼原本在"二战"前就有继续拍摄"爱丽丝"动画片的计划,后因战争爆发而搁浅。战后迪士尼终于将"爱丽丝"小说以长篇剧情动画片呈现出来,这就是 1951 年完成并上映的第 13 部迪士尼经典动画长片《爱丽丝奇境漫游记》。该片由克莱德·吉诺尼米(Clyde Geronimi)和威尔弗雷德·杰克逊(Wilfred Jackson)执导,片长 75 分钟,彩色,单声道,表现的是爱丽丝由于无心上课,在追赶一只带着怀表的兔子时不小心进入了一个奇幻的世界,遇到许多会讲话的生物以及许多像人一样活动的纸牌。在这个神秘的奇境世界,杯子会自己倒茶,毛毛虫会吞云吐雾地发出烟圈,还会质问和责怪他人,当然还有行为可怕的扑克牌王国的国王、王后及其仆从……,呈现出一幕幕似真似幻的怪诞趣事。此次沃尔特·迪士尼启用了 10 岁英国女孩凯瑟琳·博蒙特(Kathryn Beaumont)作为动画主人公爱丽丝的原型模特和配音演员。凯瑟琳长着一头金黄的秀发和一双闪亮的大眼睛,纯真甜美的外形和清脆美丽的歌喉,以她为原型模特,绘制出爱丽丝的动画形象,同时由她给爱丽丝配音,这应当是非常理想的选择。迪士尼非常注重细节,主人公爱丽丝的角色造型以及动作设定,都要先通过真人演员表演之后再进行设计;而在动画配音时都要求配音演员与动画角色在穿着、动作及处境等方面保持一致。例如,片中有一个情节表现爱丽丝在自己哭出眼泪所形成的泪水池中坐在水杯里随波漂流,在为此片段配音时就让小演员真的进入一个特大的玻璃罐里进行配音。如今通过 20 世纪 50 年代的剧照,仍然可见当时制作的极度认真和精心准备,如何力争在逼真的场景中完成配音,如配音演员凯瑟琳为疯狂茶会情节配音的剧照;为爱丽丝掉进兔子洞情节进行配音的剧照;渡渡鸟唱歌的配音剧照;爱丽丝骑着大嘴鸭绕着圆圈奔跑的配音场景,以及爱丽丝身体缩小后在瓶子里进行配音的场景,等等,这种力争惟妙惟肖之效果的精神令人敬佩。而正是由于如此注重细节，才使之成为 20 世纪 50 年代深受观众喜爱的经典动画片之一。值得一提的是，凯瑟琳出生在英国，从小受到过良好的戏剧教育。由英国女孩为英国经典童话小说的改编做动画模特原型并配音，保证了原本根在英国的"爱丽丝"原著改编的纯正"英国本色"。1998 年，凯瑟琳·博蒙特被迪士尼公司授予"迪士尼传奇奖"。1951 年版的《爱丽丝奇境漫游记》上映于当年 7 月 26 日，受到观众欢迎。然而在美国，由于该片推出时正值二战后的经济萧条期，主流文化倾向于写实主义的作品，因此这部使用超现实手法的动画影片在评论界没有引起太大反响。直到 20 世纪六七十年代，在心理学理论开始流行的背景下，这部影片才再度受到人们的关注。此外，该影片中富有浓郁奇幻色彩的人物和场景具有强烈的吸引力，结果位于加州的迪士尼乐园开设了《爱丽丝奇境漫游记》游乐项目，位于巴黎的迪士尼乐园将城堡外的树丛修剪成柴郡猫的形状，而位于东京的迪士尼乐园在 1999 年开了一家"爱丽丝"主题餐厅。

第三个阶段：从 2010 年以来出现的跨界 IMAX 3D 电影大片。2010 年 3 月，由著名导演蒂姆·伯顿执导的 IMAX 3D 真人动画结合版电影大片《爱丽丝梦游仙境》与公众见面，再次引发了人们对两部"爱丽丝"小说的关注，也标志着"爱丽丝"小说的影视改编成为一个跨越童年、跨越儿童文学领域的世界性大众文化现象。该片由人称"怪才"的著名导演蒂姆·伯顿执导，由米娅·华希科沃斯卡、约翰尼·德普、海伦娜·邦汉·卡特和安妮·海瑟薇等诸多影星联袂出演。整部影片是将《爱丽丝奇境漫游记》（1865）和《爱丽丝镜中世界奇遇记》（1871）糅合在一起进行改编的。以"爱丽丝"原著的发生时间为参照，蒂姆·伯顿的影像叙事续写了发生在原著时间十年之后的故事。爱丽丝长大了，就在她 19 岁生日的当天，家人安排她参加一个在花园举行的盛大聚会。等爱丽丝进入花园才发现那是特意为她策划的一场订婚宴会。在众宾喧哗、人影散乱的席间，一位富豪的儿子向爱丽丝发起求婚，此人虽然家境极其富有，但为人傲慢而木讷，根本不是爱丽丝会钟情属意的人。爱丽丝感觉这绝不是自己希望的生活，她只想找个地方躲起来。而此时一只身穿白色马甲、带着怀表的兔子出现在花园的小径上。爱丽丝再一次被白兔所吸引，跳进了通往地下世界的兔子洞，阴差阳错地返回到自己 10 年前曾经到过的奇境世界，与她 9 岁时遇到的那些老朋友重逢了，包括行为怪异的疯帽匠，虚张声势的睡鼠（Dormouse），忽隐忽现的柴郡猫（Cheshire Cat），口含烟斗吞云吐雾的毛毛虫，偏执焦虑的三月兔（March Hare），等等。这里依然是她童年时闯入的地下奇境，当年的一切似乎没有改变，但一切又确确实实发生了重大改变。而这个地下世界的最后命运将取决于爱丽丝的选择。疯帽匠先生率先迎接了爱丽丝的到来,专断凶狠的红心皇后依然尖声吼叫着要砍掉别人的头,甚至连自己的妹妹白皇后也不放过。在双胞胎兄弟的帮助下,爱丽丝逐渐地记起了当年经历的事情,她将在这个严峻的成人世界重新审视自己,准备好肩负起打败邪恶、匡扶正义的重大使命。

这部当代大片采用大量 CG 动画与真人演员的表演动作相结合的方式拍摄制作。借助 21 世纪的 3D 影视技术打造出视觉听觉效果都极度震撼的梦幻般奇境世界。3D 影视技术的出现成为"爱丽丝"小说影像改编的重要制作手段,能够在原著问世百余年之后用 IMAX 3D 影视技术将文学名著故事及其艺术形象呈现为实体化的具象,其最大优势在于给观众身临其境的实感,以及视觉听觉的审美观赏。当代最高科技水平的三维拟真显示系统的运用,的确给观众带来了极具震撼的视听感受。《爱丽丝梦游仙境》运用全新的 IMAX DMR 技术进行制作,届时将会公映 IMAX 3D、普通 3D、普通 2D 三个版本。这也是继《阿凡达》之后第二部采用这种级别的规格发行的电影。影片中那些令人震撼的地下世界景观和建筑都是特效制作的,片中"疯帽匠"的眼睛比约翰尼·德普的眼睛大了 10% 到 15%。创作团队动用了一个 4000 线分辨率的 4K hi-def 摄像机来拍摄海伦娜·伯翰·卡特扮演的"红皇后",保证她的头放大到 2 倍仍能保持身体完整且没有任何改变。

现代音乐艺术为这部影视作品增添了极富感染力的审美效果。一方面是影片音乐的天籁之声为观众带来视听结合的审美享受,另一方面是专为影片创作的插曲的烘托,如加拿大著名女歌手、词曲创作者艾薇儿·拉维妮(Avril Lavigne,1984—)为影片创作并演唱的片尾曲《地下的爱丽丝》(*Alice Underground*),都为影片增加了亮丽色彩。而《爱丽丝梦游仙境》的原声带《都是爱丽丝》(*Almost Alice*)收录了包括这首片尾曲在内的 24 首歌曲。其乐曲在影片中的不同场景对电影人物心理和情绪起到独特的作用,能把观众带入特定的艺术时空,让观众随之喜悦、流泪,去感受人物的内心。

曲目	
Alice's Theme(爱丽丝主题音乐)	*Alice Reprise #3*(爱丽丝重奏曲#3)
Little Alice(小小爱丽丝)	*Alice Escapes*(爱丽丝大逃脱)
Proposal/Down the Hole(求婚/掉进兔子洞)	*The White Queen*(白皇后)
Doors(门)	*Only a Dream*(只是一场梦)

曲目	
Drink Me（喝我吧）	*The Dungeon*（地牢）
Into the Garden（进入花园）	*Alice Decides*（爱丽丝的抉择）
Alice Reprise #1（爱丽丝重奏曲#1）	*Alice Reprise #4*（爱丽丝重奏曲#4）
Bandersnatched（班德斯纳契）	*Going to Battle*（上战场）
Finding Absolem（寻找阿布索伦）	*The Final Confrontation*（最后对决）
Alice Reprise #2（爱丽丝重奏曲#2）	*Blood of the Jabberwocky*（杰伯沃奇的血）
The Cheshire Cat（柴郡猫）	*Alice Returns*（爱丽丝回来了）
Alice and Bayard's Journey（爱丽丝与贝尔德的旅程）	*Alice Reprise #5*（爱丽丝重奏曲#5）

　　为了保证影片尽可能忠实于原著的维多利亚时代的英国特色，主要演员阵容有明显的英国脉络：柴郡猫与毛毛虫背后的史蒂芬·弗莱和艾伦·瑞克曼；双胞胎和白皇后背后的麦特·卢卡斯和电视烹饪偶像奈吉丽·劳森。此外，剧组一方面在英国伦敦选用了大量景观，另一方面根据剧情需要在英国的朴次茅斯招募了众多当地群众和临时演员，提出的条件就是所有群众演员须有维多利亚时代居民的长相和气质，不能有文身和夸张的染发。值得注意的是，应该是考虑到中国的广阔市场和传播受众的数量，这部大片在结尾处出现的中国元素成为一个跨文化的亮点。作为影片富有意味的尾声，从地下奇境回到现实世界的爱丽丝拒绝了傲慢自大的富家子的求婚，并且说服了父亲将生意拓展到遥远的中国。于是银幕上爱丽丝一行人登上了驶往中国的大海船，踏上了新的探险之旅。

　　由蒂姆·伯顿执导的《爱丽丝梦游仙境》（2010）是对"爱丽丝"小说原著的当代续写，而2016年推出的由詹姆斯·博宾执导的《爱丽丝奇境历险记2：镜中奇遇记》（*Alice Through the Looking Glass*，2016）则是对蒂姆·伯顿影片的续写。也许是考虑到再次续写"爱丽丝"故事的难度和其后势必引发的争议，伯顿拒绝了之前提请他执导此片的呼声，而只担任了制片。如片名所示，2016年版的迪士尼"爱丽丝"影像叙事聚焦于长大后的爱丽丝重返镜中世界的经历。影片一开场便承接了2010年影片的片尾，爱丽丝乘船航行于茫茫大海之中，穿越马六甲海峡，在经历了东方世界的商业活动之后返回伦敦。再次出现了浓厚的中国元素：银幕上的爱丽丝身穿中国宫廷服装，而与此呼应的是，在片尾她的航海贸易公司甚至挂上了中文标牌。爱丽丝在过去的几年间跟随父亲出海远航，返回伦敦后偶遇了一面神奇的镜子，谁知穿过这面镜子后她竟然置身于当年的怪异奇境。值得注意的是，影片增加了重要的科幻因素，在白皇后（安妮·海瑟薇饰）的帮助下，爱丽丝通过大时钟内部的时空传送仪重返过去的时光，在不同的节点重逢了之前的朋友，也遭遇了同样的敌人。昔日的朋友包括大白兔、毛毛虫，还有疯帽匠等，但此时的疯帽匠已身不由己地陷入了困境。爱丽丝必须与时间对抗，要在时间耗尽之前打败邪恶的红皇后，扭转乾坤，拯救疯帽匠，拯救整个奇境世界。影片中出现的闪闪发光的神秘球体成为帮助爱丽丝重返过去的关键因素。

同样是 IMAX 技术呈现的震撼性的璀璨华美的视觉美学和动人心魄的配乐美学，是伯顿影片的原班影星的出演，如饰演"爱丽丝"的米娅·华希科沃斯卡（Mia Wasikowska）、饰演"疯帽匠"的约翰尼·德普（Johnny Depp）、饰演"白皇后"的安妮·海瑟薇（Anne Hathaway）、饰演"红皇后"的海伦娜·伯翰·卡特等好莱坞巨星，还有此次加盟的影星萨沙·拜伦·科恩（Sacha Baron Cohen），他饰演具象化的大反派"时间"。

（三）迪士尼影业对"爱丽丝"小说的影像改编意义

对 21 世纪以来的这两部迪士尼影业的 3D 大片，媒体的评价无论好评还是差评都相互匹敌，可谓毁誉参半。站在不同的立场、方位，用不同的观点、视角去看，仁者见仁，智者见智。就产生的批评而言，事实上任何文学经典被改编成以图像语言为主的影视作品后都很难不遭到原著主义者的批评。作为人类独有的文学表达方式，小说艺术是使用语言文字进行创作的。无论古今中外，作家都可以通过自己的文字语言"观古今于须臾，抚四海于一瞬"，"笼天地于形内，挫万物于笔端"。卓越的文学经典是文学语言的优化组合，给予读者的是无穷无尽的审美意味和精神体悟，其思想内涵的丰富性和再生性是其他审美文化无法比拟的。文学名著的思想内涵无疑是以视觉表现为特征的实拍电影的叙事手段难以完美再现的。任何影视改编都与原作在叙事方面存在很大差异。影像叙事以直观视听感受代替想象性的内省接受，无疑限制了接受过程的自主性和审美意蕴，是永远无法取代原著的。但另一方面，影像叙事是对文学经典的视觉图像解读，丰富了文学经典作品的内涵，扩大了受众和影响。两者是相互依存、相互促进的。文学名著对现实世界的深刻反映、对幻想世界的绝妙想象、对情感世界的审美关照，以及对人类命运的终极关怀，能够为影像叙事提供恒久的人文艺术营养，尤其为影像叙事提供资源和依托；而影像改编后的传播又促进了文学经典的通俗化和大众化，更为经典名著的解读提供了新的可能性，使其重新焕发了自身的艺术魅力。

那么，在如此之多的童话作品之中，为何两部"爱丽丝"小说受到持续不断的关注和影像改编呢？从整体看，"爱丽丝"小说绝非以故事情节取胜，更没有好莱坞影片所需的经典故事线。一个世纪以来吸引众多改编者的主要是文本蕴含的丰富哲思和文化因素，包括具有深邃心理意义的梦幻叙事、各种逻辑颠倒的游戏后面的奥妙玄机、文字游戏、黑色幽默、精神分析因素与意识流话语的运用等。心理学家看到了"洛丽塔情结"等心理因素；临床医师用"爱丽丝梦游仙境综合征"（AIWS）来描述一种引发偏头痛的先兆症状；数学家发现了欧几里得几何学等因素；从社会政治学角度看，爱丽丝寻求自我认同的努力象征着维多利亚时代的知识分子在社会转型期抵抗精神危机，建构新的认知体系的努力。重要的是，"爱丽丝"小说是在 19 世纪后期英国工业革命和儿童文学革命这双重浪潮的冲击下产生的。作者从工业革命以来的新思想、新视野和新科学及其带来的巨大变化中汲取了能量，又通过幻想性的童年叙事表达了那个时代充满矛盾的希望和恐惧，造就了蕴含在深层结构中的开放性的现代性和后现代性文学因素，使之成为耐人寻味、历久弥新的经典之作。同样在维多利亚时代，如果说狄更斯用现实主义的手法艺术地再现了真实的童年记忆，那么卡罗尔则以幻想文学的艺术形式超越了这些记忆。卡罗尔探寻的是如何才能消解自我，消解成年，如何才能回归童年，甚至重新成为一个小女孩。卡罗尔的回答是，富有想象力地走进小女孩爱丽丝的世界。① 爱丽丝进入兔子洞和镜中世界后遭遇了难以理喻的荒诞事件和滑稽可笑的人物，领略了各种逻辑颠倒的奥妙和玄机。通过爱丽丝的视野，卡罗尔戏仿了维多利亚时代的社会生活逻辑（茶会、宴会、门球赛、国际象棋赛，等等），以荒诞艺术的形式表达了作者对儿童权利的捍卫和对成人威权的反抗。女诗人艾米莉·迪金森（Emily Dickinson, 1830—1886）说过，"在具有洞察力的目光中，非常的疯狂乃是最神圣的理智，而太多的理智乃是最赤裸的疯狂。"②这是对爱丽丝故事的荒诞美学的最真实写照。

正如乔治·麦克唐纳在《奇异的想象力》（*The Fantastic Imagination*，1893）一文中所阐述的："一旦从它的自然和物理法则的联系中解放出来，童话潜在的各种意义将超越字面故事的单一性：童话奇境将成为一个隐喻性、

---

① 钱乘旦. 英国通史［M］. 南京：江苏人民出版社，2016：597.

② American Literature Survey: Nation and Region［M］. New York: The Viking Press, 1962: 63.

多义性的国度，在这个奇妙的国度，'艺术越真实，它所意味的东西就越多'"。①两部"爱丽丝"童话小说是幻想性的童年叙事。作者在童趣和深刻之间，在梦幻和现实之间，在无奈和理想之间，在荒诞情节和逻辑真实之间，取得了依托童年又超越童年的艺术效果，成为一种跨越儿童文学领域的言说不尽的经典文本，一种文学阐释的奇境和一个永不枯竭的再创作的源头奇境，能够满足不同时代的精神需求和文化需求。

　　以迪士尼影业的改编为焦点去透视图像时代对于"爱丽丝"小说这样的经典名著的百年视觉艺术改编，具有重要的社会文化意义，以及探讨文学经典衍生的教育、娱乐与传播等现实价值。从动画诞生以来，迪士尼动画创作成为世界动画影视叙事的重要先行者。从"爱丽丝"原著的动画改编来看，其早期动画中所彰显出的想象力和创造力为其后续发展打下了坚实的基础，也对世界动画电影的发展产生了深远的影响。随着影视制作技术的发展，尤其是 3D 技术的出现，迪士尼在"爱丽丝"影像改编的"动"和"画"两个方面跨越了原著以文字为载体的童年叙事，成为一种广泛的大众文化现象。3D 动画以前所未有的"视觉真实感"之审美特质使"爱丽丝"长大后面临的疑难问题的成长叙事在视觉阅读和感性彰显上得到强化。两部"爱丽丝"小说在问世百余年之后以 IMAX 3D 影视技术呈现为实体化的艺术形象，其最大优势在于给观众身临其境的实感，以及视觉听觉的审美观赏。当代最高科技水平的三维拟真显示系统的运用，的确给观众带来了极具震撼的视听感受。

　　从大众传播的意义看，尽管迪士尼对文学经典原著的改编不可避免地具有商业化和娱乐化的倾向，但却能让更多的人接触原著、了解原著，而且数量众多的观众也更习惯以影像方式接受迪士尼改编的文学原著。这无疑从一个侧面反映出它们所产生的广泛影响。这实质上就是西方文化工业"消费童话"的迪士尼影视制作传播现象。法兰克福学派批评家杰克·齐普斯对此现象进行了社会政治视野的剖析。齐普斯指出，自 20 世纪 50 年代以来，童话和幻想故事的形态和传播受到以迪士尼为代表的西方文化工业的深刻影响。而且从 50 年代以来，许多作家已经认识到，他们面对的绝大多数读者已经"迪士尼化"了，已经受到迪士尼文化工业的深刻影响。他这样阐述道，在当代西方社会，伴随着全球化的进程和大型媒体联合企业的形成，文化工业在

---

①　MICHAEL M. The Fairy Tales of George MacDonald and the Evolution of a genre ［M］// MCGILLIS R. For the childlike：George MacDonald's fantasies for children. London：Children's Literature Association；Metuchen, N. J.：Scarecrow Press，1992：33.

影响民间故事和童话故事的艺术形式和它们的传播方面更加成为一个决定性的因素。所以齐普斯认为，当今的人们要从社会政治视野去认识民间故事和童话故事自身的创造和发展的历史进程，把握在口传民间故事向文学童话故事演进的过程中起了很大作用的社会—历史力量，由此才能理解潜藏在"魔法魅力"后面的社会—心理能量，才能使人们在不同的文化语境中理解和运用民间故事和童话故事，才能冲破魔法符咒，不被文化工业制作的流行文化遮蔽①。事实上，每一时代的改编者都可以根据本时代的文化趣味和自身需求改编"爱丽丝"小说。尤其在人们的想象力日渐被工业技术驯化的后现代商业社会，改编"爱丽丝"小说成为许多人激发想象力，避免被文化工业制作的流行产品遮蔽的一个重要途径。与此同时，按照齐普斯的童话政治学观念，民间故事和童话故事是文化传统中的一种基本力量，在当今世界，实现它们的价值取决于人们如何积极地以社会互动的形式去创造性地对待和接受这样的传统文化。

---

① ZIPES J. Breaking the Magic Spell：Radical Theories of Folk and Fairy Tales ［M］. REVISED, EXPANDED, ed. Lexington：University Press of Kentucky，2002.

第七章

拓展社会转型期童年叙事的幻想天地：从传统童话走向艺术升华的幻想文学叙事

第一节　话语的成人世界与话语的儿童世界：
来自《西尔维与布鲁诺》的启示

在出版了两部风靡英伦的"爱丽丝"小说之后，卡罗尔还耗时数十载创作出版了长篇小说《西尔维与布鲁诺》。这部小说的前身是作者应盖蒂夫人（Margaret Gatty）的约请，发表在儿童文学刊物《朱迪阿姨的杂志》（Aunt Judy's Magazine）上的童话故事《仙子西尔维》和《布鲁诺的报复》（1873）。作者后来萌发了将这个故事扩展为一部长篇小说的念头，于是经过多年的构思和写作之后，卡罗尔实现了自己的心愿。在小说《西尔维与布鲁诺》中，当年发表的短篇故事《仙子西尔维》和《布鲁诺的报复》分别成为这部小说中的两章，而这部长篇小说也成为他发表的最后一部作品。小说围绕西尔维和布鲁诺姐弟俩展开故事，结构上呈现了两个平行空间，一个是出现在作者本人生活其中的维多利亚时代的现实空间，另一个是存在于异域他乡的幻想空间。现实世界与梦幻世界就这样交织起来，共同构成这部小说的文学世界。在《西尔维与布鲁诺》的序言中，卡罗尔披露了创作这部作品的初衷和创作经过，坦言要另辟蹊径，走一条与"爱丽丝"小说完全不同的道路。的确，这部小说与"爱丽丝"小说之间最大的不同之处在于，卡罗尔在有关现实世界的篇章里，借助人物之口直接向读者传递自己的思想观点和看法，涉及宗教、科学、阅读、人生、艺术等诸多话题。值得注意的是，卡罗尔在《西尔维与布鲁诺·终结篇》（Sylvie and Bruno Concluded）的序言中阐述了自己有关童话故事的看法和这部小说的结构布局，还阐述了关于人类能够随着不同程度的意识进入各种精神状态的看法。在卡罗尔看来，人类意识通过三种状态表现出来：一是日常生活的现实状态，此时人们意识不到仙女的存在；二是

"奇特诡异"的状态，此时人们不仅能够意识到自己所处的现实环境，也能意识到仙女的存在；三是梦幻般恍惚迷离的状态，无法清醒地意识到周围的环境，而且明显处于沉睡，但他的心灵之体已经潜入其他场地，无论是进入现实场景，还是处于奇境世界，此时的他能够意识到仙子的存在。①卡罗尔通过人类意识的三种状态来描述文学创作中现实与幻想的关系，可视为作家心目中有关幻想儿童文学创作观念的阐述。对于卡罗尔描述的第三种状态，我国古代文学作品中有不少例子。例如，元代郑光祖根据唐代陈玄祐的传奇小说《离魂记》改编的《倩女离魂》就艺术地呈现了这一状态。作品写倩女的躯体和灵魂相互分离，躯体卧在床上，似睡非睡，"恨绵绵，思切切"，处于现实生活中情感遭受挫折的状态；与此同时，她的灵魂已经离开躯体，飘然而去，正在路上追赶心上人。尽管一路上经受了月夜追船的艰辛和苦楚，还经受了种种磨难，但她的灵魂之体一往无前，绝不退缩，终于遂了"我本真情"的心愿。卡罗尔心目中的"意识三状态"对于儿童幻想文学的创作与研究具有积极的探索意义。在这之后，詹姆斯·巴里（James Matthew Barrie，1860—1937）在童话小说《彼得·潘》（*Peter Pan*，1904）中构建了以伦敦城区为代表的庸俗现实社会和以永无岛为代表的幻想天地这两个相互对立，又相互映衬的空间。20世纪另一位学者型作家 J.R.R. 托尔金（J. R. R. Tolkien，1892—1973）在《论童话故事》中提出了"第一世界"和"第二世界"观念，即上帝创造的"第一世界"乃是人们生活中的现实世界，而童话奇境就是人类创造的"第二世界"，是由心灵光顾的国度，所有想进入这个国度的人，都必须把不相信悬置起来。托尔金认为，为了抵抗发生在"堕落的"第一世界的罪孽，人们需要在"第二世界"恢复人类在道德沦丧的世俗社会已然丧尽的天良，获得精神救赎。而从更广泛的人类想象的意义看，这个第二世界的构建基础就是英国浪漫主义诗人济慈（John Keats，1795—1821）所描述的人类想象的真实性：

> 我相信世界上只有人心产生的情感和想象的真实性是神圣的——想象抓住的美好东西一定是真实的——无论它在这之前是否存在——因为我对于我们所有的激情，就像所有的爱一样，具有同样的观点，它们都

---

① The Complete Illustrated Lewis Carroll ［M］. Hertfordshire：Wordsworth Editions，2006：457-458.

存在于它们崇高的、富有创造力的基本的美当中……①

再往后，有女作家乔安妮·罗琳（J. K. Rowling，1965—）在"哈利·波特"小说系列中呈现的对"麻瓜世界"和"魔法世界"的两分法或二元对立世界。"麻瓜世界"是以伦敦街区为代表的世俗的现实世界，"魔法世界"则是以少年哈利年满11岁时离开令其遭受屈辱的麻瓜世界去学习魔法的霍格沃茨魔法学校为代表的。从19世纪"爱丽丝"的奇境世界到20世纪和21世纪的霍格沃茨魔法学校，英国儿童幻想文学创作的走向是一脉相承的。

再回到对卡罗尔这部长篇小说《西尔维与布鲁诺》的评价问题，人们的争议是比较大的，总体看，批评的声音多于赞扬的声音。这争议的后面映照的是关于儿童幻想文学与童年叙事的审美艺术本质的认知和体验。从《西尔维与布鲁诺》的整体内容和表达特征看，卡罗尔延续并扩展了"爱丽丝"小说所运用的"荒诞妙趣"乃至"黑色幽默"等哲思以及各种语言游戏、玄机解谜等因素；另一方面，卡罗尔为另辟蹊径，走上一条与"爱丽丝"小说全然不同的道路，尤其在作品中直接阐述有关人类生活的较为严肃的思考，借助人物之口发表对于维多利亚时代人们所关注的话题的评论，而且在讲述梦幻世界发生的故事时也增添了宣扬美德、因果善报等成分。从各方面反响来看，这部小说出版以来并不受欢迎，而且遭受很多批评和指责。对于当今的人们，如果将《西尔维与布鲁诺》呈现的文学世界与"爱丽丝"小说的奇境世界和镜中世界进行比较，那么写"爱丽丝"小说时那充满灵气和童心童趣的卡罗尔仿佛退回到热衷于说教的教师兼牧师道奇森的状态。究其根本，问题的关键在于对童年叙事的文学表达的把握，正如评论家科林·曼洛夫（Colin Manlove）所评析的：

　　那些为儿童创作的最优秀作品是由那些似乎忘记了自己在为谁而写作的作者创作出来的，因为话语的成人世界与儿童世界如此完美地融合起来：霍林戴尔称之为"童心童趣"；当刘易斯·卡罗尔在创作爱丽丝故事之前和之后，用一种成人的声音去谈论童年的奇事妙趣，当他将《西尔维与布鲁诺》呈现为对一个早慧孩童的颂扬之作时，他是笨拙的、窘迫的；而当他驰骋想象，全神贯注于"爱丽丝"故事时，无论多少年的

---

① KEATS J. To Benjamin Bailey：The Authenticity of the Imagination ［M］//The Norton Anthology of English Literature Vol. 2. New York：W·W·Norton & Company，1979：864.

岁月流逝都不会使他的光芒暗淡下去。①

曼洛夫提到的霍林戴尔就是儿童文学研究学者彼得·霍林戴尔（Peter Hollindale），他认为"童心童趣"（Childness）是儿童文学区别于其他文学类型的显著特质。在霍林戴尔看来，作为孩童的特质乃是"充满活力，富有想象，总想尝试，寻求伙伴交往，精神状态不稳定"②。事实上，作为人类个体生命中一段特殊的初始阶段，童年本身具有与成年迥然不同的特殊性，尤其体现在生理发育程度及心智与精神活动的差异等方面。一方面，童年是无畏的，心比天高的；另一方面，童年又是摇摆不定的，甚至充满恐惧的；一方面，童年意味着童言无忌，既可以遂心闹腾，也可以遂性嬉戏，尤其在幻想方面可以天马行空，充满奇思异想和莫名其妙之向往。根据当代童话心理学的研究，在人生的幼年期，儿童的内心感受和体验缺乏逻辑秩序和理性秩序，因此不宜过早让儿童进入现实，而且像成人一样去理解现实。这样做很容易使他们在成长过程中对现实生活感到失望。"爱丽丝"小说是依托童年，守望童年，同时又超越童年的更高层面的艺术追求，所以能够满足这一时期乃至不同年龄段读者的审美和认知需求，成为关于童年的成长困惑和童年精神特质的文学表达。

从时代语境看，卡罗尔的两部"爱丽丝"小说不仅是对维多利亚时期说教性儿童图书写作潮流的激进反叛与颠覆，而且是对包括欧洲经典童话在内的历史悠久的传统童话文学的突破和超越，由此开创了对话性和开放性的富有现代性、奇趣性和哲理性的文学童话创作道路，推动了多元化、多样性和包容性的现代儿童幻想文学创作的发展。当然，两部"爱丽丝"小说绝不是作者凭空想象出来的，它们与社会现实有着密切的内在关联，而且投射出敏锐的批判；此外，它们更不是横空出现的，它们的出现昭示着工业革命迅猛发展时期英国幻想儿童文学即将异军突起。首先，欧洲经典童话的翻译引进是英国儿童幻想文学兴起和发展的重要推力。正如汉弗莱·卡彭特（Humphrey Carpenter）在《秘密花园：黄金时代的儿童文学研究》一书中对19世纪初年德国《格林童话》英译本的出版所做的评价："当《格林童话》

---

① MANLOVE C. From Alice to Harry Potter：Children's Fantasy in England［M］. Christchurch：Cybereditions Corporation，2003：8.

② HOLLINDALE P. Signs of Childness in Children's Books［M］. Glos Stroud：Thimble Press，1997：46-47.

于 1823 年抵达英国之后，道德主义者对于童话故事的顽固抵制开始瓦解"。①
这在特定意义上表明了欧洲经典童话的翻译引进对推动英国儿童幻想叙事崛
起的重要作用。从 18 世纪 50 年代到 19 世纪 60 年代，坚持道德训诫与理性说
教的儿童图书在英国一直是占绝对优势的主流趋势。而从 19 世纪 40 年代开
始，张扬想象力和幻想精神的创作倾向经过长期的沉睡之后，终于从潜行到
勃发，冲破了根深蒂固之理性话语的藩篱，为具有自觉意识的儿童文学迎来
了一个真正的黄金时代。在这一过程中，欧洲经典童话的翻译引进产生了直
接的不可替代的催化和推动作用。

第二节　维多利亚时期的童话叙事：从翻译到原创②

　　1848 年，由爱德华·泰勒（Edward Taylor）首次英译的意大利作家巴西
耳（Giambattista Basile，1575—1632）的《五日谈》（*Lo cunto de li cunti overo
lo trattenemiento de peccerille*）选本出版，由著名插图艺术家乔治·克鲁克尚克
为其创作插图。这部故事集里出现了许多早期的表现著名童话母题的文学故
事，如《睡美人》（*Sun，Moon and Talia*）、《白雪公主》（*Lisa*）、《灰姑娘》
（*Cenerentola*）、《莴笋姑娘》（*Petrosinella*）、《穿靴子的猫》（*Gagliuso*）、《丘
比特与普赛克》（*The Padlock*）、《两块面饼》（*The Two Cakes*）、《牧猪人》
（*Pride Punished*）、《十二个月》（*The Twelve Months*）、《亨塞尔与格莱特》
（*Nennillo and Nennella*），等等。虽然《五日谈》译为英语的时间不算早，但
让人们见识了欧洲早期文学童话的重要源流之一。

　　从 17 世纪末开始，以多尔诺瓦夫人的童话和贝洛童话为代表的法国经典
童话被翻译引进，研究发现，法国经典童话对于英国幻想文学的发展影响极
大，甚至影响了英国幻想文学传统的整个发展进程。③多尔诺瓦夫人及其他法
国童话女作家通过她们的创作活动为那些作为一种文学类型的童话故事提供
了一个富有意义的名称。1698 年，多尔诺瓦夫人童话故事的第一个英译本

---

① CARPENTER H. Secret Gardens：A Study of the Golden Age of Children's Literature ［M］.
Boston：Houghton Mifflin Company，1985：3.

② 部分内容曾发表于《中国视野下的英国文学》，题为"欧洲经典童话的英译与英国童话
小说的崛起"，河南大学出版社，2012 年 3 月。

③ CARPENTER H，PRICHARD M，The Oxford Companion to Children's Literature ［M］.
Oxford：Oxford University Press，1991：25.

《童话故事集》(*Tales of the Fairys*)在英国出版。这是"童话故事"英语名称的首次出现，之后出版商陆续推出了各种各样的重印版本。在1752年的一本童话集的封面上首次出现了"Fairy Tale"（童话故事）的英语词语，使之从此成为一种稳定的、难以替代的名称流行开来。贝洛（Charles Perrault，1628—1703）的《鹅妈妈故事集》原名为《往日的故事或带有道德教训的故事》(*Histoire ou Contes du Temps Passe avec moralite*)，这部童话集进一步推动了民间故事向童话故事和文学童话的演进；重要的是，贝洛的童话故事对小读者产生的吸引力和它本身的文学魅力使它成为"儿童童话故事"及"文学童话故事"的发端。①翻译家罗伯特·萨伯（Robert Samber，1682—1745）于1729年翻译出版的贝洛童话的英译本将其译为 *The Tales of Mother Goose*，从而使"鹅妈妈的故事"进入英语世界，J. R. R. 托尔金指出，自从贝洛的《鹅妈妈故事集》于18世纪首次译成英语之后，贝洛童话的影响力是如此广泛，以至于对普通读者而言，当你要求任何人随意说出一个典型的"童话故事"的名字时，他都会引用贝洛故事集里那八个故事中的一个，如《穿靴子的猫》、《灰姑娘》或者《小红帽》。②18世纪初贝洛童话英译本的流行还推动了包括《一千零一夜》在内的东方故事的英译，其中最为重要的是《一千零一夜》全译本的出版（1838—1840），从1838年至1940年，E. W. 莱恩（E. W. Lane）出版了为儿童读者改写的《一千零一夜》；所有这些故事很快就汇入了英国本土的文学传统之中，对英国文学童话的创作起了重要的推动作用。

德国经典童话的翻译引进同样产生了重要影响。其中包括以格林童话为代表的民间童话和以 E. T. A. 霍夫曼（E. T. A. Hoffman）等为代表的一大批德国作家创作的浪漫派童话小说。事实上，格林童话的英译出版对于英国的童话文学创作的兴起发挥了至关重要的作用。翻译家爱德华·泰勒（Edward Taylor）在他做编辑工作的兄长爱德加·泰勒（Edgar Taylor）的帮助下，将格林童话中的部分故事译为两卷本的《德国流行故事》(*German Popular Stories*)，再配以英国著名儿童读物画家乔治·克鲁克尚克（George Cruikshank，1792—1878）所作的富于喜剧色彩的插图，分别于1823年和1826年出版。③这一英文版本发表后受到读者欢迎，不久就流传开来，使童话故事成为供孩子们阅读娱乐的重要内容。儿童文学批评家汉弗莱·卡彭特对

---

① CLUTE J, GRANT J. The Encyclopedia of Fantasy［M］. New York：St. Martin's Griffin；Updated edition, 1997：331.

② TOLKIEN J R R. The Tolkien Reader［M］. New York：Ballantine, 1966：40.

③ TAYLOR E. German Popular Stories, 2 vols［M］. London：Murray, 1823.

19 世纪初年德国《格林童话》英译本的出版做了很高的评价，认为《格林童话》对于英国作家和读者都产生了很大影响，尤其瓦解了道德主义者和说教主义者对于童话故事的敌视和抵制。①

英国 19 世纪著名历史学家、散文家托马斯·卡莱尔（Thomas Carlyle，1795—1881）在 19 世纪 20 年代末出版了两卷本的《德国浪漫故事》（1827），其中包括他本人翻译的奥古斯特·穆塞乌斯（Johann Karl August Musäus）、路德威格·蒂克（Johann Ludwig Tieck）、阿德贝尔特·封·沙米索（Adelbert von Chamisso）和 E. T. A. 霍夫曼（Ernst Theodor Amadrus Hoffman）等人的童话小说作品。他还翻译了霍夫曼的童话小说《金罐》（*The Golden Pot*）、《睡魔》（*The Sandman*）和《咬核桃王子与老鼠国王》（*Prince Nutcracker and the Mouse King*）等作品，使德国浪漫派童话小说进入英语世界，为 19 世纪下半叶英国文学童话的兴起提供了催化剂。随后在整个 19 世纪 30 年代，各种各样的英国期刊开始登载英译的德国作家的童话作品，包括沙米索、霍夫曼、蒂克、诺瓦利斯、豪夫等作家的作品。从乔治·麦克唐纳的作品中，人们不难发现德国浪漫派童话小说的影响。

与此同时，格林童话翻译引进后受到欢迎，激发了英国人在整个 19 世纪翻译其他国家童话故事的热潮，其中就包括安徒生童话的翻译——仅 1846 年在英国就出版了好几部英译安徒生童话集，包括玛丽·豪伊特（Mary Howitt）翻译出版的安徒生故事选《儿童的奇异故事》（*Wonderful Stories for Children*），这个译本产生了深远的影响，达顿认为，安徒生童话的翻译引进是豪伊特为年青一代所做出的最有分量的富有想象力的功绩②。同一年还有另外 4 部安徒生童话选译本出版，分别是卡罗琳·皮希（Caroline Peachey）翻译的《丹麦传奇与童话故事》（*Danish Fairy Legends and Tales*），以及由查尔斯·鲍尔（Charles Bower）翻译的《丹麦故事选》（*A Danish Story Book*）、《夜莺及其他童话故事》（*The Nightingale and Other Tales*）以及《幸运的套鞋和其他故事》（*The Shoes of Fortune and Other Tales*）。安徒生童话虽然从数量上与《格林童话》相比不算最多，而且都是短篇故事，但它们属于作家个人的艺术创作，许多篇目既抒发人生哲理和人生拷问，也呈现作者个人对社会现象的观察和看法；既洋溢着乐观豪迈，也渗透着忧郁伤感；既富于浪漫主义的诗意情怀，

---

① CARPENTER H. Secret Gardens：A Study of the Golden Age of Children's Literature ［M］. Boston：Houghton Mifflin Company，1985：3.

② DARTON F J H. Children's Books in England：Five Centuries of Social Life ［M］. Cambridge：Cambridge University Press，1958：248.

也充满严酷现实的真相写照，极大地拓展了传统童话的艺术手法和表现空间。安徒生童话的接受在英国推动了作家们转向民间文化，包括民间故事、民间童话、童谣等，去寻找创作素材。而且正如艾奥娜·奥佩和彼得·奥佩指出的，安徒生童话对于英国童话小说的创作起了很大的推动作用："伴随着英语版安徒生童话故事出现的是人们心灵的解放，是对于幻想文学及其无限的可能性的赞赏。……文学童话创作的道路敞开了，它将席卷 19 世纪的后半叶。"①到 1870 年，在英国至少出版了 21 种安徒生童话的英译本。

从 17 世纪末以来，欧洲及东方经典童话的翻译引进一方面为冲破儿童图书领域根深蒂固之道德教诲的藩篱，为颠覆长期占主导地位的恪守理性说教原则的儿童图书写作格局提供了强大动力；另一方面成为推动英国幻想文学创作的强大动力，为英国童话小说的创作提供了必要的艺术借鉴，使那些对抗说教文学，致力为少年儿童创作幻想性文学作品的作者获得了更多的自信。而从时代语境看，19 世纪 40 年代以来，英国工业革命时期出现的以达尔文进化论为代表的新思潮不仅撼动了基督教有关上帝与世间众生关系的不二说法，而且动摇了英国清教主义自 17 世纪后期以来对幻想文学和童话文学的禁止与压制。这两种潮流形成合力，使英国儿童幻想文学异军突起，引领了一个有自觉意识的儿童文学的黄金时代的到来。这一时期的幻想文学作品代表性作品有：F. E. 佩吉特的《卡兹科普弗斯一家的希望》；约翰·罗斯金（John Ruskin）的《金河王》；萨克雷的《玫瑰与戒指》；弗朗西斯·布朗的《奶奶的神奇椅子》；查尔斯·金斯利的《水孩儿》；刘易斯·卡罗尔的《爱丽丝奇境漫游记》和《爱丽丝镜中世界奇遇记》；马克·莱蒙的《廷肯变形记》；马洛克·克雷克的《地精布朗尼历险记》、《瘸腿小王子》；乔治·麦克唐纳的《乘着北风遨游》、《公主与地精》、《公主与科迪》；奥斯卡·王尔德的童话集《快乐王子及其他故事》和《石榴之家》；鲁迪亚德·吉卜林的《林莽传奇》、《原来如此的故事》；贝特丽克丝·波特的《彼得兔》；伊迪丝·内斯比特的《五个孩子与沙精》、《凤凰与魔毯》、《护符的故事》、《魔法城堡》；詹姆斯·巴里的《彼得·潘》；肯尼斯·格雷厄姆的《黄金时代》、《梦里春秋》、《柳林风声》，等等。从整体的儿童幻想文学创作格局看，对传统童话进行改写和重写，或者采用民间童话模式进行创作，成为许多作家，包括女性作家群体的创作模式，约翰·罗斯金的《金河王》就是一部颇具代表性的作品。与此同时，以"爱丽丝"小说为代表的原创童话写作模式成为一种颠覆性和创新

---

① OPIE I, OPIE P. The Classic Fairy Tales ［M］. Oxford: Oxford University Press, 1974: 28.

性的童话叙事，先后形成了卡罗尔传统、内斯比特传统及格雷厄姆传统等影响深远的维多利亚时代的原创童话叙事模式。

在此之前，从 18 世纪末至 19 世纪初叶，英国浪漫主义诗人对于童心的崇拜和讴歌无疑推动了人们对于童年和儿童的关注。其中，华兹华斯在自己的诗作中塑造了浪漫主义的儿童形象，讴歌儿童拥有"更高超的灵魂"，是"天赐的预言家""成人之父""最好的哲学家"，儿童"披着灿烂的云霞"是"诗人的心智得以成长的芒种""不朽灵魂的昭告者"等等。浪漫主义诗人崇尚淳朴的童心，认为那是追寻完美人性的必要条件，也是人类走出文明困境的理想途径，与此同时，回归自然和永葆童真可以为人类重返精神家园提供必要的路径。当然，浪漫主义诗人通过诗歌语言塑造的儿童形象，所讴歌的童心主义和童心崇拜虽然极富诗意，但显得比较抽象。维多利亚时代，随着工业革命带来的社会巨变，随着新思潮、新知识对传统宗教信仰和冲突观念的冲击，成人社会的儿童观和童年观也经历着很大的演变。以大容量叙述为特征的小说成为童年叙事的主要载体，其时代意义尤为重大。在狄更斯和卡罗尔的笔下，小说的巨大艺术表达能量得到释放，浪漫主义诗人所讴歌的抽象的儿童形象分别转化为批判现实主义小说所书写的历尽磨难的少年主人公，以及幻想性童年叙事所呈现的奇境历险的少女主人公。

就维多利亚时期的作家童话叙事而言，浪漫主义诗人的童心崇拜首先在卡罗尔和罗斯金的童话叙事中转化为特定的"少女崇拜"情结（A Cult of Little Girls）的艺术升华。艺术评论家约翰·罗斯金在艺术批评领域著述甚多，成就斐然，被称为维多利亚时代的圣人。崇拜并钟情于少女的"洛丽塔"情结在罗斯金的人生历程中体现得尤为突出。作为维多利亚时代的著名学者，牛津大学的美学教授，罗斯金不仅认识卡罗尔，认识利德尔·爱丽丝，而且对于柴郡一所女子学校的小女孩非常关注，他创作的童话小说《金河王》就缘起于与一个小女孩的忘年之交，这个女孩就是尤菲米娅（简称艾菲·格雷）。1842 年前后，罗斯金应艾菲的要求写下了"金河王"这个故事，不过它直到 1851 年才正式出版。而罗斯金也与年龄相距甚大的女孩艾菲结为夫妇。由于罗斯金本人身体的原因，两人的婚姻有名无实，六年后这一名存实亡的婚姻关系由于拉斐尔前派画家约翰·米莱（John Everett Millais）的介入而宣告结束，艾菲改嫁米莱。细究起来，罗斯金对尤菲米娅的爱情更像柏拉图式的精神之恋。而另一个重要经历是发生在罗斯金与女孩露丝·拉·塔齐之间的情感故事。当年 40 多岁的罗斯金受到爱尔兰女诗人、作家玛丽·拉·塔齐的聘请，为她的三个女儿做私人绘画指导，由此结识了这位出身名门的女孩露丝·拉·塔齐（Rose La Touche），她是最小的妹妹，那年刚好 9 岁。罗斯金为露丝的纯美少女之颜和幼年早熟的才识深深吸引，他这样描写女孩给她留下的第一印象，说她"像一只洁白的小雕像穿过薄暮的林间"。露丝不仅能够阅读罗斯金的艺术评论著作，而且还能概括和阐述罗斯金的观念，比如，他对维多利亚时代浮夸繁复的装饰风格的批判，表现出对于罗斯金论述的艺术世界的理解和崇尚，对罗斯金的称呼也变得更加亲昵了："亲爱的松脆烤饼先生"（Dear St Crumpet）或者"老恐龙"（Archigosaurus）。随着交往和理解的深入，也随着相互的书信往来和来自露丝的鼓励，罗斯金对她的爱恋之情也变得越发强烈了。在此期间，罗斯金完成了《芝麻与百合》和《野橄榄花冠》等艺术评论著作。后来，50 岁的罗斯金正式向 17 岁的露丝求婚，露丝本人是愿意接受的，但遭到露丝父母的坚决反对。他们之所以反对，一是出于宗教原因，作为福音派新教的虔诚信徒，他们认为罗斯金是一个无神论者，甚至社会主义者；二是他们还指出了罗斯金的生理疾患（引发争议的男性生理障碍的诊断）。尽管露丝·拉·塔齐在年满法定自主年龄后有权做出自己的决定，但感情不顺的她陷入了狂热的宗教激情之中，最终没有答应罗斯金的求婚。两人的恋情终以悲剧落幕。1875 年，27 岁的露丝在爱尔兰首都都柏林的一家疗养院里病逝，病因是与厌食症有关的精神疾患，症状包括哀恸、躁狂、疯癫和歇斯底里。这悲伤的结局对于罗斯金产生了极大的冲击，晚年的他仿佛再次回到童年状态——既痛感孤独无助，又动辄大发脾气，生活上全靠家里忠心耿耿的琼·塞文（Joan Severn）的照料。他有时就呆坐在庭院里，仿佛丧失了自我意识，全然不知自己是谁；他的日记里出现了不连贯的记载，内容涉及露丝·拉·塔齐、魔鬼和哥特式建筑等。①拍摄于 1994 的一部英国影片《罗斯金的激情》再现了罗斯金和露丝的故事。德国学者沃尔夫冈·肯普（Wolfgang Kemp）在他的罗斯金传记《眼睛的渴望》中提出，人到中年的罗斯金与少女露丝的情感纠葛，以及露丝的早逝，其间发生的一切成为纳博科夫（Vladimir Nabokov, 1899—1977）的小说《洛丽塔》（Lolita）的创作原型，尽管纳博科夫本人一再表明他作品中的洛丽塔没有任何现实中的原型。

---

① SWEET M. Inventing the Victorians [M]. New York：St. Martin's Press, 2001：169.

第三节 《金河王》：传统童话的新气象

约翰·罗斯金的《金河王》（1851）采用典型的民间童话的模糊叙事手法讲述故事，背景是位于一片荒僻山区的一个神奇山谷，那里流淌着一条永不枯竭的河流，在阳光的照耀下光彩熠熠，所以被称作金河。有三兄弟就居住在这个山谷里，老大和老二自私贪婪，心地歹毒，人称"黑兄弟"。最小的弟弟心地善良，任劳任怨，就像灰姑娘一样默默忍受着两个哥哥的打骂欺压，而且无论家里家外都是他在干活。在一个凛冽的寒夜，金河王化身为一个矮绅士造访小弟。两个哥哥回家看见小弟接待外人，当即暴打小弟。金河王看在眼里，声称午夜时分将再次"拜访"。时辰一到，金河王果真现身，山谷暴发滔滔洪水，将房舍等一概席卷而去，富饶的"宝谷"一夜之间变成一片荒凉的废墟。三兄弟虽逃得性命，但不得不背井离乡，另谋生计，靠做金匠维持生活。两个哥哥恶习不改，整天大吃大喝，很快就把家中的本钱花光了，只剩下叔叔送给小弟的一只金杯，杯上有金丝编织成的一张络腮胡须的脸庞。金杯在坩埚里熔化后化为一个半尺高的小矮神，他就是金河王，之前被施了魔法，如今魔法破除，他从禁锢中得到解脱。他许下诺言：无论谁，只要登上这条金河的源头所在的山头，然后往河里倒三滴圣水，那条河就会变成真正的金河。但如果谁把不洁之水倒入金河，此人就会化作一块黑石。话音一落，他就跳进坩埚，一会儿工夫就烧得通红、透明、光彩夺目，随即化作烈焰腾空而起，扶摇直上，然后缓缓飘散。两个哥哥先后前往金河之源头去寻求好运，但都以失败而告终。小弟带着圣水前往金河源头；在路上，他先用珍贵的圣水救活了濒临渴死的老人和小孩，而后又遇到一条因干渴而命悬一线的小狗，小弟也像对待人类一样，毫不吝惜地把圣水拿给小狗喝。小狗突然之间摇身一变，变成了金河王，并将百合花中的三滴甘露滴进了小弟的水瓶里。小弟将甘露倒进了山上的小河，只听从地下传来潺潺的流水声。等到小弟返回河谷故地，干涸的河床里已经流淌着清澈的河水，昔日的宝谷在哗哗流水的滋润下恢复了勃勃生机，重新成为美丽、富饶的花园和粮仓，这才是给人们带来富足和希望的真正的金河，而两个"黑兄弟"变成了躺在河床里的两块黑石头。

这个故事明显受到德国经典童话的影响，在特定意义上是对格林童话的移植或重新讲述。罗斯金在童年时代就对格林童话深为着迷，而且为克鲁克尚克所作的生动插图所倾倒。我们知道，罗斯金还特意为 1868 年约翰·卡姆登·霍顿（John Camden Hotten）版的《德国流行童话故事》英译本撰写了导言，表明自己对童话的态度，并且阐述了童话对于儿童的意义。当然，《金河王》突破了传统童话的短篇故事形式，而采用现代小说叙述形式，正如 K. P. 史密斯所论述的，罗斯金的《金河王》长达 56 页，使幻想故事超越了传统童话故事。①此外，《金河王》具有的浪漫主义诗意揭示了它与英国浪漫主义历史语境的关联，以及作为艺术评论家的作者对于金谷的色彩和地理环境的浓墨渲染，同时具有视觉印象和文字绘画等特征。与此同时，当代研究者也从这个带有明显惩恶扬善道德观及其他传统童话因素的故事中探寻到超越传统童话的多维现代意义，比如，罗斯金对于自己在维多利亚时代所洞察到的特定命题的表达，包括他对于维多利亚时代"进步"的质疑，因为他觉察到工业化的结果不仅会导致使人沦为机器的异化现象，而且将造成各种社会问题以及对大自然的污染和破坏，《金河王》无疑在特定意义上揭示了这一主题。正如研究者根据《鲁滨孙漂流记》而形成的"鲁滨孙·克鲁索"经济学，通过解读鲁滨孙荒岛求生的活动来阐述经济学的普遍原理，有学者系统解读了《金河王》所蕴含的罗斯金心目中的政治经济学思想。加拿大学者诺思罗普·弗莱（Northrop Frye）从罗斯金关于财富的论述出发分析这部童话小说，认为"罗斯金在他的经济学著作中有关财富的论述在本质上都是对这部童话故事的一种评注"②。

维多利亚时期的童话小说既与传统童话或经典童话之间存在深厚的血脉关系，又通过现代小说艺术得以升华，成为更富弹性、能够满足现当代作家表达需求的艺术载体。事实上，童话故事在维多利亚时代对于英国人的重要性是不言而喻的。文学童话之所以在维多利亚时期成为一种深受欢迎的书写形式，是因为文学童话对于维多利亚人的文化想象发挥着举足轻重的作用。一方面是童话故事对于维多利亚人的精神意义和吸引力，另一方面是创作的文学童话成为维多利亚时代众多作家用以抵抗精神危机的文学武器。工业革命将维多利亚人从农业文明带进了一个"异样的"或曰异化与物化的工业文明的世界。在这样一个社会剧变、思想动荡的非常时期，蕴含着投射人类愿望满足的潜能等普遍因素的童话故事具有特殊的意义。这就是 C. D. 曼森

---

① SMITH K P. The fabulous realm: a literary-historical approach to British fantasy, 1780-1990 [M]. Metuchen, N. J.: Scarecrow Press, 1993: 122.

② FRYE N. Anatomy of Criticism [M]. London: Penguin Books, 1990: 198.

（Cynthia. D. Manson）所论述的，文学童话成为维多利亚时代众多作家用以抵抗精神危机的文学武器——对抗精神危机的"解毒剂"，而且以难以尽述的方式映射和塑造着维多利亚时代的文化。曼森探讨了在 19 世纪 60 年代达尔文《物种起源》所引发的关于宗教问题激烈论战的背景下，在新的科学思想前所未有地冲击和动摇传统宗教思想的状况下，在工业革命的技术和成果导致社会功利性物质主义盛行这样一种双重精神危机的状态下，童话故事如何成为维多利亚时代作家们对抗精神危机的"解毒剂"。①

第四节　从汤姆到"水孩儿"：扫烟囱男孩的蜕变与进化

在《爱丽丝奇境漫游记》中，爱丽丝在兔子的房间里喝了一小瓶饮料，身体变大，被困在屋内无法动弹，只能侧卧在地。自己的房舍被占，室外的兔子很不高兴，于是让小蜥蜴比尔搭上梯子，从烟囱爬进来，探查屋内情况，结果比尔进入烟囱后，却被爱丽丝一脚踢中，飞了出去，重重地摔在地上迷糊了好一阵。这个钻进烟囱的比尔，其原型就是维多利亚时代的现实中那些穷困、瘦小的专门扫烟囱的孩子，他们从事的活路既肮脏透顶，又十分危险，造成死伤是屡见不鲜的。历史上，1666 年 9 月发生的伦敦大火（Great Fire of London）是伦敦有史以来遭遇的最严重的一场火灾，短短几天就烧毁了半个城市。灾后，为了将发生火灾的风险降到最低，人们重新设计了烟囱的建构和通道，形成了狭窄而蜿蜒的烟囱结构，于是只有儿童才能进入这些通道进行打扫。这也开启了从 17、18 世纪到维多利亚时期扫烟囱男孩的悲惨的血泪史。这样的童工生涯必然会给孩子们的身体健康和生命安全带来严重危害。由于整天蜷缩在狭小的烟道里，他们普遍发育不良，关节极易受损，骨骼往往变得畸形，加之烟囱里烟尘弥漫，导致他们的肺部产生病变，大部分烟囱男孩都活不到成年。为了能更快地爬进烟囱，孩子们时常脱光衣服，用膝盖和肘部攀爬烟道。而许多人家的烟囱在清扫时还未完全散热，甚至还有余火燃烧，扫烟囱男孩的皮肤很容易被灼伤。此外，烟囱内部复杂的烟道环境"漆黑、幽闭"，孩子们钻进了狭窄的烟囱，从壁炉一直清扫到屋顶，但当他

---

① MANSON C D. The Fairy-tale Literature of Charles Dickens, Christina Rossetti, and George MacDonald: Antidotes to the Victorian Spiritual Crisis [M]. Lewiston, NY: Edwin Mellen Press, 2008: 1.

们准备离开的时候，可能会忘记应该从哪个烟囱出来，而且很容易在黑漆漆的烟道的交叉处转错弯。找不到出路，不能爬出烟囱通道的孩子就会在里面迷路，或者被困在里面窒息致死，或者被炭火烧死。

于是在金斯利的童话小说《水孩儿》中，扫烟囱的小男孩汤姆在残酷的现实世界被逼得走投无路，不得不遁入幻想的水下世界，从肮脏的扫烟囱男孩蜕变为洁净的水蜥蜴，再由水蜥蜴进化为水孩儿，最后回到陆地上成为科学家——这与爱丽丝的奇境世界和镜中世界的历险形成意味深长的呼应。它一方面体现了达尔文进化论观念的影响，通过童话叙事讲述扫烟囱的小男孩逃离难以生存的陆地，经历了从小河游向大海的蜕变和进化历程；另一方面，作者直面人世间的苦难和贫富悬殊，直面苦难童年产生的恐惧，通过受到达尔文生物学和宇宙学影响的进化论视野来审视这些恐惧。

说起扫烟囱的男孩，我们当然还会想起诗人威廉·布莱克所呈现的扫烟囱男孩的形象，他们虽然是上帝的天真无邪的小羊羔，却是社会底层受苦受难的可怜牺牲品："在伦敦的街道上，在泰晤士河边，每个过往的行人，脸上都堆满了衰弱和痛苦的表情。有多少扫烟囱孩子的喊叫，震惊了一座座被熏黑的教堂。"相比之下，查尔斯·金斯利的《水孩儿》用300多页的篇幅讲述扫烟囱男孩汤姆的故事，按照 K. P. 史密斯的评述，《水孩儿》作为一部复杂而精细的文学作品，标志着文学童话稳步的不可阻挡的艺术成就的进展。①

查尔斯·金斯利（Charles Kingsley，1819—1875）从剑桥大学玛格达琳学院毕业后成为一名牧师，1844 年被任命为埃弗斯利教区的教长。1860 年至1869 年，金斯利担任剑桥大学的历史教授。作为一个学识渊博的学者型作家，金斯利的文学创作包括小说、诗歌、戏剧、游记和评论等。《水孩儿》的广泛流行促使英国政府制定出相关法律，废除了雇用儿童来清扫烟囱的非人道行为。

《水孩儿》开篇伊始就是童话的基调："从前有个扫烟囱的小孩，名叫汤姆。……他住在北方的一个大城市里；城里有很多的烟囱要扫……。汤姆不会读书，也不会写字，他自己也不想读书写字。他从不洗脸，他住的院子那里也没有水。"

《水孩儿》的主人公是小男孩汤姆。在维多利亚时代，像汤姆这样孤苦伶仃的穷孩子有许许多多。他既不会读书，也不会写字，同时由于目不识丁而

---

① SMITH K P. The fabulous realm: a literary-historical approach to British fantasy, 1780—1990 [M]. Metuchen, N. J.: Scarecrow Press, 1993: 122.

变得无知，缺乏教养。汤姆免不了染上许多坏习惯，如不讲卫生，不知清洁卫生为何物，自私、爱撒谎，等等。一无所有的汤姆为了活下去，有口饭吃，只能靠着瘦小的身躯去做扫烟囱的脏活苦活，百般劳苦不说，还在人世间受尽欺压凌辱，尤其是遭受其老板兼师傅格林姆的残酷虐待。有一天，这个黑心老板指派汤姆到富翁哈特霍维尔爵士的府邸去打扫烟囱。汤姆在劳作时一不留神从烟道滑落，掉进了爵士女儿艾莉小姐的房间，于是两个生活在有天壤之别的不同世界的孩子之间产生了交集：富丽堂皇的卧室，高雅整洁美丽的豪门小姐，与浑身上下肮脏不堪的贫儿汤姆形成鲜明对比。汤姆顿时自惭形秽，感到无地自容，恨不能马上找一个可以清洗自己的地方。睡梦中的艾莉小姐被惊醒了，发出尖声惊叫，吓得汤姆赶紧从窗口逃走。府邸周围的人们误以为奔逃的汤姆是一个窃贼而对他穷追不舍，惊慌失措的汤姆一口气逃到河边，失足掉进水中，失去了知觉：

> 醒来的时候，他发现自己正在小河里游来游去，身子只有大约 4 英寸长，精确地说，只有 3.87902 英寸长，喉头腮腺四周长了一圈外鳃，就像水蜥蜴的外鳃一样可以吸附在别的东西上面。他以为这是花边装饰，最后用手拉了拉，发现很痛，这才认定是自己身体的一部分，最好不要去碰。

原来一直在引导着他的水中仙后已经把可怜的汤姆变成了一个水蜥蜴。汤姆身体的蜕变成为他获得新生的开端，河水的洗涤把一个从不洗澡的黑不溜秋的扫烟囱男孩变成了一条洁净的水蜥蜴。在仙女的指引下，汤姆在水中经历了一系列的奇遇与历险，对大海的渴望使他不断向前行进，终于游入大海成为水孩儿。后来，失足落水的艾莉小姐也来到海中，成为另一个水孩儿。汤姆在水中结识了许多水下动物，以及许多和他一样的水孩儿。后来他被送到一个岛上接受教育，那里有个"自作自受"夫人，根据孩子们的表现给予奖惩；还有个"以己所欲施之于人"夫人，她把善心仁爱赋予孩子们的内心深处。在那些仙女和艾莉的帮助下，汤姆渐渐改正了自己的缺点，在道德和知识方面成长起来。在仙女的指点下，他还帮助自己受难的师傅格林姆悔改了过去的恶行。就这样，汤姆完成了自己在水下经受磨难和锻炼，改过自新的使命，他重返陆地，成为一个大科学家。

这个以童话叙事演绎达尔文"进化论"的故事汲取了希腊神话中渔夫格劳库斯（Glaucus）的蜕变因素。和许多维多利亚时代的英国作家一样，金斯利是熟悉希腊神话的，而且曾亲自动笔为少年读者改写希腊神话故事。1855

年，他发表了根据希腊神话创作的《格劳库斯，或海岸边的奇迹》（*Glaucus,
or the Wonders of the Shore*）；1856 年他又发表了《希腊英雄们》（*Heroes*），讲
述少年英雄柏修斯、提修斯以及阿耳戈英雄们的故事。格劳库斯原本只是一
个靠打渔为生的普通渔夫。有一天，他把捕获的一网鱼倾倒在一个河心小洲
岸边的草地上，只见那些半死不活的鱼儿突然间在草丛中焕发了活力，拍着
鳍，蹦跳着跃进了海水之中。格劳库斯在惊讶之余也将地上青草拔起来放进
嘴里尝一尝。突然间他感觉全身发热，再也无法抑制心中跳跃的冲动，于是
纵身跳进大海。河里的水神殷勤地接待了他，海洋大神俄克阿诺斯和忒西斯
决定用百川之清流洗去他的凡胎俗气。顿时就有上百条河流向他冲刷过来，
他一下昏迷过去。当他苏醒过来时，他发现自己从形体到精神都彻底改变了。
他的头发变成海水般的绿色，在身后流动；他的肩变宽了；他的股和腿变成
了鱼尾的形状，他变成了一个"半路出家的水神"。汤姆的蜕变与此非常相
似，只不过换成了维多利亚时代的现实背景，而且更具有现代童话叙事的意
境。当然，这部小说还体现了作者的童话教育主义：通过童话叙事对现代社
会的阶级现状、文明弊病和生硬教育方式等进行了隐晦的抨击，颂扬了真理、
正直、善良、慷慨、无私、真诚、勤劳、勇敢、信任等美好品质，鞭挞了邪
恶、虚伪、暴虐、贪婪、自私、狡猾、懒惰、欺骗、怯懦等丑陋品质和行为。
童话小说《水孩儿》使金斯利在英国儿童幻想文学创作领域占有重要的一席
之地。这部作品体现了宗教感化因素与文学想象因素的结合，脱化于神话故
事，又演绎了达尔文的进化论，蕴含非常丰富的自然和历史知识，与此同时，
作者把自己所擅长的对大自然的描写融入故事中，创造了一个卓越的幻想世
界。它同时表明，儿童文学中崇尚想象力的童心主义并不排斥理性的教育主
义，表明卓越的想象力完全能够与教育目的结合起来。

第五节　乘着北风遨游：麦克唐纳的童话叙事

乔治·麦克唐纳（Gorge Macdonald，1824—1905）出生于阿伯丁郡亨特
利镇的一个乡村农家，自幼勤奋好学，后进入阿伯丁郡大学接受高等教育，
获得道德哲学和自然科学硕士学位。1850 年，麦克唐纳成为英格兰西萨塞克
斯郡阿伦德尔市的一名牧师。麦克唐纳的幻想文学作品包括为成人创作的幻想
小说和为儿童创作的童话小说。前者主要有幻想小说《幻想家》（*Phantastes*，
1858）、道德寓言《莉莉丝》（*Lilith*，1895）等。麦克唐纳为儿童创作的幻想

作品为他赢得了广泛声誉，也对英国儿童文学产生了重要影响。这些作品包括 19 世纪 60 年代发表的童话《轻盈公主》（*Light Princess*）和《白昼男孩和夜晚女孩》（*The Day Boy and the Night Girl*）；1871 年发表的童话小说《在北风的背后》（*At the Back of the North Wind*），1872 年发表的《公主与地精》（*The Princess and the Goblin*），1877 年以连载形式发表的《公主与科迪》（*The Princess and Curdie*）。此外，他为儿童创作的作品还有《拉纳德·巴内曼的童年》（*Ranald Bannerman's Boyhood*，1871）、《聪明女人》（*The Wise Woman*，1875）等。与此同时，乔治·麦克唐纳在创作实践中提出的童话文学观也具有深远影响，值得当今的研究者关注。他在《奇异的想象力》一文中探讨了童话叙事的本质特征，他认为童话奇境是一个充满想象力的国度："一个自己的小世界 …… 具有它自己的替换性法则"，但这个小世界必须与更广大的、真实的世界的道德和伦理法则相契合。他对童话叙事（童话小说）的最重要特征做了这样的阐述：

> 一旦从它的自然和物理法则的联系中解放出来，它潜在的各种意义将超越字面故事的单一性：童话奇境将成为一个隐喻性、多义性的国度，在这个奇妙的国度，"艺术越真实，它所意味的东西就越多"。①

麦克唐纳对童话叙事蕴含的无限丰富的含义进行了阐述，包括童话故事的普遍性心理意义、隐喻性和多义性，正是这些因素在卡罗尔的"爱丽丝"小说中唤醒了麦克唐纳所说的那些"潜藏在不可理喻之领域的力量"。与此同时，麦克唐纳还论及童话叙事在认知和审美等方面的双重性特征，即童话的广泛的读者对象，他这样论及自己童话创作的出发点："我并非为儿童而写作，而是为具有童心的人们写作，无论他们是 5 岁还是 50 岁，或者 75 岁。"②

作为麦克唐纳的一部颇具代表性的儿童本位的童话小说，《公主与地精》与罗斯金的《金河王》一样，具有典型的传统童话的模糊叙事特征（时间是不确定的"很久以前"，背景设置在一个模糊的地带），同时又赋予了故事重要的现代意义。8 岁的公主艾琳并没有生活在父王的王宫里，由于王后身体欠佳，公主出生后不久就被送到另一处住所，那是位于一座大山半山腰上的一

---

① MENDELSON, MICHAEL. The Fairy Tales of George MacDonald and the Evolution of a Genre ［M］//MCGILLIS, RODERICK. For the childlike: George MacDonald's fantasies for children. London: Children's Literature Association; Metuchen, N. J.: Scarecrow Press, 1992: 33.

② THE FANTASTIC IMAGINATION. A Dish of Orts: Chiefly Papers on the Imagination, and on Shakespeare ［M］. London: Sampson Low, Son & Co., 1893: 317.

幢大房子，看上去既像一座城堡，又像一个农庄。在这座大山的下面有许多大大小小的山洞，还有许多弯弯曲曲的地下通道。为了采掘山中的矿藏，矿工们挖开了许多又大又深的矿井，同时也掘通了许多天然山洞，有些山洞通往山的另一头，有些山洞则一直通到遥远的山谷深处。居住在山底神秘洞穴里的是那些长相奇特、没有脚趾的可怕小地精。他们只在夜间出没，与人类为敌。据传说，小地精的祖先本来也和人类一样居住在地面，但由于不满老国王对待他们的方式（或许是国王向他们征了重税，或许是国王制定了某些对他们不好的规矩，或者过于苛刻的法律），地精一族从地面消失了。他们认定自己是被老国王驱赶到地下生活的，从此就与老国王结下了宿怨。故事中富有神秘色彩的大山深处的地理环境，还有众说纷纭的民间传说，凡此种种，童话叙事栩栩如生的氛围描述和情节铺垫已引人入胜地将读者带入其中。大山深处的地精们非常怨恨生活在地面上的人类居民，尤其痛恨公主的父王，所以下定决心，无论如何要通过挖掘隧道把公主抢走。地精们还想通过引发洪水来淹没矿井，清除那些挖山开矿，威胁其地下家园的矿工。聪明的矿工男孩科迪出手抗争，与地精展开了一场场惊心动魄的斗智斗勇的博弈。地精们制订了两套行动方案，如果绑架公主的密谋失败，他们就凿开地下水库和溪流的源头，让大水漫进矿井，卷走矿工。科迪和矿工们在地精挖通的地方筑起坚固的石墙，阻挡洪水。但地精们挖掘的通向国王住房的隧道变成了洪水的出水口，国王、公主和所有的人都面临着致命的危险。在洪水即将袭来的紧要关头，科迪指引人们逃到安全之处。最后的结局是，所有的地精都被他们亲手制造的洪水淹没了。故事富有传奇色彩，情节紧张惊险，扣人心弦，但又充满温馨的情感。

　　在希腊神话中，少年英雄提修斯（Theseus）凭借公主阿里阿德涅送给他的线团从食人牛怪弥诺斯建造的迷宫中逃出生天；而在《公主与地精》中，小公主可以借助太祖母（祖母的祖母）为她精心纺出的丝线团，在纵横交错的地下洞穴中走出绝境。在神话叙事中，少年提修斯为解救众多无辜的童男童女，自告奋勇前往克里特岛，去消灭盘踞在迷宫中的巨无霸牛怪弥诺陶洛斯。在这座著名的迷宫里，道路迂回曲折，错综复杂，而且无数通道相互交错，犹如曲折迂回的河水，一会儿顺流，一会儿倒流，流来流去最终又回到它的源头。一旦进入克里特迷宫，所有人都会头晕眼花，迷失方向，只能从岔道走到岔道，无论如何也找不到出口，所以想全身而退，逃出迷宫是绝无可能的。少年英雄提修斯凭借公主阿里阿德涅送给他的线团（这个线团是阿里阿德涅向迷宫建造者代达罗斯索要的）和利剑，进入迷宫杀死牛怪，并安然逃出。在《公主与地精》中,公主的太祖母不仅为公主纺出了神奇的线团,而且送给公主一枚神奇的戒指,可以把线团的一端系在戒指上。太祖母纺出的丝线细得非同寻常,就像晶莹透明的蜘蛛丝一般,须知那是太祖母用海外的蜘蛛丝,在月光下纺织,在火玫瑰上烧炼,如此这般才得以完成。这丝线肉眼看不见,只能用触摸去把握,在危险逼近时,或者迷失道路时,就跟着丝线走,丝线把你带到什么地方,你就走到什么地方。后来在人们与地精的激烈博弈中,公主通过丝线的指引,找到了被地精囚禁在石洞里的小矿工科迪,使科迪能够施展身手,运用智慧挫败地精族类策划实施的惊天阴谋。《公主与科迪》是《公主与地精》的续篇,讲述的是科迪被公主艾琳的太祖母派往国王居住的城堡,去粉碎居心叵测的御医试图谋杀国王的阴谋,并清除邪恶的大臣和背叛的仆人。著名诗人、评论家和小说家 G. K. 切斯特顿(Gilbert K. Chesterton,1874—1936)在谈及麦克唐纳对他创作的影响时说:"有这样一本书,它影响了我的生活,帮助我形成了看问题的不同的视角;他对事物的洞察力非常真实,具有革命性……我读过该作家写的所有作品,这部作品最为真实,最具现实意义,词汇的意义最具生活化。它就是麦克唐纳的《公主与地精》。"[①]

如果说,狄更斯的"磨难—成长"题材的现实主义童年叙事与卡罗尔的"奇境历险"类幻想性童年叙事代表着维多利亚时期的两种重要的童年叙事类型,那么麦克唐纳的幻想小说《在北风的背后》则是介于狄更斯和卡罗尔之间的以现实生活为背景的幻想性童年叙事,将现实中痛苦的解脱寓于乘着北风遨游的希望与期待之中。这是别具一格的幻想性童年叙事,将卓越的想象力与一种巧妙的教育目的结合起来,影响深远。《在北风的背后》由 38 章组成,串联起 38 个故事。小说的背景地设置在维多利亚时代的伦敦城,主人公是一个出生在贫穷家庭的小男孩,名叫小钻石,而家里养的一匹高头大马就叫老钻石。男孩的父亲是个马车夫,全家就靠他赶出租马车维持生计,家中的经济状况极为窘迫。这是小说描写的现实生活。当然,穷人的孩子懂事早,小男孩年龄虽小,很早就学会了为家庭分忧解难,而且乐于帮助邻居和比他更穷的孩子,大家都说小钻石是一个"天使"。男孩的善良品行感动了一位好心的富人,富人的帮助使男孩一家的生活得以改观。不过在一天早晨,人们却发现小钻石离开了人世。事实上,作者让小男孩进入了与现实生活平行的

---

① CHESTERTON G K. "Introduction." George MacDonald and his Wife. Greville MacDonald [M]. London:George Allen & Unwin, 1924:9-15.

另一个奇异而瑰丽的叙述空间。

一天夜里，凛冽的北风掠过大地，敲打着居民房屋的门窗。小钻石栖身的干草房的板壁上有一个被遮住的洞眼，小钻石仿佛听见一个女人的呼叫，请让她进来。小钻石揭开了这个洞眼，一个披着一头飘逸秀发的女人飘了进来，她就是今夜的不速之客——北风女士，她与小钻石成为好朋友。北风女士会变形，有时变成长发女人，有时变成小姑娘，有时化为一只小蝴蝶，还有时化为一匹凶悍的大狼出现。此后每到夜晚，北风就会前来看望小钻石，带着他遨游天际。北风时常带着小钻石四处游历，飞越宽阔的草地，掠过城市的教堂，跨越浩瀚的海洋。当北风在空中飞行时，小钻石就躲在她漫天飞舞的长发中，一动不动。北风有时平静安详，小钻石躺在她的怀里感觉十分温暖；但北风有时却显得非常狂躁，秀发舞动，顷刻间就卷起可怕的风暴，掀翻海上的大船。当然，北风温柔的善良女神形象只展现在那些她认为善良的人面前，而对于那些心怀邪恶的人她就显示出毫不留情、摧枯拉朽的一面。北风还与小钻石一道讨论人世间的美与丑、善与恶、生与死等问题。谁也不知道，在贫困窘迫的现实生活的背后竟然会发生这样离奇的事情，这情景当然只能发生在心灵光顾的幻想国度。乘着北风遨游苍穹的小钻石发生了很大的变化，他帮助妈妈照看弟弟，给他唱悦耳动听的儿歌，让全家人感到十分快乐。当爸爸生病卧床时，小钻石就自己赶着骏马老钻石出去干活挣钱，帮家里渡过难关。他尽力帮助身边的每一个朋友，大家都喜欢他，把他看作上帝的天使。北风的出现让小钻石的人生发生了难以言说的变化，与金斯利笔下扫烟囱的男孩汤姆被水中仙女变成水孩儿一样，穷人家的孩子具有更多的悲悯之情，也具有更多的天堂情怀。小钻石对于前往北风的背后产生了一种难以名状的向往。终于有一天，梦想变成了现实，北风永远地带走了他。人们都说可怜的小钻石离开了人世，但他只是去了北风的背后。当然，没有任何人知道北风后面的秘密，因为还没有谁从那里返回。据说在北风的背后，只要站在高高的树上，就可以看见自己思念的人和思念的地方。"他们以为他死了，但我知道他去北风的背后了。"

大自然的北风作为闯入小钻石人生历程的不速之客，是从小钻石居住的干草房板壁上的小洞口进入的，那就是北风进入的门户，也成为主人公从现实世界进入幻想世界的门户。对于英国儿童幻想文学的研究者，值得关注的是作家如何使这个通往幻想世界的门户更具自洽性，如刘易斯·卡罗尔的爱丽丝通过"兔子洞"进入奇境世界；C. S. 刘易斯的孩子们通过乡下住宅不起眼的"魔橱"进入纳尼亚王国；J. K. 罗琳的哈利·波特从位于国王十字车站

的 "9¾" 站台前往霍格沃茨魔法学校，等等。《纳尼亚传奇》系列（*Narnia, the Mythical Land*）的作者 C. S. 刘易斯（C. S. Lewis，1898—1963）非常推崇麦克唐纳的幻想文学创作，将麦克唐纳称为 "我所认识的最伟大的神话创造天才"，并始终把他视为指引自己的 "精神导师"。①

第六节　与安徒生的精神对话：王尔德童话的反讽与创新

作为维多利亚时期英国文坛的一位怪杰，奥斯卡·王尔德（Oscar Wilde，1854—1900）最突出的文学成就表现在戏剧创作方面，代表作包括《温德米尔夫人的扇子》（*Lady Windermere's Fan*，1892）、《无足轻重的女人》（*A Woman of No Importance*，1892）、《理想的丈夫》（*An Ideal Husband*，1895）和《认真的重要性》（*The Importance of Being Earnest*，1895）、《莎乐美》（*Salomé*，1893）等。王尔德出生在爱尔兰都柏林的一个名医之家，父亲威廉·王尔德是眼科和耳科权威专家，母亲珍·法兰西丝卡是个女诗人、政论家。1871 年，17 岁的王尔德获得都柏林三一学院的奖学金，在那里度过了三年的学习时光。1874 年，王尔德获得牛津大学的奖学金，进入该校莫德伦学院（Magdalen College），专攻古典文学。在牛津大学就读不久，王尔德就成为艺术学教授约翰·罗斯金的学生。作为已在英国和欧洲享有盛名的艺术、建筑及意大利文艺复兴史研究领域的学者，罗斯金开设了一门 "佛罗伦萨美学与艺术学派" 课程。王尔德当即选修了这门课程，成为罗斯金美学思想的虔诚信徒。在这之后，王尔德又为牛津大学的另一位教授沃尔特·佩特（Walter Pater，1839—1894）所吸引，成为他的追随者。佩特教授著有《文艺复兴》（*Renaissance*）等著述，是英国唯美主义运动的理论家和主要代表人物。英国唯美主义思潮提倡 "为艺术而艺术"，其源头可追溯至浪漫主义文学运动，同时也与法国的颓废主义等思潮有很大关联。《文艺复兴》一书的研究对象包括皮科·波提切利、达·芬奇、米开朗琪罗的诗歌、乔尔乔涅画派、杜倍雷、乔基姆·杜·贝莱、温克尔曼等著名艺术家和艺术流派的创作，是作者对文艺复兴的总体性认识。此外，王尔德还接触并研习了新黑格尔派哲学、达尔文进化论和拉斐尔前派的作品，这对于他日后的唯美主义创作实践产生了不同程度的影响。

---

① C. S. LEWIS. George MacDonald：An Anthology［M］. London：Geoffrey Bles，1946.

　　从总体上看，王尔德的美学思想受到多种影响，具有杂糅性。简言之，王尔德崇尚艺术的独立生命和自身价值，反对艺术的功利性，主张艺术创作不受道德等因素的约束，艺术家在创作上应绝对自由和傲世独立。王尔德形成了自己的文艺观，通过对社会的观察也有了更深入的思考，还写出了政论著述《社会主义制度下人的灵魂》（*The Soul of Man Under Socialism*，1891）。从唯物辩证法观点看，王尔德的美学主张有特定的艺术价值，但缺乏辩证的内在统一性。王尔德的美学思想在童话创作方面有明显的体现。1888 年 5 月出版的《快乐王子和其他故事》（*The Happy Prince and Other Tales*，1888）收有 5 篇童话：《快乐王子》（*The Happy Prince*）、《夜莺与玫瑰》（*The Nightingale and the Rose*）、《自私的巨人》（*The Selfish Giant*）、《忠诚的朋友》（*The Devoted Friend*）、《了不起的火箭》（*The Remarkable Rocket*）。1891 年 12 月，王尔德的第二部童话集《石榴之家》（*A House of Pomegranates*）出版，收有 4 篇童话：《少年国王》（*The young King*）、《西班牙小公主的生日》（*The Birthday of the Infanta*）、《渔夫和他的灵魂》（*The Fisherman and His Soul*）、《星孩儿》（*The Star-Child*）。王尔德用"石榴之家"作为第二部童话集的名字似乎别有意味，因为石榴具有特定的宗教和文化意义。而且，剖开的石榴呈现出颗颗鲜红的籽粒，似乎象征着作家向读者奉献泣血的赤诚之心。究其根本，王尔德的童话是他与儿童进行心灵沟通和对话的艺术载体，是童心和童趣的唯美主义的体验与表达。许多批评家都注意到王尔德两部童话集所体现的唯美主义文艺思想，以及它们对于非功利的意象美和形式美的极致追求。事实上，那些童话富有诗意和哲理的凄美结局既表达了作者追求基督教乌托邦的理想的破灭，也是王尔德唯美主义的一种归宿。当然，作者唯美主义叙事的后面仍然透露出敏锐的观察，对社会现实的控诉，对统治阶层和为富不仁的富人们的冷酷残暴和功利自私的谴责，以及对贫困无产者和弱者的同情，对善良之人的自我牺牲精神的颂扬。王尔德的童话汲取了传统童话的三段式叙述模式，但作者唯美主义的叙述，包括其绚丽的文笔和细致入微的心理活动描写，以及凄美的结局等因素，使王尔德童话成为维多利亚时代晚期具有突出特质而别具一格的短篇童话小说。

　　与此同时，王尔德童话与安徒生童话的呼应和对话也是不容忽视的。到 1870 年，在英国至少出版了 21 种安徒生童话译本。随着安徒生童话的流行，安徒生对英国作家的幻想性童年叙事产生了重要影响。安徒生童话中体现的对人世间被凌辱、被欺压、被无视的弱小者的爱心、同情心和怜悯之心具有强烈的感染力。无论是那只因长相特别而受到同伴嘲笑、侮辱的丑小鸭，还是那个在圣诞节前夕冻死街头的卖火柴的小女孩；无论是那个情深意长的独腿锡兵，还是那个爱上人间王子，但又为了所爱的人而牺牲自己的小美人鱼……安徒生笔下的这些经典形象自问世以来一直深深地震撼着一代又一代小读者和大读者的心灵。值得注意的是，安徒生创造的这些形象在王尔德的《快乐王子及其他故事》和《石榴之屋》构成的童话世界里得到响亮的呼应。评论家注意到，与安徒生创作不同的是，王尔德将这些形象转化为维多利亚时代的仁爱主题①，如《快乐王子》中，那座金质的王子塑像将自己的全部赤金部件捐献给穷苦之人；故事《自私的巨人》颂扬了无私才有博爱的道理；《夜莺与玫瑰》中的夜莺为了成全穷学生的爱情而献出了自己的生命……此外，《忠诚的朋友》《星孩儿》《少年国王》等故事都具有独特的凄凉而瑰丽的美学特征。

王尔德童话在叙事的深层结构上是对安徒生童话的反讽性和交响性对话，并由此构建了一种独特的与传统童话的互文性关系。例如，《了不起的火箭》可视为与安徒生《补衣针》之间的一种对话和呼应。在安徒生的故事中，作为织补针的"年轻小姐"身体非常纤细，因而认为自己高贵典雅。正当她得意非凡，骄傲地挺起身子时，猛然跌落到厨子正在冲洗的一条污水沟里，结果她不无得意地宣称自己要去远方旅行了。被水冲走而且迷了路的织补针继续保持着倨傲不屑的态度，她认为凡是与她为伍的人都应当是高贵的、与众不同的，所以她把身旁的一块破瓶碎片当作一颗闪光的钻石，自我夸耀起来……与安徒生笔下纤细的织补针小姐相比，王尔德笔下的火箭小伙身躯高大，神态傲慢。《了不起的火箭》是一个安徒生式的物件人物童话。在王宫举行的王子与俄国公主的婚礼庆典上，将进行一个午夜施放烟花的仪式。皇家烟花手们刚刚把烟花、火炮摆放到位，烟花们便相互交谈起来。其中有一个高大而神态傲慢的火箭，他自以为出身高贵，父亲是一枚法兰西火箭，母亲是最出名的转轮烟花，以优美的舞姿而著称——所以这"神奇的火箭"自恃清高，不愿理睬家族中的其他烟花。当午夜钟声响起时，其他的烟花与火炮都接二连三地腾空而起，在夜空中发出灿烂的光芒。可是这"神奇的火箭"自作多情，多愁善感，流出的眼泪弄湿了全身，所以不能够点火升空。第二天工人们在清理场地时发现了这枚没有燃放的破旧火箭，并随手将他扔到墙

---

① 参见英国文学批评家曼洛夫对此所作的阐述：MANLOVE C. From Alice to Harry Potter: Children's Fantasy in England [M]. Christchurch: Cybereditions Corporation, 2003: 34 - 35.

外的阴沟里。而从另一层面看，尽管这现身于皇室婚礼上的"神奇的火箭"不过是烟花大家族中的区区一员而已，但他自视甚高，目中无人，而且总是自我中心，还要别人也为他着想。他不仅无事烦恼，还要求别人欣赏他"多情的品行"，还说维持其一生的唯一事情就是想到自己要比别人优越得多。这种人格倾向与安徒生描写的织补针的人格特征形成微妙的呼应。事情的发展是，由于他多情的眼泪弄湿了身上的火药，无法点火升空了。当所有那些被他瞧不起的穷亲戚齐齐飞上天空，发出灿烂光芒，引得人群发出快乐的欢呼声时，这一无是处的傲慢者却变得更加傲慢了，他笃定认为人们留着他是为了用于某个更加盛大辉煌的庆典。

作为王尔德最具代表性的童话故事，《快乐王子》可视为与安徒生《海的女儿》进行的交相呼应。《海的女儿》是安徒生最著名的童话之一，作者通过美人鱼对人类灵魂的向往并为此做出的牺牲奏响了一曲追求灵魂和理想的赞歌。安徒生用优美动情的笔触描写海底小公主的天真烂漫和她对于人类世界的向往。小公主浮出海面漫游时恰好遭遇海上风暴，并出手拯救了一位遇难王子的性命。公主爱上了人类的王子，但得知若要获得王子的爱情，她必须拥有人类的生命和灵魂。在海底世界，小公主可以安享300年无忧无虑、慢慢悠悠的水中生活，唯一的缺憾就是没有感知欢乐与痛苦的灵魂。在海底巫婆的帮助下，公主以牺牲自己美妙声音的代价，将鱼尾换成了美丽的双腿。她不仅牺牲了美妙的歌喉，成了无法表达情感的哑巴，还忍受着如同在利刃上行走的剧痛，但只要能成为人类王子的伴侣，她甘愿忍受一切巨大的痛苦。尽管她的一切努力最终都化作泡影，但她在面临最后的抉择时还是选择牺牲自己，成全王子。"她知道这是她看到他的最后一晚——为了他，她离开了她的族人和家庭，她交出了她美丽的声音，她每天忍受着没有止境的苦痛，然而他却一点儿也不知道。这是她能和他在一起呼吸同样空气的最后一晚，这是她能看到深沉的海和布满了星星的天空的最后一晚。"这是出现在《海的女儿》中的情景。海的女儿向往人类，把追求人的灵魂作为自己的最高理想。在王尔德的《快乐王子》中，快乐王子死后被塑成雕像，虽不能动，但心里满怀悲悯之情，于是在一只小燕子的协助下，为救济贫困之人而竭尽全力，乃至自我献祭，做出最后的牺牲。快乐王子活着的时候在王宫里过着舒适惬意、逍遥自在的生活，根本不知道民生艰辛，更不知忧愁和贫穷为何物，所以被称作"快乐王子"。如今他的雕像高高地耸立在城市上空的一根大石柱上，全身都镶嵌着珍贵的黄金叶片，眼睛是蓝宝石做的，身旁佩带的剑柄上还嵌着一颗光彩夺目的红宝石。站在高处俯瞰这座城市的快乐王子终于看到了无处不在的丑恶和贫穷，感到十分痛苦。他请求飞到身旁栖身的小燕子把自己身上所有的宝石和黄金叶片一一剥下来，拿去救济那些穷困潦倒之人。《快乐王子》的基调是悲慨凄美的，而且蕴含着崇高的道德主题。中国作家叶圣陶的童话《稻草人》就是一个来自遥远东方的对于王尔德《快乐王子》的回应。

相比之下，《渔夫和他的灵魂》是对安徒生《海的女儿》的反写。美人鱼不惜一切代价，哪怕上刀山下火海，哪怕献出生命也要获得人类的灵魂。而在王尔德的故事里，青年渔夫为了获得代表肉体之美的美人鱼的欢心，不惜一切代价也要舍弃人类的灵魂，最终走上了放逐灵魂的不归之路。他和安徒生笔下的美人鱼一样，为了自己的追求坚持不懈，至死方休。但两者的追求是反向而动的，安徒生笔下的美人鱼为获得王子的爱而不惜一切追求灵魂，王尔德笔下的渔夫为获得美人鱼的爱而不惜一切地要抛弃灵魂。王尔德的故事明显是对安徒生故事的反讽性对话。在这个故事中，美人鱼是完全没有灵魂的肉体美的象征。故事的重心似乎在于渔夫在追求肉体美的道路上如何与代表世俗价值观的灵魂发生激烈冲突，最后为此付出了生命的代价。这位年轻的渔夫爱上了被他网住后又放归大海的美人鱼。然而美人鱼断然拒绝了渔夫，因为作为人类的渔夫同美人鱼不一样，是有灵魂的："如果你肯送走你的灵魂，那么我才会爱上你！"于是陷入情网难以自拔的渔夫踏上了去探索如何才能放逐自己灵魂的艰难旅程。在经历了一系列徒劳的追寻之后，他找到了一个女巫。在接受了女巫提出的苛刻条件之后，渔夫终于送走了自己的灵魂。一年之后，渔夫的灵魂来到海边呼唤主人，但遭到断然拒绝。又一年过去了，灵魂带着财富回来了，但渔夫说："爱情比财富更重要。"第三个年头过去了，灵魂又从陆地来到海边，它向主人描述了一个佩戴面纱、赤足跳舞的美丽少女。青年渔夫想到小美人鱼没有脚，不能跟他跳舞，心里有些失落，于是答应去看一下，然后再回到爱人身边。欣喜若狂的灵魂赶紧进入渔夫的体内。在灵魂的诱惑下，渔夫一路上做了许多邪恶之事。然而当青年渔夫重新回到海边的时候，美人鱼早已消失不见了。两年过去了，住在海边的渔夫听见海洋中传来的哀号，他向岸边冲去，看见了小美人鱼，但却躺在他的脚下死去了。痛不欲生的渔夫抱着美人鱼，不顾灵魂的苦苦恳求，任凭黑色的巨浪一点点逼近，最后被海水吞没了。

王尔德的《星孩儿》是对安徒生童话《丑小鸭》的一种反写。"当我还是一只丑小鸭的时候，我做梦也没有想到会有这么多的幸福！"这是历尽坎坷的"丑小鸭"在成为白天鹅时发出的感慨。《丑小鸭》讲述一个偶然出生在鸭群中的天鹅如何历尽贬损和磨难，最终迎来命运的转机。在经历了秋天的坎坷和严冬的劫难之后，丑小鸭终于迎来了春天。他可以展翅高飞了，他不再是丑小鸭，而是一只美丽洁白的年轻天鹅，加入了高贵的天鹅群的行列。《星孩儿》讲述了在一个寒风刺骨的冬日夜晚，两个穷樵夫在穿越一片大松林往家赶路时，看到从天上掉下来一颗非常明亮的星星，似乎就落在小羊圈旁边的一丛柳树后面。结果他们在雪地上发现了一个用金线斗篷包着的孩子。其中一个樵夫尽管家境贫寒，但仍然把婴儿抱回家中，交给妻子收养。这个星孩儿跟樵夫的孩子一块儿长大了，长得非常英俊，但他却变得骄傲、残酷和自私了。他没有了同情心，自认是其他孩子的主人，把他们唤作奴隶。他甚至残酷对待那些盲人、残疾人以及那些有病痛的人。铁石心肠的星孩儿不仅残忍地对待穷人和动物，而且不愿和化身为乞丐的母亲相认，并且无情地赶走了母亲，结果他的容貌变得像蛤蟆和毒蛇一样丑陋无比。此时的星孩儿才醒悟过来，他后悔莫及，决心不惜一切代价也要找到自己的母亲。在浪迹天涯的过程中，星孩儿饱尝了人间的辛酸、嘲笑和冷漠。在他怀着牺牲自我的善良之心帮助了小兔子和麻风病人后，他恢复了以往英俊的相貌，最终和自己的父母亲相认，并当上了国王。在王尔德的故事里，星孩儿天生高贵，从天而降，上天似乎要让他在人间的贫寒之家经受磨炼，以成堪用的经国大才。但星孩儿却走上了一条相反的道路，他自恃血统高贵，变得傲慢自大、自私自利。更糟糕的是，他竟然失去了基本的同情心，冷酷地对待那些盲人、残疾人以及有病痛的弱者，而且残忍地虐待动物，这与传统童话的主人公特征是完全相悖的。传统童话的主人公之所以获得命运的转机，在本质上靠的是纯真善良的本性。他（她）不受世俗偏见、权势，或所谓理性功利主义的摆布，尊重和善待大自然中的一切生命和事物，尤其是善待老者、弱者和各种弱小的动物。星孩儿在无情地赶走了化身为乞丐的母亲之后，他原本英俊的容貌变得像蛤蟆和毒蛇一样丑陋无比。震惊之余，星孩儿踏上了悔罪与救赎的艰辛路程，在历尽磨难之后恢复了善良本性，成长起来。然而星孩儿只做了三年国王就去世了，因为他受的磨难太深，遭遇的考验太沉重。而他的后继者"却是一个非常坏的统治者"。这结局又是对传统童话的反讽式对话。

　　《自私的巨人》是王尔德童话中篇幅最短，但却最著名、最富有诗化寓意的故事。这个故事讲述了一个拥有美丽花园的巨人如何从自私到无私的转变。当巨人在自己的花园边砌起高墙以阻拦孩子们进入时，陪伴他的只有凄厉的北风和冰冷的雪花。而当孩子们从一个墙洞钻进花园玩耍时，花园里焕然一新，春光明媚，禽鸟飞鸣。受到精神感悟洗礼的巨人终于明白过来，把一个爬不上树，在下面哇哇直哭的小男孩抱到树上，于是出现了动人的一幕：在花蕾绽放的满园春光中，小男孩张开双臂亲吻巨人。这个小男孩的童心之爱唤醒巨人已经泯灭的仁爱之心，揭示了这样一个道理：美丽只属于无私的心灵。许多年过去了，巨人也衰老了。他发现自己没有力气，不能够和孩子们一起玩耍了。于是他坐在椅子上静静观看孩子们的嬉戏，也欣赏自己充满生气与鲜花的美丽花园，他禁不住叹道："我有那么多美丽的花儿，但孩子们却是最美丽的花朵。"终于有一天，那个当年被巨人抱到树上的小男孩又回到这座花园，他对巨人说："有一次我在你的花园里玩耍，你还把我抱到树上。今天我要把你带到我的花园里去，那里就是天堂啊。"

《少年国王》是一个圣经式的由思想升华而带来奇迹的故事。一个盛大的加冕典礼即将举行，16 岁的牧羊少年将正式成为少年国王。在这之前，他还一直认为自己是穷牧羊人的儿子。原来他的亲生母亲是老国王的独生女，由于与一个地位低贱的年轻人私恋而被处死。被接到皇宫之后，少年脱去了身上的破衣烂衫，换上华服，同时表现出对于一切贵重物品的爱好。接着少年睡着了，先后做了三个梦，首先梦见那些在织布机前工作的憔悴的织工们的身影，他们正为了织出少年国王加冕时要穿的袍子而劳累不堪地工作着；接着是赤身露体的奴隶们在海上冒死劳作，从海底捞出珍珠，用来装饰少年国王的权杖；最后是在一条干枯的河床上做苦役的人，一些人用大斧头开山劈石，另一些人在沙滩上苦苦地挖掘着，时不时地会有三分之一的人死于非命。原来他们是在寻找要镶嵌在国王王冠上的红宝石。梦醒之后，少年国王大彻大悟，他拒绝了宫廷侍者献上来的金线长袍以及宝石王冠和珍珠装饰的权杖，决定穿上当年放羊时穿过的粗羊皮外套，手里拿起那根粗大的牧羊杖，然后从在阳台上折了一枝野荆棘，将它弯曲成一个圆圈，作为王冠。当他再一次低头祈祷之后，奇迹出现了。灿烂的阳光在他的四周织出一件金袍，干枯的枝条鲜花怒放，开放出比红宝石还要红的红玫瑰。人们纷纷敬畏地跪下行礼，主持加冕仪式的主教大人不由得叹道："给你加冕的人比我更伟大啊！"

如果说《渔夫和他的灵魂》讲述了一个渔夫为了对肉体之美的极度追求而甘愿放弃自己的灵魂，体现的是灵肉之间水火不容的冲突；那么《西班牙公主的生日》讲述了灵魂的另一向度，小公主是有灵魂的，但却极其冷漠自私，被证明是没有心肝的。《西班牙公主的生日》讲述的是一个 12 岁的公主过生日时发生的故事。西班牙小公主就要过生日了，这成为举国上下的一件大事。在生日的这一天，公主可以邀请任何她喜欢的小朋友来皇宫同她玩耍，而不论对方出身何种家庭，父母处于何种身份地位——这似乎表明为了使公主感到欢欣，阶级的壁垒也可以暂时打破。在这天早上举行的娱乐活动中出现了一个小矮人。他有一颗畸形的大脑袋，一双弯曲的腿，不仅驼着背，还长着一头鬃毛般的乌发，模样丑陋不堪。孩子们见到小矮人全都兴奋地大嚷大叫，小公主更是开怀大笑。这个小矮人的父亲是个穷苦的烧炭人，而他本人是昨天才被人在树林里发现的，由于相貌奇特而被送进王宫。小矮人从小在森林里长大，对自己丑陋的相貌没有丝毫意识。当演出结束时，小公主从头上拔下一朵白玫瑰，扔给了小矮人。小矮人非常喜欢公主，而且还误以为小公主爱上了他。当他听说小公主还想看他的表演时，小矮人便迫不及待地跑去找公主，结果在王宫的一间屋子里看到了一面明亮的大镜子。等他明白镜中的那个驼背丑八怪就是他本人时，他发出了绝望的狂叫声！他明白了公主不过是在嘲笑他的丑态，拿他寻开心罢了。他悲痛万分，心碎而死。当然，从人格认知心理学角度看，小矮人从大自然进入现实社会时，新的自我意识的建构经历了他无法承受的致命挫折。小矮人自小生活在森林里，与大自然的花草树木朝夕为伴，既不会受到嘲笑，也没有必要认清自我，所以缺乏自我的意识。而进入以王宫为代表的现实世界后，他通过"镜像"方式发现了自我的实际存在，再与同龄的孩子们形成比照，让他无法接受丑陋不堪的自我意识，既无法再融入公主所象征的虚伪的文明社会，更无法重返森林，只能带着一颗破碎的心走向死亡。面对躺在地上一动不动的小矮人，公主却噘着那可爱的玫瑰叶嘴唇说："以后那些来陪我玩的人都必须没有心才行。"这个故事中的小公主向人们展示了肉体美与灵魂美的对立关系，也反映了王尔德在牛津大学读书期间接受的罗斯金的美学思想的影响。作为英国唯美主义运动序幕的"拉斐尔前派"的美学观念让王尔德领悟了"灵"之外的"肉"等观念，这样的观念转化为其童话叙事中令人难忘的形象。

王尔德童话具有明显的儿童本位和非儿童本位相糅合的双重性特征。作者创作童话的直接动因来自为自己的两个儿子讲述故事，但这些形成文字后的童话故事明显具有成人读者才能领会、体悟或鉴赏的况味与意涵。细究起来，王尔德童话不仅包含着复杂的伦理道德意识、宗教救赎思想、基督教乌托邦理想、对民生疾苦的悲怜情怀，以及对安徒生童话等经典童话的呼应、对话，由反讽式和戏谑式颠覆所构建的童话互文性，而且他的故事无不通过唯美主义的文字表述和复杂瑰丽的画面、色彩呈现出来。而这正是王尔德童话的双重性特征，一方面吸引和打动孩子们的内心情感，另一方面能够让成人读者在简单的童话模式中理解和体会出别样的滋味与象征。用他自己的话说，他的童话故事"部分是为儿童写的，部分是为那些还保持着惊奇与惊喜的童心般能力的人们写的"①。

王尔德的一生是奇崛不凡的，生前伴随着的不仅有卓越的文学才华为他赢得的鲜花和掌声，更有放浪形骸的言行举止和不容于社会道德习俗与规范的情感纠葛，以及由此引发的令人侧目的争议、轩然大波，还有随之而来的精神沮丧和穷困潦倒，在银铛入狱后，他在狱中写出哀哀欲绝的诗作《雷丁监狱之歌》。不管怎样，王尔德的童话是一种不容忽视的美与伦理价值和谐相融的文学存在。1998 年 11 月 30 日，英国人为这位饱受争议的文坛怪杰树立了一座纪念雕塑，这座王尔德雕像就屹立在伦敦特拉法加广场附近的阿德莱德街，在某种意义上成为"快乐王子"的人工纪念碑。雕像的题词是"与奥斯卡·王尔德对话"，雕像上还镌刻着王尔德的名言："我们无不委身沟壑，但总有人仰望星空。"（We are all in the gutter, but some of us are looking at the stars.）王尔德的童话无疑是作者与童心的对话，是仰望星空，渴望重返童年的杰作。英国《典雅》杂志认为王尔德足以和丹麦作家安徒生相提并论，并且赞美他的童话集是"纯正英语的结晶"。当漫长岁月的风云飘散，尘埃落定，今天的人们至少可以认定，王尔德就像《鹅妈妈故事集》的作者贝洛一样，仅用 9 篇童话就在英国童话版图中占有耀眼的一席之地。

第七节　童年精神的守望者：永远的男孩"彼得·潘"

在英国文学史上，永不长大，守望童年的男孩彼得·潘与永远在奇境世界探索的女孩爱丽丝一样，已经成为超越文学的大众文化的童年偶像，象征着永远年轻、永远追寻的童年精神。刘易斯·卡罗尔笔下的爱丽丝，其魅力来自她永远徜徉在童年的地下奇境和镜中世界，詹姆斯·巴里笔下彼得·潘的吸引力则来自他永远守望着自己童年梦幻中的永无岛。童话小说《彼得·潘和温蒂》（Peter Pan and Wendy, 1911）的前身是童话剧《彼得·潘，永远不肯长大的男孩》（Peter Pan, or the Boy Who Would Never Grow up, 1904）。1984 年，批评家杰奎琳·罗斯（Jacqueline Rose）发表的论著《〈彼得·潘〉个案研究：论儿童小说的不可能性》（The Case of Peter Pan: Or the Impossibility of Children's Fiction, Palgrave Macmillan UK, 1984）引发了儿童文学批评领域

---

① WILDE O. The Letters of Oscar Wilde [M]. DAVIS R H. ed. New York: Hartcourt, 1962: 219.

的激烈争议，《彼得·潘》的精神分析学解读有助于人们进一步理解这部童话小说的深层心理结构和丰富的美学特质，而有关儿童文学的可能性和不可能性的争论本质上指向这部作品的双重性和杂糅性。2006 年，英国儿童文学作家杰拉尔丁·麦考琳（Geraldine McCaughrean）完成了她为《彼得·潘》创作的续篇《重返梦幻岛》（*Peter Pan in Scarlet*，2006），被认为是对詹姆斯·巴里原作的经典性续写。《彼得·潘》续篇评委会对于麦考琳的续写做出了这样的评价："作为《彼得·潘》的续篇，《重返梦幻岛》极富想象力，语言机智幽默，故事曲折动人。如果巴里本人能读到这部作品的话，他也一定会非常喜欢的。"① 从总体上看，《彼得·潘》的魅力与童年叙事的无限可能性密切相关。

在《彼得·潘》的开篇有这么一个令人回味无穷的场景，两岁的小女孩温蒂在花园里玩耍，一阵嬉戏之后，开心的小女孩脸颊红扑扑的，像红灿灿的苹果，看上去如此天真烂漫，可爱极了，此时此景让女孩的妈妈达林太太大为动情，不禁叹道："要是你一直这么大该多好啊！"而这一声惊叹也突然间让小女孩温蒂明白了每个孩子终归是要长大的，"两岁，是个结束，也是个开端。"是啊，永恒的童年多么令人留念，天真无邪，纯朴烂漫，无忧无虑，但"梁园虽好，非久留之乡"，为了成长，为了遵循生命的脉动节律，童年总是要流逝的，而且每个人的童年都是一去不复返的。这就形成了一个能否在精神上留住童年的美学悖论命题。作为人类个体生命中一段特殊的初始阶段，童年具有特殊的生命状态和精神世界。童年是流逝的，一去不复返的，又是可以珍视、珍藏、追溯和重现的。童年是无畏的、心比天高的，童年又是蒙昧无知的。在这段特殊的生命时期，童年超凡脱俗的想象力与童年混沌无知的自然状态之间发生碰撞，又形成反差，构成一种充满张力的矛盾之体。对于儿童幻想文学作者，对人生初始阶段那逝水流年的惋惜往往转化为内心的创作激情，促使他们通过幻想叙事的方式与童年进行对话，以富于人生体验和人生智慧的成人意识与天真烂漫的童心世界进行对话与互动，这是对人生最美好岁月的追忆和保留——对于卡罗尔，通过幻想叙事讲述小女孩爱丽丝漫游奇境世界和镜中世界的故事，这是他留住童年，留住美好回忆的唯一方式，也是最好的方式。于是卡罗尔将自己人生中所有的遗憾和感伤化为一曲在童年奇境徜徉的咏叹绝唱。对于詹姆斯·巴里，永不长大的小男孩在永无

---

① 杰拉尔丁·麦考琳. 重返梦幻岛 [M]. 任溶溶，译. 上海：少年儿童出版社，2006：299.

岛上的逍遥之游则把渴望遨游的童年精神演绎到极致。那么如何解读童年的悖论呢？

现代心理学对《睡美人》等经典童话进行的心理分析解读有助于人们理解相关命题：守望童年与超越童年的对立统一。睡美人和白雪公主可视为少女尽善尽美的化身，无论是睡美人气息全无地沉睡在她的躺椅上，还是白雪公主一动不动地躺在水晶棺里，都是一种自我保护和自我封闭。睡美人长睡不醒，而且在她的四周形成了一道不可逾越的棘墙的拱卫，可以将人生道路上的所有外在危险拒之门外。从象征意义看，美貌少女的浪漫长睡意味着将永恒的少男少女的青春密封在一个美丽的梦幻之中。这漫长的沉睡是为了积累成长的力量，是为了日后的发展和变化做好准备，否则的话，这种死一般的沉睡就始终是浑浑噩噩的状态，失去了人生的意义。在漫漫长睡中，睡美人是冷漠无情、不可亲近的，只是处于与世隔绝的自我陶醉式的魔法禁锢中。在这种自我封闭的天地中固然没有忧伤、痛苦和磨难，但也无法获得真知，无法体验人类的情感生活。沉睡只是一种蛰伏，是为了在纷乱中意守自我，然后清醒过来，以更成熟的意识投入生活，获得成长。而在特定意义上，有自觉意识的现当代儿童幻想文学就是以守望童年又超越童年为出发点，去开启唤醒"睡美人"的童年叙事。

巴里笔下的永无岛是一个奇异的童年奇境，也是一个乌有之乡。人们难免会想到托马斯·莫尔的名著《乌托邦》（*Utopia*，1516）。从词源看，"乌托邦"源出希腊词语组合，由 ou（意为"不"或者"没有的"）和 topos（意为"地方"）组合而成，于是它具有这样的双重意义：这是一个"好地方"（"eutopos"，good place），但又是一个"不存在的地方"（outopos，no place）。从人类的现实经验看，这个乌有之乡不存在于客观世界之中，但其精神理念和追求却始终存在于人类的理想和幻想之中。千年之前，中国哲学家庄子在《逍遥游》里描述了一个"无何有之乡，广莫之野"。在庄子笔下，大鹏展翅，从茫茫北冥展翅而起，一飞冲天，"北海虽赊，扶摇可接"，从北极飞到南极，鹏程何止万里，飞越千万里意在何为？难道不是去进行超越自然，冲破人世间无法摆脱的人生羁绊的逍遥之游吗？这"无何有之乡"看似遥遥无边，但令人向往的"至人"境界，实则是进入无边的想象力的疆域，而抵达"无何有之乡"的终极目的是进入心灵的净地，是前往内心深处的极致世界的真正的逍遥之游。而人类内心的极致净地难道就不是我们渴望重返的童年和童心世界吗？童话正是人们实现这一梦想的文学方式，在童话的永无之乡，充满童心童趣的历险活动进入了追寻童年精神的逍遥之游。这里就是小飞侠彼得·潘大显身手、乐趣无限的乌有之乡，绝假纯真的孩童们就在这里上演了一出出惊险刺激的童年逍遥之游。"右手第二条路，一直向前，直到天亮！"——这就是前往永无岛的路线。

　　另一方面，《彼得·潘》人物形象的原型及其创作动因的形成受到多重因素的影响，其中包括作者在童年和少年时期体验过的苦痛、创伤，以及他的求学经历，这对于人们解读这部作品也是有帮助的。詹姆斯·马修·巴里出生在苏格兰东南部安格斯郡一个名叫基里缪尔（Kirriemuir）的小村庄。他的父亲是村里的一名织工，母亲是一个乡村石匠的女儿，夫妻俩生育了 11 个子女，巴里排行第九。不幸的是，父亲在巴里幼年时因病去世，抚养这个大家庭的重担就落在母亲一人肩上，全家生活的窘迫可想而知。不过母亲在孩子们临睡之前会给孩子们阅读故事，其中就有她自己非常喜欢的斯蒂文森的《金银岛》等少年历险故事，这成为这个窘迫之家难得的乐趣。巴里 6 岁时，这个家庭又遭遇了一次惨祸的打击，使这个家庭雪上加霜。那一天，巴里的大哥亚历山大、二哥戴维、姐姐玛丽等在冰冻的湖面溜冰玩耍，不料二哥戴维不小心猛然摔倒在坚硬的冰面上，由于头部着地，不幸身亡。在家里的孩子们中，母亲最宠爱的就是二哥戴维，因此这一悲剧对母亲造成极大的打击。多年后，巴里在为母亲撰写的传记《玛格丽特·奥格尔维》（*Margaret Ogilvy*，1896）中这样记述道："戴维死后，她苦苦挣扎了整整 29 年，她一直不相信这是真的。多少次我从门缝向屋里看去，只见她独自一人靠在椅子上低声抽噎。"在这场悲剧发生后的好几个月里，巴里的母亲始终沉浸在巨大的悲痛之中，难以自拔，快乐似乎离这个屡遭不幸的家庭渐行渐远。[①]懂事的巴里会想方设法地宽慰母亲，他会把自己听到的笑话和一些富有情感的小故事讲给她听，让她开心一下。有时候，为减轻母亲的痛苦，巴里会把戴维生前的服装穿在自己身上，然后出现在母亲面前。不过在母亲的心中，儿子戴维并没有离开她，他永远"活"在她的脑海之中，陪伴着她，只不过成了一个永远长不大的孩子——这个母亲心中的孩子在特定意义上不就是那个永不长大的彼得·潘。

　　在母亲的支持下，少年巴里进入学校接受教育，曾辗转就读于几所学校。在此期间，巴里患了一种罕见的"心因性侏儒症"，从此停止了生理上的发育，所以他的身高一直停留在 1.62 米，在那些高大的同龄少年当中，这似乎

---

　　① BIRKIN A. J. M. Barrie & The Lost Boys: The Love Story that Give Birth to Peter Pan ［M］. New York: Crown Publishers, 1979: 5.

也是一个"永不长大的"孩子的形象。当然，巴里没有屈服于生活的磨难，1878 年，勤奋的巴里进入爱丁堡大学念书。1885 年，怀着实现自己的文学梦想，努力成为一个文学作家的计划，巴里只身前往伦敦。在锲而不舍的文学创作生涯中，巴里坚守自己土生土长的苏格兰乡村的风格和题材，以幽默和温情的笔调描述苏格兰农村的风土人情，被称为苏格兰"菜园派"作家。1888 年，巴里创作的有关苏格兰故乡的作品集《古老轻松的田园诗》（"田园三部曲"）出版。而后他的小说和剧作创作也取得一定成就，让他跻身于有名气的畅销作家行列。当然，巴里在英国文学史上影响最大的作品当属他的童话幻想和童话叙事之作，包括童话剧和童话小说，乃至成为英国童话叙事经典的《彼得·潘》。

1898 年，巴里夫妇迁居至伦敦肯辛顿公园（KensingtonGardens）附近的一所公寓。肯辛顿公园原是一座皇家园林，毗邻海德公园，里面绿草茵茵，林木繁茂，环境幽静，巴里在创作之余总要到这里漫步消疲。有一次，巴里遇见几个小男孩在公园里扮演抓海盗的游戏，一番驻足观看之后，巴里提出加入他们的行列，成为他们的玩伴，于是游戏的孩子中多了一个大男孩。这三个男孩是律师戴维斯家的孩子，随后巴里和孩子们成为忘年之交，约好每天在肯辛顿公园会合，进行各种"历险游戏"。巴里也成为戴维斯家的常客。在随后的几年间，这个家庭又增添了三个男孩，于是在肯辛顿公园里进行的历险游戏变得更加热闹了。这段难忘的经历成为巴里创作《彼得·潘》的缘起。1902 年，巴里创作了童话散文《小白鸟，或在肯辛顿花园的冒险》（*The LittleWhiteBird, orAdventuresinKensingtongardens*）。这是一部带有自传成分的散文体作品，采用第一人称叙述，叙述者是一个居住在肯辛顿公园附近的男子。其主要内容包括主人公（作者）与几个孩子的交往和友谊，作为主人公的作者的现实生活状况的折射，以及他如何在无意间卷入了一对年轻夫妇的生活当中，等等。作者随后讲述了发生在肯辛顿公园的幻想故事。根据他的讲述，所有婴孩原来都是能够飞上天的小鸟，所以他们家中婴儿室的窗户一定得关严实，否则孩子们就会趁着夜色从窗口飞走。有一天，一个叫彼得·潘的男婴出生了。当天晚上，男孩就从敞开着的窗户飞了出去，降落在肯辛顿公园蛇形湖的岛上。他在公园里过着自由自在的生活，与他做伴的是小鸟和小精灵，还从仙女那里学会了新的飞翔技巧。彼得·潘为自由自在、无拘无束的生活而感到自豪，他愿意永远做一个独立自主的小孩，所以决定永不长大。不过这样过了一段时间，小男孩想家了，便朝着自己的家园飞去。他透过育儿室的窗户看到了正在伤心落泪的妈妈，不禁感到非常愧疚。由于不忍心看妈妈流泪，他转身飞走了。等他再次飞到家外探望时，却发现那扇窗户被紧紧地关闭了，再从别的地方一看，自己的小床上躺着一个新出生的婴儿，他回不去了。彼得·潘顿感伤心绝望，一气之下发誓再也不相信人类的母亲了。他又飞回了肯辛顿公园——不久后他就将飞到更加遥远的永无岛上。这些重要情节后来出现在小说《彼得·潘和温蒂》里。1904 年 12 月，根据童话散文《小白鸟》改编的戏剧《彼得·潘，永远不肯长大的男孩》（*Peter Pan，or the Boy Who Would Never Grow up*）在伦敦首演，获得巨大成功。1911 年，巴里创作的小说《彼得·潘和温蒂》（*Peter Pan and Wendy*）出版，深受读者欢迎。由于戴维斯家那几个孩子的父母先后因病去世，巴里决定将这部作品的收入主要用作 5 个孩子的生活和教育费用。1919 年，巴里担任圣安德鲁斯大学校长。1928 年，在托马斯·哈代卸任之后，巴里当选为新一届英国作家协会主席。一年后，巴里对公众宣布，在他离世之后，《彼得·潘》的版权将无偿转让给伦敦奥蒙德儿童医院。

"所有的孩子都是要长大的，只有一个例外。那就是彼得·潘。"从散文、剧本到童话小说，巴里笔下的小男孩彼得·潘一路前行，以独特的活力和魅力出现在少年儿童读者，以及所有向往重返童年的读者面前。这是一个不愿长大，也永远不会长大的可爱小男孩，又是一个像小爱神丘比特那样任性、高傲、倔强、爱恶作剧的小顽童。他长着满口珍珠般的乳牙，身上穿着用树叶和树浆做的衣服。而他的性格就没有外在的穿着这么简单了。多种心理倾向体现了复杂与复合的性格，单纯而幼稚，任性而自私，高傲而偏执，而且对于他人怀有极度的不信任，这让那些爱戴他的人感到伤心、痛苦；无论是被他请来担负照料大伙日常起居的"母亲"角色的女孩温蒂，还是为温蒂而心生嫉恨，而且甘愿为他死去的小仙子，都受到他的伤害；至于印第安公主虎莲小姐，还有那些生活在永无岛上的孩子，以及那些甘愿为彼得·潘效力的美人鱼，他们都觉得彼得·潘是个脾气古怪的可怜的孩子。与此同时，彼得·潘虽然天性好玩而又傲气十足，但他在必要时，会表现出绅士风度，重要的是，他个性鲜明，永葆童心，而且追求正义，疾恶如仇，敢于对抗凶悍残暴的海盗头目胡克船长，表现出无所畏惧的牺牲精神和急中生智、力争智取的斗争精神。

《彼得·潘》呈现了两个平行的世界，它们相互对立，又相互映衬，一个是现实世界的伦敦城区，另一个是远离伦敦的永无岛。作者首先引导读者进入人们熟悉的日常现实生活，追述银行职员达林先生成家立业之前如何赢得自己未来太太的芳心。婚后随着几个孩子的降生，家庭的现实经济问题开始显现，为减少家庭费用的支出，达林先生用一只温顺的大狗娜娜作为孩子们的保姆。达林太太是一个情感细腻、喜爱幻想的家庭主妇。作者说她头脑中总是充满幻想，"就像从神奇的东方送来的那些小盒子，一个套一个，不管你打开了多少个，里面总还藏着一个"。夜晚来临，达林太太进入梦乡，她梦见了小时候听说过或者依稀见过的小男孩彼得·潘，那若即若离非常模糊的永无岛居然也清晰地出现在她梦里。殊不知不久后这个彼得·潘还真的找上门来了，而且躲过了大狗娜娜的警惕守护。彼得·潘在出生的第一天就因为害怕长大，从家里逃了出来。他生活在远离英国本土的一个叫作"永无岛"的海岛上。这里环境绝佳，充满野性，岛上生长着美丽的"永无树"，树上停歇的是神奇的"永无鸟"，当然"永无树"结的是奇异的"永无果"。岛上除了各种飞禽走兽，还能遇见人鱼、小仙子，以及印第安部落的公主等神秘人物。当然，岛屿附近海域有凶悍狠毒的海盗出没，他们的首领是凶悍的铁钩船长胡克，长着"一副铁青的面孔，远看像一支支黑蜡烛的长长的鬈发，蓝得像勿忘我花一样透着深深忧郁的眼睛"。胡克的一只手臂被鲨鱼吞掉了，所以装上一根铁钩作为手臂，不过这让他变得更加凶恶了，当猛然用铁钩捅向被攻击对象时，他的眼里就会现出两点红光，"如同燃起了熊熊的火焰"。彼得·潘的伙伴有小仙子叮叮铃和一群迷失的小男孩。虽然在岛上的日子无拘无束，快活而自在，但他们也感到生活中总有什么失落或者缺憾，总希望有一个母亲这样的人来给他们讲童话故事，夜里睡觉时给他们掖好被子，平常给他们缝补衣裳……于是彼得·潘决定专程去请温蒂来照看他们。他飞到伦敦，找到了女孩温蒂，还有她的弟弟迈克尔和约翰。彼得·潘给温蒂和她的两个弟弟的身上撒上仙粉，这样他们一同飞往远方的永无岛。从海岛美人鱼的礁湖开始，孩子们的冒险经历一一展开，惊险刺激，惊呼不断，仿佛"永远没有枯燥乏味的时候"。当然，危险也接踵而来。海盗们诡计多端、处处作祟，而阴险狡猾的海盗船长胡克更是狠毒无比，把魔爪伸向了海岛上的孩子们。就在孩子们陷入胡克策划的阴谋陷阱，面临绝境之际，勇敢的彼得·潘最终还是想出妙计挫败了海盗的阴谋，搭救了他的伙伴们。岛上的日子就是这样既惊心动魄，又丰富多彩，但随着日子一天天流逝，孩子们想家了，现实生活的家园在召唤他们。尽管彼得·潘永不长大，但温蒂和她的两个弟弟总是要回归现实的。彼得·潘和温蒂姐弟依依惜别，他答应每年春暖花开之时会飞到伦敦去看望温蒂。温蒂和两个弟弟回到了伦敦城区，重返现实生活。随着时光的流逝，他们仿佛淡忘了在梦幻岛的历险生活。后来，彼得·潘如约到伦敦看望温蒂，却透过她家的窗口看到已经成家而且生儿育女的温蒂。在现实生活中，不管愿意不愿意，每一个孩子都会长大。他们长大后忙于生计，不会再次踏上永无岛的土地；但他们的下一代则不然。温蒂的女儿简就像她母亲当年一样满怀跃跃欲试的历险之心，于是女孩简跟着彼得·潘开始了新一轮在永无岛上的冒险旅程。事情就这样周而复始，"只要孩子们是快活的、天真的、没心没肺的"。这无疑是对永恒的童年精神的饱含深情的礼赞。

作为童年精神的永恒象征，彼得·潘是个杂糅了传统文化特质的现代顽童形象。比如，永远长不大的顽童般的小爱神丘比特（Cupid）。作为神界中少有的儿童之一，丘比特的艺术形象是一个带双翼的小天使，任性、高傲、性情善变、喜怒无常，尤其喜欢恶作剧，随时可以盲目地射出他的箭矢。在神话叙事中，由于小爱神拥有威力无比、谁也无法抗拒的爱与恨的神奇弓箭，包括主神宙斯在内的神祇们都对他畏惧三分。在一些地方，丘比特的塑像经常被安放在天界神使赫尔墨斯与人间英雄赫拉克勒斯之间。其次，彼得·潘这个名字也是具有深层含义的。巴里创作《彼得·潘》缘起于在肯辛顿公园遇到正在进行历险游戏的戴维斯家的几个男孩，而其中一个孩子的名字就是彼得。在戴维斯夫妇因病去世后，巴里还担负起这几个孩子的养育之责。从名字的深层结构看，彼得·潘的文化原型可以追溯到希腊神话中的农牧神潘（Pan）、神使赫尔墨斯（Hermes），以及酒神狄俄尼索斯（Dionysus）。

在希腊神话中，潘神（Pan）是山林之神和畜牧之神，一般认为他是神使赫俄墨斯之子。希腊人将其描述为半人半羊的山林牧神，腰部以上为人，但头上长有山羊的耳朵和一对羊角；腰部以下为山羊身体，全身毛发浓密，双脚是一对羊蹄。相传当潘的母亲看到刚生下的婴儿时，感到惊恐不已，不过奥林匹斯山上的众神却非常喜欢这个相貌奇特的小精灵，为其取名为"潘"，意思是"受众人喜爱者"。潘一直生活在山林和草场湿地，领着一群半人半羊的山林精灵萨蒂尔（Satyr）嬉戏打闹。作为快乐和顽皮的山林之神，潘还是个出色的芦笛演奏家，经常和山林中的女仙们一起跳舞玩耍。他还用芦苇编制了一种有七个声管的乐器，并用"西琳克斯"（Syrinx）来命名自己发明的芦笛或排箫。荷马颂歌中讲述道，傍晚打猎归来之后，潘用自己发明的排箫奏出优美的音乐，山林中的女仙们都随着他的音乐而唱起颂扬众神的歌曲，翩翩起舞。而潘在跳舞的时候往往引发众人的哈哈大笑，因为他的山羊蹄子随着舞曲一蹦一跳，十分滑稽可爱。但如果潘在休息的时候受到打扰，他会大发脾气，后果严重：他会让打扰他清梦的人做噩梦，也可能让那人产生莫名其妙的恐惧感而拼命奔逃。有时候，潘会突然出现，把人吓得魂飞魄散。相比之下，巴里笔下永不长大的男孩彼得·潘是童趣化的小顽童，更是童年精神的守望者。他与神话中的潘神一样，也具有人与动物的双重特性。潘神是半人半羊，彼得·潘是半人半鸟。当然，牧神潘带着神话叙事的特征，他对自由的追求除了尽情游玩，还表现在放纵情欲、追欢逐爱方面。而在童话叙事中，彼得·潘追求的是逃离束缚，反抗成人社会的威权，自由地放飞理想和幻想的精神历程。如今在伦敦西区的肯辛顿公园，人们在东北角的长湖畔为小男孩彼得·潘树起了一座青铜雕像，他活灵活现地散发着青春活力，洋溢着自由、快乐的神态。只见他两腿叉开，向上挥舞着双臂，口里含着一支芦管，让人联想到牧神潘，远处望去，男孩又像是拔腿奔跑，又像是拔地而起，腾空起飞。

赫尔墨斯（Hermes）相传是宙斯和迈亚所生之子，刚出生四小时后即开始了他的探索行动。他先用一个乌龟壳发明了里拉琴，显示了他的发明天才；到了晚上，赫尔墨斯从母亲的眼皮下溜走，跑到同父异母的兄长阿波罗放牧神牛的牧场，偷走了50头最健壮的肥牛。第二天早晨，阿波罗找到正躺在摇篮里睡觉的婴儿赫尔墨斯，也找到了藏在山洞里的牛群，于是便将他扭送到奥林匹斯山向天父宙斯告状。赫尔墨斯就像孙悟空来到玉皇大帝的天庭上，机敏活泼，说话间溜到阿波罗的身后，偷取了他的弓和箭，惹得宙斯和众神乐不可支。阿波罗与赫尔墨斯和解后，赫尔墨斯将里拉琴送给阿波罗，并教给他弹奏的方法；而阿波罗则赋予赫尔墨斯雄辩、善辩的能力以及放牧的本领，还传授他预测未来的方法。赫尔墨斯具有不可思议的狡猾和敏捷特点。后来，由于行动敏捷、智力超凡，赫尔墨斯长大后成了众神的使者，直接受宙斯的调遣，传达他的旨意，执行特定的任务。这样的特点也为刚出生就从育儿室的窗户飞出去探险的彼得·潘提供了借鉴。

酒神狄俄尼索斯则为巴里笔下的彼得·潘提供了可资借鉴的游戏和狂欢精神。他既是酒神，又是蔬菜和植物之神、狂欢之神和生命活力之神。相传他创制了葡萄酒，并推广了葡萄的种植。狄俄尼索斯不仅是狂欢之神，还是艺术的保护神。与阿波罗代表的理性精神相比，狄俄尼索斯代表着狂欢精神，具体到艺术创造方面，他象征着艺术创造中的狂欢性、神秘性和非理性倾向。和阿波罗一样，酒神本身也具有双重性，他一方面能够给人带来陶醉和狂欢的本真乐趣（正如中国诗人所言"物情唯有醉中真"），另一方面又是残忍和易怒的（正如酒精的破坏性作用和使人癫狂的作用）。在众多的关于酒神狄俄尼索斯的神奇传说中，值得注意的是他惩治迪勒尼安海的海盗的故事。狄俄尼索斯在海上航行途中被海盗们捆绑起来，勒索钱财。当然，狄俄尼索斯将海盗们狠狠地戏弄了一顿，只见绳索自动地从他身上脱落，常春藤开始盘绕船桅，葡萄藤也缠住了风帆，海水也变成了葡萄酒的颜色。海盗们不知道是遇到鬼还是遇到神了，惊恐万状之下纷纷跳入大海，变成了海豚。而在巴里的童话叙事中，彼得·潘与海盗头子胡克船长的斗智斗勇更具有童趣性的狂欢精神和故事性。例如，十恶不赦的大海盗胡克特别害怕一条大鳄鱼，而这条鳄鱼始终在追寻胡克的行踪。原来，在彼得·潘与胡克之间进行的一次激烈搏斗中，胡克船长的右臂被彼得·潘砍下后，被那条凶狠的大鳄鱼吞进了肚子（胡克为此装了一根铁钩作为右臂），从此这条鳄鱼就认准了胡克的味道，一心一意地追寻胡克船长，要吞吃他的肢体。而这条大鳄鱼又不小心吞进了一个闹钟，结果从它肚子里总要发出嘀嗒嘀嗒的声音。所以无论何时何地，只要一听见嘀嗒嘀嗒的指针走动声，胡克船长便会吓得魂飞魄散。而每当出现海盗船长即将施暴逞凶的紧急情况，彼得·潘便会模仿鳄鱼从肚中发出的嘀嗒声而化险为夷。

第八节　动物体童话叙事之变形记：
莱蒙的《泰尼肯变形记》和内斯比特的《莫里斯变猫记》

　　在人类幻想叙事传统中，人兽相互变形是一个历史悠久的母题，比较常见的是女巫使用魔法或具有魔法的药物等实施变形。在神话叙事中，也会出现人类变形为植物或其他物体的现象。从故事学视角看，施展魔法把人变成动物或禽兽也是神话叙事影响童话故事的重要因素之一。从古到今的幻想性动物叙事具有共同的艺术特征，即超越公认的常识性现实经验，以写实性的方式叙述不可能发生的现象和场景。不仅动物主人公或动物角色可以像人一样开口说话，具有与人类完全相同的思想情感和智力水平，而且发生在动物角色之间，以及动物角色与人之间的事件也可以超越人们的经验常识。从现代认知美学的视野看，幻想性动物叙事具有跨界/跨域投射与互动的特征：跨越动物世界和人类世界的自然疆界，将人类的思想情感、性格倾向、喜怒哀乐、爱恨情仇，以及包括人类家庭关系和社会关系等因素的各种社会属性投射在作者描写的动物主人公或动物角色身上，使动物的自然属性与人类的人性、情感、智力等特质（包括善良的和邪恶的，正面的和负面的）交汇融合，形成互动，由此构成了幻想性动物叙事那奇妙而深邃的艺术世界。作为世界上最古老、最著名的经典寓言集，《伊索寓言》大多是动物故事，因此在特定意义上成为最早的历史悠久的广义儿童文学资源之一。《伊索寓言》中能言会

道的动物角色具有人类的情感和思维，体现了跨域投射与互动的特征。故事
投射了人类的思想情感、性格倾向、喜怒哀乐、爱恨情仇、友谊与背叛、专
横与忍让、残暴与仁爱，以及包括家庭关系和社会关系等因素在内的各种社
会属性。故事将这些抽象的人生智慧和思想观念，通过描写多种多样充满生
活气息的动物角色得到形象具体的表达，具有认知、益智和娱乐的价值。古
印度的《五卷书》（*Panchatantra*）、法国的《列那狐》、穆加发的《卡里莱和
笛木乃》等都是动物叙事的代表性作品。其中，《五卷书》的主要人物都是拟
人化的动物，活跃在自然界的动物，包括各种飞禽走兽、虫类鱼类，老虎、
狮子、大象、豹子、豺狼、猴子、兔子、狐狸、牛、羊、猫、狗、乌鸦、麻
雀、鸽子、乌龟、蛤蟆、苍蝇、猫头鹰、埃及蝼，等等，而且各种动物角色
都体现了各自类属的特性。不过所有这些动物没有以人的形体出现，还保持
着动物的原形模样，也不能变化为人的模样，或者半人半动物的模样。维多
利亚时期有代表性的幻想性动物类型童话叙事，包括"变形记"类型的《泰
尼肯变形记》《莫里斯变猫记》；大型野生动物叙事类《丛林传奇故事》；以
城乡小动物为主角（主人公）的幻想性动物叙事类《彼得兔》系列和《柳林
风声》。

变形记：人—兽/人—物变形叙事。在幻想文学传统中，人—兽和人—物
之间相互转换往往与魔法变形有关。魔法变形在人类认知和理解层面意味着
大自然万物之间存在着相互关联和相互转化的可能性。而且在原始先民的整
体思维中，大自然和人类群体都是有机联系的整体，罗马诗人奥维德
（Publius Ovidius Naso，公元前 43—公元 18）的《变形记》（*Metamorphosis*）
共 15 卷，记述了 250 多个故事，其中篇幅较长的故事约 50 个。这是有关变形
的神话叙事的代表作，这些故事始终围绕"变形"的主题进行讲述，不仅表
明人类能够由于某种原因被变成动物、植物、星星、石头等，而且要用故事
来阐明"世界上一切事物都在变易转化中形成的"这一哲理。在荷马史诗中，
埃阿亚岛上的女巫喀耳刻能够用她研制的魔药把人变成狮子、狼、猪等兽类。
希腊英雄奥德修斯乘船漂流途中，派了 12 个水手到埃阿亚岛上去打探消息，
结果被喀耳刻的掺有魔草汁的葡萄酒和魔杖变成了猪，不过这些变成猪的水
手还保留着人类的思维和情感。公元 2 世纪阿普列尤斯（Lucius Apuleius）的
《金驴记》（*The Golden Ass*）讲述了青年主人公鲁齐乌斯被魔药变成驴子后经
历的坎坷和磨难，作者通过奇特的幻想和写实性的描述，把写实、幻想和道
德劝善结合起来，对后来的变形故事创作产生了较大影响。

维多利亚时期有关魔法变形的动物叙事的重要作品之一是马克·莱蒙

（Mark Lemon，1809—1870）的《泰尼肯变形记》（*Tinykin's Transformations*：*A Child's Story*，1869）。马克·莱蒙的父亲是一个在伦敦经营啤酒生意的商人，但在莱蒙 15 岁时就去世了。少年莱蒙被送到林肯郡与舅舅一起生活。长大后莱蒙也像父亲一样经商，但他喜欢新闻写作和戏剧演出，继而在 26 岁时弃商从文。马克·莱蒙曾担任英国著名幽默杂志《笨拙》的首任主编。《泰尼肯变形记》讲述一个现代社会的孩子经历的变形为动物后的历险故事，成为童趣化的人类少年转变为各种动物的童话变形记故事。主人公泰尼肯是一个小男孩，他的父亲是王室的护林官，遭人陷害被关进监狱。男孩出生时就具有某种超常的天赋，能够看到野外林中的仙子，于是被仙后泰坦尼娜选中，给予特殊培养。他被变成不同的动物，如河鸟、鱼儿、小鹿和鼹鼠，等等。这让男孩得以亲身经历和体验各种动物的生存状态。而且这一变形经历使他走进并认识了大自然，获得了有关空气、水和土地等方面的知识，这些知识在后来的紧急关头都一一派上了用场，为他赢得公主起到了不可或缺的作用。在这之后，主人公的父亲也从监狱里被解救出来，重获自由。这是工业革命时代将神话和传统童话的变形因素与现代自然知识结合起来的童话变形故事。

　　女作家伊迪丝·内斯比特（Edith Nesbit，1858—1924）的《莫里斯变猫记》（*The Cat-Hood of Maurice*）也是一个变形故事。小男孩莫里斯非常顽皮，尤其喜欢不管不顾地搞恶作剧，这也是不少顽皮孩子的毛病。这种行为如果不加以克制，可能发展为有害的恶习。莫里斯总是想方设法地去捉弄家里养的一只猫，要么剪去它的毛发和胡须，要么把罐头盒绑在猫的尾巴上，以此取乐。被残忍虐待的猫变得非常暴躁，不停做出抓挠和撕咬动作，甚至用爪子挠伤了男孩妹妹的手。为了惩罚男孩的不端行为，并使他认识自己的错误，莫里斯的爸爸决定把他送进一所专门管教"问题儿童"的学校。莫里斯对此极不情愿，他宁愿去做一只猫，也不愿上管教学校。结果他与那只猫进行交换，猫变成莫里斯，替他去上管教学校；莫里斯则变成那只猫，进入猫的生存状态。变身为猫的莫里斯亲身体验了作为猫没有胡须的尴尬处境，尤其经受了各种被虐待、被伤害后的痛苦，这让他感到难以忍受，恨不得马上逃离这种痛苦不堪的生活，但却身不由己。在亲身体验猫生（The Cat-Hood）的过程中，他也听见了爸爸妈妈的谈话，述说他的优点，还得知他的小妹妹对他非常关切，这让他感受到父母的深情关爱和妹妹对自己的爱心。他终于从内心深处认清了自己的错误行为及其危害，发自内心地为伤害那只猫感到悔恨不已。重要的是，他真切认识到应当善待所有的小动物。此时，以莫里斯身份上学的那只猫非常讨厌在学校的枯燥生活，从那里跑了回来。于是在经历了这一次互换身份的变形，在双方交换人生和猫生的体验之后，男孩莫里斯和那只猫又重新回归自我。在此番戏剧性的变形历程之后，生活似乎又回到了原点，但却是一个新的开端，同样的生活因为内心的转变而发生了质的改变，从此以后小男孩和那只猫成了好朋友，一家人过着幸福的生活。对于幼年期的孩子，这样的变形故事将现实中的儿童成长问题与幻想性变形经历结合起来，具有很好的道德和伦理教育效果。事实上，童年期培育道德的基础是美好的情感和富有想象力和吸引力的故事，而不是理性规范的说教。事实证明，基于"规范伦理学"和知性说理的理性教育对于幼儿总是收效甚微的。

第九节　帝国叙事与野性的呼唤：
吉卜林的《丛林传奇故事》

维多利亚时代的动物叙事经历了从民间动物故事的记述、动物体变形记，到异国他乡的原生态丛林里发生的野生动物故事（如吉卜林的《丛林传奇故事》）这样的发展轨迹。英国湖畔派诗人罗伯特·骚塞根据苏格兰民间故事改写的《三只熊的故事》（*The Story of the Three Bears*，1837）是维多利亚早期一个有影响的动物寓言故事，讲述一个妇人闯入森林中三只熊居住的城堡所引发的冲突。这个故事随后又演变为一个金发女孩与三只熊的故事。如果说骚塞的《三只熊的故事》还停留在动物寓言故事层面，那么马克·莱蒙的《泰尼肯变形记》和内斯比特的《莫里斯变猫记》已经成为富有童趣和教育意义的动物童话变形叙事。约瑟夫·鲁迪亚德·吉卜林（J. Rudyard Kipling，1865—1936）的《丛林传奇故事》（*Jungle Books*，1894—1895）独树一帜，成为占有重要一席之地的幻想性动物叙事。吉卜林笔下的野生动物体型庞大，具有强大破坏力，它们生活在异域他乡的原始莽林，作者呈现的是充满野性力量的冒险和暴力行为。总体上看，吉卜林的动物叙事既呼应了大英帝国疯狂殖民和海外扩张的帝国叙事，又发出了来自莽莽林海的野性的呼唤。

约瑟夫·鲁迪亚德·吉卜林1865年出生在印度孟买，父亲是一位雕塑设计师，曾任孟买工艺学校的教师，后来担任拉合尔工艺学校校长和拉合尔博物馆馆长。吉卜林6岁时被家人送回英国接受教育，中学毕业后返回印度，在拉合尔市的一家报社做助理编辑和记者。长期在印度生活和工作的经历使吉卜林对印度各地的风土人情，以及印度民众的生活状况有相当深入的了解。

尽管没有接受过高等教育，吉卜林一生勤奋写作，成就斐然。吉卜林一生共创作了 8 部诗集、4 部长篇小说、21 部短篇小说集和历史故事集，还有大量散文、随笔、游记和回忆录等。吉卜林于 1907 年获得诺贝尔文学奖。1936 年，吉卜林去世后被安葬于伦敦威斯敏斯特大教堂著名的诗人角。吉卜林创作有推源类型动物故事《原来如此的故事》（*Just—So Stories*，1902）、写实性中篇小说《小獴獴大战眼镜蛇》等作品，但他影响最大的作品还是《丛林传奇故事》。这部小说的背景地设置在异国他乡的原始莽林，广袤的蛮荒原野，作者描写的对象包括作为主人公的人类后代，以及各种各样的野生动物，尤其是大型动物。作者将人类的孩子置于大自然的丛林之中，使其作为某动物族群的一员去亲历丛林生活，由此全方位地呈现丛林生态环境和丛林动物的生存状态。而通过人类少年参与其中的动物叙事能够更生动、更形象地讲述具有浓厚传奇色彩的惊险故事，同时提出更加发人深思的自然伦理之道的拷问。通过人类幼年个体如何在野外丛林被狼妈妈收养，如何融入野狼的族群这样的历险故事，作者以文学艺术的形式探求人与自然之间的关系这样一个具有永恒意义的重大命题；而其深层结构涉及的是在谋求生存的斗争中，人类与地球上其他生物及自然万物该如何相处。另一方面，作者致力于描写那些生活在原始丛林的野性十足，具有强大力量的野兽，尤其是那些体型庞大、力量强悍的大型猛兽，有关它们觅食、捕猎活动的故事就是丛林中"弱肉强食"的冒险和暴力活动，充满野性力量，体现了强者生存的法则。难怪人们认为吉卜林是在英国帝国主义的扩张期这一历史语境中创作了这些野性动物故事。从文学影响的意义看，《丛林传奇故事》无疑是埃德加·巴勒斯（Edgar Rice Burroughs，1875—1950）的"人猿泰山"系列小说（*Tarzan of the Apes*，1912）的先行者。

《丛林传奇故事》全书由相对独立，同时相互衔接的中篇小说结集而成，包括《莫格里的兄弟们》《蟒蛇卡阿捕猎》《老虎！老虎！》《白海豹》《獴》《大象驭手——图梅》《女王陛下的仆人们》。莫格里是一个刚会站立行走的人类幼儿，有一天他的父母带着他在丛林穿行时遭到恶虎谢尔汗的猎捕，父母在狂奔逃命中与孩子跑散了，孩子在混乱中恰好爬进了西奥尼山的狼爸爸和狼妈妈一家所居住的山洞里。西奥尼狼群的狼爸爸和狼妈妈决定把这个人类的孩子抚养大，而且要把他训练成"一个合格的兽民"。莫格里在狼群中的狼崽们的陪伴下长大了，他逐渐认识了丛林的各种事物和各种现象的含义，学会了丛林中各种鸟兽的语言，也学会了狼的各种生存本领，还能够像人猿一样在丛林的树木和树枝间攀援跳跃，迅速移动。而且当他参加狼群大会时，如果他双眼死死地盯着一只狼看，那只狼就不得不垂下眼睛，不敢直视——因为这是智力更优的人类的眼睛。为了对付以瘸腿猛虎谢尔汗为首的邪恶野兽们的加害，"狼孩"莫格里在黑豹巴希拉的忠告下，到山下的村庄取来了被动物们认为是种在盆子里的"红花"的火种，从而挫败了预谋在狼群大会上逞凶发难的恶虎谢尔汗及其追随者，它们商定在即将举行的大会上统一行动，一举推翻已经年老体衰的狼群首领阿克拉，然后杀死"狼孩"莫格里。作者细致入微、引人入胜地描述了这一起伏跌宕、惊心动魄的丛林中的大对决较量的全过程。后来，"狼孩"莫格里在跟大熊巴鲁和黑豹巴希拉学艺时，被刁蛮凶悍的猴群劫走，结果引发了猴群与莫格里的朋友们的一场恶战；在丛林大会的对决和冲突之后，"狼孩"莫格里离开了他居住的狼穴，从丛林所在的高山上走下来，走向村民们居住的平原农耕地，那里有成群的耕牛和水牛在吃草。村妇美阿苏和她丈夫是当地最富有的村民，当年正是这对夫妇在丛林里丢失了自己的孩子。莫格里跟随美阿苏回了家，但他已经不习惯在屋子里过夜了，夜里睡觉时，他破窗而出，跑到野外的茅草地睡觉。在丛林里和那些野兽相比，莫格里是弱者，而在村里，村民们都说他力大如牛。"狼孩"莫格里重新学习人类的语言，由于他不了解社会的种姓规矩，做了帮助人的好事也遭到祭司的责骂。祭司让人打发莫格里到村外去干活。村里的头人安排他去放牧水牛。在牧场放牛时，莫格里引导水牛群出击，在河谷的出口像山洪暴发一般冲向无路可退的恶虎谢尔汗，终于使之死于非命，为丛林除了一害；在红狗群威胁到狼群的生存时，莫格里果断地挺身而出，拯救了整个狼群……

发生在热带丛林世界的各类动物及其族群的生存与竞争，所有出现的动物都被投射了人类的情感和思维特征，同时又保留着各自动物的自然属性和习性特征。那一片热带丛林不仅是动物世界，也是特定意义上的人类世界的投射或缩影。大熊巴鲁和西奥尼狼群的首领阿克拉把莫格里称为"小兄弟"，把莫格里从山下村庄取来的火种称为"红花"。当丛林地区出现严重的干旱时，动物族群必须遵守为保证饮水的"休战"，所有动物，包括平常相互追逐猎食的动物都要停止敌对行动，在和平状态下到水源地去饮水。当然，动物世界的"丛林法则"也是人类社会的"丛林法则"的折射。在热带丛林里，丛林法则禁止任何野兽吃人，因为这意味着带着枪支的白人会骑着大象来报复，使丛林里的野兽族群蒙受灾难。而且按照丛林法则，一只狼在结婚成家时可以退出他所属的狼群，但当他自己的狼崽一旦长到能够站立起来，他就必须把狼崽带到狼群大会上去，让别的狼认识和考验他。经过这样的仪式之后，狼崽们就可以在四周自由活动。在狼崽还没有具备杀死一头公鹿的能力之前，成年狼不得以任何借口杀死狼崽。从总体上看，在丛林世界弱肉强食的秩序下充满野性活力的生存竞争，既是动物故事，也是吉卜林作为大英帝国扩张时期的鼓吹者充满自信的叙述，同时也是一种告诫：人类进入危机重重的丛林世界后该如何行动，如何成为强者和统治者。

丛林的故事是粗犷而多彩的，作者塑造了一个在丛林动物世界长大的"狼孩"莫格里形象，狼妈妈收养了这个人类婴儿，让他在狼群中长大，随后在丛林世界与各种动物交往，而他在这样的环境中长大后，与邪恶而强大的猛兽等敌对力量斗智斗勇，这样的故事对于少年儿童无疑具有强烈的吸引力。"狼孩"莫格里在林莽中长大，逐渐适应了丛林生活，他的机智勇敢和强悍体力体现了人类卓绝智力与丛林野兽的非凡活力的结合。至于那些林中野兽，从狼爸爸、狼妈妈到西奥尼狼群的首领阿克拉，憨厚的大熊巴鲁，睿智的黑豹巴何拉，捕猎好手蟒蛇卡阿，不畏艰难的白海豹，等等；从一意孤行的瘸腿恶虎谢尔汗，数量众多、成群结队、刁蛮难缠的猴子（它们的首领是猴头班达罗格），不懂丛林法律的灰猿，到阴险狡诈，专门搜寻残肉剩骨而且喜欢挑拨离间的豺狼塔巴奇，等等，通过将动物的自然属性与人类的个性和社会性融合起来，作者呈现了一系列个性鲜明、令人难忘的人性化的动物形象。除了这些动物角色，读者还能领略大象、豺狗、海豹、眼镜蛇、鳄鱼、狗、麝鼠、老鹰、孔雀、獴、猴子等人性化（拟人化）的动物的独特韵味。与气势宏阔，视野宏大，场面纵横原始莽林、村庄原野的《丛林传奇故事》不同，吉卜林的《原来如此的故事》用童话的形式讲述某些动物特殊习性的由来，故事全都发生在大自然的动物世界。《小獴獴大战眼镜蛇》将人类的家居生活作为故事背景，讲述小獴獴在遭受误解的情况下拼死保护面临毒蛇致命威胁的人类婴幼儿，演绎出正邪动物之间惊心动魄的生死大战。

第十节　女性作家的动物童话绘本经典：
波特的《彼得兔》

与吉卜林的活动在广袤原始森林的大型野兽相比，出现在女作家贝特丽克丝·波特的幻想性动物叙事的动物主人公或重要角色乃是生活在英国城乡的小动物。在波特的《彼得兔的故事》（*The Tale of Peter Rabbit*，1902）里，人们熟悉的英国乡村农舍的小动物成为故事的主人公，人类只是作为陪衬或背景出现。这样的故事可以使读者转换视野，从这些小动物的视角看世界，看人类。贝特丽克丝·波特（Beatrix Potter，1866—1943）1866 年出生在伦敦一个家境殷实的家庭。就在她呱呱坠地的那一年，祖父买下了 Camfield 庄园。小女孩在这个庄园度过了自己的童年，也留下了难忘的深刻印象。就像鲁迅童年记忆中的百草园对鲁迅产生的影响，这个庄园赋予她的童年记忆对她后来的人生具有重要影响。这个庄园使女孩在生命之初切实感受到自然之美，那青翠欲滴的草坪，鲜艳的百花，引人遐想的花香鸟语，以及生活在这里的各种充满活力的小动物，还有空气中飘浮的新鲜的干草味，等等。小女孩也由此开始对周围世界进行细致的观察，尤其对各种小动物以及各种植物产生浓厚的兴趣。她喜欢观察家中饲养的各种宠物及其他小动物，包括兔子、鼠类、鸟儿、蝙蝠、青蛙、蜥蜴、水龟，等等；她也非常喜欢家庭女教师开设的绘画课，而且很小就显露出惊人的绘画天赋，这对于她日后创作绘本名作《彼得兔》打下了坚实的基础。少女时代的波特还为《爱丽丝奇境漫游记》中由绘画艺术家约翰·邓尼尔创作的插画而深深吸引。与此同时，像维多利亚时代的许多年轻人一样，波特对于诸如生物学与植物学等领域的科学研究也颇感兴趣。根据后人发现的波特的秘藏日记所载，1893 年 9 月的一天，波特发现了一种名为"森林老人"的罕见真菌，并将这一真菌画成一个样本，寄给自己的老师查尔斯·麦克因托奇。尽管波特日后并没有走上与自然科学研究相关的人生道路，但细致严谨的观察能力为波特的动物叙事文学绘本的创作提供了走向成功的重要条件。

1893 年 9 月的某一天，贝特丽克丝准备给自己的家庭女教师安妮·莫尔的 6 岁儿子写封信，以抚慰当时正在生病的男孩。写什么好呢？她在下笔时突然灵机一动，就给天性喜爱听故事的孩子讲个故事吧："从前有四只小兔子，他们的名字分别叫作'垂耳兔'、'拖布兔'、'棉尾兔'和'彼得兔'。他们和妈妈一起住在一处沙滩的一棵非常高大的冷杉树的根部下面。"在这封长信里，波特讲述了一只名叫彼得的顽皮小兔子的历险故事，它闯进了麦克格雷戈先生（Mr. McGregor）家的菜园，遭到疯狂追捕，兔子彼得在逃跑途中险象环生，多次命悬一线，好不容易才死里逃生。而那个长着白胡子、戴一副眼镜的麦克格雷戈先生的原型被认为就是波特的老师查尔斯·麦克因托奇。波特还在信中附上十几幅形象生动的插图，使故事大为增色。这就是波特创作英国幼儿动物童话绘本经典"兔子彼得故事"的缘起。1901 年圣诞节前夕，波特自费印刷出版了插图手稿《彼得兔的故事》，这是黑白版的，不过内扉是一页三色印刷的彩页。1902 年，沃恩出版社（Frederick Warne）正式出版了彩色版的《彼得兔的故事》，推出后很受读者欢迎，反响热烈，好评如潮，之后这一动物童话绘本陆续被翻译成 30 多种语言。2011 年和 2013 年，蒲蒲兰绘本馆分别出版了中文版的《比得兔的世界》套装（第一辑）和（第二辑）。"彼得兔"故事的后续之作包括《兔子本杰明的故事》（The Tale of Benjamin Bunny，1904）、《兔子弗罗普茜的故事》（The Tale of The Flopsy Bunnies，1909）等。此外，作者还创作了其他有关小动物的绘本图书，包括《格罗西斯特的老鼠裁缝》（The Tailor of Gloucester）、《松鼠纳特金的故事》（The Tale of Squirrel Nutkin）、《两只坏老鼠的故事》（The Tale of the Two Bad Mice）、《蒂格·温克尔太太的故事》（The Tale of Mrs. Tiggy-Winkle）、《小猫汤姆的故事》（The Tale of Tom Kitten）、《稀松鸭杰迈玛的故事》（The Tale of Jemima Puddle-Duck）《滚圆的卷布丁》（The Roly-Poly Pudding）、《生姜和泡菜的故事》（The Tale of Ginger and Pickles）、《狐狸先生托德的故事》（The Tale of Mr. Tod）和《小猪布朗德》等。

　　波特"兔子系列"的第一部作品《兔子彼得的故事》奠定了这一动物童话绘本系列的基调，以高度人性化的兔子为主人公，它们的衣着服饰乃至日常生活起居跟人类居民毫无二致，不过仍然保留着兔子的体态模样，例如，小兔子彼得平常穿着蓝色外套和棕色的鞋子，是个不知天高地厚的顽童。彼得的妈妈约瑟芬太太（Mrs. Josephine Rabbit）在兔子社区开了一家小商店，以养家糊口。这个兔子之家的孩子除了彼得（Peter），还有三个姐姐，分别是垂耳兔（Flopsy）、拖布兔（Mopsy）和棉尾兔（Cotton-Tail）。这家人住在一个有厨房还有各种家具的温馨的兔子洞穴里，值得一提的是，这个兔子洞穴在 20 世纪 30 年代会转变为托尔金笔下的霍比特人居住的地下洞窟。人们注意到，这个兔子之家却是一个单亲家庭，因为孩子们的爸爸已经不在人世了，他有一次在当地农夫麦克格雷戈先生的菜园里被逮住了，还被做成兔肉馅饼吃掉了。不过兔子彼得那时还小，对此并没有什么记忆，倒是兔子妈妈时常以此告诫孩子们注意防范致命危险。彼得的表兄本杰明一家也居住在附近的洞穴里，是与彼得一家关系比较密切的社会关系。波特用图文并茂的方式讲述故事，围绕兔子居民们发生的一切都具有生活化和逼真的细节化特征。

　　故事一开始，彼得将妈妈的叮嘱和告诫抛在脑后，偷偷地跑进了麦克格雷戈先生的园地，他当然知道进去之后要面临极大的危险，但那里可以吃到鲜嫩可口的青菜。当然，在幻想性动物叙事中，人们需要把现实生活中的伦理准则暂时"悬置"起来，就像把人们需要把对于童话叙事中超越经验常识之事件的质疑悬置起来（动物怎么会开口说话？兔子怎么会穿上人的衣服？），而且要相信儿童读者的认知和审美接受能力，相信他们不会把幻想故事中发生的事情与现实生活完全等同起来。从象征意义看，兔子彼得无疑是一个具有叛逆精神和冒险精神的顽童，敢于闯入充满危险的，被成人划定为禁忌的地方。另一方面，这也从特定意义表明，童年是充满想象力和冒险渴望的，同时也由于年少无知，没把外部世界存在的危险放在心上。当然，迈入外部世界也是彼得经历磨难，走向成熟的重要阶段。彼得兔闯入麦克格雷戈先生的菜园后遭到穷凶极恶的追捕，这表明了园主麦克格雷戈先生强烈的报复心，非要逮住闯入者，将其置之死地而后快。这追与逃的过程起伏跌宕，惊心动魄，既扣人心弦，又极富童趣。彼得在奔逃中丢失了妈妈给他做的新外套，可谓损失惨重，最要命的是好几次差一点就被暴怒的麦克格雷戈先生逮住了。这实在让小读者为彼得兔悬着一颗心，捏着一把汗。童趣也随之跃然而出，当彼得兔被醋栗藤蔓缠住时，读者不禁为他失去的新外套感到惋惜，那鲜艳的颜色，崭新的布料，好看的纽扣，实在太可惜了，如此细节令人叹息不已。在逃跑途中彼得兔遇到了一只老鼠，但他没有回答彼得兔的问话，因为他嘴里含着一颗豌豆，无法开口。麦克格雷戈先生设置的稻草人更是遭到彼得兔的嘲笑。最后，逃过大劫大难的彼得精疲力竭地回到家中，随后便生了一场大病。当晚几个没有外出冒险的姐姐吃了兔妈妈做的香喷喷的晚饭，而彼得只能喝下妈妈调制的退热药汤——直到此时读者才松了一口气。尽管彼得兔是菜园的闯入者，但小读者毫无疑问是同情彼得兔的，无不为彼得兔的安危而牵肠挂肚，为彼得兔的脱险而备感欣慰。麦克格雷戈先生没有抓住彼得，感到非常恼怒，他把彼得逃命时弄丢的外套和靴子做成一个稻草人，放在园子里，作为一种严厉的警告。

在《兔子本杰明的故事》（The Tale of Benjamin Bunny，1904）中，作者讲述在上次死里逃生的历险经历之后，彼得的表兄本杰明自告奋勇，带着惊魂未定的彼得潜入麦克格雷戈先生的菜园，以寻回彼得在仓皇逃命时弄丢的外套和鞋子。谁知这表兄弟俩却被麦克格雷戈先生饲养的大猫给捉住了。危急关头，本杰明的爸爸及时赶到并出手解救了他俩，不过事后把他们揍了一顿，以惩罚他俩私闯麦克格雷戈先生菜园的冒险行动。在进入菜园的过程中，经历过死里逃生，惊魂未定的彼得表现出的恐惧和忧伤得到惟妙惟肖的描写。在《垂耳兔的故事》（The Tale of the Flopsy Bunnies，1909）中，作者讲述了围绕彼得的姐姐垂耳兔发生的故事。随着日子一天天过去，彼得的姐姐垂耳兔和彼得的表兄本杰明结为夫妻，而且不久就为人父母，担负起养育6只小兔子的责任。彼得和他的妈妈开辟了一块苗圃，种植青菜。垂耳兔和本杰明夫妇也带着家里的一帮小兔子前来分享青菜。这样一来，大伙的食物就显得供不应求了。他们只好到麦克格雷戈先生堆积垃圾的地方寻找已经腐烂的蔬菜来维持生计。凶狠的麦克格雷戈先生捉住了 6 只小兔子，把他们装进一只麻袋，准备送去卖钱，然后为自己买烟抽。小老鼠托马斯乘麦克格雷戈先生不留神的时候，抓住时机将小兔子们放走了，本杰明和垂耳兔还把一堆烂蔬菜塞进麻袋里，冒充兔子。麦克格雷戈先生的太太发现了麻袋里装着的烂蔬菜后，对着她丈夫就是一顿臭骂，痛责他又一次糊弄自己。在《狐狸先生托德的故事》（*The Tale of Mr. Tod*，1912）中，作者将视线转向另一种动物，臭名昭著的獾汤米·布洛克（Tommy Brock）。垂耳兔和本杰明的孩子们被汤米·布洛克绑架了。彼得跟着本杰明去追赶躲藏在狐狸托德先生家中的布洛克。托德先生在自家的床上发现了正在呼呼大睡的布洛克，当即与他扭打起来。彼得和本杰明趁着一片混乱将孩子们解救出来。

在波特的动物文学绘本中，人性化的投射和拟人化手法的运用跨越了经验世界的物种疆界，模糊了人与动物之间的界限，小动物们的谈话、衣着、饮食、思维特征和情感特征及其行为方式与当代的人类完全相同，这种艺术手法的运用使"兔子彼得"系列与格雷厄姆的《柳林风声》相映成趣。两者笔下的动物主人公都保留着动物的原生体貌，以及各自的基本动作和行为特征，只不过都穿着衣服，而且与人类一样具有相似的家庭和社会人际关系，重要的是，小动物成为故事的主角，人类只是他们生活世界的背景和映衬。作为童话绘本，波特的"兔子彼得"的插图艺术表现为淡彩的画风，优雅的气质。1903 年 12 月第 6 次印刷时，全书共 85 页，有 27 张彩色插图。事实上，绘本《彼得兔》彰显了插画艺术对于儿童文学作品的重要性。对于幼年期的儿童，书中的插画颇具吸引力，能够起到辅助解释文字内容和引导故事进程的积极作用。一百多年过去了，人们始终喜爱这只生活在乡村的彼得兔，这只身穿蓝色外套的顽皮兔子，像人一样用两条腿走路，显得那么活泼可爱，而他在历险过程中从菜园子里拼命逃出来的样子也是那么细腻生动，让人难以忘怀。

第十一节　追寻精神家园：抚慰心灵的《柳林风声》

如果说《彼得兔》是维多利亚时期幼儿动物绘本叙事的经典之作，那么格雷厄姆的《柳林风声》就是这一时期具有双重性审美特征的动物童话小说。

肯尼斯·格雷厄姆（Kenneth Grahame，1859—1932）出生在苏格兰爱丁堡，父亲是一个律师。肯尼斯 5 岁时，母亲因病去世，父亲不愿意担负责任，远赴欧洲，肯尼斯和妹妹被送到伯克郡的外婆家。那里毗邻泰晤士河谷和温莎森林，河岸的自然风光给他的童年留下美好记忆。从圣·爱德华学校毕业后，由于经济方面的原因，肯尼斯·格雷厄姆未能进入自己心仪的大学深造，接受高等教育。1878 年，未满 20 岁的格雷厄姆进入英格兰银行，成为一个普通职员。尽管做这份工作并非出自本愿，但他还是认真工作，10 年后成为银行的秘书。工作之余，格雷厄姆热衷于文学写作，涉及随笔、散文和小说等，作品陆续在期刊上发表。这些作品后来被分别收入三个文集出版，它们是《异教徒的文稿》（Pagan Papers，1893）、《黄金时代》和《梦里春秋》。1908年发表的《柳林风声》（Wind in the Willows）成为英国动物童话小说的经典之作。1916 年，格雷厄姆受剑桥大学的聘请而主编的《剑桥儿童诗集》出版。与许多儿童文学经典创作的出发点一样，《柳林风声》的创作缘起于格雷厄姆为自己 4 岁的儿子讲"睡前"故事。儿子的昵称是"耗子"，那么就给他讲动物故事吧。于是蛤蟆、鼹鼠和河鼠等动物就出现在他的故事里。当时在他的讲述里还出现了长颈鹿这样的庞然大物，不过由于故事的发生地并非吉卜林笔下广袤的印度热带丛林，长颈鹿这样的大型动物显然不适合进入柳林河岸的动物世界。1907 年 5 月，儿子随家庭女教师外出度假，格雷厄姆便采用写信的方式继续讲故事，然后由女教师将信纸上的故事读给儿子听。1908 年，这个从 1904 年开始述说的故事终以《柳林风声》为名出版，成为更多少年儿童读者共享的动物体童话故事。这部幽默精彩而且富有包容性的动物童话具有优美流畅、清新自如和抒情写意的英语散文风格，不仅能让少年儿童分享童年的游戏精神，进入童年的远游历险世界，满足他们向往远方，寻求历险的煌煌梦幻，而且能够唤起成人读者对于童年的温馨记忆。事实上，作者将自己童年生活的记忆和成年生活的经历，尤其将自己从人生中获得的智慧和最深沉的感悟化作吐露心曲的"柳林清风"，并且采用动物体童话叙事的方式来抒发心曲——正是这种话语的成人世界与儿童世界的完美融合铸就了这部作品的动物童话叙事的经典性。

在之前的相关研究中，我们从童话叙事的角度对格雷厄姆的小说《柳林风声》进行多角度多层面的探讨，解读了这部童话小说的儿童文学经典性特征，以及作者的人生经历与他的童话叙事之间的密切关联。①《柳林风声》的经典性特征包括作者通过卓越的童话幻想艺术呈现了少年儿童心向往之的理想生活状态；他们内心渴望的惊险刺激之远游、历险愿望的满足；他们无不为之感到快意的游戏精神的张扬；以及对于成长中的儿童及青少年的各种互补的人格心理倾向和深层愿望的形象化投射。这几个动物角色既是儿童，保持童年的纯真和纯情；又是成人，超越了儿童的限制，能够进入广阔的生活空间，去体验和享受成人世界的精彩活动和丰富多彩的人生况味。此外，这部作品具有诗意的散文性和抒情性，以及通过童话叙事表达的社会寓言性，还有对于希腊神话因素的运用，等等。② 如果说，内斯比特笔下的集体主人公是几个孩子，那么格雷厄姆笔下的集体主人公就是生活在柳林河畔的鼹鼠、河鼠、狗獾和蛤蟆。这四个动物主人公之间虽然相互结识的时间不同，有先有后，但由于志同道合，成为来往密切、相互帮助的好友。与此同时，作为动物体童话小说的主人公，他们保持着动物的自然形体、面目和基本生物属性，但身穿人类服装，能说会道，在思想、情感乃至衣食住行等方面完全和人类相同。

这个故事从第一章"河流"开始，讲述在万物勃生的春季，鼹鼠在春日情怀的感召下奋力爬出黑暗的地下居所，置身充满勃勃生机的河岸地带。春天到了，空气中涌动的春潮气息无处不在，而且渗透到了地下深处。鼹鼠一直居住在地下黑暗而低矮的洞中居室里，这天他正在做春季大扫除。突然之间，鼹鼠感受到了强烈的春日气息，情不自禁地扔下手中的刷子，连刨带挖，掘出一条通道，然后不顾一切地冲出地道，置身于春光明媚的广阔地面。鼹鼠飞快地穿过附近的绿茵草地，一直跑到草地对面，那里是兔子们生活的区域，也是他们的领地。一只老兔子在矮树篱的缺口处对着跑过来的鼹鼠高声喝道："站住！"鼹鼠却对老兔子的喊声置若罔闻。许多兔子听见声响忙不迭地从兔子洞里探出头来，向外张望。鼹鼠一边快步跑开，一边用嘲弄的口气喊道："洋葱酱！小傻样！"还没等兔子们反应过来，鼹鼠已经一溜烟地跑掉了。一个栩栩如生的顽童形象呈现在读者面前。鼹鼠满心欢喜地呼吸着地面

① 舒伟. 论《柳林风声》的经典性儿童文学因素 [J]. 贵州社会科学，2011（12）：16-19.
舒伟. 论《柳林风声》作者的人生感悟与童话叙事的关联 [J]. 解放军外国语学院学报，2012，35（1）：91-95，126.
② 关于《柳林风声》的散文性和抒情性特征，参见：丁素萍. 抒情写意的诗意笔墨：论《柳林风声》的散文性 [J]. 名作欣赏，2011（19）：120-123.

的新鲜空气，不知不觉走到了一江春水涌动流淌的大河边上，这是初次进入新天地的鼹鼠有生以来第一次见到大河，也正是在这里，他结识了常年在水边生活的河鼠。河鼠带着新朋友去野餐、巡游，使长期穴居地下的鼹鼠陶醉在一种全新的新生活当中，河流的波光和涟漪，河岸树木花草的芬芳气味，鸟儿们欢快的鸣叫，还有明媚的春光，这一切都让他沉醉不已。

> 眼前的情景是如此美妙，鼹鼠情不自禁地举起两只前爪，上气不接下气地连声叹道："妙呀！妙呀！太妙了！"①

作者似乎在不经意间揭示了动物体童话叙事的经典画面，这个鼹鼠激动不已地举起两只前爪，原来他既是顽童，又时时刻刻保持着鼹鼠的动物自然属性。与此同时，鼹鼠表现出孩童般的强烈而固执的好奇心。鼹鼠时常听河鼠给他讲述有关远方的大森林，那里野气茫茫，暗藏凶险的杀气，同时也听说了有关狗獾先生的富有神秘色彩的所作所为，便一心一意要去探访一番。于是在冬日里一个寒冷宁静的下午，当具有诗人气质的河鼠坐在热腾腾的炉火旁，一边推敲着"难以成韵"的诗句，一边迷迷糊糊地打盹时，鼹鼠便悄无声息地溜出门外，毅然决然地外出探险，独自踏上了前往那座诡异的野森林的道路。当然，鼹鼠的心理状态和行动方式映射了童年的双重性。从认识论看，童年具有独特的双重性，一方面是无畏的、心比天高的，另一方面又是摇摆不定的、年少无知的。换言之，童年还意味着初生牛犊，蒙昧少知，不知现实中可能暗藏着各种危险。"初生牛犊不怕虎"并不是牛犊充满自信，认为自己强大而老虎虚弱，而是它不知道老虎的厉害，不知道老虎会对它的生命带来致命危害，所以童年期的"年幼无知"需要成人的呵护和引领。鼹鼠敢于在天降大雪的隆冬季节独自进入野森林，勇气可嘉，但他不久就在密林里迷了路，陷入极其危险的境地。幸好机敏的河鼠在发现鼹鼠离家出走后，当即装备停当，尽快赶到野森林腹心地带，去营救这鲁莽轻率、不知天高地厚的鼹鼠。他在野森林里找到已筋疲力尽的鼹鼠，使其化险为夷。

位于河岸地区及其相邻的野森林地区的动物社会完全是依据人类社会的模式和结构建立起来的，具有幻想文学的现实主义诗学特征。这四个拟人化和人性化的动物角色实现了动物与人之间的跨界融合与互动，形成了富有弹性和包容性的双重性特征。这正是评论家约翰·格里菲斯和查尔斯·弗雷对于这部作品的主人公的论述：

---

① 肯尼斯·格雷厄姆. 柳林风声［M］. 舒伟，译. 南宁：接力出版社，2012：12.

他们既不是真正的儿童，又不是真正的成人；既没有全然沉迷于家庭生活，也没有全然热衷于历险活动；既非致力于追求沉稳和安宁，也非致力于追求成长和变化。格雷厄姆试图给予他们这两种世界的最好的东西，正如许多儿童文学作家所做的一样，为他们创造了这样的生活：既获得了成人的快乐享受和惊险刺激，又避免了相应的成人的工作和养育孩子的艰辛；他们的生活像孩童般贴近自然，而不会直接感受真实世界的动物的野性或痛苦。作为儿童文学作品，该书魅力的一个奥秘就在于幻想的微妙和包容。①

在《柳林风声》中，蛤蟆无疑是一个典型的富二代，只因继承了庞大家产而在河岸地区远近闻名。他居住的蛤蟆庄园就是阔佬的显赫象征。然而从童话象征意义看，蛤蟆代表着一种顽童的人格形象，同时体现了童年的无边的想象力。他追求刺激，追求新奇，追求生命乐趣的彻底张扬。一心向往远游的蛤蟆屡次闯祸，受到朋友们的管束，但他再次施展小计，支开了朋友，不辞而别，离开自己的府邸，到另一个天地去闯荡和探寻"新的地平线"。路途中，因为无法压抑自己的好奇心，他偷开了别人的汽车，结果被关进监狱。押解蛤蟆的警官说话时装腔作势，甚至使用古式英语的学究腔调发号施令。作者描写这位警官用"*thee*""*aught*""*thy*"等"古体英语"喝令监狱的狱卒看牢蛤蟆这个重刑犯：

> 站起来也，你这愚顽老儿，我等在此将这卑鄙无耻的蛤蟆交割与你。此蛤蟆乃罪大恶极、狡诈无比、诡计多端之罪犯也。尔等务必竭尽全力对其严加监管；白髯老儿，切记勿忘：若有任何闪失，定拿你老迈头颅是问也——你和他的脑袋都得同时遭殃！②

动物主人公在人类社会的活动在童话叙事中得到微妙的呈现，使人们能够"将不相信悬置起来"，全身心地进入这个在更高层面再现生活的艺术世界，相信蛤蟆能够在人类社会受挫，像人类的"熊孩子"一样得到教训。这也是童话叙事在超越现实的更高的艺术层面为少年儿童提供现实世界和幻想世界所能提供的最好养料，帮助他们跨越现实世界与理想的生活状态之间的差距，同时满足他们内心深处对于理想的生活状态的种种愿望。

---

① GRIFFITH, J W, CHARLES H F. Classics of children's literature [M]. New York：Macmillan, 1987：900.

② 肯尼斯·格雷厄姆. 柳林风声 [M]. 舒伟，译. 南宁：接力出版社, 2012：57.

就儿童文学而言，家园意识和精神家园的重建是多层多维的。家园包括空间层面的家园、时间层面的家园以及精神层面的家园。在儿童文学叙事中，主人公历经艰辛和磨难之后回归家园，意味着带着成长的自信重回温馨的童年，意味着构建走向成熟人生的精神家园。这也是传统童话叙事为我们提供了一种回归现实生活的精神向度。在19世纪迅猛发展的工业革命的背景下，在社会剧烈动荡的转型时期，维多利亚人受到精神迷茫和情感危机的深刻困扰，内心充满了对于这个时代充满矛盾的希望和恐惧。正如法国历史学家，《旧制度与大革命》的作者托克维尔（Alexis de Tocqueville，1805—1859）所描述的，在社会的变革动荡时代，也就是社会的剧烈转型期，人们很容易产生悲观或焦虑的感觉。这是因为社会转型期的不确定性使人们感到前景莫测，未来难期。在这样的生活转型期，追寻精神家园成为英国作家和文人前所未有的急迫需求。

显然，在这样的特殊年代，要重建"家园"就要重建人与人之间能够互信的基本亲密关系，重建人与人之间、人与自然之间的平衡关系、和谐关系。维多利亚时期英国福音教主义主张的严峻道德观缺乏完善的人性和关怀人生的精神向度，也缺乏激励个人的审美的、富有想象力的智性因素，因而无法为失落的人们提供必要的精神慰藉和道德关怀。象征着童年精神的童话叙事作品为人们提供了心理慰藉，提供了寻找精神家园的理想模式，人们能够由此逃离成人世界的虚无没落，寻回童年世界的纯真无邪；逃离冷漠无情、充满竞争和喧嚣的工业城市，回归宁静的、充满同情的乡村和自然。作者对于夏天风光的描写就体现了这种心态：

> 当回首那逝去的夏天时，那真是多姿多彩的篇章啊！那数不清的插图是多么绚丽夺目啊！在河岸风光剧之露天舞台上，盛装游行正在徐徐进行着，展示出一幅又一幅前后庄严跟进的景观画面。最先登场的是紫红的珍珠菜，沿着明镜般的河面边缘抖动一头闪亮的秀发，那镜面映射出的脸蛋也报以笑靥。随之羞涩亮相的是娇柔、文静的柳兰，它们仿佛扬起了一片桃红的晚霞。然后紫红与雪白相间的紫草悄然露面，跻身于群芳之间。终于，在某个清晨时分，那由于缺乏信心而姗姗来迟的野蔷薇也步履轻盈地登上了舞台。于是人们知道，六月终于来临了——就像弦乐以庄重的音符宣告了这一消息，当然这些音符已经转换为法国加伏特乡村舞曲。此刻，人们还要翘首等待一个登台演出的成员，那就是水泽仙子们所慕求的牧羊少年，闺中名媛们凭窗盼望的骑士英雄，那位用

亲吻唤醒沉睡的夏天，使她恢复生机和爱情的青年王子。待到身穿琥珀色短衫的绣线菊——仪态万方，馨香扑鼻——踏着优美的舞步加入行进的队列时，好戏即将上演了。①

田园牧歌式的阿卡迪亚是一种精神家园的象征，是随风飘逝的古老英格兰，也是引发怀旧乡愁的一去不复返的童年岁月。大自然在夏天安排的露天演出是多么动人，多么富有诗意啊。从故事开头部分的明媚春日，到美好畅快的夏日，春夏秋冬，物换星移，人们从中读出了柳林河畔的四季风光和春去秋来的时光流逝，在工业革命的社会转型期，人们还能够寻回自己的精神家园吗？《柳林风声》的作者为人们呈现了田园牧歌式的阿卡迪亚，象征着在社会动荡中随风飘逝的古老英格兰，也象征着人们心中逝去的不再复返的美好童年，而在童话的世界里，人们可以透过柳林河畔的四季风光和春去秋来，感悟人生，融入自然，体悟童年的可贵与温馨，感悟重建人际关系，重构自我意识的必要性。这样的作品还促使人们知悉巨变时代人性深处的矛盾的对立面，包括光明与阴暗，坚强与软弱，善良与邪恶，创造性与破坏性，以及如何才能获得深层的人性本源力量，获得更丰富更完善的人性，带着整合的心智能力，去寻求那超越忧虑、困扰、失望乃至绝望的美好的精神家园。

与此同时，作者在《柳林风声》中从几个层面为人们呈现了对于美好家园的追寻和缅怀。当离家远游的蛤蟆被关进一座戒备森严的城堡式监狱，彻底失去了自由，他不禁万念俱灰，痛苦不堪，连续几个星期都不吃不喝，整天哀叹哭诉。负责监管蛤蟆的老牢头有一个聪明的女儿，她自告奋勇去劝说固执绝食的蛤蟆。事实上，姑娘一出场便马到成功。她首先用一份卷心菜煎土豆的气味勾起了蛤蟆对美好生活的回忆，然后通过一杯热茶和一盘黄油烤面包唤醒了蛤蟆内心深处对家园的眷恋，对美好快乐的时光的追忆。那熟悉的气味让蛤蟆想起了家园，过去那么习以为常的生活眼下却显得如此亲切，令人动容：

> 他……想起了广阔的绿茵草场，阳光普照，和风吹拂，放牧的牛羊在草地上吃草；想起了果菜园，整齐的花圃，蜜蜂盘旋的暖意融融的金鱼草；还想起了蛤蟆庄园的餐桌上摆放杯盘碗碟时令人向往的叮当声，以及客人们贴近餐桌就餐时那椅子腿摩擦地板的吱吱声。在这狭小的囚

---

① 肯尼斯·格雷厄姆. 柳林风声 [M]. 舒伟，译. 南宁：接力出版社，2012：35-36.

室里，空气中似乎显露出了玫瑰的色彩。①

随后的黄油烤面包更是令蛤蟆难以抗拒，使他的沮丧和绝望彻底改观，自然而然地回心转意，恢复了正常的生命活力：

> 那些面包片切得厚厚的，两面都烤得十分脆黄，每片面包的气孔里都渗出熔化的黄油，滴成圆圆的金黄色的油珠，好似从蜂巢里淌出的蜂蜜。这黄油烤面包的气味仿佛与蛤蟆交谈起来，语气竟不容置疑：它谈到温暖适意的厨房，晴朗的霜冻之晨的早餐；谈到冬日黄昏那温暖惬意的炉火，当你漫游归来，将穿着拖鞋的双脚搁在护炉架上；谈到瞌睡的猫儿发出的心满意足的呼噜声，倦而思睡的金丝雀发出的啁啾声。蛤蟆终于坐起身来，揩去了眼泪，一边品着香茶，一边大口地吃起了烤面包。不一会儿，他的话匣子就敞开了，他对姑娘谈起蛤蟆我何许人也，蛤蟆居住的庄园是何模样，蛤蟆在那里举办了何种社交活动，以及蛤蟆我如何在当地举足轻重，如何受到朋友们的敬重，等等。②

再看狗獾先生的家园。在这部小说中，狗獾先生是个神秘的权威人物，在他现身之前，有关他的传说已经在柳林河畔和大森林周围家喻户晓，尽人皆知。虽然他很少露面，但河岸一带包括野森林地区的所有动物居民都能感受到他的影响。当然，作为蛤蟆已故父亲的生前至交，狗獾的辈分是最高的，但他仍然与他们平等相处，堪称良师益友。他的人生经验和睿智具有重要作用，每每在关键时刻体现出来。C. S. 刘易斯（C. S. Lewis，1898—1963）这样论及这位狗獾先生的精神特征："高贵的地位、武断的态度、火暴的脾气、离群索居和正直善良。凡是见识过狗獾先生的孩子都会深刻地认识人性，认识英国的社会历史，而这是通过其他方式难以做到的。"③狗獾先生的家园位于大森林里一个山坡的内侧，是个隐蔽的大宅院。住宅外面有一扇漆成暗绿色的，看上去很坚实的小门。门上垂着一根铁丝做的门铃拉绳，在拉绳的下方有一个小小的黄铜牌子，牌子上镌刻着用方体大写字母镌刻的词语："狗獾先生。"进入他的居所，首先置身于一个大厅，里面有好几道用厚重橡木制作的大门，从其中的一扇门穿过便进入了炉火正旺，明亮通红，热气腾腾的宽

---

① 肯尼斯·格雷厄姆. 柳林风声［M］. 舒伟，译. 南宁：接力出版社，2012：114.
② 肯尼斯·格雷厄姆. 柳林风声［M］. 舒伟，译. 南宁：接力出版社，2012：114-115.
③ C. S. LEWIS. On the Three Ways of Writing for Children［M］//EGOFF, SHEILA et al. Only Connect: readings on children's literature. Toronto. New York: Oxford University Press, 1980: 212-213.

敞厨房。这里的地面铺着红砖，已经被踩磨得黝黑发亮：

> 宽敞的壁炉里，柴火熊熊；这壁炉的两侧耸立着两个烟囱角落，深深地镶嵌在墙壁之中，丝毫也不用担心冷风倒灌。壁炉的两边，面对面地摆放着一对高背长靠椅，是专为喜好交际的来客进行围炉长谈而准备的。在房间的正中央，有一张安放在支架上的长长的原木餐桌，餐桌两边摆放着长凳。在餐桌的一端，有一张被推开的扶手椅，桌面上还摆放着狗獾先生吃剩的晚餐，虽是家常便饭，却也相当丰盛。房间尽头的橱柜上摆放着一摞摞非常洁白的盘子，闪闪发亮；头顶的橡木上挂着一串串火腿，一捆捆干菜，一袋袋洋葱头，一篮篮鸡蛋。这地方恰似得胜归来的英雄豪杰们欢宴庆功的场地；是劳作疲乏的庄稼汉成群结伙地围坐在桌旁，举杯豪饮，欢歌笑语共庆丰收的场地；或者是三两个雅趣相投的好友随意落座，开怀尽兴地吃着饭，抽着烟，谈古论今的场地。油亮泛光的红砖地面，冲着被烟雾熏黑的天花板微笑致意；经过多年摩擦而变得亮锃锃的橡木靠背长椅，彼此交换着快乐的目光；碗橱上的盘子，对着架子上的罐子咧嘴而笑；欢快的炉火闪腾跳跃着，一视同仁地关照着屋内的一切。①

美好的家园意识可能就体现在一个厨房里：虽是家常便饭，却也相当实在，美味诱人，火腿，干菜，洋葱头，还有鸡蛋，生活的滋味不都在里面了吗？那样寻常，那样亲切。那里是英雄豪杰们高举酒杯，欢宴庆功的场地，也是庄稼汉围坐一起，举杯豪饮，欢庆丰收的场地。在这里，几个好友可以无拘无束地谈古论今，这样的家园意识和意境不正契合了诗人陆游笔下的诗意乡间吗："莫笑农家腊酒浑，丰年留客足鸡豚。……从今若许闲乘月，拄杖无时夜叩门。"或者像诗人白居易问好友的一样："绿蚁新醅酒，红泥小火炉。晚来天欲雪，能饮一杯无？"

第十二节　基于现实主义诗学的"幻想之美"：从传统童话到童话叙事的艺术升华

在人类世界，童话文学是一种独特而美丽的存在。自古以来，无论在西

---

① 肯尼斯·格雷厄姆. 柳林风声［M］. 舒伟，译. 南宁：接力出版社，2012：35.

方还是东方，童话都源远流长，始终伴随着人类一路前行。对童话文学的历史进行简要的溯源探流，可以帮助我们更好地认识童话文学的发展进程和艺术特征。就童话的源头而言，研究人员通过考察发现，有些原型童话可以追溯到几千年前或史前时代，甚至青铜器时代，比经典神话的历史还要悠久。例如，童话故事《杰克与豆茎》可溯源于有关"偷走巨人宝藏的男孩"故事，它们出现在5000年前印欧语系向东西方裂变的时期。《铁匠和恶魔》的主题是普通人如何运用计谋战胜强大恶魔，这个故事甚至可以追溯到6000年前的青铜器时代。研究者从心理层面解读早期童话出现的意义，即用象征语言去表达对于现实生活的认知，向人们暗示，如何去面对人世间的艰难困苦。难怪这些故事的主题和题材都来自现实生活，以实写幻，亦真亦幻，幻而愈真。早在公元前4000年以前，记载于纸草文献卷轴上的古埃及故事中已出现了关于魔法师的故事。此外，根据古埃及文献记载，公元前26世纪初，埃及第四王朝那位建造了位于吉萨的宏大金字塔的法老基奥普斯（Cheops）就让他的众多儿子们为他轮流讲述各种稀奇古怪的故事，成为口述故事传统的一个奇观。学者的研究表明，公元前1300年出现在羊皮纸上的古埃及故事《命有劫难的王子》（*The Doomed Prince*），是人们迄今为止发现的最早的文字记述童话。① 故事讲述的是，在一个王子降生之际，爱神哈索尔发出预言：王子命中注定将死于某种动物之侵害（鳄鱼、毒蛇，或者狗），国王为了避免这一悲剧的发生，采取了最严密的措施，但事情并没有朝着他期望的方向发展。这里出现了重要的童话母题，如讲述王子命运的奇异故事；有关小主人公命运的预言；为避免预言所示的致命危险，国王下令将小王子深藏起来，与世隔绝，但却无济于事；主人公遭受继母迫害；主人公攀上高塔，解救被禁锢的公主；主人公离家远行，踏上历险和成长的旅程。考虑到这一事实，希腊神话的重要组成部分荷马史诗形成于公元前8世纪，那么文字记述的童话叙事并不晚于神话叙事。意大利斯特拉帕罗拉的故事集《欢乐之夜》和巴西耳的故事集《五日谈》的问世，以基本成型的"睡美人""白雪公主""灰姑娘""穿靴子的猫""小红帽""美女和野兽"等原型童话故事的文字记述作为标志。17世纪以来，法国贝洛童话、德国格林童话和丹麦安徒生童话这三座童话里程碑的相继出现标志着童话的继发阶段的完成。以多尔诺瓦夫人（D'Aulnoy）为代表的法国童话女作家通过她们的创作活动为那些作为一种文

---

① JOHN C, GRANT J. The Encyclopedia of Fantasy ［M］. New York：St. Martin's Press，1997：331.

学类型的童话故事提供了一个富有意义的名称；贝洛的《鹅妈妈故事集》进一步推动了民间故事向童话故事的演进。

18 世纪后期出现的德国浪漫派童话运动揭开了童话文学发展史上新的一页；而从 19 世纪中期以来英国童话小说异军突起，确立了文学童话独特的艺术品位。这跨越时空又遥相呼应的童话小说创作潮流标志着文学童话这一文类的艺术升华。在 18 世纪德国浪漫主义运动的历史语境中，众多德国浪漫派作家掀起了一场有声有色的童话小说创作运动，创作了许多卓有艺术成就的童话小说。这场浪漫主义童话创作运动标志着以格林童话为代表的传统童话叙事（volksmärchen）向文学童话（Küntsmärchen）和成人本位的童话小说的激进转变。其代表性作家包括维兰德、穆塞乌斯、克林格尔、瓦肯罗德尔、诺瓦利斯、布伦塔诺、富凯、沙米索、E. T. A. 霍夫曼和豪夫，等等。而在 19 世纪英国工业革命和儿童文学革命双重浪潮的冲击下，为少年儿童写作的童话小说异军突起，开启了英国儿童文学史上第一个"黄金时代"，这一时期不仅形成了儿童文学创作领域的卡罗尔传统、内斯比特传统、巴里传统、格雷厄姆传统，并由此形成了从 19 世纪后期的两部"爱丽丝"小说到 20 世纪末的"哈利·波特"系列小说这样的儿童与青少年幻想文学主潮。

需要指出的是，具有鲜明幻想性的童话文学绝非毫无现实根基的随意想象，它在叙事本质上具有独特的现实主义诗学，主要涉指两个方面，一个方面是童话幻想与物质世界的关系，与现实世界的对应关系；另一个方面是童话世界与人类精神世界的关系，主要体现在揭示人类生活的本质与真相，揭示人类内心世界的奥秘等方面。尽管童话讲述的故事具有极大的幻想性，超越了现实世界的经验认知，如传统童话的魔法、宝物和精灵等因素，但这些故事的主题和基本冲突都来自现实生活，而非纯粹出自天马行空的想象；重要的是它们对于人们需要应对和理解的人生的疑难性质具有恒久的启示意义。此外，童话故事的主人公在历险进程中无论走多远，无论遭遇什么稀奇怪异的事情，最终都要返回现实生活，返回故乡，主人公远行的终极目的是通过磨难和考验走向成熟，走向成长，争取实现更美好的现实生活。与此同时，童话故事在心理意义上成为映照现实生活的"魔镜"，故事中出现的"为什么如此"的深层原因，指向人类的"基本愿望的满足性"，是人们的心理需求和内心矛盾冲突的内化和整合。童话王国中幻想与现实生活的关系就是登上天梯与扎根大地的关系，人们脚踩大地，总要遥望天空，心怀理想，正如浪漫主义童话作家 E. T. A. 霍夫曼（Ernst Theodor Wilhelm Hoffmann，1776—1822）所言：如果人们想借助通天梯爬上更高的境界，梯子的底脚一定要牢牢固定

在生活之中，以便每个人都可以顺着梯子爬上去。（《谢拉皮翁兄弟》）①

　　重要的是，英国维多利亚时期童话小说的创作实践和艺术成就标志着有自觉儿童本位意识的童话小说写作在艺术表达方式等方面的日臻成熟，童话文学由此成为儿童文学创作的重要组成部分。约翰·克鲁特（John Clute）和约翰·格兰特（John Grant）在他们主编的《幻想文学百科全书》（The Encyclopedia of Fantasy）中指出，广义的童话故事几乎涵盖所有幻想性故事，而自从维多利亚时期以来，童话就与儿童联系在一起。② 这正是这一时期众多作家为少年儿童写作童话带来的变化。迈克尔·科兹因（Michael C. Kotzin）在论述维多利亚时期的童话创作时指出，英国浪漫主义者对于童话故事的大力推崇和呼吁在维多利亚时期演变为激进的文学创作事业。中产阶级的福音教主义又增强了童话故事的影响力；功利主义与想象力的博弈，工业革命时期大都市的崛起，工业主义，还有科学新发现等因素都一一登场。工业主义给英国带来的影响和状况受到托马斯·卡莱尔（Thomas Carlyle）③ 的抵制，也受到诸如罗斯金和金斯利这样的追随者的抵制。在这个时期，这些人士无不赞同浪漫主义者对于童话故事的观点，强调童话故事在这个新世界的充满想象力的价值。他们也强调了童话故事的教育价值，赞同浪漫主义者所捍卫的更具传统性的道德意义。由于维多利亚时期的众多作家对童话故事获得新的文学艺术品位做出了贡献，他们将推崇想象与培育道德观综合起来，而这种想象和道德观的结合正是维多利亚时期人们接受童话故事的特征。④

　　童话叙事对于维多利亚时期的幻想文学创作的重要性是非常明显的。首先，文学童话对于维多利亚英国的文化想象发挥着举足轻重的作用，一方面是童话故事对于维多利亚人的精神意义和吸引力，另一方面是作家创作的文学童话成为维多利亚时期众多文人作家用以抵抗精神危机的文学武器。而从

---

① HOFFMANN E T A. Die Serapions-Brüder［M］. Munchen：Winkler，1963：599.

② JOHN C，GRANT J. The Encyclopedia of Fantasy［M］. New York：St. Martin's Press，1997：330.

③ 托马斯·卡莱尔（Thomas Carlyle，1795—1881）：英国 19 世纪著名历史学家、散文家，著有《法国革命》《论英雄和英雄崇拜》《过去与现在》等论著。他对于 18 世纪德国浪漫派作家的童话小说非常推崇，并在 19 世纪 20 年代末出版了两卷本的《德国浪漫故事》（1827），其中包括他本人翻译的奥古斯特·穆塞乌斯（Johann Karl August Musus）、路德威格·蒂克（Johann Ludwig Tieck）、阿德贝尔特·封·沙米索（Adelbert von Chamisso）和 E. T. A. 霍夫曼（Ernst Theodor Amadrus Hoffman）等人的童话小说作品。

④ 《狄更斯与童话故事》（Dickens and the Fairytale［M］. Bowling Green：University of Bowling Green Press，1972：26.）

传统童话的翻译引进到原创童话小说的崛起，童话叙事由于获得新的富有生命力的艺术升华而异军突起，大放异彩。18 世纪以来，英国小说以不同凡响的姿态登上文坛，出现了诸如笛福、斯威夫特、理查逊、菲尔丁、斯摩莱特、哥尔德斯密、斯特恩、简·奥斯汀等杰出小说作家。进入 19 世纪，英国的小说创作得到进一步发展，成为当时英国文坛上艺术成就最大的文学类型。维多利亚时期小说名家辈出，令人瞩目，出现了狄更斯、萨克雷、特罗洛普、勃朗蒂姐妹、乔治·爱略特、哈代、史蒂文森、王尔德、吉卜林等杰出作家，其中不少作家亲自动笔为少年儿童写作。英国小说创作的艺术成就为幻想性童年叙事的创作提供了充足的艺术养料，以及文学叙事的借鉴与支撑。事实上，维多利亚时期的幻想性童年叙事是伴随着英国小说艺术的发展而发展的。作家可以采用现代小说艺术的叙事手段，以实写幻，以实写虚，将历久弥新的童话本体精神与日趋精湛的现代小说艺术结合起来，成为传统童话的艺术和美学升华。这种叙事艺术的审美追求可借用伯克的"崇高之美和秀丽之美"加以描述。英国哲学家埃德蒙·伯克（Edmund Burke，1729—1797）发表于1756 年的美学之论《论崇高之美与秀丽之美》（*The Sublime and the Beautiful*）对于文学审美趣味的标准产生了很大的影响，或者说它在朗吉努斯的审美论述之后为人们提供了有价值的美学话语。伯克认为秀丽之美是一种建立在愉悦基础之上的宁静之美，而崇高之美是以激荡人们情感为目的，使人感到敬畏、恐惧甚至痛苦的震撼之美。而且"愉快的恐惧"也是崇高之美所追求的效果和检验。据此，我们不妨把幻想文学的审美效果称为"幻想之美"（the fantastic sublime），其中的崇高之美和秀丽之美是相互包容的。童话叙事具有亦真亦幻的叙述艺术特征，设幻为文，以实写幻等，是神奇性（奔放不羁的童心思维与想象）与写实性（日臻精湛的小说艺术手法）的微妙结合。童话叙事想象是以现实主义诗学为根基的，这正是英国浪漫主义诗人济慈（John Keats，1795—1821）所推崇的想象的真实性，他说："我相信世界上只有人心产生的情感和想象的真实性是神圣的——想象抓住的美好东西一定是真实的——无论它在这之前是否存在——因为我对于我们所有的激情，就像所有的爱一样，具有同样的观点，它们都存在于它们崇高的、富有创造力的基本的美当中……"①

维多利亚时代的童话小说作家追求的艺术表达的多样化无疑指向幻想叙

---

① KEATS J. To Benjamin Bailey: The Authenticity of the Imagination ［M］//The Norton Anthology of English Literature Vol. 2. New York: W. W. Norton & Company, 1979: 864.

事的崇高之美和秀丽之美。约翰·罗斯金的《金河王》开启了新时代文学童话的新气象。金斯利的《水孩儿》体现了宗教感化因素与文学想象因素的结合，又演绎了达尔文的进化论，蕴含着很丰富的自然和历史知识，同时表明，儿童文学中崇尚想象力的童心主义并不排斥理性的教育主义。麦克唐纳的幻想小说《在北风的背后》是以现实为背景的幻想性童年叙事，将现实的痛苦的解脱寓于乘着北风遨游的希望与期待之中。刘易斯·卡罗尔的"爱丽丝"故事通过童真、童趣表达了富有哲理意味的愉悦之美，同时人们也洞察到这两个童话故事具有深邃的象征主义传统因素以及玄奥的恐惧。从艺术本质看，爱丽丝小说的奇境世界是通向卡夫卡的文学世界的。爱丽丝进入兔子洞和镜中世界后遭遇了难以理喻的荒诞事件和滑稽可笑的人物，领略了各种逻辑颠倒的奥妙和玄机。作为整体构架上的梦游"奇境"，"爱丽丝"小说也是具有现代主义和后现代主义意涵的梦境叙事。正如罗伯特·波尔赫默斯所言：通过创造"爱丽丝"文本，卡罗尔"成为一个我们可以称为无意识流动的大师。他指明了通往现代主义和后现代主义的道路。……从卡罗尔的兔子洞和镜中世界跑出来的不仅有乔伊斯、弗洛伊德、奥斯卡·王尔德、亨利·詹姆斯、弗吉里亚·伍尔芙、弗朗茨·卡夫卡、普鲁斯特、安东尼·阿尔托、纳博科夫、贝克特、伊夫林·沃、拉康、博尔赫斯、巴赫金、加西亚·马尔克斯，而且还有 20 世纪流行文化的许多人物和氛围"①。马洛克·克雷克（Mulock Craik）笔下血统高贵的小王子在经受了悲惨的命运磨难之后终于得到了精神和道德意识的升华——这样的题材在王尔德的童话《星孩儿》和《少年国王》中得到唯美主义的新表达。王尔德的颠覆性童话传递出伦理美学意义上的凄异之美。而克雷克笔下瘸腿小王子突破肉体病痛的禁锢，进入精神层面的自由王国的非凡历程在伊迪丝·内斯比特的《迪奇·哈丁的时空旅行》（*Harding's Luck*，1909）中得到令人难忘的表现，内斯比特用传神的笔触讲述了关于瘸腿孤儿迪奇·哈丁的奇特命运，引人入胜，感人至深。巴里的《彼得·潘》成为童年精神的永恒象征，作者笔下永不长大的男孩彼得·潘成为一个杂糅了传统文化特质的现代顽童形象，成为童年精神的守望者。鲁迪亚德·吉卜林的《丛林传奇故事》通过人类幼年个体如何在野外丛林被狼妈妈收养，如何融入野狼的族群这样的历险故事，以文学艺术的形式探求人与自

---

① POLHEMUS R M. Lewis Carroll and the Child in Victorian Fiction ［M］//The Columbia History of the British Novel. Ed. John Richetti, Beijing: Foreign Language Teaching and Research Press. New York: Columbia University Press, 2005: 579-582.

然之间的关系这样一个重大命题。在丛林世界的弱肉强食的秩序下充满野性活力的生存竞争，既是动物故事，也是吉卜林作为大英帝国扩张时期的鼓吹者充满自信的叙述。波特的动物叙事绘本是幼儿动物童话绘本的创新发展，传递了现代女性感知意识的细腻之美，通过不平凡的"兔园生活"揭示了少年成长的心路历程，呈现了一种秀丽之美。肯尼斯·格雷厄姆的《柳林风声》以优美动人的散文格调、舒缓自然的故事进程展现趣味盎然的河岸动物世界，呈现一种在社会转型期重返童年，追寻心灵抚慰和精神家园的和谐之美。

第八章

"她们"的文学：为少年儿童创作幻想文学的女性作家群体

第一节　在神话、历史和现实中的"她们"

在古神话叙事中，大地之母盖娅（Gaea）享有崇高的尊荣。这位大地女神产生于宇宙混沌卡俄斯（Chaos）的胸怀之中，于无形无色无声处孕育了地球的天空、群山和海洋。而且她还是早期众神之母。地球万物生灵皆由大地之母盖娅而生，大自然万物由此寓形宇内而存在，得时而生长，随顺大自然的运转而变化。地球万物由盖娅而生，而到衰亡之际，又重归盖娅，周而复始，构成地球生命的生态循环。可见在古代先民的认知中，大地之母的重要性。从文化影响看，大地母亲 Gaea 还衍生出与大地相关的常用词汇，包括Geography（地理，地理学）、Geology（地质学）、Geocentric（以地球为中心的）、The Geocentric Theory（地心说，与 The Heliocentric/日心说相对应），等等。然而在现实世界，罩着母性荣光的女性却无法得到大地之母尊荣的庇护，她们长期以来是作为依附于男性的"第二性"而存在于男权社会。这正是法国女作家西蒙娜·德·波伏瓦（Simone de Beauvoir，1908—1986）在《第二性》中阐述的，从原始社会到现代社会的历史发展进程中，女性的处境、地位和权利等状况，以及人类社会面临的难题：如何才能真正实现男女平等，改变女性作为他者，作为男性的依附者而存在的状况。以法国为例，法国大革命（1789—1794）发表了《人权宣言》，提出了"天赋人权"的响亮口号，但那是男性公民享有的权利，没有妇女的份。不论是制宪会议的温和派还是国民公会的激进派，人们心目中的男女"平等"是妇女回到家庭和厨房中，履行"造化"所赋予她们的贤妻良母的职责。而 1804 年颁布的《拿破仑法典》则完全将妇女排斥在公民资格之外。

在英国维多利亚时代，中产阶级的数量迅速增加，成为英国社会重要的组成部分。英国议会进行改革之后，尤其在 19 世纪 30 年代英国下院通过了《选举法修正法案》，扩大了下议院的选民基础之后，中产阶级的势力得到增强，政治地位也相应提高。与此同时，随着工业革命的深入和社会生产力的发展，中产阶级的经济实力得到提升，有关妇女要成为"家庭天使"（Angel in the House）的观念也随之出现。一方面是王室大力宣扬女性应回归家庭，相夫教子；另一方面，社会竞争加剧，以家庭为避风港的理念开始抬头，维多利亚时代变动不居的环境因素使人们的家庭观念得到强化，家庭对子女的关注日益增加，无论社会还是家庭在教育投资和感情投入方面也相应增强，这与人们对家庭的期待不谋而合。与此同时，在浪漫主义思潮的影响下，有关"童年美好"和"纯真无瑕"这样的童年观取代了清教主义的儿童"原罪观"，英国社会基本上认同新的童年观，并且形成了以子女为核心的家庭模式，社会上大多数人趋于认同"家庭天使"这一女性的理想价值标准。究其根本，一方面是由于长期以来人类社会中父权制度和男权意识的主宰，另一方面是由于女性特殊的生理和心理特征，以及她们在现实生活中承担的作为女儿、妻子或母亲的多重角色，尤其是她们承担的生育孩子的职责，女性被社会理所当然、堂而皇之地限定在家庭的小圈子里。与此同时，女性在现代社会更要承受来自法律和经济等方面的严苛限制。根据维多利亚时期的法律，妇女一旦结婚就意味着公民权利的丧失，"她几乎丧失所有人权……她没有全权支配她的劳动所得，不允许选择自己的住所，不能合法地处理自己的财产，签署文件或充当证人[1]"。

在维多利亚时期，女性在婚后不仅要承受身体和才智方面的双重压抑，还要遵守严格的行为规范和妆容、饮食规范。当然，工业革命带来的社会变革使英国女性传统的社会地位和生活方式发生很大变化，许多农业劳动力进入城市。一方面越来越多的底层劳动妇女走出家门成为女工，还有许多人成为女佣，到富裕的中上阶层的家庭中进行家务劳动，使这些阶层的妇女无须承担什么家务活。另一方面，中产阶级女性被要求全面、彻底地回归家庭，遵守温顺、柔弱、贞洁、无私奉献等道德标准，在 18 世纪，上流社会的年轻女性还要接受多方面的教育，除了舞蹈、缝纫、绘画和音乐教育外，还要得到有关阅读、写作及历史、地理等方面知识的指导。不过，年轻女性接受教育的目的并非为了与男性竞争，而是为了吸引优秀男性的注意力，能嫁给一个好配偶，并且能够在婚后为子女树立良好榜样。此外，从 17 世纪末至 18

---

① 凯特·米利特. 性的政治 [M]. 钟良明，译. 北京：社会科学文献出版社，1999：109.

世纪初，英国的社会生活中发生了不少有利于女性读者阅读的变革。由于图书印刷技术和发行传播方式的实质性进步，价格低廉的印刷书籍走进千家万户，也使包括女性在内的有条件的人们能够在安静的房间中独自阅读书籍，甚至在自己的私人空间里进行写作。这也为女性进行文学创作提供了现实的条件。正如弗吉尼亚·伍尔夫指出的，18 世纪中产阶级女性作家开始写作，并且获得经济报酬，这是可以载入史册的大事，这也表明女性写作开始得到社会的认可。① 正是在这样的社会语境中，在工业化和资本主义经济体系日益兴盛，同时由于传统宗教思想遭遇严重挑战而产生信仰危机，以及急剧的社会变化带来重大社会动荡这样的时代语境下，一大批女性作家开始突破那些笼罩女性的精神藩篱，写作文学童话，尤其是儿童幻想故事，成为维多利亚时期童话文学创作的半壁江山。

第二节　她们与童话的天然联系

从民俗文化的视野看，女性与童话文学之间存在着一种天然的密切联系。在民间童话的口述传统中，"鹅妈妈"和"邦奇大妈"早已成为家喻户晓的女性故事讲述者的代名词。"鹅妈妈"最初是一个出现在各种童谣、童书的书名中的人物，是一个由故事讲述者创造的类型人物，即深受人们喜爱的女性故事讲述者的化身。1650 年出现的一首法语诗就把当时法国流行的幻想故事称作"鹅妈妈的故事"。在法国，"鹅妈妈"是一个在乡村放牧鹅群的老农妇形象。贝洛的《鹅妈妈故事》尽管只讲述了八个民间童话，却在世界早期童话史上占有重要的一席之地。而"邦奇大妈"最初是 16 世纪英国作家托马斯·纳什（Thomas Nash，1567—1601）和托马斯·德克（Thomas Dekker，1570—1632）在他们的作品中提到的伦敦一个艾尔啤酒店的善于讲故事的老板娘。1773 年，弗朗西斯·纽伯瑞出版了多尔诺瓦夫人的童话故事集《邦奇妈妈的童话故事》（*Mother Bunch's Fairy Tales*），是以儿童为读者对象的英语版童话故事集。1807 年，由多尔诺瓦夫人故事改编的童话剧《邦奇大妈与黄矮怪》上演，受到儿童观众的欢迎。与此同时，女性不仅是民间童话的重要讲述者，而且也是文学童话的重要创作者。事实上，童话名称的由来也与女

---

① WOOLF V. A Room of One's Own ［M］. Jenifer Smith, ed. Cambridge：Cambridge University Press, 1998：71-72.

性作家密切相关。17 世纪的法国童话女作家在童话文学发展史上做出的极其重要的贡献就是为文学童话提供了一个富有意义的名称："contes des fees"（fairy tales）。17 世纪的法国，在路易十四统治后期，人们对于法国进行的一系列战争感到厌倦，也对宫廷中的明争暗斗、阴谋诡计等感到厌倦，他们更愿意躲避到具有相对单纯质朴的道德准则和孩童般生活的童话世界之中。在此背景下，一群有文学修养而且富有才智的巴黎贵族妇女开始在自己家中的沙龙里讨论她们感兴趣的话题，讲述她们感兴趣的故事，从而兴起了一场意义深远的文学童话创作运动。这些日后的童话女作家包括多尔诺瓦夫人（Mme. D'Aulnoy）、米拉夫人（Mme. De Murat）、贝洛的侄女埃里蒂耶小姐（Mlle. L'Heritier）、贝尔纳小姐（Mlle. Bernard）、福尔小姐（Mlle. de la Force）等。她们通过改写、重写和创作童话故事的方式在文化沙龙里进行讲述和相互交流，故事题材和内容涉及对宫廷生活、文化纷争以及女性地位等社会问题的批判性反思。她们吸取了许多民间故事的母题和情节，在叙述策略上效法意大利前辈，将口头民间故事与文学叙事传统融合起来，创作出了颇具文学性的童话故事，使这一时期的文学童话具有了经典童话的艺术价值。多尔诺瓦夫人创作的童话故事集主要有《仙女故事》（Les Contes de Fees，1697）和《新童话故事集》（Contes Nouveaux ou Les Fees a la mode，1698）。其中《仙女故事》在发表后的第二年被译成英文 Tales of the Fairys 出版，随后出现了各种各样的重印版本，最终在 1752 年出版的一本童话集的封面上出现了 Fairy Tale 这一名称，这也是英语"童话故事"名称的首次出现，在这以后它成为一种固定的用法而流传开来。童话名称"Fairy Tales"的出现表明文学童话即将作为一种具有旺盛生命力的幻想文学类型登上人类文化历史的大舞台。

就欧洲民间童话的集大成者《格林童话》的形成而言，女性故事讲述者的作用也是非常重要的。凯瑟琳娜·菲曼太太（Frau Katherina Viehmann，1755—1815），一个被称作"故事大嫂"（story wife）的妇女为格林兄弟讲述了 20 多个故事，其中就有《灰姑娘》等著名故事。另一个重要的女性讲述者名叫玛丽（Marie），她为格林兄弟讲述了诸如《小红帽》《白雪公主》《睡美人》等著名故事。事实上，为格林童话提供故事来源的有许多年轻的、读书识字的中产阶级妇女，以及保姆和家庭主妇等。

在家庭生活中，以母亲、祖母或外祖母为代表的女性讲述者的作用也是非常突出的。德国作家沃尔夫冈·歌德（Wolfgang Goethe）就深受母亲的影响。歌德从小就爱听母亲讲童话故事，这对于培育他的幻想和创造故事的能力影响深远。歌德由此明白了一个道理，一个人要学会化解生活的艰难困苦，使之充满情趣，就需要丰富的想象生活。歌德的母亲给儿子讲童话故事，就使他获得了这样的能力和自信。歌德的母亲在晚年这样回忆道：

> 我把气、火、水、土给他描述成美丽的公主，自然中的每一种东西都具有更深的意义……我们虚构星星之间的道路，虚构我们会遇到什么样的才智超群的人……他目不转睛地盯着我。如果他喜欢的某个人物的命运没有按照他所希望的那样发展，从他的脸上，我可以看到他如何怒不可遏，但又竭力不让眼泪流出来。有时，他插话说："妈妈，即使那可怜的小裁缝杀死了巨人，公主也不会同他结婚。"听他这么一说，我就停下来，把灾难推迟到第二天晚上。所以，我的想象常常被他的想象所取代。第二天早上，我根据他的暗示安排命运，告诉他，"你猜对了，结局正是如此"，他非常激动，可以听见他的心在激烈地跳动。①

查尔斯·狄更斯从小受到民间故事的熏陶，保姆和祖母经常给他讲述充满幻想色彩，情节怪异的童话故事，使他沉浸在英国民间童话、阿拉伯民间故事、波斯民间故事和希腊民间故事的世界里。《百年孤独》的作者加西亚·马尔克斯的外祖母在他童年时为他讲述的故事使他终生难忘："她不动声色地给我讲过许多令人毛骨悚然的故事……讲得冷静，绘声绘色，使故事听起来真实可信。"② 维多利亚时期的女作家玛丽·莫尔斯沃思（Mary Louisa Molesworth，1839—1921）走上文学创作，尤其是儿童文学创作的道路，与她外祖母的影响有关。她在写于1894年的一篇题为"我是如何写作儿童故事的"文章中回忆了外祖母如何绘声绘色地给她讲述英国本土的民间童话，当然也包括给她讲述取材于外祖母本人及其子女们的真实故事。

综上，女性不仅是民间童话的重要讲述者和传承者，而且也是新的时代新的文学童话的重要创作者。就性别特征而言，女性内心生活的丰富多彩使她们的想象更为细腻、生动。女性作家对于具象性的生活画面尤其敏感。而从社会政治的角度看，置身于一个性别歧视的男权社会，女性作家有更多的精神诉求和情理表述，有更充足的理由去寻求对心灵创伤的慰藉，对社会不公的抗议，对压迫势力的反抗，有更急迫的需求去追寻自我生命的超越。而

---

① 布鲁诺·贝特尔海姆. 童话的魅力：童话的心理意义与价值［M］. 舒伟，丁素萍，樊高月，译. 北京：社会科学文献出版社，2015：233-234.
② 加西亚·马尔克斯，门多萨. 番石榴飘香［M］. 林一安，译. 北京：三联书店，1987：70.

用自己手中的笔去构建一个理想的童话乌托邦就是她们最好的文学表达。

第三节　她们是开拓儿童幻想叙事疆界的先行者

1837 年，女作家萨拉·柯尔律治（Sara Coleridge，1802—1852）发表了为儿童写作的幻想故事《凡塔斯米翁》（*Phantasmion*），这部作品被学者称为"第一部用英语写作的童话小说（fairytale novel）"①，具有重要的开拓意义。萨拉·柯尔律治是浪漫主义诗人塞缪尔·柯尔律治（Samuel Taylor Coleridge，1772—1834）的女儿，喜爱读书，对于英国文学传统是非常熟悉的。她不仅是诗人、翻译家，还是她父亲的诗歌作品的编辑整理者。塞缪尔·柯尔律治最著名的作品是长篇叙事诗《古舟子咏》（*The Rime of the Ancient Mariner*），它以中世纪歌谣体写成，讲述老水手在海上的奇异经历。这部叙事诗里出现了重要的幻想性因素，如从雾雪中飞到船上的神秘信天翁；海水如火一般燃烧，船员们感到焦渴难耐，咬破手臂，吸血解渴；海上漂来一艘幽灵般的骷髅破船，船上有两个妖妇，一个名为"死中求生"（Life in Death），另一个名为"亡者"（Death），两者通过投掷骰子的方式来决定众水手的命运……从信天翁到神异幽灵，老水手经历的是"罪"与"罚"的赎罪之旅和心灵净化的心路历程，诗作中那些神秘而恐怖的因素无疑具有哥特式恐怖美学特征。作为浪漫主义诗人，塞缪尔·柯尔律治非常推崇文学创作中的想象力，他在诗歌理论著述《文学传记》（*Biographia Literaria*，1817）中专门论述了想象力对于诗人创作的重要性，比如，"最理想的诗人创作时……依靠的是一种善于综合的神奇力量，即想象的力量……，诗的天才以良知为躯体，幻想为外衣，运动为生命，想象力为灵魂……"（第十四章）作为这位诗人和批评家的女儿，萨拉·柯尔律治运用自己的想象力为少年儿童创作童话故事，目的是张扬童年的幻想。她创作的《凡塔斯米翁》（1837）讲述青年王子凡塔斯米翁的历险和成长故事，成为维多利亚时期为少年儿童写作的"童话小说"的先行者。这部小说是以斯宾塞（Edmund Spenser，1552—1599）的叙事诗《仙后》（*The Faerie Queene*，1590）为范例而创作的。而斯宾塞的《仙后》是根据以亚瑟王为中心的中世纪传奇故事而创作的长篇叙事诗，讲述青年王子亚

---

① JOHN C，GRANT J. The Encyclopedia of Fantasy ［M］. New York：St. Martin's Press，1997：210.

瑟的传奇经历。他梦见仙后格罗丽亚娜，梦醒之后就动身去寻找她。与此同时，仙后正在宫中举行每年一度的十二天的宴会，其间每天派一名骑士去解除灾难，安民除暴。相比之下，萨拉·柯尔律治的故事通过童趣化的讲述成为面向年轻读者的童话叙事。一方面，《凡塔斯米翁》与《仙后》及《亚瑟王传奇》等文本形成互文关系，是在英国文学传统的土壤上长出来的果实。另一方面，作者这篇作品的读者对象是少年儿童，这表明了一个出现在维多利亚时期的重要变化——童话叙事与儿童的关联变得密切起来。这篇童话故事讲述王子凡塔斯米翁在奇境的历险故事，小说中出现了爱情与阴谋、寻找与搏斗、正邪之间的生死较量，还有超自然精灵的介入等因素，充满浪漫传奇色彩。故事的浪漫风格和乐观主义情调正是传统童话叙事转向少年儿童的艺术表征。这也是学者所指出的，自维多利亚时期以来，童话就与儿童联系在一起。①女性作家尤其敏感地捕捉到了维多利亚时期呈现的情感结构。就在《凡塔斯米翁》发表两年后，凯瑟琳·辛克莱（Catherine Sinclaire，1800—1864）在她创作的《假日之家》（1839）序言中这样论及想象力对于儿童的重要性：

> 在这个奇妙的发明的时代，年轻人的心灵世界似乎面临着沦为机器的危险，人们竭尽一切所能用众所周知的常识和现成的观念去塞满儿童的记忆，使之变得像板球一样；没有留下任何空间去萌发自然情感的活力、自然天资的闪光，以及自然激情的燃烧。这正是多年前瓦尔特·司各特爵士对作者本人提出的警示：在未来的一代人中，可能再也不会出现大诗人、睿智之士或者雄辩家了，因为任何想象力的启发都受到人为的阻碍，为小读者写作的图书通常都不过是各种事实的枯燥记述而已，既没有对于心灵的激荡和吸引，也没有对于幻想的激励。

这也是这个时代的女作家捕捉到的重要的文化症候，标志着童话叙事转向少年儿童的自觉意识的出现。在维多利亚时期，工业化给大英帝国带来日益增强的能量，以瓦特蒸汽机、莫兹利车床、惠特尔喷气式发动机等为代表的技术发明和创新极大地促进了生产力的发展，使英国一跃成为"世界工厂"。与此同时，英国从农业文明进入了一个社会剧变，思想动荡的异化与物化的工业文明时期。许多维多利亚时期的作家产生了深重的担忧、担忧异化

---

① JOHN C, GRANT J. The Encyclopedia of Fantasy [M]. New York: St. Martin's Press, 1997: 330.

的机器时代将摧毁人类的创造力和健全的尊严。而且在这样一个非常时期，儿童图书领域的两极碰撞——恪守理性教诲与追求浪漫想象的两极碰撞——变得越发激烈。正如儿童图书史学者哈维·达顿（F. J. Harvey Darton，1878—1936）指出的，在英国，儿童图书一直是一个战场——是教喻与娱乐、限制与自由、缺乏自信的道德主义与发自内心本能的快乐追求之间的冲突。①

凯瑟琳·辛克莱出生在苏格兰爱丁堡，父亲是约翰·辛克莱爵士。作为维多利亚时期英国儿童幻想文学创作的先驱者之一，她创作的《假日之家》（*Holiday House*，1839）采用成人介入书中的方式讲述旨在娱乐儿童读者的幻想故事，是对于长期盛行的道德故事与说教传统的彻底背弃。在《假日之家》的中心章节里，作者通过戴维伯父为孩子们讲述了有关巨人和仙女的"荒诞故事"（Uncle David's Nonsensical Story about Giants and Fairies）。在这篇小说中，劳拉和哈利是母亲去世后被父亲抛弃的两个孩子，被送到了伯父戴维和管家克拉布特里太太的住所，由他们抚养和管教。孩子们心地善良，但非常顽皮淘气。伯父戴维通过童话故事对两个孩子进行教育，培养其想象力，使他们能够获得健康的心智发展，形成自己的道德判断。作者肯定了孩子们的淘气和顽皮乃儿童之天性，这在当时是难能可贵的。管家克拉布特里太太的刻板和严厉与戴维伯父的宽容和善解人意形成鲜明的对比。针对诸如"儿童是缩小的成人"和"儿童是成人的道德蝶蛹"等流行观念，戴维伯父对待顽皮儿童的态度和做法反其道而行之，令人耳目一新，是对于童年的重新认识和重新书写。《假日之家》出版后很受欢迎，多次重印发行。1861 年的圣诞节，尚未成为"爱丽丝"小说作者"刘易斯·卡罗尔"的道奇森先生就把一本《假日之家》作为礼物送给爱丽丝·利德尔。几年后，卡罗尔写出了献给爱丽丝的圣诞礼物：《爱丽丝奇境漫游记》。

第四节　诱惑与拯救的心路历程：
罗塞蒂的童话叙事诗《王子出行记》和《妖精集市》

如果说，萨拉·柯尔律治的《凡塔斯米翁》以艾德蒙·斯宾塞的叙事诗《仙后》为范例而创作，是脱胎于骑士传奇叙事的童话小说，那么克里斯蒂

---

① DARTON F J H. Children's Books in England: Five Centuries of Social Life [M]. Cambridge: Cambridge University Press, 1982.

娜·罗塞蒂的童话叙事诗《王子出行记》（*The Prince's Progress*，1866）则采用骑士传奇文体，讲述王子远赴他乡去迎娶已经等待多年的公主的故事。克里斯蒂娜·罗塞蒂（Christina G. Rossetti，1830—1894）出生于伦敦，父亲是意大利人，在伦敦肯斯学院担任意大利语教授，母亲是意大利裔英国人，爱好文学。这个家庭具有浓厚的艺术和文学氛围。大姐玛丽亚发表过文学评论文章，大哥但丁·加百利·罗塞蒂（Dante Gabriel Rossetti，1828—1882）是著名诗人，拉斐尔前派绘画艺术家，二哥威廉·罗塞蒂是一位批评家、传记作家。受家庭文学气氛的影响，克里斯蒂娜幼年即开始写诗，后来加入"拉斐尔前派兄弟会"，在创作中自觉地践行拉斐尔前派所主张的自然、朴实的文风，也由此形成了自然清新、音韵优美、感情真挚动人的诗歌风格。她的代表性诗集包括《诗歌集》（*Verses*，1847）、《妖精集市及其他诗歌》（*Goblin Market and Other Poems*，1862）、《王子出行记及其他诗歌》（*The Prince's Progress and Other Poems*，1866）和《童谣》（*Sing-Song*：*A Nursery Rhyme Book*，1872）等。1904年，二哥威廉·罗塞蒂整理出版了克里斯蒂娜·罗塞蒂的诗集《克里斯蒂娜·乔吉娜·罗塞蒂诗集》（*The Poetical Works of Christina Georgina Rossetti*）。

在童话叙事诗《王子出行记》中，作为主人公的王子踏上前往一个遥远国度的旅程，去履行多年前与一位公主订立的儿时的婚约。如今这位美丽的公主正苦苦等候着前来迎娶她的王子。谁知王子赶路赴约的意志并不坚定，一路上走走停停。他在旅途中也经历了种种诱惑和考验，耽搁了行程，最终公主没有等到王子就辞别了人世，王子赶上的是参加为公主举行的葬礼。研究者从两个方面考察了这篇童话叙事诗的表现特征。一方面，罗塞蒂这一叙事诗对于经典童话《睡美人》进行了反写或改写，王子未能唤醒长睡百年的公主，也就未能完成缔结良缘、携手未来人生的传统童话归宿，而是目睹公主陷入永世长眠，王子和公主就此天人永隔。另一方面，作者借用《天路历程》的叙事模式，让王子一路前行，而且他就像堂吉诃德一样，两者的历险都颠覆了骑士传奇的走向，换言之，《王子出行记》以反讽的方式续写了西方浪漫文学的传统，揭示了维多利亚时期的女性在爱情和婚姻方面所遭遇的困境，可视为一种警示。约翰·班扬（John Bunyan，1628—1688）的《天路历程》全名是《通过梦境呈现的，一个信徒从今生到来世的追寻历程》。它虽然是一部清教主义文学寓言，却具有来自底层人生经验的通俗文学表达的因素，而且吸收了当时民间流行的浪漫传奇因素和讲述手法，拓展了始于中世纪的文学寓言传统。它在艺术手法和表现形式上与英国儿童文学产生了密切的关联。在特定意义上，《天路历程》的开端预示着《爱丽丝奇境漫游记》的童趣化开端。故事的叙述者在户外睡着了，在梦境中看见一个名叫基督徒的男人，背着一个沉重包袱，站在自家门外，手里捧着一本圣经，正在专心致志地阅读。他从书中得知，不久之后巨大的灾难就会降临到他全家所居住的这个名叫"毁灭"的城镇。基督徒恳求家人和乡人一起离去，但却被视作疯人疯语。于是基督徒独自踏上了寻求拯救的天路历程。且看"爱丽丝"小说的开端：五月的一个夏日，小姑娘爱丽丝跟姐姐一块坐在泰晤士河边，姐姐在读一本书，可爱丽丝对那本图书毫无兴趣，因为书中既无插图，也没有对话。她渐感疲倦，不觉悄然入梦。就在她进入梦境之际，她看到一只眼睛粉红的大白兔，身穿一件背心，戴着一块怀表，一边自言自语地说它要迟到了，一边急匆匆地往前跑去。出于儿童天然的好奇心，爱丽丝立马起身去追赶白兔，而且不假思索地跟着跳进了兔子洞，从而踏上了充满荒诞色彩的地下世界的奇遇旅程。《王子出行记》可谓介于《天路历程》和《爱丽丝奇境漫游记》之间，主人公既不是成人"基督徒"，也不是天真的小女孩，而是传统童话语境中的王子和公主，但这里的王子和公主又超越了传统，因为作者改写了传统的童话故事进程，颠覆了传统的结局。公主贞洁、温柔、美丽，而且忠贞不渝，在象征意义上是维多利亚时期完美女性的形象。尽管公主年复一年、日复一日地苦苦等待，痴心不改，望眼欲穿，"暑去寒来，我要再等待多长时间呢？"王子却一再延宕，缺乏爱的激情和行动的效力。说到王子的延宕，我们会想到莎剧中的哈姆雷特王子。因为误会和隔阂，更因为宫廷政治的险象环生，哈姆雷特故意冷落青梅竹马的恋人奥菲莉娅，甚至出语伤害，再加上宫廷中险恶的阴谋和内斗，哈姆雷特误杀了奥菲莉娅的父亲，老臣波洛涅斯，使她不仅失去爱情，更失去至亲，结果导致她精神失常，疯疯癫癫，到处乱走，最终溺水，失去了生命，临终时头上还戴着用毛茛、荨麻、雏菊和长颈兰编织的花环——难道是无意识中对于想象中的婚礼的新娘的向往，还是女孩爱美之心的回光返照？奥菲莉娅的人生悲剧从本质看就是男权政治社会的牺牲品。相比之下，《王子出行记》中公主默默的守候和漫长的等待最终化为水中之月、镜中之花——归根结底，她与王子的婚姻之约成为镜花之缘，可望而不可即。与奥菲莉娅相比，公主是无所作为的，是消极等待的。尽管与传统童话中长睡百年的睡美人不同，公主是能够行动的，但她却"终日愁眉不展，泪水涟涟"，结果可想而知，在王子到来前夕，公主香消玉殒，成为长眠于地下的"睡美人"。

诸如格林童话《牧鹅少女》（*The Goose Girl*）这样的传统童话讲述了相似

的关于主人公远赴他乡去成亲的故事。这一过程似乎象征着年青一代从依附走向独立的成长之道。在《牧鹅少女》中，公主与远方的王子订立了婚约，婚期临近之际，她受老王后之命，带着一名侍女赶往陌生的国度。故事出现了传统童话的魔法因素，如会说话的马儿法拉达、滴了三滴血的白手帕，等等。故事的重点是篡夺与冒名顶替的阴谋，以及坚守自我，最终正义得到伸张。阴险的侍女在路上抢走公主的金杯，逼迫公主与她交换身份。在抵达目的地之后，冒名顶替的侍女成了与王子成婚的新娘，真正的新娘却成了一个牧鹅女。最后真相大白，冒名顶替者被"请君入瓮"，按照她自己的提议，受到最严厉的惩罚，死于非命。年轻的王子同真正的新娘结了婚，共同治理着王国。公主是凭着自己的美德坚守自我，最终迎来了真相大白的时刻。这表明主人公必须首先战胜来自内心深处的危险，才能获得幸福的结局。作为维多利亚时期的童话叙事诗，《王子出行记》呈现了这个时期符合中产阶级价值标准的完美女性的形象，她的消极被动和无所作为是对于被"家庭天使"这样看似赞美，实则被贬抑，被禁锢的女性身份和地位的反讽，也是对于工业革命时期的父权制的控诉。女性在经济和社会生活中受到禁锢，这阻碍了女性的独立和自由，尤其是精神层面的解放。尽管是童话隐喻的表达，但也表明了维多利亚的女性主义观念在童话叙事中得到释放，成为女性作家以童话隐喻方式加以关注和表达的社会命题。从另一个方面看，罗塞蒂还和不少其他作家一样，通过童话这一艺术形式与同时代的文人、知识分子以及思想家展开对话，对剧烈变革语境下社会普遍关注的精神危机及其"妇女问题"等发表自己的见解。

工业革命时期，人们传统的思想信仰遭遇了前所未有的冲击和震荡，并由此引发了维多利亚人的精神迷茫和情感危机。在这样一个社会剧变、思想动荡的非常时期，蕴含着投射人类愿望满足的潜能等普遍因素的童话故事具有特殊的意义。作家们往往敏锐地凭借自己的直觉在文学创作中做出反应。作为这种反应的结果，创作文学童话成为维多利亚时期众多作家用以抵抗精神危机的文学武器——用 C. D. 曼森（Cynthia. D. Manson）的话说，童话成为他们对抗精神危机的"解毒剂"。罗塞蒂的童话叙事诗《妖精集市》就是这样一部作品。C. D. 曼森在《狄更斯、罗塞蒂和麦克唐纳的童话文学：对抗维多利亚时代精神危机的解毒剂》（*Cynthia DeMarcus Manson*，*The Fairy-tale Literature of Charles Dickens*，*Christina Rossetti*，*and George MacDonald*：*Antidotes to the Victorian Spiritual Crisis*. Edwin Mellen Press，2008）一书中，分别对狄更斯的《远大前程》、克里丝蒂娜·罗塞蒂的《妖精集市》和乔治·麦克唐纳的

《轻盈公主》这三部作品进行了细致分析，认为这三位作家的作品是对于达尔文《物种起源》引发的信仰危机所做出的反应，是以文学创作的方式加入这一激烈论战的结果，并以具有恒久普遍意义的童话精神超越了有关论战。

罗塞蒂的《妖精集市》是一首用民谣格律写成的童话叙事诗，讲述劳拉和丽兹两姐妹经历的事情。每天早上及黄昏时分，两姐妹总能听到妖精在集市上叫卖各种水果的极富诱惑力的声音。妖精们叫卖的水果非常丰富，包括苹果、柠檬、柳橙、李子、葡萄干、无花果、佛手柑，等等，鲜美甘甜，极其诱人；这里出现了双重诱惑。妖精的叫卖声非常甜美，犹如海妖塞壬（The Sirens）发出的美妙歌声。在希腊神话中，这些女妖栖息在海中礁石上，用美妙动人、充满魅力的歌声诱惑过往的航海者。任何人只要听到她们的歌声都会不顾一切地跃入海水中，朝歌声游去，结果葬身于大海的怒涛之中。在罗塞蒂的诗中，妖精不但叫声摄人心魄，而且售卖的水果具有魔力，犹如希腊神话中的"食莲忘返果"（lotus），食用后就会迷恋上瘾，再也无法舍弃。两姐妹中的劳拉无法抵御诱惑，循声而至，用自己的一缕金色秀发换取了妖精的魔果，大饱口福。此后劳拉便深深地陷入了对魔果的渴求之中，而一旦吃了魔果，那么此人便再也听不见妖精的叫卖声了，因此无法找到妖精集市。深受折磨的劳拉欲罢不能，既无法去集市买魔果，又无法抑制自己强烈的食果欲望，随即生病卧床，痛苦不堪，奄奄一息，成为无法抵御诱惑而失去生命活力的"睡美人"。丽兹见状，毅然决定与妖精进行较量，以拯救劳拉。她没有尝过魔果，能够听见妖精的叫卖声，于是循声前往妖精集市，为劳拉购买水果。然而妖精们却要求丽兹在购买魔果之前必须先品尝一下，从而让她陷入无法摆脱的魔力之中。这一要求遭到丽兹的严词拒绝。恼羞成怒的妖精们一拥而上，对她又打又骂，不仅挥鞭猛抽，拳脚相加，而且抓住魔果往她紧闭的双唇狠狠塞去。丽兹拼命挣扎反抗，没有让一点魔果进入口中，最终奋力从妖精的围殴中逃脱出来。丽兹一口气跑回家，顾不上浑身疼痛，赶紧叫劳拉吮吸自己脸上沾着的魔果果浆，劳拉因此而获救。丽兹富有牺牲精神，同时善于同妖精拼搏，体现了一种聪明的斗争策略。这就像荷马史诗《奥德赛》中的希腊英雄奥德修斯，在远航途经海妖塞壬盘踞的岛屿时，先将船上同伴们的耳朵全都用蜡封起来，听不见一丝声音，然后示意他们把自己牢牢地绑在船桅上。这样，他们安然无恙地通过了这致命诱惑的死亡海域，而且奥德修斯还亲耳听到了绝美的海妖之歌。面对致命诱惑与拯救劳拉的两难选择，丽兹采取了奥德修斯式的明智的对策和行动，呈现了诗人对于维多利亚时期女性如何应对诱惑与陷阱的童话式表达，以及像劳拉这样无法抵御诱惑而沦为失去生命活力的"睡美人"这一童话隐喻。值得注意的是，刘易斯·卡罗尔在童话小说《爱丽丝奇境漫游记》的创作灵感等方面受到过罗塞蒂童话叙事诗《妖精集市》的影响。

第五节　动荡年代的心灵探索：她们对经典童话的改写

维多利亚时期的女性作家群体的文学童话创作不仅是这些女作家与同时代的文人知识分子就共同面临的精神危机问题而进行的探寻和对话，也是女性作家从经典童话中寻求精神资源来抵御父权制社会压迫的结果，是她们与童话传统进行对话，追寻精神家园的努力。在前面的章节里，我们已将贝特丽克丝·波特的小动物童话叙事纳入维多利亚时期的动物体童话叙事进行考察，并对儿童幻想文学创作的先行者萨拉·柯尔律治的代表作进行了探讨，然后在相似的文学语境中考察了凯瑟琳·辛克莱的儿童幻想叙事和克里斯蒂娜·罗塞蒂的童话叙事诗的主要特征。从维多利亚时期的女性作家群体的童话创作格局看，对传统童话进行改写和重写、创作颠覆性童话故事和原创性童话小说成为一种重要的儿童幻想叙事的创作模式。维多利亚时期的女性作家群体一方面对传统童话进行改写或重新讲述，并且赋予其故事新的时代意义；另一方面创作篇幅较长的文学童话或儿童幻想故事，由此形成了社会转型期与传统童话的对话与互动，而且形成了绵延不绝的女性童话书写现象。安妮·伊莎贝拉·里奇（Anne Isabella Ritchie，1837—1919）是著名小说家威廉·萨克雷（William Makepeace Thackeray，1811—1863）的女儿，当年萨克雷的童话小说《玫瑰与戒指》（*The Rose and the Ring*，1855）就是为自己的两个女儿创作的。《玫瑰与戒指》的写作完成于1854年的圣诞节，正式出版于1855年，图书封面上印着一个天使，手里拿着一枝红玫瑰和一枚闪闪发光的戒指。萨克雷采用了许多传统童话因素，故事发生在"从前，"场景设置在虚构的王国帕弗拉戈尼亚和克里姆-塔塔瑞，主要人物包括吉格利奥王子和露莎尔巴公主，以及布尔波王子和安吉莉卡公主，他们是来自两个王国的王室的表兄表妹，故事围绕他们的人生命运而展开。故事里出现了善良仙女，以及心地狭隘的黑杖仙女，她们在帕弗拉戈尼亚王国参加了吉格利奥王子和露莎尔巴公主的洗礼，分别为两个孩子许诺了福祉和诅咒。随着故事的进展，吉格利奥王子的王位被他叔父篡夺了，而露莎尔巴公主的父母在王国发生的叛乱中相继去世，两个少年陷入痛苦的黑暗深渊。在经受了诸多磨难之后，正义战胜了邪恶，少年最终迎来命运的逆转，重新获得幸福。故事中还出现了具有魔力的护身符和神奇的宝物兵器。从父亲的《玫瑰与戒指》到女儿自己创作童话，父亲从小的熏陶对伊莎贝拉的影响是不容置疑的。与此同时，伊莎贝拉·里奇对于法国多尔诺瓦夫人的童话也产生了浓厚的兴趣，还在1895年出版了《多尔诺瓦夫人的童话故事》。里奇对传统童话进行改写，发表了改写的《小红帽》《林中睡美人》《美女与野兽》《杰克和豆茎》《小风头里凯》等故事，同时在讲述过程中不乏对维多利亚时期的社会风尚及社会问题进行评说。与此同时，她还在改写的基础上创作儿童幻想故事，如《五个老朋友与一个青年王子》（*Five Old Friends and A Young Prince*，1868）和《蓝胡子的钥匙和其他故事》（*Bluebeard's Keys and Other Stories*，1874）等。伊莎贝拉·里奇的童话故事都具有共同的特征：采用传统童话的因素，故事设置在现实主义的背景中，对当代风尚和习俗进行逼真描写，涉及与女性有关的问题，着重表现道德主题。

玛丽·路易斯·莫尔斯沃斯（Mary Louisa Molesworth，1839—1921）在改写传统童话方面也是比较有影响的女作家。童年时代，由于她的家庭与女作家盖斯凯尔夫人一家比邻而居，玛丽·莫尔斯沃斯还受到盖斯凯尔夫妇的悉心辅导，受益颇多。此外，莫尔斯沃思走上从事文学创作，尤其是儿童文学创作的道路与外祖母的影响有关。她在1894年的一篇题为"我是如何写作儿童故事的"文章中回忆了外祖母如何给她讲述英国本土的民间童话，以及讲述外祖母本人及其子女们的真实故事。她的《罗罗瓦的棕色公牛》（*The Brown Bull of Norrowa*，1877）是对经典童话《美女与野兽》的改写，作者一改传统童话中作为女主人公的公主总是相貌美丽加温顺被动这样的形象。在她的故事中，公主不仅工于心计，善于谋划，而且身手敏捷矫健，胆子也挺大。她不再是传统童话中的公主，默默地忍受和等待，直到爱她的白马王子出现；而是主动出击，大胆选择，多次冒险，显示出追求幸福的刚毅气质。

朱莉安娜·尤因（Juliana Horatia Ewing，1841—1885）的《阿米莉亚和小矮人》（*Amelia and the Dwarfs*）等故事也是对经典童话的改写，在改写过程中也加入了作者的个人思考，融入了富有个性的因素。从身世看，朱莉安娜·尤因的母亲是知名作家玛格丽特·盖蒂（Margaret Scott Gatty），朱莉安娜走上文学创作的道路受到母亲的极大影响。朱莉安娜从小就显示出讲故事的才能，后来又成为母亲主办的杂志《朱迪阿姨的杂志》（*Aunt Judy's Magazine*）的主要撰稿人。刘易斯·卡罗尔的《西尔维与布鲁诺》就发表在这份杂志上。1862年，朱莉安娜发表了她的第一部故事集《梅尔基奥的梦想》（*Melchior's Dream*），1866年，她成为《朱迪阿姨的杂志》的主编。朱莉安娜·尤因发表了《地精布朗尼和其他故事》（*The Brownies and Other Tales*，1870），由著名插图艺术家乔治·克鲁克尚克（George Cruikshank）为该书配画。这部故事集为她赢得了名声，使她成为维多利亚时期为儿童写作的主要女性作家之一。1882年，她出版了故事集《传统童话故事》（*Old-Fashioned Fairy Tales*）。作为儿童文学作家，朱莉安娜·尤因较之她的母亲在观念和写法方面有了很大的不同，她尝试从儿童的视角去看问题，而不是居高临下地将成人的价值观强加给儿童。此外，她在写作中对于道德问题采用了更加微妙、更富故事性和幽默感的叙述方式。就童话故事创作而言，她主张采用传统童话的题材和母题因素，如弱者如何智胜强者，"愿望故事"的主人公如何导致失误，使愿望落空等，但作者要写出新意。对于朱莉安娜·尤因，德国18世纪浪漫主义童话小说具有特殊的意义。她的丈夫亚历山大·尤因翻译了包括《咬核桃王子与老鼠国王》在内的霍夫曼的几部童话小说。在朱莉安娜·尤因的童话故事《圣诞节的烟花火炮》（*Christmas Crackers*）中，那位愤世嫉俗的家庭教师就向一位精明的年轻女士提到《咬核桃王子与老鼠国王》中的教父德罗谢梅。这位相貌和衣着都很古怪的天才发明家德罗谢梅是霍夫曼小说的主人公玛丽和她哥哥弗里兹的教父，而朱莉安娜·尤因故事中的家庭教师言语多挖苦讽刺，看法深刻，尤其精于各种怪异的技能，这与霍夫曼笔下的这位教父发明家之间的相似之处是显而易见的。此外，哈里特·路易莎·蔡尔德-彭伯顿（Harriet Louisa Childe-Pemberton）的《重新讲述小红帽的故事》（1882）和《奥利弗·史密斯，或丑小鸭的故事》（1883）等，也是对经典童话的改写，但与朱莉安娜·尤因的改写童话相比，蔡尔德-彭伯顿的故事带有较明显的道德教诲意味。

第六节　动荡年代的精神追寻：
她们创作的新童话与儿童幻想故事

从改写经典童话到讲述新童话故事或儿童幻想故事，维多利亚时期的女性作家群体以多种方式进行着与传统童话的对话，以回应动荡年代的迷茫和挑战，同时开辟了维多利亚时期女性童话小说创作的广阔道路。弗朗西斯·布朗（Frances Browne，1816—1879）创作的《奶奶的神奇椅子》（*Granny's Wonderful Chair*，*Collection of Short Stories for Children*，1856）是一个比较典型的儿童幻想故事。布朗出生在爱尔兰的一个乡村，父亲是一个邮递员。她在家中 12 个孩子中排行第七。不幸的是，她的双眼在不到 1 岁时就因病失明。稍大后她以顽强的毅力通过每天晚上听兄弟姐妹们高声朗读其课本来识字。1852 年，布朗前往伦敦，并在那里创作了自己的第一部小说《我要分享这个世界》（*My Share of the World*，1861）。《奶奶的神奇椅子》是作者为孩子们创作的短篇童话集，由 9 个相对独立的故事组成，而把这些故事联系起来的主要人物是女孩"小雪花"。其中最具影响的就是《奶奶的神奇椅子》这篇故事。主人公"小雪花"是一个从小失去双亲的美丽善良的小女孩，与年迈的奶奶相依为命，住在大森林边上的一个小屋里。奶奶有时发脾气的模样非常吓人，所以又被称为"冰霜奶奶"，她每天都坐在一把椅子上纺纱，以此卖钱度日。有一天奶奶要出远门，便把那神奇椅子的秘密告诉了小雪花。这把椅子不仅可以给小女孩讲故事，而且还可以带着她飞到任何她想去的地方。奶奶走后，小雪花靠着椅子讲述的故事度过了孤单的日子。眼看家中的粮食快吃完了，小雪花决定去找奶奶。这把神奇的椅子把她带到了一座大森林，那里有许多工人拿着斧子砍伐大树。原来这里的国王要为他的独生公主举行办盛大的持续七天的生日宴会。小雪花从来都没有见过皇家盛宴，在好奇心的驱使下，她乘着椅子飞进了国王的宫殿。于是一个惊险、精彩的故事随着小女孩和她的神奇椅子的到来而展开。这个幻想故事的细节描写非常生动，令人难忘地展现了小雪花的善良和单纯，以及王后、公主和大臣等人的贪婪。

吉恩·英格罗（Jean Ingelow，1820—1897）创作的《仙女莫普莎》（*Mopsa the Fairy*，1869）是一个中篇童话小说，被看作是维多利亚时期最早的女性主义成长小说（教育小说）之一。英格罗出生在英格兰北部的林肯郡，父亲是一个银行家。英格罗故事讲述小男孩杰克跟着保姆外出散步时，在一棵大山楂树的树干上发现了一个很大的树洞，而且还仿佛听见里面传出呼唤他名字的清脆叫声。于是杰克就像小姑娘爱丽丝跳进兔子洞一样钻进了树洞，发现里面居然有一群可爱的小仙子。于是善良的杰克便骑在一只鹈鹕的背上，带着小仙子们返回属于她们自己的仙境，从而经历了一系列历险行动。旅途是沿着一条河展开的，从象征的意义上看，这河就是生命之河。小仙子们非常小巧，体态轻盈，但智力超群，其中一个名叫莫普莎的仙子在经过一系列历险之后成为仙后。在行进路上，杰克教仙子莫普莎学习人类所使用的字母，她只用了一个晚上就把它们完全掌握了。把仙子们送回仙境之后，杰克又飞了回来，回到自己安全的家中。批评家 A. T. 伊顿（Anne Thaxter Eaton）认为

《仙女莫普莎》是一个结构精巧的故事，具有魅力和逻辑的可信性。①在《幻想文学百科全书》中，批评家认为，《仙女莫普莎》与金斯利的《水孩儿》、麦克唐纳的《在北风的背面》一样，是一个关于失去的童真的寓言。②

马洛克·克雷克（Mulock Craik，1826—1887）的儿童文学创作涉及各种文学体裁，包括道德训诫故事、奇幻故事、童话故事，以及少年题材小说。与众多为儿童写作的作家一样，克雷克是从给女儿多萝西讲故事开始进行儿童文学创作的。她在1863年发表的《仙子书》（*Fairy Book*）是传统风格的童话故事。她的儿童幻想小说代表作有《地精布朗尼历险记》（*The Adventures of a Brownie*，1872）和《瘸腿小王子》（*The Little Lame Prince*，1876）等。《瘸腿小王子》是传统童话题材的故事，作者将传统童话的叙述风格与现代小说叙事手法结合起来，讲述得细腻生动。主人公多洛尔是诺曼斯兰王国的王子，一个非常漂亮的小王子，然而他的命运却很坎坷、悲惨：在他的婴儿洗礼仪式上，负责抱他下楼的宫廷侍女一时失手，让小王子在大理石楼梯的台阶上摔了一下，结果被摔断了脊椎，从此成了一个无法正常行走的残疾孩子。并且就在小王子的洗礼仪式还在进行之中，久病卧床的王后去世了。王后去世后两年，国王也去世了。本来就一直心怀不轨的亲王，即小王子的叔父，趁机篡夺了王位，随即将小王子囚禁在一片荒原上的孤塔之中。幸运的是，自从小王子离开王宫，住进这孤塔之后，小王子就再没有病过，而且也有充足的时间去反思生活的意义和生命的价值；在女巫教母的引导下，小王子突破病腿的禁锢，借助飞行斗篷出行，得以接触那些生活在社会最底层的劳苦民众，也能够"去见世面"了，他终于在心智和道德层面上明白了发生在他本人身上，发生在他的家族，以及发生在这个国家的事情。在经受了难以想象的磨难并获得精神洗礼之后，多洛尔王子成长为一个高尚的少年，一个优秀的王子。15岁的小王子在民众的拥戴下重登王位以后，决心尽最大的努力使民众生活得幸福、安乐。小王子在经受了悲惨的命运磨难之后，终于得到精神和道德意识的升华——这样的题材在日后王尔德的《星孩儿》和《少年国王》等故事中成为唯美主义的童话叙事。而瘸腿小王子突破肉体病痛的生理禁锢，凭借坚强的毅力进入精神世界的自由王国这一历程在内斯比特的《迪奇·哈丁的时空旅行》（*Harding's Luck*，1909）中在瘸腿孤儿迪奇·哈丁的身

① EATON A T. Cornelia Meigs. A Critical History of Children's Literature ［M］. London：Macmillan Publishing co. ，1969：200-201.

② CLUTE J, GRANT J. The Encyclopedia of Fantasy ［M］. New York：St. Martin's Press，1997：499.

上得到令人难忘的表现。

　　玛丽·莫尔斯沃斯不仅对经典童话进行改写，而且根据自己的旨趣创作幻想小说，如《布谷鸟之钟》（*The Cuckoo Clock*，1877）和《挂毯之屋》（*The Tapestry Room*，1879）等。《布谷鸟之钟》讲述孤独的女孩格瑞西尔达遭遇了一只会说话的木头布谷鸟，于是在它的引导下经历了三次奇异的历险。小女孩格瑞西尔达被送到一个宁静而沉闷的小镇，与两个终身未婚的老姑妈住在一起。在她们居住的那幢老房子里，小女孩被楼下那个老旧布谷鸟座钟发出的声音迷住了，她相信座钟里的那只布谷鸟是有生命的，进而同布谷鸟说话，进行交流。就像她所深信不疑的，布谷鸟是有生命的，在它的指引下，小女孩开始了奇异的旅程，分别到了"频频低头作揖的中国清朝人的国度""蝴蝶之国"和"月球的另一边"，得以在童话的幻想奇境里大开眼界，纵情遨游，流连忘返。在经历了一系列奇遇之后，小女孩又返回现实世界，还结识了一个新近搬到附近的小男孩。在特定意义上，这个小女孩的奇境漫游故事就是一个女性作家笔下的"爱丽丝"奇境漫游记，《挂毯之屋》讲述的是英国男孩休和法国女孩让娜的故事，两个孩子被让娜房子里的一条奇异的挂毯带到一个魔法之地。与《布谷鸟之钟》相比，这个故事的现实背景显得更加模糊。在《布谷鸟之钟》里，小女孩与两个年迈的姑妈住在一起，她们心地善良，性格鲜明。而在《挂毯之屋》里，两个孩子身旁没有别的成人，孩子们有更大的自由度。这个故事的叙述比之《布谷鸟之钟》显得更为复杂，有两个相互独立又相互关联的"故事中的故事"，一个是"美女和野兽"类型的故事，另一个是发生在一百年前的关于这座房屋的故事。它与现实的疆界显得更加模糊，它的主题内容涉及双重自我（野兽与人）和双重空间（过去的房屋与现在的房屋）。相比之下，《布谷鸟之钟》更受少年读者的欢迎，故事既满足了现实社会中孩子们渴望走出有限制的封闭生活空间，去遨游天下的愿望，又契合少年儿童希望生活在安全稳定状态下的心理。

　　此外，还有一些根据经典童话题材和故事情节的颠覆性改写或者"反写的"儿童幻想叙事作品，如克里斯蒂娜·罗塞蒂的《尼克》（*Nick*）和《众声喧嚣》（*Speaking Likenesses*），朱莉安娜·霍瑞肖·尤因的《圣诞节的礼花火炮》（*Christmas Crackers*），弗朗西斯·霍奇森·伯内特的《在白色的砖墙后面》（*Behind the White Brick*），以及伊迪丝·内斯比特的《梅莉桑德或长短之分》（*Melisande，or，Long and Short Division*），等等。其中，朱莉安娜·尤因的《怪魔求婚记》（*The Ogre Courting*，1871）颇具特色，它讲述的是少女智胜强占民女的恶魔的故事。乡村姑娘莫莉家境贫寒，与父亲相依为命。由于没有嫁妆，莫莉一直没有出嫁。当地有个凶恶强悍的怪魔，时常采用威逼的方式强娶附近一带的民女为妻，婚后不久他的妻子就会莫名其妙地死去（怪魔剥削成性，嫁给他的女人都要干超常超重的家务活），到故事发生时，已经有几十个当地民女成了怪魔的牺牲品。如今当怪魔前来求婚之际，莫莉利用怪魔贪婪无度和爱占便宜的心理特点，答应嫁给怪魔，同时要求怪魔在婚前完成两个任务，以便婚后和和美美地、"节俭地"在一起过日子。在完成莫莉交代的婚前准备工作的过程中，怪魔备受折磨，吃尽了苦头，而且身体也被冻坏了，最后他实在坚持不住，无奈地选择了跑路，以逃避他的"未婚妻"。于是莫莉通过自己的智谋战胜了凶残霸道的怪魔，并且夺回了恶怪通过侵占和抢夺的方式积累起来的牲畜、财物和食物。作者在故事中采用了许多口传民间故事的母题因素，而且在叙述中对于田间地头的生产劳作和日常居家度日的细节进行描写，真实生动地呈现了当地英国乡村生活的画面。

第七节　内斯比特的现代性童话叙事：从《护符的故事》到《龙的故事》

在维多利亚后期为儿童写作幻想文学的女性作家中，伊迪丝·内斯比特（Edith Nesbit，1858—1924）无疑取得了卓越的成就，成为影响深远的一位女性儿童文学作家。内斯比特出生在伦敦，父亲曾在伦敦郊区开办过一所农业专科学校。伊迪丝3岁时，父亲因病去世，抚养全家的重担就落在妈妈身上。伊迪丝9岁时，全家移居欧洲大陆，1871年，伊迪丝一家返回英国，在肯特郡乡下的一所住宅里生活一段时间后，重新返回伦敦。1880年伊迪丝结婚成家，后来在她丈夫患病期间，丈夫的生意合伙人携款而逃，使这家人的经济状况变得十分窘迫。这些人生经历都为她的创作提供了素材。内斯比特为儿童创作的作品可分为两大类：一类是写实性儿童生活故事（the 'real life' children's stories），如以巴斯特布尔一家的孩子们为主人公的现实主义小说系列，包括《寻宝的孩子们》（*The Story of the Treasure Seekers*，1899）、《淘气鬼行善记》（*The Wouldbegoods*，1899）以及《铁路边的孩子们》（*The Railway Children*，1906）等。在这些作品中，作者描写现实生活中的孩子们如何怀着为改变家中生活窘境的愿望，想通过各种切实可行的方式去挣些钱，于是便有了孩子们进行的各种新奇而鲁莽的行动，既充满童趣，引人入胜，又通过孩子们的道德意识与社会认知能力的提升揭示了现实中的成长历练。作者的另一类作品是幻想性的少年小说，大多创造性地汲取和升华传统童话因素，让"很久很久以前"的幻想世界的人物和魔法、宝物等进入了现代英国社会孩子们的日常生活，将现实生活与幻想世界联通起来，让孩子们经历奇异的历险过程。其代表作包括《五个孩子和沙精》（1902）、《凤凰与魔毯》（1904）和《护符的故事》（1906）系列，以及《魔法城堡》（1907）、《亚顿城的魔法》（1908）、《迪奇·哈丁的时空旅行》（1909）和《神奇之城》（1910）等，这些着重表现跨越时空题材的儿童幻想小说。我们已经在英国童话小说的相关研究中对伊迪丝·内斯比特的儿童幻想叙事的题材、类型和艺术特征等进行了比较详尽的考察，这里就不展开讨论了。① 从总体上看，拥有无限艺术可能性的童话叙事成为内斯比特表达思想，为新的历史时期的儿童讲述幻想故事的最好方式。在她创造的幻想天地里，尽管孩子们遭遇了来自神秘世界的魔法和精怪，但他们并没有就此远离现实生活，而是自始至终穿梭于现实世界和幻想世界。这正是匠心所在：把现实与梦幻巧妙地融合起来，通过敞开时空阀门预设了广阔的历险和认知空间。与此同时，作者以少年主人公的现实生活作为舞台的中心，呈现了这两个世界所能奉献的最好的东西。从作者生活的时代出发，人们可以从此时此刻的当下进入其营造的童话叙事空间，既可以回到过去，回到远古，也能够进入"最近的未来"及遥远的未来。这体现了人类联想、认知的包容性特点，既可以回到过去的历史时空，也可以前往未来的时空，极大地拓展了儿童幻想文学的活动天地。此外，与其他同时代的童话小说相比，内斯比特的幻想世界为儿童读者敞开了相当广阔的生活空间和探险空间，无论是8000年前的埃及、2000多年前的巴比伦，还是即将沉没的亚特兰蒂斯岛国，以及未来的伦敦和大英博物馆，读者将跟随书中的孩子们去一一亲历，一道见证那些既精彩纷呈，又惊心动魄的事件和场景，可谓乘兴而去，尽兴而归。那些对于少年儿童而言似乎尘封在故纸堆里的久远的历史人物和历史事件跃然而出，化作一幅幅栩栩如生的画面，带着逼真的生活气息和历史细节展现在读者眼前，令人向往，欲罢不能。

内斯比特童话文学的方式将自己感悟至深的理性洞见与人生透识表达出来。像《护符的故事》这样的幻想叙事充分体现了童趣化的愿望满足性。作为一部具有开拓意义的关于"时间探险"的幻想小说，作者在叙事方面采用了"狂欢化时空压缩与延宕"的时间艺术：当前的一分钟等于"过去"的几

---

① 舒伟. 从工业革命到儿童文学革命 [M]. 北京：中国社会科学出版社，2015：205-209.

十年，乃至上百年，"时间和空间只是一种思想形态"，一种心理时间。根据内斯比特同时代的法国哲学家柏格森提出的直觉主义和心理时间学说，作家可以大胆突破机械钟表时间对叙事的束缚，按照自己的需要构建新的时空秩序："由过去、现在和将来一条直线表示的钟表时间是一种刻板、机械和人为的时间观念，只有心理时间才是真实和自然的。"这样的心理时间通过文学叙事表现出来，传递的是一种不可言状的体验和感受，一种"意识的绵延"，是超越客观理性的。正如 J. R. R. 托尔金所说："幻想是自然的人类活动。它绝不会破坏甚或贬损理智；它也不会使人们追求科学真理的渴望变得迟钝，使发现科学真理的洞察变得模糊。相反，理智越明锐清晰，就能获得更好的幻想。"①

与此同时，内斯比特笔下有关经历了古老岁月的巨龙的颠覆性童话叙事也值得关注。在欧洲神话传说中，火龙通常是邪恶的、危险的，它们总要袭击和毁灭人类，而人类的英雄总要通过屠龙的业绩来证明自己的力量。从总体看，欧洲神话传说中的龙与东方文化传统中的龙具有截然不同的形象，虽然两者都是某类神奇、强大的动物。东方神话传说中的龙通常是令人敬畏的海神，既可上天，亦可下海，如通常居住在水下龙宫里的龙王。龙王出现时总是腾云驾雾，往往引发电闪雷鸣。欧洲古代史诗中多见屠龙英雄的壮举，"屠杀一条龙就意味着成为国王"。传说中的亚瑟王在他的金盔上就刻着火龙的图案，他的姓 Pendragon 意思是"大龙头"。根据托尔金的考察，在斯堪的那维亚语和古英语讲述的英雄叙事诗歌中，总会呈现"两个重要特征：恶龙逞凶和作为最伟大英雄主要业绩的屠龙灭怪"②。在学者型作家托尔金看来，飞龙具有一种重要的神话意义，它的出现往往象征着进入了一个不同的"异域他乡"，而这个"异域他乡"正是童话的奇境所在，正如托尔金本人在《论童话故事》中所阐述的："龙的身上清楚地写着'奇境'的印记，无论龙出现在什么地方，那都是'异域他乡'。那创造了或者探望了这个异域他乡的幻想就是奇境愿望的核心。我对于龙怀有一种刻骨铭心的向往。"③由此去探讨女作家伊迪丝·内斯比特有关龙的童趣化幻想故事无疑是一个契合之处。

《龙的故事》（*The Book of Dragons*，1899）讲述了 8 个有关龙的故事，生

---

① TOLKIEN J. R. R. The Tolkien Reader ［M］. New York：Ballantine，1966：74-75.

② TOLKIEN J. R. R. "Beowulf：The Monsters and the Critics," An Anthology of Beowulf Criticism ed. Lewis E. Nicholson ［M］. South Bend：University of Nortre Dame Press，1963：64.

③ TOLKIEN J. R. R. The Tolkien Reader ［M］. New York：Ballantine，1966：64.

动地呈现了丰富多样的龙的形象，分别讲述那些不同形态、不同性情和拥有不同能量的龙如何介入王子、公主，以及普通儿童的生活，乃至影响或改变了他们的命运。《最后的巨龙》（*The Last of the Dragons*）讲述的是围绕着康沃尔郡仅存的最后一条巨龙展开的故事。经过公主苦口婆心的劝导，王子终于接受了公主的意见，放弃祖祖辈辈传下来的与巨龙进行生死博弈的行为方式，改用新的方式去驯服这条龙。作者这样叙述道，很久很久以来，由于每一个受过良好教育的王子都期待着去屠龙建功，去拯救公主，结果世界上的龙变得越来越少，以至于在许多国家都见不到龙的踪影了。而最后的一条龙就生活在英国康沃尔地区的那些山崖洞穴之中。这条龙身躯庞大，威风凛凛，足有 17 英尺（5.1816 米）长，龙体上长着强大的双翼，还可以从硕大的龙口喷出炙热的火焰；巨龙浑身上下覆盖着坚硬如铁的鳞甲，还长着钢铁般的龙爪，行走时发出哗啦哗啦的巨响。按照长期以来流行的习俗，一个公主将在特定的日子被捆在山间的岩石旁，献给巨龙，然后一位王子将在那里出现——他将挥剑屠龙，救回公主。康沃尔王国的国王就是这样赢得现在的王后的。如今轮到他的女儿重复这一历史了。不过，国王的这位公主与众不同，她自幼习武，苦练剑术，其他功课也样样精通，总之是个充满阳刚之气的公主。而且她对于那些她见过的王子无甚好感，因为他们看上去太文弱，太苍白了，既无头脑，也无体能，更没有好武艺。她对国王发出了这样的疑问，为什么要由这样的王子来拯救她呢？于是在那个夜晚，她告诉王子，她要亲自动手，参与行动，王子只需割断捆住她的绳子即可。在王子感到害怕时，她一把抓住王子的手，领着他闯进漆黑一片的龙穴，倒逼巨龙。这是对传统童话的反写，被拯救的公主实则是一位功夫高强的"花木兰"，与前来屠龙的王子相互颠倒了位置。另一个对传统童话的反写之处是，公主力劝王子，放弃对抗厮杀，直接与巨龙对话，以拯救这最后的一条巨龙。在洞穴中，公主和王子与巨龙碰面了，发现巨龙并非想象中那般凶悍无情。一番对话之后，巨龙拒绝了两人送它饼干的提议（王子带着作为早餐的饼干），独自退入洞穴深处。公主急了，不由自主地喊道："巨龙！亲爱的巨龙！"谁知这一声情不自禁的呼喊却触动了巨龙最柔软的内心深处。它不禁泪流满面，"你说什么？再说一遍！"它告诉公主，从来没有谁用"亲爱的"来称呼它！于是巨龙向人类敞开了自己紧锁的心扉，在这么漫长的岁月里，从来没有人问过它们究竟想吃什么——哪怕一次也没有问过，总是想当然地把小公主献祭给它们，然后又从它们那里夺回去，演绎所谓的"屠龙救美"神话。事实上，巨龙族喜爱的是汽油，哪怕几滴也好！王子一听连忙说，他停在山下的汽车里载有不少汽油，说着向山下跑去。接下来，公主和王子得胜归来，身后跟着一条温顺的巨龙。王宫里举行了盛大的婚礼，公主的宠物巨龙一再举杯祝贺。再后来，公主和王子前往自己的王国，被取名为"菲多"的巨龙也和新国王和王后生活在一起。它希望自己能做一些有益的事情，于是王子将巨龙菲多改装为一辆能飞行的"运输机"，上面有150多个座位，专门接送孩子们到海边去游玩。巨龙的奉献受到人们的称赞。再后来，巨龙成了当地第一架飞机！

在女性童话叙事中，有关正能量巨龙的故事可以从伊迪丝·内斯比特追寻到厄休拉·勒奎恩（Ursula Le Guin，1929—2018）。很显然，内斯比特有关龙的童话叙事具有现代女性主义文学叙事的颠覆性，公主从被动、柔弱、可怜的被拯救对象，改变为坚毅孔武，有思想，有武艺，而且敢想敢干的决断者，她的行动勇敢地挑战了父权制权威和男权至上主义。其次，这个故事颠覆了西方传统的"屠龙救美"叙事规范。作者巧妙地揭示了千百年来人们关于恶龙的判断和叙事不过是强加于龙的偏见，人类绝非大自然万物的主宰，为何总是想着要当屠龙英雄，为何总是把公主或女孩献祭给它们，然后再上演"屠龙救美"的壮举？这些难道不是人类中心主义傲慢自大的偏执行为吗？根据以大地女神盖娅命名的"盖娅假说"，我们应当从人类中心主义转向地球生态主义，内斯比特有关龙的童话叙事无疑体现了女性主义的文化反思。这种对父权制和男权至上现象的文化反思在当代女作家厄休拉·勒奎恩的"女孩变龙"的幻想故事中得到极大拓展。在勒奎恩的《地海传奇》第三卷里，中篇小说《龙芙莱》讲述了一个小女孩在与强大敌对势力的对峙和博弈中，变身为巨龙的故事。在伊瑞地区有一个不寻常的小女孩名叫龙芙莱，就像内斯比特《最后的巨龙》里的公主一样为了提升自己的功力修养，她跟着一个魔法师前往位于罗科岛的罗科魔法学校学艺。该校出于偏狭的性别观念，历史上从不接纳女性进校学习，女孩龙芙莱的到来给该校造成极大震荡。在岛上，以"召唤大师"索瑞翁为首的神秘势力频频发力，使出各种招数逼迫龙芙莱离开罗科岛。最后爆发了一场不可避免的博弈，龙芙莱与邪恶的召唤大师索瑞翁之间展开生死决斗，龙芙莱在绝境中以身化龙，发威喷火，烧死了索瑞翁。接下来，只见她巨大的躯干长满金色的鳞甲，摇曳着弯曲的穗状龙尾，口中呼出的气息化作耀眼的火焰，随即在众人的注视下腾空飞翔而去。一条巨龙就这样横空出世。① 在勒奎恩的作品里，女孩变身为强大的喷火

---

① 厄休拉·勒奎恩. 地海传奇3［M］. 石永礼，等译. 北京：人民文学出版社，2004：204-206.

"龙女"，成为介乎人类与龙族之间的新的族类，完全突破了西方传统中对于恶龙的邪恶设定（按照这种设定，龙是邪恶的力量，传统文化的人类英雄必须与之殊死搏斗，成为屠龙者），使之成为与人类有着同源性、并行发展的另类文明产物，女性变身为"龙"而成为联系两种文明的桥梁，具有重要的启示意义，她的强大也预示着具有引领未来世界的潜在力量。

第八节　从当代女性童话心理学看维多利亚时期的女性童话创作

维多利亚时期的童话叙事构成了有自觉意识的儿童文学创作的重要组成部分，而在这一时期的童话文学创作的阵营中，女性作家群体构成了卓有建树、不可或缺的重要方阵。她们的作品具有多彩的艺术魅力，为英国儿童幻想文学创作突破道德说教的藩篱，迎来儿童文学的第一个黄金时代做出了不容忽视的卓越贡献。随着时间的前行，维多利亚时期的女性童话创作得到了20世纪女性童话写作运动的历史性呼应。从20世纪70年代开始，在新一波女权主义运动的强大影响下，大批英美女作家开始了如火如荼的以童话小说文体为主的文学创作运动（也称"童话重写"运动），成果斐然，影响深远。当代女性主义童话重写运动包括理论思潮、创作实践及批评实践。纵观文学童话的历史，从17世纪法国童话女作家的创作活动到维多利亚时期的女性童话作家群体的形成，再到当代的女性主义童话重写运动，这一历史延续性表明，女性童话叙事是一个应当大力关注，却又往往被忽视的重要课题。例如，对于创作《地海传奇》和众多成人幻想小说的女作家厄休拉·勒奎恩（Ursula K. Le Guin），人们的研究视域不应仅限于那些成人本位的具有科幻性质的幻想叙事，还应关注其为儿童和青少年读者创作的具有童话性质的幻想叙事，如《地海传奇》系列等。事实上，勒奎恩的"跨界写作"涉及童话叙事独特的双重性特征。从历史悠久的传统童话（研究者迄今为止发现的最早的文字记述童话是公元前1300年的古埃及故事《命有劫难的王子》）到当今作家创作的童话小说，那些经典名作总能满足不同年龄层次读者的认知需求和审美需求，同时能够满足不同时代的精神需求和文化需求。

当代精神分析学家艾伦·知念（Allan B. Chinen，1952—）的跨学科研究"女性童话心理学"可以为人们认识童话叙事与女性话语这一命题提供新的视野。多年来，知念致力于对世界各地的女性童话资源进行收集、整理和研究，发表了《拯救王子的公主:唤醒世界的女性童话故事》(*Waking the World: Classic Tales of Women and the Heroic Feminine*, Jeremy P. Tarcher/Putnam, 1996)一书。作为现代心理分析学与童话文学之间的跨学科研究成果,这部著作成为当代女性童话心理学的代表作之一。作者阅读了世界各地的 7000 多个民间童话故事,然后聚焦于那些具有启示意义的讲述女性主人公的人生故事,从当代心理分析学视阈阐释这些女性童话故事的跨文化主题和意义。这样的解读可以为认识女性童话文学提供不一样的洞察。尽管这是对民间童话资源的女性心理学考察,但对于我们认识维多利亚时期的女性作家群体的儿童幻想文学叙事提供了洞察的理论化工具。美国民间故事学家珍妮·约伦(Jane Yolen)指出:"无论是口头流传的故事还是写在书上的故事——是个好故事,这才是最要紧的。在书面故事这张广阔的锦缎上,同时也织入了口头与记录的故事传统。梭子来回编织,将各种丝线混合在一起。现在,只有最孜孜不倦的学者才能追溯出哪一条丝线源于何处。然而在这样做的过程中,这些分析学家和考证家经常忽视了整匹锦缎的美。"① 艾伦·知念为我们揭示的是,在漫长的时光中,女性如何通过童话将她们的生活编织起来,创造出一幅幅描绘了女性生活和成长的织锦。这些织锦包含了以不同方式编织起来的基本主题,因此,每一个故事都具有独特的心理意义。

在这些女性童话故事中,人们可以看到不同的女主人公如何战胜艰难困苦,走出逆境,重新获取她们在这个世界上的恰当位置。作者令人信服地表明,女性童话故事不仅具有重要的普遍心理意义,而且蕴含着关于女性个体发展的洞察。此外,这些故事涉及广泛的社会和文化问题,为社会提供了父权制传统以外的前瞻性的关系范式。正如该书标题"唤醒世界"所表明的,女性的解放就是人类的解放。通过艾伦·知念的阐述,人们能够更好地认识这些故事所揭示的一个女性从饱受挫折到自我觉醒的艰苦卓绝的历程。作者同时洞察了女性童话故事对传统童话的颠覆性:在诸如《睡美人》这样的经典童话中,一个少女在邪恶魔咒的作用下陷入了漫漫百年沉睡,直到一个勇敢无畏的勇士穿越荆墙刺壁,用爱将她唤醒。而在该书收集的女性童话故事里,陷入沉睡之中的不是女性,而是国王(象征着处于无意识状态的男人社会),只有王后才有能力把国王唤醒,而且只有王后才能将他们所在的王国从一个魔咒中解脱出来。事实上,从伊迪丝·内斯比特关于龙的幻想叙事,到

① 珍妮·约伦. 世界著名民间故事大观 [M]. 潘国庆,方永德,杨小洪,等译. 上海:上海文艺出版社,1991:9–10.

当代女性作家的童话叙事，这一颠覆性得到延续和拓展。例如，安吉拉·卡特（Angela Carter, 1940—1992）的短篇故事集《血淋淋的房间及其他故事》（*The Bloody Chamber and Other Stories*, 1979）以女性主义的方式颠覆性地重写了贝洛童话集中的 6 个经典童话："蓝胡子""美女与野兽""白雪公主""睡美人""小红帽"和"穿靴子的猫"。在《血淋淋的房间》中，作者颠覆了经典童话的英雄救美的原型模式，陷入生命危险的女主人公最终被她剽悍且多谋的母亲所拯救。

从当代心理分析学解读童话，解读女性人生，能够发现童话资源所蕴含的非凡智慧，找到应对当代社会和人际关系困境的解决之道。为当代女性生活的重要方面提供了深邃的洞察。悠久的童话资源表明，在漫长的时光中，女性如何通过童话将她们的生活编织起来，创造出一幅幅描绘女性生活和成长的织锦。艾伦·知念认为，对于当代的读者，这些女性童话故事揭示了潜藏在每个女人心灵深处的那些重要资源，象征性地表明了女人们面临的艰巨任务：①反抗魔怪；②找回真实的自我；③与狂野的姐妹共舞；④唤醒世界。魔怪象征着那些男权文化施加在女人身上的所有压迫和贬斥。一个女人的任务就是重新找到她的真实自我，找回她们的内心的和外在的力量，获得她在这个世界上理所应当的位置。至于姐妹之情这一古老的主题，人们发现故事中的这些狂野不羁的姐妹将母女关系转变为一种姐妹般的平等和互助关系。从总体看，女性童话故事是一种精神感召，又是一种挑战；是一种诺言，又是一种警告。这些故事敦促女性去倾听自己内心的声音，去重振自己的聪明才智。只要她们锲而不舍，坚持到底，无惧任何个人的和社会的艰难险阻，那么她们就会唤醒内心深处的真实自我和深邃的女性特质，而且在这一过程中唤醒了整个世界

艾伦·知念的女性童话心理学研究成果为考察维多利亚时期的女性作家群体的文学童话创作提供了理论资源和批评路径。从社会历史文化视角看，女性童话作家的文化身份具有某种特殊性，与成年男性相比，她们对于工业革命以来社会转型期产生的困惑和痛苦有着不同体验，对于那些缺乏想象力和丧失道德感的商业资产阶级所主导的社会现实有着独特的体验和担忧。在这样唯利是图的商业社会里，女性更难以摆脱各种旧的和新的束缚，更渴望道德关怀、审美情趣和天伦之乐（这些都在追求"进步"速度的拜金主义和商业主义的浪潮中被席卷而去），更需要诉诸奇异的想象。从民俗文化的视野看，女性与童话文学之间存在着一种天然的密切联系。而从社会政治的角度看，置身于一种性别歧视的男权社会里，女性作家有更多的精神诉求和情理

表述，有更充足的理由去寻求对心灵创伤的慰藉，对社会不公的鞭挞，有更急迫的需求去获得自我生命的超越，去构建一个理想的乌托邦。从文学表达的意义上，女性童话作家特有的敏感和直觉的性别感受使她们更具有细腻而浪漫的审美想象，更具有自如地讲述童话故事的"天赋"才能。女性童话作家无论是对于人性本真的诗意表述和至善追求，对于道德情怀的抒发，还是对于社会现实进行反思和批判、对于传统的男权文化主导的叙事话语进行颠覆和重塑，都具有得天独厚的优势。

从维多利亚时期的女性作家群体的童话创作格局看，对传统童话进行改写和重写、创作颠覆性童话故事和原创性幻想小说成为重要的儿童幻想叙事的创作模式。安妮·萨克雷·里奇的《林中睡美人》（*The Sleeping Beauty in the Wood*）和《美女与野兽》（*Beauty and the Beast*），玛丽·路易斯·莫尔斯沃思的《罗罗瓦的棕色公牛》（*The Brown Bull of Norrowa*），朱莉安娜·霍瑞肖·尤因的《阿米莉亚和小矮人》（*Amelia and the Dwarfs*），等等，是对经典童话的改写。克里斯蒂娜·罗塞蒂的《尼克》（*Nick*），朱莉安娜·霍瑞肖·尤因的《圣诞节的礼花火炮》（*Christmas Crackers*），弗朗西斯·霍奇森·伯内特的《在白色的砖墙后面》（*Behind the White Brick*），伊迪丝·内斯比特的《梅莉桑德或长短之分》（*Melisande，or，Long and Short Division*），等等，是颠覆性的新童话。吉恩·英格罗的《仙女莫普莎》（*Mopsa the Fairy*）是具有较长篇幅的幻想小说。克里斯蒂娜·罗塞蒂的《众声喧嚣》（*Speaking Likenesses*）则被称为"反面幻想故事"，等等。①伊迪丝·内斯比特的儿童幻想小说更是形成了对后世产生重要影响的儿童文学领域的"内斯比特传统"。当然，在论及维多利亚时期的女性儿童文学作家的重要贡献时，我们还应关注她们在儿童文学绘本艺术领域做出的独特贡献——尤其是维多利亚时期的两位杰出女性绘画艺术家的贡献，一位是我们在前面讨论过的动物童话绘本《彼得兔》的作者贝特丽克丝·波特，另一位是童书插画大师凯特·格林纳威（Kate Greenaway，1846—1901）。凯特·格林纳威创造性地采用丰富多彩的插画来补充和延伸文本，促生了现代意义的儿童文学绘本艺术。她创作的《在窗下》（*Under the Window*，1878）堪称世界最早的儿童文学绘本之一，其文字以诗句为主，与多彩的绘画相映成趣。这个绘本还推出了法语版和德语版。这个绘本的成功使凯特·格林纳威成为英国家喻户晓的插画艺术家，并奠定了她在

① AUERBACH N，KNOEPFLMACHER U. C. Forbidden journeys：fairy tales and fantasies by Victorian women writers［M］. Chicago：University of Chicago Press，1992.

英国插画史上的地位。随后她在伦敦出版了插图童谣故事《万寿菊花园》（*Marigold Garden*，1885），诗画并茂，捕捉了令人回味的质朴、天真、优美、神奇和充满魔力的童年时光，无论是插画中那具有怀旧气息的维多利亚裙装，还是恬美幽静的乡村风光，那些充满维多利亚英国风情的童年画面带着淡淡的忧伤，同时洋溢着有温情的幽默气息。除了这两部为她带来巨大声望的原创绘本，凯特还是150多部作品的插画作者。如今英国最权威的童书奖"凯特·格林纳威奖"就是以她的名字命名的。

英国女作家弗吉尼亚·伍尔芙（Adeline Virginia Woolf，1882—1941）曾说，伟大的灵魂都是雌雄同体的（《一个人的房间》），这是一种跨越性别的文学创作主张。伍尔芙主张消除男性与女性之间在文学创作领域的性别差异。从更广泛的意义看，人们需要认识到这样一个长期以来存在的基本状况，即男权社会意识和女性主义的变革主张之间相互隔绝，自说自话。这正是荣格分析心理学派学者琼·辛格（June Singer，1920—2004）所指出的："在这个世界上，绝大多数人要么认同于男性社会，要么认同于女性社会，同时又相互进行妖魔化，实际上这就是一个陷入沉睡的世界——这些沉睡中的人完全隔绝了自己的内心世界。为了触动这个陷入沉睡的世界，我们自己也必须进入睡梦之中，以便找到唤醒我们自己的方法，因为只有完全清醒过来的人才能够唤醒这个世界。"[①] 而伍尔芙的女性主义思想观念为人们应对这一困局提供了新的视野。首先，伍尔芙的女性主义诗学观是开放的、包容的，而不是排他的、偏激的。尽管她强调独特的女性意识，宣扬女性独特的价值，要求女性"成为自己"（有闲暇的时间，有一笔自由支配的钱财，还有一间自己的房间），但她并没有试图去营造一种纯粹的、封闭的根植于所谓女性本质的女性主义诗学理论。若是追求理想的创作状态，雌雄同体应当是一种更好的写作状态。就希腊神话中的"雌雄同体"或"双性同体"（Androgyny）现象而言，最典型的双性人是赫耳玛佛洛狄忒斯（Hermaphroditus），他是爱神阿佛洛狄忒（Aphrodite）与神使赫尔墨斯（Hermes）结合所生之子，由于为水仙萨尔玛西丝（nymph Salmacis）所恋，在不情愿和不知觉的情形下与其结为一体而成为亦男亦女的双性人。[②] 此外，著名的盲先知泰瑞西阿斯（Tiresias）也是雌雄同体的双性人，他的性别身份是交替出现的，在一段时期是男人，

---

① 艾伦·B. 知念. 拯救王子的公主：唤醒世界的女性童话故事 [M]. 舒伟，丁素萍，等译. 桂林：广西师范大学出版社，2017.

② OVID. The Metamorphoses [M]. London：Penguin Books，1955，1981：103.

在另一段时间里又成为女人，虽是盲人，却具有雅典娜赋予他知晓过去和预测未来的本领。伍尔芙创作的"雌雄同体"小说《奥兰多》（*Orlando*，1928）艺术地体现了作家的观念。这部作品呈现的时间跨度为400年，主人公奥兰多一开始生活在伊丽莎白一世时期。作为一名俊美风流的贵族少年，他单纯善良，忧郁敏感，深受女王的喜爱，成为侍奉女王的侍卫。后来参加了战争，在沉睡7日后醒来，变成了一个女人。作者对奥兰多漫长一生进行拓展，由男变女，从伊丽莎白时期直到维多利亚时期，一一亲历。这无疑是一种独特的想象、独特的人生，奥兰多带着人生前期阶段的男子的记忆和认知，变身为女人，获得了女性所感知的男女差异，于是一种新的世界观形成了。

当然，一个严酷的事实是，由于女性天然遭受社会及自身性别特征带来的限制，让女性作家像男性作家一样思考和写作绝非易事。法国女权主义作家、理论家爱莲·西苏（Hélène Cixous，1937—）在《美杜莎之笑》（*The Laugh of the Medusa*，1975）中对神话中的美杜莎形象进行剖析，认为男性出于对女性欲望的畏惧而创造了美杜莎这一女妖形象。她认为，如果男性敢于"直视美杜莎"，他们就会看到"她并非要致人死地，而是在美丽地微笑"。西苏认为女性可以解构那些把女性身体视为威胁的性别歧视。爱莲·西苏还把写作分为阴性书写（l'écriture féminine）和阳性书写（littérature）两大类。女性要打破男性创造的二元对立的菲勒斯逻各斯体系，就要进行"阴性书写"。"阴性写作"指一种具有女性特质的写作方式，如果说"阳性写作"更多带有分析性和概括性，由理性驱动；那么"阴性写作"更多使用"白色的墨水"，更倾向于一种散播的、联想的、由情感驱动的书写，以认同为主，而非其他。这种"阴性写作"更接近于女性的童话叙事。从女性童话心理学的认知，到女性主义批评对童话故事隐含的压抑与解放功能的阐发，对于维多利亚时期女性童话作家的叙事策略及多重叙事功能的解读，童话叙事如何成为女性主义伦理的思想表达工具，按照女性主义批评家特瑞兹的标准，赋予权力不是控制他人，而是"自治，自我表达和自我意识的积极形式"①。正如当代女画家和作家特里·温德琳（Terri Windling）所言："童话故事绝不是我童年时代逃避现实的方式，恰恰相反，童话故事就是我的现实——在我的世界里，善与恶并非抽象的概念，就像童话故事里的女主人公，除非我有智慧，有情感，有勇气去充分地运用魔法，那么就没有任何魔法能够使我获得拯救。"

---

① 罗伯塔·塞林格·特瑞兹. 唤醒睡美人：儿童小说中的女性主义声音［M］. 李丽，译. 合肥：安徽少年儿童出版社，2010：6.

第九章

维多利亚时期的少年校园叙事

第一节　巨变时代的教育问题与托马斯·阿诺德的教育改革

在封建时期的英国，教育是贵族和僧侣独享的一种特权，与广大贫民无缘。而罗马教廷属下的英国天主教教会则控制和垄断着国民的教育，除开学徒训练和贵族教育，一切有组织的教育行为都由教会提供或管控，国家层面是不予干预的。"基督教知识促进会"（Society for Promoting Christian Knowledge）致力于对民众进行宗教教育，为达到这一目的，也需要进行基本的读、写、算等方面的基础教育。1811 年成立的"全国贫民教育促进会"（National Society for the Promotion of the Education of the Poor）开始对下层民众进行一些基本教育活动。18 世纪以来，比较常见的日间学校主要有贫民子女学校（Ragged Schools）、教区学校（Parish Schools）和教会学校（Church Schools）。英国资产阶级革命后，政府仍然不过问教育问题。18 世纪 60 年代以来，工业革命推动了英国经济的快速发展，社会需要广大劳动群众的子女接受一定的教育或训练，以成为合格的劳动力。随着工业革命的迅猛发展，各行各业都需要受过较好教育的熟练工人。民众要求国家干预教育、对国民进行教育的呼声不断高涨。在这样的时代背景下，1833 年，英国国会通过了由时任财政部部长阿尔索普（Lord Althorp）提出的《教育补助金法案》（The Education Grant Act），决定每年从国库中拨款 2 万英镑作为初等学校的建筑补助金。政府对初等教育进行拨款，标志着国家开始干预教育事业，成为英国初等教育的一个重要转折点。教育基本由教会把控的局面得以改变，这意味着教育从宗教行为和民间行为转向国家的行为。这也是英国正式建立国民教育制度的开端，从此在英国出现了公立和私立学校并存的格局。1839 年，英国政府首次设置了"枢密院教育委员会"（Committee of the Privy Council on Education），直接掌管、监督补助金的分配，并规定所有接受补助金的学校，必须接受国家委任的督学官员的监察，这是国家直接掌控教育领导权的开端。此后，英国政府通过不断增加拨付补助金额来扩大对学校教育的控制权。1856 年，枢密院教育委员会改组为"教育局"，成为政府领导全国初等教育的机构，初步实现了由国家兴办初等学校的国民教育体制。随着工业革命的进展，英国进入一个快速发展和繁荣的时期，现代社会对教育的需求越来越高。与此同时，许多民众的收入也相对得到提高，越来越多的家境殷实的中产阶级父母为了让家中的男孩们接受更好的教育，纷纷将他们送进寄宿学校。与此同时，不少女士也开办起女童寄宿学校。

正是在这一历史变革时期，在这样的社会历史语境下，英国近代著名教育家托马斯·阿诺德（Thomas Arnold，1795—1842）在拉格比公学进行的教育改革成为一个具有代表性的案例，同时见证了这一时期的历史性变化，并且产生了深远的影响。托马斯·阿诺德的家乡是位于英国泰晤士河谷的拉勒姆。1807 年他在温彻斯特中学读书，在这所学校的学习经历对他产生很大影响，他就任拉格比公学校长后进行改革的很多想法都来自在这里读书的经历。1811 年，托马斯·阿诺德就读于牛津大学圣体学院，1815 年毕业后成为奥瑞尔学院研究员。1828 年起任拉格比公学校长，直至因病去世，任期达 14 年之久。阿诺德对历史和地理颇感兴趣，推崇亚里士多德、修昔底德和希罗多德等人的思想和著述，重视道德哲学和修辞学等。他也因此成为 19 世纪古典主义教育思想的主要代表人物之一。就教育理论而言，阿诺德无疑是英国古典教育思想的重要代表人物。他的著作《罗马史》表明了他对古典主义的推崇和研究。在思想观念而言，还有一个值得敬佩的事实是，阿诺德对英国政府发动侵害中国的鸦片战争表示了极大的愤慨和强烈的谴责。他在给威廉·赫尔（William Winstanley Hull，1794—1873）的信中写道，这是一场邪恶的维护走私的侵略战争，英国政府犯下了可怕的罪行。对于这场维护鸦片毒品走私的战争，实在无法在任何历史中找到如此不公与卑鄙。

拉格比公学（Rugby School）位于英格兰中部沃里克郡（Warwickshire）拉格比镇，始建于 1567 年，由伦敦商人谢里夫创办，逐渐成为英国历史最悠久及最有名望的招收贵族子弟的寄宿学校之一，学校于 1750 年迁至拉格比镇。阿诺德 1828 年应聘成为拉格比公学校长时，该校的教育、教学状况非常平庸，在英国公学中地位很低。阿诺德根据自己的教育理念，致力于在学校进行一系列改革，具体做法包括注重培养学生的自学能力，改变自然科学优先的偏科现象，重视历史等人文课程，设置了语言、地理、科学、伦理和政治科学等课程；注重语言课教学与历史、政治、哲学及古代哲人思想的联系。作为古典教育的提倡者，阿诺德认为开设古典课程（如古希腊和古罗马的人文哲学思想）对学生具有心智教育的重要意义。同时通过开设现代史、现代语言和数学、物理等课程，可以使古典内容与现代内容并行不悖地进入学校的课程教学体系。在道德教育方面，阿诺德主张宗教道德一体化，在体育运动方面，阿诺德注重竞技自治精神的培养，将古希腊奥运会体现的竞技自治和拼搏精神引入学校的体育活动之中。通过公平竞争、友好合作和奋力拼搏，体现自治意识、团队精神、男子汉气概、教会和国家情感。事实上，体育精神和体育竞赛的引入使学生们的精神状态焕然一新，同时通过团队精神培养了学生的合作精神和友谊，增强了学生以校为荣的集体荣誉感。值得一提的是，拉格比公学还是橄榄球运动（rugby football）的发源地。1845 年，几个拉格比公学的学生不愿受到足球运动规则的束缚，商定了一个运动员可以抱着比赛用球快速跑动的竞赛规则，由此宣告了橄榄球运动的诞生，它的名称就直接用了公学的校名。从总体看，阿诺德的教育改革取得很大成功，使默默无闻的拉格比公学一跃成为英国九大公学之一，而且成为众多学校效仿的典范。作为一名拉格比公学当年的学生，托马斯·休斯（Tomas Hughes，1822—1896）撰写的校园小说《汤姆·布朗的公学岁月》从学生亲历者的角度见证了这场变革，用儿童文学的艺术形式呈现自己在这所学校度过的难忘岁月，这部小说也成为维多利亚时期影响很大的英国校园小说的代表作之一。当然，人们对于阿诺德取得的教育改革成就是否有所夸大，也产生了一些质疑；此外，他注重培养学生的自理能力和自学能力，这是很有益的，但采取由年长学生管理年幼学生的做法在特定意义上助长了学校里高年级学生欺负低年级学生的霸凌行为，比较典型的是诗人拜伦和雪莱等人当年都在就读学校遭受过高年级学长的霸凌，给他们心中留下了难以磨灭的灰暗印记。

　　阿诺德的教育思想与教育改革实践在维多利亚时期的社会动荡和变革中无疑是具有前瞻性的。作为英国公学发展进程中一位里程碑式的人物，阿诺德的改革在很大程度上促进了英国公学的发展。从一个侧面看，拉格比公学注重学生的全面教育，尤其在人文教育方面形成了较为深厚的底蕴，先后毕业于拉格比公学的著名校友包括刘易斯·卡罗尔、鲁珀特·布鲁克（Rupert Brook，诗人）、马修·阿诺德（Matthew Arnold）、A. N. 威尔逊（A. N. Wilson）、萨尔曼·拉什迪（Salman Rushdie，作家）、伊莎贝尔·沃尔夫（Isabel Wolff，作家）、威廉·瓦丁顿（William Waddington，政治家，曾任法国总理）、马默杜克·赫西（Marmaduke Hussey，前 BBC 总裁）、戴维·克罗夫特（David Croft，电视编剧）、弗格森爵士（Sir Ewen Fergusson，前驻巴黎大使）、罗伯特·哈代（Robert Hardy）、弗兰西斯卡·亨特（Francesca Hunt，演员）、坎贝尔·亚当森（Sir Campbell Adamson，前 CBI 经理）、齐亚·马穆德（Zia Mahmood，世界桥牌冠军，桥牌理论家）、安德鲁·罗恩斯利（Andrew Rawnsley，政治记者）、理查德·亚迪斯（Richard Addis，演员）、蒂姆·布彻（Tim Butcher，记者）、阿莉森·坎贝尔（Alison Campbell，英国皇家空军首位喷气式女飞行员），等等。

其中马修·阿诺德（Matthew Arnold，1822—1888）是托马斯·阿诺德的长子。作为英国维多利亚时期的诗人、评论家，马修·阿诺德和他父亲一样，对于英国的教育也做出了贡献。受到父亲的影响，马修·阿诺德在拉格比公学读书期间就对社会问题和道德宗教问题有了关注。从拉格比公学毕业后，马修进入牛津大学贝利奥学院学习，1844 年毕业后成为牛津大学奥利尔学院的研究员。1847 年至 1851 年他担任兰斯顿爵士的私人秘书。1851 年他被聘为政府的教育巡查员，这一工作他一直干到 1886 年。通过在英国各地进行考察，他得以认识英国社会的各个方面，对维多利亚时期的英国社会和文化进行深入的思考。通过多年考察，他向有关方面提交了关于英格兰普通教育状况的报告，以及关于英格兰和威尔士的中、高等教育的报告。1885 年他接受指派到欧洲大陆考察德国、瑞士、荷兰、法国等国的教育状况，包括教师地位、教师的培训及待遇等问题，所提交的考察报告对政府制定教育法规和政策提供了参考。在任教育巡查员期间，马修·阿诺德提出了许多改进教育的建议。在教育观念方面，他提倡的是广义的人性教育和生命教育，目的是培养宽广的胸怀和包容的审美情趣，健全的思维方式和能够融会贯通各种知识的心智能力。他强调学生阅读文学作品的重要性，鼓励青年教师提高文学修养，提高多种方式提升知识水平。就具体教学而言，他强调在理解基础上的记忆的重要性，认为语法具有心智训练价值，教学要注重实效。可以说，在英国近代教育史上，阿诺德父子都产生了重要影响。马修·阿诺德的有关考察报告结集出版为《教育考察报告集》（1909），成为教师候选人的必读书目之一。

作为教育家的马修·阿诺德同时也是维多利亚时期的著名诗人和文学评论家，曾任牛津大学诗学教授，具有双重身份。他主张诗歌要反映时代要求，并撰写了大量文学、教育及社会问题观察的随笔，成为当时知识界的批评之声，其代表作有《诗集》（*Poems*，1853）、《诗歌二集》（*Poems*：*Second Series*，1855）和《新诗集》（*New Poems*，1867）中。其批评论著有《评论集》

（*Essay in Criticism*，1865）、《文化与无政府》（*Culture and Anarchy*，1869）、《文学与教条》（*Literature and Dogma*，1873）。他的代表性诗歌作品包括抒情诗《色希斯》《多佛海滩》《吉卜赛学者》《拉格比教堂》《夜莺》《被遗弃的人鱼》《米开林努斯》《迷途的狂欢者》《新塞壬》《菲洛美拉》《海斯湖的小船》《作于查尔特勒修道院的诗行》，以及叙事长诗《邵莱布和罗斯托》等。从总体上看，马修·阿诺德的诗歌在特定意义上表达了维多利亚时期的某种具有共同性的情感结构。正如他自己所觉察到的，他的诗歌在诗情画意方面不如丁尼生的诗歌，在表现诗人心智的严谨和情感的广博方面不如勃朗宁的诗歌，但他致力于结合两者的艺术特征，表达人们在置身于社会转型期，在面对严重精神危机时抒发情感的思绪特征。他的《多佛海滩》（*Dover Beach*）被视为这个时代的宗教信仰危机的写照。随着达尔文进化论等激进思想的传播，传统的思想观念遭到沉重打击，人们的道德水准在物质主义和实利主义盛行的状况下开始下滑。当"信仰之海"退潮之后，原本光明灿烂的世界褪去梦幻般的色彩，人们犹如失去信仰的"愚昧的军队厮杀纠缠"于昏暗的荒原。这是该诗的最后两节：

> 信仰之沧海
> 也曾大潮涨满，
> 环抱世界海岸
> 潮起潮落，像闪光的彩带收紧、慢放。
> 到如今，耳畔只传来
> 退潮时那呜咽的低鸣，忧伤阴沉，
> 在凄凉的晚风中回荡，
> 退向广漠阴暗的边界，
> 留下乱石裸露的海滩。

> 啊，亲爱的，让我们真心相爱吧！
> 这眼前的世界，看似梦境般五彩斑斓、瑰丽新奇，
> 然而既没有欢乐、爱情和光明，
> 也没有坚贞、安宁和消弭痛苦的慈善；
> 我们犹如挣扎于昏暗的荒原，
> 迷乱、惶恐、逃窜——

黑夜中只见愚昧的军队厮杀纠缠。①

对于诗人和批评家阿诺德，信仰的危机与冲突体现为希望与绝望的冲突，也是他在这一特殊时代对于"信仰与希望"的痛苦思考。他在《诗歌研究》（*The Study of Poetry*）一文中探寻了信仰消失之后，失却灵魂的人们如何为心灵寻找支撑的问题。如果说浪漫主义诗人雪莱在《为诗辩护》（*A Defence of Poetry*，1821）中阐述了在现代性危机（理性至上）的背景下，诗歌在文明生活中无可替代的地位与作用，那么阿诺德则肯定了诗歌在物质利益至上的精神危机年代的重要性。他认为当长期以来支撑人们信仰的基督教神话接连破灭之后，人们将越来越多地从诗歌中寻求对人生的解释，寻求新的精神支柱。相比之下，维多利亚时期的乌托邦文学（以威廉·莫里斯的《来自乌有乡的消息》和 H. G. 威尔斯的科幻小说为代表）和童话文学的兴起则是众多作家对维多利亚时期的信仰危机和社会现状做出的另一种强有力的回应。

第二节　直逼真相，揭露黑暗：狄更斯笔下的学校内外

在维多利亚时期，查尔斯·狄更斯的现实主义童年叙事在很大程度上揭示了这个时代的教育状况，以及具有代表性的学校生活状况，包括偏僻乡村的寄宿学校和市镇公立学校的状况，而且这些描写也引发了社会公众对学校教育状况的关注。在他的第一部长篇小说《匹克威克外传》（*The Pickwick Papers*）中，绅士匹克威克一行离开伦敦到外地去游历考察，中途遇到一个叫金格尔的骗子，这个骗子居心不良，跑到当地一所女子寄宿学校去拐骗一个有钱人家的女学生。匹克威克想要阻止骗子，却遭到寄宿学校方面的误解，给自己惹来麻烦。在《董贝父子》中，大资本家董贝有一对儿女，但他把全部心思都倾注在作为继承人的小儿子保罗身上。为了让保罗通过接受"绅士教育"而迅速长大成人，董贝先生将体弱多病的保罗送进由布林伯博士开办的一所寄宿学校。这所学校以灌输所谓理性知识而著称，可怜的小保罗不堪忍受学校拔苗助长式的教育，精神受到严重摧残，董贝培育家产继承人的努力以失败而告终。当然，狄更斯也呈现了少有的像托马斯·阿诺德这样的正面形象的校长，在《大卫·科波菲尔》中，成为孤儿的大卫历尽艰辛，找到

---

① ARNOLD M. The Norton Anthology of English Literature. Vol. 2 ［M］. New York：W. W. Norton & Company，1979：1378-1379.

了住在乡村的姨婆贝西小姐。嘴硬心软的姨婆同情大卫的不幸遭遇，几经努力将大卫送到斯特朗博士主持的学校学习，使他在那里接受了良好的教育。在这个有良好氛围的学校里，大卫勤奋学习，通过刻苦努力很快就赶上了其他同学，并且成为一个优秀学生。而在之前，大卫的继父摩德斯通一方面紧锣密鼓地实施霸占大卫母亲房产的阴谋，另一方面把大卫打发到一所恶劣的寄宿学校，大卫在那里遭到野蛮对待，身心健康受到极大摧残。不过他在学校认识了一个名叫斯蒂尔福斯的学长，这是个富家子弟，也是个纨绔子弟，在学校享有特权，而他需要像大卫这样的崇拜者。作家描写两人之间微妙的关系，应该说，斯蒂尔福斯在某些方面对待大卫还是比较不错的，使大卫对他有所感念。后来，斯蒂尔福斯诱拐了纯朴的少女艾米丽，这个艾米丽是大卫的好友汉姆的未婚妻，尽管斯蒂尔福斯做出了如此伤天害理之事，在斯蒂尔福斯溺亡于风暴之夜后，大卫还是回想起自己和斯蒂尔福斯的最后一次相聚，想起后者对他说的话："要记得我最好的时候。"狄更斯对寄宿学校的校内、校外生活，对不同年级学生之间的交往，对校长及其他职员的表现都有生动而逼真的描写。

《尼古拉斯·尼克尔贝》讲述正直青年尼古拉斯的经历。父亲去世后，家中失去经济来源，生计艰难。尼古拉斯便带着母亲和妹妹到伦敦去投奔伯父拉尔夫·尼克尔贝（Ralph Nickleby），寻求他的帮助。拉尔夫是个靠放债发家的人，内心冷酷，唯利是图。他虚情假意地表示愿意提供帮助，实则有自己的算计，准备将尼古拉斯的妹妹作为其谋取私利的工具。为实施阴谋，他先把尼古拉斯赶出伦敦，让他到约克郡的一个名叫"多西男童学堂"（Dotheboys Hall）的寄宿学校 ①，做一份助理教员的工作，报酬微薄。这所寄宿学校的校长是瓦克福·斯奎尔斯（Wackford Squeers），与拉尔夫臭味相投，不但利欲熏心，而且残忍粗暴，还是个以虐待他人为乐趣的变态狂，对学生竭尽压榨盘剥和折磨之能事。可以想见男童们在这所寄宿学校会遭受多少痛苦和摧残。尼古拉斯在学校里亲眼看到校长斯奎尔斯及其家人的胡作非为，孩子们在学校如何遭受欺凌和虐待。男孩斯麦克（Smike）由于遭到斯奎尔斯的残忍虐待，头部受伤，忍无可忍的尼古拉斯愤然出手，将斯奎尔斯痛打一顿，然后带着斯麦克逃离这暗无天日的寄宿学校，另寻生路。通过尼古拉斯·尼克尔贝的经历，狄更斯揭露了英国教育体制的黑暗状况，谴责了资产阶级的

---

① 若将"Dotheboys Hall"的词语进行拆分，则意为"算计男童的学堂"——"Do the boys Hall"。

虚伪与贪婪，不少打着为穷人办学旗号而建立的学校，事实上只是某些人借以牟取私利的场所，学生们的伙食遭到克扣，根本就吃不饱，身体发育受到严重影响，与此同时，鞭笞之类的体罚成为盛行的教育手段。需要指出的是，这部作品的素材和构想皆来自当时约克郡的现实状况。事实上，童年时代的狄更斯就已经听闻有关寄宿学校受到非议的所作所为。青年时代的狄更斯开始进行文学创作后，他也思考着有关学校教育状况的题材，以及相关创作主题的可能性。在伦敦许多报纸包括《泰晤士报》等刊登的诸多寄宿学校的招生广告引起了狄更斯的关注，后来他在《尼古拉斯·尼克尔贝》的第三章里几乎逐字逐句地引用了一则刊登在《泰晤士报》的招生广告。为理解真实情况，狄更斯专门到约克郡去进行了一番实地考察。1838 年 1 月 30 日，狄更斯和他的插画家，笔名"费兹"（Phiz）的哈布罗特·布朗（Hablot Browne）一同乘坐马车，前往约克郡，去调查坊间流传的有关某个寄宿学校校长多年来胡作非为的丑闻。他们经过两天的马车之旅抵达约克郡，随即开始实地调查。狄更斯还写信给妻子凯瑟琳，讲述了此番行程的情形。根据狄更斯的记述，他在 1838 年 2 月的旅途中特别强调要去拜访一位名叫威廉·肖（William Shaw）的先生，此人乃是约克郡鲍斯学堂（Bowes Hall Academy）的校长兼老板。威廉·肖是个独眼之人，这一特征也体现在《尼古拉斯·尼克尔贝》中的校长瓦克福·斯奎尔斯身上。当年作为教师的威廉·肖不仅玩忽职守，而且动手殴打学生，结果导致由他负责管理的 8 名寄宿生双目失明。这一事件令其声名狼藉，而且他不但要接受法庭的判罪，还要为这一失职罪支付高额赔偿金。然而事发之后，这个学校并未收敛恶行，仍然奉行牟利至上的原则，仍然是糟糕透顶的卫生状况，仍然压榨和盘剥这些可怜的孩子，使他们继续遭受非人的恶劣待遇。狄更斯将包括当年的法庭审判报道在内的诸多事实作为素材写进了他的小说中。《尼古拉斯·尼克尔贝》的发表进一步激发了人们对寄宿学校恶劣行为的关注，同时推动了对约克郡寄宿学校的整顿。鲍斯学堂于 1840 年被关停，与此同时，其他一些情况相似的学校也遭到停业处理。狄更斯在描述约克郡的寄宿学校时，还揭露了约克郡那些压榨童工的煤矿业等行业。当时，约克郡的煤矿中雇用了成千上万的童工。1842 年，在《尼古拉斯·尼克尔贝》发表数年后，英国议会通过了《矿业法案》（The Mines Bill），明令禁止雇用女性劳工以及 10 岁以下的儿童从事地下矿井劳作。

《尼古拉斯·尼克尔贝》所呈现的"多西男童学堂"无疑是英国维多利亚时期众多恶劣腐败的寄宿学校的一个典型缩影，这样的学校与夏洛蒂·勃朗特在《简·爱》（*Jane Eyre*, 1847）中描写的罗伍德寄宿学校基本上大同小异。此外，狄更斯还在《艰难时世》（*Hard Times*，1854）中揭露了另一种学校教育的状况：扼杀想象，扫除幻想，驱逐游戏精神，只保留事实和数字。焦煤镇是工业革命时期的一座工业市镇，已退休的五金批发商、国会议员葛雷梗自诩为有精辟"理论"的教育家，他在镇上办了一所寄宿学校，目的是把自己信奉的纯理性功利主义"事实哲学"灌输到下一代的脑子里。这位"教育家"要求教师在教育学生方面以纯"事实"统领一切，摒弃任何幻想，杜绝任何兴趣爱好，坚决铲除文学、诗歌、散文等虚幻不实的东西。事实上，这是对当时的社会现实的反讽式映照。教育家萨拉·特里默女士（Mrs. Sarah Trimmer，1741—1810）当年就坚决反对让她那个时代的儿童去接触童话这样的幻想性故事，因为它们具有非理性因素："我们不希望让这样的感觉通过同样的方式在我们子孙后代的心中被唤醒；因为这种类型的故事在想象中所呈现的极端意象，通常会留下深刻的印象，并且通过引起不符常理，缺乏理性的恐惧而伤害儿童稚嫩的心灵。而且，这类故事的绝大多数都不提供任何适合幼儿接受能力的道德教诲。"① 总之，在葛雷梗之类的功利主义者看来，这个世界上最好的教育就是"事实加数字"的教育，除了所谓事实、一切都应连根拔掉。于是在学校里出现了如此荒谬的提议：不能用画了马匹的图纸贴在墙壁上，因为现实中马不会跑上墙；不能在碗碟上画蝴蝶和鸟儿，因为现实中的蝴蝶不可能停留在碗碟上。从总体看，出现在狄更斯文学世界里的学校大多是恶劣的、臭名昭著的，校长和管事等要么借机敛财，中饱私囊，要么经营不善，管理混乱，而且总是胡作非为，虐待学生，欺压弱小者，等等，成为狄更斯等现实主义作家大力揭露和鞭挞的对象。

第三节　从《女教师》到《简·爱》：她们笔下的女校生活

在狄更斯之前，早期的英国教育小说或者说描写校园生活的小说可以追溯到 18 世纪的儿童文学作家萨拉·菲尔丁（Sarah Fielding，1710—1768）创作的《女教师》（*The Governess*，1749）等作品。萨拉·菲尔丁是著名小说家亨利·菲尔丁（Henry fielding，1707—1754）的妹妹，也是 18 世纪最有影响的为儿童写作的女性作家之一，著有《大卫·辛普尔历险记》（*The Adventures*

---

① CARPENTER H, PRICHARD M. The Oxford Companion to Children's Literature ［M］. Oxford：Oxford University Press，1984，1991：179.

of David Simple) 等 8 部小说作品。她不仅进行创作，还进行文学评论和翻译，她将色诺芬用希腊文撰写的《苏格拉底回忆录》翻译为英语，于 1762 年出版，受到好评。萨拉出生在一个破落的贵族家庭，年幼时母亲去世，父亲离家出走。一方面由于重男轻女的观念影响，另一方面当时的社会及中产阶级家庭不鼓励女孩子学知识，而是要求她们学礼仪和做针线，所以萨拉的哥哥亨利·菲尔丁被送到伊顿公学接受古典文学教育，而萨拉和她的姐妹们都被送到寄宿学校就读，那里不仅条件不怎么好，而且只教授简单的读、写，此外便是法语、礼仪、针线女红、跳舞等。小说《女教师》的全名是《女教师，或小型女子学校》(The Governess, or the Little Female Academy)，其中无疑有萨拉自己在寄宿学校的亲身经历。小说讲述在蒂奇姆夫人 (Mrs Teachum) 开办的女子寄宿学校里发生的事情，揭示了这一时期的英国社会生活对女性道德发展的危害。这位蒂奇姆夫人秉承当时流行的教育理念，招收女孩进校学习，学习内容包括"三会"（读、写、女孩应掌握的家务活）等基本能力，以及必要的礼仪规范等。尽管小说里有不少说教的东西，但总体上具有简·奥斯汀式的喜剧性文风和敏感的笔触。这本小说被认为是第一部以女孩为读者对象的英语小说，一出版就获得了成功，在萨拉·菲尔丁的有生之年共发行了五版，并引发了众多作者的模仿。

约翰·纽伯瑞于 1765 年推出的《一双秀鞋》(Little Goody Two-Shoes) 是一个很有影响的励志成长故事。作为主人公的孤女玛格丽·米恩韦尔 (Margery Meanwell) 非常贫穷，上学读书对于她是不可想象的。她向那些在学校读书的孩子寻求帮助，请他们教自己读书识字，终于通过自己的勤奋努力，从孤苦无助的女孩成为一个教师，改变了自己的命运。这个人物形象及其改变命运的人生故事，既是童话故事《灰姑娘》的现实主义翻版，亦可视为夏洛蒂·勃朗特《简·爱》的先声。有人推断《一双秀鞋》的作者是著名小说家奥利弗·哥德史密斯 (Oliver Goldsmith，1730—1774)，他的代表作是《威克菲尔德牧师传》，而他同时也是为出版商约翰·纽伯瑞写作儿童读物的作者，但此说尚未得到确认。在纽伯瑞的故事中，小女孩玛格丽的父母早亡，她独自带着弟弟汤姆一起生活。由于过于贫穷，她身上穿的衣衫破旧不堪，而且脚上只能穿一只鞋子。有一位好心绅士送给她一双鞋子，女孩穿上鞋子，兴奋地跑到大街上，对着行人高声喊道："Two shoes! Two shoes!"（"我有一双鞋啦！"）于是人们就称呼她为"小秀鞋"，就像童话里人们称呼"小红帽"一样。在此期间，小女孩玛格丽和她的弟弟居无定所，四处流浪，夜里就睡在灌木树丛里。但玛格丽不甘贫穷，她从那些在学校上学的儿童那里学会了英语字母，然后想尽各种办法读书识字，逐渐提高水平，终于成为能够教书的老师，后来还担任了一个女童学校的校长，致力于教孩子们读书识字。通过努力奋斗，玛格丽过上了好日子，还与一个富有的男士结婚成家。她也慷慨地帮助穷困之人，同时为她的乡村邻居们提供帮助，帮助他们解决多年来在生产劳动中遇到的问题。这篇故事很受欢迎，例如，简·奥斯汀提到这个故事给她留下深刻印象。查尔斯·兰姆和他姐姐玛丽·兰姆也受到这个故事的影响，写出了他们自己的校园故事。此外，18世纪后期的校园叙事还有多罗西·基尔纳（Dorothy Kilner）的《乡村学校：趣味校史集——旨在为所有好孩子提供教导和娱乐》（*The Village School*：*or*，*a Collection of Entertaining Histories*，*for the Instruction and Amusement of All Good Children*，约1783年）和埃伦诺·费恩（Ellenor Fenn）的《校园趣事：发生在一群年轻淑女当中的故事》（*School Occurrences*：*Supposed to Have Arisen Among a Set of Young Ladies*，1783）及续集《男孩的校园对话录》（*School Dialogues for Boys*，1784）等。与萨拉·菲尔丁一样，哈里特·马蒂诺（Harriet Martineau，1802—1876）也是位女作家，而且她不仅撰写新闻记事，还致力于研究社会问题和政治经济问题，著有《政治经济学的解释》等著作。她的《科洛夫顿的男孩们》（*The Crofton Boys*，1841）也是一本较有影响的校园小说。著名散文家查尔斯·兰姆和他姐姐玛丽·兰姆合写的《莱西丝特夫人的学校》（*Mrs Leicester's School*，1809）是描写发生在学校里的故事的短篇小说集。

夏洛蒂·勃朗特（Charlotte Bront，1816—1855）的《简·爱》（1847）带有一定自传性，其主要素材来自她自己的人生经历。夏洛蒂出生于英国北部约克郡的一个乡村牧师家庭，母亲早逝，父亲收入微薄，一家人过着清贫的生活。不过，作为剑桥圣约翰学院的毕业生，父亲学识渊博，他教儿女们读书识字，指导他们阅读图书和报纸杂志，当然也会给他们讲故事，这培养了几个女儿的文学兴趣。事实上，这种家庭教育也是维多利亚时代许多著名女作家接受早期教育的缩影。8岁时，夏洛蒂姐妹被送进一所慈善性质的女子寄宿学校。那里条件极为简陋，校规却极为严苛，孩子们不仅吃不饱饭，还要遭受各种体罚。每逢周日，无论酷暑都要步行几英里（1英里 = 1609.344米）去教堂做礼拜。生活与卫生条件的极度恶劣导致学校里流行伤寒，夏洛蒂的两个姐姐玛丽亚和伊丽莎白都先后染病死去。这噩梦般的经历也反映在《简·爱》主人公的寄宿学校生涯中。15岁时，夏洛蒂进入伍勒小姐开办的寄宿学校读书，几年后又留在这个学校当教师，这样可以挣点钱供弟妹们上学。后来她离开学校去做家庭教师，这一经历为她日后创作《简·爱》奠定了坚实的生活基础。在此期间她一直坚持文学创作，直至成为作家。她的两个妹妹艾米莉·勃朗特和安妮·勃朗特也通过不懈努力成为作家，她们在文学史上并称为"勃朗特三姐妹"。在小说《简·爱》中，简·爱自小失去父母，寄居在舅父母家中，过着寄人篱下的屈辱生活。舅父去世后，舅妈把她送到一个条件恶劣的慈善学校，罗伍德寄宿学校（Lowood），目的倒很简单，就是扔掉一个生活中的"烂包袱"。简·爱在这所慈善学校遭受各种凌辱和虐待，有次不小心失手打碎了石板还被当众罚站、羞辱。作者刻画了学校总管布洛克尔·赫斯特先生的伪君子形象，使一个心肠狠毒，为人刻薄、吝啬，口是心非的卑劣之人跃然纸上。这个赫斯特总是竭尽全力，使用各种手段从精神和肉体上摧残那些可怜的孤儿。不过简·爱也受到女教师丹伯尔小姐的关心和爱护，而且与孤儿海伦结为患难中的好友，这都使她获得难得的精神慰藉。丹伯尔小姐的为人与赫斯特截然相反，是少有的好教师，公正善良，关爱学生，对简·爱的精神成长产生重要影响。后来学校爆发了一场传染性斑疹伤寒，夺走了许多孤儿学生的性命，简·爱的好友海伦也死于这场流行病，给简·爱造成极大精神打击。简·爱在这一时期承受了各种磨难，但她没有放弃，而是坚忍不拔地追求自由与尊严，坚持自我，逐渐成长为一个能独当一面的女教师。学校在发生了严重的斑疹伤寒之后，校方对办学条件进行了一些改善，简·爱在经过六年的学习之后毕业了，并留在这所学校担任教师。不久，丹伯尔小姐嫁给一位牧师，离开了罗伍德寄宿学校，随后简·爱也义无反顾地选择了离开。她通过登广告的方式在桑菲尔德庄园获得一份家庭教师的工作，进入新的人生阶段。可以说，简·爱在罗伍德寄宿学校的经历淬炼了她的价值观念，使她通过磨难获得了精神成长。也使她在内心深处埋下了人人生而平等的信念：任何人都不应被贫穷压倒，只要不放弃追求，只要保持清醒的自我认知和自我认同感，哪怕再卑微的人都能够拥有强大的内心力量，拥有自由飞翔的灵魂。

第四节　聚焦校园生活：维多利亚晚期校园叙事的代表之作

如前所述，至维多利亚中期，英国各地设立的公立学校数量激增。学校的教育实践也发生了很大的变化。传统的宗教精神仍然是重点维护的，而对于学生的体育项目的设立和体育精神的培养成为新的亮点。1833 年国会通过的《教育补助金法案》标志着国家开始介入教育领域，建立新的国民教育体系，而 1870 年国会通过的《教育法案》表明国家要为所有国民提供初级教育。这一法案的实施客观上推动了公众读书识字率的上升，也增加了英国社会上阅读校园小说的潜在的读者数量。从 1880 年开始，一些出版商致力于向公众推出有关"校园故事"的广告，起到了宣传推广的作用。而在英国的初级教育体系中，英国公学（本质上仍然是私立收费学校）扮演着十分重要的角色。在新的时代背景下，在英国大力拓展海外殖民地的语境下，各个学校都开始在校内鼓励各种类型的体育运动，把运动当作培养学生维护秩序、遵守纪律的一种方式。教育家认为这不仅能为精力充沛的男生们提供一种有益的宣泄体力的活动方式，而且有利于引导他们远离那些对抗社会或违反道德的个人行为。此外，体育科目的设立一方面可以锻炼学生的身体，另一方面那些集体项目有助于培养学生的合作意识和团队精神，而这对于处于快速上升阶段的大英帝国促使其国民形成对外协调一致的帝国团队意识也是相当有益的。正是在这样的变化的时代语境中，维多利亚后期出现了聚焦于校园生活的叙事经典，其中影响最大的作家有托马斯·休斯、弗雷德里克·W. 法勒、塔尔博特·B. 里德和约瑟夫·拉·吉卜林等人。

一、托马斯·休斯和他的《汤姆·布朗的公学岁月》

如前所述，在维多利亚时代英国初级教育体系的变革中，从 1828 年至 1842 年担任拉格比公学校长的教育家托马斯·阿诺德博士（Dr Thomas Arnold，1795—1842）进行的改革成为某种范例，在教育领域产生了很大的影响。阿诺德反对当时在许多学校习以为常的体罚现象和酗酒行为，鼓励游戏娱乐和体育运动，大力弘扬基督教价值观，提出公学的教育目的是培养"基督教绅士"。在教育方法上，他采用苏格拉底的启发式教育法，注意培养学生的自学能力，并由高年级的学生管理低年级的学生。在课程设置上，他认为除了自然科学，学校还应开设历史、语言、地理、科学伦理和政治科学等课程。在阿诺德就任校长之前，拉格比公学的状况令人担忧，主要表现为校风不正，教师可随意打骂、体罚学生；年龄较大的学生能够随意欺负甚至凌辱年幼的学生，早入校的学生可以霸凌新入校的学生，教师与学生之间出现了颇为敌对的关系，等等。阿诺德进行的改革一扫过去的陈规陋习和萎靡不良现象，随后发生的变化令人耳目一新。面貌大为改观的格拉比公学随即成为许多学校的典范。当然，托马斯·阿诺德的改革实践首先对本校的学生产生了深远的影响。不少当年的学生后来也像阿诺德一样成为校长或者教育者，投身教育事业，或者在其他领域做出一番成绩。托马斯·休斯是当年拉格比公学的一名学生，由于难忘在这所学校度过的青葱岁月，他写出了影响极大的校园小说《汤姆·布朗的公学岁月》（*Tom Brown's School Days*，1857）。该书讲述一个名叫汤姆·布朗的男生在阿诺德任校长的拉格比公学的校园生活及成长经历。由于很受读者欢迎，该书在出版后的当年就重印了四次，以后更是持续重印，时至今日。2005 年，这部小说被拍摄为影片《汤姆·布朗的求学岁月》，在英国上演。现代奥林匹克运动的发起人，法国著名教育家、国际体育活动家皮埃尔·德·顾拜旦（Le baron Pierre De Coubertin，1863—1937）在 12 岁时读到了托马斯·休斯的《汤姆·布朗的公学岁月》的法文译本，被深深打动。顾拜旦在 19 世纪 80 年代专程到英国访问，写出了《英国教育》（*L'Education En Angleterre*）一书。他非常赞赏阿诺德校长的教育理念，尤其是通过体育科目培养学生健壮体魄和健康心智的构想和做法。为了继承古代奥林匹克运动会"和平、友谊"的宗旨和精神，顾拜旦发起了恢复举办奥林匹克运动会的运动。在顾拜旦等国际体育活动家和全世界爱好和平的人们的努力下，古老的奥林匹克运动会于 19 世纪末获得新生。顾拜旦还设计了奥林匹克运动会五环会旗的图案，五环的五种颜色象征着参加国际奥委会的所有国家国旗的颜色。

托马斯·休斯出生于柏克郡，1833 年进入拉格比公学，他喜爱足球、板球等运动，也受过强者的欺负。从公学毕业后，休斯进入牛津大学深造。大学毕业后从事律师职业，后来成为国会议员。在剑桥"使徒社"（The Society of Apostles）创始人之一 F. D. 莫里斯（F. D. Maurice，1805—1872）的影响下，休斯成为基督教社会主义运动的主要成员。在《汤姆·布朗的公学岁月》中，作者以公学改革之亲历者的身份，讲述在 19 世纪 30 年代的社会背景下，学生汤姆的校园生活。通过汤姆的视角呈现了校长的所作所为，表露了汤姆对他的崇高敬意；通过汤姆与其他同学的交往与互动呈现了他们在学校学习、生活的状况，以及他们的所思所想，生动形象地描写了汤姆在阿诺德博士任校长的拉格比公学的生活经历，艺术地再现了阿诺德校长的教育活动及其影响。小说首先讲述了汤姆的童年岁月，然后从第二章开始讲述汤姆进入拉格比公学后的生活与学习经历；作为新生，他自然经历了在新环境遭遇的种种考验。他加入了足球队，并且参加了学校里的其他活动；他勇敢地应对受到的欺凌；在参与一些活动的过程中，他与好伙伴哈利·伊斯特遇到一些麻烦，被认为是轻率鲁莽、不负责任的人。后来汤姆的宿舍来了一个内向羞怯的新生阿瑟，这让汤姆产生了某种责任感，逐渐变得成熟起来。实际上在各个关键时刻，校长都做了预先的安排。经过了在拉格比公学的求学岁月之后，作为拉格比公学的橄榄球队队长，汤姆·布朗在身体和心智方面都成长起来，19岁的他"身高近6尺，看上去高大健壮，晒黑的脸上透出健康的红润。留着小胡子，一头卷曲的棕色头发，眼神欢快而明亮"。从总体上看，《汤姆·布朗的公学岁月》具有浓厚的学校生活气息，从日常作息，到主人公对英式橄榄球的痴迷；重要的是汤姆在学校经历的转变和成长：如何从近于邪乎的叛逆和自我中心走向成熟的自我，走向"勇敢诚实、助人为乐的绅士和基督徒"。小说对人物的刻画生动细致，从校长"博士先生"（The Doctor）到校霸哈利·弗莱希曼（Harry Flashman），无不如此。书中描述的学校生活场景和经历是许多学龄孩子所熟悉的，尤其是这一年龄段的孩子所关注的集体生活环境中的友谊、友情，以及如何处理同学间的人际关系，培养团队意识，如何应对成人的权威等因素，都能够唤起读者的呼应与共鸣。

我们知道，法国哲学家卢梭的《爱弥儿》（Emile，1762）是一部教育小说，呈现了通过一种理性而开放的方式对一个男孩进行教育的全过程。卢梭在思想观念上受到约翰·洛克理性教育观的影响，形成了自己的自然教育观，认为教育要"归于自然"，服从自然的永恒法则，尊重并促进儿童身心的自然发展："大自然希望儿童成人以前就要像儿童的样子。如果我们打乱这个次序就会造成一些早熟的果实，长得既不丰满也不甜美，而且很快就会腐烂……儿童有自己独特的看法、想法和感情，如果想用我们的看法、想法和感情去替代，那简直是最愚蠢的事情……"① 卢梭笔下的爱弥儿从小生活在宁静的乡间，处于自由成长的状态。他可以尽情奔跑、玩水、爬树，还有与其以朋友相处的家庭教师陪伴着他。卢梭的《爱弥儿》一书对于当时的英国儿童图书作者产生了较大影响，托马斯·戴（Thomas Day，1748—1789）创作的教育题材的小说《桑福德与默顿》（Sandford and Merton，1783—1789）是三卷本的故事集，主人公是富商之子汤米·默顿和农家子弟哈利·桑福德。在现实生活中，为了找到一个符合其理想的妻子，汤米专门到孤儿院挑选了一个少女，根据卢梭的教育观念和方法加以悉心培养。但遗憾的是，理想的目标并未实现。与卢梭的《爱弥儿》、托马斯·戴的《桑福德与默顿》以及其他早期的教育小说相比，《汤姆·布朗的公学岁月》展示了更广阔的空间，具有更贴近校园现实的时代意义。从文学史意义看，托马斯·休斯的小说聚焦校园生活，拓展了校园叙事的创作广度和纵深度。

---

① 卢梭.爱弥儿 [M].李平沤，译.北京：商务印书馆，1994：91.

二、弗雷德里克·法勒和他的《埃瑞克：一个发生在罗斯林公学的故事》

就在《汤姆·布朗的公学岁月》出版一年之后，弗雷德里克·威廉·法勒（Frederic William Farrar，1831—1903）的《埃瑞克，或逐渐沉沦：一个发生在罗斯林公学的故事》（*Eric, or, Little by Little：A Tale of Roslyn School*，1858）问世了。不过这部作品呈现的是一种与《公学岁月》全然不同的校园经历和感受，通过主人公逐渐走向沉沦的人生岁月，从另一个向度为读者表明，成长的道路可能出现迷雾和歧路，需要保持警醒，引以为戒。这个校园故事描写主人公面临诱惑和道德选择时经历的校园生活，带有极端的感伤情绪。法勒1831年出生在印度，后被送回英国接受教育。他先在位于曼恩岛的威廉国王学校上学，这里也成为他日后创作《埃瑞克》时，书中的罗斯林公学的原型。离开威廉国王学校后，法勒前往伦敦上学，后进入剑桥大学读书，毕业后被授予神职，在哈罗公学做了几年教师，也正是在这里他提笔写出了校园小说《埃瑞克》。在这之后他担任了马尔博洛学校（Malborough）的校长。1903年他担任坎特伯雷大教堂的教长，并于同一年去世。作为一个神学家，法勒著有多种神学著作；作为教育家，他对于儿童怀有一种强烈的福音教情感，对于体罚行为非常反感，认为教育的基本目的是培养道德情操、宗教信念和求知热忱。他在《埃瑞克》的写作中体现了一种特殊的宗教道德目的，揭示了内心的纯洁与外界诱惑的善恶之争。通过一个12岁的少年在学校遭遇邪恶行为的诱惑而引出成长中的危机和道德冲突，直到主人公真正意识到应当向上帝寻求灵魂的拯救。故事主人公埃瑞克进入罗斯林公学时风华正茂，心地纯洁，为人诚恳真挚，同时喜欢时尚，喜欢结交朋友。而在校园里充斥着一种邪门风气，霸凌、欺骗和亵渎等行为屡见不鲜。在这样的环境中，艾瑞克学会了说粗话、诅咒发誓、抽烟喝酒，后来发展到攻击老师，跑到养鸽房去偷鸽子，等等。为了在学习中省心省力，他不惜抄袭他人，还跑到学校礼拜堂去嬉戏玩耍。随着时间的流逝，埃瑞克没有抵御住邪恶的诱惑，一步一步地走向沉沦，这正是小说标题中"Little by Little"的含义。后来当他的好友罗塞尔不幸去世，埃瑞克受到很大震动，也试图改邪归正，重返正确的人生之路。但他很快又恶习复发，被人发现在礼拜堂酗酒，喝得烂醉。他面临着被开除的处罚，由于校长的宽宥，他得以留在学校。不久有人怀疑他有偷窃行为，他便离校出走，跑到海边。然而在那里，他受不了船长的粗暴对待，便逃到了自己的姨妈家里，病倒在床。这场大病好似一场疾风暴雨，荡涤着他心中的邪恶之念。然而最后的打击接踵而至，他的母亲得知自己的儿子在学校犯下不良行为后伤心过度，不幸去世。消息传来，埃瑞克的心也碎了，也带着人生的悲哀随亡母去了天国。《埃瑞克》出版以后很受欢迎，就在作者去世前的 1902 年，该书已印行了 36 个版次。

三、塔尔博特·里德和他的《圣·多米尼克学校的五年级》

塔尔博特·贝恩斯·里德（Talbot Baines Reed，1852—1893）出生在伦敦，父亲经营着一家业务比较兴旺的印刷机构，后来还成为国会议员。里德小时在伦敦上学读书，但未满 17 岁时就离开了学校，投身于家族开办的印刷业。除了经营印刷所，做慈善事业，里德还全身心地投入文学写作。由于过度劳累，里德在年仅 41 岁时染病不治，英年早逝。里德热爱文学创作，在"圣教图册协会"（Religious Tract Society）创办的《男孩自己的杂志》（Boy's Own Paper）问世之日起就开始为它撰写故事稿件，一直与这份杂志保持着密切联系。由于对当时流行的质量低下的廉价校园杂志的不满，从 1879 年开始，里德就在《男孩自己的杂志》上刊载融合了历险因素和校园生活因素的故事，从而对那些廉价校园杂志进行抵制。里德撰写的发生在一所名叫"帕克赫斯特"中学的关于英式橄榄球运动的故事"我的第一场橄榄球比赛"（My First Football Match），署名为"一个老男孩"，刊登在该杂志 1879 年 1 月的第一期，故事同时配有一幅半页大小的图画。这个故事发表后很受读者欢迎，引发了读者希望读到更多的有关"帕克赫斯特"中学故事的热潮。为满足读者的要求，里德又撰写了几个故事，其中包括"帕克赫斯特的犬兔追逐赛"和"帕克赫斯特划船赛"等故事。他希望男孩们阅读的是充满"男子气"的故事。19 世纪 80 年代，越来越多的中产阶级家庭倾向于将家中的男孩送到寄宿学校就读。作为《男孩自己的杂志》的主编，乔治·哈钦森发现，面对日益增加的读者群体，有必要以这些寄宿学校为背景，讲述以男孩为主人公的故事，他希望这些故事的主人公能够在各种诱惑面前展示基督教的原则和男孩的勇敢刚毅气质。于是他策划在杂志上登载一个系列故事，并把此项任务交给了里德。为此，里德写出了《三个几尼金币的怀表》（Three-Guinea Watch），从 1880 年 10 月到 1881 年 4 月，连载了 19 期。这个故事讲述一个男生的怀表伴随主人公所经历的漫长旅程——从中学到大学，最后在 1857 年印度大起义之际辗转到了印度。这个故事发表后同样获得了很大成功。《男孩自己的杂志》的编辑们受到鼓舞，敦促里德写一部更长更精彩的校园小说，于是便有了从 1887 年开始连载于《男孩自己的杂志》上的《圣·多米尼克学校的五年级》。这也成为里德创作的最受欢迎、影响最大的一部校园小说。1907 年推出的该书的 1 便士版本售出 75 万册。这个故事讲述少年史蒂芬·格林菲尔德在圣·多米尼克学校就读的第一年开始经历的校园生活，他具有天真朴实的性情，同时又时常做出令人忍俊不禁的行为，这与他就读五年级的哥哥奥利弗的行为方式形成饶有趣味的反差。故事主要围绕一项重要的学业竞赛"夜莺奖"的争夺而逐次展开，奥利弗一心想赢得该项竞赛，但被怀疑有不诚实行为，受到不公正的指责。围绕着这一中心情节，作者讲述了相互关联的 38 个子故事，每一个子故事都有独立的故事情节，它们相互关联又相互推进。里德对于男孩们的校园生活是非常熟悉的，对于他们的精神诉求和心理活动，对于他们的喜好厌恶等都具有一种直觉的理解和把握，并且通过微妙精细的文学叙事将它们表现出来，使之具有很强的可读性，同时呈现了具有鲜明特征，栩栩如生又令人信服的人物角色，这些因素使他创作的校园小说广受欢迎，而且能够经受时间的考验，传之久远。

四、鲁迪亚德·吉卜林的《史多基和他的伙伴们》

值得关注的还有约瑟夫·鲁迪亚德·吉卜林（J. Rudyard Kipling, 1865—1936）的《史多基和他的伙伴们》（*Stalky & Co.*, 1899），这也是一个具有影响的校园故事。吉卜林最为人所知的作品无疑是幻想性动物小说《丛林传奇故事》（*Jungle Books*, 1894—1895），不过他的校园故事在维多利亚后期的校园叙事中仍然占有一席之地。吉卜林出生在印度孟买，6 岁时被家人送回英国接受教育，先在一家儿童寄养所待了 5 年。在吉卜林心中，这 5 年是一段可怕的梦魇般的经历，而且后来被他写进了《黑羊咩咩》（*Baa Baa Black Sheep*, 1888）一书中。随后他被送到位于德文郡的一所内部管理严密，环境严苛的寄宿学校——联合服务学校（United Services College）就读，这里的生活经历为他的校园小说《史多基和他的伙伴们》提供了素材和原型。"史多基"故事系列出版后受到青少年读者的欢迎，至今仍畅销不衰。小说的主人公是三个共用一间书房的男生，其中绰号史多基（Stalky）的男孩头脑灵活，足智多谋（"Stalky"一词含有聪明、狡猾之意）；绰号毕托（Beetle）的男孩是个喜欢读书的书呆子（Beetle 意为"甲虫"），文学知识丰富，也是作者吉卜林本人的化身；绰号麦托克（M'Turk）的男孩是个贵族子弟（M'Turk 一词含有"火鸡"的意思）。这三个男孩在学校的所作所为表明他们是反抗成人权威的顽童，故事讲述的就是这三个小伙伴如何跟学校的权威人士斗智斗勇的经历。在小说中还有关于校园欺凌行为的引发争议的描写：史多基和他的伙伴看到两个高大的男生欺负一个矮小的男孩，决定出手教训欺负者，让他们也尝尝被欺负的难受滋味。当然，他们的做法也很过火，作者用了很大的篇幅描写这三人组合如何轮番折磨两个欺负者。该小说出版后曾引起争议，甚至有批评家把书中的三个男生称为"小恶魔"，他们淘气顽皮，不守规矩，挑战现存秩序，挑战权威，从恶作剧到'以暴制暴，'等等，认为《史多基和他的伙伴们》对于青少年读者会产生误导等不良作用。这一争议现象的出现与人们对于童年特质的认知有关，以及与人们对儿童文学的道德与美学准则的不同理解有关。罗尔德·达尔（Roald Dahl，1916—1990）的诸多作品如《詹姆斯与大仙桃》（*James and the Giant Peach*，1964）、《查理和巧克力工厂》（*Charlie and the Chocolate Factory*，1966）、《蠢特夫妇》（*The Twits*，1981）、《女巫》（*The Witches*，1985）、《玛蒂尔达》（*Matilda*，1989），等等，在出版后都引发了很大争议。如果说，达尔的狂欢化幻想文学叙事是对于"童年的反抗"这一主题的重要拓展，是象征意义上对童话叙事中小人物及弱者战胜强者的传统主题的新阐释，那么人们对于《史多基和他的伙伴们》这样的呈现现实生活中少年儿童的复合性格和复杂人格特征的作品也需要进行包容性的解读。这也是儿童文学创作领域一个值得关注的现象，某些作品引发争议，受到成人批评家的批评，但却受到青少年读者的喜爱。这也表明需要深入全面的理解和更多的引导，尤其是对少年儿童读者的引导。

吉卜林生前将自己的一些手稿赠给了当年就读过的"联合服务学校"，这所学校后来改名为"海利伯里及皇家服务学校（Haileybury and Imperial Service College）。人们在这批未曾发表过的手稿中发现了一篇"史多基"故事。英国"吉卜林协会"的学者丽萨·刘易斯（Lisa Lewis）和剑桥大学的杰弗里·利文斯博士（Jeffrey Lewins）花了一年时间对该手稿进行整理，终于使这篇"史多基"故事在多年后出版面世。这篇故事的题目是《进退维谷》（*Scylla and Charybdis*），用的是希腊神话典故里的斯库拉（Scylla）和卡律布狄斯（Charybdis）是希腊神话中的女怪，在意大利半岛和西西里岛之间的海峡兴风作浪，危害航行。斯库拉原是美丽的山林水泽仙女，后被女巫瑟西用剧毒药草变成丑陋的女怪，她整日坐在意大利一侧的墨西拿海峡的岩石上，吞噬过往船只上的水手。卡律布狄斯本是山林水泽的一个仙女，但被宙斯变成了一个怪物，并且罚她每天吞吐海水三次，每次都会掀起巨大的漩涡。与当年出版的"史多基"故事系列相比，这篇故事中的主人公年纪更小，应当是作为整个故事系列的引子而写的。史多基和他的伙伴们在学校附近的高尔夫球场上遭遇一个仗势欺人的上校，双方发生冲突，气势汹汹的上校便动手殴打他们，但被孩子们用弹弓击退。吉卜林写道："由行家里手操作的一副设计精良的弹弓要比比利时生产的任何军火厉害 5 倍。"这篇当年未发表的故事写于 1897 年，作者时年 32 岁。

五、小结

在人类世界，学校教育体系是随着社会生产力的进步和物质文明的发展而逐渐发展完善起来的。在当代社会，学校已然成为广大少年儿童在成长过程中接受教育的不可或缺的重要场所。接受教育成为孩子们成长的重要经历，也是一个相对漫长的时间段。其中少年主人公从小学到中学阶段的成长经历成为儿童文学书写的重要题材和内容。随着工业革命的迅猛推进，维多利亚时代的学校教育也日益受到各方重视。作家对学校的状况和校园生活的细致描写也引发了社会公众对学校教育状况的关注。与此同时，一方校园之地绝非独立或隔绝的存在，它还关联着无数少年儿童的家庭生活及社会关系。从社会政治的视野看，维多利亚时代的公学教育进程反映了新兴的中产阶级对于贵族与绅士的地位象征的向往。他们强调运动精神的重要性，强调某种基督教精神的重要意义，这就是所谓的"强身派基督教"（Muscular Christianity）的主张。维多利亚时代的人们对众多寄宿学校的教育有这样的期待，要致力将英国的男孩子们培养成坚韧的、自信的、有智谋的基督教绅士。一方面，要求他们掌握发展心智能力的工具（tools of the mind），另一方面要教给他们具体的技能，使他们能在大英帝国的海外殖民地扩张行动中发挥作用，能够在东印度公司，在英国设置于印度的行政机关、金融或法律机构中发挥有效作用。此外，还需要培养学生的一系列重要品质，例如通过体育和游戏活动培养合作精神和大无畏精神，通过级长制（prefect system）培养他们的责任心和管理艺术，从而经历社会化的教育，懂得如何在独立与服从、自由与约束之间保持平衡，如何作为一个独立的个体在集体中发挥作用。

在此背景下应运而生的校园叙事成为维多利亚时期儿童和少年文学的重要组成部分。从散点式地呈现各类学校的教育状况，到全景式地聚焦校园生活，维多利亚时期的校园叙事以文学艺术的方式为人们提供了认识教育与社会，教育与人生的文化视野。正是在这样的语境下，英国的现实主义校园小说在维多利亚时代取得了丰硕成果，出现了影响至深的重要文本。而从另一个角度看，从托马斯·休斯笔下的汤姆·布朗的公学求学经历，到 20 世纪 J. K. 罗琳笔下的哈利·波特在魔法学校的求学经历，英国的校园叙事传统是一脉相承的，是随着时代的不断发展演进的。尽管前者是现实主义的作品，后者是幻想性故事，但都是关于从年幼无知走向身体和心智成熟的成长叙事，只不过采用了不同的文学艺术载体而已。事实上，幻想出一个与人类的经验世界毫无联系的世界是没有什么实际意义的。哈利·波特所在的霍格沃茨魔法学校映照的是现实中的学校教育体系和校园生活。学校采用七年学制，实行学生寄宿制。在圣诞节期间，学生可离校返家，也可留校过节；暑假期间所有学生必须离开学校。从汤姆·布朗到哈利·波特，男孩主人公通过不同的方式尽情享受着富于想象力的校园历险行动，故事的场景就设置在人们熟悉的课堂教室、食堂宿舍、图书馆和运动场。同样，现实生活中的拉格比公学校长托马斯·阿诺德与霍格沃茨魔法学校的校长邓布力多殊途同归，都是引导主人公成长的良师益友，正是在他们的指点和帮助下，主人公得以克服生活中的挫折，经受出现的各种考验，最终得以认识人生和社会，从幼稚走向成熟。

第十章

维多利亚时期的少年历险叙事

第一节　维多利亚历险叙事的时代语境：
大英帝国的海上霸权与海外殖民扩张

在维多利亚时代流行的许多校园小说里都出现了描写在校就读的学生阅读历险小说的情景。事实上，这一时期的校园小说和历险小说是相互交汇、共同发展的。从文类上看，校园小说和历险小说都属于新兴的通俗小说，都受到维多利亚时代的社会和文化语境的极大影响。在维多利亚时代，英国工业革命取得了最重要的物质成果，先后出现了以瓦特蒸汽机、莫兹利车床、惠特尔喷气式发动机等为代表的技术创新，这些创新和运用极大地促进了生产力的发展，使英国一跃成为"世界工厂"。这一方面使得英国从海外获取资源、获取原材料显得更为紧迫，另一方面使得大英帝国更需要广阔的海外市场。在维多利亚时期，英国除了进一步加强对印度等原有殖民地的控制外，又以非洲为扩张重点，与其他欧洲列强展开殖民地的争夺。到 1897 年，英国实际统治或控制的区域已比维多利亚女王登基时扩大了 4 倍，占有全球 1/4 的土地，号称"日不落帝国"。此外，随着科学技术的发展，英国国内的通讯报道变得更加便捷，同时价格低廉的报刊变得越来越普及，英国公众对于大英帝国的海外扩张行动与成果更加了解，也更受鼓舞。随着英国海外殖民地的扩大，每年都有大量英国公民因公因私移居海外，维多利亚时代的孩子们自然感受到他们父辈对于大英帝国荣光的热忱，不少人期待着离开学校后到海外殖民地工作，或者经营商贸，或者加入英国驻外军队服务，或者作为公务员到殖民政府机构任职。大英帝国的殖民扩张也需要培养青少年的帝国意识和行动能力，吉卜林当年在德文郡就读的"联合服务学校"就是一所旨在让男生接受相应的学习和训练，帮助他们通过军队的测试，能够前往印度等海外殖民地服务的。拿破仑战争之后，英国迅速崛起为一个强大的海洋军事强国，海外扩张进入高潮阶段。大英帝国在印度、加拿大的殖民成果以及海军统帅纳尔逊（1758—1805）和反法同盟联军统帅之一的威灵顿将军的赫赫战功与业绩令英国人倍感振奋，爱国热情和帝国意识空前高涨。从维多利亚时期的历史学家托马斯·卡莱尔（Thomas Carlyle，1795—1881）宣扬的英雄崇拜，到不少人信奉的"超人"理论，以及社会达尔文主义的"适者生存论"等学说的风行，从社会精英到普通民众，到处都弥漫着一种乐观主义的进取气氛，乃至从内心认同英帝国的海外扩张，认同这个帝国对海外弱小民族的殖民掠夺。正如约翰·麦肯齐（John Mackenzie）所描述的，在维多利亚时代后期的英国，帝国主义已演变成一种爱国主义，打破了阶级和党派的界限，将英国凝聚成一个整体。①

历史上，英国的殖民扩张是整个欧洲殖民扩张的一部分，也是欧洲地理大发现时代的产物。当年，效力于西班牙王室的意大利探险家哥伦布和葡萄牙探险家麦哲伦的航海活动使西班牙受益匪浅，得以和葡萄牙平分秋色，掌控世界贸易。1493年哥伦布返回西班牙后，罗马教皇颁布了一道诏书，声称"如果地球是圆的，则将西半球给予西班牙，东半球给予葡萄牙"②。可见，欧洲帝国主义的第一个时期是伊比利亚人（葡萄牙人和西班牙人）的垄断时期。1588年，伊丽莎白统治下的英国海上力量彻底击溃了强大的西班牙无敌舰队，从而挫败了欧洲的海上霸主西班牙，使这个建立了人类历史上第一个"日不落帝国"的欧洲强国从此走向衰微。随后，英国又击败了欧洲的另一海上强国荷兰，成为新的海洋霸主，就此踏上了建立世界规模的殖民帝国之路，一个内聚力逐渐增强的民族联合体开始形成，一个新的"日不落帝国"即将形成。除了帝国的扩张需求，英国国内的宗教信仰之争也是推动其海外移民的重要因素之一。大批清教徒因受到宗教迫害而漂洋过海，去北美洲寻求庇护所。1607年，英国在弗吉尼亚的詹姆斯敦建立了自己的第一个永久性海外殖民地。不久后，来自英国的殖民者占领了北美洲。在"尚未开化"的非洲，英国殖民者掳走了超过300万非洲人，将他们带上驶往海外的海船，贩卖为奴。18世纪中叶，英法之间开始了一系列争夺殖民地的冲突，结果法国几乎被完全驱逐出美洲。这些战争包括奥地利继承战争（1744—1748）、七年战争

---

① MACKENZIE J. Imperialism and Popular Culture［M］. Manchester：Manchester University Press，1986：4.

② 詹姆斯·费尔格里夫. 地理与世界霸权［M］. 胡坚，译. 杭州：浙江人民出版社，2016：130.

（1756—1763）、美国独立战争（1765—1783）、法国革命战争（1793—1802）和拿破仑战争（1803—1815）。尤其是经过英法七年战争，英国作为崛起的世界主要强国，摧毁了法国在欧洲的霸权，改变了欧洲的权力平衡，并深刻地影响了欧洲的海外殖民地格局。在英国政治家伯克看来，英国是伟大的，但现在它本身"只是一个伟大帝国的一部分，凭借我们的美德和财富，可以一直延伸到东西方最遥远的边界"①。在拿破仑战争（1803—1815）之后，大英帝国崛起为世界第一强国，进入帝国世纪（1815—1914）的巅峰时期。与其他欧洲国家相比，大英帝国通过各种手段攫取了更多的海外殖民地，基本控制了世界1/4的土地和1/3的人口。

通过海外殖民扩张和大肆掠夺，英国的原始资本积累日渐丰厚，从而有能力改善国内环境，发展科技、经济、文化、交通等，这些方面的发展又转而为英国的殖民扩张提供生产力方面的支持。火车和铁路的出现，极大地改善了英国岛内的交通运输。1764年詹姆斯·瓦特发明了蒸汽机。随着蒸汽机的发明和应用，蒸汽动力取代了水力和风力，在工业生产中大规模使用机器的现象标志着工业革命的迅猛发展，大批工业城市应运而生，极大地改变了英国的经济地理面貌。蒸汽船的出现，极大地促进了海上运输。出行方式的多样化和快捷让人们出行更加方便，出门远行、出海远洋的机会大大增加。1835年电报问世，1851年第一条海底电缆在法国和英国之间铺设完成，这些都极大地提高了各种信息的传播速度。教育的普及使得读者数量增长，报纸和杂志的出现能让人们及时了解发生在海外的事情。国民收入的增加使得社会中下阶层和工人阶级的孩子有了更多的阅读文学作品的机会。自1792年煤气被用于照明以来，居民的夜间生活得到极大便利。煤气灯的运用也因此被认为是维多利亚时代社会生活中的一件大事，尤其意味着人们进行阅读的时间得以延长。与此同时，由于印刷技术的进步和出版形式的多样化，这一时期登载通俗文学的方式也更加及时和便捷了，这自然推动了校园小说和历险小说的创作和发表，使之成为流行的大众阅读方式。到维多利亚时代中期，随着报纸印花税（1855）和纸张税（1861）的取消，书刊的出版发行成本进一步降低，促使更多廉价书刊出现，使得当时英国社会的工人阶层等下等阶层也能够成为书刊的消费者。而儿童与青少年读者市场的发展和繁荣更加引人注目。不少校园小说和历险小说的经典文本都是首先刊登在诸如《男孩自

---

① GREEN J R. History of the English People, Volume Ⅶ [M]. London: macmillan and co Ltd, 1896: 280.

己的杂志》这样的流行刊物上与读者见面的。有关国会爆炸案的盖伊的故事，以及 1820 年约瑟夫·瑞兹逊编辑出版的一卷本《罗宾汉歌谣集》等，都受到儿童和青少年读者的欢迎。在托马斯·休斯的《汤姆·布朗的公学岁月》（1857）里，校长阿诺德强调的有关"强健的基督教"的理念就深深根植于英国的历险叙事和冒险精神当中，尤其体现在《鲁滨孙漂流记》的叙事中。自《鲁滨孙漂流记》以来，英国历险小说的传统元素主要包括：异域风情、追寻和创造财富、开拓蛮荒之地、教化野蛮的土人、白人用现代技术（火枪）加上语言和宗教的优势对土人进行控制和改造，为我所用，等等。进入维多利亚时代以后，历险小说在英国殖民扩张和帝国意识高涨的语境下获得迅猛发展，也发生了很大变化。与过去相比，这一时期的少年历险小说更注重对于道德责任和刚毅精神的推崇。事实上，在这些历险小说中，英国国教福音派信奉的"强健的基督教"（Muscular Christianity）观念中的宗教性说教随着时间的流逝已经淡化，其精神实质更倾向于高涨的帝国意识的感召，更注重展现英国白人的智慧与勇气，以及美德与品质，如诚实、忠诚、坚毅、足智多谋、处变不惊，等等。

从英国现代历险小说的发展看，1812 年出版的《瑞士的鲁滨孙一家》（*The Swiss Family Robinson*）于 1814 年被译成英文出版，在读者中产生了较大影响。沃尔特·司各特的历史传奇小说拓展了英国历险小说传统的疆域，惊险的故事不仅发生在海外的异国他乡，也发生在本土的历史长河中，针对儿童读者的改写本相继出版。许多作家不由自主地瞄准了儿童图书市场。阿格尼斯·斯特里克兰（Agnes Stricland）创作了《相互竞争的克鲁索》（*The Rival Crusoes*, 1826），又名为《海难》（*Shipwrck*）；安妮·弗雷泽·泰特勒（Anne Fraser Tytler）创作了《莱拉》（*Leila*, 1833），又名《岛屿》（*The Island*），这两部小说讲述的都是鲁滨孙漂流历险式的故事。霍夫兰夫人（Mrs Hofland）创作的《被劫持的少年》（*The Stolen Boy*, 1830）设置在异国背景地，讲述少年曼纽尔被来自得克萨斯的红种印第安人掠走关押后机智逃脱的故事。哈里特·马蒂诺（Harriet Martineau）创作了《农夫与王子》（*The Peasant and the Prince*, 1841）和《内奥米》[*Naomi*，又名《在耶路撒冷的最后日子》（*The Last Days of Jerusalem*）]。以及 J. B. 韦布夫人（Mrs J. B. Webb）创作的发生在过去的历险故事。进入维多利亚时代中后期，英国儿童历险小说的创作迎来新的高峰。在当年流行的历险小说中，仅乔治·亨蒂的作品每年都要发行 15 万本。到 19 世纪末，几乎所有的主要出版社，如布莱克特、尼尔逊、朗曼、麦克米兰和 J. F. 肖等都致力于出版历险小说。这一时期最具代表性的历险小说作家有弗雷德里克·马里亚特、托马斯·里德、威廉·金斯顿、乔治·亨蒂、罗伯特·史蒂文森和赖德·哈格德等人。在这一时期的作家中，乔治·亨蒂是维多利亚时代晚期不列颠帝国意识最热忱的鼓吹者，他通常会在每本小说的前面，以一封致"可爱的小伙子们"的信作为序言，敦请他们关注故事中的英勇业绩和刚毅精神，关注主人公的历险行动，因为正是这样的行动帮助大英帝国走向强盛和繁荣。就维多利亚时期的儿童历险故事的深层结构而言，它们在叙述模式、主人公的历险模式等方面仍然受到民间故事和童话故事的影响。

在这样的社会历史语境下，注重行动与男子汉气概的历险小说自然得以繁荣，而令人振奋激动的历险故事也大受欢迎，非常流行。英国国教福音派思想和"自由帝国主义"风行之际，整个英国的社会和文化机制都鼓励男孩和女孩去阅读历险故事，而且这些故事的主人公就是像他们一样的少年，很容易引起他们的共鸣。当异国他乡变得不再遥远，当殖民地的财富变得唾手可得，那些希望通过冒险改变人生境遇的人，那些生在富裕人家，却法定没有继承权的小儿子们，那些在英国无法安生，或生活窘迫的普通百姓，以及那些濒临破产的中产阶级人士，等等，都把海外英属殖民地看成是能够找到发财致富机会的好去处，因而积极寻求移民海外。一批又一批的人们远涉重洋，踏上北美殖民地，或者印度次大陆殖民地，有关他们当中成功者的故事在英伦本土氤氲出一种通过"远征"和"冒险"获得成功的国民情愫，这种情愫又激荡出一种社会需求，不仅是成年人的需求，也是少年儿童的需求：即便暂时不能亲历冒险，也可以通过阅读在字里行间体验他乡历险的快意人生。那些历险叙事中的异国风情和主人公的浪漫历险必然激起维多利亚时代的民众对冒险、英雄和侠义行为的渴望。主人公异域开拓、衣锦还乡的传奇经历不仅吸引了中产阶级的少年读者，也深深吸引了工人阶级的孩子。漂洋过海，去异国经历冒险，挣一个前程，谋一个改变自己经济状况、社会地位的机会成为无数青少年心中的梦想。马里亚特、巴兰坦、亨蒂、哈格德、史蒂文森的冒险小说塑造了青少年读者的思想，尽管他们很可能只是把这些作品当作精彩而奇异的冒险故事来阅读，但在潜意识中，那些帝国意识和殖民他国的优越意识还是会影响他们的思想。而这正是维多利亚时代大英帝国的需求。正如学者杰弗里·理查兹（Jeffrey Richards）所指出的，通俗小说是一个社会向其成员灌输主流意识形态、道德观念等的一种方式，因此通俗小说也可以行使一种社会控制；使大众的愿望转向那些控制通俗小说生产的人所希望的观念和信条。① 一方面是维多利亚时期英国的时代背景，另一方面是儿童与青少年对于历险的渴望和对历险故事的喜爱，这两方面的因素推动了维多利亚时代少年历险小说的繁荣和发展。

第二节　从《鲁滨孙漂流记》走来

英国少年历险叙事的文学源头可直接追溯到 1719 年出版的《鲁滨孙漂流记》（*Robinson Crusoe*）。在文学史上，有些本来为成人创作的书，却一经出版便吸引了众多少年读者，并且对他们产生了很大影响。《鲁滨孙漂流记》就是这样的一本荒岛历险之书，影响了一代又一代少年读者。其作者丹尼尔·笛福（Daniel Defoe，1660—1731）曾在经商的同时广泛地游历了欧洲各国，了解了不同的风土人情。笛福在年近 60 岁之际开始小说写作，《鲁滨孙漂流记》的全名是《约克郡水手鲁滨孙·克鲁索的生平和奇遇》（*The Life and Strange and Surprising Adventures of Robinson Crusoe*），是依据当时报载的一个真实事件为蓝本而创作的。1704 年 9 月，一名苏格兰水手与船长发生激烈冲突，结果被船长遗弃在位于大西洋中的一个荒岛上。5 年之后，当这个水手被一艘过往船只救起时，他已经变成了一个绝地求生的野蛮人。笛福采用了仿回忆录的写作手法，即用第一人称进行回忆的讲述形式，进行了全新的、充满想象力的创作。这部小说的最大特点是细致入微、真实可信的写实性，而所有这些细节都是通过作者的想象去构建的，尽管作者的生活经历非常丰富，但他并没有在荒岛长期生活的体验。所以有评论家认为，笛福的叙述可以看作一种逃避性的幻想故事，只不过为了使它们得到大众读者的接受而采用了现实的细节来获得趣味。②

笛福笔下生动细腻、翔实具体的细节描写明显受到了思想家和教育家约翰·洛克观念的影响。作为培根之后的英国经验主义哲学的创始人，洛克的基于现实的哲学认识论对笛福等作家的影响是不容置疑的，尤其是洛克对于特定知识的详情细节的强调，对于认知逻辑的细节的重视等因素，在笛福的小说中得到文学艺术化的体现。作者详细描写鲁滨孙在孤岛是的生存经历，

① RICHARDS J. Imperialism and Juvenile Literature ［C］. Manchester：Manchester University Press，1989：1.

② 布赖恩·奥尔迪斯戴维·温格罗夫. 亿万年大狂欢：西方科幻小说史 ［M］. 舒伟，孙法理，孙丹丁，译. 合肥：安徽文艺出版社，2011：69.

例如如何躲避暴风雨等恶劣天气的侵害，如何在岛上种植大麦和稻子，然后制作能够加工面粉的木臼、木杵和筛子。有了面粉就可以烘烤出面包，尽管还非常粗糙，但足以获得必需的食物，以及如何制作陶器等器具，满足日常生活所需。鲁滨孙通过日记的方式讲述了自己在孤岛上度过的 28 年 2 个月零 19 天的日日夜夜，这也是一种洛克式的准确性。《鲁滨孙漂流记》开创了一种历久不衰的船只遭遇海难后求生的历险类型（有时也简称"荒岛故事"或"漂流叙事"），启发了后世的各种类型的历险叙事。正如维多利亚时期的小说家乔治·博罗（George Henry Borrow，1803—1881）对《鲁滨孙漂流记》的评价所言，这是"一本对英国人的思想产生影响的书，其影响之大，无疑超过了现代任何一本书……我们现代作家中最卓越、最多产的作家，都从它身上汲取了灵感。此外，它所叙述的勇敢事迹，以及它试图唤醒的奇特而浪漫的进取精神，使英国在海上和陆地上都获得了许多惊人的发现，而其海军的辉煌也不容小视"。

当然，这种影响已经超越了英国本土。1741 年，挪威作家霍尔伯格（Baron Ludvig Holberg）发表了《尼哥拉·克里姆地下游记》（*A Journey to the World Underground*），故事的主人公克里姆是一位大学毕业生，他在卑尔根附近山上进行洞穴探险时不小心掉进了一个陡峭的坑道裂口，一直往下坠落了很长时间，最后掉进了一个位于地心的空间，开始了他的地下历险。在一个位于地心深处的地方，他发现自己来到了一个奇境，看到了一个环绕地心太阳旋转的天体。克里姆遭遇了各种形态的文明，经历了种种命运的坎坷。最后在经历了长达 12 年的起伏跌宕的历险之后，他又坠落在当年跌下的同一个洞里，结果发现自己又回到了故乡。读者是否从这里看到了爱丽丝掉进兔子洞的那相似的一幕？1751 年，英国作家罗伯特·帕尔托克（Robert Paltock）发表了《彼得·威尔金斯的生平和历险记》（*The Life and Adventures of Peter Wilkins*），这篇小说讲述主人公威尔金斯在海上遭遇了船只失事之后的历险故事。在某种程度上，他的冒险经历和鲁滨孙流落荒岛的经历相似，不过，主人公进入了一个奇异的地下世界。当时威尔金斯乘坐的船只在非洲附近海域遭遇突然降临的危险。一股威力强大、凶猛狂暴的潮流将船只卷向南极，一番惊险的颠簸之后，船只以难以置信的力量突然往下坠落，通过位于一座岛屿下面的拱道进入了一个地下世界，四周是绝壁断岩，船只在飞旋，海水在四周发出轰然巨响。最后，船只顺着一条地底的河流往下漂流，进入了一个巨大的洞穴，那里生活着能飞行的居民。这个历险叙事当然也有斯威夫特《格列佛游记》的影响。该书出版后多次再版，并被译成德语和法语。

从《尼哥拉·克里姆地下游记》的地下奇遇，《彼得·威尔金斯的生平和历险记》的地心历险，到《爱丽丝奇境漫游记》的地下奇境历险，坐在泰晤士河边的爱丽丝突然看见一只粉红眼睛的大白兔从她身边跑过。出于一种天然的好奇心，爱丽丝毫不犹豫地追赶上去。她看见兔子跳进了矮树下面的一个大洞，也不假思索地跳了进去。这个兔子洞一开始像隧道一样，笔直地向前，后来又突然向下倾斜，爱丽丝慢慢地往下坠落（物理学的重力加速度原理似乎不管用了），爱丽丝有足够的时间去东张西望，她能看清四周的洞壁（上面摆满了碗橱和书架）。为了打发往下坠落的漫长时间，爱丽丝还不停地自问自答地说话。然后，爱丽丝落在地心深处的一堆树叶上，毫发未损，于是她站起来，开始了在一个充满荒诞色彩的奇境世界的历险。这一地下历险叙事一直延续到法国儒勒·凡尔纳的科幻小说《地心游记》，以及美国作家埃德加·赖斯·巴勒斯（1875—1950）创作的"佩鲁赛达地心国"（*The Pellucidar*）系列小说，从第一部《在地心深处》（*At the Earth's Core*，1914）到《在地心深处的泰山》（*Tarzan at the Earth's Core*，1930）和《野蛮的佩鲁赛达空心国》（*Savage Pellucidar*，1963），该系列共出版了 7 部小说。

从 1779 年到 1780 年，德国儿童文学作家约阿希姆·海因里希·坎普（Joachim Heinrich Campe）创作出版了德国版的两卷本的鲁滨孙历险故事《年轻的鲁滨孙》（*Robinson the Younger*，德语书名为 *Robinson der Jüngere*）。该书主要面向 6—10 岁的儿童，讲述一个 18 岁的德国漂流者在荒岛上求生存的经历。该书出版后，坎普将其翻译成了英文。坎普对鲁滨孙故事的改写受到卢梭的影响，即儿童图书的创作应以"儿童快乐和有益的娱乐"为目的，要让故事符合儿童的审美接受心理。坎普的书出版后深受欢迎，仅 19 世纪就再版了数百次。直到今天，坎普的书仍然是最成功的德语儿童文学作品之一。坎普在故事中省去了笛福的道德说教，穿插了坎普和一些年轻学生之间展开的讨论。最后，坎普笔下的鲁滨孙回到了年迈的父亲身边。1812 年，由瑞士牧师约翰·大卫·怀斯（Johann David Wyss）为儿童读者创作的《瑞士鲁滨孙一家》出版，该书讲述了一个瑞士家庭在前往澳大利亚杰克逊港的途中，船只在东印度群岛失事，一家人死里逃生，流落到一座海岛，绝地求生。父亲威廉是故事的叙述者，母亲伊丽莎白足智多谋，多才多艺。4 个孩子都是男孩，年龄最大的 15 岁，最小的 8 岁。孩子们在父亲的带领下探索孤岛，充分利用岛上的动植物，自力更生。书中很多关于动植物的知识都是错误的，因为它们永远不会同时出现在岛上。怀斯写这本书旨在教给他的 4 个儿子家庭价值观，了解大自然的相关知识为自己所用，培养自力更生的能力。这种创作目的和当时提倡的知识的教育氛围相契合。

《鲁滨孙漂流记》所构建的荒岛历险的主题是历久不衰的，相关名著层出不穷，可以一直延续到威廉·戈尔丁（William Golding）在《蝇王》（*Lord of the Flies*）中呈现的当代少年的孤岛历险与解救。而且，鲁滨孙·克鲁索在与世隔绝、荒无人烟的蛮荒旷野中经营着自己的生存方式和生产模式，在闲云树影日悠悠的漫长岁月里进行着缓慢而从容不迫的思索，也生发出一种独特的情趣和旨意。正如批评家乔治·桑普森（George Sampson）对笛福所作的评论："他绝不是才华横溢的；但他几乎是化单调为神奇的。"①

第三节　维多利亚时期的少年历险叙事：
海上遇险与荒岛求生之历险类型

维多利亚时期少年历险叙事的兴起和流行既是大英帝国到达巅峰期的时代晴雨表所显示的一种文化表征，又是帝国在工业革命以来快速崛起于世界的一种文学表达。这一时期英国在全球进行的扩张行动速度之快、力度之大，前所未有。国家层面日益增长的殖民扩张行动和收益在国民层面引发了高涨的热情。除了在北美的殖民活动，英国殖民者在印度、魁北克和非洲的开拓也大有进展，激起了普通人对冒险的向往。大英帝国的海外扩张和冒险行动为作家们提供了宏大的叙事背景，海外的异域风情和作为他者的神秘世界也成为作家创作灵感的来源。与此同时，在浪漫主义价值观和启蒙运动的共同作用下，维多利亚时期的人们高度重视个人奋斗，以各种成就来表明个人价值，而少年历险叙事所彰显的刚毅精神和决然进取的行动正是这种价值观念的文学写照，而且张扬了一种历险叙事的新的想象力。正如赛义德在论述文化与帝国主义的关系时指出的，维多利亚时代的文学在培养"帝国的情感、理性，尤其是想象力"，天然背负着培养"准备为自己和上帝的荣耀以及自己的国家冒险的人"的重任。

从题材和表达形式看，维多利亚时代的少年历险叙事主要有三种类型：一是海上历险与海岛求生叙事；二是以特定历史时期为背景的历险叙事；三

---

① SAMPSON G. The Concise Cambridge History of English Literature ［M］//ALDISS B, WINGROVE D. Trillion Year Spree：The History of Science Fiction，London：The House of Stratus，2001：71.

是以异国他乡为背景的异域历险叙事。海上历险叙事一般讲述主人公在航海途中遭遇海难，幸存者登上荒岛后发生的故事，也称荒岛求生故事。特定历史时期的历险叙事是以某特定历史事件，如某次战争等为背景讲述的历险故事。以异国他乡为背景地的历险叙事包括域外殖民地开拓历险叙事和域外探险叙事等。这几种类型的历险叙事着力表现在生存条件极为恶劣的荒岛等绝境艰难求生，战胜各种艰难困苦的少年英雄形象、激烈海战中的英雄形象、重要历史事件中的少年英雄形象，以及域外殖民地开拓者的形象和域外探险者的形象。

一、霍夫兰夫人的《少年鲁滨孙》

海上历险与海岛求生这一主题类型的历险叙事作品包括阿格尼斯·斯特里克兰（Agnes Stricland）的《相互竞争的克鲁索，又名海难》（*The Rival Crusoes or the Shipwrck*，1826）；安尼·弗雷泽·泰特勒（Anne Fraser Tytler）的《莱拉，或岛屿》（*Leila or the Island*，1833）；芭芭拉·霍夫兰夫人（Mrs Barbara Hofland）的《少年鲁滨孙》（*The Young Crusoe*，1829）；弗雷德里克·马里亚特（Frederick Marryat）的《马斯特曼·雷迪》（*Masterman Ready*，1841）；威廉·金斯顿（William Henry Giles Kingston）的《捕鲸手彼得》（*Peter the Whaler*，1851）、《"欢乐号"的巡航》（*The Cruise of the Frolic*，1860）、《火攻船》（*Fireships*，1862）等；R. M. 巴兰坦（R. M. Ballantyne）的《珊瑚岛》；罗伯特·史蒂文森（Robert Louis Stevenson）的《金银岛》；等等，都是这一时期的海上及荒岛历险叙事的代表作。

从发展状况看，从霍夫兰夫人的《少年鲁滨孙》到史蒂文森的《金银岛》，海上历险与荒岛叙事无论在文学艺术品质还是在故事结构等方面，以及对于少年读者的可读性和适宜性方面，都经历了很大的提升。故事的主人公也逐渐定位为12—14岁的少年，小说的篇幅更加紧凑严密，故事的叙述更为流畅自如；早期出现的宗教成分和说教因素逐渐淡化，更加注重艺术地表达道德和教育意涵，帝国男孩的身份也逐渐模糊化，荒岛历险叙事更倾向于有自觉意识的儿童文学叙事，增加了"成长小说"的文化追求。例如，作为现实生活中常见的少年，故事的主人公可能是一个牧师的儿子，或者其他中等阶层人家的子弟，也可能就是一个开小旅馆人家的儿子，等等，这样的主人公既非天赋超常，聪明过人，也非来自显赫家庭的子弟，当然更不是愚昧无知，呆头傻脑的少年，但他总是具有不可或缺的勇气和锲而不舍的毅力。重要的是，这样的少年主人公能够得到众多少年儿童读者的自我认同。这就能够为接下来展开的历险故事建立起可信性。少年主人公因为各种原因而离开家园，乘船出海，在海上遭遇各种困难和挑战，如海盗、暴风雨、鲨鱼，最后战胜困难，获得心智和体魄的双重成长，最后带着战胜艰难险阻的经历和成熟的人格返回家乡。在巴兰坦的《珊瑚岛》中出现了三个英国少年，15 岁的拉尔夫是故事的讲述者，另外两个少年是杰克和彼得金，他们因乘坐的船只遭遇海难而被困在一个荒岛上。为了生存，他们开始了鲁滨孙式的劳动和创造。他们通过摩擦木棍生火，以植物的果实充饥。为了抵达其他岛屿，他们动手建造了一只木船，用椰子皮作为船帆。他们与岛上的土著发生了冲突，杰克挫败了酋长塔拉罗的攻击。邪恶凶残的海盗绑架了拉尔夫，拉尔夫设法与海盗船员比尔一起逃跑，回到伙伴身边。后来，当他们试图帮助一个萨摩亚女孩阿瓦提时，酋长塔拉罗把他们抓住了。一位英国传教士的出现使事情有了转机，塔拉罗被说服后成为一名基督徒。最后历经磨难考验的三位少年回到了故乡，变得更加成熟和理智。这样的历险故事能够在吸引少年儿童的同时，促使他们思考自身的生活体验，有助于他们的精神成长。鲁滨孙式的少年通过自己的努力在荒岛生存，并且创造了一个适宜人类生存的生态环境，荒岛历险叙事能够为少年读者提供许多实用的知识，包括野外生存技能、观测天气、认识野外植物、如何烹熟生食，如何度过黑夜，等等。重要的是，通过阅读这样的故事，孩子们能够明白，只有像鲁滨孙那样，学会自己想办法，自己动手，才能解决面临的一切问题。

在维多利亚时期的荒岛历险叙事中，女作家芭芭拉·霍夫兰夫人（Barbara Hofland，1770—1844）的《少年鲁滨孙》（*The Young Crusoe*，1828）是一部较早的作品。霍夫兰夫人是 19 世纪早期较有影响的女性作家之一，也是以少年儿童为读者对象进行文学写作的先行者之一。她的《少年鲁滨孙》是对《鲁滨孙漂流记》的儿童文学化改写。这篇小说的主人公是 13 岁的少年查尔斯·克鲁索，他和他的父亲以及印度仆人桑波乘船出海，却在印度洋上遭遇海难，流落到一个小岛，在那里开始了艰难求生的历险。小说在开篇就讲述这个男孩非常崇拜鲁滨孙，非常向往他那样的非同寻常的野外生活。殊不知造化弄人，他自己在现实中从一个鲁滨孙故事的阅读者变成另一个流落孤岛的鲁滨孙。海难中的幸存者就住在岛上的洞穴里，为了捕食，不得不摸索着制作弓箭，学着捕鸟捕鱼，在树干上雕刻符号以标记时间，这一切就像笛福笔下的鲁滨孙的所作所为。这个历险故事很受欢迎，从初版到 1894 年，《少年鲁滨孙》至少重印了 11 次。如今在亚马逊上还能查到 2019 年的最新版本。自 19 世纪以来，该书的成功不仅表明了荒岛故事在儿童读者当中的接受度，还说明了以少年作为故事的主人公更容易引发儿童和青少年读者的共鸣。从坎普笔下 18 岁的青年主人公到霍夫兰夫人笔下 13 岁的少年，主人公的年龄更加贴近此类历险叙事作品的少年读者。此外，《少年鲁滨孙》的成功也鼓舞了日后的作者，使这些作家看到了专门为少年儿童写作历险小说是一项很有希望的文学创作。在《少年鲁滨孙》发表两年之后，霍夫兰夫人创作了《被劫持的少年》（*The Stolen Boy*，1830），故事背景地设置在异国他乡，讲述少年曼纽尔被来自得克萨斯的红种印第安人掠走并关押起来，但他凭着自己的机智和勇敢逃脱困境。

二、航海军人写海洋：马里亚特的海上历险叙事

霍夫兰之后，为年轻读者创作海上历险小说的作家弗雷德里克·马里亚特（Frederick Marryat，1792—1848）取得了卓越的成就。有趣的是，他的少年历险小说《马斯特曼·雷迪，或太平洋的海难》（*Masterman Ready*，*or*，*the Wreck of the Pacific*，1841）是应家人的要求而创作的。他的家人，尤其孩子们很喜欢《瑞士的鲁滨孙一家》这样的作品，他们向马里亚特提出请求，请他写出一部相同的作品，这成为他为儿童读者写作的缘起。当然，促使他动笔写作的另一个原因是他认为《瑞士的鲁滨孙一家》对于海上情景的描写很不准确，这使他感到很不满意。这就要从他的海军生涯说起。马里亚特出生在伦敦的一个中产阶级大家庭，从小就有叛逆精神，不愿意在学校读书，好几次离家出走，试图逃到海上。在大英帝国追求海上霸权，扩张海外殖民地的行动日益高涨的年代，他对航海生活产生了一种执着的、强烈的热爱。1806年，14 岁的马里亚特以海军军官候补生的身份加入了英国皇家海军，在"帝国号"军舰上服役。作为英国皇家海军的一员，他随舰船在西印度洋群岛服役。在他的海军生涯中，他参加过拿破仑战争，后来在大西洋服役，并且参加了在英吉利海峡搜寻走私船只的行动，还参加过缅甸战争。作为皇家海军军官，他还发明了直到今天仍被广泛使用的海上旗帜信号系统，人称马里亚特密码。由于表现出色，马里亚特升任皇家海军上校。在英国海军 20 多年的服役生涯为他进行海洋历险小说的写作提供了厚实的海上生活基础和丰富的创作题材。这样的亲身经历日后都体现在他创作的海上历险小说中，包括事件的多样性、地域的广阔性和海洋知识的丰富性，这些特征是此前的作家所不能比拟的。

1829 年，马里亚特出版了自己的第一部小说《海军军官》（*The Naval Officer*），引起轰动。1830 年，马里亚特告别了海军生涯，从此投入文学创

作。1831 年，他担任了伦敦一家杂志的编辑，从第二年至 1836 年，他成为该杂志的经营者。此后他相继发表了《彼得·辛普勒》（*Peter Simple*，1834）、《海军候补生伊塞先生》（*Mr. Midshipman Easy*，1836）和《加拿大的移民们》（*The Settlers in Canada*，1844）等历险小说。前两部作品具有相似的故事结构：某个出生于富贵家庭的少年因为某种原因加入了海军，经过海上生涯的历练，在各方面成熟起来，最后返回故乡继承了财产，成为受人尊敬的绅士。这一叙述模式是马里亚特海上历险小说的一个特征，也是他自身经历的一种写照。马里亚特讲述的历险故事生动形象，在文字表述的字里行间充满了热情和幽默，这让他迅速获得了大众读者的喜爱，也使他获得了经济上的成功。马里亚特在写作中注重相关的教育目的，他曾经这样表述："我们写这些小说并不仅仅是为了娱乐，我们一直认为这些小说可以给人们提供指导，我们不应当认为我们的目的只有一个，那就是让读者发笑。如果我们要写出一部精雕细琢的作品，讲真话，讲朴素的真理，把自己限制在只指出错误和要求改革的范围内，那是不会有人阅读的；因此，我们选择了这种轻松而细致的写作方式，将它作为一种途径，使我们能够传达有益的健康的思想，形成一种令人愉快的形式。"①可以这么说，马里亚特在他的海上历险小说写作中，有意识地将娱乐性和教育性结合起来，既提供人生指导，又能够使读者获得阅读的愉悦。马里亚特作品中主人公的历险和成功故事深刻地影响了这一时期的许多人士的人生选择，那些在英国本土找不到好的出路，又想改变命运的各阶层人士纷纷踏上了前往海外殖民地的远航之路。

1841 年马里亚特出版了应家人请求而创作的《马斯特曼·雷迪，或太平洋的海难》。这是专为少年儿童创作的海上历险小说，发表后很受欢迎，可谓大获成功。他的传记作者大卫·汉纳（David Hannay）高度评价了这部作品，认为"这是英语中最好的，或者说是英语中最好的同类图书之一。这是一个孩子的故事，在这个故事里，没有一个词语能难住读者的智力，也没有任何一个他们无法理解的情境或人物，但它显然是一部文学作品。"②

作为马里亚特少年海上历险叙事的代表作，《马斯特曼·雷迪》是一个鲁滨孙式的历险和成长故事。如前所述，马里亚特在为孩子们朗读约翰·维斯（Johann Wyss）的《瑞士的鲁滨孙一家》时，发现该书中不少有关航海和岛屿地理等方面的知识都是不准确的，这让他感到非常不满，这也是他答应为

---

① Marryat F. Mr. Midshipman Easy［EB/OL］. Project Gutenberg, 2020-08-12.
② HANNAY D. Life of Frederick Marryat［M］. London：Walter Scott, 1889：125-126.

孩子们写一本包含海洋知识的鲁滨孙式的历险故事的原因之一。在《马斯特曼·雷迪》中，西格雷夫一家人乘坐海船前往澳大利亚，这个家庭的长子威廉是个渴望航海的少年。船只在航行途中遭遇突如其来的风暴，一场海难即将发生。在肆虐的风暴中，海船严重受损，船长也受了伤。风暴平息后，船只行驶到一座荒芜的海岛边。在老水手马斯特曼·雷迪的带领下，这一家人登上了这座荒岛。与此同时，那艘受损的船只上的水手为了减轻负担，抛弃了岛上的一家人，将船开走了。在岛上，他们遭遇了野蛮的土著人的袭击，6岁的汤米不小心把储藏的净水也漏掉了，老水手雷迪在设法补充至关重要的淡水时也受了重伤。在危急时刻，"太平洋号"的船长赶来了。故事中的老水手雷迪具有丰富的海上航行经验，每到关键时刻会提出化险为夷的指点，他实际上是作者本人航海生涯和弥足珍贵的航海经验的体现。这一家人在太平洋上因海难被抛弃，经验丰富的老水手雷迪没有舍弃他们，而是帮助他们。他们像当年的鲁滨孙一样开始了在荒岛求生的经历。荒岛上的生活是小说的主体部分。雷迪和威廉在小说开篇时关于鲁滨孙的对话变成了现实。

这部小说呈现了马里亚特的少年海上历险叙事的重要特征。故事的情节结构贯穿着起伏跌宕的悬念因素，例如危急时刻再添新的危机，事情雪上加霜；看似安全之际，突然祸从天降；主人公是一个具有上进心的未成年人，故事中有一个睿智持重，富有人生经验和航海专业经验的引路人。此外，还有故事中的故事，紧张之中穿插有舒缓的放松，将少年的历险与老水手的航海生涯穿插起来，交替发展。

马里亚特喜欢给孩子们讲故事，熟谙孩子们的接受心理，知道如何讲故事才会吸引他们，并且使他们获得收益。西格雷夫一家人搭乘客海船在太平洋上航行，一场突如其来的强悍风暴几乎摧毁了航船，使全船人员命悬一线。待到风暴平息，海面风平浪静，西格雷夫一家感觉死里逃生，躲过一劫，正在庆幸之际，却不知另一场灾难已然来临，船员们为了自己的利益无情地将他们抛弃了。真是一波刚平，一波又起，刚挺过了风暴的劫难，还没有来得及松一口气，一场更大的不幸就降临头上。这样的情节悬念让读者心中波澜再起，不禁为这家人的命运感到担心不已。他们会溺亡在波涛翻滚的海水之中吗？老水手雷迪真的能够帮助他们闯过鬼门关吗？等到他们顺利登上荒岛，读者悬着的一颗心总算可以放下了。少年威廉·西格雷夫开始在岛上跟随老水手雷迪进行探寻，熟悉环境，学习荒岛生存技能。他们动手盖房，开垦土地，种植土豆以及其他作物，修建海龟池塘，挖蓄水池，搭建鸡舍，制作避雷针，等等。幸运的是，岛上土地肥沃，物产丰富多样，这流落荒岛的一家人终于在老水手雷迪的指引下在岛上安顿下来，住在能遮风避雨的房子里过上衣食无忧的生活。尽管与世隔绝，这样的岛上生活由于有了自己建立的家园而变得令人流连忘返了。在这段平静的日子里，老水手雷迪讲述了自己长达半个世纪的航海生涯经历，这就是作者构建的故事中的故事。舒缓的生活节奏穿插了惊心动魄的海洋波涛的汹涌，也把英国争夺海上霸权之路形象地展现出来。老水手雷迪讲述自己在世界各地的冒险故事，就像《一千零一夜》里的水手辛巴达讲述自己的航海故事。在荒岛上讲述航海故事就是远方的远方，别有意味。作为一个英国水手，雷迪的经历无疑建立在作者亲身经历的基础之上，围绕着英国、法国和荷兰等欧洲国家对海上霸权的激烈争夺这一历史背景展开。当时，这三国处于交战状态，英国为一方，荷兰和法国为另一方。那时的雷迪还是一个 13 岁的少年，历经多次海上战斗，差点沦为敌方的俘虏而遭受牢狱之灾，除了要忍受囚禁之苦，还可能被迫为奴。为重新获得自由，雷迪闯荡非洲腹地，那里野兽出没，险象环生。有一次险些被狒狒困死在山洞里。夜晚要在狮子的吼声中入眠。他既要躲避荷兰人的追杀，又要绕开凶残的土著部落。和雷迪在一起逃难的还有两个小伙伴，这一场荒野求生历险之旅步步都会遭遇危机，惊心动魄。不幸的是，两个小伙伴先后被狮子和鲨鱼夺去了生命，雷迪历尽艰辛，幸免于难，在经历种种危险后返回故乡。然而雷迪回到家园后再也见不到母亲了，她因为长年担惊受怕，已经去世了。雷迪不禁为自己少不更事的鲁莽而感到伤心懊悔，并希望威廉能吸取自己的教训。故事中的故事为读者呈现了另一种层面的航海历险，与现实中的荒岛历险形成呼应。本以为在荒无人烟的海岛上可以安然无事地生活下去，但没想到新的劫难又出现了，上百名土著人向他们发起了攻击，紧张的气氛顿时笼罩在所有人头上，也笼罩在整个海岛上空。好在他们事先有所防备，在雷迪的指挥下，所有人各就各位，有的爬到高处探望侦查，有的负责开枪射击，打退了土著人一次又一次的进攻。这是欧洲大陆帝国时代的工业文明对尚未开化的野蛮文化的胜利。而对于少年儿童，他们感受到战斗的紧张，是惊心动魄的行动，同时夹杂着历险的兴奋。随着战斗起伏跌宕的进程，小读者分享了主人公所经历的各种情感历程，从惊恐、绝望到化险为夷后的惊奇和兴奋。

在小说中，雷迪是具有英雄气质的引路人，他的名字"马斯特曼·雷迪"（Masterman Ready）本身就有所暗示，"Masterman"的本意是"卓越之人"，"Ready"的本意是"准备好了"，这就是作者心目中理想的能够引导少年走向成熟的人生导师和引路人。他就像《汤姆·布朗的公学岁月》中描写的拉格比公学校长托马斯·阿诺德，或者《哈利·波特》中呈现的霍格沃茨魔法学校的校长邓布力多，是引导少年主人公成长的良师益友，正是在他们的指点和帮助下，这些作品的少年主人公得以克服生活中的挫折，经受人生道路上以各种形式出现的各种考验。毫无疑问，作者笔下的这个引路人雷迪是个英雄，在他身上集中了马里亚特之前创作的历险小说中几乎所有主要人物的优点：既是一个拥有丰富人生阅历的虔诚的基督徒，又是一个具有人性关怀和勇于自我牺牲精神的拯救者，不惜牺牲自己救他人于水火之中。对于人生中遭遇的苦难，雷迪坦然接受，正如他所坚信的："我们岂能只从耶和华那里接受福佑而不承受灾祸呢？"与此同时，雷迪拥有作者非常看重的航海专业经验，是经过无数海洋风浪磨砺的老水手，具有超强的判断力和处变不惊的应对危机的刚毅与果断，从来不会出现让他不知所措的情况。在这部小说里，雷迪已经64岁，刚满10岁就在一艘煤船上当学徒，此后在海上航行了50多年。他能准确判断海上的风向、风速以及在风平浪静背后隐藏着的灾难。50多年的航海生涯使一个懵懂少年成为一个名副其实的老水手，但他并没有就此变得铁石心肠，在西格雷夫一家被自私的船长无情地抛弃之后，他毅然决定留在荒岛陪伴他们，帮助他们走出绝境，死里求生。他是这样表达自己的内心想法的："我一点儿也不在乎是早一年呢，还是早两年离开人世，但是我绝不愿意看到花儿在早春时节就被剪掉。"雷迪的选择既是他人道主义精神的体现，也来自他对自己野外生存能力的自信。他并不认为留在荒岛就是死路一条，他坚信凭着自己在惊涛骇浪中磨砺出来的海上生存能力，一定能带领西格雷夫一家获得生路。

作为西格雷夫家的长子，12岁的威廉品行端正，谦虚好学，对人彬彬有礼，而且向往远方，所以老水手雷迪非常喜欢他，不仅在航海技术、地理、自然历史的方面进行悉心指导，而且在道德和精神力量方面也给予培养。对于少年威廉，雷迪是他成长路上的指引者。小说开篇就有老水手雷迪和少年威廉之间的对话。威廉虽然向往远方，但害怕狂风和巨浪，于是对于惊涛骇浪见惯不惊的老水手告诉他，大海之所以发出惊天咆哮是因为它不能把航船压在自己身下，所以感到愤怒。在这天的谈话中，他们还谈到了鲁滨孙，当威廉问老水手是否像鲁滨孙·克鲁索那样因为遭遇海难而流落到荒岛上，老水手回答说，我当然经历过船只失事，但我从未听说过鲁滨孙·克鲁索。在这个世界上有那么多的人遭遇过不幸的灾难，经历过巨大的苦难，然而那么多的人却一辈子也没有讲述过他们所经历的一切。老水手的话向人们表明，鲁滨孙式的荒岛历险故事在现实生活中有很多很多，只不过没有被讲述出来而已。而雷迪 50 多年的航海生涯所经历的故事可能比鲁滨孙的故事更加精彩。雷迪经历的一切来自作者马里亚特对自己亲身经历的提炼。最后，雷迪在抵御入侵荒岛的土著人的战斗中受了致命伤，不治身亡，被埋在了荒岛上。面对长眠于孤岛的老水手雷迪，西格雷夫先生感叹道："卓越的老人！那粗糙的树皮下埋藏着一颗多么坚强的橡树之心啊！"

马里亚特发表的海上（海岛）历险作品在 19 世纪上半叶非常流行，对少年读者产生了深远的影响，这为维多利亚中期以来的少年历险叙事赢得了日益增加的读者群体，极大地推动了历险叙事的发展，使少年历险叙事在维多利亚时代形成了蔚然成风的格局。正所谓人们若想了解航海小说，就必须阅读弗雷德里克·马里亚特的作品，他的创作为"鲁滨孙"传统增添了新的时代意义和内涵。当然，马里亚特的海上历险叙事宣扬的主要是基督教的刚毅精神，还没有多少对大英帝国的海外扩张和殖民活动的讴歌和宣扬，这也是他的作品与威廉·金斯顿的海上历险叙事有所区别之处。马里亚特的成功奠定了 19 世纪英国少年历险小说蓬勃兴起的基础。后来者如威廉·金斯顿、托马斯·里德和罗伯特·巴兰坦等名家将沿着这条道路继续前行。

三、金斯顿的海上历险叙事

继马里亚特之后，金斯顿成为海上历险叙事的重要代表性作家。威廉·亨利·贾尔斯·金斯顿（William Henry Giles Kingston，1814—1880）出生在伦敦，外祖父是贾尔斯·鲁克爵士，父亲路西·亨利·金斯顿是葡萄酒商人，在葡萄牙波尔图经营葡萄酒生意。作为家中长子，金斯顿从小生活在波尔图，10 岁时从波尔图回到英国接受教育。少年金斯顿就像作家华盛顿·欧文（Washington Irving，1783—1859）幼年时向往远方世界一样。欧文在《见闻札记》的"作者自序"中写道，只要天气晴好，他必怀着渴慕的心情到码头周围漫步，目送一艘艘离港而去的船只驶向远方；眼看那渐渐消逝的桅帆，男孩的想象也随风飘荡，任意东西。少年金斯顿在整个夏天期间，会在海港附近闲逛，找机会和水手们聊天。后来他也从事葡萄酒商业活动，在经商期间他频繁地往返于英格兰和波尔图之间，对于浩瀚的大海产生了终生不渝的热爱。与此同时，他也开始写作。他用英语撰写的关于葡萄牙的报纸文章被翻译成葡萄牙语。1844 年，他发表了自己的第一本书，关于高加索西北部地区的《切尔克西亚首领》（*The Circassian Chief*）。他在波尔图居住期间还写了一本历史小说《首相》（*The Prime Minister*），还有游记《卢西塔尼亚速写》（*Lusitanian Sketches*），描述自己在葡萄牙的旅行。在定居英格兰后，他对于移民海外现象产生浓厚兴趣，进行了许多相关著述和相关活动。1851 年，他出版了为少年儿童创作的第一本书《捕鲸手彼得》（*Peter the Whaler*），取得了极大的成功。此后，他退出了商界，全身心投入少年海洋历险小说的创作中。他的很多作品都首先在周刊或月刊上连载，成为继马里亚特之后具有广泛影响力的海上历险叙事作家。金斯顿是一位勤奋写作的多产作家，在几乎半个多世纪的写作生涯里，出版了大约 300 部历险小说，其中大部分是面向男孩的少年小说。他的许多少年历险小说都是当时很受读者欢迎的畅销书。重要作品包括《在落基山脉》（*In the Rocky Mountains*）、《捕鲸手彼得》（*Peter the Whaler*，1851）、《蓝色的夹克》（*Blue Jackets*，1854）、《迪格比·希思科特》（*Digby Heathcote*，1860）、《"欢乐号"的巡航》（*The Cruise of the Frolic*，1860）、《火攻船》（*Fireships*，1862）、《海军士官生马默杜克·梅里》（*The Midshipman Marmaduke Merry*，1863）、《本·波顿》（*Ben Burton*，1872）、《三个海军见习生》（*The Three Midshipmen*，1873）、《三个海军上尉》（*The Three Lieutenants*，1876）、《三个海军中校》（*The Three Commanders*，1876）、《三个海军上将》（The Three Admirals，1878）、《太平洋绑架案》（*Kidnapping in the Pacific*，1879）、《猎人亨德里克斯》（*Hendriks the Hunter*，1884），等等。他为儿童读者写了许多游记，包括《向西漫游》（*Western Wanderings. or, a Pleasure Tour in the Canadas*，1856）、《我的多国游记：法国、意大利和葡萄牙》（*My Travels in Many Lands*：*France，Italy and Portuga*，1862）、《乘游艇环游英格兰》（*A Yacht Voyage round England*，1879）等。他为儿童写的历险与发现的历史故事包括《库克船长：生平、航行和发现》（*Captain Cook*：*His Life，Voyages，and Discoveries*，1871）、《伟大的非洲旅行家》（*Great African Travellers*，1874）、《海军通俗历史》（*Popular History of the Navy*，1876）、《著名的航行：从哥伦布到帕里》（*Notable Voyages from Columbus to Parry*，1880）、《远东历险记》（*Adventures in the Far West*，1881）、《非洲历险记》（*Adventures in Africa*，1883）、《印度历险记》（*Adventures in India*，1884）、《澳大利亚历险记》（*Adventures in Australia*，1885），等等。

尽管金斯顿没有经历过马里亚特那样的海军服役生涯，但他的父亲在从商之前当过水手，而且这个家庭还有其他人从事航海工作，所以他还是很熟悉航海业的；重要的是，他对于航海产生了始终不渝的热爱，从他的作品中人们可以切实感受到他对航海和海军活动的浓厚兴趣和深入了解。金斯顿的很多作品都是表现英国海军的海上活动与生活的。他认为海军这一职业是所有职业中最高尚、最值得赞扬的。这正是由大英帝国进入海上霸权时代所激发的自豪感。他写过一本名为《大不列颠是如何统治海浪的》（*How Britannia Came to Rule the Waves*）的书，讲述英国的船舶发展状况，将海上运输活动的发展与英国皇家海军的发展结合起来，详细阐述了英国海军的发展历史，在讲述历史上发生的著名战役时穿插一些有趣的插曲。金斯顿认为，就像罗马不是一天建成的那样，英国皇家海军也不是在某一天建成的。他这本书就致力于"简要地回顾一下英国海军在各个时代所取得的进步，它的惯例和水手们的惯例的形成，以及从我们这片狭小的英伦岛屿第一次为世人所知的那些日子以来，他们取得的更为显著的功绩"。书中反映了金斯顿对于海军和航海的信念，对于船舶、航海和相关历史知识的熟悉，这些都成为金斯顿进行海上历险叙事的坚实基础。

（一）《捕鲸手彼得》

金斯顿于 1851 年发表的《捕鲸手彼得》是作者最具代表性的少年历险小说，虽然经过漫长岁月的沉淀仍然没有黯淡下去。小说主人公是 15 岁的彼得·莱福罗伊。他出生在一个普通家庭，年少时顽皮淘气，桀骜不驯，还因为偷猎被人抓住。被他弄得伤心无措的父母将他送到一艘船上当水手学徒，这艘船将和船队一起从利物浦驶往北美殖民地。这一旅程并不顺利，彼得首先要侍候恶棍船长，在船上不仅遭受极其恶劣的对待，还要饱受船长的欺凌虐待。随后由于风暴的肆虐和海盗的出现，他在海上经历了一连串磨难和险境，先后换了好几艘船，也结识了不同的人。在"黑天鹅号"海船上，他认识了自己的第一个朋友西拉斯·弗林特，并且出手救了他的性命。在"玛丽号"海船上，彼得结识了令人尊敬的迪恩船长和他可爱的女儿玛丽，由此到达了魁北克。在一系列的意外后，彼得最终踏上了"苏珊娜号"海船，离开新奥尔良，前往伯利兹。途中遭遇"浪花号"海船的伏击，沦为"浪花号"的囚犯，并在船长的威胁下劫持了"玛丽号"。不过，后来彼得帮助"玛丽号"海船的船员成功地将船夺回。一波未平，一波又起，"玛丽号"海船后来又遭到"海王星号"海船的劫持和抢掠，为了保护大家的安全，彼得自愿留在船上。再后来，彼得辗转之中上了另一艘船，不幸的是，这艘船撞上了冰山。在经过一番磨难和波折之后，彼得和三位好友被"谢德兰少女号"捕鲸船救起，从此开始了作为一个职业捕鲸人的海洋生涯。经历了北极地区的历险之后，彼得就像水手辛巴达一样返回故乡，与迪恩船长、玛丽和自己的亲人们团聚，过上了安稳富足、受人尊敬的生活。小说讲述了一个成长故事，背景是浩瀚的海洋。一个人们唯恐避之不及的顽劣少年，在出海经历一系列惊涛骇浪般的磨难和磨砺之后，成长为一个刚毅持重、受人尊敬的富裕绅士，这种经过奋斗，经过大风大浪的磨砺而成长的人生道路对于众多父母和少年都具有很大的吸引力。而这些作品中呈现的海洋风貌，尤其那些跌宕起伏、险象环生、化险为夷的惊险故事，又为年轻的阅读者带来极大满足。顽劣少年彼得经过海上历险的磨砺，过去那桀骜不驯的倾向升华为无畏、自强、独立、坚韧等积极的品性，这是值得肯定和赞赏的。小说展现的浩瀚大海，辽阔多变，充满生机和杀机；海岛上也有充满野性的自然风光；作者描述的人类驾驭航船征服海洋的本领，以及野外生存技巧，等等，都给读者留下深刻的印象。和这一时期的其他作品一样，这部作品也具有浓厚的基督教色彩。其中，对上帝的信仰成为彼得活下来的精神支柱，而且他在讲述自己的故事时总是不忘宣扬基督教的价值观。故事构思巧妙，情节进程起伏跌宕，扣人心弦。作者一方面在浩瀚凶险的大洋背景中描写了充满紧张气氛的船上生活，以及激烈的海上冲突和对攻场面，另一方面呈现了横行海洋的海盗枭雄如何在海域地区劫掠过往船只的情景。可以说，《捕鲸手彼得》包含了少年历险故事的所有重要元素：海难和沉船、绑架和劫持、海盗行径、荒岛生存，等等。

（二）从《三个海军见习生》到《三个海军上将》系列

金斯顿的《捕鲸手彼得》聚焦于平民主人公的海上历险叙述，而在他后来创作的"三个"系列之历险小说中，作者将叙事镜头转向海军领域，主人公都是海军现役人员，这使他的这一历险叙事具有浓厚的海军特色。这个系列包括《三个海军见习生》、《三个海军上尉》、《三个海军中校》和《三个海军上将》系列。主人公是加入海军服役后结识的三位好友，他们是来自爱尔兰的特伦斯·阿代尔、来自英格兰的杰克·罗杰斯和来自苏格兰的阿利克·默里。这个海洋历险系列讲述了这三人经过海军生涯磨砺后，从海军军官候补生一路晋升到海军上将的故事。首先是英国海军在这一时期的活动这一大背景：打击那些影响英国航运的海盗，确保所谓自由贸易的通畅。读者跟随主人公乘着军舰在茫茫大海上航行，或顶着狂风暴雨前行，或与海盗船展开激战，对手还包括贩运奴隶的团伙，水兵们有时还会登上陆地追击奴隶贩子，以解救那些被贩卖的奴隶。从第二部小说开始，有更多的新的人物加入舰队，尤其更年轻的人员，比如杰克的弟弟汤姆、默里收养的孤儿侄子阿奇、阿代尔的侄子杰拉尔德，等等。他们代表海军的新生力量。作者特别注意故事细节描写的真实性，这正是《鲁滨孙漂流记》开启的写实性特征。金斯顿以三位好友的同学这一身份讲述故事，力图使少年读者感到真实可信，这一叙述角度也使读者获得了一种独特的亲切感——因为作者讲述的就是跨出校园的少年们进入海军舰艇这样的特殊社会的故事。这一系列具有浓厚的海军情结合国家意识，同时表现了青少年成长过程中守望相助的战友情怀，为英国利益而战的国家情怀。

从总体上看，"三个"系列之海洋历险小说体系庞大，内容繁多，涉及的地域海域非常广阔，包括地中海、大西洋、太平洋、非洲、马来半岛等，为少年儿童呈现了丰富多彩的海洋异域风景和独特奇异的海外国家地区的风土人情。登上形状奇特的管风琴山，可见山上的参天大树，包括椰子树、橙树、棕榈树、红树，以及颜色艳丽的坚果或花朵，羽毛鲜艳的鸟儿，色彩缤纷的蝴蝶，还有快乐而富足的当地人时不时举行宴会，等等。还有那些英国少年可能闻所未闻的异国他乡的果园之国、鲜花之国。出现在这一历险系列的人物也非常之多，包括希腊人、土耳其人、非洲黑人、西班牙人、法国人、美国人、中国人，等等。当然，这一小说系列非常清晰地呈现了作者金斯顿的国家观念，对帝国事业的高度认同，以及作为盎格鲁-撒克逊民族的优越感。金斯顿强调国家是一个主体，应当团结起来。难怪这一系列小说的主人公分别来自英格兰、苏格兰和爱尔兰，这个人物设定旨在强调英伦民族的团结。历史上，英伦岛屿的老大自然是英格兰，正是将苏格兰议会并入英格兰之后，英伦岛屿才真正实现了统一，英国的海外扩张和殖民地事业才得以获得大力发展。阿代尔、杰克和默里这三个少年主人公在入校第一天就共同面对校园霸凌；在加入海军服役时又团结一致反抗老兵的欺负；在遭遇海难或者被敌人俘获时互相帮助，甚至不惜拼死相救。这种团结守望、并肩战斗、生死相依的战友情谊构成了金斯顿笔下英国海军的精神主旋律。正如金斯顿在《大不列颠是如何统治海浪的》一书中所表露的，我们对历史了解得越多，就越相信，英国现在的伟大和繁荣，要归功于它的商人、制造商和商船海员们的开放进取精神和坚韧不拔的毅力。没有他们，她勇敢的军队和海军就不可能建立或维持，也不可能赢得令英国人自豪的声誉。金斯顿很清楚，没有一个团结一致的英国，没有一支强有力的军队，就不会有英国的海上霸权和广阔的海外殖民地。他要将这种精神传递给英国的少年——大英帝国事业未来的接班人。"三个"系列还映射出当时错综复杂的时局和英国的国策。虽然英国早在1588年就击败了西班牙的无敌舰队，使之失去了海外殖民的霸权地位，但西班牙并没有完全退出殖民地争夺和海外贸易。另一方面，英法七年战争之后，两国之间依然矛盾重重。因此在通往殖民地的广阔海域，这三国之间的舰船无疑会有相遇的时候。金斯顿的帝国意识迎合了维多利亚时期英国人的普遍认识。他认为英国海军（或者英国人）是落后民族的救世主，他们来到落后民族的土地上是为了帮助当地人实现进化，表现出强烈的盎格鲁-撒克逊民族的优越感。他在小说中表达了对西班牙人和法国人的不屑之意。金斯顿对于黑人是区别对待的，他认为那些和英国人亲善的黑人有感恩之心，而其他的人则有待英国人去拯救和改造，表现出一种高高在上的救世主姿态。对当时的中国人，金斯顿表现出轻率的无知与偏见，进行了丑化式的描写。

另一方面，金斯顿也在小说中流露出对战争的困惑，对英国政府的殖民地政策的怀疑。不过，这些困惑和怀疑并非本质性的，而是他在思考究竟采取什么样的殖民政策会更好，更加有效，以及英国政府的操作方式是否能够得到改进。他对于战争的描写涉及战争与创伤、死亡与毁灭，以及与战争相关联的其他历史和社会文化因素。在小说中，作者往往通过默里来表达一些另类的思考和质疑，似乎通过默里来披露自己的一些政治观点。对于少年读者，金斯顿的海上历险小说可以强化他们的民族认同和帝国意识，尤其是为他们描绘了一幅理想的人生前景：参加海军既可为国效力，又可以获得财富，提高自己的社会地位，过上体面的、令人敬重的生活。

四、巴兰坦的《珊瑚岛》

作为维多利亚时期的少年历险小说，罗伯特·巴兰坦的《珊瑚岛》无疑是影响深远的传世经典之一，时至今日仍然拥有不少读者。《珊瑚岛》对于史蒂文森创作《金银岛》的影响是显而易见的，至于 20 世纪 50 年代出现的威廉·戈尔丁（William Golding，1911—1994）的小说《蝇王》（*Lord of the Flies*，1954）可视为与《珊瑚岛》跨越百年时空的对话与呼应，两者形成了一种独特的前后承接，反向而动的互文性，即后者承其脉络，但反其道而行之。罗伯特·巴兰坦（Robert Michael Ballantyne，1825—1894）出生在苏格兰爱丁堡，父亲是一家报纸的编辑，同时也经营印刷业务。1825 年发生的席卷英国的银行业危机导致了巴兰坦家的印刷业务的倒闭，次年还欠下了大笔债务，家中经济状况日趋窘迫。巴兰坦在 16 岁时只身前往加拿大谋生。他在哈德逊湾公司工作了 6 年，主要从事与当地居民进行皮革交易的业务。由于要乘坐独木舟和雪橇等当地交通工具，前往采购的目的地，包括现在的马尼托巴省、安大略省和魁北克省的许多地区，这一经历为他日后的文学创作提供了背景和素材。1847 年巴兰坦从海外回到苏格兰。第二年他出版了自己的第一本图书《哈得逊湾：生活在北美荒野的生活经历》（*Hudson's Bay：or, Life in the Wilds of North America*）。1853 年，他把一本描写北美风貌的书改写成少年读物，取得了很大成功。爱丁堡的一家出版商建议他写儿童历险故事。1856 年他创作的《年轻的皮毛商》（最初名为《雪花和阳光》）出版，很受读者欢迎。这一年他放弃了经商业务，专心投入文学创作，并由此为青少年读者写出了一系列历险故事。主要作品除了《年轻的皮毛商》，还包括《珊瑚岛》（*The Coral Island*，1858），《冰雪世界》（*The World of Ice*，1859），《昂加瓦：一个关于爱斯基摩岛的故事》（*Ungava：a Tale of Eskimo Land*，1857），《雪地狗克鲁索》（*The Dog Crusoe*，1860），《灯塔》（*The Lighthouse*，1865），《海上猎鲸记》（*Fighting the Whales*，1866），《在地矿深处》（*Deep Down*，1868），《海盗之城》（*The Pirate City*，1874），等等，共100多部作品。

《珊瑚岛》的主人公是少年拉尔夫，故事讲述他和自己的两个伙伴在一次海上航行途中遭遇海难，死里逃生，流落到位于南太平洋的一个孤岛，历险求生的经历。为了解决生存中最紧迫的食物问题，三个少年想尽了一切办法，包括在岛上寻觅椰子和牡蛎等所有可以填饱肚皮的东西。与此同时，他们还必须防范荒岛野地里出现的一切致命危险。他们也曾在水中遭到鲨鱼的攻击，拼命逃过劫难；他们目睹了食人生番之间的残酷争斗；遭遇了海盗的袭击和追捕。令人印象深刻的海盗"血腥比尔"还抓住了拉尔夫，从这个比尔身上，人们可以预先看到史蒂文森《金银岛》中那个脸颊留有一道刀疤的海盗头目"比尔"的身影。在经过一番惊心动魄的逃脱之后，拉尔夫劫后余生，驾着海盗的帆船驶回了海岛，然后同自己的两个伙伴一起乘船出发，逃向另一个岛屿。在这个新的岛屿上，他们被岛上的土著关押起来，而后在传教士的干预下，经过谈判，他们与土著岛民达成了和解。最后，三个历尽劫难的少年带着土著们馈赠的丰厚礼物返回故乡。故事中的三个少年各具性格特征，在遭遇困境和磨难时不畏惧、不退缩，而是积极应对，凭借勇敢和智慧死里逃生，化险为夷。从帝国叙事角度看，少年为南太平洋诸岛带去了现代文明，传教士则尽力向土著居民传播福音，这无疑象征着对这些蛮荒岛屿进行的开化行为。在故事的结尾，南太平洋诸岛似乎变成了基督教的领地，这在特定意义上体现了英国维多利亚时代中期重视海外贸易和福音传播的时代特征。

五、史蒂文森的《金银岛》

史蒂文森被称为英国19世纪末新浪漫主义文学的代表性作家，他为少年儿童创作的《金银岛》堪称维多利亚时期最重要的，也是影响最深远的少年历险叙事之一。罗伯特·路易斯·史蒂文森（Robert Louis Stevenson，1850—1894）出生在苏格兰爱丁堡，父亲和祖父都是灯塔工程师。他们出海检查那些为航船指路的灯塔时，时常把年幼的史蒂文森带在身旁，这让他从小就饱览了变幻莫测、浩瀚壮丽的大海景观。在海上航行和岛上驻足时，父亲和祖父会对史蒂文森讲述有关航海和海盗的故事，这无形中对史蒂文森产生了很大影响。日后当他创作《金银岛》时，幼年听过的这些故事无疑对他笔下海盗形象活灵活现的刻画，以及对藏宝行为的细致描写提供了很大帮助。史蒂文森在大学时期即开始写作，离开大学后又用了几年时间到英国各地及法国等地区旅行，结识了不少朋友，增加了人生的阅历和对社会的认识。他先后创作的作品有游记《内河航程》（*An Inland Voyage*，1878），描述史蒂文森与朋友从安特卫普前往蓬图瓦兹的经历；《骑驴漫游记》（*Travels with a Donkey in the Cévennes*，1879）；惊险浪漫故事集《新天方夜谭》（*New Arabian Nights*，1882）；重要小说有《金银岛》（1883）、《化身博士》（1886）、《诱拐》（*Kidnapped*，1886）、《黑箭》（*The Black Arrow：A Tale of the Two Roses*，1888）。他的儿童诗集《一个孩子的诗园》（1885）已成为英语儿童诗歌的经典之作。

成年后，史蒂文森时常给继子劳埃德讲述各种故事，还陪他一起观看风景，一起绘图作画。有一天这两代人共同画了一幅想象中的海岛地图，涂上颜色后，他们将此岛取名为金银岛。如此美丽的海岛岂能没有一个惊险刺激的历险故事呢，于是史蒂文森决定为它写一个故事，这就是少年历险名著《金银岛》创作的缘起。不过男孩劳埃德还提出了一个要求，这个故事里不能出现女人。史蒂文森当然要满足劳埃德的要求，于是乎在这个故事里除了主人公吉姆的母亲外，真的就再没有其他女性人物出现了。这个寻宝历险故事于 1881 年 10 月至 1882 年 1 月在《小伙子》刊物上发表，名为《金银岛，或伊斯班袅拉号上的暴乱》，作者署名是"乔治·诺斯船长"，1883 年单行本《金银岛》出版，史蒂文森将它题献给了劳埃德。"金银岛"的现实海域就是靠近南美大陆北岸一带的大片海域，有人认为具体地域在如今古巴的一个名为青年岛，也叫松树岛的特别行政区。从 16 世纪至 18 世纪，尤其在当年西班牙海上力量称雄海洋的几百年间，这一带海面常有西班牙商船来往，所以也是赫赫有名的加勒比海盗兴风作浪、聚伙打劫的天堂。猖狂的逃犯和海盗驾驶着海盗船在海上四处流窜，追击西班牙运输金银财宝和商货的船只，把抢来的金银财宝运到荒无人烟的小岛上，藏于隐秘的山洞里。《金银岛》讲述的是一个传统的关于海盗与宝藏的寻宝历险故事。故事的主人公是 10 岁的少年吉姆·霍金斯，他的父母在临海的黑山海湾旁经营着一家小客店，店虽小，店名倒非常响亮："本鲍上将旅店"。有一天，一位不速之客的到来打破了客店的平静生活。这个住店的旅客名叫"比尔"，脸颊上留有一道明显的刀疤，自称"船长"，整天痛饮朗姆酒，嘴里老是哼着一支怪怪的海盗小曲："十五个人扒着死人箱……唷嗬嗬，朗姆酒一瓶，快来尝……"他常给少年吉姆讲些恐怖的故事，比如罪犯如何被处以绞刑；双手被绑的海盗如何蒙着双眼走过跳板；平静的海面如何风暴骤起，巨浪滔天；西班牙海盗的巢穴里如何遍布骨骸，等等。这个比尔每月给吉姆4个便士，要他替自己留心一个"独腿海盗"的踪影。眼见行为怪异的比尔对这个神秘的"独腿海盗"如此恐惧，吉姆无数次在梦里见到这个可怕人物——这无疑预示了凶狠歹毒的海盗头子独腿西尔弗的登场。由于饮酒过量，加上受到严重惊吓，比尔突然死在小客店里。慌乱中吉姆在比尔随身携带的水手衣物箱里找到一张神秘的"金银岛"藏宝图，那是海盗船长普林特留下来的。根据藏宝地图的标识，人们可以找到这座神秘的海岛及其藏宝处。于是围绕着这张地图展开了一场远航寻宝的历险斗争。

经过围绕藏宝图进行的一番讨论，当地有名望的斯摩莱特船长和镇上的利弗希医生等人决定带着吉姆和这张藏宝图前往金银岛去寻找宝藏，而以独腿海盗西尔弗为首的一批心怀叵测的海盗也装扮成普通水手前来应聘，同舟前行。在前往金银岛的海上旅途中，吉姆一行遭遇了许多惊险的事件，包括海盗们的叛乱，风暴的肆虐和船上致命疟疾的爆发，等等。通过冷静果断地与海盗周旋，机智勇敢的吉姆多次挫败了海盗们的阴谋。在历经千辛万苦之后，航船终于抵达了金银岛。吉姆一行先后登上岛屿，随后又挫败了疯狂的海盗们发起的攻击，将他们悉数击毙或者俘获，最后的胜利成果就是找到那些价值连城的宝藏。不过狡猾的海盗头子西尔弗并没有落网，他趁乱逃跑了，给故事留下了一丝悬念。

《金银岛》中作者对海盗头子"大高个约翰·西尔弗"（Long John Silver）的刻画是传神的，呈现了他复杂多样的个性，给读者留下深刻印象。这个独腿海盗是臭名昭著的海盗船长老弗林特的大副，为人狡诈。他平常总是一副与人为善、热心助人的模样，让少年霍金斯对他产生了好感和信任。实际上，独腿西尔弗自始至终都在策划一场阴险毒辣的"借船出海，乘乱夺宝"的阴谋。海盗头目西尔弗在斯摩莱特船长的海船上担任的是厨师的职务，平时待人接物十分和气友善，把船上的人都迷惑住了。他处事圆滑，干厨师工作也尽心尽力，这让质朴善良的吉姆很是喜欢他，但这一好感不久就彻底反转了。有一天吉姆躲在甲板上的苹果桶里玩耍时，无意中偷听到以西尔弗为首的海盗们进行反叛的密谋，并且亲眼看见他恶狠狠地杀死了一名船员，这让吉姆窥见了事情的真相，认清了他残暴的本性。总体上，这是一个具有多面性格的复杂的人，他有时温文尔雅，言谈举止颇具绅士风度；有时凶残歹毒，充满暴戾之气；有时沉稳冷静，有时暴跳如雷；他生性残忍，作恶多端，但又贪生怕死，在最后的关头抛弃了所有帮凶，一个人逃之夭夭。事实上，人性的复杂，包括有时善良的一面，以及本质上邪恶与贪婪的一面，在他身上显露无遗。当然，之前来到小旅店的海盗比尔对独腿西尔弗的恐惧烘托了后者的可怕之处，人未出场，恶狠狠的气势已先声夺人。这无疑是《金银岛》成功塑造的一个反面人物的形象。

第四节　维多利亚时期的少年历险叙事：
少年历史历险类型

一、马里亚特的《新森林的孩子们》

维多利亚时代的少年历史历险叙事是将历险故事设置在某个特定的历史背景之中，这一历史背景一般是真实的，具有现实的历史质感。这一叙事类型的代表性作家是乔治·阿尔弗雷德·亨蒂（1832—1902）。事实上，对于少年儿童了解历史这一命题，维多利亚时期的有识之士都是比较关注的。狄更斯特意为儿童读者撰写了《写给儿童的英国史》（*A Child's History of England*，1851—1853），用孩子们能够理解和接受的语言讲述从早期的不列颠岛国的历史，直至工业革命前的英国历史，历经盎格鲁-撒克逊王朝、诺曼王朝、金雀花王朝、都铎王朝、斯图亚特王朝，通过讲述历代君王政治和个人命运的沉浮，重大历史事件的发生，国家社会的动荡与变迁，作者也表达了一种看待历史发展演进的哲思和心境，体现了工业革命时期有远见卓识的现实主义作家对于少年儿童心智发展和历史认知的关注。狄更斯写作儿童版英国史是希望激发孩子们对于历史的兴趣，提升人文历史修养，相比之下，历史历险叙事通过文学方式将历史事件和历险故事结合起来，具有生动形象、引人入胜的独特艺术魅力和吸引力。

1847 年，马里亚特出版了少年历史小说《新森林的孩子们》（*The Children of the New Forest*），故事的历史背景设置在动荡的 17 世纪 40 年代英国资产阶级革命期间。国王查理一世的军队与克伦威尔领导的以清教徒为中坚的国会军之间爆发了内战。故事围绕着四个孩子的命运展开。故事始于 1647 年，此时国王查理一世统领的军队已经战败，只得带着残存部属从伦敦逃往新森林地区。克伦威尔指挥的国会军士兵和清教徒"圆颅党"追踪而至，在森林地区展开搜捕行动，他们一把火烧掉国王军队中的贝弗利上校的林中庄园，这个贝弗利上校已经在之前的战役中阵亡。庄园毁于烈火之后，住在庄园里的贝弗利上校的四个孩子爱德华、汉弗莱、艾丽丝和伊迪丝被认为必死无疑。然而不为人知的是，当地的一个守林人雅各布·阿米蒂奇（Jacob Armitage）已经把孩子们救走了，并把他们藏在密林深处的茅舍里，当作自己的孙子孙女抚养。在守林人阿米蒂奇的指导下，孩子们学会了在林中打猎，在空地上播种庄稼，并由此告别了往日的贵族式生活方式，适应了简陋的林中生活。老人阿米蒂奇去世后，爱德华担负起照料弟妹的责任，孩子们在具有开拓精神的弟弟汉弗莱的带动下，开发和扩建林中的农庄。孩子们从一个陷阱中救出的吉卜赛男孩巴勃罗也加入了他们的行列，做他们的帮手。附近地区有一个对这些孩子充满敌意的清教徒，他是看林人柯博尔德，他总想伤害爱德华和他的弟妹。与此同时，爱德华也遇到一个富有同情心的清教徒希瑟斯通，他负责管理新森林地区的皇家土地。在一场发生在庄园的失火事件中，爱德华救出了希瑟斯通的女儿佩欣丝。为表达谢意，希瑟斯通让爱德华担任他的秘书，不过爱德华的真实身份并没有暴露，他仍然是老守林人阿米蒂奇的孙子。爱德华后来参加了未来的国王查尔斯二世的军队，但保皇党的军队在伍斯特战役中败北之后，他回到了新森林地区，得知他们一家原来拥有的庄园地产已经归希瑟斯通所有，而且佩欣丝明确地拒绝了他的爱情表白，失望和伤心至极的爱德华跑到法国去了。他的两个妹妹被送到别处，过上了贵族小姐的生活，只有弟弟汉弗莱留在新森林。再后来，爱德华得知佩欣丝是真心爱他的，而且希瑟斯通是为了爱德华才致力于获得贝弗利家的庄园地产。但爱德华并没有赶回来，他仍然在异国流浪，直到查理二世就任国王后才回到新森林，与相爱之人重新团聚。这个故事的主线围绕贝弗利四个孩子在森林里学会独自生存而展开，尤其表现了少年爱德华·贝弗利经过磨难而成长的过程。故事颂扬了刚毅、忍耐和勇气等理想品质。小说中的四个孩子最终都成为作者心目中少男和少女走向成熟的理想模式。当然，作为一部儿童历史小说，作者的政治倾向是趋于保守的，他对于追随国王的人士给予了同情，但他也描写了富于人性的清教徒人士希瑟斯通。通过保皇派后代爱德华与国会派清教徒希瑟斯通的女儿佩欣丝之间的相爱和结合，作者表达了一种让相互对立的极端的政治派别走向妥协和沟通的愿望。作者对于主人公爱德华·贝弗利的描写不是单面的，他出身高贵，生性傲慢，脾气暴躁，但又富于同情心，勇于助人，危难时表现出坚韧不拔的勇气和决心，他的出现标志着19世纪英国儿童文学领域血肉比较丰满的少年主人公的诞生。

二、乔治·亨蒂的少儿历史历险小说

乔治·亨蒂（George A. Henty，1832—1902）出生在伦敦剑桥附近的特朗平顿。由于幼年体弱多病，童年的许多时光都是在床上度过的。不过这一经历使他爱上了阅读图书。他先在伦敦的威斯敏斯特学校上学，后来进入剑桥大学的冈维尔和凯斯学院读书。克里米亚战争爆发后，他自愿加入了军队的医疗后勤部门服务，从而离开了学校，没有完成学业。他被派往克里米亚，在那里目睹了英国士兵如何在难以想象的艰苦环境中进行作战。他在寄给家人的书信中生动逼真地描述了自己看到的战火纷飞的情景。他的父亲被这些书信打动了，随即将它们寄给《广告晨报》，报纸把它们刊印了出来。这对于年轻的亨蒂是一个鼓励，后来他成为一名战地记者，接受了多家报纸的聘请，到俄国、非洲、西班牙、印度和巴尔干半岛等地区进行特别新闻报道。亨蒂先后报道了 19 世纪后期的一系列重大事件，如 1866 年的奥意战争，特别是朱塞佩·加里波第在蒂罗尔的战役，纳皮尔勋爵的阿比西尼亚远征（1867—1868）；苏伊士运河的开通（1869）；普法战争（1870—1871）和巴黎公社运动（1870—1871）。亨蒂还报道过 19 世纪 70 年代发生的重要冲突和事件，如 1873 年俄罗斯征服希瓦、1873 年的阿散蒂战争、1876 年的塞尔维亚战争，1877 年的俄土战争以及 1875 年威尔士亲王对印度的访问等。亨蒂对这些发生在世界各地的大事件的报道经历，为他创作历史历险叙事打下了坚实的基础。

亨蒂喜欢在晚饭后给自己的孩子们讲故事，这对于他把握文学叙述的技巧是很有帮助的。1868 年他开始写作自己的第一本少年小说，《在遥远的南美大草原：年轻的移民们》（*Out on the Pampas：The Young Settlers*），书中主要人物就直接采用了自己孩子们的名字，这本书于 1870 年 11 月出版，但在书名页上的出版日期印的是 1871 年。19 世纪 70 年代，亨蒂应出版社的约请，开始为儿童和青少年读者创作小说，而如今他最为人所知的就是他的少年历史历险小说，主要作品包括《年轻的游击队员及其在普法战争中的历险行动》（*The Young Franc - Tireurs and Their Adventure in the Franco - Prussian War*，1872），讲述英国少年拉尔夫和他的伙伴在德国人入侵法国时为法国而战的英勇行为；《长矛和沟堑：建立荷兰共和国的故事》（*By Pike and Dyke：a Tale of the Rise of the Dutch Republic*，1880），通过少年主人公的眼睛见证荷兰人反抗西班牙统治，争取独立的斗争；《在恐怖统治下：一个威斯敏斯特少年的历险故事》（*In the Reign of Terror：the Adventures of a Westminster Boy*，1880）讲述主人公哈利·桑德威斯，一个威斯敏斯特学校的少年，在一个法国侯爵的城

堡里做实习生，在法国大革命爆发后的危机中经历种种艰难险阻，陪伴家人到达巴黎；《年轻的号手，半岛战争的故事》（*The Young Buglers，A Tale of the Peninsular War*，1880）；《在德雷克的旗帜下》（*Under Drake's Flag：a Tale of the Spanish Main*，1883）讲述少年内德·赫恩跟随英国海盗船长弗朗西斯·德雷克在加勒比海的历险故事；《与克莱夫在印度：一个帝国的开端》（*With Clive in India，or，the Beginnings of an Empire*，1884）通过一个英国少年前往印度寻求经商致富的故事，讲述了英国如何殖民印度，从而如何为大英帝国的最终建立，为维多利亚女王成为印度女王奠定基础的。在经历 10 年的历险之后，少年终于带着一大笔财富回到故乡，而且由于他在此期间对于增强英国在印度帝国的影响，将法国人赶出印度所做的贡献，他还获得了军队颁发的勋章；《为了自由的事业：华莱士和布鲁斯的故事》（*In Freedom's Cause：a Story of Wallace & Bruce*，1885）讲述在 14 世纪初的苏格兰，威廉·华莱士和罗伯特·布鲁斯为苏格兰的独立而反抗英国统治的斗争；《英格兰的圣乔治：克雷西和普瓦捷的故事》（*St. George for England：A Tale of Cressy and Poitiers*，1885）；《龙与乌鸦：阿尔弗雷德国王的故事》（*The Dragon & The Raven，or，the Days of King Alfred*，1886）讲述一个贵族青年参加阿尔弗雷德国王领导的战斗，立下赫赫功绩的故事；《北方的狮子》（*The Lion of the North：A Tale of the Times of Gustavus Adolphus*，1886）；《与沃尔夫一起在加拿大的日子：一个大陆的胜利》（*With Wolfe in Canada：the Winning of a Continent*，1887）；《在恐怖统治下：一个威斯敏斯特少年在法国大革命中的历险故事》（*In the Reign of Terror：the Adventures of a Westminister Boy in the French Revolution*，1887）；《为了神圣寺庙：耶路撒冷的倒塌》（*For the Temple：a Tale of the Fall of Jerusalem*，1888）讲述古城耶路撒冷在罗马帝国的攻打下遭受毁灭的故事；《和李将军在弗吉尼亚州：发生在美国内战中的故事》（*With Lee in Virginia：a Story of the American Civil War*，1889）讲述美国内战期间，北方军队攻入弗吉尼亚后发生的几场大战；《布巴斯特的圣猫：发生在古埃及的故事》（*The Cat of Bubastes：a Tale of Ancient Egypt*，1888）讲述公元前 1250 年，一个埃及祭司的儿子无意间杀死了一只圣猫后发生的历险故事，他不得不在妹妹和两个外国奴隶的陪伴下，出海远航，经历艰难的旅程去寻找避难所。和《格列佛游记》的图文搭配一样，作者在小说的叙述中配以地图和整页的插图，对于青少年读者更具有吸引力。

　　作为维多利亚时期英国最多产也最具影响的少年历史历险小说作家，亨蒂为青少年读者创作了一百多部作品，其中大部分都是写给孩子们阅读的，更确切地说，是写给男孩子们阅读的。亨蒂的少年历史历险叙事跨越了现实主义和浪漫主义的界线，将历险叙事与真实历史或历史事件结合起来，开创了将历险小说特征与历史小说特征融于一体的少年历史历险叙事，具有独特的吸引力，很受读者欢迎。亨蒂也因此被称为 19 世纪后期的"故事大王"和"为男孩写作的历史小说家"。作为历史历险叙事，亨蒂致力于为少年读者"书写过去"，这些历史历险叙事作品的时间跨度很大，从公元前 1250 年到1901 年，内容从古埃及的王朝更迭到英国的殖民战争，涉及的几乎都是重大的历史事件，如罗马人入侵不列颠群岛、法国大革命、拿破仑战争、布尔战争、克里米亚战争、美国南北战争等。作品中更是出现众多著名历史人物，如汉尼拔、拿破仑、威灵顿、沃尔夫、德雷克等。亨蒂笔下的历史事件和历史人物大多与英国历史有关，这些历史历险叙事在一定程度上呈现了英国民族国家向大英帝国发展的脉络，以及英国的海外扩张和殖民拓展的历史进程。时至今日，人们从亚马逊网站上可以看到多家出版社仍在不断再版亨蒂的作品。

三、亨蒂少年历史历险叙事的基本特征

亨蒂少年历史历险叙事的基本特征是简洁明了地叙述事件进程，从各个作品的书名就能推断其讲述内容，例如《在德雷克的旗帜下：西班牙大陆的故事》，讲述德雷克如何率领自己的船队跟西班牙航船斗法，争抢财物，争夺殖民地。历史人物与历史故事构成亨蒂绝大多数作品书名的基本方式。亨蒂以讲述故事为主，不太注重人物心理描写或者环境与场景描写，也不注重气氛的渲染。这种直接叙述事件发展进程的方式所体现的总体特征，是他的作品以现在进行时方式讲述发生了什么，而不是这些事情是怎么发生的。在他的笔下，即使是激烈的武装冲突也常常以一种简短描述，给人以快节奏的历险行动之感觉，这加快了故事情节的发展，但缺失了不少文学的意味。有时候，作者对这一冲突的叙述仅停留于对结果的陈述，缺乏必要的细节描写。例如在《在德雷克的旗帜下：西班牙大陆的故事》一书中，主人公内德和他的同伴杰拉尔德深陷敌占区，逃到一座山上。西班牙军队追上来发起进攻，内德带领那些躲在山上的黑人埋设陷阱，这样双方刚一交战，西班牙人就遭受重创，发出了一阵惊愕的叫声。他们知道逃跑的敌人得到了比他们聪明得多的某些人的帮助。于是西班牙人立即下令停止追击，因为他们的向导不见了（第七章）。至于获胜的一方的反应，作者却没有描述。总体上，作者对战场和交战的描写就像战地报道一样简洁，这跟亨蒂的战地记者生涯不无关系。

尽管如此，这些作品并没有影响少年读者对它们的喜爱。对孩子们来说，故事足够惊险离奇就足以满足他们的好奇心和阅读需求了。因为亨蒂讲述的是那些他们未曾听说过的，在遥远的奇异土地上发生的事情；出现的人物是他们从未见过的——黑人、西班牙人、早期的英国人；发生的故事也是他们从未经历过的——陌生的土地、陌生的人们、惊险刺激的故事，这就足以吸引向往冒险的少年读者了。

通过令人愉悦的方式去了解或走进历史既是亨蒂作品的基本特征，也是亨蒂的写作目的之一。在《年轻的号手：半岛战争的故事》（*The Young Buglers, a Tale of the Peninsular War*，1880）的序言中，亨蒂写道："我记得，当我还是个孩子的时候，我认为任何把教学和娱乐混在一起的做法都是令人讨厌的，这就像往果酱里加火药一样。但我认为这种感觉源于这样一个事实，那就是在那些日子里，那些书中的娱乐内容太少，教育内容却太多。我一直在努力避免这种情况……"同样，在《在恐怖统治下：一个威斯敏斯特少年在法国大革命中的历险故事》的序言中，亨蒂告诉少年读者："我的目的与其说是传授历史知识，不如说是给你们讲一个有趣的故事。"所以，为孩子们讲一个有趣的、以真实历史为背景的故事就成了亨蒂一个重要的写作目的。尽管写历史本身并不是亨蒂的终极目的，但他仍然遵循历史小说的要求，让自己笔下的故事发生在一个真实的历史时期，并力求让读者能透过故事看到主人公所处的时代，从而把读者带到另一个时空。为此，亨蒂会尽可能准确地捕捉那个时代的细节，如社会规范、风俗习惯和传统，力求真实，并且让人物的衣着、说话和行为都尽量准确地反映那个时代。关于自己作品中历史的真实性，亨蒂在多部作品的序言中都有过说明。在《布巴斯特的圣猫：发生在古埃及的故事》的序言中，亨蒂解释了他之所以非常了解古埃及人的生活，是因为埃及人逼真地在墓穴的墙上描绘了他们日常生活中最细微的活动，而且干燥的气候起到了保护作用，使这些记录在几千年的时光中完好无损；同时，由于现代的考察者不知疲倦的努力发掘，我们对古埃及人的风俗习惯、工作方式、运动和娱乐、公共节日以及家庭生活的了解，才远远超过我们对相对较现代的民族的了解。在《与克莱夫在印度：一个帝国的开端》的序言中，亨蒂告诉年轻读者："在整个故事中，历史细节都是绝对准确的，因此，我要感谢当时的奥尔姆先生所撰写的关于这些事件的历史，感谢马尔森中校最近出版的《克莱夫勋爵的一生》所提供的帮助……"这都表明亨蒂在写作之前进行了大量的调研和考察工作，以确保历史细节的准确性。

当然，亨蒂写历史是为了讲故事，通过历史历险故事塑造自己心目中的英雄人物，向少年读者传递特定的意识形态，包括人生观、道德观和价值观。所以，在亨蒂的笔下，历史是虚实相间的，主要提供一个青少年主人公进行历险活动的现实场景，而历史人物的出现也只是为读者提供一种有迹可循的历史事件脉络。主人公在这个历史活动空间里，经历重大事件，跟随著名历史人物一起历险，建立丰功伟绩。具体来看，其少年小说大多围绕一个生活在动荡历史年代的男孩或年轻人的经历而展开，其主人公通常为十五六岁的少年（偶尔也会有一两个年轻姑娘作为主人公），他们心地善良，体魄强壮，勇敢刚毅；不仅头脑聪明，足智多谋，而且为人诚实，待人谦和。这样的品质或美德使亨蒂的少年历险小说受到许多基督徒和家庭教育者的欢迎。小说描写主人公卷入了特定历史年代的事件或风波之中，经受了各种各样的考验乃至磨难，如何通过智慧和刚毅的冒险行动走出险境，同时也取得了个人和事业的成功，获得优越的社会和经济地位，成为青少年走上成功之路的理想模式。从普通少年的视角进入这样的历史场景，能够让少年读者获得认同感，相信即便和自己一样的少年，也能够在这些重大的令后人铭记的历史事件中建立自己的功绩，实现自己的人生价值。作为少年历史历险叙事，亨蒂的故事结局一般都是圆满的。年轻的主人公可能会在历险行动中受伤，但不会死去，历尽艰难，终获成功，然后荣归故里，成家立业，过上令人羡慕和尊重的中产生活。这样的历史历险叙事影响了数代人的职业选择及人生选择。

　　亨蒂在政治意识方面深受查尔斯·迪尔克爵士（Sir Charles Dilke）和托马斯·卡莱尔（Thomas Carlyle）等人的影响，是大英帝国的坚定支持者。即使在亨蒂生前，他的作品就引起了争议。一些维多利亚时代的作家认为亨蒂的某些小说对于非英国人具有排外意识，对于大英帝国有大加美化称颂之嫌。在他的作品中的确有殖民主义的色彩和种族（阶级）偏见，以及对于黑人的蔑视。英国殖民地官员高高在上，印第安人、非洲人和西印度群岛的黑人总是低人一等。这种帝国意识还表现在描写英国在全球范围内的殖民争霸行动，在颂扬英国殖民英雄的同时颇为自豪地描述了大英帝国对殖民地的土地实施占有和财产掠夺。不过，在他的小说《为了自由的事业：华莱士和布鲁斯的故事》中，主人公拿起武器对抗英国人，并强烈谴责了英国国王爱德华一世的侵略行为。从总体上看，亨蒂创作的终极目的是培养大英帝国事业的接班人。在《英格兰的圣乔治：克雷西和普瓦捷的故事》的序言中，亨蒂告诉孩子们：我们的祖先凭着自己的勇气，将一个区区小岛，打造为世界上最伟大的帝国。如果有一天这个帝国灭亡了，那一定是他们的子孙后代的懦弱造成的。亨蒂终其一生都是大英帝国的坚定支持者，文学评论家凯瑟琳·卡斯尔说："亨蒂……体现了新帝国主义的精神，并因其成功的创作而受到赞扬。"①
亨蒂的少年历史历险叙事就是为孩子们树立榜样，从精神层面培育未来一代。
他将自己的观点想法融于所讲述的故事，所塑造的人物，始终强调少年的坚
韧、耐心和毅力。他作品中那些男孩主人公被评论界称为"亨蒂式的英雄"，
他们就是亨蒂心目中的大英帝国事业的接班人，他要通过这些作品激励更多
的年轻人为大英帝国奋斗。为了让自己的作品吸引更广泛的受众，亨蒂在选
择作品的主人公时是经过考量的。他极少将来自生活富裕、家境优渥的少年
作为主人公，因为这类人的成功对社会中下层的青少年来说没有任何说服力
或吸引力。他描写的主人公总是那些出身低微的少年，或者陷入生活困境，
或者孑然一身、无依无靠，或走投无路、前途渺茫，等等，这样令人同情的
少年，只有他们才具有更广泛的代表性和认同性。在《与克莱夫在印度：一
个帝国的开端》中，主人公是 16 岁的查理·马里亚特，他身材瘦小，但跑起
来快得像一只野兔，是游泳健将、优秀的拳击手。他为人正直，有男子气概，
不屑于用谎言来掩饰自己，深受同学和老师的爱戴。当然，他家境贫寒，生
活陷入困顿。于是他义无反顾地前往印度，经过勇敢的历险，取得成功，最
后返回英国故乡，成家立业，过上富足的有尊严的生活。这是一种致力把国
家意识和个体的人生道路联系起来的文学叙事，体现了维多利亚时期帝国事业
蒸蒸日上的自信和期望，既迎合了帝国意识，又满足了普通读者的精神需求。

　　亨蒂的少年历史历险作品成为流行的畅销读物，也成为很多家庭为孩子
们准备的圣诞节礼物。1901 年 12 月 11 日的《伦敦环球报》甚至提出这样的
问题："如果没有了亨蒂，圣诞节将会怎样？"由于很受欢迎，当时的许多寄
宿学校甚至规定了每周可以借阅的亨蒂图书的数量。亨蒂的少年历史历险叙
事普及了英国人的盎格鲁-撒克逊民族的模式化特征，并在其大英帝国的强盛
时期强化了英国的帝国意识。成千上万的年轻人受到亨蒂作品的鼓舞，怀揣
为国建功，改变自己命运的理想前往世界各地为大英帝国服务。亨蒂的视野
是开阔的，他的历史历险叙事为何要关注外国的历史呢？亨蒂在《北方的狮
子》（1886）的序言中写道，英国的大多数孩子对欧洲大陆历史上最重要时期
的主要事件一无所知，而这些事件都对欧洲的局势产生了重大影响，这是非
常令人遗憾的。他认为了解这些事件要比了解发生在雅典、斯巴达、科林斯
和底比斯等地的事件更有益处，也更加有趣。亨蒂不希望大英帝国的子孙后

---

① CASTLE K. Britannia's children：Reading Colonialism through children's books and magazines
　　[M]. Manchester：Manchester University Press, 1996：55.

代目光短浅，所以他希望对少年儿童进行全面的历史教育，让他们既熟悉本国的历史，知道英国是如何一步步发展为称雄世界的大英帝国，同时又了解别国的历史；换言之，不仅要看到英国，还要看到整个欧洲、整个世界。

第五节　维多利亚时期的少年历险叙事：
少年域外历险类型

少年域外历险叙事是维多利亚时代少年历险叙事的又一个主要类型。它主要讲述英国少年移民在海外大陆等域外地区发生的历险故事，以及英国少年前往域外大陆后所发生的历险故事。事实上，不少维多利亚时期的少年历险叙事作家在创作海上历险小说的同时，也写作域外历险小说，如弗雷德里克·马里亚特的《加拿大的移民们》（1844）和乔治·亨蒂的《在遥远的南美大草原：年轻的移民们》（1871），等等。在这一领域具有影响力的代表性作家还有托马斯·里德（1818—1883）、罗伯特·巴兰坦、亨利·赖德·哈格德（1856—1925）等。历史上，英国的海上力量击败了欧洲海洋强国西班牙和荷兰之后，英帝国成为新的海上霸主，随后通过自己的海上霸权竭力推行殖民扩张，踏上了建立世界规模的殖民帝国之路，于是大量英国移民出现了。除了帝国的扩张需求，英国国内的宗教信仰之争也是推动其海外移民的重要因素之一。大批清教徒因受到宗教迫害而漂洋过海，去北美洲寻求庇护所。自英国开启海外扩张之路以来，先后有数以千万计的人离开英伦诸岛，踏上前往新大陆的远航之旅，进入北美洲和大洋洲，去征服当地土著部落和原住民。对于普通民众，移民海外的原因多种多样，但绝大多数都是出于改变经济状况的考虑，许多人在国内过得很不容易，或者处于生活窘迫的境地，于是到海外殖民地不失为一种好的选择。还有些选择移居异域他乡，是因为失去了财产，或者没有家庭财产继承权而毅然出走。

一、马里亚特的《加拿大的移民们》

马里亚特的《加拿大的移民们》（*The Settlers in Canada*，1844）讲述坎贝尔一家从英国移民加拿大的经历。故事背景地是 18 世纪 90 年代加拿大北部的荒野地区。由于破产而失去了包括庄园在内的财产，坎贝尔先生带着家人来到加拿大，定居在安大略湖附近，希望能在这里闯出一条新的生活道路。他们初到之时生活条件非常艰苦，不仅受到红种印第安人的骚扰，而且面临各种野兽的严重威胁。这家人没有退缩，而是群策群力，克服了原始森林中的各种艰难困苦，不但在新的地域生存下来，而且凭着不懈努力走上发家致富的道路，最后荣归故国本土。马里亚特的故事将荒野历险与殖民活动结合起来，为移民们艰苦的开拓生活抹上了浪漫的色彩。在猎人马丁和其他定居者的帮助下，坎贝尔一家在一片荒地上盖起了房子，开始拓荒。他们打猎，学习在冰封的河上捕鱼，逐渐适应了当地的环境。由于经营有方，善于投资，坎贝尔一家的生活逐年改善，财富也逐渐积累起来。在此期间，这家人也经历了小儿子走失带来的悲痛，经历了与土著印第安人的冲突，但总算渡过难关，成功地在这片加拿大的土地上扎下了根。当然，坎贝尔先生虽然人在加拿大，仍然心系英国故乡，他告诉孩子们，等到有钱了，富裕了，他还会回到英国。最后，他的愿望得到满足，他带着通过拓荒在加拿大获得的财富，和全家人一起返回英国，重新居住在自己的庄园里。幼子约翰选择在加拿大定居，成为真正的定居者。作为曾经的帝国海军军人，马里亚特非常强调英国人的自豪感。正如在异国他乡的坎贝尔时刻不忘提醒自己的孩子们，虽然他们身在英国的一个殖民地，但他们仍然是英国人。作者向人们表明，正是大英帝国的开疆拓土让生活不如意的或陷入困境的人能前往海外定居点，找到新的安身立命之处。而对于少年读者，作者希望激发他们的爱国情怀，能够长大后报效国家，为大英帝国的事业披荆斩棘，继续前行，这也是维多利亚时期移民历险故事的深层心理结构。

二、亨蒂的《在遥远的南美大草原》

乔治·亨蒂的《在遥远的南美大草原：年轻的移民们》（*Out on the Pampas*：*the young Settlers*，1871）讲述哈迪先生一家在阿根廷的拓荒故事。哈迪先生移民海外的原因是家中经济收入微薄，挣的钱仅够维持一家人简单的生活，而且看不到孩子们的前景。于是哈迪先生决定带着一家人移居海外。经过一番比较之后，他选择前往阿根廷，希望通过努力在那里挣钱，买土地。哈迪先生有4个子女，2个男孩分别是15岁的查理和14岁的休伯特；2个女孩是12岁的莫德和11岁的埃塞尔。为了在一个陌生的国家站稳脚跟，哈迪先生事先就让孩子们学习西班牙语、学骑马、学园艺、学打保龄球、学会使用铲子、学着做粗活、学会照料家禽、学习缝纫，还有去了解耕田种地方面的知识。用他的话说就是"必须做好一切准备，认真对待生活，而不是把生活当作游戏"。来到阿根廷之后，这家人之前所学的知识和本领都派上了用场。哈迪先生甚至让两个女儿练习开枪射击，因为当地的印第安人时常与白人移民发生冲突。果不其然，有一天，休伯特遭到几十个印第安人的追赶，危急时刻，妹妹莫德和埃塞尔端着枪冲出大门，赶走追赶者，救了下休伯特。当然，哈迪先生很善于投资，也善于经营。7 年之后，他已经挣了不少钱，积累了不菲的财产，于是带着钱财返回英国故乡。查理和休伯特在几年后也回到了英国，过上令人羡慕的中产阶级生活。不少人感慨在英国似乎很少有年轻人的工作机会。事实上在英国工业革命的浪潮冲击下，各行各业的竞争都十分激烈，而且社会关系至关重要，而不少人在这方面是有所欠缺的。此外，19 世纪 70 年代和 80 年代出现的经济萧条使得很多小制造商陷入破产。《魔戒传奇》的作者 J. R. R. 托尔金的家族成员就是这些破产者之一，他们是从事钟表和钢琴制造和销售行业的，也受到极大冲击。由于就业困难，J. R. R. 托尔金的父亲亚瑟·托尔金就选择了移民南非，成为布隆方丹的一家英国银行分行的经理。在亨蒂的小说中，哈迪先生一家在阿根廷经历了艰苦的移民生活，克服了重重困难和各种危险，通过有智慧的开拓行动，在异域他乡收获了辛勤努力的果实。这样的成功向人们表明，移民异国他乡可以改变命运，利国利民，这给了那些苦于在英国本土没有好机会的年轻人，以及生活在贫穷家庭的人们勇气和光明的希望。

三、托马斯·里德的北美及域外历险故事

来自爱尔兰北部乡村的托马斯·里德（Thomas Mayne Reid，1818—1883）崇拜浪漫主义诗人拜伦，尤其对拜伦的海外历险经历十分向往。1839 年 12 月，21 岁的里德登上海船前往美国路易斯安那州的新奥尔良，在那里找到了一份工作，在一家玉米谷物交易市场做交易员。他在新奥尔良只待了 6 个月便离开了，据说他离职的原因是拒绝用鞭子抽打奴隶。日后里德将路易斯安那州作为他的一部畅销书的背景地，这部书就是反奴隶制的小说《混血姑娘》（*The Quadroon*，1856）。里德的下一个目的地是田纳西州，他在纳什维尔附近的一个种植园给罗伯逊医生的孩子们做辅导老师，而多年以后，田纳西中部成为他的小说《勇敢的女猎手》（*The Wild Huntress*，1860）的背景地。1842 年里德前往宾夕法尼亚州的匹兹堡，在那里他开始写作，为《匹兹堡纪事晨报》撰写散文和诗歌。1843 年初，里德迁往费城，在那里待了 3 年。在做记者期间，他发表了不少诗歌，还在费城遇见了诗人、小说家和文学评论家埃德加·爱伦·坡（Edgar Allan Poe，1809—1849），两人聚在一起饮酒论诗。1846 年美国与墨西哥之间的美墨战争爆发时，里德是《纽约先驱报》的一名记者。不久里德加入了纽约第一志愿步兵团，成为一个少尉，一方面从事新

闻写作，一方面参加军事行动。得知巴伐利亚革命的消息后，他动身前往英国，打算做一名志愿者。但在穿越大西洋之后改变了主意，返回了位于爱尔兰北部的家乡。不久他又前往伦敦，在北美的生活经历和多种多样的行程为他的域外历险小说创作打下厚实的基础。里德在 1850 年出版了他的第一部小说《枪骑兵》（*The Rifle Rangers*），从此开始了自己多产的小说创作。他随后发表的作品有《猎头皮的猎手》（*The Scalp Hunters*，1851）、《沙漠之家》（*The Desert Home*，1852）、《少年猎手们》（*The Boy Hunters*，1853）。其中，《少年猎手们》的背景地取自得克萨斯州和路易斯安那州，可以称为"青少年科学旅行见闻记"，受到青少年读者的欢迎。他的多部小说都是根据他在美国的经历而创作的，其中包括《白人首领》（*The White Chief*，1855）、《混血姑娘》（*The Quadroon*，1856）、《奥塞欧拉》（*Oceola*，1858）和《无头骑士》（*The Headless Horseman*，1865），等。其中《混血姑娘》又名为《一个恋人在路易斯安那的历险故事》（*A Lover's Adventures in Louisiana*），讲述了一个超越肤色和种族的凄美的爱情故事。丰富的生活和工作经历以及广泛的迁移游历为里德积累了厚实的创作资源和题材，里德的小说创作呈现了广泛的背景地，除了美国西部，还有墨西哥、南非、喜马拉雅山脉、牙买加，等等。除了引人入胜的异域风光，里德的历险小说故事情节惊险曲折，人物形象鲜明生动，因而受到儿童和青少年读者的喜爱。

四、巴兰坦的域外历险叙事

我们已在前面考察了罗伯特·巴兰坦（Robert Michael Ballantyne）的荒岛历险经典《珊瑚岛》，事实上，作为维多利亚时代具有深远影响力的历险小说作家之一，巴兰坦的域外历险叙事也取得不菲的成就。16 岁时，巴兰坦只身前往加拿大，在哈德逊湾公司工作了 6 年穿行于荒野雪原的经历为他的域外历险写作积累了丰富的素材。在爱丁堡出版商威廉·纳尔逊的邀约下，巴兰坦根据自己的域外生活经历开始写作《雪花和阳光，又名年轻的皮毛商人》，从此走上为少年读者写作的道路。1856 年 11 月，该书在伦敦出版，巴兰坦作为一个为男孩写作的作家出现在读者的视野中。一年后，他写出了另一本书《昂加瓦：一个关于爱斯基摩岛的故事》，讲述发生在加拿大靠近北极地区的历险故事。同一年的圣诞节，巴兰坦出版了《珊瑚岛：一个关于太平洋的故事》，正是这部作品为他赢得了持久的声誉。1861 年出版的《捕猎大猩猩》（*The Gorilla Hunters*）续写了《珊瑚岛》的故事，讲述拉尔夫、彼得金和杰克这三个少年在非洲大陆的历险，他们在一无所知的非洲内陆寻找大猩猩，而当时非洲大部分地区都没有外来者的足迹。

　　巴兰坦不光写作，他还是一名绘图员和水彩画家，曾在苏格兰皇家学院办过画展，他的很多书中的插图都是他自己创作的。巴兰坦一生写了80多本书，这些作品的素材大多来自他的亲身经历。在《雪花和阳光：年轻的皮毛商人》的序言里，巴兰坦告诉读者，自己创作的初衷是想完整地把脑海里那些深刻的记忆描述出来。任何重要的细节都是真实的，故事的主要情节全都取自真实发生的事件。在这一时期，讲述真实的故事，传播真实的知识，似乎是少年历险小说创作的一个不成文的规则，受到当时重视理性和知识的大环境的影响。为了确保故事的真实性，巴兰坦通过实地旅行和考察，获取第一手材料，掌握相关知识，尤其注重考察故事背景地的地貌状态，以及当地动植物的具体情况，从而为他的历险故事，为发生的各种事件呈现令人信服的背景。

　　与马里亚特的《加拿大的定居者》，以及亨蒂的《在遥远的南美大草原：年轻的移民们》不同，巴兰坦的《雪花和阳光：年轻的皮毛商人》讲述的是第二代移民定居者的故事。第一代移民者是少年主人公查理的父亲弗兰克·肯尼迪，60年前他从苏格兰的一所学校里逃走，受到父亲的惩罚，被痛打一顿。倔强的弗兰克选择离家出走，随即漂洋过海，几经辗转来到了加拿大，为了生计干过各种行当，最后在哈德逊湾公司工作，直至退休。他在红河定居点娶妻成家，有了一个大家庭。尽管遭受了天花打击之后，只有两个孩子存活下来，但他还是感恩生活，因为他在这里过着舒适的、受人尊重的日子。这是第一代移民弗兰克的经历。在父亲的安排下，15岁的查理从学校退学进入定居点工作，成为皮毛收购公司的会计。但查理不喜欢这个工作，感到度日如年，整天想着怎么逃走。终于有一天，他和大家一起在红河大草原上进行猎狼行动，他出色的表现让父亲大吃一惊，同时也为自己获得了名正言顺的外出历险的机会。查理如愿以偿，能够在春季出海航行；在冬季来临时，进入森林和大草原去探险，结识了好友哈利，并和印第安人红羽毛建立了深厚的友情。作者细致入微地描述他们一同设置陷阱捕猎的过程，其间穿插了印第安人部落之间的冲突，以及白人和印第安人之间的冲突。故事呈现的那些活动和场景，包括狩猎雷鸟、猎鹿、猎熊，以及遭遇暴风雪、穿越荒无人烟的冰冻荒野，等等，对于大洋另一边的英国少年儿童，可谓见所未见，闻所未闻，极大地引发了他们的好奇心，激起他们希望走出英伦岛屿，去广袤的异国他乡历险的热情。这一次又一次的历险，让查理经历了一个漫长的体验和学习的过程，也是一个从幼稚盲目走向成熟干练的成长历程，查理最后被任命为一个贸易站的管理者就是成熟和责任的标志。

　　除了《年轻的皮毛商人》等讲述定居者的历险故事，巴兰坦还创作了许多讲述英国本土少年在域外的历险故事，《马丁·拉特勒》（*Martin Rattler*，1858）就是其中的代表性作品。马丁·拉特勒是个孤儿，和姨妈一起住在一个村庄里。姨妈没有什么经济收入，只能靠编织袜子维持生计。尽管家境窘迫，她还是送马丁去上学。马丁是个善良的孩子，有次为了救一只小猫，不惜出手与拳击高手拼打。马丁心里一直藏着一个出走海外的念头，这个愿望在他14岁那年得以实现，那是一场突如其来的暴风雨，将乘船出海钓鱼的他随船席卷而去，让他都没有任何机会和姨妈告别。在船上，马丁和厨师巴尼成为好朋友。在海上，他们乘坐的船只遭遇海盗船的攻击而沉入海底，马丁和巴尼劫后余生，逃到了巴西的大森林里。马丁生平第一次置身于如此广袤壮丽的原始密林，完全惊呆了。此后，马丁和巴尼开始了在巴西森林里的各种历险：巧遇白人隐士、遭遇吸血蝙蝠、猎杀美洲豹、斗鳄鱼、斩杀蟒蛇、挖犰狳，以及在亚马孙河上乘舟漂流，被印第安人俘虏，被送到钻石矿做苦工，挖掘钻石……最后带着一大笔钱财回到英国，开始新的生活。这个故事的叙述模式与其他异域历险故事相同，都是出海——遭难——流落某个远离英国的大陆——经历各种艰难险阻及奇遇——带着获得的财物回到英国——过上美好生活。不同的是，《马丁·拉特勒》在结构上更简洁紧凑，尽管故事发展跌宕起伏，但情节进程毫不拖沓，篇幅只有《雪花与阳光：年轻的皮毛商人》的一半，很适合少年读者。此外，这篇小说的主人公既不是中产阶级家庭的孩子，也不是落魄贵族家庭的孩子，而是来自社会底层的少年。

　　与巴兰坦的其他作品相比，《马丁·拉特勒》很少说教，而是专注于讲述少年马丁在巴西雨林和亚马孙河上的历险。通过马丁的视野，呈现了亚马孙河的风貌，包括各种各样稀奇古怪的鱼类、亚马孙雨林里生长的千奇百怪的动植物，以及突然来临的雨季，这些画面和景观对于生活在英伦岛屿的少年读者无疑具有极大的吸引力，会对这个神奇的异域世界产生强烈的好奇心。从帝国叙事角度看，这自然有助于激励年轻人走出英国，投身大英帝国的事业。与此同时，巴兰坦也在小说中描写了那些在种植园里辛苦劳作的黑人奴隶，以及在钻石矿井里做苦工的奴隶们的悲惨生活，他们吃不饱肚皮，还整日泡在齐膝深的水里淘洗钻石，时刻遭受风湿之痛和皮肉之苦，身旁站着手执长鞭的监工，动作稍有怠慢，长鞭就会抽来。当然，巴兰坦也不忘彰显白人种族的优越感。故事中出现的那个白人隐士认为，巴西并不需要什么能源，它只需要圣经！这里传递的是基督徒白人的优越感和自豪感，以及基督教可以拯救世界的信念。在小说结尾，马丁去走访贫穷之人，给他们朗读圣经，作者告诉读者，当马丁用圣经去浇灌他人时，他自己也被浇灌了，因为他找到了"无价之宝珠"，即救世主耶稣基督，这自然使人们联想到欧洲传教士以传教的名义在南美大陆、非洲和亚洲的土地上的所作所为。巴兰坦用自己的海上历险和异域历险叙事为英国的少年读者敞开观看世界的视窗，激励他们成为英国未来的历险者和探索者，成为大英帝国的海外扩张事业的后继者。

五、异域历险叙事的尾声：亨利·哈格德的《所罗门王的宝藏》

亨利·哈格德的《所罗门王的宝藏》是维多利亚晚期英国少年历险小说的尾声，也是非同凡响，同时受到少年读者和成人读者的喜爱。亨利·赖德·哈格德（Henry Rider Haggard，1856—1925），生于英格兰诺福克郡，父亲是当地乡绅，也是一位律师。1875年，19岁的哈格德被父亲送到南非，去给英国殖民地纳塔尔省总督雷德弗斯·布尔沃爵士（Sir Redvers Bulwer）当文书；1877年，哈格德被任命为特别专员，不久又被任命为德兰士瓦高等法院助理法官。在这一时期，他游历了这个正值多事之秋的非洲国家，走访那些经历过战争的幸存者，同时广泛收集当地的历史和传说，熟悉了当地的黑人祖鲁文化，这为他日后创作的一系列以非洲腹地"黑暗大陆"为背景的传奇小说提供了原型和生活积累。《所罗门王的宝藏》是哈格德的成名作，有趣的是，这篇小说的写作缘起于他与自己兄弟之间打的一个价值1先令的赌：他能够写出一部比史蒂文森的《金银岛》更加吸引人的小说。功夫不负有心人，这部小说发表后获得极大的成功。在这之后，他又创作了以非洲历险和传说为题材的《艾伦·夸特曼》（Allan Quatermain，1887）、《她》（She，1887）、《梅娃复仇记》等作品，也成为很受读者欢迎的名篇。晚年的哈格德还创作了《当世界剧烈震荡》（When the World Shook，1919）等作品，哈格德去世后发表的《阿伦和冰河时代的众神》（Allan and the Ice-Gods，1927）是对于冰河时代的情景展现，更接近科幻小说。

圣经中的所罗门王睿智超群，富甲天下，既是智慧的化身，又是财富的象征。他生前拥有巨量的黄金、象牙和钻石。在他去世后的许多世纪以来，无数的探险家一直在寻找这批传说中的古代文明宝藏，寻找盛产黄金和钻石的宝地所在。《所罗门王的宝藏》的创作背景就是19世纪后期在西方广为流传的"所罗门王的矿场"的传闻。小说的主人公是故事的叙述者，英国人艾伦·夸特曼，还有英国人亨利·柯蒂斯爵士和英国皇家海军退役军官约翰·古德上校。柯蒂斯爵士在古德上校的陪同下，到南非来寻找失踪的弟弟乔治。

夸特曼告诉他俩，乔治已经去寻找传说中的所罗门的矿场了。于是三人决定深入非洲腹地，追寻乔治的行踪。他们得到一张 300 年前一位葡萄牙贵族留下的藏宝地图，决定去寻找一批价值连城的宝藏。他们横穿沙漠，翻越雪山，历尽艰辛，终于进入了非洲腹地一个神秘的原始王国库库安纳。这里还保留着残酷的人殉制度；还有独眼暴君特瓦拉，他居然拥有一千个妻室；那邪恶的女巫加古尔像秃鹫一般丑恶、诡诈；当然还有聪慧、美丽的绝代佳人弗拉塔。三个英国人身不由己地卷入这个原始国度的王位争夺，他们采取行动，扶正压邪，扶助正当的王子伊格诺西继承了王位，最终恢复了这里的秩序和安宁。与此同时，他们经过艰苦卓绝的努力，终于找到了这批传说中的价值连城的宝藏。然而，在阴险的女巫加古尔的精心策划下，一场灭顶之灾正悄无声息地向他们逼近。在千钧一发的生死关头，被困在岩洞里的三个探险者突然感觉有一丝气流从地下的缝隙中钻进来，便拼尽全力把石板抬起来，终于发现了一条能够死里逃生的地下隧道。从总体上看，哈格德的《所罗门王的宝藏》与史蒂文森的《金银岛》各有千秋，很难说孰高孰低。或者可以这么说，同为历险小说的经典之作，《所罗门王的宝藏》成为维多利亚晚期英国少年历险小说创作领域一曲余音绕梁的绝唱。

维多利亚时期的少年历险叙事是与少年校园叙事平行发展的，也是互动发展，构成这一时期少年畅销文学共同体。历险叙事受到欢迎是与儿童和青少年内心对历险的向往密切关联的。而从时代语境看，历险叙事的兴起与英国从拿破仑战争中崛起为一个强大的军事和海军强国密切关联，与此同时，大英帝国的海外扩张和全球殖民拓展雄心是与民众心日益高涨的热情形成呼应。作为英国政府殖民印度的代理机构，英国东印度公司（British East India Company）在印度占支配地位的殖民开拓，以及詹姆斯·沃尔夫（James Peter Wolfe，1727—1759）在加拿大亚伯拉罕平原会战中率军击溃法国军队，攻陷魁北克，从而使英国人占领整个加拿大的丰功伟绩，激发了 18 世纪晚期英国男孩们的历险向往；英国海军上将霍雷肖·纳尔逊（Horatio Nelson，1758—1805）在 19 世纪初的特拉法尔加战役中击溃法国及西班牙联合舰队的胜利，惠灵顿公爵（Arthur Wellesley，1st Duke of Wellington，1769—1852）在拿破仑战争中彻底击败拿破仑军队的胜利，使英国人的爱国情绪变得更加高涨。进入维多利亚时代，历险故事越来越受欢迎，从特定意义上，历险叙事的内容和形式可以看作是大英帝国巅峰时期的特定情感结构的一种表达。这有助于人们从大众文学表达和时代症候的晴雨表两方面去解读维多利亚时期的少年历险叙事的文学和社会文化特征。

余 论

走向自立自洽的儿童文学学科研究①

　　20 世纪以来，相关领域的批评家和学者对维多利亚时代儿童文学"黄金时代"及其经典作品进行了持续而深入的学术研究，从文学艺术的学理层面揭示了这一时期的儿童文学名篇佳作的经典性及其社会文化意义，由此开辟了当代儿童文学学科研究的道路。从哈维·达顿的《英国儿童图书：五个世纪的社会生活史》（1932）到汉弗莱·卡彭特的《秘密花园：儿童文学的黄金时代研究》（*Secret Gardens：a Study of the Golden Age of Children's Literature*，1985）②和彼得·亨特主编的《插图版英语儿童文学史》（*Children's Literature：an Illustrated History*，1995）③，这些重要论著奠定了儿童文学学科研究的基础。

　　20 世纪 60 年代以来，以彼得·亨特、汉弗莱·卡彭特、佩里·诺德曼、杰克·齐普斯、玛丽亚·尼古拉耶娃、约翰·斯蒂芬斯、罗宾·麦考伦、罗伯塔·塞林格·特瑞兹、凯伦·科茨等为代表的一大批文学研究学者，以深厚的文学理论修养和长期积累的学术资源投入由英国儿童文学黄金时代发展历程引导的现当代英语儿童文学研究，考察其发生的源流和发展的历程，以及风格多样的文学艺术特征，研究对象从时代语境中的创作延伸到当代文化阐释和批评现象。他们的研究采用了多种人文学科视角，运用了不同的理论范式和文本解读方式，超越了以往师法成人文学的文化研究和审美研究的翻版，涉及文化学、传播学、儿童文学史学、意识形态理论、修辞学、女性主

---

① 本节大部分内容曾发表于《社会科学研究》2020 年 5 期，题为"19 世纪英国儿童文学黄金时代的形成与 20 世纪以来儿童文学的学科研究进程"和"探索与使命：儿童文学演进的历史进程及学科研究考察"。

② CARPENTER H. Secret Gardens：A Study of the Golden Age of Children's Literature［M］. Boston：Houghton Mifflin Company，1985.

③ HUNT P. Children's Literature：An Illustrated History［M］. Oxford：Oxford University Press，1995.

义、精神分析学、主体性理论以及语言学和叙事理论等，体现了研究者对人文学科前沿理论话语的创造性借鉴与融合。尤其重要的是，这些学者开展研究的共同特点是将儿童文学视为整个文学活动领域的重要组成部分，在相同条件下接受相同的评判标准。正如新马克思主义学派批评家齐普斯所强调的："儿童文学也应当遵循我们为当代最优秀的成人作家所设定的相同的高水平的审美标准和道德标准。"① 正是在这样的学术研究基础上，学者们又将研究视阈拓展至世界儿童文学的学科研究，其重要成果体现为大型理论工具书《世界儿童文学百科全书》（*International Companion Encyclopedia of Children's Literature*，1996，2014）②的出版。这部厚重的百科全书由英国儿童文学研究学者彼得·亨特（Peter Hunt）主编，撰稿者全都是学养深厚的儿童文学和儿童文化研究者，通过对现当代世界儿童文学的发展和学术研究进行全方位的深入考察，呈现了 20 世纪以来儿童文学学术研究领域取得的丰硕成果。

彼得·亨特早期任教于英国卡迪夫大学，是英语和儿童文学资深教授，长期致力儿童文学研究，是儿童文学学术性研究的先驱之一。作为学养深厚而且一直关注儿童文学的学者，亨特较早在英国大学开设儿童文学课程，还在 23 个国家的 150 多所大学讲授儿童文学。在学术研究领域，他以独著和合作方式出版了 26 本专著，发表了 500 多篇相关学术论文。其著述被翻译为中文、阿拉伯文、丹麦文、希腊文、日语、葡萄牙语等多种语言。亨特的贡献在于将主流文学批评理论、考察范式和批评实践与儿童文学的独特性结合起来，创造性地提出了"儿童主义批评"视角，并通过《批评、理论与儿童文学》（*Criticism，Theory，and Children's Literature*，1991）③、《儿童文学：当代批评》（*Literature for Children：Contemporary Criticism*，1992）④等编著对此进行了系统研究。作为享誉世界儿童文学研究领域的学者，亨特的研究推动了儿童文学的学科研究发展。在一大批学者的共同努力下，儿童文学的学科研究获得了原创性的途径和方法，拓展了研究的深度和广度，成果丰硕，引发关注，使儿童文学研究突破了依附主流文学批评的束缚，也不再作为教育学科

① 杰克·齐普斯. 冲破魔法符咒：探索民间故事和童话故事的激进理论 ［M］. 舒伟，译. 合肥：安徽少年儿童出版社，2010：230.

② HUNT P. International Companion Encyclopedia of Children's Literature ［M］. London：Routledge，1996，2014.

③ HUNT P. Criticism, Theory, and Children's Literature ［M］. Oxford：John Wiley and Sons，1991.

④ HUNT P. Literature for Children：Contemporary Criticism ［M］. London：Routledge，1992.

的附庸而存在，最终形成了独立、自洽的文学学科。

作为一部集大成的学术性著述，《世界儿童文学百科全书》主体由三大部分组成：一、理论、批评与应用卷，主要内容包括儿童文学的相关理论、批评以及应用。二、文类卷，主要内容包括小说部分和诗歌、戏剧及其他部分。三、世界儿童文学史论卷，即儿童文学国别史论，阐述世界各国儿童文学的主要特点和发展历程。其中的"理论、批评与应用卷"梳理、汇总了儿童文学研究领域的批评实践，包括基本理论、核心概念，以及各种批评路径。从儿童、童年、儿童文学的基本概念、历史和文化对儿童文学的形塑、意识形态问题、语言学和文体学对儿童文学创作的影响，到各种批评理论，如读者反应论批评、心理分析批评、女性主义批评、互文性、文献研究法等，直到20世纪70年代的性别批评、少数族裔和歧视问题，文学研究中的意识形态之争、结构主义、意识形态的价值基础、隐性读者和真实读者的关系等，应有尽有。而且，编撰者对于儿童文学中涉及的语言学和文体学策略展开了剖析，对儿童文学批评方法如读者反应批评、精神分析批评、女性主义批评等进行了细致的阐释，对图画书的发展给予了细致的理论阐释。由此可见当代儿童文学研究所达到的广度和深度，这些研究成果超越了最初单向度地关注作品题材、表现手法以及如何把握适宜的教育方式、如何传递某种道德价值等传统的考察层面，进入哲学、文学、美学、心理学、社会学、教育学、人类学、神话学、法学等跨学科研究和交叉学科研究的纵深阶段。从总体上看，这部儿童文学百科全书全方位、多视阈地呈现了世界儿童文学主体发生、发展的全貌和发展的全过程，具有权威性、资料性、知识性、学术性和思想性，成为公认的影响深远的世界儿童文学研究的重要资源。可以这么说，当代儿童文学学科研究的重要成果既揭示了优秀儿童文学作品的经典品性，呈现了理论批评的力度和深度，也捍卫和拓展了儿童文学的文学史边界和文化视野，确立了儿童文学的学科属性和社会价值，具有不可替代的评判价值和引领作用。当然，这部《世界儿童文学百科全书》呈现的主要是具有自觉意识的儿童文学发生期和发展期的西方儿童文学创作主体和批评主体的研究成果，包括在不同历史时空中留下的作品，形成的格局和传承的脉络。同时我们应当清楚地看到，在不同的时代，人们的思维方式往往受到特定时代语境下自身认识能力的制约或影响，这样的思维方式又直接制约或影响论述者的思辨方式和表达方式。例如从清教主义的"灵魂净化"式儿童观和儿童教育观，到洛克的朴素唯物主义的儿童教育观，到皮亚杰的儿童认知发展观，再到当代儿童文学的审美艺术观和教育功能观，人们对于儿童的生命状态、成长过程，对于儿童文学的认知始终处于不断变化与深化的进程中。从恐吓震惊式宗教训诫、感化教育到健全的道德和人格教育，从一元到多元文化教育，从知识教育到公民教育和审美教育等，有关儿童教育的目的和教育理念也经历了不断演进的历史进程。有自觉意识的儿童文学的发生和发展的演进过程，无疑体现了儿童文学对于社会进步和文明发展的重要意义。

第一节　使命与担当：发展中国视野的儿童文学学科研究

对于国内儿童文学研究者，尤其是中外比较儿童文学研究者，以唯物辩证法为指导，构建中国视野的儿童文学学科研究及评价体系是义不容辞的使命。从迄今为止的世界儿童文学的批评理论现状可见，当代西方儿童文学批评理论呈现出独特的双重性，一方面是理论研究大发展、大繁荣的格局，另一方面是学派林立，理论繁多，而且理论触角显得过于精细，过于繁复，需要贯通整合，而且所有这些理论视阈对于儿童文学本体的适应性也需要加以考究。唯物辩证法的一个重要特征就是抓住事物的主要矛盾，坚持"事物的性质主要是由该事物的主要矛盾的主要方面决定的"这一哲学原则。在把握儿童文学发展进程中具有重要意义的细节的同时，应将重点放在事情的主要性质方面。抓住事情的主要方面，不盲目采信评价，而是根据主要事实做出客观中肯的论述。在审视、考察儿童文学历史及其相关文献文章时，要避免被大量细节和外观形式所淹没、遮蔽，要透视和细究，直逼其内涵实质。例如，要以自觉意识的儿童文学出现以来的源流作为主线，梳理、提炼世界儿童文学创作与理论批评的主潮走向。17 世纪清教主义群体是自觉地关注儿童教育与阅读的，这应当是一个有意义的起点或切入点。从清教主义儿童观主导的清教主义儿童文学创作与观念拓展到约翰·纽伯瑞的儿童图书事业，再由此延伸到工业革命时期，儿童文学黄金时代的出现。这是历时性的考察。批评史对应的目标和对象自然是儿童文学创作实体，要紧扣各时期儿童文学创作潮流。其中一个脉络就是围绕创作主潮兴起的评价和批评思潮，如儿童幻想文学的创作与理论研究，要梳理贯通各种理论著述和阐释，形成专题成果。通过将历时性的考察梳理与共时性的分析比较相结合，以中国立场和中国视野去全面考察世界儿童文学批评史，去拓展新的研究空间，发掘那些可能被忽略的，与考察对象之间存在重要关联的文献资料和文学文化现象，如维多利亚时代的科学与宗教之争、科学与人文之争、科学与想象力之争，等等。总之，在充分借鉴国内外研究成果的基础上，秉承中国立场，坚定文化自信和理论自信，运用唯物辩证法思想武器，从思维方式、方法论和价值观等纬度去进行整合性梳理和鉴别，建构中国儿童文学研究的话语体系和批评范式。另一脉络是横向考察以共同语系文化形成的地域共同体的儿童文学批评源流。例如，围绕安徒生童话的评价来解析相关思潮与争辩，同时切入北欧儿童文学思想的源流走向，以及对欧洲乃至世界儿童文学创作与评价（批评）的影响、交流与互鉴互动。由此推而广之，研究者可以通过发生论和认识论的视野，深入考察贯穿世界儿童文学批评史各个时期的理论建树，相互交流与对话，接受与影响；这一考察要体现唯物辩证法指导的认识论与方法论的创新与发现。儿童文学批评史研究涉及主观意识和思想评价，要将考察视域聚焦于人类如何认识儿童世界，认识童年人生，认识童年与青少年成长与相关命题的文学表达，等等。

第二节　关于儿童文学的跨学科研究

在当今世界，无论是自然科学还是社会科学，人类各个学科领域的专业知识精细程度之高，远非日常体验所能涵盖。与此同时，人文学科的研究不仅能够相互借鉴认知话语和研究范式，而且能够向自然科学借鉴话语和范式。

如前所述，维多利亚时代发生的有关科学与宗教之争、科学与人文之争可以为当今研究者提供关于文学批评的跨学科和交叉学科研究的重要启示。在19世纪社会转型期的变革浪潮中，以达尔文进化论为代表的新思想，以及其他自然科学的新发现，极大地冲击着人们的传统宗教信仰，引发了相关领域的科学与宗教之争、科学与人文之争以及科学与想象力之争。19世纪60年代，达尔文"进化论"的坚定捍卫者，生物学家托马斯·赫胥黎（Thomas Henry Huxley，1825—1895）与牛津教区主教塞缪尔·威尔伯福斯（Samuel Wilberforce，1805—1873）之间发生了一场著名论战，标志着新兴科学与传统宗教之间的冲突和碰撞。随后在19世纪80年代，生物学家赫胥黎与诗人评论家马修·阿诺德（Matthew Arnold，1822—1888）之间发生了一场影响深远的"科学与文化"之争。事实上，维多利亚时代的科学与宗教之间形成了一种复杂的关系，两者相互对立又相互指涉，如宗教包含着朴素的科学因素，而科学秉承追求客观真理的执着信仰。由此引发的是人们对于科学知识的本质问题、宗教信仰的精神向度等问题的叩问；在维多利亚时代，自然科学相较于过去取得令人震惊的长足进展。知识分子及文人作家对于知识的本质问题产生了极大关注，渴望探求和反思人类智力思维活动所产生的，或可能产生的正面和负面影响。对于诗人阿诺德而言，他心目中的文学是一个宏大的概念，是可以激发一切想象力的作品。而想象力之所以重要，是因为它有助于人们超越平庸的常识去获得真知，而以诗歌为代表的文学具有这种通达真理的作用。这一时期的科学家们试图把握物质世界变化的规律，社会学家也得以借助自然科学的视角来审视人类社会的变化，而文学家则致力于捕捉社会巨变过程中人们的情感结构，以及作为个体的人类的心理反应。

正是这样的论争促使人们去思考科学发展与思想信仰的关系，以及科学和人文学科之间的关系。这一时期的相关论争还涉及科学求索中的想象力、宗教叙事的想象力与文学创作的想象力等关系的探讨。文学是通过艺术手法表现人类社会与活动的。文学作品中的主人公由于身份、职业、地位及处境的不同，他们的各种活动必然涉及社会生活的方方面面，包括经济、政治、军事、科技、法律等不同领域。这一表现人类活动和社会生活的包容性决定了文学创作和研究与科学、人文历史、哲学、伦理学，以及与其他学科的融通研究、交叉研究的必要性和可能性。就具体研究模式而言，文学与伦理学的融通指向文学伦理学；文学与经济学的融通指向文学经济学；文学与法律的融通指向文学法律学；文学与心理学的融通指向文学心理学；文学与政治的融通指向文学政治学；文学与地理学的融通指向文学地理学；文学与拓扑学的融通指向文学拓扑学，等等。

其中，文学与科学的融通可以在无数经典名著中找到例证。且不论独树一帜，自成一家的科幻文学叙事，就以乔纳森·斯威夫特创作的《格列佛游记》（1726）为例，其中文学想象与近似科学理性写实的特征就具有无限言说的可能性。它采用想象的异域游记这一传统形式来构成幻想叙事的基本框架，是典型的幻想性历险游记：用近似科学理性的方式和准确性去讲述最异乎寻常的遭遇。有关"大人国""小人国""飞岛""漂流岛""磁力岛"等奇异之地的描述是通过以实写虚、以实写幻的方式完成的，在离奇的幻想中具有科学性精确写实的特征，那些事物、那些场景仿佛都经过作者的精确观察，都有科学依据，令人信服。在描述飞岛的运行、宫殿的建筑、城镇的结构时，作者还有意运用了数学、物理、化学、天文、医药诸方面的知识与数据，极大地增强了作品叙述的真实感。而那些岛屿俨然是依照理性主义原则可能存在于现实世界的。作者通过翔实的数字、数量和尺寸比例的事实性因素，生动细致地呈现了那一时期的科学理性叙事的风格特征。

英国湖畔派诗人罗伯特·骚塞根据民间故事改写的《三只熊的故事》（*The Story of the Three Bears*，1837）成为一个文学与经济学融通的跨学科研究的例子。作者对苏格兰口头流传的民间故事《三头熊》的改写使之成为维多利亚时代早期一个有影响的动物寓言故事。此后这个故事又在流传过程中发生变动，主人公从一个悍妇变成一个可爱的小女孩，她的名字一开始是"银卷发"，然后变成"金卷发"。三只熊也变成了"熊爸爸""熊妈妈"和"熊宝宝"。于是这个故事就演变成著名的《金卷发和三只熊》。从童话心理学视野看，这个故事在深层意义上涉及一些重要的关于儿童成长的问题，包括如何应对"俄狄浦斯"情感困扰，寻求身份认同和同胞相争等。而当代经济学家根据《三只熊的故事》故事提出了"金发女孩效应"理论，用于描述经济领域发生的现象。例如人们用"金发女孩经济"来形容那些"高增长和低通胀同时并存，而且利率可以保持在较低水平的经济体"。事实上，有经济学家指出，在20世纪90年代的美国，股市和房地产市场双双涨到有史以来的最高水平，但实际上却是虚假的"金发女孩经济"，当熊主人返家之后，严重的后果便出现了——房地产泡沫终于惨痛地破裂了。

"鲁滨孙·克鲁索经济学"也是文学经济学研究的一个例子。这是以丹尼尔·笛福的名著《鲁滨孙漂流记》的主人公命名的经济学。它通过解读鲁滨孙荒岛求生的活动来阐述经济学的普遍原理，即一个人面对稀缺所做的有目的行动。鲁滨孙独自一人在荒岛生存，必须根据所处的具体环境来改善自己的状况。那么鲁滨孙如何用思维的力量对付恶劣的自然环境，根据需要创造物品；如何处理消费品与生产品；如何处理土地、劳动力与资本品问题；以及如何处理收入、储蓄与投资等问题，所有这些问题将结合该小说文本细节逐一得到现代经济学理论的阐释。

对于新时代儿童文学的学科研究而言，跨学科和交叉学科研究无疑是时代的呼唤和需求。无论是儿童文学的本体研究还是儿童文学的跨学科研究，对于创作领域各文类的研究，以及各种研究方法之间及其内部特点的深入对比，无论涉及文学、艺术、哲学、美学、语言学、心理学、神话学、宗教学、政治学、社会学、人类学，还是自然科学，都需要关注相关学科的知识结构与相应话语体系。儿童文学的学科研究（disciplinary study of children's literature）特性还指向童年文学表达的独特本质，指向从低幼到青少年阶段的未成年人这样一组变体。从儿歌歌谣、普及读物到长篇叙事系列，儿童文学本体的文体问题也需要进一步澄清。相较于成人文学常见的"诗歌、小说、散文、戏剧"文体分类法，儿童文学的文体分类显得愈加驳杂，不仅分类宽泛，概念颇多重合，而且题材及主题意识往往大于文体意识。从故事、寓言、童话三类文体，到科学文艺、儿童戏剧与影视、儿童歌曲与韵文等单列文体，再到科幻文学、成长小说、青春文学及动物文学等交叉样态的文学样式，从简易单纯到复杂多样，在阅读和接受的复杂性与难易程度上形成一个特殊的连续体，这些都需要研究者抓住事物的本质，进行学科层面的归纳，给予实质性的解答。

从维多利亚时代的两部"爱丽丝"小说到当代的《哈利·波特》系列小说，儿童文学的跨学科研究揭示了儿童文学经典具有的丰富的、多层面的认知性和文学审美性，这为研究者提供了深邃的文学、文化及相关学科和自然科学视阈的阐释空间。自"爱丽丝"小说问世以来，人们先后从文学、心理学、社会政治学、哲学、数学、语言学、符号学甚至医学等视阈去审视和研究，不断揭示其文本所蕴含的丰富的人文哲思和文化因素，各种理论阐释与发现层出不穷。数学家马丁·加德纳（Martin Gardner，1905—2010）这样论及"爱丽丝"小说的阐释性："与荷马史诗、圣经以及所有其他伟大的幻想作品一样，两部'爱丽丝'小说能够让人们进行任何类型的象征性阐释——政治的，形而上的，或者弗洛伊德式的。"①

至于《哈利·波特》系列所引发的跨学科研究热潮，更是延伸到诸多自然科学领域，包括高度专业化的学科如化学、物理学、心理学等。不同的学科领域都发表了有分量的学术专著，如《哈利·波特与心理学》（*The Psychology of Harry Potter: an Unauthorized Examination of the Boy Who Lived*，2006)②，作者尼尔·墨霍兰德（Neil Mulholland），一个精神病学高级心理咨询师，从心理学视角探寻女作家罗琳的"密室"深处，揭示在小说情节和人物后面显露的人性与动机，以及这些因素如何使这一幻想小说系列成为不朽的畅销之作。罗杰·赫菲尔德（Roger Highfield）的《哈利·波特的魔法与科学》（*The Science of Harry Potter*)③探讨"哈利·波特"小说系列的魔法世界所包含和指涉的科学原则、科学理论和假设，对于读者是一本颇具启发性和趣味性的著述。它向身为父母的成人读者表明，如何通过"哈利·波特"小说

① GARDNER M. The Annotated Alice: Alice's Adventures in Wonderland and Through the Looking-Glass by Lewis Carroll. The Definitive Edition [M]. New York: W. W. Norton & Company inc, 2000.

② MULHOLLAND N. The Psychology of Harry Potter: An Unauthorized Examination of the Boy Who Lived [M]. California: Benbella Books, 2006.

③ HIGHFIELD R. The Science of Harry Potter [M]. Peking: Penguin Books Ltd, 2003.

系列，引导孩子们进入自然科学的奇境世界，了解和认识科学观念。大卫·巴格特（David Baggett）和肖恩·克莱因（Shawn E. Klein）主编的《哈利·波特与哲学世界：如果亚里士多德掌管霍格沃茨》（Harry Potter and Philosophy：if Aristotle Ran Hogwarts，2004）从多个层面阐释了"哈利·波特"小说中隐含的哲学问题①。与此同时，教育领域围绕"哈利·波特"系列开设了相关课程。如美国弗罗斯特堡州立大学（Frostburg State University）专门开设了"哈利·波特与科学"课程（The Science of Harry Potter）。该校网站的课程介绍说，物理学教授乔治·普利特尼克（George Plitnik）将带领学生们检验在 J. K. 罗琳书中出现的各种魔法事件，同时通过物理学原理对那些看似非常奇异的现象进行科学解释。"哈利·波特"与当代科学界的关系也成为令人关注的现象。当今的许多自然科学家和社会科学学者将"哈利·波特"小说系列纳入了他们的研究视野，使之成为严肃的学术研究课题。人们通过在国际学术论文检索平台 Pubmed（以发表生物学和医学研究成果为主的论文数据库）上进行搜索，截至 2011 年，在包括《自然》这样的世界一流刊物在内的学术期刊上发表了有关"哈利·波特"与科学这一命题的近 40 篇学术论文。这表明作为幻想文学作品的"哈利·波特"得到了科学共同体的关注，成为自然科学和人文社会科学领域的专题研究的组成部分。据不完全统计，人们在 Springer Link 数据库中检索到 1300 多篇相关文章。在谷歌学术搜索中检索到 55300 多篇文章。通过中国知网（CNKI）搜索有关"哈利·波特"的关键词，可以检索到 700 多篇相关中文学术论文。

当然，儿童文学的跨学科研究还要注意相关性和适应性。恰如比较文学研究，无论跨越了什么学科，运用了什么学科的话语和认知逻辑，其研究的最终指向还是要通往文学本体，否则就失去了根基，不复存在了。儿童文学的跨学科研究也一定不能偏离儿童文学的本体属性。如前所述，我们要运用唯物辩证法这一指导思想进行研究，要抓住事物的主要方面，抓住事物的本质，坚持"事物的性质主要是由该事物的主要矛盾的主要方面决定的"这一哲学原则。儿童文学面对的主体对象是儿童和青少年，从童年到青少年的人生阶段意味着从迷茫、混沌走向道德和智力成长与成熟，进入认知和审美的更高层次的成长进程。优秀的儿童文学作品要体现对儿童及青少年成长的意义和价值，满足不同年龄层次的少年儿童读者的认知需求和审美需求。儿童

---

① BAGGETT D，KLEIN S. Harry Potter and Philosophy：If Aristotle Ran Hogwarts ［M］. Chicago：Open Court，2004.

文学是童年的文学表达，关键词是成长。儿童文学的基本诗学命题无疑指向"儿童与儿童的精神世界"以及"童年与成长"的文学表达。作为人类个体生命中一段特殊的初始阶段，童年本身具有与成年迥然不同的特殊性，尤其体现在生理发育程度及心智与精神活动的差异等方面。根据当代童话心理学的研究，在人生的幼年期，儿童的内心感受和体验缺乏逻辑秩序和理性秩序，因此不宜过早让儿童进入现实，像成人一样理解现实。本着这样的认识，人们会发现 20 世纪 70 年代以来出现的童话心理学研究具有特殊而相关的借鉴意义。

在特定意义上，20 世纪被称为心理学的世纪，因为人们获得了一种全新的认识自己内心世界的方式。弗洛伊德对潜意识的研究不仅开拓了心理学研究的新疆界，拓展了人们认识精神世界的视野。弗洛伊德提出的无意识观念不仅重新塑造了当代艺术、文学和医学，而且为儿童文学的跨学科研究提供了新的视野，成为当代童话心理学研究的理论支撑。法国哲学家米歇尔·福柯认为，弗洛伊德是精神分析学"话语性的创始人"（fondateurs de discursivité），是 19 世纪思想与话语模式的奠定者和标志性人物。弗洛伊德的话语构成其他文本的可能性与规则，确立了相关话语的无限可能性。福柯指出，弗洛伊德的精神分析话语奠定了关于"梦"和"无意识"学说的基础，有助于我们去阐释那无法抵达却早已存在并成为我们阐释动力机制与源泉的区域。弗洛伊德之后，众多职业精神分析学家及从事临床精神医学实践的专家诸如荣格、拉康、埃里克森、弗洛姆、贝特尔海姆、阿恩海姆、阿瑞提、弗朗兹等不约而同地在自己的相关研究中将目光转向神话和童话文学及文学艺术形象。他们的跨学科研究前所未有地贯通了心理学与文学的学科界限。20 世纪 70 年代出现的童话心理学就是精神分析学和童话文学研究的跨学科交叉的结果，是推动和深化儿童文学学科研究的重要开拓。重新审视和探讨 20 世纪童话心理学，意味着返回精神分析话语的创始之处，这一"返回"是为了更好地理解童话心理学的话语性创新，真正实现与话语性创始者的对话，通过"返回"原点实现儿童文学及童话文学研究的创新，生发出异质性的活力和有益思想。与此同时，通过童话心理学视阈重新审视现当代童话叙事文学的认知和审美特征、功能，无疑是推进儿童文学跨学科研究的一个重要途径。

事实表明，世界儿童文学创作与研究成果的交流互鉴和互融促进了各民族儿童文学的创作、翻译、研究和交流互动。国内儿童文学的学科研究需要进一步提升研究的水平，这是一种历史的担当，也是文化和文明互鉴的必经之路。我们应当秉承中国文化自信，以唯物辩证法为指导，通过新的学术视野和学术资源、理论资源考察和揭示世界儿童文学批评史的基本历程和全貌。要从学术思想形态层面考察世界儿童文学批评史演进的主体脉络，考察那些影响与规约世界儿童文学批评走向的重要思想和理论问题；追寻相关学术思潮的变迁和发展，以此观照世界儿童文学批评及其学术思想在现当代社会历史演进中的功能、意义乃至局限、困境及如何寻求突破，并为我国当代儿童文学批评提供重要学术和理论资源。通过历时性和共时性的整合研究，阐明有自觉意识的儿童文学的实质性发生、童年叙事文类的内在关联、时代特征和当代意义；这对于我们进行中外儿童文学的交流与互鉴，构建中外儿童文学的多层性和互动性的文化和文学共同体，无疑具有积极的文化认知价值和文学批评实践意义，诚如杰克·齐普斯所论述的："尽管并非《哈利·波特》小说系列使儿童文学回归其在文化版图中应当拥有的地位，但它们确实巩固了儿童文学在文化版图中的地位，而且将继续使普通读者认识到，儿童文学才是最受欢迎的流行文学。儿童文学是真正的大众文学，是为所有民众创作的文学，是无论老少都在阅读的文学。"①

---

① 杰克·齐普斯. 冲破魔法符咒：探索民间故事和童话故事的激进理论［M］. 舒伟，译. 合肥：安徽少年儿童出版社，2010：230.

参考文献

著作

[1] 德伯拉·寇根·萨克，简·韦伯. 儿童文学导论：从浪漫主义到后现代主义 [M]. 杨雅捷，林盈蕙，译. 台北：天卫文化出版机构，2005.

[2] 列维·斯特劳斯. 野性的思维 [M]. 李幼蒸，译. 北京：商务印书馆，1987.

[3] 玛丽·路易斯·冯·法兰兹. 解读童话：从荣格观点探索童话世界 [M]. 徐碧贞，译. 台北：心灵工坊文化，2016.

[4] 尼尔·墨霍兰德. 哈利·波特与心理学：大难不死的男孩和他的小伙伴们 [M]. 穆岩，译. 北京：电子工业出版社，2014.

[5] 大卫·巴格特，肖恩·克莱因. 哈利·波特的哲学世界：如果亚里士多德掌管霍格沃茨 [M]. 于宵，刘晓春，译. 上海：三联书店，2010.

[6] 杰克·齐普斯. 冲破魔法符咒：探索民间故事和童话故事的激进理论 [M]. 舒伟，译. 合肥：安徽少年儿童出版社，2010.

[7] 艾伦·B. 知念. 拯救王子的公主：唤醒世界的女性童话故事 [M]. 舒伟，丁素萍，译. 桂林：广西师范大学出版社，2017.

[8] 李赋宁. 欧洲文学史：第1卷 [M]. 北京：商务印书馆，1999.

[9] 李赋宁. 欧洲文学史：第2卷 [M]. 北京：商务印书馆，1999.

[10] 李赋宁. 欧洲文学史：第3卷 [M]. 北京：商务印书馆，1999.

[11] 刘守华. 中国民间故事类型研究 [M]. 武汉：华中师范大学出版社，2002.

[12] 刘文杰. 德国浪漫主义时期童话研究 [M]. 北京：北京理工大学出版社，2009.

[13] 刘须明. 约翰·罗斯金艺术美学思想研究 [M]. 南京：东南大学出版社，2010.

[14] 李琛. 阿拉伯现代文学与神秘主义 [M]. 北京：社会科学文献出

版社，2000.

[15] 詹姆斯. 天体的音乐：音乐、科学和宇宙自然秩序 ［M］. 李晓东，译. 长春：吉林人民出版社，2003.

[16] 卢梭. 爱弥儿 ［M］. 李平沤，译. 北京：商务印书馆，1994.

[17] 韦苇. 外国童话史 ［M］. 石家庄：河北少年儿童出版社，2003.

[18] 吴为善. 认知语言学与汉语研究 ［M］. 上海：复旦大学出版社，2011.

[19] 罗伯特·A. 西格. 神话理论 ［M］. 刘象愚，译. 北京：外语教学与研究出版社，2008.

[20] 蒋风. 世界儿童文学事典 ［M］. 太原：希望出版社，1992.

[21] 刘意青. 英国十八世纪文学史：增补版 ［M］. 北京：外语教学与研究出版社，2006.

[22] 钱青. 英国 19 世纪文学史 ［M］. 北京：外语教学与研究出版社，2006.

[23] 王佐良，周珏良. 英国二十世纪文学史 ［M］. 北京：外语教学与研究出版社，1994.

[24] 安德鲁·桑德斯. 牛津简明英国文学史 ［M］. 谷启楠，高万隆，韩加明，译. 北京：人民文学出版社，2000.

[25] 克里斯托弗·哈维，科林·马修. 19 世纪英国：危机与变革 ［M］. 韩敏中，译. 北京：外语教学与研究出版社，2007.

[26] 雷蒙·威廉斯. 文化与社会 ［M］. 吴松江，张文定，译. 北京：北京大学出版社，1991.

[27] 爱德华·W. 赛义德. 文化与帝国主义 ［M］. 李琨，译. 北京：生活·读书·新知三联书店，2003.

[28] 伊莱恩·肖瓦尔特. 她们自己的文学：英国女小说家从勃朗特到莱辛 ［M］. 韩敏中，译. 杭州：浙江大学出版社，2012.

[29] 凯特·米利特. 性的政治 ［M］. 钟良明，译. 北京：社会科学文献出版社，1999.

[30] 詹姆斯·费尔格里夫. 地理与世界霸权 ［M］. 胡坚，译. 杭州：浙江人民出版社，2016.

[31] 舒伟，等. 从工业革命到儿童文学革命：现当代英国童话小说研究 ［M］. 北京：中国社会科学出版社，2015.

[32] 舒伟. 英国儿童文学简史 ［M］. 长沙：湖南少年儿童出版社，

2015.

[33] 刘易斯·卡罗尔. 挖开兔子洞：深入解读爱丽丝漫游奇境［M］. 张华，译. 吉林：吉林出版集团有限责任公司，2013.

[34] 白冰，等. 中外童话名著全库［M］. 海口：三环出版社，1991.

[35] 蒲漫汀，等. 世界童话名著文库［M］. 天津：新蕾出版社，1989.

[36] 韦苇. 世界经典童话全集［M］. 济南：明天出版社，2000.

[37] 杰弗雷·乔叟. 坎特伯雷故事［M］. 方重，译. 北京：人民文学出版社，2004.

[38] 奥斯卡·王尔德. 王尔德全集：第4卷［M］. 杨东霞，杨烈，等译. 北京：人民文学出版社，2000.

[39] 奥斯卡·王尔德. 王尔德全集：第5卷［M］. 苏福忠，等译. 北京：人民文学出版社，2000.

[40] 乔治·麦克唐纳. 北风的背后［M］. 杨艳萍，译. 桂林：广西师范大学出版社，2002.

[41] 鲁德亚德·吉卜林. 丛林故事［M］. 方华文，译. 南宁：接力出版社，2013.

[42] 查尔斯·狄更斯. 奥利弗·退斯特［M］. 荣如德，译. 上海：上海译文出版社，1998.

[43] 查尔斯·狄更斯. 狄更斯全集［M］. 宋兆霖，薛鸿时，张谷若，等译. 杭州：浙江工商大学出版社，2012.

[44] ALDISS B W, WINGROVE D. Trillion Year Spree：The History of Science Fiction［M］. London：The House of Stratus，2001.

[45] BAGGETT D, KLEIN S. Harry Potter and Philosophy：If Aristotle Ran Hogwarts［M］. Chicago：Open Court，2004.

[46] BALDICK C. Oxford Concise Dictionary of Literary Terms［M］. Shanghai：Shanghai Foreign Language Education Press，2000.

[47] BECKSON K. Oscar Wilde：The Critical Heritage［M］. New York：Routledge and Kegan Paul，1970.

[48] BEER G. Darwin's Plots：Evolutionary Narrative in Darwin，George Eliot and Nineteenth-century Fiction［M］. New York：Cambridge University Press，2004.

[49] BETTELHEIM B. Freud's Vienna and Other Assays.［M］. New York：Random House Vintage Books，1991.

［50］ BETTELHEIM B. Freud and Man's Soul ［M］. London: Hogarth, 1983.

［51］ BINGHAM J M, GRAYCE SCHOLT. Fifteen Centuries of Children's Literature: An Annotated Chronology of British and American Works in Historical Context ［M］. Westport: Greenwood, 1980.

［52］ BLAKE A. The Irresistible Rise of Harry Potter: Kid-Lit in a Globalised World ［M］. London: Verso Books, 2002.

［53］ JBLAKE A. J. R. R. Tolkien: A Beginner's Guide ［M］. London: Hodder & Stoughton, 2002.

［54］ BOTTIGHEIMER R B. Fairy Godfather: Straparola, Venice, and the Fairy Tale Tradition ［M］. Philadelphia: University of Pennsylvania Press, 2002.

［55］ BRADBURY MALCOLM. The Modern British Novel 1878—2001 ［M］. Beijing: Foreign Language Teaching and Research Press, 2005.

［56］ BRATCHELL D F. The Impact of Darwinism ［M］. Amersham: Avebury, 1981.

［57］ BRIGGS K M. The Fairies in Tradition and Literature ［M］. London: Routledge, 1967.

［58］ BRIGGS K M. British Folk-Tales and Legends ［M］. London: Routledge, 1977.

［59］ CAMPBELL J, MOYERS B. The Power of Myth ［M］. New York: Doubleday, 1988.

［60］ CARPENTER H. Secret Gardens: A Study of the Golden Age of Children's Literature ［M］. Boston: Houghton Mifflin Company, 1985.

［61］ CARPENTER H, MARI PRICHARD. The Oxford Companion to Children's Literature ［M］. Oxford: Oxford University Press, 1984.

［62］ CLUTE J, JOHN GRANT. The Encyclopedia of Fantasy ［M］. New York: St. Martin's Griffin, 1997.

［63］ COOK E. The Ordinary and the Fabulous ［M］. Cambridge: Cambridge University Press, 1976.

［64］ COSSLETT T. Talking animals in British children's fiction, 1786—1914 ［M］. Aldershot: Ashgate, 2006.

［65］ CROFTS C. Anagrams of Desire: Angela Carter's Writings for Radio, Film and Television ［M］. London: Chatto & Windus, 2003.

[66] CROUCH M. The Nesbit Tradition: The Children's Novel in England 1945-1970 [M]. London: Ernest Benn Limited, 1972.

[67] DARTON F J H. Children's Books in England: Five Centuries of Social Life [M]. Cambridge: Cambridge University Press, 1982.

[68] DAVIS P. The Victorians: 1830—1880 [M] //The Oxford English Literary History vol. 8. London: Oxford University Press, 2002.

[69] DRAPER E D, KORALEK J. Lively Oracle: A Centennial Celebration of P. L. Travers–creator of Marry Poppins [M]. New York: Larson Publications, 1999.

[70] EGOFF S. Only Connect: readings on children's literature [M]. New York: Oxford University Press, 1980.

[71] FERRALL C, JACKSON A, Juvenile Literature and British Society, 1850—1950: The Age of Adolescence [M]. New York: Routledge, 2009.

[72] FORTER E M. Aspects of the Novel: 1927 [M]. San Diego: Harcourt Brace, 1985.

[73] FRANZ M–L V. The Interpretation of Fairy Tales [M]. Boston: Shambhala, 1996.

[74] FRYE N. Anatomy of Criticism [M]. London: Penguin Books, 1990.

[75] GATTY M. Parables from Nature: Third Series 1861 [M]. London: Bell and Sons, 1899.

[76] GRIBBIN J. The Scientists: A History of Science Told Through the Lives of Its Greatest Inventors [M]. New York: Random House Trade Paperbacks, 2004.

[77] GUBAR M. Artful Dodgers: Reconceiving the Golden Age of Children's Literature [M]. Oxford: Oxford University Press, 2009.

[78] GUPTA S. Re–reading Harry Potter [M]. New York: Palgrave Macmillan, 2003.

[79] HARRIS J M. Folklore and the Fantastic in Nineteenth–century British Fiction [M]. Aldershot: Ashgate, 2008.

[80] HELMS R. Tolkien's World [M]. Boston: Houghton Mifflin Company, 1974.

[81] HIGHFIELD R. The Science of Harry Potter [M]. London: Penguin Books Ltd, 2003.

[82] HUME K. Fantasy and Mimesis：Responses to Reality in Western Literature [M]. New York：Methuen, 1984.

[83] HUNT P. Criticism, Theory, and Children's Literature [M]. Oxford：John Wiley and Sons, 1991.

[84] HUNT P. Literature for Children：Contemporary Criticism [M]. London：Routledge, 1992.

[85] HUNT P. Children's Literature, An Illustrated History [M]. Oxford：Oxford University Press, 1995.

[86] HUNT P. International Companion Encyclopedia of Children's Literature [M]. New York：Routledge, 2004.

[87] ISAACS N D. Tolkien and the Critics：Essays on J. R. R. Tolkien's The Lord of the Rings [M]. South Bend：University of Nortre Dame Press, 1968.

[88] KINGSLEY C. The Life and Works of Charles Kingsley [M]. New York：Macmillan Co. Ltd, 1903.

[89] KINGSLEY F. Charles Kingsley：His Letters and Memories of His Life：Vol. II [M]. New York：C. KeganPaul, 1878.

[90] KNIGHT G. The Magical World of the Inklings：J. R. R. Tolkien, C. S. Lewis, Charles Williams, Owen Barfield [M]. Dorset：Element Books, 1990.

[91] KOTZIN M C. Dickens and the Fairytale [M]. Bowling Green：University of Bowling Green Press, 1972.

[92] LEON E. Psychology and Literature [M] //Wolfgang Bernard Fleischmann, Encyclopedia of World Literature in 20th Century. New York：Ungar, 1977.

[93] LERER S. Children's Literature, A Reader's History, From Aesop to Harry Potter [M]. Chicago：The University of Chicago Press, 2008.

[94] LUTHI M. Once Upon a Time：On the Nature of Fairy Tales [M]. Lee Chadeayne , Paul Gottwald, Trans. New York：Ungar, 1976.

[95] LUTHI M. The European Folktale：Form and Nature [M]. Bloomington：Indiana University Press, 1982.

[96] LUTHI M. The Fairy Tale as Art Form and Portrait of Man [M]. Bloomington：Indiana University Press, 1985.

[97] MACDONALD G. A Dish of Orts [M]. Philadelphia：Pennsylvania

State University, 2006.

[98] MANLOVE C N. The Union of Opposites in Fantasy: E. Nesbit, The Impulse of Fantasy Literature [M]. London: Macmillan, 1983.

[99] MANLOVE C N. The Fantasy Literature of England [M]. New York: St Martins Press, 1999.

[100] MANLOVE C N. From Alice to Harry Potter: Children's Fantasy in England, Cybereditions Corporation Christchurch [M]. New Zealand: Lisa Loucks Christenson Publishing, 2003.

[101] MANSON C D. The Fairy-tale Literature of Charles Dickens, Christina Rossetti, and George MacDonald: Antidotes to the Victorian Spiritual Crisis [M]. New York: Edwin Mellen Press, 2008.

[102] MATTHEWS G B. Philosophy and the Young Child [M]. Cambridge: Harvard University Press, 1980.

[103] MATTHEWS G B. Dialogues with Children [M]. Cambridge: Harvard University Press, 1984.

[104] MAYHEW H. London Labour and the London Poor [M]. Ware: Wordsworth Editions Ltd, 2008.

[105] MCGILLIS R. For the childlike: George MacDonald's fantasies for children: Children's Literature Association [M]. Metuchen: Scarecrow Press, 1992.

[106] MCLEISH K. Myths and Legends of the World Explored [M]. London: Bloomsbury Publishing plc, 1996.

[107] MENDLESOHN F. Diana Wynne Jones: children's literature and the fantastic tradition [M]. New York: Routledge, 2005.

[108] MULHOLLAND N. The Psychology of Harry Potter: An Unauthorized Examination of the Boy Who Lived [M]. Dallas: Benbella Books, 2006.

[109] O'KEEFE DEBORAH. Readers in wonderland: the liberating worlds of fantasy fiction: from Dorothy to Harry Potter [M]. New York: Continuum, 2003.

[110] PAGE M R. The Literary Imagination from Erasmus Darwin to H. G. Wells [M]. Burlington: Ashgate Publishing Ltd, 2012.

[111] POLHEMUS R M. Lewis Carroll and the Child in Victorian Fiction [M] //JOHN RICHETTI. The Columbia History of the British Novel. Beijing: Foreign Language Teaching and Research Press; New York: Columbia University Press, 2005.

［112］PRICKETT S. Victorian Fantasy ［M］. London: Indiana University Press, 1979.

［113］RAEPER W. The Golden Thread: Essays on George Macdonald ［M］. Edinburgh: Edinburgh University Press, 1990.

［114］RICHETTI J. The Columbia History of the British Novel ［M］. Beijing: Foreign Language Teaching and Research Press; New York: Columbia University Press, 2005.

［115］ROBERTS A. The History of Science Fiction ［M］. Palgrave: Macmillan, 2005.

［116］ROSE J. The Case of Peter Pan, or, The Impossibility of Children's Fiction ［M］. Philadelphia: University of Pennsylvania Press, 1993.

［117］SANDNER D. The Fantastic Sublime: Romanticism and Transcendence in Nineteenth-Century Children's Fantasy Literature ［M］. Westport, Connecticut and London: Greenwood Press, 1996.

［118］SCHACKER J. National Dreams: the Remaking of Fairy Tales in Nineteenth-Century England ［M］. Philadelphia: U of Pennsylvania, 2003.

［119］SECORD J A. Visions of Science: Books and readers at the dawn of the Victorian age ［M］. Oxford: Oxford University, 2014.

［120］SEYMOUR C. Story and Discourse: Narrative Structure in Fiction and Film ［M］. Ithaca: Cornell University Press, 1989.

［121］SHORE H. Artful Dodgers: Youth and Crime in Early Nineteenth-Century ［M］. London: Royal Historical Society, 1999.

［122］SHOWALTER E. Literature of Their Own: British Women Novelists from Bront to Lessing ［M］. Beijing: Foreign Language Teaching and Research Press, 2004.

［123］SILVER C G. Strange and Secret Peoples: Fairies and Victorian Consciousness ［M］. New York: Oxford University Press, 1999.

［124］SMITH K P. The Fabulous Realm: a Literary-historical Approach to British Fantasy, 1780-1990 ［M］. Metuchen, N. J. : Scarecrow Press, 1993.

［125］STEVENSON R. The Oxford English Literary History: Volume 12: 1960-2000: The Last of England? ［M］. Oxford: Oxford University Press, 2005.

［126］STONE H. Dickens and the Invisible World Fairy Tales, Fantasy, and Novel-making ［M］. Bloomington: Indiana University Press, 1979.

[127] SUSINA J. The Place of Lewis Carroll in Children's Literature [M]. London: Routledge, 2011.

[128] SWEET M. Inventing the Victorians [M]. New York: St. Martin's Press, 2001.

[129] TALAIRACH L. Animals, Museum Culture and Children's Literature in Nineteenth-Century Britain: Curious Beasties [M]. New York: Palgrave Macmillan, 2021.

[130] TALAIRACH-VIELMAS L. Moulding the female body in Victorian fairy tales and sensation novels [M]. Aldershot, Burlington: Ashgate, 2007.

[131] TALAIRACH-VIELMAS L. Fairy Tales, Natural History and Victorian Culture [M]. London: Palgrave Macmillan UK, 2014.

[132] TATER M. The Annotated Classic Fairy Tales [M]. New York: Norton, 2002.

[133] TATER M. Off with Their Heads! Fairy Tales and the Culture of Childhood [M]. Princeton: Princeton University Press, 1992.

[134] THACKER D C, JEAN WEBB. Introducing Children's Literature: From Romanticism to Postmodernism [M]. London: Routledge, 2002.

[135] THOMPSON S. The Types of Folktale: A Classification and Bibliography [M]. Helsinki: Folk Lore Fellows Communications, 1961.

[136] TILLOTSON K. Novels of the Eighteen-Forties [M]. London: Oxford University Press, 1961.

[137] TODOROV T. The Fantastic: A Structural Approach to a Literary Geanre trans Richard Howard [M]. Ithaca: Cornell University Press, 1975.

[138] TOLKIEN J R R. The Tolkien Reader [M]. New York: Ballantine, 1966.

[139] TOLKIEN J R R. Tree and Leaf [M]. Boston: Houghton Mifflin, 1965.

[140] TOLKIEN J R R. Beowulf: The Monsters and the Critics [M] // LEWIS E NICHOLSON. An Anthology of Beowulf Criticism. South Bend: University of Nortre Dame Press, 1963.

[141] WOLFF R L. The golden key: a study of the fiction of George MacDonald [M]. New Haven: Yale University Press, 1961.

[142] WOLFF V. A Room of One's Own [M]. Jenifer Smith, ed.

Cambridge：Cambridge University Press，1998.

[143] JACK Z. Fairy Tales and the Art of Subversion：The Classical Genre for Children and the Process of Civilization [M]. London：Heinemann，1983.

[144] JACK Z. Don't Bet on the Prince：Contemporary Feminist Fairy Tales in North America and England [M]. New York：Methuen，1986.

[145] JACK Z. The Brothers Grimm：From Enchanted Forests to the Modern World [M]. New York：Routledge，1988.

[146] JACK Z. Fairy Tale as Myth/Myth as Fairy Tale [M]. Lexington：The University Press of Kentucky，1994.

[147] JACK Z. Happily Ever After：Fairy Tales，Children，and the Culture Industry [M]. New York：Routledge，1997.

[148] JACK Z. When Dreams Came True：Classical Fairy Tales and Their Tradition [M]. New York：Routledge，1999.

[149] JACK Z. Sticks and Stones：The Troublesome Success of Children's Literature from Slovenly Peter to Harry Potter [M]. New York：Routledge，2000.

[150] JACK Z. The Oxford Companion to Fairy Tale：The Western Fairy Tale Tradition from Medieval to Modern [M]. Oxford：Oxford University Press，2000.

[151] JACK Z. Breaking the Magic Spell：Radical Theories of Folk and Fairy Tales [M]. Revised and expanded edition. Lexington：University Press of Kentucky，2002.

[152] JACK Z. Why Fairy Tales Stick：the Evolution and Relevance of a Genre [M]. London：Routledge，2006.

[153] ABRAMS M H. The Norton Anthology of English Literature：Vol. 2 [M]. New York：W·W·Norton & Company，1979.

[154] AUERBACH N, U C KNOEPFMACHER. Forbidden journeys：fairy tales and fantasies by Victorian women writers [M]. Chicago：University of Chicago Press，1992.

[155] DICKENS C. Dombey and Son [M]. Hertfordshire：Wordsworth Editions Limited，1995.

[156] GRIFFITH J W, CHARLES H FREY. Classics of children's literature [M]. New York：Macmillan，1987.

[157] KINGSLEY C. The Water‐Babies [M]. Hertfordshire：Wordsworth Editions，1994.

［158］ KIPLING R. The Complete Children's Short Stories ［M］. Hertfordshire：Wordsworth Editions，2004.

［159］ MACDONALD G. The Complete Fairy Tales of George MacDonald ［M］. New York：Schocken，1977.

［160］ NESBIT E. The Last of the Dragons and Some Others ［M］. London：Puffin，1975.

［161］ NESBIT E. The Story of the Amulet ［M］. New York：Puffin，1959.

［162］ NESBIT E. The Phoenix and the Carpet ［M］. Hertfordshire：Wordsworth Editions，1995.

［163］ NESBIT E. Five Children and It ［M］. Hertfordshire：Wordsworth Editions，1993.

［164］ NESBIT E. The Railway Children ［M］. New York：Puffin，1994.

［165］ WILDE O. The Fairy Stories of Oscar Wilde ［M］. New York：Peter Bedrick Books，1986.

［166］ ZIPES J. The Norton Anthology of Children's Literature ［M］. New York：W. W. Norton and Company，2005.

［167］ ZIPES J. Victorian Fairy Tales：The Revolt of the Fairies and Elves ［M］. London：Routledge，1987.

［168］ JOHN R. The Complete Works of John Ruskin，Ed. E. T. Cook and Alexander Wedderburn. Vol. 19 ［M］. London：George Allen，1905.

［169］ VARIOUS. Children's Classic Tales ［M］. Hertfordshire：Wordsworth Editions，2005.

二、期刊

［1］赵炎秋 . 21 世纪初中国狄更斯学术史研究［J］. 湖南师范大学学报（社会科学版），2014，43（6）.

［2］张德明 . 狄更斯的绅士情结［J］. 浙江工商大学学报，2012（5）.

［3］徐曦 . 艾丽斯漫游奇境与英国维多利亚时期的死刑改革［J］. 澳门理工学报（人文社会科学版），2019（2）.

［4］舒伟，丁素萍 . 维多利亚时期英国童话小说崛起的时代语境［J］. 外国文学评论，2009（4）.

［5］CHASTON J D. Polistopolis and Torquilstone：Nesbit，Eager，and the Question of Imitation［J］. The Lion and the Unicorn，1993，17（6）.